Sandra Henke & Kerstin Dirks

Die Vampirloge Condannato

Drei erotische Vampirromane

Plaisir d'Amour Verlag

1. Auflage Dezember 2008
2. Auflage August 2009

Sandra Henke &Kerstin Dirks

DIE VAMPIRLOGE CONDANNATO

Drei erotische Vampirromane

Plaisir d'Amour Verlag
Postfach 11 68
D-64684 Lautertal
www.plaisirdamourbooks.com
info@plaisirdamourbooks.com

Coverlayout: C. Spittler
Druck: SIA Veiters korporācija, Lettland
ISBN 978-3-938281-55-0

Teil I
Begierde des Blutes

Wer immer dieses Buch eines Tages in den Händen halten mag, wird die Geschichte einer alten Närrin lesen, die ihr Leben lang an die unsterbliche Liebe glaubte. Längst ist sie nicht mehr die, die sie einst war. Ihre Hände sind alt und runzelig, ihr Gesicht trägt Falten und ihr Rücken ist so krumm wie der einer Kräuterhexe. Er hingegen wird immer jung und schön sein, so lange wie Himmel und Erde bestehen.

Dies ist meine Geschichte. Ich widme sie dir, mein dunkler Engel, und unserer gemeinsamen Zeit. Ich wünschte, ich könnte dich noch einmal sehen, noch einmal deine kalte Elfenbeinhaut unter meinen Fingern spüren, bevor mich der Herrgott zu sich nimmt. Du bist ein Teil von mir geworden, obwohl uns so viele Jahre trennen. Irgendwo dort draußen bist du. Denkst du manchmal noch an mich?

Es war das Jahr 1783. England hatte die Unabhängigkeit der amerikanischen Staaten anerkannt, und es herrschte bereits seit sieben Jahren Frieden. Unter König George III. führten die Menschen ein ruhiges Leben. Obwohl London nach dem großen Brand vor über 100 Jahren fast vollständig zerstört worden war, hatte sich die Stadt zu einem der bedeutendsten Handelsorte der Welt entwickelt. Der Verkehr im Hafen war rege. Täglich legten Handelsschiffe an und genauso viele stachen in See, um englische Waren, vorzugsweise Tee, in die Welt zu exportieren.

Wer indische Kleider und Stoffe, exotische Gewürze und antike Tonkrüge suchte, der fand sie hier, in der Stadt an der Themse.

Ich war ein junges Mädchen von 18 Jahren, halb Kind, halb Frau. Unschuldig und voller Träume. Ich wartete auf einen Prinzen in strahlender Rüstung, der mein Herz im Sturm eroberte. Wie sollte ich ahnen, dass ich ihm in jener schicksalhaften Novembernacht tatsächlich begegnen sollte?

Die untergehende Sonne färbte den Himmel blutrot, als ich das westliche Stadttor in Richtung Westminster passierte. Fest presste ich die kleine Holzschüssel mit der Paste aus Johanniskraut und Baldrian an meine Brust. Ich atmete die beruhigend wirkenden Dämpfe ein, die Elisa in den Schlaf wiegen würden.

Der Heilkundler Phillip Collins war ein Freund der Familie. Selbst zu später Stunde durften wir ihn in seinem kleinen Haus in der Nähe der Saint Paul's Cathedral aufsuchen, wenn wir seine Hilfe brauchten. Collins hatte mir seine „Wundersalbe", wie er sie selbst nannte, mitgegeben, ohne eine Bezahlung zu verlangen! „Behalte deine Münzen, Kind, und kauf dir ein schönes Plissee mit Pelzeinsatz, der Winter wird kalt."

Mein Atem hinterließ Spuren in der abendlichen Luft, die nach und nach immer mehr abkühlte. Collins hatte recht, ein kalter Winter stand uns bevor. Dichter Nebel überzog die Wiesen und Felder. Wolkenlos stand der Mond am Himmel. Ich legte einen Schritt zu. In dieser Wildnis fühlte ich mich wie ein Reh, dem die vereinzelten Birkenwäldchen keinen Schutz vor Wölfen boten.

Ich keuchte. Martha hatte mir den Schnürleib viel zu eng gezogen. Schmerzhaft schnürte sich das Korsett in meine Taille und raubte mir die Luft. Doch Rücksicht auf meine gepeinigten Lungen durfte ich nicht nehmen. Elisa verließ sich auf mich. Sie brauchte meine Hilfe!

Erleichtert atmete ich auf, als ich endlich die beiden Haupttürme von Westminster Abbey in der Ferne erkannte. Jetzt war es nicht mehr weit. Die Qual würde ein Ende haben.

Am Waldrand saßen zwei Landstreicher auf einem umgekippten Baumstamm, nur hundert Schritt vom Stadttor entfernt. Ein Lagerfeuer brannte in ihrer Mitte. Während sich der eine in eine Wolldecke hüllte, wärmte der andere seine Hände über den rotzüngelnden Flammen. Vorsichtig näherte ich mich den Gestalten, die mir auf den ersten Blick nicht ganz geheuer waren.

„Verflucht, das wird eine verdammt kalte Nacht“, hörte ich den Mann mit den breiten Schultern sagen. Zischend zog er seine Hand zurück. Ein Funke hatte sich in seine Haut gesengt.

„Recht hast du, Jack. Recht hast du“, sagte das Geiergesicht neben ihm. Die Nase des dürren Wichts war krumm und erinnerte an den Schnabel eines Habichts. Ich entschied mich, einen Bogen um die sonderbaren Gesellen zu machen. Genau in diesem Moment entdeckten sie mich.

„He, Mädchen! Bleib doch mal stehen“, rief der breitschultrige Goliath und erhob sich eilig. Ich drehte mich um und spürte einen kalten Schauer meinen Rücken herunterlaufen. Er war wahrhaftig ein Riese. Ich reichte ihm nicht einmal bis zur Brust, als er in seiner vollen Größe vor mir stand. Goliath stank nach Alkohol und Schweiß. Eine Kombination, die Übelkeit in mir hervorrief. Dennoch machte ich gute Miene zum bösen Spiel, was blieb mir auch anderes übrig? Ich wollte die Männer nicht reizen.

„Mylady, meinem Freund Mortimer und mir ist es eine große Freude, Euch in dieser herrlichen, sternenklaren Nacht zu begegnen. Wir haben viel zu selten das Vergnügen, Bekanntschaft mit der holden Weiblichkeit zu machen.“ Er deutete eine Verbeugung an. „Dürfen wir Euch an unser Lager bitten? Schlagt uns den Wunsch nicht ab, Mylady“, rief das Geiergesicht und machte eine einladende Handbewegung in Richtung Baumstamm. Sein Grinsen war dreckig. Ich schätzte, dass ihm die Hälfte seiner Zähne fehlte.

„Tut mir sehr leid, meine Herren, aber meine Schwester erwartet meine Rückkehr. So gern ich Euch auch Gesellschaft leisten würde.“

Eilig machte ich einen Schritt nach vorn. Ich wollte nur fort, so schnell wie möglich. Von den beiden Männern ging etwas Unheimliches aus. Sie waren läufig wie wilde Hunde. Die Gier in den Augen des Riesen war nicht zu übersehen. Er zog mich förmlich mit seinen Blicken aus.

Schon spürte ich eine kräftige Hand auf meiner Schulter, die mich nicht nur am Weitergehen hinderte, sondern sogar ein Stück in den Boden drückte. Ich hielt den Atem an.

„Aber, aber. Mylady, wo bleiben denn Eure Manieren? Ihr könnt unsere freundliche Einladung doch nicht einfach ablehnen."

Der Geier erhob sich und schlich um mich herum wie ein Raubtier, das seine Beute umkreist. Ich spürte jeden seiner prüfenden Blicke. Seine Augen klebten an meinen Brüsten.

„Du bist ja eine Süße!", sagte er und streckte seine spindeldürren Finger nach mir aus. Sekundenlang konnte ich mich nicht regen. Ich war wie erstarrt. Seine Hand streichelte sanft über den Leinenstoff meiner Chemise, folgte den Wölbungen und packte plötzlich ohne Vorwarnung fest zu. Tief bohrte er seine Finger in mein Fleisch und lachte abscheulich.

„Sieh nur, Jack. Das gefällt der kleinen Metze. Ihre Knospe wird ganz steif."

„Lasst mich los, ihr verdammten Mistkerle! Ihr widerliches Pack."

Ich versuchte nach dem Geier zu schlagen, doch Goliath riss meine Arme nach hinten, so dass mir die Holzschale aus der Hand fiel und drückte meinen Oberkörper in horizontaler Lage nach unten. Mein Kopf schwebte in unangenehmer Nähe vor der ausgebeulten Hose des Geiers.

Mortimer packte mein Kinn und riss es ein Stück hoch, so dass ich gezwungen war, ihm in die Augen zu sehen. Gott, diese ekelhafte Gier ließ mich würgen.

„Ich habe langsam das Gefühl, wir sind dir nicht gut genug, Schätzchen. Hältst dich wohl für etwas Besseres. Aber eine feine Dame bist du auch nicht! Glaube mir, wir können's dir richtig besorgen. Schneller und härter als jeder andere Kerl in der Gegend. Du wirst vor Lust schreien!"

Panik stieg in mir hoch. Diese Schufte würden ihre Drohung doch hoffentlich nicht wahr machen. Ohne länger darüber nachzudenken, schrie ich so laut ich nur konnte um Hilfe. Mein eigener Schrei schmerzte in meinen Ohren.

„Halt der dummen Metze das Maul zu, sonst hört uns noch die Stadtwache", keifte das Habichtgesicht, das sich offenbar von meiner Ablehnung persönlich beleidigt fühlte.

Mein Herz raste vor Angst, als sich die Hand des Riesen auf meinen Mund legte.

„Bringen wir sie in den Wald", sagte Goliath, hob mich hoch und klemmte mich wie eine leblose Puppe unter seinen Arm.

Ich wusste, dass die beiden Männer in diesem Moment eine stumme Abmachung getroffen hatten. Sie verschleppten mich ins Unterholz. Äste peitschten mir ins Gesicht. Der Schmerz war unerträglich. Goliath rutschte auf dem feuchten Grund aus und stürzte. Dabei ließ er mich fallen, um sich mit beiden Händen abzufangen. Ich rollte gegen einen Baumstamm und blieb reglos am Boden liegen. Ich hörte nichts, außer meinem eigenem Atem. Schnell und unrhythmisch.

Ich konnte nicht die Kraft aufbringen, einfach aufzustehen und fortzulaufen. Meine Glieder waren wie gelähmt. Ich wusste, die Männer hätten mich mit Leichtigkeit wieder eingeholt. Nach dem langen Fußmarsch von London bis nach Westminster war ich viel zu erschöpft, um Gegenwehr zu leisten.

Zwei Gesichter beugten sich über mich. Ich sah das lüsterne Funkeln in ihren Augen und das schadenfrohe Grinsen auf den aufgesprungenen Lippen.

„Schreien hilft dir nicht, Goldlöckchen. Hier wird dich niemand finden", krächzte das Geiergesicht und zog ein dreckiges Messer aus seinem Hosenbund. Er hielt es mir vor das Gesicht und drehte es quälend langsam hin und her. Die Metallspitze drückte er auf meine Wange, bis ein Tropfen Blut aus der Wunde quoll. Wollte er mich entstellen? Ich biss mir auf die Unterlippe und hielt die Luft an. Erst als er die Waffe lachend wegnahm, atmete ich erleichtert auf.

„Bitte, tut mir nichts …" Meine Stimme klang heiser. Ich konnte sie selbst kaum hören. Die Landstreicher ignorierten mein Flehen.

„Du bist wirklich sehr schön." Der Riese kniete sich zu mir und streichelte über meine schweißnasse Brust. Fast liebevoll fuhr er mit der Fingerspitze die Konturen meines Körpers entlang. Ich empfand nur Ekel. Angewidert biss ich die Zähne zusammen und warf den Kopf zur Seite. Ich wusste, was diese Mistkerle vorhatten. Instinktiv presste ich die Beine fest zusammen.

„Jetzt hab dich nicht so", zischte das Vogelgesicht ungeduldig. „Mach sie auf!"

„Bitte, nicht!"

„Das hast du dir alles selbst zuzuschreiben. Wärst du nicht so ungezogen gewesen, müssten wir dich nicht bestrafen."

Ehe ich auch nur reagieren konnte, beugte sich Goliath über mich. Mit der einen Hand umfasste er meinen Hals, um mich am Boden zu halten, mit der anderen drückte er meine Beine auseinander und griff in meinen Schritt. Seine Finger bahnten sich ihren Weg an den Stofflagen vorbei und gruben sich in meine Haare. Tränen stiegen mir in die Augen. Es tat so weh. Je mehr ich versuchte mich zu wehren, die Beine anzuziehen oder nach ihm zu treten, desto stärker wurde sein Griff um meinen Hals und das Reißen an meiner Scham.

„Zier dich nicht so, meine kleine Hure. Du willst es doch auch."

„Natürlich will sie es, Jack. Alle Frauen wollen es. Hart und fest. Ohne Gnade."

Plötzlich huschte ein dunkler Schatten durch das Labyrinth aus Bäumen. Laub wirbelte auf. Einzelne Blätter segelten durch die Luft. Die Männer hielten inne. Irritiert blickten sie in die Dunkelheit. Stand dort jemand im Schatten der dicken Buchen, die ihre blätterlosen Kronen wie Arme in den Himmel reckten?

„Zwei Männer gegen eine Frau. Alle Achtung, meine Herren, ihr seid ganze Kerle."

Augenblicklich zückte Mortimer sein Messer und hielt es drohend in die Richtung, aus der die Stimme gekommen war. Schweiß stand ihm auf der Stirn. Sein Habichtgesicht glänzte im Licht des Mondes.

„Wer, zum Henker, ist das?", knurrte Jack und lockerte den Griff an meiner Kehle. Jetzt konnte auch ich die Gestalt im Dunkeln sehen. Schemenhaft. Ein Mann. Ja, zweifelsohne eine schlanke, große Gestalt. Der Nebel machte es mir schwer, sein Gesicht zu erkennen.

Schmatzend leckte der Geier mit der Zunge über die rostige Klinge. „Ich erledige das", sagte er zu seinem Kumpanen und lief festen Schrittes auf den Fremden zu. Dabei spielte er mit dem Messer in seiner Hand und wirbelte es geschickt durch die Luft.

Ich wollte meinen Retter warnen. Ihm zurufen, dass Mortimer bewaffnet war. Doch Goliath wusste das zu verhindern. Mit brachialer Gewalt presste er mir seine Hand auf den Mund. Ich glaubte, der Druck, den er auf mich ausübte, würde meinen Schädel zum Zerbersten bringen. Außer einem gequälten Stöhnen brachte ich nichts heraus. Innerlich verabschiedete ich mich von meinem Leben. Die Chancen, dass mein Retter ebenfalls bewaffnet war und den Kampf auch noch gewann, waren schwindend klein. Und selbst, wenn es ihm gelang, das Geiergesicht zu überwältigen, so musste er noch gegen den Riesen antreten. Und Goliath war stärker und größer als ein normaler Mann. Sicherlich konnte er es mit drei ausgebildeten Kämpfern gleichzeitig aufnehmen.

Mortimer verschwand in der Nebelbank zwischen den Buchen.

„Wo ist dieser Feigling? Ich kann ihn nicht sehen. Zeig dich, du …"

Ein gellender Schrei durchbrach die Stille der Nacht. Wenige Augenblicke später stürzte der Geier zu uns zurück. Schwer keuchend presste er die linke Hand auf seinen Hals. Dann sackte er plötzlich neben mir auf die Knie. Ich sah das Blut, das zwischen seinen Fingern hervorquoll. Sein Brustkorb hob und senkte sich in einem ungesunden Rhythmus.

„Verflucht noch eins", schnaubte er.

Ich wagte nicht, mich zu regen. Noch immer lag die Pranke des Riesen auf meinem Mund. Ich konnte nur durch die Nase atmen.

„Oh mein Gott, Mortimer, was ist passiert?" Goliaths Stimme zitterte.

„Dieser Mistkerl hat mir fast den Hals zerrissen." Als Mortimer die Hand von der Wunde nahm, konnte ich die Klauenspuren an seiner Kehle erkennen. Vier tiefe Striemen. Ich zuckte vor Schreck zusammen. Eine solche Verletzung hatte ich nie zuvor gesehen!

„Das ist ein Tier!"

Mortimer hatte Glück gehabt, dass sein Angreifer nicht die Halsschlagader getroffen hatte.

„Lass die Dirne nicht aus den Augen, ich werde mich um unseren Freund kümmern." Goliath ließ von mir ab und schlug drohend die Faust in seine offene Hand.

„Nein! Lass uns gehen, Jack. Lass uns einfach gehen!", flehte Mortimer. Als er aber sah, dass Jack nicht die Absicht hatte sich wie ein Feigling zu verkriechen, packte er mich an den Haaren.

„Glaube nicht, dass du so einfach davonkommst", zischte er und spuckte mir ohne Vorwarnung ins Gesicht.

Langsam glitt der Speichel über meine Wange. Was für ein widerliches Gefühl. Aber ich erduldete es und schwieg. Jeder Widerstand meinerseits hätte meine Situation verschlimmert. Die Nerven des Geiers schienen zum Zerreißen angespannt. Unruhig blickte er sich nach seinem Gefährten um. Doch der Nebel hatte ihn längst verschluckt.

„Jack, wo bist du nur? Wo steckst du?"

Ein animalisches Knurren war die Antwort, gefolgt von einem gequälten Stöhnen. Sämtliche Farbe wich aus Mortimers Gesicht. Geistesabwesend ließ er meine Haare los. Was für eine Befreiung. Dankbar rieb ich mir die schmerzende Kopfhaut.

„Jack?“, rief er verstört und rappelte sich auf. „Antworte doch!“ Wieder raschelten Blätter.

Irgendetwas beobachtete uns. Es umkreiste uns wie ein hungriger Wolf seine Beute. Bereit, jeden Augenblick gnadenlos zuzuschlagen. Und plötzlich stand es hinter Mortimer. Wie aus dem Nichts war es aufgetaucht, als hätten die Schatten der Bäume es einfach ausgespuckt. Mein Herz blieb vor Schreck fast stehen, als ich die langen Eckzähne und die spitzen Nägel an den Fingern der Kreatur sah. Dieses Wesen erinnerte tatsächlich mehr an ein Tier als an einen Menschen. Selbst wilde Hunde hatten keine solchen Reißzähne! Der Anblick der Fänge rief alte Erinnerungen in mir wach. Mein Gott! Die Erkenntnis traf mich wie ein Schlag. Dieses Wesen war kein Tier. Es war ein Vampir!

Der Geier fuhr herum und blickte direkt in die gefährlich funkelnden Augen des Untoten. Erschrocken taumelte er einige Schritte zurück. Dann rannte er, so schnell seine Füße ihn trugen, in den Wald. Tiefer und tiefer hinein, bis er, genauso wie Jack zuvor, hinter einer dichten Nebelwand verschwand. Die Kreatur machte keine Anstalten Mortimer zu folgen.

Oh Gott, dachte ich. *Jetzt hat er es auf mich abgesehen!* „Bitte, tut mir nichts“, flehte ich mit zitternder Stimme. Zur Antwort stieß der Vampir ein gefährliches Fauchen aus. Die dicken Adern an seinen Schläfen pochten wild, und der übergroße Kiefer erinnerte an das Gebiss eines Raubtiers. Ich wusste, er konnte das Blut, das heiß durch meinen Körper schoss, förmlich riechen. Nein, ein besseres Opfer als mich gab es nicht. Hilflos lag ich am Boden wie auf einem Silbertablett serviert. Unfähig mich zu wehren. Der schwarze Umhang flatterte durch die kalte Nachtluft, als sich der Vampir mir zuwandte. Wollte er mich töten? Instinktiv rollte ich mich zusammen, verbarg das Gesicht hinter meinen Händen und zog die Beine ganz nah an meinen Körper heran. Ich hatte mich nicht mehr unter Kontrolle und zitterte am ganzen Leib. Oh bitte, lieber Gott, ich will noch nicht sterben!

Jeden Augenblick würde er seine Reißzähne in meinen Hals bohren und mich meines Blutes berauben! Ich würde sterben! Oder selbst ein Vampir werden. Doch zu meiner Überraschung geschah nichts dergleichen. Stattdessen spürte ich eine Berührung. Sanft, vorsichtig, als fürchtete er, mir wehzutun.

„Du bist in Sicherheit“, hauchte er mit engelsgleicher Stimme, die mir auf unheimliche Weise vertraut war. „Gehe heim, bevor diese Bastarde zurückkommen.“

Ich traute meinen Ohren kaum. Es gab keinen Zweifel, ich kannte diese Stimme tatsächlich!

Einen solchen Zufall konnte es doch gar nicht geben! Ich nahm all meinen Mut zusammen und sah zu ihm auf. Er hatte sich von mir abgewandt. Die langen blonden Haare tanzten durch die Luft, als besäßen sie ein Eigenleben. Die Gestalt war groß und schlank und in einen schwarzen Umhang gehüllt. Ich konnte ihn nur von hinten sehen. Trotzdem war ich mir plötzlich sicher. Mein Gefühl konnte mich nicht derart täuschen! Ich richtete mich auf, doch sogleich bemächtigte sich meiner ein unnachgiebiger Schwindel. Fest stemmte ich die Hände in den Waldboden, um Halt zu finden. Meine Finger bohrten sich in den kalten Sand.

„Warte, Jeremy!“, hörte ich mich plötzlich selbst rufen.

Der Mann im Dunkeln blieb abrupt stehen. Regungslos verharrte er an dieser Stelle. Nur das Heben und Senken seiner Schultern verriet, wie schnell sein Atem ging. Ich hatte mich also nicht geirrt.

„Jeremy, ich bin es. Sophie Ashford. Erinnerst du dich nicht?“ Das Herz schlug mir bis zum Hals. Ich hatte diesen Vampir seit acht Jahren nicht mehr gesehen. War er noch immer derselbe? Konnte ich ihm vertrauen?

Langsam drehte er sich zu mir um. Das Mondlicht fiel auf sein bleiches Gesicht, das wieder menschliche Züge angenommen hatte. Seine Klauen und Zähne hatten sich zurückgebildet.

„Sophie?“ Er kam näher. Ungläubig musterte er mich, doch seine Stimme klang so wunderbar sanft und vertraut. „Du hast dich sehr verändert.“

Ich versuchte zu lächeln, aber der Schock saß mir noch immer in den Gliedern. Hätte das Schicksal uns nicht zusammengeführt, hätten mich diese lüsternen Kerle womöglich geschändet. Oder schlimmer, auch noch ermordet!

Ekel befiel mich bei dem Gedanken. Ich spürte, wie er mir die Kraft raubte. Schützend hielt ich mir die Hände vor das Gesicht und schluchzte leise. Jeremy, mein alter Freund, sollte mich nicht so sehen. Aber die Gefühle übermannten mich. Ich konnte nichts dagegen tun. Er nahm mich in die Arme. Die unmenschliche Kälte, die von seinem Körper ausging, drang selbst durch sein Leinenhemd.

Obwohl ich Jeremy eine Ewigkeit nicht mehr gesehen hatte, kam es mir ganz natürlich vor, von ihm getröstet zu werden. *Als wäre er nie fortgewesen,* dachte ich. Er sah noch immer genauso aus wie damals, als Mutter und Vater ihm Einlass in unser Haus gewehrt hatten. Die aristokratischen Züge, die hellblauen Augen, die wie ein Sternenmeer funkelten und die bleiche Haut, auf der ein übernatürlicher Schimmer lag.

„Ich bin keine zehn Jahre mehr“, sagte ich leise. Das Blut schoss in meine Wangen.

Mir war in dem Alter gar nicht bewusst gewesen, wie attraktiv Jeremy war. Als Kind war er mir ein guter Freund. Plötzlich erkannte ich in ihm den Mann, der er war. Verführerisch, mächtig, geheimnisvoll ...

„Du bist eine wunderschöne Frau geworden.“ Frau? Nie hatte jemand in mir eine Frau gesehen. Ein Mädchen – ja, aber keine erwachsene Frau.

Gemeinsam gingen wir den Weg zurück. Ich hob die Holzschüssel auf und stellte erleichtert fest, dass die „Wundersalbe“ nur ein wenig Schmutz abbekommen hatte.

Zärtlich legte er den Arm um mich und führte mich nach Westminster, dem politischen Herzen Englands. Als der Wachmann in unsere Sichtweite kam, blieb ich irritiert stehen.

„Willst du dich nicht verbergen?“, fragte ich verwundert. Ich erinnerte mich, dass wir Jeremy in unserem Keller versteckt hatten, um ihn vor der Sonne und vor neugierigen Blicken zu schützen. Vater hatte ihm sogar einen Sarg gebaut, in dem er tagsüber schlief. Niemand hatte von seiner Existenz wissen dürfen. Doch nun bewegte er sich völlig frei, als wäre er wie jeder andere – ein Mensch.

Jeremy lachte heiser. „Ich lebe heutzutage sogar unter den Menschen. Sie erkennen mich nicht als das, was ich bin. Zumindest, solange ich mich nicht auf einen von ihnen stürze und das Blut aus dem Hals sauge. Früher war das anders. Ich hatte mein Vampir-Sein noch nicht begriffen und fürchtete mich vor der Welt dort draußen."

Jeremy lebte unter den Menschen? Wieso hatte er uns nie besucht? Wir hatten ihm jahrelang ein Zuhause gegeben. Hatte er uns denn gar nicht vermisst?

Der Wachmann hob die Hand und nickte uns freundlich zu. Ich war verblüfft, wie selbstverständlich Jeremy zurückgrüßte, ohne eine Spur von Angst erkannt zu werden. Als wir in Kingsway einbogen, blieb Jeremy stehen und legte mir beide Hände auf die Schultern. Sein Blick war voller Zuneigung. Und trotzdem blieb er auf Distanz.

„Es hat mich sehr gefreut, dich wiederzusehen. Aber nun solltest du nach Hause gehen. Versprich mir, dass du besser auf dich aufpasst. Ich bin nicht immer da, um dich zu beschützen."

„Soll das ein Abschied sein?"

Er sagte nichts.

Wütend biss ich mir auf die Unterlippe. *Ich bin nicht immer da, um dich zu beschützen,* wiederholte ich seine Worte in Gedanken. Oh ja, das konnte man wohl sagen. Um genau zu sein, war er die letzten 8 Jahre nicht da gewesen! Eines Nachts war er einfach verschwunden. Nur einen Abschiedsbrief hatte er hinterlassen. Jeremy hat eine neue Aufgabe gefunden, hallten Mutters Worte in meinen Ohren. Wusste er überhaupt, wie sehr wir Kinder ihn vermisst hatten?

Jeremy hauchte mir einen Kuss auf die Stirn. Seine Lippen fühlten sich feucht und kalt an. Ohne ein weiteres Wort zu verlieren wandte er sich von mir ab und verschwand mit wehendem Umhang in der Great Queen Street in Covent Garden. Fassungslos sah ich ihm nach. Das war es also? Ein kurzes Wiedersehen, mehr nicht? Nein, das wollte ich nicht wahrhaben. Ich war wie besessen von der Idee, dass uns das Schicksal aus einem bestimmten Grund wieder zusammengeführt hatte. So durfte es nicht enden! Ich beschloss, ihm zu folgen. Es gab einfach noch zu viele offene Fragen. Seit wann lebte er in Covent Garden? Wieso waren wir uns nicht früher über den Weg gelaufen? Was hatte er in den letzten Jahren gemacht? Und warum streifte er ausgerechnet nachts durch die Wälder? Hatte das vielleicht etwas mit dieser ominösen Aufgabe zu tun, von der Mutter gesprochen hatte? Mutter … Jeremy wusste vermutlich nicht einmal, dass sie zwei Jahre nach seinem Verschwinden an einer schweren Lungenentzündung gestorben war.

Geschickt folgte ich ihm durch die Straßen. Ich hielt mich bewusst im Schatten der Häuser und hatte Glück. Er drehte sich nicht einmal nach mir um.

Jeremy verschwand in einem Herrschaftshaus in der Limpin Charlie Lane. Woher nahm er das nötige Geld, um in ein vornehmes Wohngebiet zu ziehen? Neue Fragen taten sich auf. Jeremys Haus, das an eine italienische Piazza erinnerte, faszinierte mich nicht nur wegen seiner Lage. In seinem Vorgarten befand sich eine Allee mit steinernen Dämonen und geflügelten Löwen, die links und rechts entlang des Sandweges aufgereiht waren. Den krönenden Abschluss bildeten zwei prachtvolle Erlen, welche die Fabelwesen teilweise verdeckten und nur erahnen ließen, wie kunstvoll sie gefertigt waren.

Ich atmete tief durch. *Wir werden uns wiedersehen, Jeremy*, versprach ich mir selbst. Er war mir die Antworten schuldig! Ich würde sie bekommen! Nun hatte aber erst einmal Elisa Vorrang. Ich hatte sie lange genug warten lassen.

Ich wusste nicht, wieso Jeremy Wellingham ein Haus in Covent Garden bezogen, noch wo er sich die letzten Jahre aufgehalten hatte. Er war mir fremd und vertraut zugleich, und das faszinierte mich. Mein kindliches Herz schlug schnell, wenn ich nur an ihn dachte. Als sich die Green Acres Road vor mir auftat, kreisten meine Gedanken noch immer um ihn. Nie hatte ich einen attraktiveren Mann gesehen! Ich fürchtete weder seine scharfen Reißzähne, noch seine Klauen, die wie aus dem Nichts zu wachsen schienen, wenn er wütend wurde. Im Gegenteil. Die Tatsache, dass er mit übernatürlichen Waffen ausgestattet war, verstärkte die Anziehungskraft nur noch mehr!

Das schreckliche Erlebnis im Wald versuchte ich, so gut es ging, zu verdrängen. Ich wollte weder Vater noch Elisa Kummer bereiten. Meine Schwester hatte ohnehin schon genug durchgemacht.

Aus dem Ashford's Pub, den wir seit Mutters Tod gemeinsam führten, drangen laute Stimmen. Als ich den Schankraum betrat, schlug mir Tabakrauch entgegen. Die Tische waren bis zum letzten Stuhl besetzt. Vater stand an der Bar, während Martha, beladen mit zwei Schüsseln Eintopf, die Herren an den Tischen zu meiner Linken bediente.

Unsere fürsorgliche Schankmagd kam sofort auf mich zu. Mit einem Tuch wischte sie sich den Schweiß von der Stirn.

„Heute ist viel los", stellte ich fest. Das Geschäft lief gut. Wir konnten uns wahrhaftig nicht beklagen.

„Wem sagst du das, Kind. Dein Vater und ich haben alle Hände voll zu tun. Wie ich sehe, hat dir der gute Collins die Medizin gemischt?"

„Richtig. Wie geht es Elisa?"

„Sie ist eingeschlafen."

Ich atmete auf. Wenigstens hatte sie sich beruhigt. Wenn es unten im Schankraum voll wurde, schickte Vater sie immer auf ihr Zimmer. „Zu ihrem Schutz", wie er jedes Mal betonte.

Martha deutete mit dem Daumen hinter sich zur Küchentür. „Ich könnte deine Hilfe brauchen. Brot mit Aufschnitt wurde bestellt."

Ich nickte. „Du kannst dich auf mich verlassen. Ich bringe nur schnell die Salbe nach oben."

Als ich wieder zurückkam, lief ich an der Bar vorbei, grüßte beiläufig Vater und schnappte mir eine Leinenschürze vom Haken. Aus der Vorratskammer, die mit unserer Küche durch eine Luke verbunden war, holte ich ein selbstgebackenes Weißbrot, frischen, hausgemachten Schafskäse und getrocknete Salami. Zufrieden brachte ich das Bauern-Abendbrot in den Schankraum. Martha nahm es mir mit einem dankbaren Lächeln ab und stellte es auf den Tisch in der hinteren Sitzecke.

In diesem Moment betrat ein charismatischer Mann das Gästehaus, der meine Aufmerksamkeit ungewollt fesselte. Er war groß, hatte kräftige Schultern und trug einen Schlapphut, den er tief ins Gesicht zog. An seinem blanken Hals entdeckte ich eine merkwürdige Tätowierung. Ein Kreis, darin ein Kreuz und ein kleines, schwebendes Auge. An seine Seite trat ein Mann mit rundlichem Gesicht und verschwitzten, schwarzen Haaren, die förmlich an seiner Kopfhaut klebten. Die zwei Taschen, die er bei sich trug, waren ihm offensichtlich zu schwer. Schnaufend stellte er sie ab und klopfte sich auf die Brust, als bekäme er nicht genügend Luft.

Mein Vater ging auf den Fremden mit dem Schlapphut zu und reichte ihm die Hand.

„Guten Abend, die Herren. Mein Name ist William Ashford. Was kann ich für Euch tun?"

„Wir möchten uns für einige Tage einmieten, falls Ihr noch zwei Zimmer zur Verfügung habt, guter Mann."

Der Fremde hatte einen merkwürdigen Akzent, den ich nicht einordnen konnte. Fest stand nur, dass er kein Engländer war. Mein Blick glitt erneut zu seinem kleinen Begleiter, der gerade dabei war, die Taschen wieder aufzuheben. Jetzt erst bemerkte ich den Beutel, den er zusätzlich über der Schulter trug. Was waren das nur für merkwürdige Utensilien, die aus dem Lederverschluss herausragten? Spitz zugefeilte Hölzer? Eine Art Armbrust?

„Zwei Zimmer. Sehr gern. Wenn Ihr mir bitte folgen würdet?"

„Selbstverständlich."

Vater lief die knarrende Treppe hinauf, der schwer beladene Jüngling folgte ihm. Nur der Mann mit dem Schlapphut blieb einen Augenblick an dem Geländer stehen und musterte mich. Erschrocken wich ich seinem feurigen Blick aus.

Ein ungutes Gefühl beschlich mich. Wer waren diese Männer? Was wollten sie hier? Als ich wieder aufsah, war der Fremde verschwunden.

Bis die letzten Gäste das Pub verließen, half ich Martha in der Küche aus. Danach schleppte ich mich die Treppe in den ersten Stock hinauf, öffnete die Tür und schlich mich auf leisen Sohlen ins Zimmer. Elisa saß mit angewinkelten Beinen in ihrem Bett und summte leise ein Lied.

„Ich dachte, du schläfst schon längst, meine Kleine."

Es war merkwürdig, so mit ihr zu reden. Elisa war die Ältere von uns beiden. Bisweilen verhielt sie sich jedoch wie ein Kind.

Sie schüttelte nur den Kopf. Ich griff nach der Holzschüssel mit Collins Wundersalbe und setzte mich behutsam zu ihr auf die Bettkante.

„Hattest du wieder einen bösen Traum?"

„Ja."

Ich streichelte ihren roten Schopf. Unter einer Haarsträhne verbarg sich die Narbe, die sie sich durch ihren Unfall zugezogen hatte. Ein unglücklicher Treppensturz, angeblich! Das hatte zumindest Calvin, Elisas Ehemann, behauptet. „Sieh nur, was ich dir mitgebracht habe. Komm, mach dich frei."

Artig hob Elisa ihre Chemise hoch, so dass ich ihre prallen Brüste sehen konnte. Brüste, die ein Kind hätten stillen sollen, wenn es den Sturz überlebt hätte. Vorsichtig tunkte ich meine Finger in die Salbe und verteilte sie auf Elisas

Oberkörper. Meine Schwester stöhnte leise, während sie die Dämpfe begierig einatmete.

Ich massierte sie, bis die Salbe ganz in ihre Haut eingezogen war.

„Schlaf gut", hauchte ich, deckte sie zu und küsste sie auf die Stirn. Dann zog ich mich aus, ließ nur mein Leinenhemd an und legte mich in mein Bett. Was Jeremy wohl jetzt gerade machte? Ging er auf die Jagd? Wie vertrieb man sich die Nacht, wenn man am Tage schlief?

Die morgendlichen Sonnenstrahlen fluteten unser Zimmer. Der Tag versprach trotz der regnerischen Jahreszeit schön zu werden. Verschlafen rieb ich mir die Augen und stellte verwundert fest, dass Elisa bereits aufgestanden war. Ich musste wie eine Tote geschlafen haben! Meine Verwunderung wurde größer, als ich schließlich angekleidet und frisiert in den Schankraum herunterkam und Elisa am Tisch der beiden Herrschaften von gestern Abend sitzen sah. Selten hatte ich meine Schwester so aufgeregt gesehen. Normalerweise interessierte sie sich nicht sonderlich für ihre Umgebung. Der Herr mit dem Schlapphut und sein untersetzter Begleiter hatten es ihr aber offenbar angetan.

Schlaftrunken wankte ich zu meinem Vater herüber, der die hinteren Tische mit einem nassen Lappen abwischte.

„Guten Morgen, Sophie", grüßte er mich und strahlte von einem Ohr zum anderen. Mein Vater gehörte zu den Menschen, die immer fröhlich waren. Selbst wenn er schlechte Laune hatte, fand sich ein Lächeln auf seinen Lippen. Nur in Ausnahmefällen verlor er die Beherrschung. Mutter hatte immer gesagt, dass Vater nur deshalb so ein umgänglicher Mensch war, weil er der einzige Mann unter Frauen in unserer Familie war.

„Wer sind denn unsere beiden neuen Gäste?"

Ich konnte es nicht leugnen, der Fremde mit dem Schlapphut hatte eine anziehende, gleichzeitig geradezu gefährliche Ausstrahlung.

„Ach, du meinst Mister Ignatius und seinen Begleiter Dango Perres?"

Die beiden waren die einzigen Gäste, die sich um diese Uhrzeit im Schankraum befanden. Zurzeit hatten wir keine anderen Zimmer vermietet.

„Sie sind nicht von hier?"

Vater zuckte nur die Schultern. Es war ihm egal, woher seine Gäste kamen, wenn sie nur zahlten.

„Würdest du den Herren das Frühstück servieren?" Vater deutete in Richtung Küche. „Martha hat schon alles vorbereitet."

Ich nickte nur und lief an der Bar vorbei durch die kleine Hintertür und stieß fast mit Martha zusammen. Die gute Seele des Hauses, die uns seit dem Tod meiner Mutter unter die Arme griff, drückte mir lachend einen Brotkorb in die Hand.

„Für Mister Ignatius und …"

„Ich weiß, ich weiß."

Ich glaubte meinen Ohren nicht zu trauen, als ich mich dem Tisch der Herrschaften näherte.

„Ihr seid sehr lustig, Samuel", kicherte Elisa wie ein aufgeregtes Küken.

„Und Ihr seid bezaubernd, meine Werteste."

Ignatius hauchte ihr galant einen Kuss auf die Hand. Ich blieb vor Schreck wie angewurzelt stehen. Was sich hier vor meinen Augen abspielte konnte nur ein böser Traum sein. Elisa war sicher keine hässliche Frau. Aber welcher Mann interessierte sich für eine 20-Jährige, die sich wie ein kleines Mädchen verhielt?

Als Ignatius zu mir sah, setzte ich ein gespieltes Lächeln auf und stellte den Brotkorb auf seinen Tisch.

„Guten Appetit."

„Vielen Dank."

„Sophie, Sophie! Samuel erzählt mir ganz tolle Geschichten!", rief Elisa vergnügt und hob dabei beide Arme in die Höhe.

„Wackle nicht mit deinem Stuhl, sonst kippst du um", ermahnte ich sie. Ich begriff nicht, warum Vater nichts unternahm. Er war doch sonst auch immer der Erste, der Einspruch erhob, wenn Elisa mit Fremden redete!

„Entschuldigt, junge Miss", meldete sich ein zaghaftes Stimmchen. Dango Perres zupfte an meiner Schürze und sah mich mit seinen kleinen Schweineaugen verschmitzt an.

„Könnten wir noch zwei Becher Milch bekommen? Bitte?" Er lächelte verlegen, als wäre es ihm peinlich, eine Bestellung aufzugeben.

Ich nickte nur und beeilte mich in die Küche zu kommen, denn ich wollte Elisa nicht länger als nötig mit diesen sonderbaren Männern allein lassen.

„Dieser Ignatius ist mir nicht ganz geheuer", sagte ich zu Martha, während ich die frische Milch in zwei Becher füllte. Wie gut, dass Martha unsere „Emma" bereits heute Morgen gemolken hatte. Außer einer Kuh hielten wir uns im Hinterhof Hühner und Ziegen, die für unser leibliches Wohl sorgten.

Martha lachte nur. „Jetzt übertreibst du aber, Kind. Er ist doch ein sehr höflicher Mann."

„Hat er gesagt, warum er nach Westminster gekommen ist?" Ich erinnerte mich an die merkwürdigen Instrumente, die ich in Dangos Beutel gesehen hatte. Eine Armbrust … Holzpflöcke … wer wusste schon, was sich noch in der Tasche befand? Und was die zwei Männer damit vorhatten?

„Nein. Darüber habe ich nicht mit ihm gesprochen. Frage ihn doch einfach."

Ich seufzte. „Vater würde mir die Ohren lang ziehen, wenn ich unsere Gäste mit solchen Fragen belästige."

„Da könntest du recht haben."

Ich verließ die Küche und steuerte ein weiteres Mal auf Ignatius und Dango zu.

„Das müsst Ihr mir genauer erklären, werte Elisa. Ihr habt schon einmal einen Vampir gesehen?"

Ich bekam einen riesigen Schreck! Ahnte Ignatius etwa, dass meine Familie einst einen Vampir beherbergte? Hatte Elisa ihn in unser Geheimnis eingeweiht? Ich musste reagieren. Und zwar schnell, bevor meine Schwester noch mehr preisgab.

Ich stellte die Becher auf den Tisch, griff meine Schwester am Oberarm und zog sie von ihrem Stuhl.

„Komm mit, Elisa. Entschuldigt bitte, wenn sie Euch belästigt hat."

„Hör auf, hör auf!", protestierte sie wild gestikulierend.

„Aber nicht doch, junge Miss. Elisas Erzählungen sind sehr interessant", versicherte mir Ignatius.

„Da hörst du es!", sagte Elisa trotzig und ließ sich auf ihren Stuhl zurückfallen.

Ich musste zu einem Trick greifen.

„Martha braucht deine Hilfe. Sie kocht gerade einen Eintopf für das Mittagessen. Du kannst doch so gut die Hühner rupfen, willst du ihr nicht dabei helfen? Sie würde sich sehr darüber freuen."

Meine Schwester seufzte gedehnt, nickte dann aber und marschierte schnurstracks in die Küche. Ich atmete erleichtert auf. Wie konnte sie nur in Gegenwart von Fremden über unsere Familiengeheimnisse reden? Meine Eltern hatten Jeremy einst das Versprechen gegeben, seine Existenz geheimzuhalten! Von klein auf hatte ich gelernt, zu niemanden ein Wort über unseren lichtscheuen Gast zu verlieren. Andererseits musste Ignatius nur eins und eins zusammenzählen, um zu erkennen, dass er auf das Wort meiner verwirrten Schwester nicht viel geben konnte. Vampire existierten nur in ihrer Fantasie. Das würde ich ihm zumindest sagen, wenn er unangenehme Fragen stellen sollte.

Tamara Malt packte die lose Blättersammlung auf einen Stapel und fuhr fast zärtlich die geschnörkelte Überschrift mit dem Zeigefinger entlang. „Dies sind die Memoiren von Sophie Langsdale, geborene Ashford", las sie leise.

Die 30-Jährige lag nur mit String und Trägershirt bekleidet bäuchlings auf ihrem Bett. Das Fenster ihrer Dachgeschosswohnung stand weit offen, doch die Luft, die träge ins Zimmer schwebte, war genauso schwül wie die im Raum. London lag seit Tagen unter einer Hitzeglocke.

Tammy wischte sich mit dem Handtuch, das auf ihrem Kopfkissen lag, die Schweißperlen von der Stirn und drehte sich schwungvoll auf den Rücken. Sie legte die Blättersammlung auf ihren Bauch und schloss die Augen.

Wer mochte ihr die Memoiren geschickt haben? Den Umschlag mit den handbeschriebenen Seiten hatte sie in ihrem Briefkasten gefunden, als sie von der Werbeagentur „Kensingtoner IdeaPool" nach Hause gekommen war. Die Klimaanlage in der Agentur hatte am Nachmittag den Geist aufgegeben. Tammy entschloss sich, in ihre Wohnung zurückzukehren, um dort zu arbeiten. Sie hatte die Arbeit eingepackt, war mit der nächsten U-Bahn nach Paddington gefahren – und fand den Brief. Jemand hatte ihn eingeworfen, denn es befand sich keine Briefmarke auf dem Kuvert. Leider fehlte auch der Absender.

Ihr Kartäuserkater sprang auf das Bett und begann zu schnurren. Mit der Nase stupste er die Blätter auf Tammys Bauch an.

„Du möchtest auch wissen, wer uns die Memoiren geschickt hat, Grey?" Sanft kraulte Tammy ihren Kater, den sie nach ihrer Lieblingsteesorte Earl Grey benannt hatte. „Vielleicht hat jemand sie in die falsche Mailbox geworfen." Sie öffnete die Augen und lächelte. „Diese Sophie muss genauso verrückt gewesen sein, wie ihre Schwester Elisa. Vampire! Wer glaubt denn an solch einen Unsinn? Oder meinst du, das sind gar keine Memoiren, sondern ein Romananfang?"

Sophie Langsdale, geborene Ashford. Wer mochte die junge Dame aus dem 18. Jahrhundert gewesen sein? Ob ein Nachkomme bei Tammy im Miethaus wohnte, der die Memoiren hätte erhalten sollen? Sie wollte lieber nicht an den Türen klingeln, um nachzufragen, denn sie hatte schon genug Ärger mit den Nachbarn.

„Die meckern aber auch bei jeder Kleinigkeit", beschwerte sie sich bei Grey. „Die ältere Dame im Erdgeschoss mosert, weil ich das Treppenhaus manchmal nicht putze, wenn ich an der Reihe bin. Das Ehepaar mit den zwei Kindern nebenan schlägt mit der Faust gegen die Wand, wenn ich um 23 Uhr dusche, dabei weckt ihr Geschrei die Kinder eher auf als die Duschgeräusche in meiner Wohnung. Ich arbeite nun mal lange."

Mit einem schlechten Gewissen schaute Tammy zu ihrem Laptop. Eigentlich sollte sie längst an dem Werbeslogan für „Hip Shoes" sitzen, aber bei dieser Hitze konnte sie nicht denken.

„Ausgerechnet heute muss ich mit meiner Familie in Soho essen gehen, weil meine ausgeflippte Schwester Samantha auf die Sixties Läden dort steht, dabei mögen weder Mom, Dad, noch ich die Restaurants auf der Carnaby Street. Dort geht man shoppen, nicht essen."

Grey miaute und schaute sie mit großen Augen an. Lächelnd setzte Tammy ihn auf den Boden und schlenderte zur Küche. „Das Wort ‚Essen' verstehst du immer", amüsierte sie sich und gab dem Kater Futter.

Sie ging zurück zum Bett, nahm das Handtuch und legte es sich in den Nacken. Dann stellte sie sich ans Fenster und schaute hinaus. Auf der Rasenfläche in der Mitte des Norfolk Squares lag ein Paar auf einem fliederfarbenen Laken und kuschelte. Wehmütig dachte Tammy an Sophie und Jeremy. Welch eine schicksalhafte Begegnung! Die 18-jährige Memoirenschreiberin schien hin und weg von diesem Mann zu sein. Tamara korrigierte sich in Gedanken. Von diesem Vampir. Tammy selbst hatte nie viel Glück gehabt in der Liebe. Die Männer lagen ihr nicht gerade zu Füßen. Und wenn sie nun zurückdachte an die wenigen vergangenen Liebschaften, so trauerte sie keiner hinterher. Tamara hatte eben nicht die Faszination empfunden, die sie an einem Mann suchte. Und so stürzte sie sich in die Arbeit. Darin war sie gut. Sie besaß mittlerweile einen Namen als aufstrebende Werbetexterin, aber eben keinen Freund. So befand sie sich in einem Teufelskreis. Weshalb sollte sie früh nach Hause kommen, wenn niemand auf sie wartete außer Grey? Sie konnte sich genauso gut die Nächte in der Agentur um die Ohren schlagen. Das erwartete man von einer Karrierefrau. Wollte sie das überhaupt sein? Sie verkörperte es nach außen, ja. Vielleicht weil das alles war, was sie sich hatte erarbeiten können. Dabei träumte sie vielmehr davon, sich in die Arme eines starken Mannes fallen zu lassen, eines Mannes, der so mysteriös und attraktiv war wie Jeremy.

Plötzlich hatte Tammy eine Idee. Sie hatte bisher nur die ersten Seiten der Memoiren gelesen und war auf bekannte Namen gestoßen.

„Wo war es denn noch? Wo stand es?", murmelte sie und überflog die ersten Blätter. „Da! Covent Garden, ja, dort hat Jeremy gewohnt. Früher war Westminster eine eigene Stadt, heute ist es ein Bezirk Londons. Dort gibt es einige Häuser, die wie römische Piazzas aussehen. Das könnte passen. Sophie erwähnte doch auch einen Straßennamen. Ruhig, Tammy, nicht so aufgeregt." Sie begann verstärkt zu schwitzen, wischte sich mit dem Handtuch übers Gesicht und fand endlich den Abschnitt, den sie suchte. „Limpin Charlie Lane, diese Straße muss ich finden."

Ohne weiter darüber nachzudenken, wusch sie sich in Windeseile und zog ein apricotfarbenes Minikleid aus Voile an und band die schulterlangen, blonden Locken zu einem Zopf. Bei der Hitze war sie froh, ihre kleinen, festen Brüste nicht in einen BH zwängen zu müssen, so wie Samantha, die ihre üppigen Rundungen immer und überall durch einen Push-up BH und offenherzige Blusen in Szene setzte.

„Sie passt nach Soho", sagte Tammy zu Grey, als sie das Fenster schloss und ihn zum Abschied streichelte. „Sammy Jo ist genauso oberflächlich."

Die Sonne warf bereits tiefe Schatten, als Tamara die London Street entlangeilte. Sie überquerte die Pread Street und hastete die Treppenstufen zur Paddington Station hinunter, als würde sie zu einem Rendezvous hetzen. Dabei wusste sie nicht einmal, ob Jeremys Haus überhaupt existierte.

Sie betrat die U-Bahn und grinste. Jeremy konnte doch gar nicht wirklich gelebt haben, immerhin sollte er ein Vampir gewesen sein. Nein, das war unmöglich! Sicher würde sie nichts finden. Kein Haus. Keinen Jeremy. Erwartete sie tatsächlich, dass sie ihn antreffen würde? Als Vampir hätte er Sophie überleben und nun seit drei Jahrhunderten in dem Haus in der Limpin Charlie Lane wohnen können. Hatten sich die beiden eigentlich wieder gesehen, grübelte Tamara, oder war Jeremy nie zu Sophie zurückgekehrt, weil er ihr Blut nicht begehren wollte?

Tammy hatte das Gefühl, sich lächerlich zu machen. Einen Moment lang überlegte sie ernsthaft, direkt nach Soho zu fahren und die Läden zu durchstöbern, anstatt einem Phantom nachzujagen. Doch die Neugier und die Sehnsucht nach einer Liebe, wie sie sich zwischen Sophie und Jeremy anbandelte, brachten sie dazu, in Covent Garden auszusteigen.

Tammy kaufte sich am Schalter eine Stadtkarte, fand den gesuchten Straßennamen jedoch nicht. Daher fragte sie die Verkäufer in der Covent Garden Piazza und auch Passanten, aber niemand konnte ihr helfen. So leicht wollte Tammy nicht aufgeben! Sie lief durch die Straßen und Gassen, schaute sich die Straßenschilder an. Nichts.

Die Sonne versank hinter den Dächern. Zuerst entflammte der Himmel in gelbroten Zungen, die am Horizont loderten. Doch bald überflutete tiefes Nachtblau das Firmament wie eine gewaltige Welle, die den Tag fortspülte.

Traurig entschied Tamara, den Weg nach Soho anzutreten. Sie war einer Illusion erlegen. „Ich bin ein Narr", schimpfte sie. Langsam spazierte sie den Weg zur U-Bahnstation zurück.

Auf einmal las sie: „Ole Limpin Lane". Sie blieb wie angewurzelt stehen. Der Name hallte in ihren Gedanken wider. „Ich stehe längst auf der Straße. Natürlich! Die Namen haben sich seit dem 18.Jahrhundert verändert. Limpin Charlie Lane. Ole Limpin Lane. Es gibt sie wirklich!"

Sie konnte es kaum fassen. Aufgeregt drehte sie sich um die eigene Achse. Da bemerkte sie einen steinernen Flügel, der hinter einer großen, ausladenden Erle kaum zu sehen war. Schnell rannte sie zu dem Vorgarten, in dem zwei Erlen rechts und links eines Sandwegs standen und einen großen Teil des Hauses verdeckten.

„Die steinernen Dämonen!“, keuchte Tammy. „Es gibt das Haus wirklich.“ Konnte es tatsächlich sein, dass ein Mister Jeremy Wellingham hier um 1783 gewohnt hatte? Ja, es musste so sein. Aber war er nun Vampir oder Mensch?

„Ich werde es nie herausfinden, wenn ich hier stehen bleibe“, sagte Tammy und öffnete das Eisentor, das ihr bis zu den Knien reichte. Knarrend schwang es auf. Bei jedem Schritt auf das fremde Grundstück pochte ihr Herz lauter. Dabei musste sie sich eigentlich keine Sorgen machen. Einst hatte das Haus einen feudalen Eingang besessen, doch davon waren nur zwei Treppenstufen geblieben, die aussahen, als hätten die Dämonen sie angefressen. Die Fenster im Erdgeschoss waren mit Brettern zugenagelt. Der Kamin war eingefallen, und die Hausfassade bröckelte. Die geflügelten Löwen waren verschwunden. Lediglich zwei moosbewachsene Steinsockel erinnerten an sie.

Tamara sprach sich Mut zu, um im Hausinneren nach Hinweisen zu suchen. „Hier wohnt niemand.“

„Noch nicht!“, erklang eine tiefe Stimme hinter ihr.

Erschrocken fuhr sie herum. Nur eine Armlänge entfernt stand ein hochgewachsener Mann, der sie von oben bis unten musterte. Er betrachtete ihre langen, schlanken Beine und scheute sich nicht, seinen Blick auf ihren Brustwarzen – die sich durch die Aufregung zusammengezogen hatten und wie Perlen gegen den Stoff stießen – ruhen zu lassen.

Der Mann setzte eine finstere Miene auf. „Dringen Sie immer ungebeten auf fremden Grundstücken ein?“

„Ich …“, begann Tamara und stockte. Wieso nur ließ sie sich von diesem Kerl verunsichern? Sie hatte nichts Unrechtes getan. Und dennoch errötete sie. Er kommentierte dies mit einem erheiterten Lächeln, was sie wütend machte. Aber was sollte sie erzählen? Sie konnte ihm ja schlecht über den Vampir berichten, der hier einst gewohnt hatte. Aufmüpfig schaute sie ihm in die geheimnisvoll funkelnden Augen. Wie wunderschön sie waren! Schwarz wie die Nacht und genauso unergründlich.

Er verschränkte die Arme vor dem Körper und kraulte mit einer Hand nachdenklich das Kinn. Dann deutete er auf die Straßenkarte in ihrer Hand. „Sie sind Touristin und haben sich verlaufen? Aber in einem verkommenen Haus wollten Sie doch wohl nicht nach dem Weg fragen, oder?“

„Für wie dumm halten Sie mich eigentlich?“, entrüstete sich Tammy. Ihr fiel auf, dass der Windsorkragen seines anthrazitfarbenen Jerseyhemdes so intensiv gestärkt war, dass er jedem Sturm hätte standhalten können, und die Falte seiner ebenso dunklen Hose war äußerst akkurat gebügelt. Lässig lag der scharlachrote Kaschmirpullover über den Schultern und gab dem Fremden ein klassisches Aussehen.

Grinsend setzte er noch eine Unverschämtheit drauf. „Jetzt verstehe ich. Sie sind auf der Suche nach Arbeit und wollen mir Ihre Dienste als Putzfrau anbieten. In meinem neuen Haus gibt es ja auch viel zu tun und Sie scheinen sich nicht gut artikulieren zu können. Unter diesen Voraussetzungen findet man keinen gut bezahlten Job.“

Plötzlich war Tammy rasend vor Wut. Immerhin arbeitete sie als Werbetexterin und leistete verdammt gute Arbeit. Sie trat näher an den Fremden heran. „Wenn ich nicht so gut erzogen wäre, würde ich jetzt weit ausholen und Ihnen eine Ohrfeige verpassen, die ein Feuermal auf der Wange hinterlässt, das Sie auch nächste Woche noch an mich erinnert!"

„Dann sorge ich lieber vor", antwortete er mit ruhiger Stimme. Blitzschnell nahm er ihre Hände und verschränkte sie hinter ihrem Rücken. Nun drückte sich ihr Oberkörper sanft gegen den seinen. Erhaben schaute er auf sie hinunter und Tammy war zu erstaunt, um sich zu wehren.

„Sie sind eine hübsche Einbrecherin", sagte er milde.

Die Nähe zu diesem Mann raubte Tammy den Atem. Wie alt mochte er sein? Sie konnte es nicht sagen. Sein ebenholzfarbener Haarschopf besaß graue Schläfen und war trotzdem sehr füllig und glänzend.

Sie schluckte schwer und genoss den Duft von „Minotaure", der von seinem Hals ausströmte und nun auch sie umgab.

„Ich wollte nicht einbrechen", brachte sie mühsam hervor. Tamara hatte befürchtet, dass ihre Stimme zittern würde, aber sie war lediglich etwas dünn. „Mir gefielen die Dämonen. Ich wollte sie aus der Nähe betrachten."

„Hm", machte er provozierend. „Für mich sah es so aus, als wären Sie gerade dabei gewesen in Richtung Haustür zu gehen."

Sie fühlte sich ertappt. Hin- und hergerissen zwischen Wut und Scham suchte sie nach einer ausweichenden Antwort. Die richtigen Worte fielen ihr nicht ein. Sie war noch nie gut gewesen, Ausreden zu erfinden, anders als ihre Schwester. Samantha war die Königin der Ausflüchte.

Auf einmal gab der Fremde sie frei. Tammy war erstaunt über sich selbst, denn sie war enttäuscht über die plötzliche Distanz zwischen ihnen beiden.

Er streckte ihr die Hand entgegen. „Mein Name ist Dorian Everheard. Ich führe das Gestüt ‚Ride through time' draußen in Richmond. Dieses heruntergekommene Haus hier habe ich gerade erst gekauft, als Investition sozusagen und Zweitwohnsitz in der City. Meinen Sie, der Kauf hat sich gelohnt?"

„Tamara Malt." Sie schüttelte seine Hand, die trotz der nächtlichen Wärme angenehm kühl und kräftig war. „Ob Sie das Geld in den Sand gesetzt haben … ich weiß es nicht. Ich kenne ja die Zustände im Haus nicht."

Dorian lachte laut auf. Er ließ ihre Hand los, schlenderte um sie herum und flüsterte von hinten in ihr Ohr: „Netter Versuch, doch noch ins Haus zu gelangen." Er ging weiter und sah sie schmunzelnd von der Seite an. „Da müssen Sie schon die Waffen einer Frau benutzen, um mich rumzubekommen. Mädchenhafte Unschuld und gespielte Naivität bringen es bei mir nicht weit."

„Sie rumzukriegen?", prustete Tammy entrüstet. Sie sah, dass er sie herausfordern wollte, doch seine Dreistigkeit machte sie nur wieder wütend. Tamara schaute auf ihre Armbanduhr. Doch als sie bemerkte, dass sie gar keine trug, lief sie erneut rot an. Dorian Everheard machte sie nervös und das bedeutete, sie musste weg von ihm!

„Sie sind wirklich einer der unverschämtesten Männer, die ich je in meinem Leben getroffen habe. Aber ich lasse nicht gerne auf mich herunterschauen, daher werde ich Sie nun mit Ihrer Traum-Immobilie allein lassen. Die Dämonen unterhalten sich bestimmt gerne mit Ihnen, denn die haben ein Herz aus Stein, und es macht Ihnen nichts aus, wenn Sie auf ihren Gefühlen herumtrampeln, Mister Everheard."

Tamara machte kehrt, um das Weite zu suchen, doch Dorian hielt sie zurück. Seine Hand umschloss fest ihren Oberarm. Tammy versuchte sich loszureißen, aber er war unnachgiebig.

Er zog sie zu sich und sah ihr tief in die Augen. „Es tut mir leid, wenn ich Sie gekränkt habe. Ich bin zu weit gegangen und dafür entschuldige ich mich. Bitte, Tammy. Darf ich Sie so nennen? Sie reizen mich. Sie schienen ein einfaches, ja, fast williges Opfer zu sein. Und ein wenig haben Sie mein Necken doch auch genossen, oder irre ich mich so sehr?"

Samtig weich klang seine Stimme, betörend und verführerisch. Tammy schmolz dahin. Sie verstand sich selbst nicht mehr. Es war, als würden ihre Sinne schwinden, wann immer sie so nah war, dass sie Dorians „Minotaure" riechen konnte. Er besaß eine starke Anziehungskraft auf sie und kontrollierte mit ihrer Hilfe das Spiel. Hatte er Tammy bereits am Haken und ließ sie mal an der langen, mal an der kurzen Leine?

Wie ein Vampir, schoss es ihr durch den Kopf, geheimnisvoll und mächtig. Ob Dorian Everheard ein Vampir war? Konnte es sein, dass er früher einmal das Leben von Jeremy Wellingham gelebt hatte? Nein, Vampire gab es nicht, redete sich Tamara ein und konnte sich nicht von Dorians unergründlichen dunklen Augen losreißen. Und Dorian sah so ganz anders aus, als Sophie Jeremy beschrieben hatte.

„Darf ich Sie zu Ihrem Hotel bringen?", fragte er ernst. „Als kleine Wiedergutmachung. Mein Wagen steht gleich dort drüben." Er gab ihren Arm frei.

Tammy schüttelte den Kopf. „Ich bin keine Touristin. Machen Sie sich keine Umstände. Ich muss zur Carnaby Street und fahre mit der U-Bahn." An seinem heroischen Lächeln erkannte sie, dass er wusste, sie hatte ihm längst vergeben.

„Sie wohnen in Soho?" Er hob fragend die Augenbrauen.

„Nein, ich bin dort verabredet."

„Mit einem Mann?"

Erstaunt brauchte sie einen Moment und antwortete dann: „Ja." Nach einer Pause fuhr sie fort: „Mit meinem Vater, aber meine Mutter und meine Schwester werden auch dort sein. Haben Sie sonst noch Fragen, Mister Everheard?"

Er legte lächelnd seine kühle Handfläche an ihre Wange und streichelte mit dem Daumen ihre Wange. „Dorian, bitte, nennen Sie mich Dorian. Darf ich Sie dann nach Soho fahren? Es würde mich freuen. Auf diesem Weg gewinne ich noch einige Zeit mit Ihnen."

Schon lange wurde Tammy nicht mehr hofiert. Sie hatte das Flirten fast verlernt, und so antwortete sie: „Das wäre unsinnig. Ich fahre extra mit der U-Bahn, weil ich der festen Meinung bin, dass ein Auto in London nicht notwendig ist. Zumindest in den inneren Bezirken ist das Verkehrsaufkommen viel zu hoch. Da wäre es unlogisch, nun …"

„Keine Widerrede!", unterbrach er sie unnachgiebig. „Wenn wir in den Feierabendverkehr kommen, ist das umso besser für mich." Er zwinkerte ihr zu und schob sie in Richtung Eisentor.

„Bekommen Sie eigentlich immer was Sie wollen?", fragte Tammy provokant.

„Ja", entgegnete Dorian kurz und blickte ihr beherrscht ins Gesicht.

Sie ließ sich von ihm zu seinem Wagen führen. Als sie einstieg, grübelte sie darüber nach, was für ein Mann dieser Dorian Everheard sein mochte. Spielte er nur den berechnenden Typ oder stand er wirklich über den Dingen? Zumindest nahm man es ihm ab. Er wusste, was er tat und sprach bewusst. Ob Tammy ihn aus der Reserve locken konnte? Sie hatte sich zwar bisher in die Ecke drängen lassen, aber nun war der Überraschungsmoment vorüber. Es war Zeit zurückzuschlagen. Dorian reizte sie. Ihr ganzer Körper kribbelte elektrisiert. Seine Unverschämtheit forderte Tammy heraus. Er war genauso mit Pauken und Trompeten in ihr Leben getreten wie Jeremy in Sophies. Wie die Geschichte der beiden wohl weitergehen mochte? Gab es überhaupt eine Fortsetzung, oder hatten sich Sophie und Jeremy nach dieser Begegnung nie wieder gesehen? Was für ein Spiel dieser ekelhafte Ignatius wohl spielte? Ihr fielen die Armbrust und die Holzpflöcke ein, die sein Diener bei sich trug wie Vampirjäger in alten Hollywoodfilmen. Tammy machte sich ernsthaft Sorgen um Sophie. Wenn dieser suspekte Ignatius ein Jäger und Jeremy ein Blutsauger war, befand sich auch die 18-Jährige in Gefahr.

Einige Seiten von Sophies Memoiren warteten noch darauf, gelesen zu werden. Wenn Tammy den Absender herausfinden konnte, wäre sie dem Geheimnis um Sophie Langsdale und den Vampiren Londons ein gutes Stück näher. Doch genau an diese winzige Information zu gelangen, schien unmöglich zu sein.

Dorian fuhr los. Tammy schaute zu Jeremys ehemaligem Haus zurück und plötzlich durchzuckte sie ein schrecklicher Gedanke. Konnten die Memoiren ein Vorbote des Unheils sein? War es nicht ein übles Zeichen, dass der Absender der merkwürdigen Sendung unerkannt bleiben wollte? Jeder aufrichtige Mensch würde doch seine Adresse auf den Umschlag schreiben oder Kontakt zu Tammy suchen. Tamaras Magen rebellierte, und sie wünschte, nicht zum Essen nach Soho, sondern nach Hause fahren zu können.

„Ist Ihnen kalt?", fragte Dorian und streichelte über ihre Oberarme. „Sie haben eine Gänsehaut. Tamara, Sie sind eine außergewöhnliche Frau."

Sie zog die Augenbrauen hoch. Er sprach, wie so oft, in Rätseln. „Wenn jemand sonderbar ist, dann doch eher Sie."

Er feixte belustigt. „Ich habe mit meiner Bemerkung darauf angespielt, dass Sie frieren, obwohl es heute Nacht 30°C sein müssen. Aber bitte, klären Sie mich darüber auf, was an mir absonderlich ist. Ich bin sehr gespannt auf Ihre Ausführungen, denn ich mag Ihre Wortgewandtheit."

Diesmal reagierte Tammy besonnener. Er würde sie nicht erneut zur Weißglut bringen. Im Gegenteil! Sie wollte ihm die Stirn bieten. Nur wie? Sie konnte ja schlecht damit argumentieren, dass er sie an einen Vampir erinnerte. „Sie strahlen Gefahr aus", sagte sie schnippisch und war wenig zufrieden mit ihrem Konter.

„Gefahr?" Er schmunzelte.

Offensichtlich amüsierte er sich prächtig. Tammy kochte, und gleichzeitig hätte sie in diesem Augenblick nirgendwo anders sein wollen als in Dorians Wagen.

Sie fuhr ihre Krallen aus. „Ja, Ihr Mundwerk ist gefährlich. Sie verletzen andere damit, bis diese innerlich bluten." Auf einmal fragte sie: „Mögen Sie Blut?", und erschrak selbst, denn sie hatte schneller gesprochen als nachgedacht.

Dorians Grinsen erstarb. Während er an einer Ampel hielt, musterte er Tammy. „In der Tat, das tue ich", antwortete er ernst. „Ich trinke es dreimal am Tag. Es versorgt mich mit allem, was der Körper braucht, und macht mich seit sehr vielen Jahren vital."

Sekundenlang klebten ihre Blicke aneinander. Tammys Herz schlug ihr bis zum Hals. Sie wagte nicht, sich zu bewegen. War es möglich, dass Dorian ein Vampir war und Sophies Aufzeichnungen nicht nur ein übler Scherz oder eine Fantasiegeschichte? Zumindest vorstellen konnte Tamara es sich. Dorian war so verdammt erhaben und faszinierend. Er überraschte sie immer wieder, ließ sich nicht aus der Fassung bringen, und selbst seine breiten Schultern zeugten von körperlicher Stärke.

Dann lachte er laut auf und fuhr sich durch die schwarz-melierten Haare. „Ich sagte doch, Sie sind ein dankbares Opfer."

Tammy biss sich auf die Unterlippe. Er hatte sie schon wieder reingelegt. Blut, natürlich, es war ein leichtes auf das Thema Vampire zu kommen. Wer sonst konnte davon sprechen, Blut zu mögen? Sie hatte mit ihrer gedankenlosen Frage ein Eigentor geschossen. Wie dumm war sie gewesen, ernsthaft darüber nachzudenken, ob Dorian ein Vampir war!

Tamara verschränkte die Arme vor dem Körper und schaute aus dem Fenster. In Wahrheit versuchte sie ihre Enttäuschung zu verstecken. „Lassen Sie mich bitte an ‚Pete's Craft Studio' raus. Danke." Ihre Stimme klang frostig.

Dorian parkte am Straßenrand. Er nahm ihr Kinn und drehte ihr Gesicht in seine Richtung. „Sind Sie mir wirklich böse? Es täte mir unendlich leid, wenn wir im Streit auseinandergehen würden. So soll unsere Begegnung nicht enden, Tammy!"

Sein sanfter Ton brachte bereits das aufregende Kribbeln zurück. Was hatte dieser Fremde nur, dass er sie derart beeinflussen konnte? Er brachte es fertig, dass sie sich von einer Sekunde zur anderen schlecht fühlte und munterte sie im nächsten Augenblick schon wieder auf. Tammy fühlte sich klein in seiner Gegenwart. Ein wenig ängstigte sie seine sprachliche Geschicklichkeit, aber er faszinierte sie auch. Er erweckte Gefühle in ihr, die schon lange kein Mann mehr geweckt hatte. Außerdem war er irgendwie anders, geheimnisvoll und manchmal beschlich sie sogar der Eindruck, dass er ihre Gedanken lesen konnte. Und sie wusste, er tat es genau in diesem Moment, denn er lächelte liebevoll. Wieso nur brachte sie in seiner Gegenwart kaum einen vernünftigen Satz zustande, wo sie doch täglich die ausgefallensten Werbeslogans zu Papier brachte und sich im harten Agenturalltag durchsetzte? Sie kam sich vor wie ein Backfisch, und er war der Angler. Er konnte sie an Land ziehen oder zurück ins Meer werfen. Es lag einzig und alleine in seinen Händen.

„Schauen Sie mich nicht so traurig an", flüsterte Dorian und streichelte ihren Hals. „Ihr Blick ist so voller Weltschmerz. Vergeben Sie mir, wenn ich zu weit gegangen bin. Ich mag Sie und habe nur aus diesem Grund mit Ihnen geflachst. Ich wollte Ihnen nicht wehtun.“ Er zog ihr Gesicht nah heran, sodass sie seinen Atem spürte.

Tammy war verblüfft. Er hatte sie wieder durchschaut. Ja, sie empfand eine Art Schmerz – Abschiedsschmerz, denn sie wollte nicht, dass der Abend mit Dorian schon vorbei war und sie auseinander gingen, ohne Hoffnung auf ein Wiedersehen.

„Ich bin nicht böse“, hauchte sie und wusste, warum sie ihn nicht gehen lassen wollte. Er war ein Mann, der ihr die Stirn bot! Sie musste nicht die taffe Karrierefrau spielen, nicht die coole Freundin. Nein, sie genoss es, schwach zu werden.

Unerwartet küsste er sie. Ihre Lippen trafen sich und ihre Münder verschmolzen.

Wie töricht, mit einem fremden Kerl, den ich nicht einmal eine Stunde kenne, zu schnäbeln wie zwei Vögel im Frühling, dachte Tammy und öffnete den Mund weiter, um Dorian Einlass zu gewähren.

Er legte die kühlen Hände an ihre Wangen und hielt ihr Gesicht, während er den Kopf schräg legte, damit seine Zunge tiefer in ihren Mund eindringen konnte. Kaum hatte er den tiefsten Punkt erreicht, zog er sich wieder zurück, um sie zu necken. Tammy stöhnte leise zum Protest, und Dorian massierte ihre Lippen mit den seinen, bis diese wie elektrisiert kribbelnd nach mehr gierten. Alles in Tammy gierte nach mehr. Ihr Verlangen wuchs mit jedem Zahn, den seine Zungenspitze umfuhr. Dorian erkundete ihre Mundhöhle einem Forscher gleich und hinterließ gleichzeitig seinen herrlichen Geschmack. Mehrmals knabberte und saugte er leicht an ihrer Oberlippe. Er fuhr mit der Zunge über die Stellen, als wollte er sie beruhigen, doch anstatt sie abzukühlen, heizte er ihnen erneut ein und machte die Münder außen genauso feucht wie innen.

Tamara wünschte, dieser Kuss würde nie aufhören, doch irgendwann hupten die Autos, deren Fahrbahn sie blockierten, und Dorian wischte mit dem Daumen die Nässe von Tammys Lippen. Er lehnte sich entspannt zurück. Dann schaute er sie wartend an. Die Autos hupten unaufhörlich. Tamara blieb nichts anderes übrig als auszusteigen. Entschuldigend hob sie die Hand, doch die Autofahrer zeigten kein Verständnis. Nervös neigte sie sich hinunter und blickte in Dorians Wagen hinein.

Als er nichts sagte, warf sie wortlos die Autortür zu und winkte. Sie zwang sich zu lächeln, aber in ihrem Inneren hatte sie das Gefühl zu verbrennen. Dorian fuhr ab, und der Verkehr verschluckte ihn bald. Tammy schüttelte den Kopf. Warum hatte er ihr keine Visitenkarte gegeben? Wieso hatte er sie nicht gebeten, ihre Telefonnummer aufzuschreiben? Bis aufs Blut hatte er sie geärgert, um ihr als Entschuldigung zum Schluss einen der atemberaubendsten Küsse zu geben, die sie je erhalten hatte.

„Der Angler hat den Fisch zurück ins Wasser geworfen“, stellte sie verbittert fest. Sie dachte an Jeremy, der vor Sophie geflüchtet war und Sophies unerfüllter Sehnsucht.

Tammy ballte die Hände zu Fäusten, um nicht laut zu schreien. Die Passanten schauten sie verwundert an, aber das war ihr egal. Dorian Everheard hatte mit ihr gespielt und sie sich lächerlich gemacht. Sie würde sich nicht einmal rächen können, denn er war aus ihrem Leben verschwunden!

„So ein Mistkerl!", schimpfte Tamara und machte sich zum verabredeten Restaurant auf.

Die Wut wich der Trauer. Da traf sie schon einmal einen außergewöhnlichen Mann, der ihr gefiel, und dann entpuppte er sich als Teufel. Wie ungerecht die Welt doch war! Und jetzt musste sie auch noch den Abend mit ihrer Familie verbringen, anstatt zu Hause weiter den Abenteuern von Sophie zu folgen. Hoffentlich würde die junge Frau wenigstens Jeremy wieder treffen!

„Hallo Schwesterchen", begrüßte Samantha sie. „Hast du einen neuen Mann kennengelernt? Du siehst so enttäuscht aus."

„Für eine 21-Jährige bist du verdammt sarkastisch." Tammy saß noch nicht und bereute schon, sich nicht bei diesem Familienessen entschuldigt zu haben.

Ihr Vater begrüßte sie nicht einmal, sondern schob ihr gleich einige Skizzen und Papiere voller Daten zu. Aufgeregt schwatzte er ununterbrochen, hin und wieder an seinem Ale schlürfend. „Lies mal. Du wirst es kaum glauben. Nach so langer Zeit habe ich endlich einen Investor gefunden. Kannst du das glauben? Es ist ein Wunder! Ich dachte schon, mein Traum von einer Restaurantkette würde nie wahr werden. Meinst du, ich bin ein Träumer? Deine Mutter hat es geglaubt – bis jetzt. Träume sind nichts anderes als Ziele …"

„Realistisch müssen sie sein, lieber George", fiel Elisabeth Malt ihrem Mann ins Wort, „und realistische Träume gibt es nicht."

Tammy verdrehte die Augen. Es war wie immer, wenn die Familie zusammenkam; alles drehte sich nur um Samantha oder Dads Pläne, aus dem Malt'schen Gourmet Tempel eine Restaurantkette zu machen.

Sie bemühte sich wirklich, ruhig zu bleiben, aber es fiel ihr nach dem durch Dorian versauten Abend schwer. „Reicht denn nicht *ein* Restaurant? Immerhin ist es in ganz London bekannt. Jetset und Adel gehen bei dir ein und aus, und selbst Prinz Andrew kam schon zum Speisen."

„Du stehst eben auf der Seite deiner Mutter. So war das schon immer", zeterte George Malt und nahm ihr die Unterlagen ab. „Deine Schwester versteht mich."

Samantha grinste siegessicher. „Es wird Restaurants, wie das ‚That Delicious Bite', überall in Großbritannien geben. Der Name Malt wird bald über die Grenzen Londons bekannt sein."

„Und du wirst deine eigenen Wünsche in Erfüllung gehen sehen, nämlich im Blitzlichtgewitter der Klatschpresse zu stehen und deinen Lolitablick in der Rubrik ‚Die Reichen unter sich' wiederzufinden". Tammy wusste, dass sie gerade den Frust über Dorian an Sammy Jo ausließ, aber sie schaffte es einfach nicht, sich zurückzuhalten.

Samantha fauchte: „Du hast also doch einen Kerl kennengelernt! Ich sehe es dir an der Nasenspitze an, liebes Schwesterchen. Du bist mal wieder unglücklich verliebt. Mir kannst du nichts vormachen. Na, komm, raus mit der Sprache! Kennen wir ihn?"

„Nein", knurrte Tamara und zog sich innerlich zurück. Sie würde einen Teufel tun und ihrer Schwester etwas über Dorian erzählen.

„Hast du ihn in der Agentur kennengelernt?", stocherte Sammy Jo weiter in der Wunde herum. „Warum liebt er dich denn nicht, wo du ihn doch so vergötterst?"

„Ich vergöttere niemanden", schrie Tammy und schaute sich schuldbewusst zu den anderen Gästen um.

„Bitte, streitet euch doch nicht immer", bat Elisabeth Malt beschwichtigend.

„Du bist zu spröde. Das ist dein Problem." Samantha fächerte sich mit einer lindgrünen Papierserviette Luft zu.

„Was weißt du über meine Probleme?"

„Männer mögen Frauen mit Leidenschaft, Frauen, die ganz Frau sind, weiblich eben", erklärte Samantha, als wäre sie, und nicht Tamara, 30 Jahre alt. „Männer wollen keine Karriereweiber, die um Mitternacht nach Hause kommen und todmüde ins Bett fallen."

„Es reicht!", sagte Tammy scharf und stand ruckartig auf. Ihr Stuhl fiel um. „Es ist Zeit zu gehen."

Ihre Mutter fasste zärtlich ihre Hand. „Aber du bist doch gerade erst gekommen, Liebling. Marcus wollte auch kurz vorbeischauen. Er wird traurig sein, dich nicht anzutreffen."

Marcus Livingston war George Malts langjähriger Sekretär und mittlerweile ein Freund der Familie. Tamaras schlechtes Gewissen meldete sich. Es war jedes Mal das gleiche. Kein Wunder, dass sie sich schon früh entschieden hatte, nicht im „That Delicious Bite" zu arbeiten, sondern ihren eigenen Weg zu gehen. Sie galt ihre Schuldigkeit der Familie gegenüber ab, indem sie sich um das Marketing des Gourmet Tempels kümmerte. Sollte Samantha ruhig eines Tages die Leitung des Restaurants übernehmen. Tammy wollte nicht mehr damit zu tun haben als nötig. Um Marcus tat es ihr leid, aber sie würde ihn ja am Wochenende auf der Party im Haus ihrer Eltern sehen.

Sie hob den Stuhl auf und legte eine Hand auf ihren Bauch. „Mein Magen. Mir geht es schon den ganzen Abend nicht gut. Ich könnte eh nichts essen."

„Diese Hitze ist mörderisch." Elisabeth Malt nickte verständnisvoll. „Wir hätten eine Lokalität mit Klimaanlage aufsuchen sollen."

„Es ist wie immer alles meine Schuld, weil ich unbedingt in die Carnaby Street wollte", warf Sammy Jo ein.

Tammy gab ihrer Mutter einen Kuss auf die Wange und schenkte ihrem Vater ein aufmunterndes Lächeln. Als ihr Blick Samantha streifte, erstarb das Lächeln. Sie drehte sich um und verließ das Restaurant.

Verärgert rannte sie zur U-Bahn und fuhr zurück zur Paddington Station. Ihr Schritt wurde immer schneller, als sie die London Street entlangging, denn sie konnte es kaum erwarten, sich wieder in Sophies Memoiren zu vertiefen – und ihren Gedanken über Dorian nachzuhängen. Es machte sie wütend, dass er immer noch ihre Gefühlswelt beherrschte. Sicherlich lag er längst in den Armen einer anderen Frau, die ihm die Leidenschaft schenkte, die er forderte.

„Sammy Jo hat dir einen Floh ins Ohr gesetzt", schimpfte Tamara mit sich selbst. „Von wegen spröde! In mir wartet so viel Lust und Leidenschaft darauf entfesselt zu werden, dass ganz London beben würde." Sie schmunzelte und lachte plötzlich laut auf, sodass der Kioskbesitzer an der Ecke von seiner Zeitung aufsah.

Endlich kam sie am Norfolk Square an. Sie entspannte sich langsam. Erschöpft durch die vielen Streitigkeiten des Abends schloss sie die Haustür auf und schleppte sich die Treppe zu ihrer Wohnung hinauf. Grey begrüßte sie miauend.

Tammy nahm ihn auf den Arm und kraulte sein Köpfchen. „Du wirst es nicht glauben, Grey, aber ich bin ausgezogen, um einen Vampir zu finden, und mir ist tatsächlich einer begegnet. Dorian Everheard hat es doch tatsächlich geschafft, mir innerhalb einer halben Stunde meine Energie zu rauben. Dieser Mistkerl!“ Sie setzte den Kartäuserkater auf den Boden und seufzte. „Ich würde ihn nur zu gerne wiedersehen.“

Ihr Blick fiel auf den Laptop. Sie hatte sich noch immer keine Gedanken über einen Werbeslogan für „Hip Shoes“ gemacht.

„Ich kann jetzt nicht darüber nachdenken“, murmelte Tammy. „Dorian blockiert meine Gedanken.“ Sie wollte lieber in die Welt von Sophie Langsdale eintauchen und legte sich auf das Bett neben die Memoiren.

Eine Weile schaute sie an die Zimmerdecke. Die Lichter Londons flackerten hin und wieder auf. Und Tamara sah doch nur Dorian vor ihrem inneren Auge. Sein Geschmack lag noch auf ihrer Zunge, die mit einem Mal in lustvoller Erinnerung kribbelte. Sie roch noch das „Minotaure“, spürte die auffällige Kühle seiner Handfläche an ihren erhitzten Wangen. Die Sehnsucht quälte sie. Wieso konnte sie ihn nicht vergessen, wo er doch so ein Schurke gewesen war? Oder traf ihn gar keine Schuld? War es nicht ihr eigener Fehler gewesen, mehr in einen Kuss hineinzuinterpretieren als da war? Ja, Samantha hatte recht. Tammy alleine war das Problem. Sie suchte vergeblich nach einer festen Beziehung, die die Zeit überdauerte, einer starken Bindung, die allen Widerständen trotzte und so voller Leidenschaft war, dass die Erregung mit jedem gemeinsamen Tag wuchs. Aber so war der Alltag nicht.

„Darum widme ich mich lieber Sophie und Jeremy“, sagte Tammy seufzend zu Grey, der sich an ihre Füße gekuschelt hatte und nahm die Blättersammlung in die Hand. „Und vielleicht finde ich doch noch raus, ob Jeremy tatsächlich ein Vampir war.“

Tamara betete für Sophie, dass die 18-Jährige wenigstens glücklich geworden war und las weiter.

Ich lugte durch den Türspalt nach draußen in den Hinterhof. Nachdem ich eine Stunde lang in der Küche gestanden, Brot gebacken und die bleichen Teigleiber in den rauchenden Ofen geschoben hatte, brauchte ich dringend frische Luft.

Die Sonne war gerade erst aufgegangen, trotzdem war Elisa bereits auf den Beinen. Sie lief zu den Gehegen, schob ihre Hand unter die verwirrt gackernden Hühner und legte die Eier in einen Weidenkorb, den sie unter ihren Arm geklemmt hatte. Eigentlich hätte ich mich über ihren Eifer freuen müssen. Elisa hatte sich in den letzten Tagen stark verändert. Ihr Gesicht hatte eine frische Farbe angenommen, und stets umspielte ein Lächeln ihre schmalen Lippen. Für ihre plötzliche Wandlung gab es nur einen Grund – und dieser gefiel mir ganz und gar nicht. Samuel Ignatius schob sich in mein Blickfeld. Stolz zeigte meine Schwester ihm jedes erbeutete Ei, woraufhin Samuel die Hände auf ihre Schultern legte und ihr Komplimente machte. Das vermutete ich zumindest, denn Elisa errötete und kicherte verlegen wie ein junges Mädchen, kurz nachdem es zum ersten Mal geküsst wurde. Wieso sah niemand außer mir, dass er ein falsches Spiel mit ihr trieb?

„Du solltest deiner Schwester das Glück gönnen", sagte Martha und rührte den Eintopf von gestern um. Eine Haut hatte sich auf der Flüssigkeit gebildet.

„Ich gönne meiner Schwester jedes Glück von Herzen. Aber dieser Ignatius führt irgendetwas im Schilde!"

„Du siehst Gespenster, Kind. Er ist sehr zuvorkommend und höflich zu ihr. Ich glaube, er hat sie wirklich gern. Denk auch daran, dass Elisa schon einmal verheiratet war. Für viele Männer ist sie nicht mehr interessant."

Skeptisch warf ich einen Blick nach draußen. Ignatius legte die Arme von hinten um meine Schwester und drückte sie an sich. Es war eine besitzergreifende Geste, doch Elisa lachte. Sie sah unbeschreiblich glücklich aus. Wenn Vater das gesehen hätte, hätte er Ignatius wohl in seine Schranken verwiesen.

Vielleicht wollte ich mir zu diesem Zeitpunkt nicht eingestehen, dass ich einsam war und mich, genauso wie Elisa, nach dem besonderen Menschen im Leben sehnte? Dem, der mich zum Lachen brachte und mir in schweren Zeiten Trost gab.

Am Abend ging ich auf mein Zimmer und zog die alte Holztruhe mit den eisernen Scharnieren unter meinem Bett hervor. Hier hütete ich meinen größten Schatz! Die Hinterlassenschaften unserer Mutter. Ich schob den Deckel zurück. Die Angeln quietschten wie eine kreischende Katze, der jemand aus Versehen auf den Schwanz getreten war. Stoffe, Tücher, Spitzen und Ringe aus Eisen, Kupfer und Zinn kamen zum Vorschein. Nichts, was materiellen Wert besaß, doch für mich dennoch unbezahlbar war. Auf diesen Schätzen lag ein zerknitterter Brief mit einem Siegel aus Wachs. Meine Mutter hatte ihn bei einem Schreiber aufgegeben. Bevor sie starb, hatte ich ihr das Versprechen abnehmen müssen, Jeremy ihre Nachricht zu geben, sollte er jemals zu uns zurückkehren. Der Augenblick war gekommen. Er war wieder in der Stadt. Mein dunkler Retter ging mir nicht mehr aus dem Kopf. Ich musste ihn wiedersehen! Und der Brief meiner Mutter bot mir die Gelegenheit!

Ich wartete, bis die letzten Lichter erloschen waren und stahl mich heimlich aus dem Haus. Wie ein Wiesel huschte ich durch die regennasse Green Acres Road. Lautlos, im Schatten verborgen. Vorsichtshalber hatte ich mich in einen alten Mantel gehüllt und einen dicken Schal um mein Gesicht gewickelt, damit mich niemand erkannte und neugierige Fragen stellte. Die Entscheidung erwies sich als richtig, denn es war nicht nur eisig kalt, sondern es regnete auch noch in Sturzbächen. Dunkle Wolken überzogen den trüben Nachthimmel. Ich eilte, so schnell ich nur konnte, durch die düsteren Gassen, sprang über Pfützen und versuchte dem strömenden Regen, so gut es eben ging, zu entkommen. Die wenigen Menschen auf den nächtlichen Straßen beachteten mich nicht. Ein jeder hatte es eilig, schnell nach Hause zu gelangen oder einen Unterschlupf zu finden. Schließlich bog ich in die Limpin Charlie Lane ein und stand vor dem prachtvollen Gebäude, das Jeremy sein Heim nannte. Ehrfurchtsvoll blickte ich zu den

Steindämonen im Vorgarten der Piazza. Dieses Haus war wahrhaftig einzigartig in Covent Garden. Zumindest hatte ich noch kein Vergleichbares gesehen. Ich stand kurz vor meinem Ziel, jetzt durfte ich nur nicht den Mut verlieren. Entschlossen folgte ich dem gelben Sandweg, vorbei an den steinernen Kreaturen, die jeden meiner Schritte mit Argusaugen zu beobachten schienen, bis ich schließlich vor dem gewaltigen Eingangsportal stand. Wie würde Jeremy reagieren, wenn er mich sah? Würde er mich wieder fortschicken?

Die Vorstellung versetzte mir einen Stich ins Herz. Nein, er durfte mich einfach nicht zurückweisen. Ich zog an der Kordel zu meiner Linken. Eine Glocke erklang auf der anderen Seite der Tür. Wenig später schob sie sich quietschend zur Seite. „Jeremy!", rief ich aufgeregt, öffnete meinen Mantel und riss mir den Schal vom Gesicht, damit er mich erkannte. Doch ich hatte mich zu früh gefreut. Ein Schrei entfuhr meiner Kehle, als ich plötzlich in das vernarbte Antlitz einer missgebildeten Kreatur blickte. Schnell presste ich beide Hände auf den Mund, um meinen eigenen Schrei zu unterdrücken. War dieses Wesen vor mir überhaupt ein Mensch? Nie zuvor hatte ich eine derartige Gestalt gesehen. Ein Buckel ragte über seinen Schultern auf, die Zähne in seinem Mund waren krumm und schief und die Augen – unterschiedlich groß – blickten in verschiedene Richtungen. Die Dienerkleidung verriet seinen Status im Haus. Doch da kein Laut über seine Lippen kam, ergriff ich die Initiative. „Ich möchte zu Mister Jeremy Wellingham. Ist er wohl zu sprechen?", fragte ich leise. Bemüht, mir die Abscheu nicht allzu sehr anmerken zu lassen.

Der Diener sah mich lange an, dann kratzte er sich ein paar Hautschuppen aus den ausgehöhlten Wangen und fragte mit einer Grabesstimme, die mir durch Mark und Bein ging: „Wer seid Ihr?"

„Sophie Ashford. Mister Wellingham kennt mich."

Während er mich eingehend betrachtete, machte seine Zunge merkwürdig schmatzende Geräusche. Langsam ließ er sie über eine Reihe fauler Zähne gleiten. Täuschte ich mich, oder starrte mir dieser … Mann … die ganze Zeit gierig auf den Busen?

„Was wollt Ihr von ihm?"

„Ich habe eine wichtige Nachricht für Mister Wellingham." Eilig holte ich den Brief unter meinem Mantel hervor. Der Diener grunzte plötzlich, als er den Umschlag sah und winkte mich mit einer ausholenden Armbewegung herein.

Ich folgte ihm durch die Eingangshalle bis zur Tür am Ende des Flurs. Zaghaft klopfte der Diener an. Ein Mal, zwei Mal, drei Mal. Dann hörte ich Schritte. Gott, gleich würde ich ihm gegenüberstehen. Vor Aufregung klopfte mein Herz so wild, dass ich glaubte, jeden Augenblick ohnmächtig zu werden.

„Was gibt es denn Gregory, wieso störst du mich?" Jeremy riss die Tür auf. Doch als er mich sah, hielt er in seiner Bewegung inne. Unerwartet bildete sich ein Lächeln auf seinen bisweilen starren Zügen.

„Sophie. Ich habe dich erwartet."

„Tatsächlich?" Verwundert sah ich ihn an.

„Schick Lucretia, sie soll meinem Gast Speis und Trank bringen."

Gregory verbeugte sich grunzend und hinkte den Weg zurück, den wir zuvor gekommen waren.

„Du nimmst meine Einladung doch an?“

„Sicherlich.“

Ich folgte ihm verwirrt in den Raum. Vor dem wandgroßen Fenster, das eine herrliche Aussicht auf Covent Garden bot, stand eine kleine gedeckte Tafel. Täuschten mich meine Augen oder lagen dort tatsächlich zwei geköpfte Hühner auf einer silbernen Platte? Nein, kein Zweifel. Die Tiere waren blutleer. Ihre Körper wirkten merkwürdig eingedellt. Bei dem Anblick krampfte sich mein Magen zusammen. Wenigstens hatten sie ihre Federkleider noch an.

Jeremy wischte sich mit einer bestickten Serviette über die Lippen. „Verzeih, ich habe schon gegessen. Setz dich doch.“

Ich tat wie mir geheißen.

„An deinem entsetzten Gesichtsausdruck sehe ich, dass dir mein Abendmahl weit weniger appetitlich erscheint als mir. Dabei beköstigten mich bereits deine Eltern mit frisch geköpften Hühnern. Was denkst du denn, wie sie mich so lange ernähren konnten?“

„Das wusste ich nicht“, gab ich zu. Mama hatte uns in solchen Augenblicken immer auf unser Zimmer geschickt.

Mein Gastgeber nahm mir gegenüber Platz, stützte die Ellenbogen auf der Tischplatte ab und faltete die Hände unter dem Kinn. Sein kalter Blick war eindringlich. Ich hatte das Gefühl, er würde mir tief in die Seele schauen.

„Wieso hast du mich erwartet? Du konntest doch nicht wissen, dass ich dich besuche.“ Ungeduldig rutschte ich auf meinem Stuhl hin und her. Meine Finger krallten sich in den Umschlag. Ich brauchte etwas, an dem ich mich festhalten konnte.

„Glaubst du wirklich, ich hätte nicht gemerkt, wie du mich verfolgst?“ Er lachte leise. Doch es war kein böses, vielmehr ein ehrlich amüsiertes Lachen.

Ich hingegen senkte peinlich berührt den Blick. In der Tat hatte ich mir genau das eingebildet.

„Aber warum hast du dann nichts gesagt?“

„Ich wollte dir die Entscheidung überlassen, Sophie.“

„Welche Entscheidung?“

„Ob wir uns wiedersehen oder nicht. Und ob du glaubst, einen Vampir bändigen zu können.“ Ein seltsames Funkeln trat in seine Augen. In diesem Moment öffnete sich die Tür. und eine junge Magd kam herein. Sie hatte eine ausgeprägte Stirn, die ihr ohnehin schon kleines Gesicht um noch einiges winziger wirken ließ. Die giftgrünen Augen schienen einen Hauch zu weit auseinander zu stehen und rote Striemen zierten ihre blassen Arme. War sie eine Art lebende Nahrungsquelle für Jeremy? Ritzte sie sich die Haut ein, damit er ihr Blut trinken konnte, ohne dabei zu riskieren, sie in einen Vampir zu verwandeln?

Das Mädchen stellte ein Holzbrett mit Weißbrot vor meine Nase. Dazu etwas Aufschnitt und einen Becher Milch. Ich wusste, ich würde nichts herunterbekommen. Die Aufregung schnürte mir förmlich den Magen zu.

„Verzeiht, Herr. Doch etwas anderes hatten wir nicht im Haus." Ihre Stimme klang seltsam weich. Es war vielmehr ein Hauchen.

„Ich danke dir, Lucretia. Bitte räume den Tisch ab, bevor du gehst", sagte Jeremy. Die Magd verbeugte sich, schnappte sich die beiden toten Hühner und eilte nach draußen.

„Du hast äußerst merkwürdige Diener."

„In der Gesellschaft war kein Platz für sie. Menschen wie Gregory werden auf Jahrmärkten ausgestellt. Und Lucretia wurde von ihrem Ehemann geschlagen, weil sie ihm keinen Sohn schenken konnte."

Ich schluckte. Ich hatte ja keine Ahnung gehabt, welch tragische Schicksale sich hinter den irren Fassaden verbargen.

„Sie dienen mir und bewachen mich am Tag, wenn ich mich in die Kellergewölbe zurückziehe. Dort unten kann es manchmal sehr einsam werden." Er hob den Kopf und sah mich an. Ein stilles Verlangen lag in seinem Blick.

Verlegen wich ich ihm aus und sah auf meine Hände. Der Brief! Gott, wie hatte ich ihn nur vergessen können? Er war der Grund, warum ich hier war.

„Ich habe etwas für dich, Jeremy. Von meiner Mutter."

„Marie?"

Ich nickte. „Sie gab mir diese Nachricht, kurz bevor sie starb."

Langsam erhob ich mich, lief um die Tafel herum und reichte ihm das Schreiben. Ich wusste, dass Mama ihn einst geliebt hatte. Ich hatte schwören müssen, Papa nie ein Wort zu sagen. Und doch glaubte ich, dass ihm die heimlichen Blicke nie entgangen waren.

Seufzend legte Jeremy den Brief zur Seite, ohne ihn zu öffnen. „Deine Mutter – Marie – und ich kannten uns lange bevor ich ein Vampir wurde."

„Wie bist du ein Vampir geworden?", schnitt ich ihm ins Wort. Die Neugier war schon ein Laster. Ich hätte mir in diesem Moment am liebsten auf die Zunge gebissen. Jeremy gab mir keine Antwort. Er schüttelte nur den Kopf.

„Wir können das Vergangene nicht ändern", sagte er schließlich. „Du bist Marie wie aus dem Gesicht geschnitten. Ich bin froh, dass du heute hier bist, Sophie."

Jeremy konnte nicht ahnen, dass es mir genauso ging! Ich hatte fest damit gerechnet, dass er mich zurückschicken würde. Nun war ich umso erleichterter, dass er es nicht getan hatte.

Er richtete sich zu seiner vollen Größe auf, sah einen Augenblick lang auf mich herab, als versuchte er zu verstehen, was in mir vorging und nahm schließlich meine Hand. Gott, seine Finger fühlten sich so unmenschlich kalt an.

Wie in Trance folgte ich ihm durch eine kleine Seitentür in das Musikzimmer. Ein weißer Flügel stand am Fenster. Nahe der Sitzecke entdeckte ich eine Harfe, die herrlich golden schimmerte. Gold, Perlmutt, Creme – helle Farben, so strahlend wie der Tag. Ein roséfarbener Teppich. Nur die dunklen Samtvorhänge an den Fenstern bildeten einen starken Kontrast zu dem wunderbaren Farbenspiel.

„Dieses Zimmer ist wunderschön."

„Nichts ist so schön wie du."

Jeremys Stimme klang weich und samtig, dennoch bestimmt. Er meinte es ernst. Beim Klang seiner Worte bekam ich eine Gänsehaut.

„Wann hast du das Haus bezogen?"

„Erst kürzlich. Ich habe es seinem Vorbesitzer abgekauft. Glücklicherweise traf die Einrichtung meinen Geschmack. Ich musste nur wenig verändern."

Er drehte mich plötzlich zu sich. Wieder sah ich dieses Verlangen in seinen strahlend blauen Augen. Ein Verlangen, das auch Sehnsüchte in mir weckte.

„Darf ich dich berühren?"

„Was?"

„Schließe die Augen."

„Warum?"

„Vertraust du mir, Sophie?"

„Ja, aber ..."

Sein sehnsüchtiger, doch gleichzeitig fordernder Blick ließ mich dahinschmelzen. Ich tat, was er verlangte. Da spürte ich plötzlich eine kalte Hand an meinem Mund.

„So weich, so zerbrechlich …", flüsterte er und zeichnete meine Lippen mit seinem Zeigefinger nach. Ich spürte seinen spitzzulaufenden Nagel, der zart in mein Fleisch stach. Wie ein junger Spund, der das erste Mal die Liebe entdeckt und einen fremden Körper erforscht, so erforschte er mein Gesicht. Sanft streichelte er meine Augenbrauen, meinen Nasenrücken, meine Wangen und schließlich meinen Hals.

„Ihr Sterblichen seid wunderschön … und so warm."

Ich verkrampfte mich, als er mit dem Handrücken meine Halsschlagader berührte. Er musste spüren, wie mein Herzschlag schneller wurde, wie das Blut heiß durch meine Adern schoss. Schneller und schneller.

Nur einen Spalt öffnete ich die Augen, sodass er es nicht merkte. Ich musste wissen, was er tat. Würde er mich beißen? Gierte er nach meinem Blut? Sein Blick haftete vollkommen fasziniert auf meinem Hals. Wenn er seine Zähne in mein Fleisch bohrte, war es aus! Ein Biss genügte, um einen Menschen in einen Vampir zu verwandeln. Die Gefahr war herrlich erregend. Ich hätte fliehen können, doch ich tat es nicht. So seltsam es auch war, ich fing an, es zu genießen. Er beugte sich zu mir herab und presste seine Lippen an meinen Hals. Zärtlich saugte er an meiner weißen Haut, ohne seine Zähne einzusetzen. Ich war mir der tödlichen Gefahr bewusst, doch ich konnte ihr nicht widerstehen.

Gänsehaut überzog meinen ganzen Körper, als Jeremys Lippen meiner Schlagader folgten. Tiefer und tiefer wanderten sie hinab, bis ihm der Leinenstoff den Zugang zu meinen Brüsten verwehrte.

„Folge mir, nimm meine Hand. Aber öffne deine Augen nicht", hörte ich ihn plötzlich sagen. Ich presste die Lider zusammen und ließ mich von ihm durch den Raum zu der Couch führen.

„Mach es dir bequem." Verwirrt folgte ich seiner Anweisung. Was hatte er jetzt bloß mit mir vor?

Ich erschrak, als seine Lippen die meinen verschlossen. Sanft schob sich seine Zunge in meinen Mund. Was für ein aufregendes Gefühl! Ich konnte nicht genug von diesem feuchten Kuss bekommen. Mit einem Seufzen gab ich mich dem süßen Spiel hin.

Meine Brustwarzen richteten sich auf, als kalte Finger sie kneteten. Lustvoll streckte ich ihm meinen Oberkörper entgegen. Jetzt spürte ich, wie seine Hände meinen verhüllten Busen umschlossen. Zärtlich massierten sie meine prallen Äpfel, mal sanfter, mal fester. Der Stoff rieb sich an meinen Knospen.

Ich hörte seinen Atem. Das Spiel erregte ihn, genauso wie es mich erregte.

Ein Finger strich über mein Hemd, den Bauch entlang, weiter nach unten. Ich erzitterte innerlich, dankbar dafür, dass ich heute keinen Schnürleib angelegt hatte. Seine Hand wanderte nun unter meinen Rock und verwöhnte die Innenseiten meiner Oberschenkel mit sanften Streicheleinheiten. Stöhnend warf ich den Kopf in den Nacken, als seine flinken Finger auf meine Scheide zusteuerten. Doch kurz bevor er sie erreichte, hielt er plötzlich inne. Nein! Hör nicht auf! Ich biss mir auf die Unterlippe, bis ein Blutstropfen aus der Wunde quoll. Dem süßen Spiel konnte er doch kein solch grausames Ende bereiten!

Ich öffnete die Augen und sah, dass es meine eigene Hand war, die kurz vor meiner Scham Halt gemacht hatte. Jeremy saß mir gegenüber und lächelte mich geheimnisvoll an. War alles nur Illusion gewesen? Hatte er mich überhaupt berührt? Oder waren die unsichtbaren Finger in Wirklichkeit meine eigenen gewesen?

„Ich konnte deine Sehnsüchte spüren“, sagte er und erhob sich von seinem Sessel. Langsam kam er auf mich zu. Himmel, was für eine elegante, aristokratische Erscheinung. Er kniete vor mir nieder, um mir die Perle aus Blut von der Unterlippe zu lecken.

„Du hast mich beobachtet, während ich mich selbst berührte?“

„Ich habe nur das getan, was du dir tief in deinem Innersten gewünscht hast, Sophie. Und ich bin bereit, es wieder zu tun. Wenn du es möchtest.“

Ich wusste nicht, was ich antworten sollte. In mir war etwas erwacht, das mich ängstigte, aber auch erregte.

„Hast du es nicht genossen?“

Doch, das hatte ich. Das kurze Spiel war sehr betörend gewesen. Selbst jetzt glaubte ich seine sanften Hände überall auf meinem Körper zu spüren ...

Jeremy begleitete mich nach Hause. Ich dachte lange über seine Worte nach und kam zu dem Schluss, dass ich in dieser Nacht wahre Freiheit erfahren hatte. Nun lag ich in meinem Bett und dachte an ihn, während ich mich selbst streichelte, um erneut jene Nähe zu spüren.

Enttäuscht drehte Tamara die letzte Seite um, mit der Hoffnung, dass auf der Rückseite eine Fortsetzung oder ein Hinweis stehen würde. Nichts.

„Unfassbar! Ich habe nur einen Ausschnitt der Memoiren, und die Liebesgeschichte zwischen Sophie und Jeremy fängt jetzt erst richtig an“, stellte sie angesäuert fest.

Sie legte die Blättersammlung auf den Nachttisch und drehte sich auf die Seite. Obwohl es schon spät war, grölten im Norfolk Square noch ein paar Jugendliche. Dadurch, dass die Rasenfläche von drei Häuserreihen umgrenzt war, hallten ihre Sprechgesänge wie in einem Hinterhof.

Tamara fieberte mit Sophie mit, als wären sie Freundinnen. Sie hätte ihr gerne zugerufen: „Geh nicht in Jeremys Haus. Diese Gestalten sind zu düster und sicher gemeingefährlich." Aber Tammy trennten drei Jahrhunderte von der mutigen 18-Jährigen. Mutig, das war die junge Frau! Weil sich Sophie zu Jeremy hingezogen fühlte, hatte sie sich ein Herz gefasst und war in die Höhle des Löwen gegangen, immerhin hätten die Diener Vampire sein und über sie herfallen können. Tamara dagegen zog sich bei Liebesproblemen lieber auf die Insel der Arbeit zurück oder igelte sich in ihrer Dachgeschosswohnung ein. Im Berufsleben hatte sie Biss. In privaten Dingen flüchtete sie lieber, weil sie zu sensibel war, um ein Gefühlschaos zu überstehen.

Ihre Arbeitskollegin und Freundin Sally Thomas, eine begnadete Web-Designerin, konnte das nicht nachvollziehen. „Du hast zwei Seelen in deinem Brustkorb wohnen, Schätzchen", hatte sie mal gesagt und Tammy fiel nichts anderes ein, als zu erwidern: „Vielleicht ist mir nur noch nicht der richtige Mann über den Weg gelaufen, für den es sich zu kämpfen lohnt."

Dorian. In diesem Augenblick schlich er sich in ihre Gedankenwelt zurück. Es gab keine Möglichkeit, ihn wieder zu treffen, anders als bei Sophie und Jeremy. Oder doch? Immerhin wusste sie, dass er das Gestüt „Ride through time" leitete. Es lag im gleichen Londoner Bezirk Richmond-up-Thames wie das Haus ihrer Eltern.

Tammy stand auf und schloss das Fenster, um endlich zu schlafen. Es war schon spät, und sie musste früh raus, zumal sie den Werbeslogan für „Hip Shoes" nicht einmal ansatzweise fertig hatte.

Sollte sie Dorian auf dem Gestüt aufsuchen? Nein! Niemals! Diese Blöße wollte sie sich auf keinen Fall geben, nicht nachdem er sie auf der Carnaby Street derart kalt abserviert hatte. Sie musste ihn vergessen!

„Das wird wohl das Beste sein", murmelte sie, als sie sich wieder ins Bett legte und die Augen schloss. Doch sie konnte nicht einschlafen. Immer wieder sah sie Dorian in ihren Träumen. Das führte sie zu Jeremys Haus in Covent Garden zurück und ihrem misslungenen Versuch, einen Fuß ins Hausinnere zu setzen.

In den folgenden Tagen konnte Tamara auch nicht besser schlafen. Unruhig wälzte sie sich in ihrem Bett von einer Seite auf die andere, sodass Grey lieber auf dem Sessel schlief. Sie grübelte selbst tagsüber darüber nach, ob sie in dem römisch anmutendem Gemäuer wohl einen Hinweis auf Sophie oder sogar die restlichen Seiten der Memoiren finden würde. Jeremys Haus in der Ole Limpin Lane war der einzige Hinweis, den sie besaß. Und eines Tages, als Sally sie um Mitternacht mit den Worten „Willst du dein komplettes Leben hier verbringen?", aus der Werbeagentur rauswarf, fuhr Tammy nicht zur Paddington Haltestelle, sondern stieg in die U-Bahn nach Covent Garden, bewaffnet mit der Taschenlampe des Hausmeisters der Agentur.

Sie näherte sich unauffällig Jeremys Haus, das nun Dorian gehörte, als wäre sie eine mitternächtliche Spaziergängerin. Tammy versuchte auszumachen, ob jemand sie vom Fenster der Nachbarhäuser aus beobachtete, aber alle schienen zu schlafen. Schnell sprang sie über das kniehohe Eisentor. Wie gut, dass sie einen Minirock trug! Auch die gewürzfarbene Tunikabluse ließ ihr genügend Platz, um sich geschmeidig wie eine Katze zu bewegen. Eine Weile stand sie im Schutz der Erlen.

Im Vorgarten werde ich keine Hinweise auf Jeremy und vielleicht sogar Sophie finden, rügte sich Tamara im Stillen und schlich an den steinernen Dämonen vorbei zur Haustür. Leise rüttelte sie an der Tür. Verschlossen. Natürlich! Was hatte sie erwartet? Sie verzog das Gesicht und schlich zu einem der Fenster. Sie waren alle mit Brettern zugenagelt, aber als Tammy versuchte mit der Taschenlampe zwischen dem Holz hindurch ins Hausinnere zu leuchten, sah sie, dass die Nägel rostig waren. Sie machte die Lampe aus, steckte das Ende zwischen zwei Bretter und hebelte eins der Hölzer aus der Verankerung. Der verrostete Nagel gab nach. Tammy grinste und nahm auf diese Weise die ersten drei Bretter ab. Das Glas dahinter war zerbrochen, sodass sie hineingreifen und das Fenster am Griff öffnen konnte. Das Fenster ging nicht zur Seite auf, sondern sie musste es nach oben schieben. Geschickt schlängelte sie sich durch die schmale Öffnung und hoffte, dass vor dem Morgengrauen, wenn sie längst weg sein würde, niemand den Einbruch bemerkte.

„Bin drin“, flüsterte sie stolz.

Neugierig begann sie die Kommoden und Schränke zu untersuchen, immer bedacht darauf, mit der Taschenlampe nicht direkt auf die Fenster zu leuchten. Im Haus war es stockdunkel. Tamara stolperte über einen zusammengerollten Berberteppich und erschrak im nächsten Moment über einen mit weißen Laken bedeckten Garderobenständer. Sie gruselte sich plötzlich. Immerhin hatte hier einmal ein Vampir gelebt. Und welcher normale Mensch stellte sich Dämonenskulpturen in den Vorgarten? Die Luft im Haus war stickig, noch wärmer als draußen. Staub lag in einer dicken Schicht auf den Kisten und Truhen und Spinnfäden hingen in den Zimmerecken. In diesen Räumen lebte schon lange niemand mehr. Trotzdem hielt sich Tammys Gänsehaut hartnäckig. Sie musste verrückt sein, mitten in der Nacht in ein Vampirhaus einzusteigen! Und selbst, wenn es gar keine Vampire gab, war es immer noch ein Einbruch in fremdes Eigentum.

Tamara beschloss sich zu beeilen. Nun war sie schon einmal hier, jetzt konnte sie auch noch schnell den ersten Stock absuchen. Sie stieg die Treppe hinauf. Die Stille war gespenstisch! Der erste Stock hieß sie mit Finsternis willkommen, obwohl die Fenster nicht mit Brettern vernagelt, sondern nur mit schweren Samtvorhängen verschlossen waren. Eifrig suchte Tamara die Schränke ab. Sie stieß auf ein Teeservice, bleiches Porzellan, handbemalt mit gelben Wildrosen, die das Herz eines jeden Antiquitätenhändlers hätte höher schlagen lassen und alte vergilbte Dokumente, die in einer fremden Sprache verfasst worden waren.

Auf einmal zitterten ihre Hände. Unter einer Hutschachtel kam ein Buch hervor! Vorsichtig zog Tammy es heraus. Sie legte es auf einen Kirschholztisch, der nicht abgedeckt war und leuchtete auf den Ledereinband. In das Leder war eingestanzt: ‚Dies sind die Memoiren von Sophie Langsdale, geborene Ashford.‘ Tammy konnte ihr Glück kaum fassen. Jetzt glaubte sie es endlich! Sophie hatte wirklich gelebt. Dies war Jeremys Haus. Und wenn das alles der Wahrheit entsprach, wie konnte es anders sein, als dass Jeremy Wellingham tatsächlich ein Vampir gewesen war?

Da wurde Tamara die Taschenlampe aus der Hand geschlagen! Das Licht fiel zu Boden. Das Glas der Lampe zerbrach. Der Schein erstarb. Nichts als Dunkelheit umgab Tammy. Und ihr blieb fast das Herz stehen! Sie hätte schreien sollen, aber ihre Zunge klebte am Gaumen. Der Kloß in ihrem Hals ließ sich nicht herunterschlucken. Tamara blinzelte in die Finsternis, um wenigstens Umrisse des Angreifers zu erkennen, aber es drang so gut wie kein Licht der Straßenlaternen in den Raum. Sie hörte Schritte. Er ging um sie herum, umkreiste sie wie ein Panther seine Beute. Warum griff er nicht an? Es schien fast, als wäre er in der Lage sie zu sehen und würde beobachten, wie sie mit sich kämpfte. Sollte sie einfach loslaufen? Nein, ohne Sophies Buch würde sie nirgendwo hingehen. Aber sie konnte nicht gegen einen Feind kämpfen, den sie nicht sah.

„Was wollen Sie …“, begann Tammy. Da legte der Angreifer ihr von hinten eine Hand auf den Mund, die andere griff um ihre Taille und drängte sie gegen eine Wand. Nun war sie gefangen zwischen Mauer und Körper. Ein Mann, es war eindeutig ein Mann. Ihre Angst nahm zu. Panik übernahm die Kontrolle. Auf einmal wehrte sie sich mit Händen und Füßen. Sie versuchte sich mit aller Kraft freizukämpfen, doch der Fremde hatte sie fest im Griff. Nach einer Weile hielt sie erschöpft inne.

„Pst“, hauchte er ihr ins Ohr.

Tamara lauschte angestrengt. Langsam ebbte die Panik ab, und sie konnte klarer denken. Mit beiden Händen riss sie an seiner Hand, die ihren Mund verschloss. Alle Bemühungen waren umsonst. Er war wie ein Stein, den sie nicht zur Seite rollen konnte – und genauso kalt. Plötzlich fiel es ihr auf! Seine Hand war kühl, so kühl wie das alte Mauerwerk, gegen das er ihren Busen drückte.

Dorian!, schoss es ihr durch den Kopf. Der Gedanke lähmte sie. Wollte er ihr Böses oder hatte er lediglich vor, einen Einbrecher zu stellen? Tammy schloss die Augen. Sie konnte ja eh nichts sehen und wusste nicht einmal, ob es wirklich Dorian war, der sich eng an ihren Rücken schmiegte. Angestrengt versuchte sie sich auf den Mann hinter sich zu konzentrieren. „Minotaure“, roch sie es wirklich oder spielte die Wahrnehmung ihr einen Streich?

„Ich werde die Hand erst wegnehmen, wenn du dich beruhigt hast“, flüsterte er.

Das lüsterne Timbre seiner Stimme ließ sie erschaudern. Sein Atem kitzelte ihren Nacken. Oh, sie wünschte sich, dass es Dorian war und wusste gleichzeitig, sie würde die versprochene Ohrfeige nachholen, wenn tatsächlich er es war, der sie so erschreckt hatte. Aber warum gab er sie nicht frei? Er führte etwas im Schilde, und diesmal war es kein Necken. Das spürte sie mit jeder Faser ihres angespannten Körpers. In diesem Augenblick fiel ihr wieder ein, dass sie sich in Jeremys Haus befanden – Jeremy, der Vampir. Was würde Dorian mit ihr machen, wenn er auch ein Blutsauger war?

Ängstlich schob Tammy ihren Körper zur Seite, um dem Angreifer zu entkommen. Doch der Fremde drückte sie härter gegen die Wand, um sie noch mehr zu fixieren.

„Du forderst mich immer wieder heraus", spöttelte der Mann. „Weshalb tust du nicht einfach, was ich dir sage? Würdest du dir einen Zacken aus der Krone brechen, Tammy?"

Er kannte ihren Namen! Tamara blieb wie versteinert stehen. Sie konzentrierte sich darauf, sich zu entspannen, damit er endlich von ihr abließ. Doch auf bizarre Weise erregte sie das Spiel. Sie war sich immer sicherer, dass es Dorian war, dessen Lenden sie an ihrem Po spürte. Jetzt brauchte sie nur noch einen Beweis. Sie würde ihn ohne Umschweife fragen, sobald er die Hand von ihrem Mund nahm.

Tatsächlich tat er das auch. Und Tammy? Sie japste nach Luft, denn der Gedanke, Dorian so nah zu sein, raubte ihr den Atem. Zärtlich streifte er ihren Hals mit seinen Lippen. Er leckte mit der Zunge über ihren Nacken und blies kühlen Atem auf die feuchte Stelle. Tamara erschauerte wohlig. Sie seufzte und erschrak, weil es in der Stille der Nacht recht laut klang. Sein leises Lachen erfüllte den Raum.

Bitte, lass es Dorian sein, flehte Tammy das Schicksal an.

Er küsste sie auf die Schläfe und knabberte an ihrem Ohrläppchen. Tammy schmolz dahin. Sie hatte das eigenartige Gefühl, von ihm an viel intimeren Körperstellen berührt zu werden, und sie ermahnte sich, ihm nicht über den Weg zu trauen.

Auf einmal legte er die Hand unter ihr Kinn und zwang sie, den Hinterkopf gegen seinen Brustkorb zu legen. Feucht strich er mit der Breitseite seiner Zunge über ihren Hals. Dann spürte sie seine Zähne an ihrer Haut.

„Nein", presste sie verzweifelt hervor.

Er lachte. „Du weißt doch, dass ich mich von Blut ernähre, Tammy, und genau in diesem Augenblick spüre ich die Begierde nach Blut, köstliches, warmes Menschenblut."

Jetzt hatte sie ihren Beweis! Es war wirklich Dorian Everheard, der erneut eine sinnliche, fast berauschende Wirkung auf sie hatte. Tamara fürchtete sich vor ihm, und sie glaubte ihm jedes Wort, und doch sehnte sie sich gleichzeitig nach seinen starken Armen. Er war wie eine Droge – Sucht und Zerstörung gingen Hand in Hand.

Schwungvoll drehte er Tammy um und drängte sie mit dem Rücken gegen die Wand. Ihre Arme drückte er über ihrem Kopf gegen die Mauer. Dann folgten Minuten des Wartens und Zitterns. Es schien, als würde er sie beobachten, während Tammy selbst aufgrund der Dunkelheit blind war. Sie fragte sich, ob Vampire nachts wie Katzen sehen konnten.

Tamara zwang sich etwas zu sagen, um die quälende Stille zu durchbrechen. „Ich bin ein leichtes Opfer. Du hattest recht."

„In der Tat, immerhin bist du freiwillig in mein neues Heim eingedrungen", antwortete er. „Du bist eine Einbrecherin, und ich als Hauseigentümer werde dich nun richten."

„Richten?", fragte sie ängstlich.

Er hauchte ihre Lippen an. Nun wusste sie, wie nah er ihr war. Heißkalte Schauer liefen ihren Rücken hinab.

„Du wirst es genießen, Tammy", erwiderte er, gleichsam lustvoll und drohend.

Unerwartet griff er unter den Minirock und riss ihren String fort. Sie sog hörbar Luft ein. Nun stand sie mit entblößtem Schoß vor ihm und das Schlimmste war, es gefiel ihr.

„Pst", säuselte er wie zuvor und stieß sein Knie zwischen ihre Schenkel.

Tamara versuchte ihre Arme loszureißen, schaffte es aber nicht einmal, sie ein Stück zu bewegen.

Dorian presste seinen Oberkörper gegen ihren Busen und flüsterte in ihr Ohr: „Lust ist ein animalischer Instinkt, Leidenschaft ein Geschenk der Natur. Lebe sie aus, Tammy, denn es ist Sünde, dieses Präsent zurückzuweisen."

Ja, wollte sie schreien und blieb doch stumm. Was hielt sie davon ab, sich ihm hinzugeben? Sie begehrte Dorian und hatte doch vor einigen Tagen noch getönt, sie könnte London zum Beben bringen. Gleichzeitig fürchtete sie sich vor ihm. Was würde geschehen, wenn er wirklich ein Vampir war?

Zaghaft fragte sie: „Wieso hast du das mit dem Blut gesagt?"

Dorians benetzte Zunge stieß in ihre Ohrmuschel. Er saugte an ihrem Ohrläppchen und küsste sie auf den Hals, genau auf die Stelle, an der seine Zähne sich in ihre Haut hatten bohren wollen.

„Das weißt du ganz genau", sprach er drohend. „Fordere mich nicht heraus, Tammy."

Sie schluckte. Führte er sie wieder aufs Glatteis? Machte er sich lächerlich über sie? Sie wagte nicht nachzufragen, sondern beließ es dabei.

„Lass deine Hände oben!", befahl er und gab ihre Arme frei.

Geschmeidig öffnete er die ersten Knöpfe ihrer Tunikabluse. Tamara wollte ihn instinktiv abwehren.

Er raunte: „Tu, was ich dir sage! Du weißt, was sonst geschieht."

Sie zuckte zusammen und stellte sich das saugende, schmatzende Geräusch vor, das entstehen würde, wenn er seine Zähne in ihr Fleisch bohren und das Blut wie durch einen Strohhalm trinken würde. Artig hielt sie die Arme wieder hoch.

Seine Hand glitt in ihre Bluse. „Ich mag, dass du keinen BH trägst. Das ist wie eine Aufforderung für mich." Fast beiläufig berührte er ihre Brustwarze und zog sich sogleich zurück.

Tamara zuckte erneut. Sie hatte die Berührung ja nicht kommen sehen. Schnippisch sagte sie: „Es ist angenehmer für mich, besonders bei der Hitze zurzeit. Ich gehe nicht ohne BH, um euch Männer zu reizen."

Nun umschloss er einen Busen mit der ganzen Hand, als würde er ihm gehören. „Du sollst auch nicht andere Männer verlocken!"

Sachte begann er die Brust zu massieren. Sie stöhnte leise auf und rekelte sich an der Wand, als würde sie auf einem Bett liegen. Hatte sie nicht noch vor einigen Tagen davon geträumt, von Dorian genommen zu werden? Er strahlte solch eine Kraft aus, eine animalische, fast aggressive Erotik. Gewiss konnte er jede Frau haben, aber heute Nacht begehrte er Tammy.

Behutsam rieb er ihre Nippel zwischen Zeigefinger und Daumen, als würde er kostbare Perlen hin und her rollen. Er legte seine Finger unter ihren Busen und schob ihn nach oben, ja, er quetschte ihn zusammen wie einen Push-up BH. Tamara befürchtete, ihre prallen Brüste könnten unbeschreiblich vulgär aussehen, und doch genoss sie diesen Hauch von Verruchtheit. Es sah ja niemand. Im Raum war es stockfinster. Warum nur hatte sie dann immer wieder das Gefühl, von Dorian betrachtet zu werden? Er war doch gar nicht in der Lage dazu, oder?

Sein Mund begann zärtlich mit ihrem rechten Nippel zu spielen. Erst nuckelte er daran wie ein Säugling, dann saugte er an der Brustwarze, bis Tammy ein leises „Autsch" hervorbrachte und spuckte sie aus, als wäre sie ein Kern. Rot wie eine Kirsche musste der Nippel hervorstehen, sich Dorian wollüstig anbietend, und er griff erneut zu, indem er den Busen sanft zusammendrückte und die gesamte Spitze in seinen Mund aufnahm. Tamaras Brüste fühlten sich herrlich straff an. Kräftig saugte Dorian an ihnen wie eine Melkmaschine, wechselte von der einen zur anderen und zurück. Tammy hatte plötzlich Angst, dass er seine Zähne in ihren Busen stoßen und das Blut aus ihr zapfen könnte. Obwohl sie die zunehmende Feuchtigkeit zwischen ihren Schenkeln bemerkte, nahm sie die Hände herunter und schob Dorian ein Stück von sich fort.

„Du befolgst meine Befehle nicht. Nun lebe mit den Konsequenzen", knurrte er und warf sie über die Schulter.

Bevor Tammy einen klaren Gedanken fassen konnte, ging er zum Fenster hinüber. Er riss den Vorhang zur Seite und öffnete es. Die Glasscheibe ließ sich nach oben schieben. Würde er sie hinaus in den Vorgarten werfen? Verzweifelt wehrte sie sich, zappelte mit den Beinen und schlug wild um sich. Dorian packte sie im Nacken und zwang sie, den Oberkörper hinauszulehnen. Dann zog er die Glasscheibe wieder hinunter, sodass Tamara zwischen Fensterbank und Scheibe gefangen war. Ihr blanker Busen war außerhalb des Hauses und präsentierte sich den Nachbarn und jedem nächtlichen Spaziergänger, der zufällig die Ole Limpin Lane entlangschlenderte. Lediglich die Finsternis und die zwei Erlen boten ihr Schutz. Ihr Unterleib steckte im Hausinneren. Während Tammy sich am Sims abstützte, dachte sie mit Schrecken daran, wie sich in diesem Moment ihre Pobacken verlockend Dorian entgegenstreckten.

Panisch klopfte sie gegen die Fensterscheibe. „Lass mich rein. Bitte, ich entschuldige mich. Das war dumm von mir."

„Willst du, dass die Nachbarn aufwachen?", fragte er spöttisch. „Ich wäre an deiner Stelle leiser."

Sie hörte, wie er den Ohrensessel, der unter dem Fenster gestanden hatte, geräuschvoll über das Parkett zu sich zog. Er stellte ihn zwischen ihre Beine, den einen Fuß neben die rechte und den anderen neben die linke Armlehne und spreizte somit ihre Schenkel. Als sie gerade versuchen wollte, diese wieder zusammenzubringen, nahm er schwungvoll in dem Sitzmöbel Platz, sodass einige defekte Sprungfedern vibrierten. Nun war ein Schließen der Beine unmöglich. Dorian hockte gemütlich im Sessel, die rechte Hand gegen ihre Pobacke gestemmt. Mit der Linken zog er die Glasscheibe nach unten, um Tamara fixiert zu halten. Der Schein der Straßenlaternen erhellte seine Sicht auf ihre rasierte Scham. Sie wusste, er betrachtete in diesem Augenblick ausgiebig und in Ruhe ihre Öffnungen, die sich ihm aufreizend feilboten, die Falten, die ihre Spalte wie rote Rosenblätter umschlossen und der glitzernde Nektar, der köstlich duftend aus der

Mitte floss. Ihre Hilflosigkeit machte Tammy rasend, gleichzeitig verfiel sie der Faszination seiner Überlegenheit.

Nach einer ganzen Weile spürte sie seinen Atem auf ihrer Haut. Er blies stoßweise gegen die Innenseiten ihrer Schenkel, bewegte sich hinauf zu ihrem Schoß, der auf das samtige Gefühl rhythmisch pochend antwortete. Feucht küsste er sie auf die linke Pobacke. Er öffnete den Mund weit und biss zärtlich zu. Tammy wurde es unheimlich, doch kein Blut floss ihr Hinterteil hinab. Mit seinen Lippen massierte er ihr Gesäß. Er wanderte von rechts nach links, saugte ihre Haut wie eine Saugglocke an und ließ sie wieder los. Er umzüngelte ihren Anus, um kurz darin mit der Zungenspitze einzutauchen und ließ diese dann vom höchsten Punkt ihre Spalte hinuntergleiten.

Tammy stöhnte auf. So lange schon hatte sie kein Mann mehr intim berührt. Jetzt entfachte jede sanfte Berührung ein Feuerwerk in ihr. Doch sie wollte es Dorian nicht zu sehr zeigen. Sie fürchtete sich vor dem, was er mit ihr anstellen könnte. Er war zu allem fähig, und er hätte alles mit ihr tun können, wenn sie nur ein bisschen Mut gehabt hätte, ihm ihre Erregung mitzuteilen. Aber sprach ihr Körper nicht eine deutliche Sprache, indem er die Pfütze zwischen ihren Schenkeln immer größer werden ließ?

Dorians Zunge tauchte in Tammy ein. Seine Feuchtigkeit verschmolz mit ihrer Nässe. Selbst in ihrer Vagina spürte sie noch, wie seine Zunge sich bewegte, züngelnd vorwärts kroch und dann zuckte wie ein Stromkabel, das außer Kontrolle geraten war. Auch Tamara verlor die Kontrolle. Sie hatte nicht mehr die Kraft sich zusammenzureißen. Ihre Finger krallten sich am Sims fest, und sie biss sich auf die Unterlippe, um nicht zu stöhnen. Leise jammerte sie, als er sich ihr entzog und an der inneren Schamlippe saugte. Er zog sie lang, ließ sie behutsam seine Zähne spüren und wanderte in Richtung Klitoris, ohne ihre Labie ein einziges Mal freizugeben. Pulsierend schoss das Blut hinein. Die Schamlippe wuchs, wurde umschwemmt und willig.

Dorian widmete sich der gegenüberliegenden Labie und drückte dabei Tammys Schenkel weiter auseinander. Seine Zunge schnellte vor und bearbeitete ausgiebig ihre Schamlippen. Mit einem Mal wurde Tamara heiß, als würde sie in der Mittagshitze ein Sonnenbad nehmen. Schweißperlen liefen zwischen ihren Brüsten hinab. Ihr Mund fühlte sich ausgetrocknet an. Sie öffnete ihn, nach Luft japsend. In diesem Moment kreiste Dorians Zungenspitze um ihre Klitoris, betont langsam, quälend. Tamara entfloh ein tiefer Seufzer. Sie biss sich auf die Zähne, war aber machtlos gegen die Lust, die in ihr aufstieg und ihr die Sinne raubte. Dorian nahm ihre Knospe zwischen seine Lippen und nuckelte sanft daran. Tammy schloss die Augen. Sie fuhr sich mit der Zunge über die Lippen und dachte nur an Dorian, voller Begierde, bereit zur Zügellosigkeit, willig in die Höhe getragen und hinaus ins Meer geschwemmt zu werden.

Da schob er die Glasscheibe nach oben und holte ihren Oberkörper zurück ins Hausinnere. Tammy hatte vermutet, dass er sie mit seinem Glied aufspießen würde, doch er war noch komplett angezogen. Ihr war schwindelig. Dorian stützte sie für einen Augenblick, und sie legte ihren Kopf gegen seinen Brustkorb. Warum nur hatte er aufgehört? Er war also doch ein Schuft!

Sie wollte ihm in die Augen sehen, immerhin drang nun ein wenig des Straßenlichts in das Zimmer. Als Dorian jedoch bemerkte, dass sie sich erholt hatte, schloss er den Vorhang und drückte sie mit dem Rücken gegen die Wand neben dem Fenster. Seine Hand legte er auf ihren Hals, um sie zu fixieren, achtete aber darauf, sie nicht zu strangulieren. Tammy wusste nicht, wie ihr geschah. Konnte er tatsächlich im Dunkeln sehen und wollte beobachten, wie sie unter seinem Kommando zu Wachs wurde?

Er öffnete ihre Schenkel mit seinen Beinen. Sein Mittelfinger drang ohne Umschweife in sie ein, dann stieß der Zeigefinger hinzu und der Ringfinger folgte bald, während sein Daumen die Nässe über ihre Klitoris verteilte. Tamara hielt sich an seinen breiten Schultern fest. Überwältigt von ihrer eigenen Erregung schmolz sie unter seiner Berührung. Ihre Scham drängte sich gegen seine Hand, wollüstig und ohnmächtig vor Lust. Es gab nur ihn und sie. Alles andere war unwichtig. Die Welt trat in den Hintergrund. Sie wollte ihm gehören, wollte durch seine Fingerfertigkeit fliegen und seine Aufmerksamkeit besitzen. Und endlich erhob sie sich in die Lüfte. Sie hielt sich an ihm fest, nach Atem ringend und verzog das Gesicht, als würde sie leiden, dabei hatte ihr Leid ein Ende, als sich ihr ganzer Körper verkrampfte. Wie in ein Vakuum gehüllt fühlte sie sich für Sekunden, die sie wie Minuten empfand. Sie hörte nichts. Sie sah nichts. Es gab im ganzen Universum nur Dorian und sie. Dann brach Tammy zuckend wie ein Aal zusammen. Entkräftet, aber glücklich nahm sie wahr, dass Dorian sie in die Arme schloss. Einen Moment lang verharrten sie eng umschlungen, hielten inne, um das Nachglühen zu genießen und abzukühlen. Dorian nahm darauf ihr Gesicht in die Hände und küsste sie liebevoll. Er ließ sie los und verschwand so plötzlich in der Finsternis, wie er aufgetaucht war.

„Dorian, bist du noch da?“, rief Tamara leise. „Bitte, sag etwas. Geh nicht.“

Keine Antwort. Tränen schossen in ihre Augen. Sie schluckte sie hinunter und entschloss sich, die Taschenlampe zu suchen. Dorian war fort, hatte sie allein gelassen. Wieso nur? Er war eben doch ein Schurke und von denen sollte sich ein gutes Mädchen fern halten. Aber sie war eine 30-jährige Frau, die viel nachzuholen hatte, und Dorian hatte nicht nur ihren Schoß erobert, sondern auch ihr Herz. Schade nur, dass er nicht genauso empfand.

Sie ging auf die Knie und kroch über das Parkett, bis sie die Lampe gefunden hatte. Schnell knipste Tammy sie an. Das Glas war zerbrochen, aber das Licht funktionierte glücklicherweise noch. Tamara leuchtete erwartungsvoll durch das Zimmer, aber Dorian war nicht mehr dort. Tief enttäuscht suchte sie ihren Slip. Sophies Memoiren lagen noch auf dem Tisch, doch ihr Höschen konnte sie nicht finden. Ob Dorian es mitgenommen hatte, als Jagdtrophäe oder Andenken?

„Besser einmal von Dorian Everheard geliebt zu werden, als nie in den Genuss gekommen zu sein“, versuchte sie sich aufzumuntern.

Tamara spürte die cremige Nässe zwischen ihren Schenkeln. Sie schritt zu einer verhüllten Truhe, Dorian verfluchend, und wischte sich mit dem Laken den Schoß trocken. Hektisch schnappte sie sich das Buch mit dem Ledereinband, denn sie wollte mit einem Mal nur fort von diesem Ort. Sie fühlte sich beobachtet, als würde Dorian sie aus irgendeinem geheimen Winkel aus anstarren.

Als Tammy die Ole Limpin Lane entlang lief, fühlte sie sich sichtlich unwohl. Die Brise, die durch ihre schnelle Gangart entstand, wehte unter ihren Faltenrock. In einer Hand hielt sie die Taschenlampe, mit der anderen versuchte sie den Rock zu halten, wo er war. Das Lederbuch hatte sie unter den Arm geklemmt. Obwohl die Nacht angenehm warm war, fühlte sich der Luftzug zwischen ihren Schenkeln kühl an und erinnerte sie ständig an Dorians Zungenkünste.

In der U-Bahn waren ungewöhnlich viele Menschen. Ob es bereits drei Uhr morgens war und sie zur Arbeit fuhren? Tammy schämte sich zu Tode, und gleichzeitig erregte sie ihre Blöße. Sie spürte, wie sie erneut feucht wurde. Ob wohl jemand ihr süßes Geheimnis erkannt hatte?

Sie entspannte sich erst, als sie ihre Wohnung im Norfolk Square betrat und Grey in die Arme schloss.

„Was für eine Nacht!“, sagte sie und seufzte. „Vielleicht sollte ich anfangen, Tagebuch zu schreiben, ähnlich wie Sophie.“

Am Ende ihrer Kräfte und völlig übermüdet legte sie sich nach einer kurzen Dusche schlafen und kam auch am nächsten Tag nicht dazu, die aufkeimende Liebe zwischen Sophie und Jeremy zu verfolgen.

Die Party in der Villa ihrer Eltern stand an, ein Pflichttermin, den Tammy nur zu gerne umgangen hätte. Aber als „braves Mädchen aus gutem Haus“ machte sie sich am nächsten Abend fertig, um als Vorzeigetochter herzuhalten. Natürlich würde sie zu spät kommen, wie immer, denn sie hatte sich in der Werbeagentur nicht losreißen können. Sie war nach Hause gehetzt, hatte geduscht und ein vanillefarbenes Chiffonkleid angezogen. Schnell legte sie noch die tropfenförmigen Diamantohrringe, Erbstücke ihrer Großmutter Gwyneth, an, schminkte sich die Lippen in Schokobraun und band ihre schulterlange Lockenpracht zu einer Hochsteckfrisur. Die kleine Reisetasche war geschwind gepackt, denn sie wollte in der Villa ihrer Eltern übernachten, da am nächsten Tag ein Meeting angesetzt war. Sophies Buch fand auch einen Platz in der Tasche. Dann eilte sie zur Paddington Railway Station. Mit Schrecken sah sie auf die Uhr am Bahnsteig.

„Acht Uhr.“ Sie seufzte. „Die Party hat vor einer halben Stunde angefangen, und ich werde noch eine halbe Stunde mit dem Zug fahren. Zum Glück holt Marcus mich vom Bahnhof ab“. Ihr Dad würde mit den Augen rollen, ihre Mom versuchen ihn abzulenken und Sammy Jo selbstverständlich in die gleiche Kerbe schlagen wie ihr Vater. Nur Marcus, der gute alte Freund der Malts, würde sich vor sie stellen, um allen Unmut abzuwehren.

„Das wird ja wieder ein toller Abend.“ Widerwillig stieg sie in den Zug und wünschte, es sich im Bett gemütlich zu machen, mit Grey zu kuscheln und Sophies Memoiren weiterlesen zu können ... oder von Dorian zu träumen. Letzteres tat sie unentwegt, sodass ihr Chef in der Agentur sie schon nach Hause schicken wollte, weil er dachte, ihre geistige Abwesenheit wäre ein Zeichen von Krankheit. Nur Sally erkannte es an Tammys Trauermiene, dass es Liebeskummer war.

Der Zug bummelte durch die Vororte im Südwesten Londons. Kurz dachte Tamara daran, an der Haltestelle Kews Gardens auszusteigen und lieber durch den königlichen Botanischen Garten zu spazieren, anstatt weiter nach Richmond-up-Thames zu fahren, doch sie blieb sitzen. In St. Margarets wartete Marcus

Livingston schon auf sie. Lässig lehnte er gegen sein Sportcoupé. Er war braungebrannt, als käme er frisch von einem 3-Wochen-Urlaub auf Kuba. Das zitronengelbe Polohemd unterstrich seinen Teint, ebenso die neuen blonden Strähnchen in seinem kastanienbraunen Haar. Er war ein richtiger Sunnyboy, doch Tamara fand, dass dieses Image nicht zu einem Geschäftsmann passte.

Als er Tammy sah, kam Marcus lächelnd auf sie zu. Er breitete seine Arme aus, und sie ließ sich hineinsinken. Er duftete köstlich nach grünem Tee und Bambus, ein sehr frisches After Shave.

„Meine Traumfrau“, hauchte er.

Tamara knuffte ihn in die Seite. „Red’ nicht immer solch einen Unsinn.“

„Dann verstecke ich eben meine Gefühle für dich wieder und tue so, als wärst du nur die Tochter meines Chefs“, säuselte er gespielt und zwinkerte.

Sie schüttelte den Kopf und verdrehte die Augen. Marcus überschüttete sie immer mit Komplimenten, wohl der einzige Mann in ihrem Leben, doch sie konnte ihn nicht ernst nehmen. Er machte aus allem einen Spaß. Weshalb er nach all den Jahren noch immer keine Frau an seiner Seite hatte, verstand sie nicht!

Sie stiegen ein und fuhren am Marble Hill Park vorbei. In der Ferne sah Tammy die Orleans House Gallery. Vier Schulausflüge hatten sie und ihre Klasse in die öffentliche Kunstgalerie geführt, und jedes Mal hatte sie davon geträumt, im bekannten Octagon Raum ihr Mädchenzimmer zu haben.

Ihr Blick streifte Marcus. Er starrte sie an.

„Schau nach vorne“, ermahnte sie ihn lächelnd. „Wenn wir an einen Baum fahren und nicht auf dieser dämlichen Party ankommen, bin ich geliefert.“ Sie klappte den Sonnenschutz herunter und betrachtete ihr Gesicht im Kosmetikspiegel. „Ist mein Lippenstift verschmiert oder mein Mascara verlaufen?“

„Wie kommst du darauf?“

„Weil du mich angaffst.“ Fragend hob sie die Augenbrauen.

Marcus schnalzte. „Es ist nur ... nun ja.“

„Was?“ Tammy rutschte nervös auf ihrem Sitz herum. „Los, sag es, bevor wir am Domizil meiner Eltern ankommen und es alle Gäste sehen.“

„Nun gut“, antwortete er. „Aber es war deine Entscheidung. Es ist wegen der Sache, die ich nicht sagen darf.“

Jetzt begriff Tammy! Sie blinzelte ihn argwöhnisch an. Mit den Fäusten trommelte sie gegen seinen Oberarm und lachte laut auf. „Du hast mich reingelegt.“

Marcus streichelte mit dem Handrücken sanft ihre Wange. „Nein, aber du hattest mir ja verboten zu sagen, dass du toll aussiehst.“

„Und ich hatte mir Sorgen gemacht, in der Eile Mist gebaut zu haben“, grummelte sie und genoss es, durch die mondbeschienene Landschaft von Richmond-up-Thames zu fahren. Sie mochte Marcus. Er brachte sie zum Lachen. Genau das hatte sie nach dem Gefühlschaos der vergangenen Tage gebraucht und fühlte sich gleich besser.

Da fiel ihr auch die altbewährte Willkommenszeremonie in der Malt'schen Villa gleich leichter. Während ihr Vater sie zur Seite nahm und eine leise Standpauke wegen der Verspätung hielt, unterbrochen von den Beschwichtigungsversuchen ihrer Mutter, sah sie einfach in Marcus strahlendes Gesicht und nickte, als würde sie sich bei ihrem Vater entschuldigen. In Wahrheit hörte sie nicht einmal zu.

Erst Samantha rammte ihr ein Messer in den Rücken. Sie klopfte Tammy energisch auf die Schulter, bis diese sich zu ihrer Schwester herumdrehte. Dann hob sie feierlich ein Glas Champagner in die Höhe, als wäre sie Queen Elisabeth persönlich und betrachtete Tamara von der Hochsteckfrisur bis zu den lackierten Zehenspitzen. „Kommst du doch noch? Ich dachte schon, du würdest unseren Ehrengast verpassen. Wie peinlich! Der Malt Clan muss sich ja für dich schämen. Was soll der neue Investor unserer Restaurantkette nur von uns denken? Mister Dorian Everheard, wir sind nicht so unzuverlässig wie meine Schwester. Sie ist das schwarze Schaf der Familie."

Tammy blieb die Spucke im Hals stecken, als Dorian hinter der Säule hervortrat. Er lächelte, doch sie konnte nicht ausmachen, ob es milde oder abfällig gemeint war. Als wäre sie zu Stein erstarrt, blieb sie stehen. Sie bewegte sich erst, als er ihr die Hand reichte. Sein Händedruck war kräftig. Tammy musste zweimal unauffällig an ihrer Hand ziehen, bevor er sie losließ. Wie umwerfend er aussah! Genauso wie bei ihrem ersten Treffen war er klassisch elegant, jedoch nicht langweilig oder gar konservativ gekleidet. Die ersten Knöpfe seines cremefarbenen Baumwollhemdes standen offen, und der vage Blick auf seinen Brustkorb ließ den Wunsch in ihr aufkommen, mit den Fingern unter das Hemd zu gleiten und seine feinen dunklen Härchen zu kraulen. Die Bundfaltenhose besaß einen dunkelbraunen, fast schwarzen Farbton wie starker Espresso, passend zu den glänzenden Slippern und dem Ledergürtel. Bei dem Anblick seines Reißverschlusses liefen ihr heißkalte Schauer über den Rücken.

„Es freut mich, Sie kennenzulernen", brachte sie mühsam heraus.

„Ich dachte, wir duzen uns", sagte Dorian provokant.

Sammy Jo trippelte unruhig auf der Stelle herum. „Ihr kennt euch?"

Dorian lehnte sich gegen die Säule und verschränkte die Arme vor dem Oberkörper. „Erzähl du, wie wir uns trafen, Tammy."

Das Blut schoss ihr in die Wangen. Sie dachte an die leidenschaftliche Nacht, die sie miteinander verbracht hatten. „Es war Zufall."

„Ich glaube nicht an Zufälle", widersprach er und die Genugtuung, sie in eine peinliche Situation gebracht zu haben, stand ihm ins Gesicht geschrieben. „Kismet. Das Schicksal bestimmt unser Leben. Wärst du nicht in mein neues Haus eingebrochen, hätten wir uns nie kennengelernt."

„Eingebrochen?", wiederholte Elisabeth Malt erschrocken.

„Nein, nein, so war es nicht", stammelte Tamara und fürchtete sich erneut vor Dorians sprachlicher Fertigkeit, ihr alle Wörter im Munde herumzudrehen. "Ich bin nur in seinen Vorgarten gestiegen, weil ich dachte, in diesem verfallenen Haus lebt niemand. Und, nun ja, diese steinernen Dämonen im Garten, ich meine Vorgarten, sehen recht hübsch aus."

„Etwas verwirrt, die Gute", warf Samantha ein und rümpfte die Nase. „Verzeihen Sie ihr, Mister Everheard. Sie hat Liebeskummer."

„Samantha!", schrie Tammy zornig auf.

Aber ihre Schwester ließ sich nicht beirren und fuhr fort: „Sie hat einen Mann kennengelernt. Uns will sie ja nichts erzählen, aber ich kenne meine Schwester und weiß es ...“

„Halt sofort den Mund“, blaffte Tamara.

„... aber es scheint Probleme zu geben. Wahrscheinlich erwidert er ihre Zuneigung nicht. Durch so was wird mein Schwesterherz immer zickig. Ist nicht das erste Mal."

Tammy schlug Samantha das Glas aus der Hand und eilte an ihr vorbei, um den nächsten Zug nach Hause zu nehmen. Da packte Dorian sie am Oberarm und hielt sie fest. Sie versuchte seine Hand abzustreifen, doch sein Griff war fest, fast schmerzhaft.

„Lass uns tanzen“, sagte er bestimmend und zog sie auf die Tanzfläche in die hinterste Ecke, wo sie niemand sehen konnte, der bei dem Streitgespräch dabeigewesen war.

Tammy war den Tränen nah. Sie ließ sich von Dorian führen und vermied es, ihn anzusehen. Wie peinlich die ganze Situation war! Und das Schlimme war, Samantha hatte ins Schwarze getroffen.

„Bitte lass mich gehen“, sagte sie leise, weil sie befürchtete, loszuheulen.

Dorian zog sie näher zu sich heran, sodass ihre Oberkörper sich aneinanderschmiegten. „Ich denke gar nicht daran.“ Dann legte er die Hand unter ihr Kinn und zwang sie, ihn anzusehen. „Beruhige dich.“

„Ich will nur nach Hause.“ Sie wich seinem durchdringenden Blick aus.

Er ließ ihr Kinn los und flüsterte drohend: „Wenn du dich nicht beruhigst, werde ich dich mitten auf der Tanzfläche übers Knie legen und dein süßes Hinterteil versohlen.“

Schockiert sah sie ihn an.

Er grinste herausfordernd. „Du glaubst, ich würde das nicht tun?“

„Oh doch.“ Sie nickte. „Ich traue dir alles zu.“

Dorian wurde ernst. „Das ist weise.“

Plötzlich war der Zorn verflogen. Ein Kribbeln durchströmte ihren Körper, und sie war froh, nicht gegangen zu sein. Sie hatte Dorian nicht nur wiedergetroffen, sondern lag erneut in seinen starken Armen. Kismet. Konnte das Schicksal es wirklich so gut mit ihr meinen? Oder war das dritte Treffen ein Zufall zu viel?

Tief sah sie ihm in die dunklen Augen, als könnte sie in ihnen seine wahren Absichten lesen, aber sie waren so unergründlich wie seine Handlungen. Plötzlich erinnerte sie sich daran, dass er vielleicht ein Vampir war. Noch immer fand sie den Gedanken lächerlich, und doch hatte er ihr mehrmals bestätigt, Gier nach Blut zu verspüren. Die Chance bestand, dass er sich lächerlich über sie machte. Aber wohnte er nicht immerhin in Jeremys Haus?

Tammy fragte sich, warum ausgerechnet Dorian in die Restaurantkette um das „That Delicious Bite“ investieren wollte. Wieso nur beschlich sie ständig das Gefühl, Dorian nicht trauen zu können? Ihr schnürten diese Ahnungen den Hals zu. Sie bekam kaum Luft. Dorian zog die Schlinge enger, er kreiste die Familie Malt ein. Oder erzeugte das Lesen von Sophie Ashfords Memoiren negative Gedanken in ihr? Vielleicht sollte sie alles über die Vampire Großbritanniens vergessen und ihr Leben weiterleben wie zu der Zeit, bevor der anonyme Brief mit der Blättersammlung in ihr Haus flatterte. Davor war alles einfacher gewesen – aber auch langweiliger. Tamara konnte Dorian nicht aus ihrem Leben wegdenken. Sie wollte ihn nicht verlieren. Selbst wenn er Gefahr bedeutete, würde sie lieber in den Flammen umkommen als nie zu brennen.

Das Lied war viel zu schnell vorbei. Wieder hatte Tammy nicht den Mut gefunden, Dorian direkt auf ihre Fragen anzusprechen. Nun war es zu spät, denn er verabschiedete sich.

Er küsste ihren Handrücken und führte sie an den Rand der Tanzfläche. „Es tut mir wirklich leid, aber ich muss zurück zu Sam."

„Sam?", fragte Tamara erstaunt. Das klang so vertraut.

„Wir haben viel zu bereden, schließlich werde hauptsächlich ich euer Familienprojekt finanzieren und wie deine Schwester berichtete, soll sie die englandweite Leitung übernehmen."

Das hörte sie zum ersten Mal. Sie traute Samantha solch eine verantwortungsvolle Position nicht zu, denn Sammy Jo war viel zu verspielt, um lange ernsthaft an einer Sache zu arbeiten. „Sei vorsichtig. Sie hat spitze Krallen."

Erheitert lachte Dorian leise. „Oh ja, sie ist eine kleine Hexe, aber du weißt doch, dass ich nicht auf Unschuldslämmer stehe." Dann ließ er sie einfach stehen.

Fassungslos schaute sie ihm hinterher, bis die Menge ihn verschluckte. „Dieses Miststück hat ihn schon am Haken."

„Samantha probiert es bei jedem Mann." Marcus stand auf einmal neben ihr.

Glücklich, dass er da war, schmiegte sich Tammy an ihn. „Ich dachte nur, dass Dorian Everheard mehr Grips hat, aber er scheint auf sie hereinzufallen wie alle anderen auch."

„Glaub mir, er durchschaut ihr Spiel und ist weitaus gefährlicher als sie." Liebevoll schlang er die Arme um Tammy und streichelt über ihren Nacken. „Hüte dich vor ihm. Ich kenne seine Sorte Männer. Sie wirken anziehend auf Frauen, stürzen sie aber nur ins Unglück."

Sie sah ihn verwundert an. „Kennst du Dorian schon länger?"

„Lass uns ein wenig im Garten spazieren gehen", schlug er vor und küsste sie auf die Stirn. „Was kann es Romantischeres geben, als mit einer schönen Frau im Mondschein lustzuwandeln?"

Aber Tammys Laune war auf dem Nullpunkt. Sie schüttelte den Kopf. „Lieb von dir. Du versuchst mich immer aufzubauen, doch ich ziehe mich jetzt lieber zurück."

Sie wollte sich den Anblick von Dorian und Samantha, wie sie sich in eine Nische zurückzogen, die Köpfe zusammensteckten, mit Champagner anstießen und herzhaft lachten, ersparen. „Ich bin wirklich müde. Der Tag war furchtbar, und ich sehne mich nur noch nach Ruhe."

Marcus hatte wie immer Verständnis für alles, was sie tat. Und so stahl sich Tammy ungesehen an ihren Eltern vorbei, huschte die Treppe ins Obergeschoss hoch und verriegelte ihr Zimmer, um sich dort in eine andere Welt zu flüchten – die von Sophie Langsdale.

Endlich war die Dunkelheit angebrochen, bald würde es Zeit für mich zu gehen. Den lieben, langen Tag hatte ich an nichts anderes, als an Jeremys zärtliche Berührungen denken können. Ich war süchtig nach seinen sanften Händen und seinen feurigen Küssen. Die Leidenschaft, die in mir wuchs, machte mich wahnsinnig, wie sie mich gleichermaßen verwirrte. Und immer waren da auch Zweifel. Tat ich das Richtige? Sündigte ich, wenn ich mich meiner Wollust zügellos hingab? Vater musste es ja nicht erfahren!

Eigentlich hatte ich mich für die Ehe aufheben wollen, doch das Verlangen, das Jeremy in mir geweckt hatte, wollte gestillt werden. Wie kam es nur, dass ich so plötzlich alle Konventionen außer Acht ließ? Stimmte es, was er gesagt hatte? Hatte er mir lediglich meine innersten Wünsche erfüllt oder hatte mich sein vampirisches Charisma dazu gebracht, alles zu tun, was er wollte? Stand ich unter seinem Bann?

Die ersten Gäste betraten das Pub. Bekannte Gesichter. Warzig, verkrustet und unrasiert. Die Männer waren fast jeden Abend hier, um dem Alkohol zu frönen und ihrer Lieblingsbeschäftigung nachzugehen, dem Kartenspiel. Nach und nach kamen immer mehr Gäste, und ich verabschiedete mich von der Vorstellung, die Nacht in Jeremys Armen zu verbringen. Vater brauchte meine Hilfe, ich konnte ihn nicht im Stich lassen. Doch das Schicksal meinte es auch diesmal gut mit mir.

„Ich schlitze dir die Kehle auf, du Haderlump!“, brüllte einer der Männer plötzlich und packte seinen verdutzten Mitspieler am Kragen. Drohend hob er die Faust, um sie in das Gesicht seines Kontrahenten zu schlagen.

Vater konnte in seiner Taverne keine Schlägerei dulden und hatte seine Mühe, die Burschen zu beruhigen. So schnell er nur konnte, eilte er an den Tisch und versuchte mit ausgestreckten Armen dazwischen zu gehen. „Hey, hey. Beruhigt euch!“, rief er. Seine Worte blieben ungehört. Schon flog der Gauner im hohen Bogen durch die Luft, ohne dass Papa etwas hatte ausrichten können, stürzte auf einen Tisch und riss ungewollt die Becher und Krüge von der Holzplatte. Martha erstarrte vor Schreck und presste die Hand sekundenlang auf ihr wild schlagendes Herz. Nachdem sie sich endlich beruhigt hatte, beugte sie sich hinunter und kümmerte sich um den Verletzten. Vater hingegen reagierte schnell, packte den aggressiven Schläger, der noch dazu viel größer war als er selbst, am Kragen und warf ihn eigenhändig aus der Schenke.

Obwohl nun allmählich wieder Ruhe einkehrte, zogen es die meisten Gäste vor, zu zahlen und das Pub zu verlassen.

„Es würde mich nicht wundern, wenn Mister Skykes den Kerl bezahlt hat, damit er hier Unruhe stiftet.“

Mister Skykes? Diesen Namen hörte ich zum ersten Mal.

„Konkurrenz belebt das Geschäft“, erwiderte Martha.

„Besonders dann, wenn man die Konkurrenz ausschaltet. Skykes ist ein Schlitzohr, das wir nicht unterschätzen sollten. Er ist hinter dem Ashford’s Pub her und hat mir bereits ein Angebot gemacht. Aber eines sage ich euch, das Gästehaus verkaufe ich nur über meine Leiche.“

Steckte Vater in Schwierigkeiten, von denen ich nichts wusste?

Innerhalb kurzer Zeit hatte sich der Schankraum geleert. Martha sammelte das Geld von den Tischen und warf es in einen kleinen Tonkrug, den sie bei sich trug. Vielleicht würden heute Abend noch weitere Gäste kommen, aber bis dahin, so hoffte ich, war ich längst bei Jeremy! So hatte der Tumult zumindest für mich etwas Gutes.

„Benötigst du meine Hilfe noch?“, fragte ich scheinheilig.

Vater drehte sich zu mir um und hob verblüfft beide Augenbrauen.

„Im Moment nicht. Warum fragst du?“

„Oh. Ich wollte gern noch einen Spaziergang machen. Die Luft ist heute so herrlich frisch. Wenn du nichts dagegen hast?“

Ich spürte, wie mir das Blut allmählich in die Wangen schoss. Eine gute Lügnerin war ich noch nie gewesen. Er hatte mich sicherlich längst durchschaut.

Martha, die die leeren Krüge unterdes in die Waschschüssel legte, kam lachend zu uns zurück und stieß Vater in die Seite. „Ich glaube, deine Tochter hat einen Verehrer!“

„Ist das wahr?“ Er sah mich fragend an. In seinem Blick lag ein Schmerz, den ich schon einmal gesehen hatte, nämlich zu dem Zeitpunkt, als Elisa die Familie verlassen hatte, um zu heiraten.

Ich seufzte gedehnt. Warum musste Martha sich auch einmischen? Was für eine peinliche Situation! Mein Gesicht sah wahrscheinlich schon wie eine Tomate aus!

„Da haben wir’s. Er macht ihr den Hof.“ Martha zwinkerte mir zu.

Vater lief unzufrieden auf und ab. Ich kannte seine Einstellung. Eine anständige, junge Dame traf sich nicht zu nächtlichen Spaziergängen mit fremden Männern!

„Ich hoffe, dein Verehrer ist ein Gentleman. Die jungen Burschen von heute haben es nur auf das eine abgesehen. Sie wollen die Mädchen verführen. Und um ihr Ziel zu erreichen, ist ihnen jedes Mittel recht. Erst machen sie dir schöne Augen, dann umschmeicheln sie dich mit charmanten Worten und ehe du dich versiehst, stehst du allein da mit einem unehelichen Balg an deiner Hand. Ich hoffe, dein Galan weiß sich einer jungen Dame gegenüber zu benehmen?“

Ich schluckte. Vater hatte ungewollt mit seiner Beschreibung ins Schwarze getroffen. In seinen Worten erkannte ich Jeremy wieder. Er hatte mich verführt, mich berührt und beinahe zum Äußersten gebracht. Bedeutete das, dass er nur seiner eigenen Fleischeslust frönte, und ich ihm in Wirklichkeit egal war?

„Nein, er ist anständig, Vater“, sagte ich wenig überzeugt.

„Willst du uns den jungen Herrn nicht einmal vorstellen?“

„Sicherlich, Papa. Das mache ich, versprochen. Aber jetzt muss ich los, sonst komme ich wirklich zu spät.“

Ich sah ihn flehend an. Es hätte zu lange gedauert, ihm alles zu erklären.

„Also gut, nun geh schon. Man hat es mit zwei erwachsenen Töchtern wahrhaftig nicht leicht ... Aber bleibe nicht zu lange aus, hörst du? Und achte darauf, dass der Bursche seine Hände bei sich behält!“

„Ich habe dich vermisst“, sagte Jeremy, als ich sein Domizil betrat, und er legte von hinten die Arme um mich.

Oh ja, ich war glücklich, endlich wieder bei ihm zu sein. Aber meine Freude wurde schwer getrübt, denn die Worte meines Vaters hallten noch immer in meinen Ohren. War Jeremy ein solcher Verführer, wie Papa sie beschrieb? Trieb er seine Spielchen nur mit mir, um seine eigene Lust zu befriedigen? War ich ein willenloser Spielball für ihn? Ich wollte ihn zur Rede stellen, wusste aber nicht wie. Schon lenkten mich die sanften Küsse auf meiner Schläfe ab. Zärtliche Finger glitten durch mein Haar. Ein Kitzeln an meinem Nacken verschaffte mir die höchsten Glücksgefühle. Jeremy wusste seine Zunge einzusetzen. Als er mich schließlich die Treppe hinauf in sein Gemach führte und die blutroten Vorhänge über seinem Bett zuzog, wusste ich, dass er heute Nacht eine Revanche verlangte.

War ich dazu bereit? Mich quälte die Vorstellung, dass er womöglich nur meinen Körper begehrte!

Wir saßen auf seinem Himmelbett und blickten uns tief in die Augen. Das Licht des Mondes fiel schwach durch die seidenen Vorhänge, die sein Bett verhüllten. Ohne dass ich fähig war ihm Widerstand zu leisten, führte er meine Hand zu den Knöpfen seines schwarzen Rüschenhemdes, das ihm diesen unwiderstehlichen, aristokratischen Charme verlieh. Ich wusste, was er von mir verlangte. Vorsichtig öffnete ich den untersten Knopf. Ich hätte es genossen, wären da nicht diese furchtbaren Zweifel gewesen! Weiße Haut kam zum Vorschein.

„Unterdrücke nicht das Tier in dir, meine Schöne."

Er streichelte meine Wange. „Lass es frei, Sophie."

Vielleicht musste ich alle Bedenken einfach beiseiteschieben und mich ganz auf ihn konzentrieren? Ich wollte ihn doch nicht enttäuschen. Oder schlimmer, verlieren! Sicherlich erwartete er von mir, dass ich mich ihm bedingungslos hingab, ihm jeden Wunsch von den Augen ablas. Nun, ich wollte mein Bestes geben, wurde wagemutiger und beugte mich zu ihm vor, um die restlichen Knöpfe mit den Zähnen abzureißen. Zu meinem Pech zeigte sich, dass das gar kein leichtes Unterfangen war. Fest umschlossen meine Zähne die hölzerne Scheibe, da rutschte sie mir unerwartet in die falsche Kehle. Ich hatte das Gefühl zu ersticken! Erschrocken beugte ich mich vor, hustete, versuchte verzweifelt den Knopf aus meinem Rachen zu stoßen, bis ich ihn schließlich hochwürgte, und er im hohen Bogen auf einem Seidenkissen landete.

Eine kalte Hand schob sich unter mein Kinn und hob es an, sodass ich gezwungen war, ihm in die Augen zu sehen. Sein amüsiertes Grinsen konnte er nicht verbergen. Doch anstatt sich über mich lustig zu machen, beugte er sich zu mir vor, hauchte mir einen Kuss auf die Stirn und flüsterte in einem samtigen Ton: „Ich spüre deine Angst. Was macht dich so nervös, Sophie?"

Konnte ich mich ihm anvertrauen? Sollte ich ihm von meinen Zweifeln erzählen? Machte ich damit nicht diesen wunderschönen Moment kaputt?

„Sei ehrlich zu mir."

Ich atmete tief durch. Nein, es gab kein Zurück. Ich musste ihn fragen. Hier und jetzt. „Liebst du mich?", kam es über meine zitternden Lippen.

Jeremy sah mich lange an, dann lächelte er geheimnisvoll und gab meinen Kopf wieder frei.

„Ich spüre deine Sehnsüchte. Wir sind eins, Sophie."

Diese Antwort genügte mir nicht. Zugegeben, die Vorstellung war schön. Eins sein mit dem Mann, den ich liebte. Aber erwiderte er meine Gefühle? Empfand er ebenso wie ich?

„Ich werde es dir beweisen, mein wunderschöner Engel. Ich möchte dich glücklich machen."

Mit diesen Worten bettete er mich auf Kissen aus Seide. Ich ergab mich meinem Schicksal mit der Frage, wie weit er dieses Mal gehen würde?

Jeremy beugte sich zu mir herunter und begann meine Knospen durch den dünnen Stoff meines Leinenhemds mit seiner Zunge zu verwöhnen. Durch sein Lecken wurden sie hart und richteten sich auf. Sanft umschlossen seine kühlen Lippen meinen rechten Nippel. Ein Schauer jagte durch meinen ganzen Körper, als er plötzlich an ihm zu saugen begann. Gott, ich konnte sogar seine Zähne durch den Stoff spüren! Er setzte sie nicht ein. Doch ihr freches, forderndes Pieken machte Lust auf mehr. Seine linke Hand schob sich unter mein Oberteil und wanderte zu meiner linken Brust, um sie zärtlich zu massieren. Kreisende Bewegungen, auf und ab. Mal heftiger, mal so zärtlich, dass ich sie kaum spürte und fast wahnsinnig dabei wurde. Wie heiße Lava schoss das Blut durch meine Adern und konzentrierte sich in meinem Schoß. Nie zuvor hatte ich derart intensive Gefühle verspürt. Alle Zweifel waren vergessen. Nur der Augenblick zählte. Mein leises Stöhnen verriet meine Erregung. Kein Mann hatte je solche Gefühle in mir geweckt.

Als Jeremy von meinem Busen abließ und sich aufrichtete, verspürte ich eine zerreißende Sehnsucht nach seinen Berührungen. Wie ein Raubtier kauerte er über mir, doch er brachte weder seine Krallen noch seine gefährlichen Reißzähne zum Einsatz. Ohne Vorwarnung riss er mir das Leinenhemd vom Leib, legte sich auf mich, um erst meinen Hals und dann meinen ganzen Körper mit Küssen zu bedecken. Sekundenlang presste er seine kühlen Lippen auf meine Haut, saugte an ihr, nur um sich dann langsam, Stück für Stück, herunterzuarbeiten. Hör bloß nicht auf! Seine Zunge brachte mich allmählich um den Verstand! Ich stöhnte leise, als er sie um meinen Bauchnabel kreisen ließ. Jedes Mal zuckte ich am ganzen Leib, als würde mich ein Hagel aus kleinen Blitzen treffen. Seine kalten Hände fuhren die Kurven meines Körpers entlang. Sie wanderten zu meinen Brüsten, massierten sie, glitten wieder nach unten zu meinem Bauchnabel, hin zu meinen Hüften und wieder zurück. Jedes noch so winzige Härchen an meinem Körper richtete sich vor Erregung auf. Mein Schritt brannte wie Feuer. Doch als Jeremy meinen Rock zurückschob, stieg die Panik in mir hoch. Erschrocken kniff ich die Beine zusammen. Vielleicht, weil ich an das Erlebnis im Wald denken musste. Vor allem aber, weil ich in dieser Nacht nicht den letzten Schritt gehen wollte! Wieder befielen mich Zweifel. War ich eine Hure, wenn ich ihn jetzt liebte? Jeremy merkte sofort, dass etwas nicht mit mir stimmte. Besorgt sah er mich an. Ich schüttelte nur den Kopf und hoffte, dass er mich verstand.

„Fürchte dich nicht, ich lasse dir deine Unschuld." Er versuchte seiner Stimme einen beruhigenden Klang zu verleihen, doch es war nicht zu überhören, wie sehr er außer Atem war.

Verunsichert ließ ich mich auf die Seidenkissen zurücksinken. Plötzlich spürte ich seine Hand zwischen meinen Beinen. Ich wollte protestieren, da zerrissen seine Hände meine Unterwäsche. *Nein, aufhören!*, dachte ich. Aber ich wusste längst, dass es kein Zurück gab. Und dass ich insgeheim auch gar nicht zurück wollte. Er knetete meine Scheide mit beiden Händen. Die Erregung trieb mir das Blut in die Schamlippen. Sie schwollen an. Oh, was tat er mir nur an! Ich konnte mich nicht gegen die erwachende Leidenschaft wehren. Bereitwillig hob ich mein Becken und bewegte mich instinktiv in einem Rhythmus, der meine Lust steigerte. Jeremy hob meine Beine auf seine Schultern und zog mich näher zu sich heran. Ich japste vor Schreck nach Luft. Doch schon im nächsten Augenblick hatte ich mich an diese Position gewöhnt. Vorsichtig schob er meine großen Schamlippen auseinander und legte die Quelle meiner Lust frei, um sie mit seiner Zungenspitze zu berühren. Ein heftiger Schmerz durchzuckte meinen heißen Unterleib. In meiner Unerfahrenheit wusste ich nicht, wie empfindlich dieser kleine Knopf war und hatte auch nicht mit einer solch starken Reaktion meines Körpers gerechnet. Auch die nächsten Male, als seine Zunge über meine Perle glitt, verspürte ich ein unangenehmes Ziehen. Doch das legte sich, als die Bewegungen seiner Zunge schneller wurden. Immer schneller und schneller. Ich keuchte. Nun war mir alles egal. Ich wollte nur noch eines! Meinen Körper von dieser süßen Qual erlösen!

Fordernd drückte ich meinen Unterleib an sein Gesicht, sodass es aussah, als würden meine Schamlippen ihn ganz und gar verschlingen. Jeremy verstand die Aufforderung und verstärkte seine Bemühungen. Seine Zunge machte mich wahnsinnig! Er ließ einen Augenblick von mir ab, um mich in eine andere Lage zu bringen. Sein Atem ging hastig, seine Wangen waren vor Anstrengung gerötet, und mein cremiger Saft klebte auf seinen Lippen. Ich setzte mich auf, spreizte die Beine und reckte ihm meinen Unterleib entgegen. Jeremy schnaufte leise. Mein fordernder Blick gefiel ihm offenbar, denn er verschwand sofort wieder zwischen meinen Schenkeln. Erneut bewies er, wie geschickt er mit seiner Zunge umgehen konnte. Die Vorhaut meiner Perle schob sich vor und zurück. Mein Saft tropfte in seinen Mund. Ich stöhnte vor Wollust, und meine Hände krallten sich wie von selbst in sein blondes Haar. Mit sanfter Gewalt drückte ich ihn fest an mich. Gleich! Gleich würde ich kommen! Ich geriet in Ekstase! Presste meinen Unterleib immer stärker an seinen wunderbaren Mund, bewegte mich auf und ab im Takt, den seine flinke Zunge vorgab. Jeremys Fingernägel bohrten sich in meine Oberschenkel. *Mach jetzt bloß nicht schlapp*, dachte ich. Aber er setzte sogar noch eins drauf. Ich unterdrückte einen Schrei, als ich in einer gewaltigen Explosion kam. Mein ganzer Körper verkrampfte sich, nur um wenige Augenblicke später in völlige Entspannung zu versinken. Ich schmiegte mich in die Kissen und verbarg meine Liebesfrucht unter meinem Rock.

Erschöpft kroch er auf allen vieren zu mir, legte sich neben mich und schlang besitzergreifend seinen Arm um meinen Oberkörper. Ich wandte mich ihm zu und sah ein Lächeln auf seinen feuchten Lippen.

„Glaubst du mir nun, dass ich dich liebe?"

Ich konnte nicht anders, packte sein Gesicht mit beiden Händen und küsste ihn leidenschaftlich. Einen schöneren Liebesbeweis hätte er mir nicht machen können.

Wie lange wir ineinander verschlungen lagen und unsere gegenseitige Nähe genossen, weiß ich nicht. Ich wusste nur, ich konnte nicht mehr ohne ihn sein.

„Vertraust du mir?“, fragte ich ihn schließlich und dachte daran, dass er mir die gleiche Frage selbst schon einmal gestellt hatte.

„Ja, das tue ich.“

„Dann komm mit mir.“ Ich zog mein Leinenhemd über, knöpfte es zu und kletterte aus dem Bett.

Jeremy starrte mich verwirrt an. „Wohin?“

„Vater möchte dich wiedersehen.“

Die letzten Gäste hatten das Ashford's Pub gerade verlassen, als Jeremy und ich den Schankraum betraten. Der Rauch von Tabak schwebte wie eine Dunstwolke in der Luft und reizte meine Lungen. Hektisch wedelte ich mir frische Luft zu.

Jeremys kalte Finger umschlossen meine Hand. Ich glaube, er war nervös. Jahre lagen zwischen ihrem letzten Aufeinandertreffen. Ich war mir selbst nicht sicher, wie Vater auf ihn reagieren würde.

In diesem Moment kam er aus der Küche, seinen dicken Bauch vor sich hertragend und einen Topf in der Hand, den er mit einem Tuch auswischte. Er blieb inmitten seiner Bewegung stehen. Fassungslos blickte er zu uns herüber, als glaubte er nicht, was er sah.

„Er scheint sich nicht zu freuen, mich zu sehen“, sagte Jeremy. Zur Antwort drückte ich seine Hand.

„Oh, das ist wohl der junge Gentleman, der …“ Martha schob neugierig den Kopf durch den Türspalt. Aber Vater winkte sie mit einer einzigen Handbewegung in die Küche zurück. Vaters Laune war heute nicht gerade die Beste. Er glaubte, sein Gegenspieler Mister Skykes, intrigierte gegen ihn, um ihn so zum Verkauf seines Gästehauses zu zwingen. Zu allem Überfluss war jetzt auch noch ein Schatten aus der Vergangenheit aufgetaucht, den Vater allem Anschein nach am liebsten für immer verbannt hätte. Vor ihm stand der Mann, den meine Mutter über alles geliebt hatte.

Vater straffte die Schultern, atmete tief durch und blies sich dabei wie ein Gockel auf. Langsamen Schrittes kam er auf uns zu und musterte Jeremy abschätzend.

„Ist er das? Dein Verehrer?“

Ich nickte nur eingeschüchtert.

„William, es freut mich, dich wiederzusehen“, sagte Jeremy. Aber Vater antwortete nicht. Nur sein Mundwinkel zuckte.

„Wir sollten uns setzen und in Ruhe über alles reden!“, schlug ich vor und versuchte Jeremy zur Sitzecke zu ziehen. Doch er leistete Widerstand.

„Kommt nicht in Frage. Ich werde deinen liebestollen Adonis eigenhändig an die Luft setzen, wenn er seinen piekfeinen Arsch nicht selbst hier rausschwingt.“

Meine Kinnlade klappte runter. So hatte ich meinen Vater noch nie erlebt! Es war erschreckend, wie viel Hass aus ihm sprach. Verunsichert blickte ich zu Jeremy, der Vater ruhig und kontrolliert gegenübertrat.

„Wie … wie kannst du nur so mit ihm reden? Er gehört doch zur … Familie“, stammelte ich vollkommen aufgelöst.

„Das ich nicht lache." Vaters Gesicht wurde puterrot vor Zorn. Er kämpfte sichtlich mit sich selbst, um nicht die Beherrschung zu verlieren.

„Sprich dich ruhig aus, William." Noch immer klang Jeremys Stimme freundlich. Ich bewunderte ihn, dass er selbst in einer solchen Situation die Kontrolle behielt. „Ich möchte wissen, was du mir vorwirfst."

„Was ich dir vorwerfe? Oh, das will ich dir sagen, Jeremy! Du bist der undankbarste Bastard, den diese Welt je gesehen hat! Unsere Gutmütigkeit hast du schamlos ausgenutzt, doch was hast du je für uns getan? Nichts! Rein gar nichts! Wir nahmen dich in unserer Mitte auf, gaben dir ein Zuhause, schützten dich vor dem grellen Tageslicht und vor den neugierigen Blicken Fremder! Nie haben wir ein Dankeschön erhalten. Stattdessen hast du dich eines Nachts klammheimlich davongeschlichen, um dich dieser zwielichtigen Vereinigung anzuschließen!"

„Die ‚Vampirloge Condannato' folgt ihren eigenen Gesetzen, die für euch Menschen schwer zu verstehen sind. Sei vorsichtig mit deinen Worten. Du verurteilst etwas, das du nicht kennst."

Condannato? Diesen Namen hörte ich zum ersten Mal. Und was, um alles in der Welt, war eine Vampirloge?

„Du wirst mir vielleicht nicht glauben", fuhr Jeremy fort. „Doch ich verstehe deinen Zorn. Du solltest wissen, dass ich nicht immer ein Vampir war. Ich führte ein normales Leben und träumte davon, eines Tages eine Frau zu finden, sie zu heiraten und eine Familie mit ihr zu gründen. Dieses Glück war mir nicht vergönnt. Mein Vater gehörte einer Bruderschaft an, in die er mich schon mit frühen Jahren einwies. Ich rede von einer Organisation, die sich selbst 'Orden des heilbringenden Lichts' nennt und seit Jahrhunderten überall auf der Welt Krieg gegen die Geschöpfe der Dunkelheit führt. Mein Schicksal stand seit meiner Geburt fest. Ich sollte in die Fußstapfen meines Vaters treten. Die Weihe erhielt ich mit 21 Jahren. In weiteren 5 Jahren bildeten sie mich zu einem Jäger aus und lehrten mich, Vampire aufzuspüren und zu vernichten. Ich besaß das nötige Wissen, doch nicht die Erfahrung. Mein hohes Maß an Selbstüberschätzung führte dazu, dass ich einem Untoten in die Falle ging.

Dieser Vampir wusste, wer ich war, und er wollte meinen Tod. Er lockte mich in eine dunkle Gasse nahe der Saint Paul's Cathedral und fiel aus dem Hinterhalt über mich her. Als er seine Zähne in meinen Hals grub, wusste ich, dass ich meinen letzten Atemzug getan hatte.

Doch es kam anders. Ein Seemann, der in einer billigen Absteige ganz in der Nähe untergekommen war, hörte meinen Schrei und eilte mir zu Hilfe. Es gelang ihm, den Vampir zu vertreiben. Für mich kam jede Hilfe zu spät. Die Wandlung hatte längst eingesetzt. Ich wusste nicht, wohin ich mich wenden sollte.

Zwar hatten die Jäger meiner Zunft in ihren Schriften über die Natur des Feindes berichtet, doch niemand hatte die Veränderung am eigenen Leibe erfahren. Ich befand mich in einem Zustand der Zerstreutheit, fühlte mich krank und verstand nicht, was mit meinem Körper geschah. Warum sich meine Augen nur langsam an das Licht einer Fackel gewöhnten, wieso ich diese Gier nach Blut verspürte. Ein Verlangen, das mich fast um den Verstand brachte. Ich war weder tot noch lebendig. Doch ich atmete. Meine Haut war totenbleich, und ich fror. Die Kälte in mir war so stark, dass ich mich vor mir selbst fürchtete."

Jeremy sah meinem Vater ins Gesicht, erwartete wohl etwas Verständnis. Doch Papa zeigte keine Emotionen.

„Glaube mir, ich war euch immer dankbar für eure Großzügigkeit und euer freundliches Herz. Trotzdem fühlte ich mich stets wie ein Fremder. Es kostete mich viel Überwindung, den Schutz eures Hauses zu verlassen und durch die Nacht zu streifen, denn ich fürchtete erkannt zu werden. Ich hasste mein Dasein – steckte ich doch nun selbst im Körper des Feindes. Und als ich nach all den Jahren den Vampir, der mich zu dem gemacht hatte, was ich war, unverhofft wieder traf, erwachte meine Rache. Ich konnte ihn überzeugen, mich zu seiner ‚Loge' zu führen, denn ich hatte Informationen über die Bruderschaft, die sie nicht hatten! Wenn ich erst einmal in ihren Hallen war, würde jeder Einzelne von ihnen meine Rache zu spüren bekommen. Durch meinen Mentor lernte ich die Gesetze der Vampire kennen und war erstaunt darüber, wie sie lebten. Ich musste einsehen, sie waren nicht die Bestien, für die ich sie gehalten hatte. Im Gegenteil, sie hatten es sich zur Aufgabe gemacht, die Menschen vor feindlichen Zirkeln zu schützen. Ich bekam Zweifel, dass sie meine Rache verdienten. Instinktiv spürte ich, dass mein Platz bei ihnen war. Nicht hier, bei euch Menschen. Ich war einer von ihnen."

„Aber wieso lebst du dann mitten unter uns? In einem so großen und auffälligen Haus?"

„Weil ich einen Auftrag habe, Sophie. Mein Leben in Westminster ist nur Tarnung."

„Da hörst du es, Sophie. Er hat einen Auftrag! Er bringt dich nur in Schwierigkeiten. Halte dich von ihm fern."

Jeremys Griff um meine Hand verstärkte sich, als hätte er Angst, mich zu verlieren. Und auch ich wollte unter keinen Umständen von ihm getrennt werden.

„Papa, wir lieben uns!", platzte es plötzlich aus mir heraus.

Vater schüttelte nur den Kopf und hielt sich den Bauch vor Lachen. „Sophie, mein Kind. Wie naiv bist du nur? Seine Geschichte ist tragisch, ohne Zweifel. Aber eure Liebe ist für ihn nicht mehr als ein Spiel. Marie war ihm verfallen! Ich bin nicht blind, ich sah eure heimlichen Blicke. Ihr konntet eure Gefühle füreinander nicht vor mir verbergen. Euch verband weit mehr, als es den Anschein hatte. Stark war das Band zwischen euch, das ihr in euren Jugendjahren knüpftet. Doch nicht stark genug! Deine Mutter liebte ihn, und er ließ sie zurück. Genauso, wie er eines Tages dich zurücklassen wird. Sieh der Wahrheit ins Gesicht."

„Das ist eine infame Lüge! Ich würde Sophie niemals im Stich lassen", protestierte Jeremy und zerquetschte mir in seiner Wut fast die Hand. Äußerlich sah man ihm nicht an, wie aufgewühlt er war. Ich konnte nur hoffen, dass er nicht jeden Augenblick wie ein Vulkan explodierte und in seiner Wut über meinen Vater herfiel.

„Ist es nicht wahr, dass du mir meine Frau genommen hast?", schrie mein Vater ihn ebenso von Zorn zerfressen an. „Ihr Körper war hier, doch ihr Herz gehörte dir, du elender Schuft! Du kannst dir überhaupt nicht vorstellen, wie sehr ich litt! Auch ich habe Marie geliebt! Und nun verschwinde! Aus meinen Augen. Du willst einen Keil zwischen mich und meine Tochter treiben? Das wird dir nicht gelingen.“

Vater packte mich am Arm und riss mich von Jeremy los. Erschrocken taumelte ich ihm hinterher. Die Küchentür sprang auf, er stieß mich hinein und wies Martha an, auf mich aufzupassen.

„Nein! Papa, bitte tu mir das nicht an!“ Aber Vater kannte keine Gnade, mein Flehen blieb ungehört.

„Du hast einen Fehler gemacht, William. Stell dich nie gegen die Dunkelheit, sonst verschlingt sie dich.“ Jeremys Stimme überschlug sich fast im Zorn. Dann knallte eine Tür. Ich wusste, er war auf und davon. Würde ich ihn wiedersehen? Tränen stiegen mir in die Augen. Es war ein Fehler gewesen, ihn hier herzubringen. Aber Vater hatte nun einmal meinen Verehrer kennenlernen wollen. Schützend legte Martha beide Arme um mich, und ich vergrub mein Gesicht in ihrem üppigen Busen.

„Ruhig, Kind. Es wird alles wieder gut. Glaube mir.“

Wie sollte es wieder gut werden? Mein Vater hatte soeben meinen Geliebten aus dem Haus gejagt! Und Jeremy hatte ihm gedroht. Wie sollte je wieder Frieden zwischen ihnen herrschen?

„Aufhören, aufhören. Ihr weckt das Baby“, vernahm ich plötzlich eine andere Stimme. Sie kam von draußen. Martha und ich lugten durch den Türspalt und entdeckten Elisa, die am Fuß der Treppe stand und ein kleines Bündel in den Armen hielt, dass sie liebevoll hin und her schaukelte. Wie lange hatte sie das Streitgespräch schon mit angehört?

Vater wischte sich mit der großen, klobigen Hand über das Gesicht und lief auf Elisa zu. „Verzeih mir, mein Goldstück. Jetzt geh wieder ins Bett. Es ist alles in Ordnung. Mach dir keine Sorgen.“ Mit sanfter Gewalt schob er sie von dem Geländer weg und brachte sie in unser Zimmer zurück.

Der Anblick meiner Schwester zerriss mir fast das Herz. An ihrer Brust lag kein Baby. Es war nur die schmutzige Wäsche von gestern, die sie in ihrem Wahn zusammengerollt hatte und nun in ihren Armen hielt, als wäre es ein Kind.

Ich fragte mich, was aus Elisa geworden wäre, wenn sie einen anderen Mann geheiratet hätte? Wäre sie glücklich? Hätte sie Kinder? Calvin Stanisforth hatte England, kurz nachdem der Unfall passierte, verlassen. Elisa war mit ihrem Schmerz allein zurückgeblieben. Hochschwanger war sie die Treppe in Calvins Salon heruntergestürzt und hatte dabei ihr Kind verloren. Calvin sagte, sie wäre gestolpert. Aber Vater und ich glaubten, er hatte sie gestoßen! Einen aggressiven Mann wie Calvin hätte ich nie geheiratet, aber die Liebe hatte Elisa blind gemacht.

Martha zog sich in ihr Zimmer zurück, und ich setzte mich an einen der vorderen Tische. Seufzend vergrub ich das Gesicht in den Händen. Nun kannte ich Jeremys Geschichte. Nichts hatte sich an meinen Gefühlen für ihn geändert. Im Gegenteil, ich hatte Angst, ihn nie wiederzusehen. Vater war nicht gerade zimperlich mit ihm umgesprungen. Obwohl ich auch ihn verstand. Mama hatte seine Liebe nie erwidert.

Ich erschrak, als sich plötzlich ein Schatten über mich schob.

„Guten Abend, Miss Sophie. Könnt Ihr bei diesem Lärm auch nicht schlafen?“ Ignatius lächelte auf abscheuliche Weise. Die zusammengebundenen Haare gaben den Blick auf seine Tätowierung frei. Ein kleines Auge, das über einem Kreuz schwebte, umgeben von einem Kreis.

„Ich hoffe, es ist noch etwas Milch übrig? Ohne kann ich nämlich nicht einschlafen. Bemüht Euch nicht! Ihr habt doch nichts dagegen, wenn ich mich bediene?“

„Natürlich nicht. Ich wünsche Euch eine angenehme Nacht“, sagte ich und ging zu Bett.

Tamara seufzte. Die arme Elisa! Was für ein schreckliches Schicksal! Kein Wunder, dass Sophies Schwester verrückt geworden war.

Sie legte das Buch mit dem Ledereinband auf den Zimmerboden, erhob sich vom Bett und ging ins angrenzende Bad. Dort nahm sie ein Kosmetiktuch, schneuzte sich die Nase und wusch sich mit eiskaltem Wasser das Gesicht.

Die Klimaanlage der Malt'schen Villa lief auf Hochtouren. Der Unterschied zur Hitze draußen war groß. Deshalb fröstelte es Tammy nun, und sie eilte wieder ins Bett unter die dünne Decke.

Sie schloss die Augen und dachte an Sophie, die sich nicht nur um Elisa kümmern, sondern auch um Jeremy sorgen musste. Was kann es Schlimmeres geben, als dass die Eltern den Geliebten hassen? Es machte eine Beziehung unmöglich. Dabei hatten Sophie und Jeremy doch schon genug Probleme, denn Mensch und Vampir waren von der Natur nicht dazu geschaffen zusammenzuleben, genauso wenig wie Maus und Katze.

Und Dorian? Gab es für sie eine Zukunft mit ihm? Tammy fühlte sich elendig. Vielleicht brütete sie eine Krankheit aus. Oder es war doch so, wie Samantha gesagt hatte: Liebeskummer. Wie Tamara dieses Wort verabscheute! Sie hatte es satt, zu leiden. Sie wollte auch einmal glücklich sein und die Männer im Sturm erobern. Doch während Tammy erfolgreich im Beruf war, schien Sammy Jo in Liebesangelegenheiten die Nase vorn zu haben.

„So auch bei Dorian“, sagte sie zu sich selbst und fühlte einen Stich im Herzen.

Tammy drehte sich auf die Seite und zog die Decke bis unters Kinn. Sie vermisste Grey. Einige Kuscheleinheiten hätten ihre Stimmung verbessert. Aber er war weit weg, Dorian amüsierte sich bestimmt blendend mit Samantha und so entschied Tamara zu versuchen, schnell einzuschlafen.

Aber das Partygelächter machte es ihr schwer. Die Musik war dezent, jedoch penetrant, weil Tammy alles an ihre Eifersucht erinnerte. Irgendwann schaffte sie es dennoch einzuschlafen.

Am Morgen wachte Tammy gerädert auf. Sie hatte von lüsternen Vampiren geträumt, die Sophie durch das London des 18.Jahrhunderts verfolgten. Weil sie sich davor fürchtete erneut einzuschlafen und diesmal selbst von Blutsaugern im Traum gejagt zu werden, stand sie lieber auf. Nach einer ausgiebigen Dusche ging sie nach unten. Der Frühstückstisch auf der Terrasse war reichlich gedeckt. Als wäre auf der Party nichts vorgefallen, begrüßte sie ihre Eltern und drückte Marcus von hinten. Offensichtlich hatte er ebenfalls in der Villa übernachtet, weil am heutigen Tag einige Gespräche bezüglich der neuen Restaurantkette anberaumt waren. Ob Dorian auch kommen würde? Schmetterlinge flatterten vor Vorfreude durch ihren Magen.

Aber anstatt nach dem Mann ihrer Begierde zu fragen, nahm sie Platz und sagte: „Schläft Samantha noch?“ Ihr Interesse an Dorian sollte ja nicht zu offensichtlich sein, daher zäumte sie das Pferd von hinten auf.

Elisabeth Malt antwortete stolz: „Oh, nein. Noch vor wenigen Tagen wäre Sammy nach einer Party nie vor 12 Uhr aufgestanden, aber Mister Everheard hat einen positiven Einfluss auf sie.“

„Ach, ja?“ Tammy versuchte gelangweilt zu klingen, doch ihre Hand zitterte, als sie sich Pfefferminztee eingoss und die Tasse zum Mund führte.

„Dieser Dorian Everheard hat irgendetwas an sich“, pflichtete George Malt seiner Frau bei, während er ein Toast mit Marmelade beschmierte. „Faszinierender Mann! Mit ihm wird unsere Restaurantkette ein sicherer Erfolg.“

„Wir sollten nicht zu viel Hoffnung in ihn setzen. Er hat seine eigenen Vorstellungen und scheint mir recht stur in seinen Ansichten zu sein“, gab Marcus zu bedenken.

Tammy räusperte sich. „Und Samantha?“

Strahlend berichtete ihre Mutter: „Die Renovierungsarbeiten an Mister Everheards neuem Haus in Covent Garden beginnen bald. Er hat den exquisiten Geschmack deiner Schwester bemerkt und sie gebeten, das Stadtdomizil einzurichten.“

Tamara spuckte den Tee auf ihren Teller. „Ich hab mir die Zunge verbrannt“, entschuldigte sie sich und stellte geräuschvoll die Tasse auf den Unterteller. Ihr war jeglicher Appetit vergangen. „Dann hat Sammy Jo es mal wieder geschafft.“

„Oh, nein.“ Elisabeth Malt schüttelte heftig den Kopf. „Er hat sie gefragt. Ich war dabei. Warum denkst du nur immer schlecht von deiner Schwester?“

Weil meine Schwester schlecht ist, dachte Tammy und biss sich auf die Zunge. Sie hatte Mühe, die Tränen zu unterdrücken. Krampfhaft versuchte sie sich zu beruhigen und tupfte mit der Stoffserviette den Tee von ihrem Teller. Dorian hatte Sammy Jo gefragt. Tamara konnte an nichts anderes mehr denken. Dabei hatte er doch eine leidenschaftliche Nacht mit ihr verbracht. Vielleicht war das ihr Todesstoß gewesen. Mit der Liebesnacht war sein Interesse gestorben. Nun lag ihr Slip in einer Schublade mit vielen anderen Höschen, und Dorian war längst auf der Jagd nach dem nächsten. Sollte sie Samantha vor ihm warnen? Sie würde ihr eh nicht glauben, sondern sich lustig über sie machen, besonders, wenn sie ihr von der Vermutung berichtete, dass er ein Vampir war. Wie lächerlich das klang! In der Nacht konnte man sich vieles vorstellen, was im Hellen absurd erschien. Da fiel Tamara etwas ein! Tageslicht war doch tödlich für Vampire. Wie konnte Dorian dann mit Samantha am helllichten Tag in Einrichtungshäusern unterwegs sein?

Vorsichtig fragte sie: „Gehen die beiden auch nach Harrods?“

Marcus schnaubte, zerknüllte seine Serviette und warf sie auf den Tisch. „Samantha wird sich dort umschauen, aber sie trifft Dorian erst abends zum Essen, um ihm ihre ersten Ideen zu präsentieren.“

„Danach kommen sie hierher, damit du ihm deine Marketingstrategie erklären kannst", fügte George Malt hinzu.

Tammy runzelte die Stirn und betrachtete Marcus. Wieso reagierte er nur so heftig? Er war doch sonst die Ruhe selbst. Anscheinend mochte er Dorian nicht besonders gut leiden. Eine Ahnung beschlich sie. Marcus musste Dorian von irgendwoher kennen! Auf der Party war er ihrer Frage ausgewichen. Diesmal würde er das nicht schaffen!

Sanft legte sie eine Hand auf die seine. „Der Morgen ist jung, die Luft noch angenehm frisch. Wenn die Sonne erst im Zenit steht, wird es wieder schwül werden. Magst du mich auf einem Spaziergang an der Themse begleiten?"

„Gerne", antwortete Marcus. Seine Augen leuchteten.

Gemeinsam gingen sie in den Garten und schlenderten in Richtung Fluss. Das Rauschen des Wassers schwoll an. Vögel zwitscherten in den Sträuchern und Baumkronen, und ein Eichhörnchen kreuzte ihren Weg. Tamara saugte die Idylle in sich auf, denn sie fühlte sich urlaubsreif. Mit Schrecken dachte sie daran, am Abend Samanthas Gurren ertragen zu müssen.

Sie hakte sich bei Marcus ein und grübelte, wie sie die Wahrheit über ihn und Dorian am Besten aus ihm herauskitzeln konnte.

Da sagte er: „Ich mache mir Sorgen um dich. Du isst zu wenig."

„Schuldig."

„Gestern auf der Party hast du keinen Bissen zu dir genommen und heute Morgen nur Tee getrunken."

„Die Arbeit stresst mich. Ich komme nicht zum Essen."

„Unsinn!" Marcus stellte sich ihr in den Weg und blickte ihr tief in die Augen. „Du bist nicht in der Agentur. Dies ist deine Freizeit. Belüg dich nicht selbst. Irgendetwas stimmt nicht. Hast du Ärger?"

Stumm schüttelte sie den Kopf.

„Ich sehe dir an der Nasenspitze an, dass du Probleme hast. Etwas belastet dich. Lass mich dir helfen."

„Wie lieb von dir! Du warst immer mehr für mich da als meine eigene Familie." Dankbar umarmte sie ihn. Er war wie der Fels in der Brandung. Sie fühlte sich wohl in seiner Nähe. „Du schaffst es, mich zum Lachen zu bringen, wenn ich das Gefühl habe, die Welt geht unter."

Auf einmal wurde sein Blick verträumt. „Das höre ich gerne. Ich kann das Kompliment nur zurückgeben. Wenn ich dich sehe, geht die Sonne für mich auf."

Tammy bemerkte die Veränderung bei Marcus. Seine Stimme war weicher, seine Berührungen sanfter. Anstatt zu frotzeln, warf er mit Schmeicheleien nur so um sich. Ihr wurde das zu viel. Sie versuchte sich aus seiner Umarmung zu lösen, doch er hielt sie fest.

„Bitte, lass mich los, Marcus."

„Wenn du es wünschst."

„Ja", antwortet sie kurz. Sie wollte ihn nicht vor den Kopf stoßen, immerhin waren sie Freunde. Dabei sollte es auch bleiben.

Widerwillig gab er sie frei und murrte: „Liegt es an Dorian Everheard?"

„Wie bitte?“ Sie hatte nicht gewusst, wie sie das Gespräch geschickt auf Dorian hatte lenken können, und nun machte Marcus den Anfang.

„Du magst ihn. Habe ich recht?“, fragte er ohne Umschweife.

Tammy schluckte. Eigentlich wollte sie ihn ausfragen und nicht ihre Gefühle preisgeben. „Woher kennst du ihn?“, lenkte sie von sich ab. „Und sag mir jetzt nicht, du hättest ihn das erste Mal durch das ‚That Delicious Bite' getroffen! Ich spüre doch, dass du mehr über ihn weißt.“

„Nicht mehr als du, vermute ich“, knurrte er.

„Was soll das heißen?“

Fest griff er ihre Schultern. „Du musst unbedingt etwas essen, Tammy! Sich als Mensch ausschließlich von Blut zu ernähren ist tödlich.“

Sie erstarrte und traute ihren Ohren nicht.

„Tu nicht so erstaunt. Vor mir musst du nicht die Unschuldige spielen. Die ‚Loge' gibt uns Anwärtern zwar den Befehl, als Vorbereitung auf unsere spätere Wandlung bereits im Vorstadium täglich einmal Blut zu trinken. Aber, herrje, Tammy, ansonsten musst du normal weiter essen.“

„Sonst ...?“

„Sonst stirbst du, bevor sie dich in den Kreis der Auserwählten aufnehmen und zum Vampir machen“, führte er ihren Satz zu Ende.

Tamara hielt sekundenlang die Luft an. Dann atmete sie geräuschvoll aus und brachte es auf den Punkt. „Dorian ist ein Vampir.“

„Du wusstest es nicht“, keuchte Marcus, der begriff, dass er ein Geheimnis ausgeplaudert hatte. Er ließ Tammys Schultern los und schlug sich mit beiden Händen unentwegt gegen die Stirn.

„Hör auf damit!“, schrie sie und klammerte sich an seine Arme, damit er sich nicht weiter wehtun konnte.

Jetzt hatte sie den Beweis. Dorian hatte ihr die ganze Zeit, als er von seiner Gier nach Blut gesprochen hatte, die Wahrheit erzählt. Und sie dachte, er wollte sich lustig über sie machen. Die vergangenen Tage schossen in Gedanken wie ein Film an ihr vorbei. Seine Zähne, er hatte sie beinahe in ihren Hals gebohrt, ihr Busen hatte sich an ihnen gerieben, als er an ihren Nippeln saugte, doch anstatt sie zu beißen, hatte er sie geliebt. Weshalb verschonte er sie? Aber was war mit Samantha?

„Ich muss meine Schwester warnen!“

„Er wird ihr nichts tun.“ Marcus nahm Tammy in die Arme und presste sein Gesicht an ihren Hals wie ein Kind, das sich hemmungslos weinend an seine Mutter klammert.

„Was hat er vor? Was will er von der Familie Malt?“

„Ich weiß es nicht“, schluchzte er. Dann richtet er sich auf, nahm ihr Gesicht in beide Hände und bettelte: „Du darfst niemandem etwas erzählen, ja? Bitte. Ich flehe dich an. Die ‚Loge Condannato' wird Übles mit mir anstellen, wenn sie erfahren, dass ich . . .“

Sie unterbrach ihn. „Gehört Dorian ihr auch an?“

„Er ist der Anführer und sein Gestüt ‚Ride through time' in Wirklichkeit das Vampirhaus. Bitte, Tammy. Du musst dich höllisch in Acht nehmen vor ihm. Er ist mächtig, sehr mächtig, denn er lebt schon seit mehreren Jahrhunderten und ist gereift wie Wein, der nun würzig schmeckt, fast zu kräftig, um ihn zu mögen. Versprich mir, dich von ihm fern zu halten."

Sie nickte und wusste gleichzeitig, dass sie das Versprechen nicht einhalten konnte. Die Wahrscheinlichkeit, dass Dorian ihr Sophies Memoiren zugespielt hatte, war hoch. Der Wunsch, mehr über Sophie und Jeremy zu erfahren, war zu groß. Außerdem musste sie herausfinden, was er im Schilde führte. Tammy wollte ihre Familie schützen. Ihr eigenes Schicksal war dabei unwichtig. Aber wie sollte sie gegen einen Mann kämpfen, der ihr überlegen war und sie mit einem einzigen liebevollen Blick in die Knie zwingen konnte?

„Du bist ein Vampir-Anwärter?", fragte sie Marcus ungläubig. „Wie konntest du nur dort hineingeraten?"

„Genauso wie du, durch Zufall und dieser heißt Dorian", antwortete er trocken und küsste sie auf den Mund.

Bestürzt riss Tammy die Augen auf. Sie versuchte ihn abzuwehren, trommelte gegen seine Schultern und riss an seinen Haaren. Aber erst als sie ihm mit aller Kraft auf den Fuß trat, ließ er von ihr ab.

„Ich dachte, wir sind Freunde", rief sie aufgebracht. Sie ohrfeigte ihn, bereute das im nächsten Augenblick, weil er sie anschaute wie ein begossener Pudel und rannte zum Haus zurück.

Den ganzen Tag verschanzte sich Tamara in ihrem Zimmer mit der Ausrede, an verschiedenen Werbekonzepten für die geplante Restaurantkette zu arbeiten. In Wahrheit brauchte sie Zeit, die neuen Informationen zu verdauen und sich einen Plan zurechtzulegen, wie sie von nun an vorgehen wollte. Dorian mochte keine Unschuldslämmer. Nun, Tammy war keins mehr, und damit würde er erst einmal fertig werden müssen. Doch sie durfte sich nicht zu weit aus dem Fenster lehnen. Behutsam wollte sie die Nuss knacken, die Dorian Everheard hieß. Dafür war sie gezwungen über ihren eigenen Schatten zu springen und sich Dorian wieder zu nähern. Sie musste Samantha ausstechen, Dorian zeigen, dass er nur sie wollte und sich unauffällig interessant machen.

„Das wird nicht einfach", sprach sie zu sich selbst und schaute auf das zimtfarbene Seidenkleid, das sie heute trug. Ihr kleiner, blanker Busen zeichnete sich zwar darauf ab, aber es war bis oben geschlossen – und mit Speck fing man bekanntlich Mäuse. Wie hatte sie denn ahnen können, dass sie ausgerechnet Dorian in der Villa ihrer Eltern wiedertreffen würde. Die Ereignisse überschlugen sich, und Tammy kam nicht mit. Aber von nun an würde sie stark sein, so taff wie im Arbeitsalltag – hoffte sie.

Doch als sie Dorian am Abend im „That Delicious Bite", das sich inmitten des Marble Hill Parks in der Nähe des Stegs für die Ausflugsschiffe befand, gegenüberstand, schwand ihr Kampfgeist. Er sah so verdammt gut aus! Und sie konnte ihre Lust nicht unterdrücken. Sie begehrte diesen Mann und die Gefahr, die er bedeutete, machte ihn nur attraktiver.

Tammy breitete ihre Entwürfe auf dem Tisch aus, der in einer verwinkelten Ecke des Restaurants stand und von den übrigen Gästen schwer einsehbar war. „Das sind wirklich nur erste Ideensammlungen. Jede Partei hat ihre eigenen Vorstellungen. Es wird schwierig werden, diese unter einen Hut zu bringen."

Dorian und alle anderen Anwesenden schauten sich die Entwürfe kritisch an, George Malt, Samantha und Marcus prüften die Vorschläge.

„Das kannst du besser, Tammy", sagte Dorian barsch und warf den Stapel Blätter auf den Tisch.

Sie wiederholte schnippisch: „Das sind nur erste Ideen ..."

„Die nicht verwendbar sind", unterbrach er sie. „Ich weiß, dass du bessere Arbeit leisten kannst. Ich habe viele Kampagnen von dir gesehen."

„Du hast alles über die Familie Malt recherchiert, denn gut vorbereitet ist halb gewonnen, nicht wahr?", entgegnete sie selbstbewusst und kniff argwöhnisch die Augen zusammen. Sie erwartete, dass Samantha in die gleiche Kerbe hieb wie Dorian, doch sie verfolgte das Szenario lediglich mit Genugtuung.

Verwundert sah er sie an. Sein Blick glitt zu Marcus, der prompt in die Hocke ging und seinen Schnürsenkel neu band. Als Dorian Tammy wieder fixierte, stand seine Zornesfalte hervor. Hatte er ihre Anspielung verstanden? Plötzlich war ihr unwohl zumute. Vielleicht war sie doch nicht so stark, wie sie gedachte hatte. Denn als er um den Tisch herum zu ihr kam, wäre sie am liebsten vor ihm abgehauen und hätte sich im Garten versteckt wie ein kleines Mädchen. Instinktiv ging sie einen Schritt zurück. Sie stieß gegen einen Stuhl und fiel in den Sitz. Das Korbgeflecht ächzte leise. Dorian blickte erhaben auf sie hinab.

Sei standhaft, redete sie sich ein und kreuzte provokant die Beine, sodass der Saum ihres Kleids nach oben rutschte und ihre Oberschenkel zu sehen waren.

Seine Augen strahlten, aber er blieb ernst. Er nahm auf der Tischkante Platz, kurz vor ihrem Korbstuhl und starrte sie an. Er betrachtete eingehend die Wölbung im Oberteil ihres Seidenkleids. Ihre Brustwarzen verhärteten sich und stachen auffordernd gegen den Stoff. Doch Tamara errötete nicht, sondern hielt seinem Blick stand als Zeichen des Trotzes und der Erregung. Dann musterte er ihre Taille, wanderte tiefer zum Saum des Kleids und es war, als würde er eben diesen mit den Händen bedächtig hochschieben, um mit ihrem Schoß zu sprechen, der ihm pochend antwortete und ihre Lust einfach hinausspülte. Er zog sie mit seinem lüsternen Blick aus, drang auf eigenartige Weise in sie ein wie damals mit seinen drei Fingern, als er sie in der totalen Finsternis genommen hatte, weil er es wollte und ohne Worte wusste, sie gierte ebenfalls danach.

„Tamara, geht es dir nicht gut?", fragte George Malt.

In diesem Moment erwachte sie. Sie riss erschrocken die Augen auf, die eben noch geschlossen gewesen waren, ohne dass sie sich dessen bewusst war. Mit gespreizten Schenkeln saß sie vor Dorian, das Seidenkleid bis zum Hintern hochgeschoben und die Hände lasziv in den Schoß gelegt. Verwirrt schaute sie in die Gesichter von Samantha, Marcus und das ihres Vaters.

„Mir ist schwindelig", brachte sie mühsam heraus, beschämt über ihr durchtränktes Höschen.

Dorian reichte ihr ein Glas Mineralwasser und strich ihr eine lockige Haarsträhne hinter die Ohren. „Diese Abkühlung wird dir gut tun", sagte er lächelnd.

Ihre Hände zitterten, als sie das Glas zum Mund führte und trank. Doch selbst die Berührung des Glases an ihren Lippen hatte etwas Sinnliches, Prickelndes, und als das kühle Wasser ihre Kehle hinunterfloss, erinnerte es sie daran, wie Dorians Zunge ihre Mundhöhle befeuchtet hatte und auch in ihrer Vagina geschwommen war wie eine Seeschlange, als wäre er die falsche Schlange Edens, die das Weib verführerisch seinen Plänen unterwarf. Ihre Scham glühte. Schnell stellte sie das Glas weg.

Tammy drehte sich zu Marcus um. „Fährst du mich bitte nach Hause, jetzt?"

Sie musste fort von diesem Teufelskerl. Es gab keine andere Möglichkeit. Sie hatte ihn herausgefordert, und er hatte ihr gezeigt, wie mächtig er ist. Nein, er war nicht nur faszinierend, sondern konnte Menschen manipulieren. Und plötzlich war sie sich nicht mehr sicher, ob sie ihn wirklich begehrte oder sogar liebte. Es konnte doch sein, dass er ihr das auf irgendeine kranke Weise vermittelte. Sie hatte sich überschätzt oder ihn unterschätzt. Das war egal. Sie brauchte Zeit, um ihre Kraft zurückzugewinnen und sich einen neuen Plan auszudenken. So schnell gab sie nicht auf!

Als Marcus ihr half aufzustehen und sie stützte, stellte Dorian sich ihm in den Weg. Er rümpfte die Nase und schwieg, was die Situation unerträglich machte. Tammy machte sich schwere Vorwürfe. Sie hatte Dorian den versteckten Hinweis gegeben, dass sie wusste, wer er war, wenn auch nur vage, aber er hatte sie durchschaut. Er durchschaute sie immer. Verdammte Vampire! Sie hätte warten müssen, aber sie war zu ungeduldig gewesen, weil Dorian sie reizte. Nun war Marcus es, der für ihren Fehler würde bluten müssen.

Tamara schob sich zwischen die beiden Männer. „Auf Wiedersehen, Dorian! Morgen sieht die Welt schon wieder anders aus. Du solltest auch zur Ruhe kommen." Als er nicht reagierte, fügte sie ein leises „Bitte" hinzu und sah ihm eindringlich in die Augen.

„Die Nächte sind immer gleich – finster", antwortete er.

Dann kam wieder diese quälende Stille auf. Je weniger er sagte, desto mehr Sorgen machte sich Tammy, und er schien das zu provozieren.

Resignierend verabschiedete sie sich von Samantha und ihrem Vater, die sich gegenseitig fragend anblickten, weil sie nicht den blassesten Schimmer hatten, was vor sich ging.

Als sie das Gepäck von ihrem Zimmer geholt hatten und vor der Haustür standen, bot Marcus ihr an, sie zum Norfolk Square zu fahren.

Tammy lehnte dankend ab. „Lieb von dir, aber ich möchte, dass du ein Auge auf meine Familie wirfst. Tust du das?"

„Und wer kümmert sich um dich?"

„Ich", antwortete sie. „Ich habe immer selbst auf mich aufgepasst, mein ganzes Leben lang, daher werde ich es auch weiterhin schaffen."

„Mit der ‚Loge Condannato' ist nicht zu spaßen", ermahnte er sie. Er küsste sie auf die Wange, und sie fuhren in seinem Sportcoupé los, das Verdeck zurückgeklappt. „Lass die Finger von Dorian. Halte dich von ihm fern, so gut es geht. Er ist Gift!"

Sie nickte stumm. Seine Worte schmerzten.

„Ich bemerke doch, wie du ihn anhimmelst."
Schuldig drückte sie das Lederbuch enger an ihren Busen.
„Er ist ein Vampir, Tammy, kein Mann! Ein einziger Kuss, eine einzige Berührung von ihm kann töten. Du musst seine Zähne und seine Hände, die zu gefährlichen Klauen werden können, als Waffen ansehen. Versprichst du mir das?" Er nahm liebevoll ihre Hand.
„Mensch und Vampir gehören nicht zusammen", sagte sie leise und dachte an Sophie und Jeremy, die ihre Liebe zu leben versuchten und nicht sehr erfolgreich waren. Um sich von dem Problem zu distanzieren, fügte sie hinzu: „Sag Samantha das, nicht mir."
„Schwierig, aber wir werden sehen."
Der lauwarme Fahrtwind zerzauste ihre schulterlangen, blonden Locken. Sie kramte in ihrer Tasche, die zu ihren Füßen stand, holte ein Haargummi hervor und band ihre Haare nach hinten. Sie schaute sich um. Die Malt'sche Villa lag umgeben von den dunklen Wäldern des Marble Hill Parks, als einziger heller Ort, als wäre der Park die Hölle und die Villa das Höllenfeuer.
Schmunzelnd rieb sich Tammy über das Gesicht, um die Dämonen zu vertreiben, die sich in ihrem Kopf eingenistet hatten. Ihre Gedanken wurden immer düsterer, doch das Gelände war einsam, finster, das Marble Hill House lag etwas entfernt, abgeschirmt von einer Wand aus Bäumen. Es gruselte sie mit einem Mal. Sie schaute in den Wald hinein und sah nichts als Finsternis. Ob sich noch andere Kreaturen dort versteckten, außer den Tieren? Tammy schlang die Arme um ihren Oberkörper. Es fröstelte sie trotz der Wärme.
„Ist dir kalt?", fragte Marcus besorgt.
Tammy log: „Nein", und lächelte ihn milde an, denn sie wollte unter keinen Umständen auf dieser gottverlassenen Straße anhalten, um das Verdeck zu schließen. So lange sie in Bewegung blieben, konnte niemand über sie herfallen. Die Straße durch den Marble Hill Park schien unendlich zu sein. Wie eine finstere Gasse schlängelte sie sich zwischen den hohen Bäumen hindurch, die Wächtern gleich den Weg säumten. Ein Käuzchen schrie in der Stille der Nacht und Tammy zuckte zusammen. Es raschelte im Unterholz oder bildete sie sich das nur ein? Sie konnte es kaum erwarten im Zug zu sitzen mit all den Lichtern, Durchsagen und Menschen, die zustiegen, je näher die Bahn Central London kam.
Als sie endlich den Marble Hill Park hinter sich ließen, atmete Tamara auf. Sie rutschte tiefer in den Ledersitz und wollte sich nicht noch einmal umschauen. Vampire. Im Wald hätten die Blutsauger die Möglichkeit gehabt, ungesehen über Marcus und sie herzufallen und sie bis auf den letzten Blutstropfen auszusaugen. Nun hatten die Vampire ihre Chance vertan. Doch als Marcus sein Coupé auf die St. Margarets Road lenkte und an einer kleinen Ansammlung von Häusern vorbeifuhr, ging plötzlich Licht in einem der Häuser an, just in dem Augenblick, als sie es passierten. Tammy krallte ihre Finger um die lederne Sitzschale. Hatte Dorian sein nächstes Opfer gefunden? Folgte er ihnen? Sie überlegte, ob sie Marcus doch bitten sollte anzuhalten, um das Verdeck zu schließen, brachte aber keinen Ton heraus. Sicherlich spielte die Fantasie ihr einen Streich! Das war alles zu absurd, um wirklich zu geschehen. Aber hatte Marcus nicht gesagt, er wäre ein

Vampir-Anwärter der „Loge Condannato"? Sie war also nicht die Einzige, die an Vampire glaubte, die von ihnen wusste, also mussten Blutsauger existieren. Und hatte Dorian ihr seine Überlegenheit nicht vor ein paar Minuten erst gezeigt, ohne ein einziges Wort zu sprechen und ohne die kleinste Berührung, alleine durch seine Willenskraft? Dieser Mann machte Tammy wahnsinnig! Er war der Erste, der solch starke Gefühle in ihr heraufbeschwor, doch ausgerechnet er wollte ihr nichts Gutes, und sie musste sich von ihm fern halten. Welche Ironie! Besonders, da sie ihm in nächster Zeit ständig über den Weg laufen würde, weil er mit ihrem Vater zusammenarbeitete. Nein, mit George Malt würde sie nicht reden können! Zu verbissen verfolgte er seinen Plan, weitere Gourmet Tempel in Großbritannien aufzubauen. Und wer würde nicht laut auflachen bei dem Wort „Vampire"? Der anonyme Brief, von dem sie ahnte, dass Dorian ihn heimlich in ihre Mailbox gesteckt hatte, hatte sie geimpft, sodass sie Schritt für Schritt an das Thema herangeführt wurde, ohne es als kompletten Unsinn abzutun. Dorian hatte seinen Auftritt gut geplant, aber Tammy wollte ihm einen Strich durch die Rechnung machen. Sie würde mit den Waffen einer Frau kämpfen. Bei ihrem ersten Treffen hatte er sie dazu aufgefordert. Nun wollte sie dieser Aufforderung nachkommen. Auch wenn der erste Versuch kläglich gescheitert war, beim nächsten Mal würde sie nicht so halbherzig rangehen.

Es war kurz vor 22 Uhr, als sie vom Bahnhof St. Margarets mit der British Railway in die City startete. Die Fahrgäste, die bereits im Zug saßen, beäugten Tammy, bis sie Platz genommen hatte. Dann war sie wieder uninteressant, und jeder hing seinen Gedanken nach. Tamara schaute hinaus in die Dunkelheit und in Richmond-up-Thames war die Nacht noch finsterer, weil hier auf dem Land die Lichter der Großstadt fehlten. Hatte sie bisher immer die Wiesen, Felder und Parkanlagen geliebt, so fürchtete sie sich nun vor ihnen. Die Landschaft wirkte so unheimlich, als hätte sie sich verändert, aber es war Tammy, die sich verändert hatte und nun mit anderen Augen auf die vertraute Heimat blickte. Sie würde sich erst wieder in ihren eigenen vier Wänden wohl und sicher fühlen. Momentan empfand sie sich als Fuchs, den es zu jagen und zu erlegen galt. Ob die Jäger sie wohl schon einkreisten?

Da bemerkte sie einen alten Mann. Tammy sah ihn ihm Fenster, er spiegelte sich im Glas und stierte sie mit einem zahnlosen Grinsen an. Sein aschgrauer Mantel war bis oben hin zugeknöpft, viel zu warm für diese Sommernacht, und Tammy befürchtete, dass er ihn jede Sekunde aufreißen und ihr seinen erigierten Penis entgegenstrecken würde wie ein Exhibitionist. Tammy wagte nicht, ihn direkt anzusehen, nahm sich aber vor, ihn zu beobachten, bis der Zug in der Paddington Station einfuhr. In Gedanken malte sie sich aus, wie sie sich wehren würde, falls er sie angriff, um seine Zähne in ihr Fleisch zu bohren und ihr Blut zu kosten. Sie konnte sich nicht vorstellen, dass Dorian jemanden aussandte, damit er sie aus dem Weg räumte. Nein, er würde das ganz sicher selbst in die Hand nehmen und es wahrscheinlich sogar genießen. Tammy erschrak über sich selbst, als sie dachte, dass sie nur durch Dorian und sonst niemanden sterben wollte.

Wenn schon, dann Dorian, hallte es morbide in ihr nach.

Beschämt hielt sie sich an Sophies Lederbuch fest, das auf ihrem Schoß lag, als könnte Sophie ihren stummen Hilfeschrei hören und ihre Hand zur Beruhigung halten. Aber Tammy war alleine. Sie war Dorian ausgeliefert und das sogar gerne, dabei würde er sie höchstwahrscheinlich ins Verderben führen. Während Tamara noch darüber grübelte, wie sie es schaffen konnte gegen sich selbst zu kämpfen, um von dem Vampir loszukommen, stieg ein auffälliges Paar ein. Beide trugen schwarz gefärbte Mähnen, die struppig nach oben toupiert waren, Heftklammern durch die Nase und pechschwarze, bodenlange Ledermäntel. Die Sommerhitze, die sich darunter staute, musste sie umbringen. Leichenblass geschminkt waren sie ja schon. Augenbrauen und Lippen waren dunkel nachgezeichnet, und ihre müden Augen stachen gerötet hervor.

Die beiden setzten sich Tammy gegenüber – entgegen der Fahrtrichtung – obwohl genügend andere Sitze frei waren. Tamara bekam Angst. Waren das Vampire, die sie einschüchtern sollten? War der Zeitpunkt für einen Kampf gekommen? Sie streichelte über das Buch, um sich zu beruhigen, doch als einer der Grufties interessiert auf die ins Leder eingestanzte Schrift schaute, bereute Tammy es, ihn darauf aufmerksam gemacht zu haben. Ihr Körper verkrampfte sich, sodass ihre Schultern zu schmerzen begannen.

Gespielt gelangweilt sah sie aus dem Fenster. Da war es wieder, das Gesicht des Greises! Er stierte sie immer noch an. Tammy rutschte tiefer in den Sitz. Sollte sie an der nächsten Station aussteigen? Sie konnte einen Zug später nehmen. Aber dann musste sie womöglich alleine auf dem Bahnhof warten, vielleicht sogar eine Stunde. Keine gute Alternative! Und was sollte sie machen, wenn jemand mit ihr den Zug verließ? Sie entschied zu bleiben, wo sie war.

Tamara sah an dem Spiegelbild des Alten vorbei und bemerkte aus dem Augenwinkel heraus einen Schatten. Etwas war parallel zum Zug geflattert, dann plötzlich nach oben gestoben und auf dem Zugdach verschwunden.

Meine Fantasie spielt mir Streiche, versuchte sie sich zu beruhigen, aber dann polterte es auf dem Dach und das Metall ächzte, als würde es unter einer großen Last nachgeben. Selbst die anderen Fahrgäste blickten hinauf.

„Gespenster", sagte die auffällige Sitznachbarin zu Tammy und grinste.

Zaghaft lächelte Tamara zurück. "Oder Vampire."

Die junge Frau nickte stumm und spielte mit dem Piercing in ihrer Zunge. Drei Haltestellen weiter stieg sie mit ihrem Freund aus, ohne dass etwas passiert war, und Tammy schalt sich einen Narren. Vorurteile, mehr war es nicht gewesen. Aber der alte Mann blieb bis zur Paddington Station sitzen. Er verließ gemeinsam mit Tamara den Zug. Diese rannte so schnell sie konnte die London Street entlang, sich immer wieder nach dem Alten umschauend und stürzte panisch die Treppenstufen zu ihrer Wohnung hinauf. Völlig außer Atem kam sie zu Hause an. Sie warf die Tasche neben den Regenschirmständer und das Lederbuch auf die Couch. Dann ließ sie sich in den Sessel fallen. Grey sprang sofort auf ihren Schoß.

„Na, mein Lieber, die Futtermaschine ist ein schlechter Ersatz für mich, nicht wahr?", sprach sie zärtlich und streichelte den Kater.

Eigentlich war sie es, die die Streicheleinheiten dringend brauchte, denn ihre Nerven lagen blank. Manchmal überschätzte sie ihre Kraft. Sie hatte nicht einmal den Deckenfluter angeschaltet, als sie in ihre Wohnung gekommen war. Die Fensterläden standen offen. Das Licht der Straßenlaternen fiel ins Zimmer. Und vor Tammys innerem Auge stand der lechzende Greis aus dem Zug im Square und gaffte hinauf zu ihr. Sie musste die Fensterläden dringend schließen, sofort! Aber falls jemand sie beobachtete, würde derjenige sie sehen, und das wollte Tammy auf keinen Fall. Sie wünschte sich ein Mäuschen zu sein und in ihr Mauseloch kriechen zu können. Noch schlimmer als gesehen zu werden war die Tatsache, dass sie die Fenster erst weit öffnen musste, um die Läden schließen zu können. In diesem Moment ärgerte sie sich, dass sie es bisher versäumt hatte, Vorhänge zu kaufen.

„Es führt kein Weg daran vorbei", sagte sie und setzte Grey auf den Boden. „Du beschützt mich, ja?" Aber der Kartäuserkater fing kläglich an zu miauen, weil er Hunger hatte.

Der Katzenjammer machte es für Tammy nicht einfacher. Er machte sie noch nervöser. Ob sie sich eine Waffe suchen sollte? Aber was? Sie verwarf den Plan und ging langsam zum ersten Fenster. Sie spähte in den Square. Nichts. Niemand war zu sehen. Mit zitternden Händen öffnet sie es einen Spalt breit.

„Warum habe ich die ganze Zeit das Gefühl, dass Dorian mich beobachtet?", fragte sie sich selbst. „Vielleicht ist der Wunsch Vater des Gedanken." Sie verstand sich selbst nicht mehr.

Tamara fasste sich ein Herz und lehnte sich aus dem Fenster. Sie schloss die Läden so schnell, dass sie geräuschvoll gegen den Rahmen stießen. Die Nachbarn! Nun hatten sie wieder einen Grund zum meckern. Ihr Herz schlug ihr bis zum Hals. Tamara machte das Fenster zu und ging zum nächsten. Als sie alle Fensterläden zugesperrt hatte, gab sie Grey Futter und setzte sich mit Sophies Memoiren in der Küche auf die Fliesen. Sie öffnete den Kühlschrank und genoss die Kälte, die hinausströmte. Es war schwül in Tammys Wohnung, weil sie durch ihre Abwesenheit zwei Tage nicht gelüftet hatte, doch sie wollte die Fenster geschlossen halten, als Schutzmaßnahme. Sie rieb sich die Schläfen. Kopfschmerzen konnte sie jetzt am wenigsten brauchen.

„Was meinst du, Grey?", fragte sie den Kater, der schmatzend sein Futter verschlang. „Wird Jeremy Sophie beißen und zu einer Vampirin machen? Immerhin hätte er sie dann ganz für sich. Oder wird er nach dem Streit mit ihrem Vater Westminster vielleicht sogar verlassen und somit auch Sophie?"

Tamara suchte in Sophies Memoiren die Seite, die sie am Vorabend gelesen hatte.

Schlechte Nachrichten verbreiten sich schnell. Am späten Nachmittag erzählte man sich überall in Westminster die Geschichte des schauerlichen Mädchenmordes von London. Ein Untier hatte die unschuldige Frau erwürgt und blutleer gesaugt. Die Leiche war heute Morgen gefunden und aus der Themse gefischt worden.

Als uns die Neuigkeiten erreichten, drehte sich mir der Magen um. Vaters Blick sagte mehr als tausend Worte. Er hatte, genau wie ich, einen Verdacht, wer hinter dieser Tat steckte. Mit einem bitteren Geschmack im Mund dachte ich an den gestrigen Abend zurück. Jeremy war sehr wütend gewesen und hatte Vater sogar gedroht. Nun konnte ich nur hoffen, dass er seinen Zorn nicht an einem unschuldigen Mädchen ausgelassen hatte.

Sei keine Närrin, tadelte ich mich selbst. Jeremy war kein Mörder! Ich erinnerte mich an seine Berührungen. Konnten diese sanften Hände tatsächlich ein Leben auslöschen? Niemals! Doch ein Restzweifel blieb. Vielleicht hatte er eine dunkle Seite, die ich in meiner Verliebtheit nicht gesehen hatte? Genauso wie Calvin, der Elisa ins Unglück gestürzt hatte.

Ich musste ihn zur Rede stellen. Wenn er tatsächlich der Mörder war, gab es keine Zukunft mehr für uns! Wie sollte ich jemanden lieben, der unschuldige Menschen auf bestialische Weise umbrachte? Allein der Gedanke an das junge Mädchen beschwor Übelkeit in mir herauf.

Nach Einbruch der Dunkelheit machte ich mich auf den Weg, nur um festzustellen, dass die Lichter der Piazza an der Limpin Charlie Lane erloschen waren. War der Herr des Hauses etwa ausgegangen?

„Mister Wellingham ist nach London gereist. Er rechnete damit, dass Ihr ihn aufsuchen würdet und bat mich, Euch auszurichten, dass er nicht vor Mitternacht nach Westminster zurückkehrt. Ihr möchtet bitte nicht auf ihn warten“, erklärte Lucretia, die mir nach mehrmaligem Klopfen schließlich geöffnet hatte.

„Hat er Euch gesagt, was er in London vorhat? Etwas Geschäftliches?“

„Er wollte zum Hafen. Wenn Euch das weiterhilft?“

„Das tut es. Vielen Dank.“

Ich verabschiedete mich und rannte los. Der Hafen! Dort hatte man die Leiche der jungen Frau gefunden! Es musste einen Zusammenhang geben. Versuchte Jeremy die Spuren seines nächtlichen Überfalls zu verwischen? Großer Gott, oder suchte er gar nach einem neuen Opfer? Ich musste ihn aufhalten, bevor noch ein Unglück geschah!

Schon bald plagten mich die ersten Seitenstiche. Außer Atem hielt ich auf dem Landweg von Westminster nach London inne, stützte die Hände auf die Knie und keuchte, als ich hinter mir das Klappern von Wagenrädern vernahm.

„Brrr“. Der Kutscher brachte seine Pferde neben mir zum Stehen. Aus dem Fenster der Karosse blickte ein älterer Herr mit Schnauzbart und roten Pauspacken.

„Guten Abend, Miss. Dürfen wir Euch ein Stück mitnehmen?“

Ich lächelte erleichtert. Der Herrgott hatte mir tatsächlich ein weiteres Mal aus der Patsche geholfen und mir diesen gütigen Engel gesandt.

Mister Stuart Wimbley war ebenfalls auf dem Weg nach London, und als er mich auf der Landstraße sah, hatte er den Einfall, mich mitzunehmen. Die Fahrt war sehr angenehm, ich hatte genügend Zeit meine Kräfte zu sammeln und mir Gedanken zu machen, wie ich Jeremy finden und gegebenenfalls aufhalten wollte. Am Stadttor trennten sich unsere Wege. Ich sprang aus der Kutsche und bedankte mich herzlich. „Es wäre mir eine Freude, Euch jederzeit wieder zu kutschieren“, sagte Mister Wimbley und winkte mir zum Abschied. Ich hob ebenfalls die Hand, dann machte ich mich auf den Weg zum Hafen.

Es regnete in Strömen, und schon nach den ersten Schritten war ich vollkommen durchnässt. Dicke Perlen tropften von meinen blonden Haaren. Das Wetter passte zu meiner Stimmung. Klitschnass eilte ich durch die Londoner Gassen. Der Wind rauschte in meinen Ohren, wieder und wieder schlug mir der Regen unbarmherzig ins Gesicht, als wollte er mich aufhalten. Ich bog gerade in die Eaton Street ein, als ich einen Schatten hinter einem Haus verschwinden sah.

„Hallo? Ist da jemand?"

Keine Antwort.

Ich hatte das unbestimmte Gefühl beobachtet zu werden. Mein Körper verkrampfte sich. Misstrauisch blickte ich mich um, aber die Straße war menschenleer. Nicht einmal Ratten trauten sich bei diesem Unwetter ins Freie.

Verunsichert ging ich weiter. Die Häuser schienen plötzlich Augen und Ohren bekommen zu haben. Ich legte einen Schritt zu und war heilfroh, als ich die Eaton Street endlich hinter mir lassen konnte. Im Hafen von London hatten Handelschiffe aus allen Teilen der Welt angelegt. Die Gegend war nicht halb so verrucht und zwielichtig, wie ich es erwartet hatte. Nur eine Dirne lief mir zufällig über den Weg.

„Hey, Schätzchen, das ist mein Revier. Verzieh dich!", zischte sie durch die Zähne und formte die Hände zu Klauen, als wollte sie mir die Augen auskratzen.

„Ich suche nur einen Freund", rechtfertigte ich mich und beeilte mich, von ihr wegzukommen. Wie konnte die Frau bei dem Wetter bloß ihrem Gewerbe nachgehen? Hier draußen holte sie sich den sicheren Tod! *Genau wie du selbst*, erinnerte ich mich in Gedanken und lief die Anlegestelle herunter, vorbei an Lagerhallen, Speichern und gestapelten Kisten. Ich zitterte am ganzen Körper vor Kälte. Meine Kleidung war durchgeweicht, der Regen kannte kein Erbarmen, sogar die Bordwachen hatten sich unter Deck zurückgezogen.

Wie sollte ich Jeremy hier jemals finden? Der Regen nahm mir die Sicht, und der Hafen war viel zu groß, als dass ich ihn in einer Nacht hätte absuchen können. Vielleicht hatte er sich längst ein neues Opfer gesucht und befand sich auf dem Heimweg?

Plötzlich hörte ich eine tiefe Stimme aus einem abseits gelegenen Speicher. Ich war zu weit weg, um den Mann zu verstehen. Deshalb schlich ich mich näher heran und fing ein paar Bruchfetzen des Gesprächs auf.

„Es gibt keinen Zweifel, Wellingham. Unsere Informanten haben bestätigt, dass der gesuchte Vampir clanlos ist. Vielleicht ist er ein ehemaliges Mitglied des ‚Audax Zirkels'. Aber selbst die haben mehr Stil. Dies war nicht sein erster Mord. Der Kerl zieht eine Blutspur hinter sich her, die durch ganz England fließt. Bisher konnte ihn keine ‚Loge' fassen."

„Wir stecken in Schwierigkeiten."

Das war Jeremys Stimme! Ich erkannte sie sofort. Vorsichtig schlich ich mich zu dem Speicher und lehnte mich an die seitliche Holzwand. So gut es mir möglich war, versuchte ich dem Gespräch zu folgen. Die Ritzen zwischen den einzelnen Brettern waren groß genug, dass ich sogar einen Blick auf die zwei Gestalten im Inneren der Halle erhaschen konnte. Sie standen zwischen gestapelten Kisten, Fässern und Getreidesäcken, die schon morgen in die neue Welt verschifft würden.

„Es bleibt uns keine andere Wahl, Logan. Ich danke Euch, dass Ihr mich gewarnt habt. Wenn er tatsächlich der Raserei verfallen ist, stellt er nicht nur eine Gefahr für die Menschen, sondern auch für die ‚Logenverbände' dar. Wir müssen ihn ausschalten."

Raserei? Logenverbände? Trotz des strömenden Regens hatte ich ihre Worte klar und deutlich verstanden! Oh Gott, wo war ich nur hineingeraten?

Plötzlich fasste mich jemand an der Schulter und stieß mich nach vorn. Ich stürzte. Ehe ich mich versah, wurde ich am Kragen gepackt und in die Lagerhalle gezogen. Ich wollte mich losreißen, doch der Griff um meinen Nacken war zu fest. Ein Schrei entwich meiner Kehle. Wild schlug ich um mich, geriet dabei ins Stolpern und landete direkt vor Jeremys Füßen.

Erschrocken blickte ich zu ihm auf. Gregory trat schnaubend neben mich, griff mich erneut am Kragen und zog mich auf die Füße.

„Au! Sei doch nicht so grob", fuhr ich ihn an.

„Sieh an, wen haben wir denn da? Ein törichtes Menschlein."

Die tiefe Stimme jagte mir eine Gänsehaut über den Rücken. Sie gehörte weder Gregory noch Jeremy. Gierig leckte sich der fremde Vampir über die blitzblanken Reißzähne, als wollte er mich auf der Stelle mit Haut und Haaren verschlingen.

„Logan!" Jeremy trat zwischen uns. „Sie gehört zu mir."

Der Vampir mit den pechschwarzen Haaren erwiderte Jeremys Blick mit der gleichen Intensität, grinste dann aber und hob beschwichtigend die klauenbespickten Hände. „Wenn das so ist, halte ich mich natürlich zurück. Aber lecker sieht die Kleine schon aus."

„Keine Sorge, er scherzt nur", sagte Jeremy in einem ruhigen Tonfall.

„Ich kann darüber nicht lachen."

Mit einem bitterbösen Blick wandte sich Jeremy an den winselnden Diener.

„Als ich sagte, du sollst uns warnen sobald sich Fremde nähern, meinte ich auch ‚Fremde'! Sophie gehört zu mir. Und jetzt troll dich!"

Der Buckelige senkte demütig den Kopf und hinkte hinaus in den Regen.

„Somit wäre alles geklärt? Ihr kümmert Euch um unseren ‚Freund', Wellingham?" Logan knüpfte seinen schwarzen Mantel zu, der, genauso wie seine Haare, einen starken Kontrast zu seiner weißen Haut bildete. Ich entdeckte ein merkwürdiges Zeichen auf dem dunklen Seidenstoff. Ein Ankh, umrahmt von acht blutroten Rosen, die durch dornige Stängel miteinander verbunden waren.

„Gewiss. So lautete mein Auftrag."

„Fein, fein. Wollen wir hoffen, dass Ihr ihn schnell findet. Bevor er noch mehr Schaden anrichten kann."

Logan verabschiedete sich mit einer höflichen Verbeugung. Kaum hatte er den Speicher verlassen, packte mich Jeremy an den Schultern und schüttelte mich durch.

„Was machst du hier?", knurrte er mich an. Ich erschrak so sehr über den unerwarteten Ausbruch, dass es mir die Sprache verschlug. Jeremy hörte nicht auf mich durchzurütteln.

„Hör ... auf! Ich ... habe dich ... gesucht", rechtfertigte ich mich schließlich völlig außer Atem.

„Du dummes Ding! Weißt du denn nicht, wie gefährlich diese Gegend ist? Ganz besonders für eine hübsche, junge Frau wie dich. Nicht auszudenken, wenn dir etwas passiert wäre!“

Beschämt senkte ich den Blick. Jeremy hatte recht. Es war leichtsinnig von mir gewesen.

„Verzeih mir. Ich hatte nur Angst, du könntest etwas mit dem Mord zu tun haben, von dem ganz Westminster und London sprechen.“

Jeremy seufzte leise. „Als hätte ich es geahnt. Ich kann dich beruhigen, Sophie. Ich habe die Frau nicht getötet. Aber ich werde den Schuldigen finden und ihn zur Strecke bringen.“

„Das war also die ganze Zeit dein Auftrag? Deswegen hast du ein Haus in Westminster bezogen?“

„Nicht ganz. Was ich dir jetzt anvertraue, muss unter uns bleiben. Eigentlich dürfte ich es dir gar nicht sagen. Da ich aber weiß, dass du ohnehin keine Ruhe geben wirst und dich wohlmöglich noch in Gefahr bringst, sollst du nun die Wahrheit erfahren. Ich jage Vampire des feindlichen ‚Audax Zirkels’. Der Kreis stammt ursprünglich aus Irland. Nun will sich diese Pest in England ausbreiten. Für die Mitglieder von ‚Audax’ hat ein Menschenleben keinen Wert. Deswegen bin ich in Westminster stationiert, um euch vor diesen Bestien zu schützen. Die ‚Audax’ spielen nicht nach unseren Regeln. Aber sie sind längst nicht so gefährlich wie unser Mörder, der bedauerlicherweise der Raserei verfallen ist!“

„Der Raserei?“

„Sie macht ihn gefährlich. In seinem Zustand fühlt er nichts. Keinen Schmerz, kein Mitleid! Alles, was er will, ist Blut.“

Ich schluckte. Der Gedanke, dass ein wahnsinniger Vampir sein Unwesen in London trieb, war alles andere als beruhigend.

„Habe keine Angst, Sophie. Ich werde dich beschützen.“

Jeremy setzte sich auf eine der Holzkisten, die in der Halle lagerten und reichte mir die Hand. Ich nahm sie an, kniete mich zu ihm und legte meinen Kopf auf seine Knie.

„Bitte sei vorsichtig, wenn du ihn jagst.“

„Das bin ich doch immer.“

Ich zwang mich zu einem Lächeln. „Wenn du das sagst.“

Unbarmherzig prasselte der Regen gegen das Holzdach. Besorgt warf ich einen Blick nach draußen. In der Ferne blitzte es. „Dein armer Gregory wird sich noch den Tod holen.“ Solch ein Unwetter hatte ich lange nicht mehr gesehen.

„Er wird irgendwo einen Unterschlupf finden.“

Jeremy fuhr mit dem Finger über meine Wangen und zeichnete mein Gesicht nach. Ich sah zu ihm auf und bemerkte das Leuchten in seinen Augen. Jedes Mal, wenn wir uns trafen, schien es stärker zu werden.

„Sophie, es gibt etwas, dass ich dir gern sagen möchte. Nur weiß ich nicht genau wie ...“

Ich richtete mich auf und lächelte ihn an. „Sag bloß, dir fehlen die Worte? Dass ich das noch erleben darf.“

„In solchen Momenten schon. Ich ... möchte, dass du die Ewigkeit mit mir verbringst."

„Die Ewigkeit?" Ich sah ihn fassungslos an. Ich hatte mit allem gerechnet, nur nicht damit! „Das heißt, du willst mich zu einem Vampir machen?"

Er nickte sacht.

„Wenn du es möchtest. Das ewige Leben ist ein Geschenk, das auch ich erst schätzen lernen musste. Zeit spielt keine Rolle mehr. Du würdest die Welt intensiver wahrnehmen und keine Krankheit könnte dich je wieder befallen. Wir wären für immer vereint, Sophie."

Natürlich hatte ich mir bereits Gedanken darüber gemacht, wie es wohl wäre, als Vampirin bis ans Ende aller Zeiten durch die Nacht zu streifen. Mir war bewusst, dass dieses Geschenk einen hohen Preis erforderte. Mutter war bereits im Himmelreich und Vater und Elisa würden eines Tages auch dort einkehren. Und ich … ich wäre auf ewig von ihnen getrennt – doch für alle Zeit an Jeremys Seite.

„Was werden die Mitglieder von ‚Condannato' sagen, wenn du eigenmächtig einen neuen Vampir erschaffst?"

„So lange ich mich um dich kümmere und dafür sorge, dass du ihnen keine Schwierigkeiten machst, werden sie dich dulden."

„Ich verstehe. Bitte sei mir nicht böse, doch … ich kann dir nicht sofort eine Antwort geben. Ich liebe den Tag, die wärmenden Strahlen der Sonne und den herrlichen Frühling, wenn es überall auf den Wiesen und Feldern blüht, und die Welt zu neuem Leben erwacht. Als Vampirin könnte ich all das nicht mehr erleben."

„Du musst dich nicht sofort entscheiden. Es reicht, wenn du weißt, dass ich dich liebe."

Gerührt griff ich mit beiden Händen nach seinem Gesicht, zog es zu mir herunter und küsste ihn – überwältigt von der Liebe, die er für mich empfand. Tief, so weit ich nur konnte, schob ich meine Zunge in seinen Mund. Jeremy stöhnte leise, während ich neugierig seine feuchte Mundhöhle erkundete und meine Zunge über seine spitzen Eckzähne gleiten ließ. Es war aufregend. Die Gefahr, die von ihnen ausging, erregte mich. Was würde geschehen, wenn ich mich aus Versehen an ihnen schnitt?

Meine Hände wanderten zu seinem Rüschenhemd, rissen es auf und streichelten über eine kalte, haarlose Brust. Ich massierte die kleinen, doch festen Nippel, zwirbelte sie und ließ meine Finger tiefer hinabwandern, bis sie seinen Hosenbund erreichten. Ich wollte nur noch eines. Ihn! Mit Haut und Haaren. Ich wollte ihn in mir spüren! Mich mit ihm vereinen. Zum ersten Mal! Die Gefahr, von einem Hafenarbeiter entdeckt zu werden, steigerte meine Lust ins Unermessliche.

Jeremy warf den Kopf in den Nacken und seufzte genießerisch, als ich die dicke Beule fest mit beiden Händen packte und knetete. Doch noch wollte ich seine Manneskraft nicht aus der gespannten Hose befreien. Ich beugte mich zu ihm vor und begann an seinem rechten Nippel zu saugen. Neckisch biss ich zu. Meine Zähne hinterließen rote Abdrücke auf seiner schneeweißen Haut.

„Warte einen Augenblick", sagte er plötzlich und drückte mich ein Stück zurück. Er drehte sich nach hinten und löste den dicken Strick von der Kiste, an die er sich mit dem Rücken gelehnt hatte.

Was hatte er damit nur vor? Die Erregung ließ seine Augen leuchten. Ich hingegen verspürte ein ungutes Gefühl in der Magengegend. Er legte das Seil wie einen Schal um meinen Hals und zog mich näher zu sich heran. Diesmal war er es, der mich leidenschaftlich, doch viel zu kurz küsste.

„Das Seil wirst du brauchen. Einen Vampir zu lieben ist gefährlich, schöne Sophie. Glaubst du, du kannst das Tier in mir zähmen?", flüsterte er mir erregt ins Ohr.

„Ja", sagte ich fest und fixierte seinen Blick. Seine machtvolle Ausstrahlung ging mir durch Mark und Bein. Ich hatte keine Ahnung, was noch auf mich zukommen würde. Ohne Vorwarnung stürzte sich Jeremy auf mich. Ich hatte nicht einmal genügend Zeit, einen Schrei auszustoßen, schon lag ich am Boden. Seine Hände schienen überall zu sein. Er riss mir die Kleidung vom Leib und warf sie in die Ecke. Ich konnte seine Erregung an meinem Schritt spüren, als er sich an mir rieb. Seine Muskeln waren zum Zerreißen angespannt. Wenn er sich seiner Hose nicht bald entledigte, würde sie platzen! Wild leckte er über meine Brüste, vergrub sein Gesicht in ihnen, knetete sie, bis ich vor Wonne aufschrie. Schweiß bedeckte meinen ganzen Körper und Jeremy nahm ihn bereitwillig in sich auf. Sein Verlangen steigerte meine eigene Lust. Es erregte mich, dass er mich so sehr wollte, dass er bereit war, alles dafür zu tun.

„Habe ich deine Lust geweckt?", fragte er und rollte sich auf den Rücken.

Und ob er das hatte! Ich konnte einfach nicht genug von seinen Streicheleinheiten bekommen.

„Dann wird es Zeit, dass du aktiv wirst, meine Schöne."

Ich? Ja, warum nicht?, dachte ich selbstbewusst, legte mich auf ihn und knöpfte seine Halsbinde auf. Eine strahlend weiße Kehle kam zum Vorschein. Ich verwöhnte ihn mit feuchten Küssen, saugte an seiner Haut, biss sanft zu, doch hielt inne, als ich eine seltsame Delle unter meinen Lippen spürte. Verwundert ließ ich von ihm ab und fuhr mit meinen Fingern über die merkwürdigen Einstiche.

War es wirklich das, was ich vermutete?

„Deine Bisswunde?"

Er nickte. Neben den zwei Löchern war etwas Schwarzes, das ich nicht identifizieren konnte. Vielleicht ein Muttermal?

Vorsichtig ließ ich meine Zunge um die Narbe kreisen. Jeremy stöhnte vor Wollust. Schließlich presste ich die Lippen auf die sensible Stelle und ahmte einen Biss nach. Fester und fester saugte ich an der längst verheilten Wunde, die ihm sein Erzeuger zugefügt hatte. Ich spürte jede Bewegung seiner Kehle, das heiße Blut, das wild durch seine Adern schoss. Die Beule in seiner Hose wurde größer. Gierig rieb sie an meiner feuchten Scheide. Fordernd, stoßend. Nur der Stoff seiner Hose hinderte ihn noch daran, in mich einzudringen. Ich erschrak, als er unerwartet ein grausiges Fauchen ausstieß. Verwirrt ließ ich von seinem Hals ab und sah in sein fratzenhaft verformtes Gesicht. Er stand kurz davor, sich in eine reißende Bestie zu verwandeln! Oh ja, es war gefährlich, einen Vampir zu lieben!

Und wie! Seine Reißzähne ragten weit aus seinem Kiefer, und seine Augen glühten gefährlich. Der Zustand der Erregung raubte ihm den Verstand. Noch erschreckender war jedoch die Wandlung, die in mir selbst vorging. Ich verschwendete keinen Gedanken mehr an ‚falsch' oder ‚richtig'. Nicht einmal die Gefahr fürchtete ich. Nur eines spielte noch eine Rolle. Die Befriedigung meiner eigenen Lust.

„Du möchtest gezähmt werden?" Ich griff nach dem dicken Seil, dass neben mir zu Boden gefallen war, als er mir die Kleider vom Leib gerissen hatte und packte energisch seine Linke, drückte sie zu Boden und band den Strick so fest ich nur konnte um sein Handgelenk. Jeremy leistete keinen Widerstand. Im Gegenteil. Die Ausbeulung in seiner Hose wurde, so unglaublich es auch klingen mag, noch größer! Eilig legte ich das Seil um den Stützbalken hinter seinem Kopf und band das Ende des Stricks um sein rechtes Handgelenk. Wieder zog ich den Knoten mit aller Kraft zu. Das Seil schnitt sich in sein Fleisch und einige Blutstropfen perlten auf den Boden. Doch die Wunden schlossen sich innerhalb weniger Sekunden.

Ich grinste ihn unverschämt an. Verstand er in seinem animalischen Zustand überhaupt noch, was ich sagte? Ich war mir nicht sicher. Doch das Spiel war einfach zu verführerisch.

Ich beugte mich zu ihm herunter und griff seinen Unterkiefer mit Zeigefinger und Daumen. „Was willst du jetzt ausrichten, mein wildes Biest?"

Jeremy schnappte nach mir wie ein wahnsinniger Köter. Aber ich war schneller.

Meine Hand schnellte vor, krallte sich in sein blondes Haar und riss seinen Kopf mit aller Kraft zur Seite. Er keuchte.

„Jetzt sei ein lieber Vampir."

Ich kletterte über seinen Oberkörper und streifte sein offenes Rüschenhemd zurück. Eine muskulöse Brust entblößte sich vor mir. Appetitlich! Tief bohrte ich meine Fingernägel in sein Fleisch. Es war faszinierend mit anzusehen, wie schnell sich die Wunden wieder schlossen. Ich leckte mir die Finger ab und kostete sein Blut.

„Daran könnte ich mich gewöhnen. Du schmeckst nach mehr, Jeremy. Ich weiß auch schon, wie ich meinen Durst stillen kann."

Ich kroch über seinen Körper, ließ ihn nicht aus den Augen, bis meine Hände den Bund seiner Unterhose berührten. Ich zog den schwarzen Stoff gerade so weit herunter, dass er seinen Phallus freigab. Dick und fest war sein zuckender Stab, umrankt von blauen Adern, die sich auf heller Haut abzeichneten.

Ich wusste instinktiv, was ich zu tun hatte! Vorsichtig führte ich seine Spitze in mich ein, bis ich einen Widerstand spürte. Ich hatte Angst vor dem ersten Stoß. Würde es wehtun? Würde ich bluten? In diesem Moment nahm mir Jeremy die Entscheidung ab und drang in seiner Ungeduld tiefer in mich ein. Ein bittersüßer Schmerz durchzuckte meinen Körper. Schon einen Atemzug später war er verflogen. Ich spürte, wie Jeremy mich ganz ausfüllte und seine Manneskraft in mir zuckte. Jeder weitere Stoß brachte mein Blut in Wallung. Ich bewegte mich auf und ab im Takt, den unsere schweißnassen Körper vorgaben. Der Ritt weckte meinen Appetit auf mehr. Ich wollte den Hengst zureiten! Ihm meinen Willen aufzwingen, damit er tat, was ich wollte. Während er an seinen Fesseln zerrte, übernahm ich die Führung. Gott, ich war froh, ihn an den Pfeiler gebunden zu haben. Er krümmte sich unter mir, fauchte wie ein wild gewordenes Raubtier und drang mit jedem Stoß tiefer in mich ein. Ich keuchte. Ja, ich konnte sie fühlen, die Erlösung war zum Greifen nah! Gemeinsam erklommen wir den Berg und schließlich spannten sich meine Muskeln ein letztes Mal an. Ich schrie vor Wonne und hatte das Gefühl, mein Unterleib würde jeden Augenblick innerlich zerreißen. Geschwächt, doch zutiefst befriedigt, ließ ich mich zurücksinken, da spürte ich plötzlich Jeremys heißen Saft in mir …

Sein Körper bäumte sich unter mir auf. Er zog so fest an seinen Fesseln, dass sowohl sein Gesicht als auch seine Hände rot anliefen. Wenige Augenblicke später entspannte er sich, und seine Züge nahmen wieder eine menschliche Form an. Ein erschöpftes Stöhnen drang aus seiner Kehle.

„Hättest du nicht ... ich meine ...“ Erschrocken sah ich ihn an. Mir fehlten die Worte. Noch immer völlig aufgelöst befühlte ich meinen Bauch, als spürte ich bereits seine Frucht in mir heranwachsen. Aber Jeremy schnappte nach Luft und stieß ein heiseres Lachen aus.

„Keine Sorge, Sophie. Vampire können keine Kinder zeugen, wir vermehren uns nur, indem wir Menschen beißen.“

Ich atmete auf, schmiegte mich erleichtert an seine Brust und schloss die Augen. Nur einen kurzen Moment wollte ich alles um mich herum vergessen und einfach nur seine Nähe spüren.

Jeremys ungewöhnlich heiße Haut kühlte wieder ab.

Als ich aufsah, blickte ich in die vertrauten Züge, die ich so liebte. Er war kein Monster mehr.

„Das war … unglaublich!“

„Willst du mich nicht losbinden, Sophie?“

Ich grinste. „Eigentlich gefällst du mir so viel besser.

„Und wenn ich ganz lieb ‚Bitte’ sage?“

Ich grinste und rappelte mich auf, um ihm zuerst die Hose hochzuziehen und mich dann seinen Fesseln zu widmen. Hinter der Stützsäule kniend, versuchte ich den rechten Knoten zu lösen.

„Der sitzt ganz schön fest.“

„Ich weiß. Ich kann meine Hand kaum spüren.“

Verzweifelt zerrte ich an dem Strick, als mich plötzlich etwas an den Schultern fasste und nach hinten riss. Ich wurde mit solcher Kraft zurückgeschleudert, dass ich gegen den Kistenstapel der gegenüberliegenden Wand knallte und ihn zum Einsturz brachte. Schützend hielt ich die Hände über den Kopf.

„Gregory!“, schimpfte ich empört. Was fiel diesem durchgedrehten Diener ein, mich ein zweites Mal so grob zu behandeln? Und das auch noch in einer Situation, in der ich völlig entblößt und schutzlos war. Wütend zog ich mich an einer Säule hoch, als sich plötzlich eine grauenhafte Fratze in mein Blickfeld schob. Spitze Eckzähne ragten aus dem gewaltigen Raubtiermaul und blutrote Augen starrten mich wie wahnsinnig an. Der Mörder! Langsam dämmerte mir, dass nicht Gregory, sondern dieses Untier für meine schmerzenden Knochen verantwortlich war. Panik stieg in mir hoch! War er womöglich der Schatten, der mich durch die Straßen Londons verfolgt hatte?

„Sophie, lauf!“, hörte ich Jeremy hinter mir rufen. Aber es war schon zu spät. Die Kreatur holte aus und schlug so stark zu, dass ich den Boden unter den Füßen verlor. Ich prallte seitlich auf. Das Wesen war sofort bei mir, krallte sich in meine Haare und zog mich daran hoch. Gott, dieser Schmerz war unerträglich. Ich hatte das Gefühl, er würde mir die Kopfhaut vom Schädel reißen. Mein Schreien und Zetern nützte nichts, der Vampir kannte keine Gnade. Ich wusste, er würde mich aussaugen! Und Jeremy konnte mir nicht helfen. Er lag noch immer gefesselt am Boden.

Verzweifelt versuchte er mit den Beinen nach meinem Peiniger zu treten, ihm die Füße wegzuhauen, doch das Seil ließ ihm nicht genügend Spielraum. Er konnte den wahnsinnigen Vampir nicht erreichen.

„Lass sie, du dreckiger Bastard!“

Zu meiner Überraschung hielt der Mörder tatsächlich inne. Betont langsam drehte er sich zu Jeremy um und funkelte ihn mit irrem Blick an.

„Ganz wie du willst!“ Mit ungeahnter Wucht stieß er mich gegen einen weiteren Stapel Kisten. Ich rammte mir eine Kistenecke gegen die Stirn und stürzte benommen zu Boden. Sekundenlang tanzten dunkle Flecken vor meinen Augen. Ich konnte mich nicht einmal auf allen vieren stützen, ohne den Halt zu verlieren. *Du darfst nicht ohnmächtig werden*, schrie alles in mir. Wenn ich jetzt das Bewusstsein verlor, war ich dem Mörder hilflos ausgeliefert!

Aus dem Augenwinkel sah ich, wie sich die Bestie auf Jeremy stürzte. Meine Kehle schnürte sich vor Angst zusammen. Hätte ich ihm doch nur helfen können!

„Lauf, Sophie! Bring dich in Sicherheit!“ Ich wollte ja laufen! Aber ich konnte es nicht! Mein Körper fühlte sich an, als gehörte er nicht mehr mir.

Blut spritzte. Immer wieder ließ das Untier seine Klauen auf sein Opfer niedersausen. Jedes Mal flog Jeremys Kopf von einer Seite zur anderen, bis er sich schließlich nicht mehr regte. Der Mörder nutzte die Wehrlosigkeit seines Gegners und rammte seine Reißzähne mit solcher Brutalität in Jeremys Hals, dass sich dessen Körper abrupt aufbäumte.

Ich musste etwas unternehmen, bevor dieser Wahnsinnige Jeremy aussaugte! Ich sammelte all meine Kräfte und stemmte mich hoch, stützte mich an den Kisten ab und wankte zum Ausgang. Gregory, … er musste noch irgendwo da draußen sein. Nur er konnte Jeremy retten. Ich hatte die Tür noch nicht erreicht, da stürzte ich schon wieder auf die Knie. Mein Körper war einfach zu schwach.

Tränen schossen mir in die Augen. Es war alles meine Schuld. Hätte ich Jeremy doch nur nicht an den Pfeiler gefesselt! Das schmatzende, saugende Geräusch, das der Vampir in seiner Gier verursachte, ließ mich würgen. Mit jedem Schluck, den er trank, raubte er Jeremy einen Teil seiner Lebenskraft.

Nein, das durfte ich nicht zulassen! Ich biss die Zähne zusammen und kroch die letzten Meter auf allen vieren nach draußen. Strömender Regen empfing mich. Die Bordwachen hatten sich unter Deck zurückgezogen. Gott, war denn niemand hier, der uns helfen konnte?

„Hilfe …“ Meine Stimme klang so leise, selbst wenn jemand neben mir gestanden hätte, hätte er vermutlich nicht mehr als ein klägliches Wimmern vernommen.

Ich zog mich an der Wand hoch, atmete tief ein, füllte meine Lungen mit Luft und gab sie schließlich in einem einzigen Schrei wieder frei. „Hilfe!“ Aber der Regen verschluckte meine Stimme. Ich zweifelte, dass mich einer der Lagerwächter gehört hatte. Mir war so schlecht. Mein Herz raste, mein Magen rebellierte und nun begann auch noch die Sicht vor meinen Augen zu verschwimmen.

„Nun gehörst du mir!“ Die kehlige Stimme, die plötzlich an mein Ohr drang, lähmte meine Glieder. Oh mein Gott, er musste direkt hinter mir stehen! Ich glaubte sogar, seinen eiskalten Atem auf meinen nackten Schultern zu spüren.

Ich wollte fort, so schnell wie möglich fort! Aber mein Körper gehorchte längst nicht mehr meinen Befehlen, und meine Beine fühlten sich an, als wären sie zu Salzsäulen erstarrt. Er schlich um mich herum wie ein Raubtier, das seine Beute umkreiste. Das eingefallene Gesicht erinnerte an einen Totenschädel, der mit lederner Haut umspannt war. Die Augen saßen tief in ihren Höhlen, und die langen grauen Haare hingen ihm wirr ins Gesicht. Ich reichte nicht einmal bis zu seiner Schulter. Übelkeit befiel mich, als ich seine langen, gebogenen Krallen sah. Jeremys Blut tropfte von ihnen herunter.

„Ich werde dich lange leiden lassen“, grollte er und kam auf mich zu. Näher und näher, bis er direkt vor mir stand.

Und als er langsam sein Haupt zu meinem Hals senkte, um mir den tödlichen Kuss zu geben, spürte ich plötzlich meine Füße wieder! Es war wie ein Wunder. Ein Ruck ging durch meinen Körper, gleich einer Befreiung! Als hätte man mich von schweren Ketten gelöst. Abrupt drehte ich mich um und rannte. Ich rannte, so schnell ich nur konnte. Hinter mir vernahm ich bereits das Fauchen der irren Bestie. *Du musst schneller sein*, feuerte ich mich selbst an. Aber das war leichter gesagt, als getan. Die Puste ging mir allmählich aus, und das Grollen kam immer näher! *Lauf, lauf*, schrie alles in mir. Doch es war vergebens. In Windeseile hatte er mich eingeholt, warf sich auf mich und riss mich zu Boden. Der Aufprall war so heftig, dass ich mich mehrmals überschlug und die Luft aus meinen Lungen gepresst wurde. Brutal bohrten sich seine Krallen in mein nacktes Fleisch, er drehte mich um und drückte mich mit seinem ganzen Gewicht an den nassen Erdboden. Warmes Blut floss über meine weiße Haut. Angewidert verzog ich das Gesicht, als der Vampir meine Wunden ableckte. Der Geschmack meines Blutes erregte ihn. „Verabschiede dich von deinem Leben“, zischte er und riss seinen gewaltigen Rachen so weit auf, wie er nur konnte. Dolchartige Reißzähne sausten auf mich herab. Ich wollte schreien, doch ich brachte keinen Ton heraus. Panisch drehte ich den Kopf von einer Seite zur anderen. Ich hatte bereits mit meinem Leben abgeschlossen, als die Kreatur schmerzerfüllt aufschrie. Ein mächtiger Ruck ging durch seinen Körper. Mit Entsetzen verfolgte ich die grauenhafte Verwandlung, die nun vor meinen Augen stattfand. Die Haut schien innerhalb weniger Sekunden wie Wachs zu schmelzen. Gott, was ging hier nur vor sich? Ich versuchte das Wesen von mir zu stoßen, doch die Klauen hatten sich fest in mir verankert. Der Mörder winselte wie ein geschlagener Hund. Ich konnte nur erahnen, was für unvorstellbare Qualen er litt. Als auch noch die Augen von ihren Höhlen verschluckt wurden, war von dem Vampir nicht mehr übrig als ein ausgetrocknetes Skelett. Ich konnte den Schrei nicht länger unterdrücken. Was war nur geschehen? Erst jetzt sah ich das zugespitzte Holz, offenbar ein abgerissenes Stück von einer der Kisten, das von hinten durch seine Rippen in sein verfaultes Herz gestoßen worden war. Jeremy? Hatte er sich befreit und mich gerettet? Eine große Hand packte die Leiche am Nacken und riss sie von mir herunter. Wie morsches Holz zersplitterte der skelettierte Körper. Die Hände der Kreatur umklammerten noch immer meine Schultern. Doch nun konnte ich genügend Kraft aufbringen, mich selbst zu befreien. Mit einem Würgen löste ich die knochigen Finger aus meinem Fleisch und stieß die abgerissenen Beine von mir. Erstaunt blickte ich in Gregorys Gesicht. Der buckelige Diener half mir auf. Splitternackt stand ich vor ihm, frierend und klitschnass.

„Danke“, hauchte ich. „Ihr habt mir das Leben gerettet.“

Er gab nur ein leises Grollen von sich und schaute verlegen zu Boden.

„Kommt, Gregory. Wir müssen zu Jeremy“, sagte ich, ohne an meine eigenen Wunden zu denken.

Wir eilten zum Lagerhaus zurück. Jeremy lag noch immer gefesselt am Boden. Am ganzen Körper zitternd, wankte ich auf die totenblasse Gestalt zu und kniete mich zu ihr. Seine Augen hatten eine unnatürlich helle Farbe angenommen und waren weit aufgerissen, genauso wie sein Mund. Sein Körper wies zahlreiche Bissverletzungen auf. Mit Entsetzen stellte ich fest, dass sich die Wunden nicht geschlossen hatten. Es tropfte aber auch kein Blut aus ihnen.

Der Anblick war so schrecklich, dass ich nicht länger hinsehen konnte, und das Gesicht weinend in den Händen vergrub. War Jeremy tot? Sein Körper wirkte so schrecklich eingefallen. Tröstend legte Gregory seine Hände auf meine Schultern und gab ein betrübtes Schnauben von sich.

Ich drehte mich zu ihm um, und während mein Blick über seine narbigen Arme glitt, kam mir plötzlich eine Idee!

„Ein Messer! Ich brauche ein Messer.“

Suchend sah ich mich zwischen den Getreidesäcken, gestapelten Kisten und Weinfässern um. Es musste ja nicht unbedingt ein Dolch sein. Wichtig war nur, dass ich etwas Scharfes fand, das seinen Zweck erfüllte. Gregory, der die Fesseln seines Meisters durchschnitt, reichte mir seinen Spitzdolch. Dankend nahm ich ihn an und setzte zum Schnitt an meinem Unterarm an. Mein Blut sollte Jeremy heilen. Ein beißender Schmerz folgte der roten Spur, die das Messer auf meiner weißen Haut hinterließ. Doch noch ehe ich mein Werk vollenden konnte, riss mir Gregory den Dolch aus der Hand.

Wütend fixierte ich ihn. „Was soll das?“

„Ihr seid närrisch! Glaubt Ihr, so könnt Ihr ihm helfen?“

Ich hielt inne. Hatte ich mich etwa geirrt? Ein Vampir brauchte doch Blut zum Leben. Und Jeremy hatte ganz offensichtlich zu wenig davon.

Ich nickte vorsichtig.

Gregory stieß ein ungeduldiges Knurren aus.

„Ja, er braucht Blut. Doch nicht das Blut eines Menschen. In seinem Zustand kann ihm nur noch das Blut eines Vampirs retten!"

Wo, um alles in der Welt, sollten wir einen anderen Vampir finden, der auch noch dazu bereit war, Jeremy sein Blut zu geben? Oder zumindest einen Teil davon! Der Mörder war zu Staub zerfallen. Sein Blut kam also nicht in Frage.

„Ich bringe ihn zur ‚Loge'."

„Ich begleite Euch."

„Das kommt nicht in Frage!"

„Ich komme mit Euch!", sagte ich entschlossen.

„Die ‚Loge' befindet sich an einem geheimen Ort, der nur wenigen zugänglich ist."

„Das Geheimnis ist sicher bei mir aufgehoben. Versteht doch, ich liebe ihn. Ihr dürft mich nicht zurückschicken. Ich möchte bei ihm sein."

„Gregory … nimm … sie mit …", erklang eine erschöpfte Stimme.

Erschrocken drehten wir uns zu Jeremy um. Er lag noch immer am Boden. Nur seine Lippen bewegten sich schwach.

„Aber Meister?"

„Tu … was … ich dir sage."

„Natürlich. Ganz wie Ihr befehlt."

Knurrend verließ der verkrüppelte Diener den Speicher und humpelte in den strömenden Regen. Ich setzte mich zu Jeremy, nahm seine Hand in meine und wartete auf Gregorys Rückkehr. Es dauerte nicht lange, da hörte ich ein aufgebrachtes Wiehern. Ich traute meinen Augen nicht, als Gregory plötzlich mit zwei Pferden in der Tür stand.

„Wo habt Ihr die Tiere aufgetrieben?"

„Sie sind aus dem Stall, nördlich von hier und sollen morgen in die Neue Welt verschifft werden. Steigt auf, wir haben keine Zeit zu verlieren."

„Also gut. Ich hoffe, Ihr habt nichts dagegen, wenn ich mich vorher noch ankleide?"

Der Regen ließ allmählich nach, als wir uns auf die Pferde schwangen und die Stadt in Richtung Südwesten verließen. Gregory hielt seinen Meister fest, der benommen vor ihm im Sattel hing und ritt voraus. Ich stieß meine Stiefel in die Flanken des Tieres und folgte dem ungleichen Gespann.

Die Pferde lieferten sich ein wildes Rennen durch die nächtliche Wildnis. Erst als wir Richmond erreichten, gönnte Gregory seinem Ross eine Verschnaufpause und ließ es im Schritt-Tempo über die Wiese traben. Zielstrebig steuerte der Buckelige auf ein langes und flaches Gebäude zu.

Hier war es also? Der Sitz der geheimen „Vampirloge". Ich war ein wenig enttäuscht, denn ich hatte mir ihren Hauptsitz größer und eindrucksvoller vorgestellt. Was ich vor mir sah, hätte ebenso ein großes Bauernhaus sein können. Ich tat es Gregory gleich, stieg aus dem Sattel und ließ mein Pferd vor der Holzveranda grasen.

Die Dielen quietschten unter meinen Schritten, als ich dem Diener ins Haus folgte und den Flur betrat. Ein Mann und eine Frau, beide offensichtlich menschlich, empfingen uns mit besorgten Mienen.

„Kommt, ich bringe euch zur ‚Loge'", sagte der Mann hilfsbereit und nahm zwei Fackeln aus ihren Ankerungen. Eine reichte er mir.

Dann drückte er ein merkwürdig vorstehendes Holzstück in die Wand, woraufhin sich eine Geheimtür mit lautem Knarren zur Seite schob und den Blick auf einen finsteren Gang freigab. Ich hielt den Atem an. Er erwartete doch hoffentlich nicht, dass wir in die Dunkelheit hinabsteigen?

Der Bauer beantwortete meine Frage, indem er voranging und uns den Weg leuchtete. Gregory folgte ihm schnaufend und ich bildete – die Zähne fest zusammenbeißend – das Schlusslicht. Wie beneidete ich die Bäuerin, die zurückblieb, um das unscheinbare Haus zu bewachen. Die Treppe führte uns tief ins Erdreich hinab. Die letzte Stufe endete in einem rechteckigen, von Säulen gestützten Raum. Fackeln an den Wänden spendeten genügend Licht, und auf dem Boden entdeckte ich ein sonderbares Ornament. Ein Ankh, umrankt von acht Rosenblüten. Das gleiche Zeichen hatte ich an Logans Mantel gesehen.

Zwei Männer in schwarzen Roben bewachten das steinerne Tor am Ende des Raums. Sie sahen wie Sensenmänner aus, doch ich ahnte, dass sich Vampire unter den Kutten verbargen.

„Weiter darf ich in das Reich der Schatten nicht eindringen. Doch Ihr steht unter Meister Jeremys Schutz, man wird Euch kein Haar krümmen", sagte der Bauer und eilte hastig die Treppe hinauf.

Mein Gott, schoss es mir durch den Kopf. Durch diese Worte wurde mir erst bewusst, wie lebensmüde ich sein musste, dass ich mich in das unterirdische Labyrinth der Vampire wagte! Vielleicht hielten sich die Blutsauger nicht an ihre Abmachung und würden bei der erstbesten Gelegenheit über mich und Gregory herfallen?

Die Wächter führten uns durch einen weiteren Gang in eine gewölbte Halle, die nicht viel einladender aussah. Keine Teppiche, nur kahle Steinwände und Spinnenweben, die von der kuppelförmigen Decke hingen. Überall standen mehrarmige Kerzenleuchter.

„Wartet hier", befahl einer der Vampire und verschwand in einem Seitengang. Er kehrte kurz darauf mit drei Artgenossen zurück, die, im Gegensatz zu ihm selbst, ihre Gesichter nicht unter Kapuzen verbargen.

„Was ist geschehen?", fragte die furchteinflößende Gestalt in ihrer Mitte, die von Logan und einer Frau mit feuerrotem Haar begleitet wurde.

Prüfend haftete der Blick des Anführers auf mir. Ich fühlte mich angesprochen und versuchte mich zu erklären. Aber durch die Aufregung brachte ich kaum einen vernünftigen Satz zustande. „Jeremy wurde überfallen. Der Mörder hat … hat ihn … ausgesaugt! Ihr müsst ihm helfen … bitte."

Nervös knetete ich meine Hände. Die Miene des hochgewachsenen Mannes blieb unverändert. Auch Logan zeigte keinerlei Emotionen, lediglich die Frau nickte mir freundlich zu.

„Bringt ihn in die Gruft!“ Die Wächter taten, wie ihnen befohlen, griffen nach Jeremy und verschwanden mit ihm im Seitengang. Gregory knurrte bedrohlich, als man ihm seinen Herrn entriss, leistete aber keinen Widerstand. Misstrauisch sah er den Wächtern nach.

„Ihr seht ihn bald wieder“, versprach der Vampir mit der machtvollen Aura, bevor er den Wachen in die Finsternis folgte.

„Wartet! Ich möchte mitkommen!“, rief ich ihm nach. Doch die Frau hielt mich am Arm zurück und schüttelte den Kopf. „Keine Sorge, mein Kind. Dorian kümmert sich um Euren Freund. Ihr könnt im Augenblick nichts für ihn tun. Folgt mir, in der Bibliothek können wir ungestört reden. Sur sieht Menschen nicht gern in unseren Hallen.“

„Wer ist Sur?“

„Der Anführer der ‚Loge Condannato‘.“

„Und wer ist dieser Dorian?“

„Er ist sein Adjutant und mein Gefährte“, antwortete die Vampirin und geleitete uns in einen Saal, der bis zur Decke mit Büchern aller Art gefüllt war. Staunend sah ich mich um. In den meterhohen Regalen musste sich das Wissen der ganzen Welt befinden.

„Setzt euch.“ Unsere Gastgeberin deutete auf eine kleine Sitzecke inmitten des Bücherlabyrinths. „Ich bin übrigens Kalestra.“

Gregory und ich stellten uns ebenfalls vor, bevor wir uns auf dem edlen Samtstoff niederließen.

„Das Blut eines Vampirs besitzt heilende Kräfte“, erklärte Kalestra und sah mir tief in die Augen. „Ihr müsst Euch nicht um Euren Freund sorgen. Eure Sorge sollte Euch selbst gelten. Für einen Menschen ist es gefährlich, einen Vampir zu lieben. Besonders dann, wenn er jung und unerfahren ist wie Jeremy.“

Ich erschrak. Woher wusste Kalestra von meinen Gefühlen für Jeremy? Sah man mir die Verliebtheit so sehr an? Gregory schien wenig Interesse an einem Frauengespräch zu haben, erhob sich grunzend und verschwand hinter einem Regal mit alten Schriftrollen, die aus einer Zeit stammen mussten, als es noch keine Bücher gab.

„Was wollt Ihr mir damit sagen?“

„Sophie, ich möchte Euch warnen. Ihr hegt Gefühle für Jeremy, ist es nicht so? Auch wenn er sie erwidert, kann eine Liebe zwischen Licht und Dunkelheit niemals bestehen. So ist der Lauf der Dinge. Irgendwann wird die Dunkelheit das Licht verschlingen.“

„Jeremy würde mir niemals etwas antun!“

„Ich dachte einst wie Ihr. Aber die Wirklichkeit holte mich schnell ein. Auch ich spielte mit dem Feuer, in dem Glauben, es bändigen zu können. Ich verbrannte mir die Finger, wie Ihr sie Euch verbrennen werdet, wenn Ihr nicht auf der Hut seid.“

„Ihr liebtet auch einen Vampir?“

„Ja. Einst vor vielen, vielen Jahren machte mich Dorian in unserer ersten Liebesnacht zu dem, was ich heute bin.“

„Gegen Euren Willen?“

Kalestra senkte den Blick. „Es war nicht seine Schuld. Die Leidenschaft machte ihn wild und unbeherrscht. Junge Vampire verlieren schnell die Kontrolle. Aber der Schaden ist nicht mehr rückgängig zu machen, und nun hasst er sich dafür, dass er mich der Wahl beraubte."

Ich hielt den Atem an. Deswegen hatte ich Jeremy also fesseln müssen. Damit er keine Gelegenheit bekam, mich in seiner Zügellosigkeit zu beißen.

„Kalestra, Sur will Euch sprechen!" Eine jugendlich aussehende Vampirin in einem blutroten Seidenkleid lugte durch die Tür.

„Natürlich. Richtet ihm aus, dass ich mich auf den Weg mache."

„In Ordnung", sagte das Mädchen und verschwand genauso schnell, wie es gekommen war.

„Entschuldigt, Sophie. Ich fürchte, Sur hat schon von Eurer Ankunft erfahren. Ich werde ihm die Situation erklären. Lasst Euch vorher sagen, ich teilte Eure Leidenschaft und weiß, was Ihr fühlt. Versprecht mir nur eines, seid vorsichtig." Kalestra erhob sich, warf ihr flammendes Haar zurück und verließ die Bibliothek mit wehendem Umhang.

Stimmte es, was sie sagte? Setzte ich mich einer dunklen Gefahr aus, weil ich Jeremy liebte? Selbst wenn es so war, ich konnte längst nicht mehr ohne ihn sein. Das Warten wurde zur Qual. Ich fragte mich, wo Gregory war und machte mich auf die Suche nach ihm. Die Bibliothek glich einem Irrgarten. Die Regale bildeten schmale Gänge, in denen man nur allzu leicht verloren ging. Ich fand ihn schließlich bei einem kauzigen Vampir, der an einem Schreibtisch saß und eine Schriftrolle studierte.

„Hier steckt Ihr also. Auf der Suche nach Euch hätte ich mich fast verlaufen", sagte ich und gesellte mich zu dem Buckligen, der zur Antwort nur ein unverständliches Grollen ausstieß.

„Wen wundert das, junges Fräulein. Hier gibt es über 100 000 Bücher. Die meisten wurden von Vampiren geschrieben. Ich bin Ernest McLane, der Bibliothekar dieser umfassenden Sammlung", antwortete der kauzige Herr mit den wirr abstehenden Haaren und rückte sein Monokel zurecht. „Was immer Ihr auch sucht, hier werdet Ihr es finden."

„Bedauerlicherweise kann ich weder lesen noch schreiben." Diese Kunst sollte ich erst Jahre später erlernen. „Und so lange kein Buch über die Heilung des Irrsinns in Euren Regalen steht, lohnt es sich wohl auch nicht, damit anzufangen", sagte ich im Scherz.

„Ein Buch über die Heilung des Irrsinns! Wartet bitte einen Augenblick." Ernest sprang aus seinem Sessel, kletterte auf eine Leiter, die bis zur Decke reichte und stieß sich vom Regal ab. Die Leiter rollte mit einem lauten Knattern durch den halben Raum. Ich zuckte zusammen. „Eigentlich war das nicht ernst gemeint", flüsterte ich Gregory zu.

„Heilung, Heilung … Heilung … Zu schade. Das Buch wurde ausgeliehen. Aber hier habe ich etwas, das Eurem Wunsch ebenso entspricht."

Er rollte mit der Leiter zurück, kletterte mit einem kleinen Buch in der Hand auf seinen Schreibtisch, von dort auf den Boden und reichte es mir.

Vorsichtig befreite ich den Einband von Spinnenweben und einer dicken Schicht aus Staub.

„Ihr wisst, wo jedes Buch hier in der Bibliothek steht?“

„Natürlich, das ist meine Aufgabe.“

„Wovon handelt dieses hier?“

Die Lettern gaben mir Rätsel auf.

„Der kleine Almanach der Rituale.“

Er riss mir das Büchlein aus der Hand, blätterte hektisch darin, bis er die gewünschte Seite gefunden hatte und deutete mit dem Finger auf den Buchstabensalat.

„Die Heilung des Irrsinns durch das Ritual der Kerzen. Man zeichne einen Kreis mit dem Blut einer Katze auf den Boden und stelle zwanzig Kerzen aus Bienenwachs ringsherum auf. Der Besessene muss sich in die Mitte legen. Notfalls sei er zu fesseln … und dann sage man folgende Worte, um die bösen Geister auszutreiben. Ah, das scheint mir Lateinisch zu sein. Bedaure, das ist leider keines meiner Spezialgebiete.“

Er zuckte die Schultern, drückte mir das Buch wieder in die Hand und setzte sich in seinen Sessel zurück, um sich seinen Schriften zu widmen.

„Seid Ihr Euch sicher, dass dieses Ritual funktioniert?“

„Selbstverständlich!“

Ich dachte an Elisa. Vielleicht würde sie wieder ein normales Leben führen können, wenn ich sie mit Hilfe des Rituals heilte!

„Darf ich mir das Buch ausleihen, Mister McLane?“

„Oh … nein, nein … das geht nicht. Ihr gehört nicht zur Vereinigung der ‚Condannato’. Die Bücher dürfen nicht außerhalb der Räumlichkeiten der ‚Loge’ gebracht werden. Hier könnt Ihr es lesen. Oder in Eurem Fall, die Bilder ansehen.“

Ich seufzte. „Trotzdem vielen Dank.“

Langsam lief ich zu der Sitzecke zurück, das Buch noch immer in meiner Hand. Wenn es mir gelang jemanden zu finden, der Latein lesen konnte, konnte ich Elisa vielleicht von ihrem Irrsinn befreien!

Entschlossen versteckte ich den Almanach unter meinem Leinenhemd, als Logan aus einer dunklen Ecke trat. Ich erschrak, als ich sein bleiches, emotionsloses Gesicht sah.

„Ist etwas mit Jeremy? Geht es ihm gut?“, fragte ich nervös und eilte auf ihn zu.

„Ich bringe Euch zu ihm.“

Logan führte mich durch einen langen Gang mit seltsamen Wandmalereien. Die Lichter der Kerzen beleuchteten Szenarien aus dem alten Ägypten, Rom, dem Mittelalter und teilweise sogar der Neuzeit. Opferungen, Kriege und die Erschaffung neuer Vampire waren auf dem grauen Gestein dargestellt. Wohin ich sah, entdeckte ich auch das Ankh-Symbol. Der Gang endete schließlich in einem kalten Raum, der von unzähligen roten Kerzen beleuchtet wurde. Überall tropfte Wachs herunter. Zu meiner Linken bemerkte ich eine Reihe von steinernen Sarkophagen, die von großen, götzenartigen Steinfiguren bewacht wurden. Die Särge waren allesamt geschlossen, nur im letzten lag eine weiße Gestalt. Jeremy!

Sein Gesicht wirkte ein wenig eingefallen, und das Strahlen war aus seinen Augen gewichen. Doch die Wunden, die ihm der Mörder zugefügt hatte, waren fast vollständig verschwunden.

Logan ließ uns freundlicherweise allein. Ich kniete mich zu Jeremy und nahm seine Hand fest in meine. Sie war kälter denn je.

„Wie geht es dir?"

„Dorian hat mir sein Blut gegeben. Es wird mich stärken. Bald bin ich wieder der Alte."

Endlich einmal gute Nachrichten! Erleichtert küsste ich seinen Handrücken.

„Oh, Sophie. Es tut mir so leid", hörte ich ihn sagen.

„Dir muss doch nichts leid tun. Es war meine Schuld. Ich hätte dich nicht in diese missliche Lage bringen dürfen." Liebevoll strich ich ihm eine blonde Strähne aus dem Gesicht.

„Du verstehst nicht, mein schöner Engel. Ich wollte nicht auf meinen Erzeuger hören, ich wusste es wie immer besser. Aber Dorian hatte recht. Von Anfang an. Mensch und Vampir sind wie Tag und Nacht."

Erschrocken ließ ich seine Hand los. Hatte er etwa auch mit Kalestra gesprochen? Wollte sie uns auseinanderbringen?

„Sophie, ich habe gegen die Regeln verstoßen. Nun zahle ich den Preis dafür."

„Was redest du nur? Ich kann dir nicht folgen."

„Unser Treffen im Wald war kein Zufall. Nichts geschah zufällig. Alles verlief so, wie ich es geplant hatte."

„Wie meinst du das?" Ein ungutes Gefühl breitete sich in meiner Magengegend aus.

„Dein Vater warf mir vor, ich hätte euch vergessen, weil ich mich euch nicht mehr zeigte. Er irrte. Ich war immer in eurer Nähe. Und als ich sah, dass aus dir eine wunderschöne Frau geworden war, verliebte ich mich in dich. Deine Güte und Freundlichkeit wärmten mein Herz und ließen mich die Kälte vergessen. Meine Sehnsucht wuchs von Nacht zu Nacht.

Die ‚Loge' gab mir den Auftrag, Westminster vor den ‚Audax Vampiren' zu schützen. Ich lebte offiziell unter euch, doch ich hatte Angst, mich dir zu offenbaren. Hätten die ‚Audax' eine Verbindung zwischen uns festgestellt, wärst du in Gefahr gewesen.

An jenem schicksalhaften Abend im Wald von Westminster musste ich eingreifen. Wie so oft war ich dir gefolgt, hatte dich beobachtet und mir vorgestellt, wie es wäre, dich in meinen Armen zu halten. Doch als ich sah, wie dich diese Schurken bedrängten, konnte ich mich nicht länger in den Schatten verborgen halten. Ich durfte nicht zulassen, dass sie dir wehtun."

„Ich bin dir dankbar, dass du mich gerettet hast."

„Das Schicksal nahm seinen Lauf. Ich kannte deine Sehnsüchte und wollte dich an mich binden, indem ich sie dir erfüllte. Es war ein Fehler. Wie du siehst, habe ich uns beide in Schwierigkeiten gebracht. Wir wären beinahe getötet worden."

„Was du getan hast, tatest du aus Liebe zu mir. Bitte schicke mich nicht fort!"

„Sophie, verstehe doch, du musst … mich vergessen."

„Das kann ich nicht!"

Wütend schlug ich mit den Fäusten gegen den Steinsarg, so lange, bis es schmerzte.

„Wenn Krieg zwischen ‚Condannato' und den ‚Audax' ausbricht, werden sie dich als Druckmittel gegen uns verwenden. Ihr Sterblichen könnt ihnen nichts entgegensetzen. Du wärst immer in Gefahr. Es sei denn …"

„Es sei denn – was?"

„Ich mache dich zu einem Vampir."

Betrübt senkte ich den Blick. Mit diesem Vorschlag hatte ich gerechnet. Nur wusste ich selbst nicht, was ich wollte. Auf ewig Jeremys Gefährtin sein und meine Familie entbehren oder ihn für immer verlieren. Wieso konnte ich nicht beides haben? Warum musste ich mich für eine Seite entscheiden? „Ich brauche Zeit, um über alles nachzudenken", sagte ich schließlich, denn ich war nicht fähig, hier und jetzt eine Entscheidung zu treffen.

„Du hast alle Zeit der Welt." Sanft legte er seine Hand auf meine.

Ich blickte ihm in die Augen und lächelte. Selbst in seinem geschwächten Zustand strahlte Jeremy etwas Übernatürliches und Erhabenes aus. Seine kalten Finger umschlossen mein Handgelenk. Sanft, doch fordernd, zog er mich in seine Richtung.

„Was hast du vor?", fragte ich, obwohl ich die Antwort längst kannte. Ein vielsagendes Grinsen zeichnete sich auf seinen Lippen ab.

Vorsichtig stieg ich zu ihm in den Steinsarg und legte mich auf seine Brust, während er mir den Kopf entgegenreckte und mich zärtlich küsste. Mit einem genießerischen Seufzen presste er seine Lippen auf die meinen, bis ich meinen Mund einen Spalt öffnete und seiner Zunge Einlass gewährte. Seine Küsse waren so voller Leidenschaft, dass ich glaubte, er wollte mich mit Haut und Haaren verschlingen.

„Muss ich mir jetzt Sorgen machen, dass du dich erneut in ein gefährliches Biest verwandelst?", fragte ich, nachdem sich unsere Zungen nach einer kleinen Ewigkeit voneinander gelöst hatten, und ich seinen Hals mit Küssen bedeckte.

„Ich glaube, ich kann mich dieses Mal unter Kontrolle halten. Das Tier in mir schläft, weil ich noch immer ein wenig erschöpft bin." Erschöpft? Ich sah ihn enttäuscht an, denn ich spürte bereits das aufregende Kribbeln in meinem Schoß.

„Dreh dich um", sagte er. Da wusste ich, er würde mich auch dieses Mal nicht enttäuschen. Ich zog mein Hemd aus und wechselte mühselig die Seite in dem engen Sarkophag. Mein Gesäß prangte nun direkt vor seinem Gesicht. Jeremy warf meinen Rock zurück, sodass er meinen Rücken bedeckte. Kühle Luft streichelte meine blanken Pobacken, während sie gleichzeitig von kalten Händen massiert wurden. Auf allen vieren gestützt stand ich über ihm und wartete darauf, dass seine Zunge in mich eindrang.

Jeremy streifte meine Unterhose ein Stück hinunter, doch als er mich nicht aus ihr befreien konnte, zerriss er sie, um mich dann näher zu sich heranzuziehen, sodass meine Scheide über seinem Mund schwebte. Ich spürte seinen Atem unter mir, und wie sich etwas Feuchtes in mich schob. Zuerst sehr sanft, beinahe zaghaft, doch dann immer schneller und mit jedem Mal etwas tiefer. Gierig öffnete er den Mund, um meinen Saft in sich aufzunehmen, während seine Hände an meinem Körper entlangstrichen und nach meinen Brüsten suchten. Flink umschlossen seine Finger meine prallen Äpfel und kneteten sie, bis ich vor Wonne stöhnte, während ich mich gleichzeitig an seinen Lippen auf und ab rieb. Ich spürte, wie sein Atem schneller und der Griff um meinen Busen fester wurde. Doch anstatt die Berührungen zu genießen, befreite ich mich von seinen Händen und beugte mich etwas nach vorn, sodass meine Scham nicht länger sein Gesicht verdeckte, und ich seinen Hosenbund problemlos erreichte. Die Ausbeulung war nicht zu übersehen, und ich wollte auch ihm etwas Gutes tun. So befreite ich seinen Phallus und legte die Rechte um seine Wurzel. Meine linke Hand schob seine Vorhaut vor und zurück. Zunächst sehr langsam, dann wurde mein Griff um seinen Schaft fester und Jeremys Keuchen lauter. Ich fühlte, wie er in meinen Händen wuchs und liebkoste seinen Stab mit sanften Küssen.

Jeremys Finger drang in meine feuchte Scheide ein. Langsam bewegte er ihn vor und zurück. Ich passte mich seinem Tempo an und antwortete ihm, indem meine Hand mit gleicher Geschwindigkeit an seiner Manneskraft entlangglitt. Schneller und härter stieß er nun in mich. Seine Erregung nahm zu, und ich fürchtete, er könnte womöglich doch die Kontrolle verlieren und mich beißen, so wie Dorian Kalestra in ihrer ersten Liebesnacht gebissen hatte. Doch meine eigene Lust ließ mich alle Sorgen vergessen.

„Nimm mich jetzt", stöhnte ich und ließ von seinem Phallus ab, denn ich hielt die süße Qual nicht länger aus. Energisch drehte ich mich herum. Jeremy brachte sich in eine sitzende Position, ich führte ihn in mich ein und ließ mich dabei auf seinen Schoß sinken. Ihn endlich wieder in mir zu spüren, erregte mich nur noch mehr. Im lustvollen Rhythmus bewegte ich mich auf und ab, während Jeremy sein Gesicht zwischen meinen Brüsten vergrub und meine schweißnasse Haut ableckte.

Mit geschlossenen Augen warf ich den Kopf in den Nacken, stöhnte leise und genoss den wilden Ritt. Seine Hände streichelten meinen Rücken. Sie wanderten über meine Schulterblätter, massierten meinen Nacken und glitten schließlich bis zu meiner Taille herab. Um mich selbst zu stimulieren, schob ich den Rock etwas zur Seite und rieb an meinem Kitzler. Oh ja, ich spürte, wie die Erregung in mir wuchs und kurz davor war, in einem gewaltigen Höhepunkt zu gipfeln. In diesem Moment vernahm ich ein Fauchen. Spitze Nägel bohrten sich in mein Fleisch. Erschrocken riss ich die Augen auf und blickte in Jeremys Gesicht, das sich erneut, wenn auch diesmal weniger stark als sonst, zu einer Fratze verformt hatte. Spitze Eckzähne ragten aus seinem Oberkiefer. Kaum waren die ersten Schrecksekunden vergangen, krallte ich meine Finger geistesgegenwärtig in sein Haar und riss seinen Kopf nach hinten, um ihn davon abzuhalten, mir in den Hals zu beißen. Jeremy stieß ein weiteres grausiges Fauchen aus und verharrte angespannt in dieser Position. Ich spürte, wie er in mir zuckte. Sein letzter Stoß brachte die Erlösung. Ich konnte mich nicht länger zurückhalten und kam gleichzeitig mit ihm. Ein letztes Mal bäumten sich unsere Körper auf, ein letztes Mal spannten sich unsere Muskeln zum Zerreißen an, und schließlich versanken wir in wohltuender Entspannung.

Erschöpft ließ er sich nach hinten fallen. Ich blieb auf seinem Bauch sitzen und beobachtete, wie sich seine Züge zurückverwandelten. Erst als ich das Gesicht eines hübschen Jünglings vor mir sah, legte ich mich auf ihn und bettete meinen Kopf auf seiner Brust. Jeremys starke Arme umschlangen mich und drückten mich fest an ihn. Seine Haut kühlte schnell ab, und sein Brustkorb hob und senkte sich im gleichmäßigen Takt seines Atems.

„Das war knapp“, flüsterte ich und küsste seine Brust.

Jeremy streichelte mir liebevoll über das Haar. „Keine Sorge. Du hattest alles fest im Griff. Außerdem konnte ich mich noch beherrschen. Für das nächste Mal sollten wir aber wieder ein paar Fesseln benutzen. Meinst du nicht auch?“

Er zwinkerte mir zu.

Ach, wie gern wäre ich hier bei ihm geblieben. Doch schon bald würde die Sonne aufgehen und Vater würde mich vermissen, wenn ich nicht rechtzeitig im Ashford's Pub war.

„Zu dumm, dass du meine Unterhose zerrissen hast. Ich muss doch noch nach Hause reiten.“ Ich erhob mich, zog mir mein Hemd über und grinste ihn an.

„Versprich mir, über meinen Vorschlag nachzudenken.“

„Natürlich.“

Lächelnd beugte ich mich über ihn, schloss die Augen und küsste ihn, bevor ich das Haus der ‚Loge' verließ und in die Nacht hinausritt.

Am nächsten Tag saß Tammy in der Werbeagentur und kämpfte den ganzen Vormittag dagegen an, dass ihre Gedanken zu Sophies Memoiren schweiften. Seit den letzten Seiten, die sie in der vergangenen Nacht gelesen hatte, war es endlich um ihren Seelenfrieden geschehen. Nun hatte sie es schwarz auf weiß – Dorian war ein Vampir! Die Vermutung zu haben war eine Sache, die Bestätigung geschrieben zu sehen, eine andere. Irritiert stellte Tamara fest, dass sie im Unterbewusstsein immer noch gehofft hatte, dass Dorian nicht nur sie, sondern auch Marcus einen Bären aufgebunden und sie beide mit dem Thema „Vampire“ auf eine falsche Fährte gelockt hatte. Diese Hoffnung war nun wie eine Seifenblase zerplatzt. Wie sollte Tammy nur mit etwas Übersinnlichem umgehen? Sie begriff es kaum, kannte nicht die Regeln, nach denen die Vampire spielten und somit auch nicht ihre Schwächen. Aber sie konnte lernen! Ihr blieb gar nichts anderes übrig, wenn sie ihre Familie retten wollte.

Weitaus schmerzlicher war jedoch zu erfahren, dass Dorian eine Freundin besaß! Kalestra. Dieser Name hallte in Tamara wider, als würde jemand unentwegt mit einem Messer auf sie einstechen. Einst menschlich gewesen, wie Tammy, war sie nun ein Vampir wie Dorian. Seitenwechsel. Damals war er jung, hatte sich im Gegensatz zu heute nicht unter Kontrolle und machte Kalestra zu einem Geschöpf der Nacht. Er hasste sich dafür, aber Tammy fragte sich, was ihm Besseres hätte widerfahren können. Nun konnten Kalestra und Dorian zusammen sein, ohne Probleme, denn der Tag trennte sie nicht länger. Aber was war mit Tammy?

Sally Thomas stieß sie sanft an der Schulter an. „Du starrst gedankenversunken auf den Bildschirm und ich wette, du grübelst nicht über einen neuen Werbeslogan nach.“

Ertappt schüttelte Tamara den Kopf.

„Zeit für eine Pause", schlug die Webdesignerin vor und zwinkerte.

Sie besorgten sich Snacks und Mineralwasser im ‚Sandwich Corner' und suchten sich ein schattiges Plätzchen in Kensington Gardens. Tammy war froh aus der stickigen Agentur herauszukommen, denn die Klimaanlage war zwar repariert worden, funktionierte aber immer noch nicht richtig. Außerdem wusste sie, dass sie sich eh nicht würde konzentrieren können. Es fehlten noch zu viele Puzzleteile, um sie zu beruhigen. Sie schaute auf ein Bild, das noch nicht komplett war und ihr Angst bereitete.

„Du hast jemanden kennengelernt, habe ich recht?", fragte Sally ohne Umschweife.

Tammy nahm das Thunfischsandwich aus der Plastikverpackung und seufzte. „Ist es so offensichtlich?"

„Du starrst Löcher in die Luft. Aber auf ‚Wolke sieben' zu schweben sieht anders aus."

„Er ist undurchschaubar."

„Sind das nicht alle Männer?", fragte Sally und lachte.

„Stimmt." Hungrig biss Tamara in das Sandwich und spülte den Bissen mit einem Schluck Evian hinunter. „Gestern hat Marcus, Vaters Sekretär und alter Freund des Hauses Malts, mich an sich gedrückt. Ich glaubte zu ersticken. Dabei sind wir seit Jahren gute Freunde."

„Manchmal wird mehr daraus."

„Wieso nur so plötzlich, nach all der Zeit?"

„Aber er ist es nicht, der dich am helllichten Tag zum Träumen bringt", vermutete Sally und knabberte nacheinander die Ecken eines viereckigen Haferflockenkeks' ab.

Tammy überlegte, wie viel sie ihrer Freundin und Arbeitskollegin erzählen sollte und entschied, sich auf das Wesentliche zu beschränken. Bei der Erwähnung von Vampiren, wäre Sally bestimmt nur in schallendes Gelächter ausgebrochen. „Nein, dieser Mann ist geheimnisvoll. Er zieht sich mal zurück und geht dann wieder in die Vollen. Das macht mich verrückt."

„… nach ihm", fügte Sally kichernd hinzu. „Liebt er dich?"

„Ich weiß es nicht", antwortete Tamara ehrlich.

„Begehrt er dich?"

„Weiß nicht."

„Geht er noch mit anderen Frauen aus?", bohrte Sally weiter.

„Weiß ich nicht." Tammy dachte an Kalestra und hätte am liebsten angefangen zu heulen. Bisher war nicht einmal der Gedanke daran, dass Dorian in einer festen Partnerschaft sein konnte, in ihr aufgekommen. Vielleicht weil sie selbst so eine treue Seele war, die nie zweigleisig fuhr. Und wenn Vampire nichts von Monogamie hielten? Immerhin lebten sie ewig, bis jemand sie tötete oder sie den Freitod wählten, weil sie das Leben nicht mehr ertrugen. Da bekam die Bedeutung der Phrase „Bis der Tod euch scheidet" eine ganz neue Dimension. Ob Dorian und Kalestra sich getrennt hatten? Oder ob die Vampirin von seinem Plan mit der Familie Malt wusste, und sie damit einverstanden war, dass er Tammy verführte, um am Ende ihr Herz zu brechen?

Sally unterbrach ihre zermürbenden Gedanken, in dem sie ihr die Packung Kekse hinhielt, doch Tammy schüttelte den Kopf. „Zu viele ‚Ich weiß nicht', wenn du mich fragst. Meiner Meinung nach solltest du zu diesem Kerl gehen und ihn zur Rede stellen. Angriff ist die beste Verteidigung. Lass dich nicht an der Nase herumführen. Du hast etwas Besseres verdient!"

„Ich fürchte mich", sagte Tammy leise, brach ein Stück Toast ab und steckte es in den Mund.

„So wie ich das sehe, wird er dir wehtun", entgegnete Sally und nahm sie für einen kurzen Moment in den Arm. „Das darfst du nicht zulassen. Er quält dich! Du musst ihn unbedingt zur Rede stellen."

„Dadurch könnte ich ihn verlieren." *Die Chancen stehen gut dafür*, dachte Tammy, *und auch bei der Konfrontation mein Leben zu verlieren.*

„Willst du so weiterleben?", fragte ihre Freundin. „Du warst immer eine Frau der Tat, hast dich gegen deine Eltern aufgelehnt, um nicht das ‚That Delicious Bite' leiten zu müssen, sondern deinen eigenen Weg zu gehen. Du kämpfst ständig mit deiner biestigen Schwester Samantha, weil sie versucht, dich auszustechen. Da wirst du ja wohl mit einem einzelnen Mann fertig werden!" Aufmunternd knuffte sie Tammy in die Seite.

Wenn es denn nur ein Mann wäre! Mit Schrecken dachte sie daran, dass Dorian schon einmal eine Menschenfrau zur Vampirin gemacht hatte. Es war ein Unfall gewesen, aber er konnte die Wandlung genauso gut bewusst hervorrufen. ‚Gereift wie guter alter Wein, fast zu würzig, zu kräftig, um ihn zu mögen.' Das waren Marcus' Worte gewesen. War das der Grund, weshalb Dorian während ihres Liebesspiels in Jeremys verfallenem Haus der Raserei getrotzt hatte, anders als bei Kalestra? Er war mit den Jahrhunderten, die ins Land gezogen waren, stärker und mächtiger geworden. Dennoch fühlte sie die Gefahr, in der sie beide damals waren.

„Du hast recht", sagte Tammy mit fester Stimme und legte das Sandwich zurück in die Plastikschale. Trotz Hunger konnte sie kaum essen. „Ich muss ihm die Fragen stellen, die mir auf der Zunge brennen. Daran führt kein Weg vorbei!" Aber sie durfte sich unter keinen Umständen in ein weiteres erotisches Abenteuer verwickeln lassen. Dorian war brandgefährlich! Doch alleine der Gedanke an die lüsterne Gier in seinen dunklen Augen, ließ eine Welle der Lust über sie hinwegschwappen. Sein Trieb war es nicht, vor dem sie die meiste Angst hatte, sondern ihre eigene Leidenschaft, die sie dazu brachte, alle guten Vorsätze über Bord zu werfen.

Tamara nahm Sallys Hände in die ihren. „Ich werde zu ihm gehen, gleich heute Abend."

Der Feierabend kam schnell und sie verließ der Mut.

Aber ihre Freundin brachte sie zur British Railway, setzte sie in den Spätzug nach Richmond und rief ihr zum Abschied zu: „Wenn es Ärger gibt, ruf mich auf Mobil an, und ich komme geflogen."

„Das fehlte mir gerade noch", murmelte Tammy und lehnte sich im Sitz zurück, „dass ich dich auch noch in Gefahr bringe."

Je weiter sie in den Südwesten Londons vordrang, desto mehr nagte die Eifersucht an ihr. Was sollte sie machen, wenn sie auf dem Gelände des Gestüts Kalestra begegnete? Laut Sophies Memoiren war die Vampirin Dorians Gefährtin und wohnte logischerweise mit ihm zusammen. Aber vielleicht brauchte Tamara den Beweis, dass nicht sie, sondern eine andere Frau Dorians Herz gefangen hielt. Sex war eine Sache, Liebe eine andere. Ihn vor Kalestra bloßstellen wollte sie nicht. Tammy war keine Frau, die um einen Mann kämpfte. Sie zog sich lieber zurück. Sollte der Mann doch entscheiden, welche Frau ihn stärker in seinen Bann zog. Was nutzte es zu kämpfen und ihn für sich zu gewinnen, wenn seine Gefühle im Alltag wieder rasch abkühlen würden, weil sie nicht intensiv genug waren?

Tammy wischte sich mit der Handfläche über das Gesicht, als könnte sie mit dieser Geste die Dämonen in ihrem Kopf vertreiben. Würde sie jemals einen Mann kennenlernen, in dessen starke Arme sie sich fallen lassen konnte, um ganz Frau zu sein? In ihren Beziehungen war immer sie die treibende Kraft gewesen, obwohl sie das nicht einmal wollte. Ihre Partner hatten ihr jeden Wunsch von den Augen abgelesen. Sie durfte das Reiseziel aussuchen. Sie trug sich ins Gästebuch des Hotels ein. Sie entschied, welches Restaurant besucht wurde. Aber Tammy unterschrieb auch die Rechnung, auch wenn sie von ihrem Freund die Hälfte des Betrages auf dem Zimmer zurückerstattet bekam und ging voran zur Garderobe, um ihrem Freund den Mantel zu reichen. Hatte sie sich die Schoßhündchen erzogen oder bisher die falschen Männer erwischt?

Dorian war so anders! Er nahm sich mit einer Dreistigkeit was er wünschte, und man lag ihm auch noch zu Füßen. Er konnte mit seinem vampirischem Charisma jede Frau besitzen. Weshalb sollte er sich ausgerechnet Tammy aussuchen? Sie erinnerte sich daran, dass sie nicht zu ihm fuhr, um ihn für sich zu gewinnen, sondern um mehr über seine Absichten mit der Familie Malt zu erfahren.

Der Zug fuhr in den Bahnhof in Richmond ein, und Tamara schleppte sich zum Taxistand. Als sie im Taxi saß, war sie für einen Moment verführt zu sagen: „Fahren Sie mich zum Norfolk Square, Nähe London Street.“, aber dann bat sie den Fahrer doch, sie zum Gestüt ‚Ride through time' zu bringen.

Er fuhr sie aus der Stadt hinaus und bog in einen Feldweg ein. Tammy wurde ganz mulmig, denn hier draußen sah es wie das Ende der Welt aus, als würde rein gar nichts mehr kommen. Während die Sonne sich zurückzog und ein apokalyptisches Licht auf die menschenleere Natur warf, wuchsen die Schatten der Bäume und Sträucher, um bald zur Finsternis der Nacht zu verschmelzen.

Nach einer halben Ewigkeit sah Tamara in der Ferne ein Tor, auf dessen oberstem Rand in Eisenlettern „Ride through time“ stand. Eine Mauer säumte das Gestüt ein. Als Tammy näher kam, erkannte sie Stacheldraht darauf und Kameras am Tor und in regelmäßigen Abständen auf der Mauer.

Der Taxifahrer setzte sie vor dem Tor ab. Nachdem sie gezahlt hatte und er abfuhr, schluckte Tamara schwer. Nun stand sie einsam im Grünen. Weit und breit war kein Haus zu sehen. Das Gestüt glich einem Hochsicherheitstrakt. Und die ersten Sterne funkelten schon am Firmament.

„Was habe ich mir nur dabei gedacht?“, schalt sie sich.

Sie schlang die Arme um den Oberkörper und suchte nach der Klingel. Es gab keine.

Plötzlich ertönte eine männliche Stimme: „Guten Abend. Was wünschen Sie?"

Tammy erschrak. Verwirrt schaute sie sich um und entdeckte ein Mikrophon unter einer der Kameras. Sie atmetet tief ein und aus und sagte laut: „Tamara Malt für Dorian Everheard."

„Erwartet er Sie, Miss?"

Genervt hob sie die Augenbrauen. Er würde sie doch hoffentlich nicht hier draußen stehen lassen, nur weil sie keinen Termin gemachte hatte.

Sie räusperte sich und antwortete gespielt selbstbewusst: „Nein, aber wenn Sie ihm meinen Namen nennen, wird er ganz bestimmt Zeit für mich finden."

Stille. Lediglich die Grillen zirpten, und zwei Vögel lieferten sich ein Gesangsduell. Tammys Nervosität stieg. Immer wieder blickte sie sich um. Die Dunkelheit machte sie mürbe. Sie befand sich im unmittelbaren Jagdrevier der Vampire. Schutzlos stand sie im Nichts.

„Der Fahrer hätte warten sollen, bis ich im Gestüt bin."

Plötzlich ging das Tor surrend auf. Heraus fuhr ein elektronisches Auto, wie Tammy es vom Golfplatz her kannte. Der Mann, der darin saß, lenkte den Wagen einmal um sie herum und hielt neben ihr an.

„Guten Tag, Miss Malt. Mein Name ist Tyron Winchester. Ich bin der Verwalter des Gestüts und werde Sie zu Mister Everheard bringen. Steigen Sie bitte ein."

Er sprach mit amerikanischem Akzent. Seine Gesichtshaut sah aus wie gegerbtes Leder, ein wenig faltig, aber seine Augen strahlten wie Türkise. Er musste die meiste Zeit im Freien verbringen, in der Sonne, was Tammy milde stimmte, denn sie vermutete, dass er ein Mensch war.

Sie sprach sich innerlich Mut zu und stieg ein. „Danke."

Unauffällig betrachtete sie ihn. Sie schätzte ihn auf 60. Eine graue Strähne durchzog sein kastanienbraunes Haar. Die Ärmel seines blau-karierten Hemdes waren nach oben gekrempelt und ließen Tammy seine muskulösen Oberarme erkennen. Er schien kein Verwalter zu sein, der nicht von seinem Schreibtisch wegging, sondern mit anpackte. Das machte ihn in ihren Augen sympathisch.

Tyron Winchester fuhr sie nicht zum Haus, das inmitten von Koppeln und Reitwegen stand, sondern zu dem etwas abseits gelegenen Stall. „Mister Everheard erwartet Sie bei den Boxen, Miss Malt."

Der Reitstall war hell erleuchtet. Langsam schritt Tammy auf das Tor zu, das weit offen stand. Dorian holte gerade einen schwarzen Hengst aus einer Box und band ihn in der Stallgasse am Putzplatz fest. Die anderen Pferde schnauften und scharrten in ihren Boxen mit den Hufen, als würden sie Dorian mitteilen, dass sie ebenfalls ausreiten wollten. Tamara bemerkte die Gitter an den Boxen, die von oben bis unten reichten und durch einige Querstreben verbunden waren. Heuballen säumten die Gasse. Eine Auswahl von Peitschen, Gerten, Reitstöcke, Sättel und Zaumzeug hing an der Wand am Eingang.

Dorian nahm einen Putzkasten von einem Regal und setzte ihn auf einer Kiste in der Nähe der Putzstation ab. Da bemerkte er Tammy. Schmunzelnd streichelte er den Rappen. „Wenn sich das Lamm in die Höhle des Löwen traut, ist das nun Mut oder Leichtsinn?"

Tammy ballte hinter dem Rücken die Hand zur Faust. Heute Nacht wollte sie sich nicht so leicht einschüchtern lassen! „Es tut mir leid, dass ich gestern bei der Besprechung im Hause meiner Eltern so früh gehen musste. Dir haben meine ersten Entwürfe nicht gefallen. Das ist dein gutes Recht. Geschmäcker sind verschieden. Daher dachte ich mir, wir könnten ein spontanes Brainstorming machen. Ich will den Geschäftspartner meines Vaters natürlich zufriedenstellen."

„Befriedigen willst du mich?" Lächelnd kam er näher.

Tammy zwang sich dazu, nicht rückwärts auszuweichen. Sie blieb, wo sie war und verzog keine Miene.

„Die Familie Malt sollte sich in der Tat mehr ins Zeug legen", sprach er drohend und blieb eine Armlänge vor ihr stehen. Verachtend blickte er auf sie hinunter. „Immerhin ist sie von mir abhängig und hat bisher nichts geleistet. Deine Marketingvorschläge waren ein Desaster. Du scheinst abgelenkt zu sein. Konzentriere dich auf deine Arbeit, das rate ich dir."

„Abhängig?", fragte sie und bemerkte sehr wohl die Gefahr, die in der Luft schwebte, wie träger Zigarrenqualm, der das Atmen erschwerte. Ein Fehltritt, und die höfliche Situation konnte kippen. „Planst du nicht gemeinsam mit meinem Vater die Restaurantkette zu eröffnen? Ihr werdet bestimmt ein erfolgreiches Team ..."

„Nein!", fuhr er sie an. „Er ist meine Marionette."

Tammy geriet in Rage. „Sprich nicht so über meinen Vater!"

„Geld regiert die Welt. Heißt es nicht so? Ich stelle 90 Prozent der anstehenden Kosten zur Verfügung und halte somit die Zügel in der Hand."

„90 Prozent?"

„George Malt hat absolut nichts zu sagen. Er gibt seinen Namen, ich das Geld. Alle Entscheidungen werden von mir getroffen. Und sollte er auch nur den Hauch einer Intrige planen, werde ich ihn bei voller Fahrt vom Zug werfen. Das trifft auf die gesamte Familie Malt zu!" Er griff in ihre Haare und zog ihr Gesicht an das seine heran.

Tamara rang nach Luft. Mit so viel Offenheit hatte sie nicht gerechnet. Jetzt war die Wahrheit wie ein Schlag ins Gesicht. Dorian hatte ihren Vater in der Hand und Marcus ebenfalls.

„Marcus hat nichts verraten. Ich hatte ihm eine Falle gestellt und ..."

„Was hat er nicht verraten?" Seine unergründlich dunklen Augen funkelten böse.

Tamara rügte sich in Gedanken, weil sie vor Nervosität Dinge ausplauderte, die sie lieber für sich behalten sollte. „Du weißt genau, wovon ich spreche. Du hast mir doch Sophie Langsdales Memoiren in den Briefkasten gesteckt."

Er reagierte nicht. Seine Mimik war eingefroren.

Tammy spürte seinen Atem auf ihrer Wange. Es irritierte sie. Selbst eine vage Berührung wie diese, ließ ihr Herz höher schlagen. Was besaß dieser Mann doch für eine übernatürliche Macht!

Ihr Blick schweifte durch den Stall. „Ist das eure Blutbank?"

Plötzlich lachte er laut. Er gab ihre Haare frei und schaute sie mitleidig an. „Du amüsierst mich immer wieder mit deinen lächerlichen Versuchen Katz und Maus mit mir zu spielen. Sprich es doch endlich aus! Sag es mir ins Gesicht und versuche nicht vor Angst den Boden unter den Füßen zu verlieren!"

Er schickte sie durch ein Bad der Gefühle. Fühlte sie sich sicher, entzog er ihr den Halt. Glaubte sie zu taumeln, fing er sie auf. Wieso nur erregte sie dieses abscheuliche Spiel?

Sie riss sich zusammen und sprach schnell, bevor sie der Mut verlassen würde: „Ist es unter der Würde eines Vampirs, Tierblut zu trinken?"

„Du redest schon wieder um den heißen Brei."

„Ich weiß, dass du ein Vampir bist." Tammy hielt den Atem an. Ihr Blut rauschte in ihren Ohren.

Doch anstatt über sie herzufallen, streichelte er ihr Kinn. „Na endlich. Du kommst der Wahrheit langsam näher, doch mit ihr ist es wie mit der Hölle. Je näher man kommt, desto heißer wird es, bis es dich am Ende verbrennt."

„Ich werde nicht in den Flammen umkommen!", blaffte sie und stieß ihn von sich fort.

Auf einmal riss Dorian sie herum, schob sie in Richtung der Kiste, auf dem der Putzkasten stand und klemmte sie zwischen seinem Körper und der Putzstation ein. Sein Hengst scheute wiehernd, beruhigte sich aber genauso schnell wieder. Dorian schlang einen Arm um ihren Körper, mit der anderen hob er ihr Kinn an, sodass ihr Hinterkopf an seinem Brustkorb lag. Der Duft von „Minotaure" schwebte zu ihr und weckte die Erregung vergangener Treffen.

„Lehn dich nicht zu weit aus dem Fenster, so wie Marcus. Du wirst an seinem Beispiel sehen, was dann geschieht."

Mühsam sprach sie: „Bitte, tu ihm nichts. Er ist ein guter Mensch." Sie stockte bei ihren eigenen Worten.

„Das werden wir sehen", entgegnete er provokant. „Zumindest ist er ehrgeizig. Er will höher hinaus, als er bei deinem Vater kommen kann. In der ‚Loge Condannato' verspricht er sich gute Chancen. Er hatte schnell angebissen."

„Was hast du mit ihm vor?"

„Solltest du dir nicht lieber Sorgen um dich selbst machen?", säuselte Dorian in ihr Ohr. Seine Fingerspitzen kreisten verführerisch über ihr Dekolleté. Sie tauchten in ihre Bluse ein und umkreisten ihre Brustwarzen, ohne sie wirklich zu berühren. Nur den Warzenhof reizte er mit den Fingerkuppen, indem er zärtlich darüberstrich, kaum spürbar und doch so reizvoll, dass Tamara das Atmen schwer fiel und sie die Augen schloss, um die sanfte Stimulation intensiver wahrzunehmen. Das Gefühl war unerträglich für Tammy, denn es steigerte ihre Erregung, ohne sie zu befriedigen. Auf einmal spürte sie seine Lippen an ihrem Hals. Fordernd saugten sie an ihrer Haut wie Saugnäpfe.

Doch als er an ihrem Nacken knabberte, breitete sich Panik in Tammy aus. Sie riss die Augen auf und schrie leicht hysterisch: „Beiß mich doch endlich. Du hast so viele Möglichkeiten ungenutzt verstreichen lassen."

„Ich dachte, du könntest mich besser einschätzen“, erwiderte er abfällig. „Erst spielt der Kater mit der Maus, und wenn er genug hat, tötet er sie. Aber meinen Trieb hast du noch nicht genug befriedigt.“

Auf einmal kam ihr Samantha in den Sinn. Hatte er sie mit der gleichen Taktik weichgekocht? „Ich bin nicht die Einzige, die diesen Job übernimmt. Sicherlich war der Abend mit meiner Schwester ebenso unterhaltsam.“

Schwungvoll drehte Dorian sie um. In diesem Moment entwischte Tammy ihm, in dem sie unter seinem Arm hindurchtauchte und flüchtete hinter den Hengst. Dorian drängte sie gegen die Gittertür einer Box. Er stützte sich links und rechts neben ihrem Kopf ab und schmunzelte.

„Höre ich da etwa Eifersucht heraus?“

„Ich wünsche Sammy Jo nur Gutes.“

Schnaubend schüttelte er den Kopf. Er hatte die Anspielung verstanden.

„Wage es nicht, meiner Familie wehzutun, Dorian! Auch wenn mein Vater ewig enttäuscht sein wird, dass ich mich weigere das ‚That delicous bite’ zu führen und der Konkurrenzkampf mit Samantha nie enden wird, so bedeutet mir meine Familie alles.“

„Du drohst mir?“, fragte er, griff mit einer Hand ihren Hals und streichelte mit dem Daumen ihre Haut, als würde er die Stelle markieren, in die er später seine Zähne bohren wollte.

„Ich weiß, du planst etwas. Meinen Vater hast du mit Geld geködert, Marcus mit Karrierechancen in der ‚Vampir-Loge’ und meine Schwester mit Sex ...“

Er legte ihr seine Hand auf den Mund und brachte sie so zum Schweigen. „Du willst gegen mich kämpfen, Tammy, aber mit Behauptungen gewinnt man keine Auseinandersetzung.“ Er nahm die Hand fort. „Ist es nicht eher so, dass du eifersüchtig bist, weil Sam mit mir den Abend verbracht hat und nicht du?“

Sie biss die Zähne zusammen.

„In Wahrheit zerfrisst es dich innerlich, und du fragst dich die ganze Zeit, ob Sam und ich es miteinander wie die Karnickel getrieben haben oder nicht.“

Tammy wollte widersprechen, brachte aber keinen Ton heraus.

„Du wünschst dir die einzige Frau zu sein, in deren Löcher ich eintauche, deren Saft ich von ihrer Klitoris mit der Zunge ablecke wie Sahne von einer Erdbeere und die ich dazu bringe, vor Lust zu wimmern.“

„Ich will das nicht hören. Hör auf!“

„Du bist unter meinen Berührungen dahingeschmolzen wie Butter, dabei war ich ein Fremder für dich. Ich hätte dich dazu bringen können, alles für mich zu tun. Wie leichtlebig!“

„Sag, ich bin eine Hure, und ich ziehe mein Knie nach oben!“ Sie zitterte vor Wut.

„Das würdest du dich nicht trauen.“

Just in dem Augenblick, als Tamara ihm in den Unterleib treten wollte, presste er seine Lenden gegen ihren Venushügel und küsste sie hart und unnachgiebig. Erst als sie aufhörte zu zappeln, wurde sein Kuss immer milder, bis er schließlich lasziv ihre Lippen mit den seinen massierte und sie mit seiner Zärtlichkeit in den Wahnsinn trieb.

„Du schmilzt schon wieder dahin“, säuselte er, ohne von ihr abzulassen.

Ruckartig wandte sie den Kopf ab. Aber er fasste ihre Wangen und zwang sie, ihn anzusehen.

„Ich habe nichts dagegen, wenn du zur Hure wirst, so lange du nur die meine bist! Sei zügellos, verrucht, aber spreize die Schenkel ausschließlich für mich, meine Schöne.“

Ihre Stimme klang dünn. „Und was ist mit dir?“

„Du meinst wohl – was läuft zwischen Sam und mir?“ Er hauchte ihr einen Kuss auf jede Wange knapp unter den Augen, als wollte er imaginäre Tränen wegküssen. „Welcher Mann, der nur einen Funken Stolz und Ehre besitzt, greift bei einer Ware zu, die in der Auslage liegt und sich ihm anbietet? Mich reizt, was versteckt im Hinterzimmer liegt und sich nicht jedem Käufer feilbietet.“

Erleichtert atmete Tammy auf. Er hatte nicht mit ihrer Schwester geschlafen. Ihr fiel ein Stein vom Herzen. Doch was war mit Kalestra? Sie musste es wissen. Die Vampirin war jetzt die Einzige, die zwischen ihnen stand. „Hast du Sophies Memoiren gelesen?“

Er antwortete nicht.

„Natürlich hast du. Sophie erwähnt darin eine Frau, eine Vampirin, deine Geliebte ...“

„Was weißt du von Kalestra?“, schrie er plötzlich. Er ging um den Hengst herum und trat wutentbrannt gegen den Putzkasten. Polternd fiel er auf den Stallboden. Der Kasten brach entzwei. Die Utensilien lagen verstreut. „Du gehst jetzt besser, Tammy.“

Sie sah ihre Felle wegschwimmen. Wenn sie sich jetzt trennten, würden sie nie wieder zusammenfinden. Kalestra trieb einen Keil zwischen sie. Das durfte Tamara nicht zulassen. Sie war Dorian schon so nah gekommen und hatte ihm einige Details entlocken können. Jetzt wollte sie nicht aufgeben!

Er schritt in Richtung Ausgang. Tammy lief ihm hinterher und ergriff seinen Arm. „Es tut mir leid, wenn ich eine alte Wunde aufgerissen habe“, behauptete sie einfach, in der Hoffnung, mehr Details aus ihm herauszukitzeln.

„Du weißt rein gar nichts!“

„Bitte bleib.“

Auf einmal nahm er blitzschnell eine Peitsche von der Wand und trieb Tammy damit gegen die letzte Box vor dem Ausgang. Er ließ den Lederriemen vor ihr tänzeln. Seine Miene war so finster wie die Nacht. Sie war zu weit gegangen!

„Beruhige dich, bitte.“

„Erwähne nie wieder ihren Namen, nicht du", sagte er drohend und schlug gegen die Gitterstäbe, knapp an ihrem Oberarm vorbei.

Tammy verstand nicht. Was hatte sie mit Kalestra zu tun? Sie war gekommen, um Antworten zu erhalten und nun taten sich neue Fragen auf. Es gab also ein weiteres Geheimnis, eins, das sie mit einbezog. Aber das war unmöglich! Sie war weder Sophie, noch Jeremy jemals begegnet, und an Vampire hatte sie bis vor kurzer Zeit nicht einmal geglaubt.

„Bitte, leg die Peitsche weg“, flehte sie.

Er schüttelte den Kopf. „Das geht nicht. Ich brauche sie noch.“

„Du wirst mich doch nicht schlagen? Auf meinem Herzen würden die Striemen mehr brennen als auf meinem Körper." Sie erschrak über ihre Ehrlichkeit. Tränen traten in ihre Augen.

Rasch ging Dorian zu ihr. Er legte den Lederriemen um ihren Hals, kreuzte die Enden und hielt sie fest, sodass der Riemen zwar gespannt war, sich aber nicht in ihre Haut drückte. Es war mehr eine bedrohliche Geste. „Sogar das würdest du mir zutrauen. Das ist gut so. Fürchte dich vor mir, Tammy, denn Furcht bewahrt dich davor, unüberlegte Schritte zu machen. Wir stehen nicht auf derselben Seite." Er nahm die Peitsche fort. „Aber bei allem was mir heilig ist, ich schlage meine Stuten nicht!"

Tammy riss die Augen auf. Dieser Mann war unglaublich, die ganze Situation so unwirklich! Nähe. Distanz. Nähe. Distanz. Würde das jemals aufhören? Nur er konnte das grausame Spiel beenden. Tränen liefen ihre Wange hinunter. Dorian legte seine Hände an ihr Gesicht und fing die Tränen mit den Daumen auf. Dann küsste er Tammy vorsichtig, so als wollte er ihr nicht wehtun. Seine Zunge fuhr ihre Unterlippe entlang und drang langsam in ihren Mund ein, um sich auf die ihre zu legen und sich an ihr zu reiben, als würden ihre Körper nackt und feucht vor Erregung und Anstrengung aufeinanderliegen.

Als er den Kuss löste, wisperte Tamara: „Du drängst mich an den Abgrund, doch anstatt mich hinunterzustürzen, ziehst du mich kurz vor dem Fall fast liebevoll beschützend vom Abhang weg. Dann beginnt dein Spiel erneut. Wieso? Du raubst mir meine Kraft."

„Besser als dein Blut", hauchte er. „Und nun werde ich dir schon wieder deine Energie stehlen."

Dorian schaute ihr tief in die Augen, als er ihren Rock bis zu den Hüften hochzog. Lächelnd schob er den Slip zu ihren Schenkeln hinunter, sodass dieser auf den Stallboden fiel. Dorian legte geschickt den Lederriemen der Peitsche um ihren rechten Oberschenkel und zog ihn im 90-Grad-Winkel nach oben. Dann band er den Riemen an einem Querstreben des Gittertors der Pferdebox fest.

„Dorian, nicht!", rief Tammy, doch noch bevor sie ihn davon abhalten konnte sie zu fesseln, zog er langsam den Gürtel aus seiner Hose und grinste herausfordernd.

„Lass das, bitte", bettelte sie. „Das geht mir zu weit. Ich mag nicht angebunden werden." Sie dachte an Jeremy, dem Sophie Fesseln anlegen musste, damit er nicht der Raserei verfiel und sie im Liebesrausch aussaugte. Sollte Tamara da nicht lieber Dorian anbinden? Aber schon bei ihren ersten sexuellen Ausschweifungen in Jeremys finsterem Haus hatte Dorian Disziplin bewiesen, denn er hatte sich selbst keine Erleichterung verschafft.

Doch alles Betteln half nicht. Dorian legte ihr den Gürtel um den Hals, als wäre sie ein Hund und band sie am Gitter fest. „Ich fessele dich doch gar nicht. Deine Hände sind frei."

Aber als sie den Gürtel lösen wollte, riss er eine Gerte aus ihrer Wandhalterung und hielt Tamara das breite Ende an die Wange. „Finger weg! Sonst schenke ich dir ein Feuermal, das dich noch nächste Woche an mich erinnern wird."

Tamara lachte. „Das waren meine Worte bei unserem ersten Treffen an den steinernen Dämonen." Artig nahm sie die Hände runter.

„Alles kommt zurück“, sagte er und betrachtete sie von den Zehenspitzen über ihre entblößte Scham bis zum blonden Lockenkopf. „Ein schönes Bild, aber etwas stimmt noch nicht.“ Er trat an sie heran, knöpfte ihre Bluse auf und streifte sie über ihre Schultern.

Instinktiv winkelte Tammy die Arme an, damit die Bluse nicht zu Boden fallen konnte.

„Tststs. Wie unartig!“, säuselte Dorian und legte das Ende der Gerte auf ihre Klitoris. „Schutz oder Strafe, es ist deine Entscheidung.“

„Du würdest nicht wirklich ...“ Sie wagte nicht, den Satz zu Ende zu bringen. Schweiß perlte zwischen ihren Brüsten. Kaum merklich zog Tammy an ihrem rechten Bein, in der Hoffnung, dass sich der Peitschenriemen lösen würde, doch Dorian hatte ihn gut verknotet.

Er hob die Augenbrauen. „Würde ich nicht?“

Sein ernster Gesichtsausdruck verunsicherte und erregte sie zugleich. Tammy ließ die Arme locker. Die Bluse glitt hinab. Nun stand Tamara ohne Höschen mit gespreizten Schenkeln und blankem Busen vor ihm, der noch komplett angezogen war.

Plötzlich warf Dorian lachend den Kopf in den Nacken. Er nahm die Gerte fort und rieb mit der freien Hand sanft über Tammys Schläfe. „Ist sie nicht erregend, die Angst? Du liebst die Gefahr, sonst wärst du heute Nacht nicht hierhergekommen.“

Tamara hasste ihn dafür, dass er sie immer wieder aufs Neue durchschaute. „Ich fürchte mich aber auch davor, dass du zu weit gehst.“

„Vertrau mir.“ Liebevoll küsste er sie, lang und atemlos und streichelte dabei ihre Warzenvorhöfe, ohne ihre Nippel selbst zu berühren.

Sie gab sich ihm ganz hin, obwohl sie wusste, dass zwei Feinde sich nicht vertrauen durften. ‚Wir stehen nicht auf derselben Seite’, hatte er gesagt. Aber wenn die Fronten geklärt waren, warum verführte er sie dann erneut? Es machte Tammy verrückt, dass er ihre Nippel nicht liebkoste. Ständig kreiste er um die Brustwarzen herum, dabei wünschte Tamara sich so sehr, dass er die roten Knöpfe endlich zwischen Daumen und Zeigefinger hin und her rollte, an ihnen saugte und die nassen Nippel mit seinem kühlen Atem neckte. Die Brustwarzen waren mittlerweile hochempfindlich. Sie waren bereit für ihn, verlangten nach mehr. Doch er verlor sich in einem Kuss, stieß mit der Zunge in den Spalt zwischen ihre Lippen und tauchte ein in ihren Mund, damit ihre Feuchtigkeit miteinander verschmolz.

Nach einer Ewigkeit löste er sich von Tammy. Dorian nahm die Gerte und streichelte mit dem flachen Ende von ihrer linken Wade hoch über das Knie bis zur Innenseite ihres Oberschenkels. Das gleiche machte er mit dem hoch gebundenen Bein und vermied dabei tunlichst, ihren Schoß zu berühren. Er legte die Gerte in das Tal am obersten Punkt des Schenkels, dort, wo die Schamlippen begannen und zog sie quälend langsam von vorne nach hinten. Intensiver rieb die Gerte sich an der Labie, als Dorian das neckische Spiel an dem Bein wiederholte, auf dem Tammy stand, weil das Tal kleiner war. Tamara wünschte sich so sehr, dass er das Spielzeug an ihre Pospalte legen und vom Anus aus zwischen ihre kleinen Schamlippen hindurch über ihre Vagina nach vorne ziehen würde, aber er mied ihre Mitte wie der Teufel das Weihwasser. Er trieb sie in den Wahnsinn! War dies das Schicksal, das er für die älteste Tochter des Hauses Malts' geplant hatte?

„Dorian, quäl mich nicht so", stöhnte sie, und es fiel ihr unendlich schwer, ihre Schwäche ihm und sich selbst gegenüber einzugestehen.

Er küsste sie auf die Augenbraue. „Tue ich das?"

„Das weißt du genau. Du weißt immer, was du tust."

„Dann flehe mich doch an, dich an deinem erhitzten, nach Geilheit duftenden Schoß zu berühren."

„Ich denke nicht daran."

„Und ich denke nicht daran dich dort anzufassen, wo du es gerne hättest." Dann flüsterte er ihr ins Ohr: „Das musst du schon selbst machen."

„Wie bitte?" Sie glaubte, sich verhört zu haben.

„Streichele dich. Deine Hände sind doch frei."

Also hatte er sich doch etwas dabei gedacht sie zu fesseln, aber gerade ihre Hände nicht, dieser Schurke. „Niemals!"

„Warum nicht?"

„Weil ich mich nicht vor dir erniedrige", schoss es aus ihr heraus.

Lachend schüttelte er den Kopf. „Welch ein Unsinn! Darum geht es doch gar nicht, sondern darum, die Lust auszuleben, die sich in dir aufgestaut hat. Sie macht dich durstig! In diesem Augenblick schwellt sie zwei hochrote Knospen an und läuft an den Innenseiten deiner Schenkel hinab."

„Aber weshalb stillst du nicht meine Gier?"

„Weil es mich erregt, dich masturbieren zu sehen."

Wieder diese Offenheit. Er knallte sie Tammy jedes Mal um die Ohren, wenn sie es am wenigsten erwartete. „Oh", brachte sie nur heraus. Sie wollte ihm einheizen, ja, aber doch nicht, indem sie sich selbst streichelte.

Dorian nahm ihre Hand und führte sie zu ihrem Schoß. Dann trat er einige Schritte zurück. Er betrachtete mit Genugtuung, wie sie so offenherzig vor ihm stand. Aber dann kraulte er sein Kinn, als würde er über etwas nachgrübeln. „Nun sieht meine Stute wunderschön aus, aber meinen Hengst habe ich immer noch nicht gestriegelt." Auf einmal rief er laut: „Tyron, komm bitte in den Reitstall und kümmere dich um meinen Rappen. Ich will gleich reiten."

„Dorian, bist du verrückt? Das kannst du mir nicht antun", rief Tammy panisch, doch es war zu spät.

Der Verwalter des Gestüts stand schon im Stall neben Dorian. Als er Tamara sah, hob er die Augenbrauen und grinste. „Gerne, Mister Everheard." Feixend hob er die über den Boden verstreuten Utensilien auf und begann das schwarze Pferd zu striegeln. Hin und wieder schaute er zu ihr rüber, auffällig unauffällig, ließ aber nicht von seiner Aufgabe ab.

Tamara wollte im Boden versinken. Sie zeigte sich nicht gerne fremden Menschen und erst recht keinen Männern, zudem in einer solch peinlichen Pose. Nun kannte Tyron Winchester jede Falte ihrer Scham! Sie wollte das nicht, auch nicht die Erregung spüren, die in ihr hochstieg.

„Fahr fort", forderte Dorian sie auf.

Sie versuchte den Gürtel von ihrem Hals zu lösen, was nicht einfach war, da der Knoten hinten im Nacken saß. „Niemals!“, schrie sie wütend.

„Das hast du schon zu oft gesagt“, rügte er sie scharf, „und es am Ende doch getan. Vertrau mir. Es wird dir Spaß machen.“ Er kam heran und legte das Ende der Gerte auf die Hand, die immer noch am Gürtel lag. Eindringlich schaute er ihr in die Augen. „Versuch es wenigstens. Sollte es dir nicht gefallen, werde ich dich losbinden und ein Taxi rufen.“

Tammy war durcheinander. Sie wollte ihre Lust nicht zur Schau stellen. Gehen wollte sie aber auch nicht. Eigentlich machte ihr das Spiel sogar Spaß, und doch war es nicht so einfach, die eigenen inneren Blockaden zu durchbrechen. „Hilf mir“, bat sie.

Er küsste sie liebevoll und führte ihre Hand zu ihrem Venushügel. Fordernd führte er sie, leitete sie, sodass ihr Handrücken über die kleine Wölbung rieb, die gewöhnlich von einem dunklen Dreieck verdeckt wurde und bei Tammy rasiert und samtweich war. Sie schielte zu Tyron Winchester, dessen verstohlene Blicke nun ihre Erregung anheizten, obwohl ihre erste Reaktion Flucht gewesen war. Aber eben dieses Quäntchen Verruchtheit, dieses Loslassen von allen Konventionen machte sie unglaublich heiß. Tamara erkannte sich selbst nicht wieder! Da standen zwei Männer vor ihr, die beobachteten, wie ihre Hand zwischen ihren weit gespreizten Schenkeln verschwand und über ihre Scham glitt. Erschrocken bemerkte Tammy die Feuchtigkeit an ihrem Unterleib. Die cremige Nässe klebte an ihrer Hand, die sich unentwegt vor und zurück bewegte und somit sanft über ihre Klitoris glitt, als würde sich ein Glied an ihr reiben zwecks Vorbereitung, um schon bald wie ein glitschiger Wurm in sie hineinzustoßen.

Ihre Lust wuchs. Sie genoss es mittlerweile, sich vor den Augen von Dorian und Tyron selbst zu befriedigen. Da kam Tammy eine Idee. Dorian wollte nicht an ihrer Triebhaftigkeit aktiv teilhaben? Er würde es bereuen! Um ihn zu reizen, schloss sie die Augen. Sie stöhnte sinnlich und lehnte sich lasziv gegen das Gitter. Begleitet von einem Seufzer spreizte sie die Finger und rieb mit Zeige- und Ringfinger je über eine große Schamlippe. Immer wenn ihr Mittelfinger die Klitoris streifte, wimmerte sie leise. Ihre Labien schwollen an. Tammy spürte ihre eigene Hitze an den Fingerspitzen. Sie drang mit dem Mittelfinger in sich ein, aber durch die Fessel an ihrem Hals kam sie nicht weiter.

„Du möchtest etwas in dir spüren?“, fragte Dorian mit einem geheimnisvollen Unterton in der Stimme.

Das konnte nichts Gutes verheißen, befürchtete Tammy und war gleichzeitig gespannt, welche Überraschung er nun wieder für sie bereithielt.

Er hielt die Gerte hoch und begutachtete den Nubukgriff. Zufrieden lächelte er.

Tammy rang um ihre Fassung. „Das kann nicht dein Ernst sein! Oh doch, es ist dein Ernst. Das, was du vorhast, ist aber unmöglich! Du kannst nicht den Griff in meiner Vagina versenken. Er würde nicht passen. Er ... er ... er ist viel zu groß und hart und würde mir wehtun, mich vielleicht sogar verletzen.“

„Warum sparst du dir nicht deine Kraft für den Orgasmus, wo du doch weißt, dass es geschehen wird, egal wie sehr du jammerst?“ Lässig ging er zu ihr. Er hielt ihr den Griff vor die Nase. Dann geschah alles so schnell, dass Tammy sich kaum wehrte. In Windeseile löste er ihre beiden Fesseln. Er drängte sie zu dem Heuballen, der neben der Putzstation stand und legte sie mit dem Bauch darauf. Während Tyron neben Tammys Gesicht die Hufen des Wallachs ausschabte, öffnete Dorian Tamaras Beine und stellte seine Füße davor, sodass sie außerstande war, sie zu schließen. Mit seinem Körper fixierte er sie.

Er atmete schwer, als er den Nubukgriff der Gerte durch ihre triefenden Falten zog, ihn mit ihrer duftenden Nässe besudelte und ihr den aalglatten Ersatzdildo vor das Gesicht hielt. „Es wird nicht schmerzen. Du musst nur locker lassen. Entspann dich und genieße den Ritt, meine Stute." Er erhob sich ein Stück und setzte den Griff an ihre Scheide an.

Tammy versuchte sich nicht zu verkrampfen. Sie freute sich sogar auf die neue Erfahrung. Schon immer hatte sie hemmungslos sein wollen, trat aber lieber die Flucht an, als Mut zu beweisen und steckte die überschüssige Energie in die Arbeit. So wollte sie nicht länger leben! Dorian zwang sie auf sanfte Weise, sich seinem Liebesspiel zu ergeben, und sie war sicher, er würde sie tatsächlich gehen lassen, wann immer sie darum bitten würde.

Langsam wurde ihr Becken lockerer. Sie spürte den leichten Druck der Gerte, die sich Einlass verschaffte. Immer kräftiger drängte sie sich hinein in Tammys Vagina, wollte sie ausfüllen, sie besitzen – und Tamara gierte danach, das harte Ding in sich spüren. Dorian führte den Griff vorsichtig ein, drehte ihn langsam in ihrer Scheide wie eine Schraube. Schmatzend gab ihre Vagina nach und nahm die Gerte in sich auf. Als der Griff komplett in ihr steckte, begann Dorian ihn ein Stück herauszuziehen, um ihn gleich darauf wieder hineinzupressen. Immer fordernder wurden seine Bewegungen. Rhythmisch nahm Dorian Tamara mit Hilfe einer Gerte. Der Nubukgriff stieß in sie hinein, als wäre es Dorians Phallus, und doch war es verruchter, eben weil es ein Objekt war, durch das er Tammy nahm. Allein dieses Bewusstsein heizte Tamara ein, ebenfalls die Gewissheit, dass Tyron sie beobachtete, während Dorian sie immer mehr an den Rand des Wahnsinns trieb. Ihr Stöhnen schwoll an, ebenso ihre Erregung, sodass sie ihre Finger in das Heu krallte und schließlich einen kurzen Schrei ausstoßend zuckend auf dem Ballen zusammenbrach. Erschöpft lag sie dort und nahm nur entfernt wahr, wie Dorian den Griff aus ihrer Scheide zog. Er streichelte ihren Rücken, ließ ihr das Nachglühen. Müde setzte Tammy sich auf. Dorian reichte ihr ein Handtuch, mit dem sie ihren Unterleib trocken rieb. Während Tyron den Rappen sattelte, zog sie Slip und Bluse an. Sie wollte nur noch nach Hause. Ihr Bett rief, und der Weg bis zum Norfolk Square war weit.

Dorian küsste sie ein letztes Mal. „Tyron fährt dich heim." Dann sprang er auf den Wallach, bereit in die Nacht hinauszureiten. Doch zuvor sagte er: „Du hast dir ein weiteres Puzzleteil verdient, Tammy."

Sie horchte auf. Wut zeichnete sich auf Dorians Gesicht ab. Sie verstand seinen plötzlichen Sinneswandel nicht.

„Sophie Langsdale, geborene Ashford, ist deine Vorfahrin. Du stammst aus der gleichen Blutlinie. Daher rate ich dir, sei auf der Hut", sprach er und galoppierte davon. Tamara war wie vor den Kopf gestoßen. Welch eine Neuigkeit! Er teilte ihr das mit und ritt davon, raubte ihr damit die Möglichkeit ihn auszufragen. Dorian war und blieb ein Schuft!

Tyron, der Tammy in die City fuhr, und den sie mit Fragen bombardierte, murmelte lediglich: „Ich bin diskret, in jeder Hinsicht, Miss."

Vor wem sollte sie auf der Hut sein? Welche Konsequenzen hatte es, dass sie Sophies Nachfahrin war? Wieso hatte er mit der Nachricht hinter dem Berg gehalten? Er versteckte etwas, aber aus irgendeinem Grund ließ er sie Stück für Stück an seinem Geheimnis teilhaben.

Als Tammy endlich in ihren eigenen vier Wänden nach einer heißen Dusche im Bett lag, ließen sie die Gedanken an ihre Verwandte nicht ruhen. Sie war nicht länger erschöpft, sondern hellwach. „Die Antworten auf meine Fragen finde ich nur in Sophies Memoiren", sagte sie sich und nahm das Lederbuch.

Schweren Herzens ließ ich mich auf den Stuhl hinter der Bar sinken, nahm das Geschirr aus der Waschschüssel und trocknete es lustlos ab. Meine Gedanken wanderten immer wieder zu Jeremy und seinem Angebot, mich zu seiner ewigen Gefährtin zu machen. Wie sollte ich mich entscheiden? Was ich auch tat, ich konnte nur verlieren.

Vater, Elisa und Martha waren längst aufgestanden und gingen ihrem Tagewerk nach. Aus der Küche hörte ich ein Husten und Qualm kam unter dem Türspalt hervor. Der Geruch frisch gebackenen Brotes stieg mir in die Nase. Alles war genauso wie immer.

Meine Familie ahnte nicht, wo ich die letzte Nacht verbracht hatte, und dass ich erst am Morgen ins Ashford's Pub zurückgekehrt war. Ich hatte das Pferd in der Nähe der Docks zurückgelassen und war den langen Weg von London nach Westminster zu Fuß gelaufen. Die Hafenarbeiter würden das Tier früher oder später finden und auf das Handelsschiff bringen.

Gedankenversunken blickte ich zum Almanach der Rituale, den ich neben mir auf einen Schemel gelegt hatte, als Martha aus der Küche kam.

„Dein Vater kann mir sagen was er will, aber der Ofen funktioniert nicht! Er müsste mal wieder entrußt werden. Ich bin fast erstickt, als ich das Brot herausnahm. Die ganze Küche qualmt schon." Sie trat näher an mich heran und hielt plötzlich inne. „Oh Kind, wie siehst du denn aus? Hast du schlecht geschlafen?"

„Um ehrlich zu sein, ich habe kein Auge zugetan."

„Wie schrecklich. Liebeskummer?"

Martha hatte ins Schwarze getroffen. Zwar war ich mir Jeremys Liebe gewiss, dennoch konnten wir nur zusammen sein, wenn auch ich eine Untote und somit unsterblich wurde. Vater würde es mir nie verzeihen, wenn ich mich für die Seite der Vampire entschied. Konnte ich damit leben, meine Familie für immer zu verlieren? Martha sah mich mit ihren gutmütigen Augen an. Wie gern hätte ich mich ihr anvertraut. Doch ich konnte es nicht! Sie wusste nicht einmal, dass Vampire existierten.

Marthas Blick fiel auf das Buch, das ich aus der Bibliothek der „Condannato" unerlaubt mitgenommen hatte. Sie hob es auf und betrachtete es irritiert von allen Seiten. Auf dem Einband klebte noch immer eine dicke Staubschicht

„Ich wusste gar nicht, dass du lesen kannst, Schatz."

„Das kann ich auch nicht."

„Welchen Sinn hat ein Buch, wenn man nicht darin lesen kann?"

„Ich muss nur jemanden finden, der es mir vorliest. Eine Passage ist auch in Latein, sagte man mir."

„Dann solltest du dich an Mister Ignatius wenden."

„An Ignatius? Wieso ausgerechnet an ihn?"

„Er hat gestern Abend ein paar Schriftstücke übersetzt. Ich bin mir sicher, er kann dir weiterhelfen. Ich glaube, er ist so eine Art Gelehrter, oder wie man diese klugen Köpfe heutzutage nennt. Er drückt sich immer sehr gewählt aus. Macht einen klugen Eindruck auf mich, der Mann. Du solltest ihn fragen."

Mir war nicht wohl bei der Sache. Um Ignatius machte ich lieber einen großen Bogen. Mein Misstrauen ihm gegenüber war viel zu groß, als dass ich mich auf ihn einlassen wollte. Andererseits war er womöglich meine einzige Chance. Wer sprach und verstand schon Latein? Die meisten Menschen konnten nicht einmal in ihrer eigenen Sprache lesen und schreiben. Und an einen Priester wollte ich mich nicht wenden. Sicherlich sah er im Almanach der Rituale eine Fibel über die Schwarze Magie oder die Teufelsanbetung. „Vielleicht hast du recht, Martha. Fragen kostet nichts." Martha nickte zufrieden und verschwand wieder in der Küche.

Ignatius ließ auch an diesem Morgen nicht lange auf sich warten. Schlaftrunken kam er die Treppe heruntergewankt und setzte sich an seinen Stammtisch. Die Beine legte er ausgestreckt auf den Stuhl neben sich. Offensichtlich fühlte er sich bei uns schon wie zu Hause. Dango nahm ihm gegenüber Platz. Ohne sich die Hand vor den Mund zu halten, gähnte er ausgiebig und rieb sich den Schlaf aus den Augen. *Vielleicht haben die beiden die Nacht auch nicht in ihren Betten verbracht,* vermutete ich und eilte mit einem Brotkorb beladen auf sie zu.

„Darf ich mich zu Euch setzen?", fragte ich und stellte den Weidenkorb vor Dangos Nase ab.

„Guten Morgen, Miss Sophie. Natürlich. Setzt Euch nur. Was für eine unerwartete Ehre." Ignatius lächelte charmant. Dango sagte nichts und starrte mich nur mit seinen kleinen Schweinsaugen argwöhnisch an, bevor er eine Brotscheibe aus dem Weidenkorb nahm und sie entzweibrach. Gierig stopfte er sich den noch warmen Teig in den Mund.

„Ich brauche Eure Hilfe."

„Meine Hilfe, Miss Sophie? In welcher Angelegenheit?"

Ich zog den Almanach unter meinem Leinenhemd hervor, schlug die Seite mit dem lateinischen Text auf und reichte Ignatius das verschmutzte Büchlein. Stirnrunzelnd überflog er die Zeilen. „Rituale? Seid wann beschäftigt Ihr Euch mit Magie?"

„Könnt Ihr die Schrift lesen?" Ich deutete auf den lateinischen Text oder zumindest das, was ich in meiner Unerfahrenheit dafür hielt.

„Das könnte ich." Er blätterte interessiert durch die vergilbten, handgeschriebenen Seiten, bis etwas auf der Innenseite des Einbands seine Aufmerksamkeit erregte. Fassungslos schüttelte er den Kopf. „Woher habt Ihr dieses Werk?"

„Das ist im Moment nicht wichtig. Bitte helft mir, Ihr müsst den lateinischen Text für mich …"

Ignatius fegte plötzlich den Brotkorb samt Aufschnitt vom Tisch, beugte sich zu mir vor und funkelte mich gefährlich an. Ich erschrak dermaßen, dass ich sekundenlang nichts tun konnte, außer stocksteif dazusitzen und ihn anzustarren. Aus dem Augenwinkel sah ich, dass es Dango nicht anders ging.

„Condannato! Sagt Euch der Name etwas?"

Mir blieb das Herz fast stehen. Woher wusste Ignatius von den Vampiren? Das alles musste ein böser Traum sein!

„Nein … den … Namen habe ich noch nie gehört." Meine glühenden Wangen straften mich Lügen. Er hatte mich längst durchschaut, wenn er kein Narr war.

„Das Buch stammt aus ihrer ‚Loge'! Das Siegel auf der Innenseite verrät es! Ich weiß, dass Ihr Kontakt zu ihnen habt. Sophie, ich muss Euch warnen, Ihr spielt mit Mächten, die Ihr nicht versteht."

„Ist alles in Ordnung?", fragte Martha besorgt und kam aus der Küche geeilt. Der Lärm musste sie angelockt haben. Ignatius lehnte sich wieder zurück und atmete tief durch. Ich sah ihm an, dass es ihm schwer fiel, sich zu entspannen.

„Natürlich. Alles bestens!" Ich wollte die Schankmagd nicht auch noch in Schwierigkeiten bringen.

„Dann ist es gut, ich dachte schon, ihr würdet euch streiten. Seht mal hier, ich habe Kuchen gebacken. Ihr seid die Ersten, die probieren dürfen." Mit einem strahlenden Lächeln stellte sie ein Tablett mit drei gleichgroßen Stücken auf den Tisch. Dango lief das Wasser im Munde zusammen. Ich hingegen konnte in dieser Situation keinen Bissen herunterbekommen.

„Vielen Dank, Miss Martha. Ich bin sicher, Ihr habt Euch wieder einmal selbst übertroffen", schmeichelte ihr Ignatius.

Martha lief rot an wie ein junges Mädchen, winkte verlegen ab und sagte: „Probiert doch erst einmal, bevor Ihr Euch ein Urteil bildet. So, jetzt will ich Euch aber nicht länger aufhalten. Ihr habt sicher noch einiges zu besprechen."

Martha zwinkerte mir zu und verschwand wieder in ihrem Küchenreich.

„Sie kann wirklich gut backen", sagte Dango schmatzend.

„Dafür haben wir jetzt keine Zeit", ermahnte Ignatius seinen Helfer und riss ihm das Stück Sandkuchen aus der Hand, bevor er sich wieder mir zuwandte.

„Ich denke, wir sollten uns unterhalten, Miss Sophie!"

„Ich sehe keinen Grund, warum ich das tun sollte!"

„Ach nein? Dann ist Euch also nicht am Wohl Eurer zauberhaften Schwester gelegen?"

Ich spürte, wie mir förmlich die Farbe aus dem Gesicht wich. Wieso kam er ausgerechnet jetzt auf Elisa zu sprechen? Was hatte sie mit der ganzen Sache zu tun?

„Es ist nur allzu offensichtlich, dass Miss Elisa unter Wahnvorstellungen leidet. Sie spricht andauernd von Vampiren und einem nicht vorhandenen Kind. Menschen wie sie gehören in ein Tollhaus. Kennt Ihr ‚Bedlam'? Nein? Dann will ich Euch aufklären So wird das Bethlehem Hospital in London genannt. Bedlam ist der Ort der Verrückten. Und wisst Ihr auch, wie man mit ihnen umgeht? Ich sage es Euch. Dort gibt es keine Betten. Die Irren werden angekettet und schlafen auf Stroh. Manchmal werden sie auch gegen Bezahlung einem schaulustigen Publikum vorgeführt. Denkt Ihr, Elisa würde es dort gefallen?"

„Ihr seid … ein … Schwein!", schrie ich ihn an.

„Bitte, bitte. Beruhigt Euch. Nicht so laut. Wir wollen doch nicht, dass die gute Martha misstrauisch wird, oder?"

Ich biss mir auf die Unterlippe. Der Kerl hatte mich plötzlich in der Hand, und es gab nichts, was ich dagegen tun konnte.

„Was habt Ihr nun vor, Ignatius?"

„Begleitet Dango und mich auf mein Zimmer. Dort wird uns niemand stören, und wir können in Ruhe reden. Seid Ihr damit einverstanden?"

Was blieb mir anderes übrig, als den Vorschlag anzunehmen? Ich folgte den beiden in den ersten Stock.

Ignatius ließ uns in sein Zimmer ein, setzte sich auf seine Liege und bot mir einen Stuhl an. Auf seinem Tisch entdeckte ich eine Sammlung von Pflöcken. Einige waren aus Holz, andere sogar aus Metall. Dango stand wie ein Wachhund hinter mir, bereit, sich auf mich zu stürzen, sollte ich auf den Gedanken kommen zu fliehen.

„Ihr habt es sicher längst erraten. Mister Perres und ich sind Vampirjäger. Und wie wir feststellen durften, gehören wir derselben Organisation an wie einst Euer Freund Jeremy, bevor er ein Vampir wurde."

„Ihr wisst von ihm?"

Ich erinnerte mich an die schwarze Verfärbung an seiner Bisswunde, die ich für ein Muttermal gehalten hatte. Dann fiel mein Blick auf Ignatius Tätowierung. Trugen beide Männer das gleiche Zeichen?

„Der Streit zwischen Mister Wellingham und Eurem Vater war nicht zu überhören. Aber eigentlich war es Elisa, die uns auf seine Spur brachte. Im Gegensatz zu allen anderen, die ihre wirren Geschichten hörten, glaubten wir ihr und stellten unsere Nachforschungen an."

„Kommt zur Sache. Was verlangt Ihr von mir?", knurrte ich.

Ignatius lehnte sich zurück, verschränkte die Arme vor der Brust und schüttelte amüsiert den Kopf. „Ihr habt es noch immer nicht verstanden, Sophie. Wir sind die Guten! Wir möchten Euch helfen, die Menschheit von dieser Pest zu befreien, die sich immer mehr ausbreiten wird, wenn wir sie nicht eindämmen. Ich weiß nicht, was Euch dieser Vampir erzählt hat, dass Ihr ihm blind vertraut. Eines ist sicher, er stellt eine Gefahr für Euch dar! Ihr seid doch ein anständiges, unbescholtenes Mädchen. Wieso zieht Euch das Böse so sehr in seinen Bann? Sagt mir, glaubt Ihr an Gott?"

„Ja, das tue ich! Aber was hat das mit den Vampiren zu tun?"

„Der 'Orden des heilbringenden Lichts' handelt in seinem Namen. Gott hat die Kreaturen der Finsternis nie geduldet. Sie sind die Kinder Liliths, der ersten Frau Adams, die sich gegen ihn auflehnte und aus dem Paradies floh, um sich in einer Schlucht mit den Dämonen zu vereinen. Seitdem verbreiten sich ihre unsterblichen Zöglinge unaufhaltsam auf der ganzen Welt. Jede Nacht werden es mehr. Ihr, Sophie, könnt uns helfen, wenigstens einen Teil von ihnen zu vernichten! Führt uns zur ‚Loge'!"

„Das werde ich niemals tun, die Vampire sind nicht bösartig!" Am liebsten hätte ich ihm ins Gesicht gespuckt, doch Dango packte mich an der Schulter und drückte mich auf den Stuhl zurück.

„Zu schade, Sophie. Ich hatte gehofft, wir würden uns einig. Vielleicht solltet Ihr Euch schon einmal von Eurer Schwester verabschieden? Lange wird sie hier nämlich nicht mehr wohnen."

Panik stieg in mir hoch. Würde Ignatius seine Drohung wirklich wahr machen? So grausam konnte er doch nicht sein!

„Habt Ihr kein Herz? Elisa liebt Euch!"

„Ich weiß. Deshalb wird sie mir auch bereitwillig nach London folgen. Die Kleine vertraut mir. Es ist rührend." Ignatius schnippte mit dem Finger. Sofort eilte Dango aus dem Zimmer, um kurze Zeit später mit Elisa im Schlepptau zurückzukehren.

„Guten Morgen, Samuel. Hallo Sophie! Du wirst es nicht glauben, ich fahre mit Mister Ignatius nach London!" Elisa strahlte über das ganze Gesicht. In ihrer Unschuld ahnte sie nicht einmal, welch grausames Spiel dieser Mann mit ihr trieb.

„Hast du deine Sachen schon gepackt, mein Herz?"

„Ja, sie liegen in einer Tasche unter meinem Bett. Ich habe sie dort versteckt, damit Papa sie nicht sieht. Wann geht die Reise los?"

„Noch heute!" Ignatius sah mich herausfordernd an. Langsam beugte er sich zu mir vor und flüsterte in mein Ohr: „Elisas Schicksal liegt in Eurer Hand. Wir beide wissen, dass sie die Behandlung in ‚Bedlam' nicht überleben wird. Sie wird elendig eingehen. Könnt Ihr mit der Schuld leben?"

Tamara machte in dieser Nacht kein Auge zu. Übermüdet und gleichzeitig innerlich aufgewühlt schleppte sie sich am nächsten Morgen in die Werbeagentur, wo Sally sie mit den Worten empfing: „Du siehst ja aus wie ein Gespenst."

„So fühle ich mich auch", feixte Tammy und schüttete sich eine Tasse starken Earl Grey Tee ein, „als wäre ich bereits gestorben."

Viele Tassen Tee folgten. Die nächsten Tage waren gespickt mit Konferenzen, die bis nachts dauerten und Tammy die letzten Kraftreserven raubten. Wenn sie völlig am Ende nach Hause kam, schaffte sie es gerade noch, ihren Kater Grey zu füttern und kurz unter die Dusche zu springen. Sophies Lederbuch schenkte sie jedes Mal, bevor sie die Nachttischlampe ausschaltete, einen ängstlichen Blick. Zur Hand nahm sie es nicht. Dafür fehlten ihr die Energie und vielleicht auch der Mut, denn sie wusste, alles, was sie von nun an lesen würde, verhieß nichts Gutes.

Je weiter sie in die Geschehnisse des 18.Jahrhunderts eingeweiht wurde, desto mehr zog sich der Strick um ihren eigenen Hals zu. Auf seltsame Weise hatte die weit zurückliegende Vergangenheit, die Geschichte um Sophie Ashford und Jeremy Wellingham, Auswirkungen auf ihr eigenes Leben.

Lag das Unheil darin, dass Mensch und Vampir nicht zusammenpassten? Hase und Fuchs konnten einfach keine Bindung eingehen. Und doch versuchten Sophie und Jeremy genau das auf Biegen und Brechen. Die Liebe zu einem Blutsauger hatte der 18-Jährigen nicht nur Ärger mit ihrem Vater eingebracht, sondern auch einen Vampirjäger auf ihre Fährte gelockt. Nun stand Sophie vor einer der schwersten Entscheidungen ihres jungen Lebens! Sie würde entweder ihre Schwester Elisa ins Unglück stürzen oder die „Loge" verraten und somit Jeremy für immer verlieren. Aber Dorian war ebenfalls ein Mitglied der „Loge Condannato", und er lebte drei Jahrhunderte später noch. Was war nur vorgefallen?

Tammy wollte es gerne wissen und gleichzeitig fürchtete sie die Wahrheit. Eines Morgens, als die Hitze ein wenig nachgelassen hatte und angenehm frische Luft in die Wohnung geweht war, hatte Tamara sogar einen Moment daran gedacht, Sophies Memoiren einfach in den Müll zu werfen und nie wieder einen einzigen Gedanken an Vampire zu verschwenden. Doch welchen Sinn machte dieser Schritt, wenn sie durch Dorian immer wieder daran erinnert werden würde?

Vielleicht stand Tammy schon bald vor einer ähnlichen Entscheidung wie Sophie damals. Dorian war sehr wohl in der Lage, Samantha mit seinem vampirischen Charisma um den kleinen Finger zu wickeln und sie auch noch glauben zu lassen, einen großen Fang gemacht zu haben. Tamara fühlte sich verantwortlich für Sammy Jo. Sie musste ihre jüngere Schwester vor dem Schicksal bewahren, das Dorian für sie geplant hatte. Aber wie sollte Tammy das anstellen, wenn sie sich weigerte, die Memoiren weiterzulesen?

„In was bist du nur hineingeraten, Sophie?", murmelte Tamara. „Und warum werden ich und meine Familie mit hineingezogen, obwohl die Ereignisse sehr weit zurückliegen?"

Unentwegt grübelte sie darüber nach, selbst während der zahlreichen Meetings, sodass ihr Chef sie schon in einer Kaffeepause zur Seite nahm und fragte: „Ist jemand in Ihrer Familie gestorben? Sie wirken geistesabwesend."

„Gestorben? Nein", antwortete sie verlegen und fügte in Gedanken hinzu: *Noch nicht.*

Eventuell hatte Dorian auch vor, die Malts und auch Marcus zu Vampiren zu machen. Tammy konnte das zwar nicht glauben. Doch was wusste sie schon über diesen Mann?

Wenn die Blutsauger Anwärter ausbildeten, wie Marcus einer war, hatten sie wohl kaum Nachwuchssorgen. Nein, das konnte es nicht sein. Es fehlte noch ein Puzzleteil, ein sehr wichtiges, damit Tammy verstehen konnte, was vor sich ging.

Kalestra! Sie fröstelte bei dem Namen und gleichzeitig stieg eine tiefe Traurigkeit in ihr auf, denn die Vampirin war Dorians Gefährtin, ein Platz, den Tamara gerne eingenommen hätte – trotz aller Widrigkeiten. War sie tatsächlich süchtig nach dem reifen Vampir mit dem unwiderstehlichen Charisma?

„Du denkst schon wieder an diesen geheimnisvollen Mann, von dem du mir nicht erzählen willst, wer er ist – stimmt es?“, hatte Sally sie in der Mittagspause gefragt.

Genervt rollte Tammy mit den Augen. „Ist es so offensichtlich?“

„Hast du ihn zur Rede gestellt, wie ich dir geraten hatte? Angriff ...“

„... ist die beste Verteidigung“, führte Tamara den Satz zu Ende. „Ja, aber das Treffen hat mehr neue Fragen aufgeworfen als Antworten gebracht.“

Sally legte ihr die Hand auf die Schulter. „Das hört sich alles gar nicht gut an. Wenn ich ehrlich sein soll, vergiss ihn. Ich sehe, dass du leidest, und du hast das nicht nötig.“

„Wenn das mal so einfach wäre.“

„Oh, du bist schon abhängig von ihm. Muss ja ein toller Hengst sein.“

„Du verstehst das nicht“, hatte Tammy erwidert und sich entschuldigt, um das WC aufzusuchen.

Es ging um mehr als nur um eine Liebesbeziehung. Elisabeth, George und Samantha Malt und ebenso Marcus Livingston – und sogar sie selbst waren Marionetten und Dorian der Puppenspieler. Ob ihre Eltern mehr wussten als Tamara? Sie würde nicht drum herum kommen, ihre Mutter und ihren Vater zu fragen. Aber wie um alles in der Welt sollte sie das Thema „Vampire“ auf den Tisch bringen?

Am Freitagabend fasste sie sich endlich ein Herz und entschloss sich, zur Malt'schen Villa nach Richmond-up-Thames zu fahren. Aber die British Railway wollte sie nicht benutzen. Zu tief hatte sich die Angst, die sie empfunden hatte, als sie nach dem ersten Meeting betreffend der Restaurantkette nach Hause gefahren war, in ihre Erinnerung eingebrannt.

„Auch falls es nur Verfolgungswahn war, die Qual mute ich mir nicht erneut zu.“

Tammy ging zum Taxi-Stand und stieg in ein Taxi. Zur Vorsicht hatte sie Wäsche mitgenommen, um im Notfall bei ihren Eltern übernachten zu können, denn sollten Elisabeth und George Malt nicht ausflippen, würde es eine lange Nacht werden. Sie stellte sich auf endlose Diskussionen ein. Besonders Samantha würde sich nur schwer von der Gefahr, die von Dorian ausging, überzeugen lassen.

Während das Taxi in den Südwesten Londons fuhr, strich Tamara über den Ledereinband des Buchs, das auf ihrem Schoß lag. Die Memoiren waren der beste Beweis. Etwas braute sich hinter dem Rücken der Malts zusammen, etwas, das bald über sie hereinbrechen würde. Aber Tammy wollte alles geben, um das Unheil abzuwenden! Nur gegen Dorian kannte sie kein Mittel. Sie liebte ihn. Das war ihr persönliches Unglück!

Erleichterung breitete sich in Tammy aus, als sie an der Villa in der Nähe des Marble Hills Parks im Südwesten Londons ankam. Sie bezahlte das Taxi, lief die Treppenstufen hoch und schloss die Tür auf.

„Oh, alle sind schon gegangen“, sagte Patricia, die Hausdame, die gerade im Flur die Lichter entzündete, da draußen bereits die Sonne am Horizont verschwand, als hätte sie es heute eilig.

Irritiert frage Tamara: „Was soll das heißen? Wohin sind sie gegangen?“

„Wahrscheinlich dachten ihre Eltern, Sie würden gleich zum Gestüt 'Ride through time' kommen und nicht erst hierher, sonst hätten doch alle auf Sie gewartet." Patricia lächelte verlegen.

Vor Schreck ließ Tammy ihre kleine Reisetasche fallen. „Wer ist alles dorthin gegangen und warum zur Hölle?“

Patricia missbilligte die Wortwahl und zog abfällig die Augenbrauen hoch. „Elisabeth, George und Samantha Malt und Marcus Livingston. Sie wurden von Mister Dorian Everheard zu einem Empfang geladen. Wussten Sie nichts davon?“

„Rufen Sie mir bitte ein Taxi. Ich fahre sofort zum Gestüt.“ Tammy fühlte sich wie gelähmt. Der Puppenspieler hatte an den unsichtbaren Fäden gezogen, und die Marionetten tanzten bereits nach seiner Pfeife. Tamara wurde fast wahnsinnig vor Angst. Ihre Familie befand sich mitten unter Vampiren. Die Nacht brach herein. Das Haus der „Loge Condannato“ würde zur Gruft für sie werden. Das durfte nicht geschehen! Wie konnte Dorian nur so weit gehen? Welches furchtbare Geheimnis trieb ihn dazu?

Mit zitternden Beinen stieg Tammy ins Taxi, das Lederbuch unter dem Arm. „Zum Gestüt ‚Ride through time’ in Richmond, bitte“, sagte sie und bat den Fahrer, das Licht im Taxi anzuschalten. Sie musste dringend weiterlesen!

„Führt uns zur ‚Loge’ oder schickt Elisa ins Verderben. Ihr habt die Wahl.“ Ignatius baute sich vor mir auf und grinste triumphierend. Eingeschüchtert sank ich in meinen Stuhl zurück und schluckte den dicken Kloß herunter, der sich in meinem Hals gebildet hatte. Ein Blick zu der naiven Elisa, die nichts ahnend zwischen Tür und Angel stand und sich auf einen aufregenden Ausflug nach London freute, verursachte mir Übelkeit.

Was sollte ich nur tun? Wie immer ich mich auch entschied, jemand, den ich liebte, würde leiden. Die Vampire konnten sich zumindest wehren, Ignatius und seinen speichelleckenden Gehilfen vielleicht sogar in die Flucht schlagen? Elisa hingegen war so hilflos wie ein Lämmchen, das nicht ahnte, dass es auf der Welt Böses gab. Sie besaß das Gemüt eines Kindes und war genauso leichtgläubig. In Ignatius Händen war sie Wachs. Ich wusste, sie würde alles tun, um ihm zu gefallen.

Vor meinem geistigen Auge sah ich Elisa in Ketten auf einem Strohballen liegen, von Fremden bespuckt und mit Steinen beworfen. Gott, dieses Bild tat mir im Herzen weh! Nein, ich durfte nicht zulassen, dass Ignatius sie ins Unglück stürzte.

„Also gut, Ihr habt gewonnen. Ich führe Euch zur ‚Loge’. Ich bitte Euch nur um eines, verschont meine Schwester.“

Samuel nickte ernst. „Ihr habt mein Wort darauf. Dango, bringe Elisa in ihr Zimmer zurück und besorge uns schnelle Pferde.“

„Jawohl, Mister Ignatius.“

Dango fasste Elisa am Oberarm und zog sie hinter sich her. „Ich dachte, wir wollen verreisen?“

„Unsere Pläne haben sich geändert, Miss“, hörte ich den schmierigen Gehilfen draußen im Flur sagen, bevor er die Tür hinter sich zuknallte.

Mit einem zufriedenen Lächeln nahm Ignatius die Holzpflöcke vom Tisch und stopfte sie in seine Tasche. Erhaben schritt er an mir vorbei zu seinem Bett und zog die Armbrust unter dem Holzgestell hervor. Beinahe zärtlich streichelte er den Spannhebel, als wäre die Waffe seine Geliebte.

„Ihr habt eine weise Entscheidung getroffen, Sophie. Ich bin stolz auf Euch. Der Herrgott wird es Euch danken."

Hätte er in mich hineinsehen können, hätte er gewusst, wie sehr mein Herz blutete. Ich fühlte mich miserabel, denn ich beging Verrat an dem Mann, den ich über alles liebte. Doch Ignatius ließ mir keine andere Wahl. Elisa würde die Behandlung im Tollhaus nicht überleben.

Wenige Augenblicke, nachdem er verschwunden war, kehrte Dango zu uns zurück. „Die Pferde stehen bereit, Mister Ignatius. Wir können aufbrechen."

Und das taten wir. Ich ritt voraus und führte die Männer nach Richmond. Kurzweilig spielte ich mit dem Gedanken, einfach davonzureiten oder Ignatius in die Irre zu führen. Doch ich wusste, seine Rache würde Elisa zerstören. Ich konnte nichts ausrichten. Was immer ich mir auch einfallen ließ, am Ende war es meine Schwester, auf die mein Vergehen zurückfiel.

Wir ritten über die endlosen Felder und Wiesen gen Südwesten, an einem Pinienwald vorbei, bis wir schließlich das flache „Logenhaus" in der Ferne erkannten. *Jetzt wird sich alles entscheiden*, dachte ich und sandte ein Stoßgebet nach dem anderen zum Himmel, dass Jeremy und seine Gefährten auf der Hut waren.

Auf einem Hügel brachten wir unsere Pferde zum Stehen und sahen auf den unscheinbaren Bauernhof hinab, der sich inmitten der Wildnis um Richmond befand.

„Das ist es?"

Ich nickte dem Vampirjäger zu.

„Also gut!" Mit einem Kampfschrei stieß er seine Stiefel in die Flanken des Tieres und ritt im Galopp den Hügel hinab auf das Haus zu. Dango und ich folgten ihm. Schon bald hatten wir ihn eingeholt. Ignatius sprang von seinem Ross und marschierte zielstrebig auf das Bauernhaus zu.

„Ich hoffe, Ihr treibt keine Scherze mit uns", zischte er wie eine Viper, als wir die Pferde vor dem flachen Gebäude zum Stehen brachten. Sicherlich konnte er sich nicht vorstellen, dass hier Vampire hausten. Wie sollte er auch? Selbst ich hatte anfänglich meine Zweifel gehabt.

„Der Hauptsitz der ‚Loge' liegt im Erdreich. Der Eingang in ihre Welt wird von zwei Menschen bewacht."

„Wollen wir hoffen, dass Ihr die Wahrheit sprecht. Andernfalls wird es Elisa schlecht ergehen."

Oh, ich wünschte, er hätte es nicht immer wieder gesagt. Er wusste genau, wie sehr ich um ihr Wohlergehen besorgt war und spielte mit meinen Ängsten, damit ich auf keine „dummen" Gedanken kam. Ich wollte mich erklären, als Dango sich plötzlich an mir vorbeischob.

„Mister Ignatius, wartet! Mir ist etwas Wichtiges eingefallen! Bevor wir das Haus betreten …"

„Was ist denn jetzt schon wieder, Dango?"

„Ist es nicht unklug, sich in das Reich der Vampire zu begeben? Sie werden wohl in der Überzahl sein!“

Ignatius versetzte Dango einen Schlag auf den Hinterkopf. „Idiot, du! Was habe ich dir beigebracht? Ob sie nun in einer Gruft, unter der Erde oder im Keller eines Hauses ruhen, am Tag verfallen sie in Starre! Das steht in allen erdenklichen Quellen. Sie können uns nichts anhaben. Aber wenn du diesem historischen Moment nicht beiwohnen willst – bitte, dann bleib eben hier draußen.“

„Nein, nein! So war das nicht gemeint, Mister Ignatius! Ich dachte nur ...“

„Dachte, dachte ... es wäre besser, du würdest deinen kleinen, runden Kopf zu etwas anderem gebrauchen. Das Denken liegt dir nämlich nicht. Überlass es besser mir, ich weiß, wovon ich rede. Und jetzt kommt. Vor Sonnenuntergang möchte ich hier weg sein.“

Demütig senkte Dango den Kopf und folgte uns nach drinnen. Wie erwartet stellten sich uns der Bauer und seine Frau in den Weg. „Was wollt Ihr? Ihr seid nicht berechtigt, hier einzudringen!“, sagte der Mann, doch Ignatius rammte ihm ohne Vorwarnung den Ellenbogen ins Gesicht. Alles ging so schnell, dass mir nicht einmal Zeit blieb, einen Schrei auszustoßen. Bewusstlos sackte der Bauer zusammen, während seine Frau die Flucht ergriff. Dango wollte ihr nach, doch Ignatius hielt ihn zurück.

„Lass sie, was kann sie schon ausrichten?“

Ich beugte mich zu dem Bauern herunter, der stark aus der Nase blutete. Sogar seine Lippe war aufgeplatzt.

„Verdammt, Ignatius! War das denn nötig?“, fuhr ich ihn an.

„Ich habe keine Lust, meine wertvolle Zeit mit Verrätern an der Menschheit zu vergeuden. Er wird es schon überleben. Und jetzt zeigt mir, wie wir in die Hallen der ‚Loge' gelangen. Ich bin gespannt.“

Ignatius schien mir noch immer nicht zu glauben, dass ich ihn an den richtigen Ort geführt hatte. Seufzend stand ich auf, lief zu der Stelle im Flur, wo der Hebel aus dem Mauerwerk ragte und drückte ihn mit aller Kraft hinein, so wie es der Bauer am Abend zuvor getan hatte. Sogleich schob sich die Wand mit einem Ächzen zur Seite und gab den Blick auf den Geheimgang frei.

Staunend lugte Ignatius in die Finsternis. „Beeindruckend. Wirklich beeindruckend.“

Dango reichte seinem Herrn und mir je eine Fackel, die er aus der Halterung an der gegenüberliegenden Wand genommen und mit dem Feuer einer Kerze angezündet hatte.

„Ihr geht vor“, bestimmte Samuel und stieß mich in Richtung Treppe. Mir blieb keine andere Wahl. Ich schluckte den dicken Kloß in meinem Hals herunter und stieg in die Dunkelheit hinab. Oh, wie sehr hoffte ich, dass die Wächter am steinernen Tor standen und Ignatius und Dango überwältigten, sobald sie die Eindringlinge bemerkten. Aber zu meiner Enttäuschung war niemand dort.

„Weiter, weiter!“, drängte Ignatius. Ich drückte die Pforten auseinander und gelangte in die dahinter liegende Eingangshalle, die genauso leer war. Wir sammelten uns in der Mitte unter der großen Kuppel.

„Es scheint niemand mehr hier zu wohnen“, wisperte Dango, sichtlich von der ungewöhnlichen Architektur beeindruckt.

Ignatius schüttelte den Kopf und deutete zu den verräterisch brennenden Kerzen. „Irrtum, mein Freund. Sie sind hier.“ Instinktiv nahm er seine Armbrust von der Schulter, als erwartete er einen Angriff aus dem Hinterhalt. In diesem Moment fiel eine Schar wild kreischender Vampire über uns her und umzingelte uns. Sie kamen aus allen Richtungen, aus jeder dunklen Ecke, jedem noch so kleinen Unterschlupf und stürzten sich auf uns wie die Motten auf das Licht.

„Verdammter Mist! Das ist eine Falle! Zum Angriff, Dango!“

Ignatius reichte seinem Gefährten die Fackel und spannte seine Armbrust. Verzweifelt versuchte Dango die Vampire, die gierig ihre Klauen nach ihm ausstreckten, zurückzutreiben. Tatsächlich wichen die Kreaturen der Nacht vor dem Feuer zurück.

„Dumme Menschlein, sehr dumme Menschlein!“, hallten ihre Flüsterstimmen durch den ganzen Raum.

„Ihr habt doch gesagt, die schlafen alle“, schrie Dango in Panik. Um ein Haar hätte Ernest McLane ihn erwischt. Das Gesicht des kauzigen Bibliothekars hatte sich zu einer Fratze des Grauens verformt.

„Ich habe mich eben geirrt!“, antwortete Samuel und wirbelte zu einer Vampirin mit flammenden Haaren herum, die aus dem Meer aus schwarzen Kutten stieg und sich mit einem unmenschlichen Schrei auf ihn stürzte. Geistesgegenwärtig hob Ignatius seine Armbrust. Kalestra sah in ihrem Wahn die Gefahr nicht und streckte gierig die klauenbespickten Hände nach dem Vampirjäger aus. Ihr Umhang flatterte hinter ihr her, als wären es zwei große, dunkle Schwingen.

„Nein!“, schrie ich so laut ich nur konnte. Aber Kalestra verstand meine Warnung nicht.

Ignatius legte die Armbrust an und zielte. Der Pflock schoss mit tödlicher Genauigkeit durch die Luft und rammte sich in Kalestras Herz. Die Vampirin schrie vor Schmerz. Ihre Augen traten vor Entsetzen aus den Höhlen, während ihre Haut wie heißes Wachs zu schmelzen begann. Binnen von Sekunden verfaulte ihr Körper zur Unkenntlichkeit. Das ausgedörrte Skelett fiel zu Boden und zerbrach in lose Einzelteile.

Für einen kurzen Augenblick hielten die Vampire inne. Selbst Ignatius wagte nicht zu atmen, als sich Dorian zu ihr herunterbeugte und ihre sterblichen Überreste beinahe zärtlich berührte. Kalestras Körper zerfiel unter seinen Fingern zu feinem, glitzerndem Staub. Fassungslos starrten die Blutsauger zu der Wolke aus Asche, die nur knapp über dem Boden schwebte. „Tötet sie! Tötet sie alle!“, durchbrach Dorians befehlsgewohnte Stimme die Stille. Dann gab er den Vampiren ein Zeichen, und auf sein Kommando begannen sie uns zu umkreisen. Ich wusste, dass wir hier nicht mehr lebend herauskommen würden. Verzweifelt blickte ich mich nach Jeremy um. Er war der Einzige, der uns jetzt noch retten konnte. Doch ich entdeckte ihn nirgends!

Logan schlug Dango in einem unachtsamen Moment die Fackel aus der Hand und warf sich zähnefletschend auf ihn. Der junge Mann kämpfte um sein Leben, strampelte verzweifelt mit den Beinen, aber Logans Zähne hatten sich längst in seinen Hals gebohrt. Auch McLane fiel über den Wehrlosen her. Gemeinsam saugten sie ihn aus.

„Flieht!", schrie mich Ignatius plötzlich an, packte meinen Arm und stieß mich zum Steintor. „Sie wollen mich, nicht Euch!" In diesem Moment griffen unzählige Hände nach ihm, rissen ihn an den Haaren, zerrten ihn einfach fort von mir. Die Klauen schlugen auch nach mir. Sie waren überall, vor mir, hinter mir. Schon sauste eine Krallenhand haarscharf an meinem Gesicht vorbei. Erschrocken wich ich zurück. Ich hatte Glück, die Vampire konzentrierten sich auf Ignatius, den ich inzwischen völlig aus den Augen verloren hatte. Nur wenige Blutsauger scherten sich um mich, und diese trieb ich so lange mit meiner Fackel zurück, bis ich den Geheimgang erreichte. Geistesgegenwärtig ergriff ich die Flucht und rannte, so schnell ich nur konnte, die Treppe hinauf. Das wilde Fauchen hinter mir trieb mich nur noch mehr an. Keuchend nahm ich mehrere Stufen gleichzeitig. Gleich hatte ich es geschafft! Nur noch wenige Schritte trennten mich vom Sonnenlicht. Mit letzter Kraft erreichte ich die Geheimtür, stolperte ins Bauernhaus und schleppte mich von dort ins Freie. Licht! Ich musste ins Licht! Nur dort war ich vor ihren Zähnen und Klauen geschützt. Warme Sonnenstrahlen empfingen mich, als ich durch die Tür schritt – ich war in Sicherheit! Hier draußen konnten mir die Vampire nichts antun. Erleichtert sackte ich auf die Knie und schnappte gierig nach Luft. Ich war völlig außer Atem. Meine Arme und Beine zitterten vor Anstrengung und Erschöpfung. Woher nur hatten die Vampire gewusst, dass wir sie überfallen würden? Als ich zu dem Haus zurückblickte, sah ich eine zierliche Gestalt am Fenster stehen. Die Bäuerin! Irgendwie musste es ihr gelungen sein, die „Loge" zu warnen! Ignatius brillanter Plan hatte ihm und Dango das Leben gekostet. Erschüttert stieg ich auf mein Pferd und ritt in Richtung Westminster. Den Tod der beiden Männer hatte ich mir, weiß Gott, nicht gewünscht. Wenigstens konnte Samuel Elisa nun nichts mehr anhaben. Und auch Jeremy war in Sicherheit vor dem gnadenlosen Vampirjäger.

Vater merkte sofort, dass etwas nicht mit mir stimmte. Ich war noch immer vollkommen aufgelöst, als ich das Pub betrat. Was ich soeben erlebt hatte, war schlimmer als jeder Alptraum. Erst jetzt wurde mir bewusst, in welche Gefahr ich mich begeben hatte. Die Vampire schreckten nicht einmal vor Mord zurück. Wollte ich überhaupt so sein wie sie? Würde sich mein Wesen verändern, wenn ich mich durch Jeremys Biss in eine Untote verwandelte? Ich ging die Treppe hinauf und lief zu meinem Zimmer, um mir ein sauberes Gewand anzuziehen. Meine Chemise war durch die Aufregung der letzten Stunden schweißnass und verschmutzt. Der Flur lag ruhig vor mir. Die Zimmer von Ignatius und Dango waren noch immer genauso, wie sie sie verlassen hatten. Nur ich wusste, dass die beiden Männer nicht mehr zurückkehren würden.

Als ich in den Schankraum zurückkam, erwartete mich ein ungewöhnlicher Gast an der Bar.

„Du hast Besuch", knurrte Vater erbost und deutete zu der deformierten Gestalt, die sich mit dem Oberkörper auf den Tresen gelegt hatte, als würde sie schlafen.

„Ich kümmere mich um ihn", versprach ich Papa. Ich wusste, dass er mit Vampiren und auch deren Dienern nicht mehr als nötig zu tun haben wollte.

Derartige Gesellen vertrieben die Kundschaft. Außerdem weckte jede dieser Kreaturen schmerzliche Erinnerungen in ihm.

„Gregory, welch Freude Euch zu sehen. Darf ich Euch etwas anbieten?"

„Ihr müsst England verlassen."

„Was redet Ihr?" Ich schenkte ihm einen Krug Bier ein und stellte es vor ihn auf den Tisch. Dann nahm ich das Geschirr aus der Waschschüssel und trocknete es mit einem Tuch ab.

„Keine Zeit für lange Erklärungen. Meister Jeremy schickt mich. Die Vampire wollen Euren Tod."

„Was?" Ich glaubte mich verhört zu haben! Wieso wollten die Vampire auch mich töten?

„Ihr habt die ‚Loge' verraten."

„Das stimmt nicht! Lasst mich erklären, ich wurde gezwungen! Ignatius erpresste mich."

„Das spielt keine Rolle mehr. Ihr habt Kalestra auf dem Gewissen. Sie starb durch Euren Verrat. Also hört mir zu, wenn Ihr überleben wollt. Nehmt die ‚Nightingale'. Sie liegt im Hafen von London und läuft heute Abend in die Neue Welt aus. Jeremy wird Euch dort erwarten und mit Euch gehen. Ihr habt keine Zeit zu verlieren. Wenn Ihr den Vampiren in die Hände fallt, seid Ihr des Todes."

Gregory kippte das Bier seine Kehle herunter und wischte sich schnaufend mit dem Handrücken über den Mund. Dann stieg er umständlich vom Stuhl. „Danke", grunzte er in seiner unnachahmlichen Art und hinkte zum Ausgang.

„Wartet! Das kann doch nicht Euer Ernst sein! Ihr könnt mich doch nicht einfach so stehen lassen! Was soll das? Ich kann England nicht verlassen", rief ich ihm nach. Aber er tat, als hörte er mich nicht.

Fassungslos ließ ich das Geschirrtuch sinken und sah zu Vater, der gerade ein Fass Bier aus unserer Vorratskammer hereinrollte.

„Papa, kann ich dich kurz sprechen? Es ist wichtig." Wenn es stimmte, was Gregory sagte, dann schwebte nicht nur ich in Gefahr, sondern meine ganze Familie. Vater setzte sich zu mir, und ich erzählte ihm von Ignatius, der in Wirklichkeit ein Vampirjäger war und von der Rache der „Loge Condannato".

„Wir dürfen diese Drohung nicht unterschätzen, Papa. Sie meinen es ernst."

„Ich weiß. Deswegen wollte ich nie etwas mit diesen Blutsaugern zu tun haben. Sie sind gemeingefährlich! Pack deine und Elisas Sachen. Wir müssen England verlassen. Uns bleibt keine andere Wahl." Vater sah mich vorwurfsvoll an. Seine Stimme klang bitter. Ich konnte nur zu gut verstehen, dass er wütend auf mich war.

„Und was ist mit dem Ashford's Pub? Ich weiß, wie viel er dir bedeutet!"

„Es ist mein Leben. Aber Elisa und du, ihr bedeutet mir weit mehr. Eure Sicherheit geht vor. Ich werde Mister Skykes das Gästehaus zum Verkauf anbieten. Mit dem Geld werden wir uns die Reise finanzieren und eine Existenz in der Neuen Welt aufbauen. Wir können es nicht mit der ‚Loge' aufnehmen."

Am Abend gingen wir gemeinsam mit Martha an Bord der Nightingale. Mister Skykes hatte Papa einen guten Preis für das Ashford's Pub gezahlt, so mussten wir uns nicht um unsere Zukunft in Amerika sorgen. Ich sah Vater, Elisa und Martha den Abschiedsschmerz an. Sie ließen Freunde und Familie zurück, um eine Reise ins Ungewisse anzutreten.

Ich wusste, dass Papa noch immer böse auf mich war. Auch wenn er sich bemühte, es nicht zu zeigen. Er gab mir die Schuld, und er hatte recht. Wegen meiner Liebe zu einem Vampir hatten wir unsere Existenz verloren.

Ich stand allein an der Reling und wartete auf Jeremy. Sehnsüchtig schweifte mein Blick über den Hafen und suchte jeden noch so dunklen Winkel nach seiner schlanken Gestalt ab. Doch ich entdeckte ihn weder an den Lagerhallen, noch in der Nähe der Hafenspelunke. Als die Matrosen den Anker lösten, geriet ich in Panik. Wir konnten doch nicht ohne ihn ablegen! „Der Zeitplan muss eingehalten werden“, sagte man mir …

Es war wohl höhere Gewalt, dass er das Schiff verpasste. Vielleicht hatte er sich verspätet, oder hatte er es sich am Ende gar anders überlegt? Die Vorstellung quälte mich ebenso wie die unruhige See. Die Reise begann an unseren Kräften zu zehren, beinahe täglich wurde ich seekrank. Wir waren alle heilfroh, als wir endlich wieder festen Boden unter den Füßen hatten. Kurz nach unserer Ankunft in der Neuen Welt wurde Vater ausgeraubt, sodass er gezwungen war, eine Arbeit zu suchen, um uns zu ernähren. Man verpflichtete ihn als Aufseher auf einer Baumwoll-Plantage in Maryland. Die Familie Langsdale nahm uns freundlich in ihrer Mitte auf und stellte Martha als Köchin und mich als Dienstmädchen ein. Elisa kümmerte sich um die Kinder.

Zwei Jahre nach unserer Ankunft in Amerika bat James Langsdale, der älteste Sohn der Familie, um meine Hand. Ich nahm seinen Antrag an und schenkte ihm im Abstand von drei Jahren zwei gesunde Jungen: James Junior und Andrew, der nach seinem Großvater väterlicherseits benannt wurde. Obwohl mein Herz für einen anderen schlug, führten wir eine glückliche Ehe. James war es, der mir das Schreiben und Lesen beibrachte, damit ich ihm im Büro aushalf. Bedauerlicherweise kam sein Ableben viel zu früh. Nach nur sechs Jahren Ehe wurde James auf der Jagd nach Wilderern, die die Gegend schon seit Monaten unsicher machten, erschossen. Nach James Tod saß ich vor einem großen Scherbenhaufen und wusste weder ein noch aus. Glücklicherweise unterstützten mich Papa und meine Schwiegereltern so gut sie nur konnten. Durch ihre Mithilfe erlebte unser Betrieb einen neuen Aufschwung. Die Nachfrage stieg, und unsere Baumwolle wurde in alle Teile der Welt exportiert.

Einen Tag vor ihrem 30. Geburtstag bekam Elisa hohes Fieber. Die Ärzte konnten nichts für sie tun, sie starb in meinen Armen. Nächtelang betete ich für sie und hoffte, dass sie im Himmelreich mit Mutter und ihrem Kind vereint sein würde. Vater ertrug den Verlust nicht und ertränkte seinen Kummer im Alkohol. Immer öfter verlor er die Beherrschung, manchmal schlug er Martha sogar. Als er auch noch sein Geld verspielte, kündigte Martha ihre Anstellung und reiste nach Virginia. Ich sah sie nie wieder. Papa hingegen lebte bei mir und meinen Söhnen bis zu seinem biblischen Alter von 71 Jahren. Er half auf dem Feld und im Büro, so gut er nur konnte.

Es kam der Tag, an dem mein jüngster Spross Andrew eine hübsche Engländerin kennenlernte und mit ihr in ihre Heimat zurückkehrte. Aus Angst, die „Loge Condannato“ könnte ihm etwas antun, nahm ich ihm das Versprechen ab, nie ein Wort über seine Abstammung zu verlieren. Er trug nicht den gebrandmarkten Namen Ashford, sondern den seines Vaters. Ich war mir sicher, die Vampire würden keine Verbindung zwischen uns herstellen.

Die Jahre zogen ins Land. James Junior übernahm die Leitung des Geschäfts, denn meine Kräfte schwanden von Tag zu Tag.

Nun ist es 1827, und ich schreibe seit Monaten an meinen Memoiren, fast täglich füllen sich die Seiten, und doch ist noch längst nicht alles erzählt. Ein Brief aus England erreichte mich erst vor wenigen Tagen. Andrew leitet nun ein Gästehaus in London und plant weitere Eröffnungen. Papa wäre stolz auf ihn. Und ich bin es auch. Er ist ein guter Junge. Genauso wie James Junior, der all seine Kraft in die Erweiterung der Plantage steckt. Wie lange werde ich ihn noch unterstützen können?

Mein Herz ist alt und schwach. Ich spüre täglich, dass es nicht mehr schlagen will. Nie hätte ich zu träumen gewagt, dass mir der Herrgott meinen größten Wunsch so kurz vor meiner letzten Reise erfüllen würde!

Gestern Abend riss mich unser Dienstmädchen Evi aus dem Schlaf. „Misses Langsdale, Misses Langsdale! Wacht auf!“, rief sie aufgeregt und rüttelte an mir, als wäre der Leibhaftige hinter ihr her.

„Zum Donnerwetter noch mal! Was ist denn in Euch gefahren? Soll mir das Herz stehen bleiben?“

Entrüstet richtete ich mich auf. Ich hatte bereits tief und fest geschlafen und verstand ihre Aufregung nicht.

„Ihr müsst Euch ankleiden. Ein Herr erwartet Euch im Salon.“

„Ein Herr? Ihr habt ihn um diese Uhrzeit eingelassen?“

„Er sagte, es wäre wichtig. Ihr würdet ihn kennen.“

„Hat er einen Namen genannt?“

„Jeremy Wellingham.“

Erschrocken schlug ich die Hände vors Gesicht. Allein seinen Namen zu hören, löste eine Vielzahl von Gefühlen in mir aus.

„Ist Euch nicht wohl, Misses Langsdale?“ Mit einem besorgten Gesichtsausdruck hielt mir Evi den Hausmantel auf. Ich kletterte mühsam aus meinem Bett und stieg ein. Das alles war zu viel für mein altes Herz!

„Seid bitte so gut und richtet ihm aus, dass ich jeden Augenblick bei ihm bin.“

„Sehr wohl.“ Sie knickste und verschwand.

Fassungslos ließ ich mich vor dem großen Spiegel nieder und betrachtete mein Selbst. Die Haare schimmerten in einem matten Grau, meine Augen waren müde und ohne Glanz. Die Falten mochte ich gar nicht mehr zählen. Mir gegenüber saß eine alte, verlebte Frau, die mir so merkwürdig fremd war. Wo war meine Jugend? Ich hatte doch nicht immer so ausgesehen! Beschämt knöpfte ich den Hausmantel zu, öffnete den Haarknoten und kämmte meine Locken mit einer weichen Bürste. Gott, ich hatte solche Angst ihm gegenüberzutreten.

Mit zitternden Knien verließ ich mein Gemach, wankte durch den Flur, blieb am Absatz der Treppe stehen und blickte über das Geländer in den Salon. Mir stockte der Atem, als ich Jeremy auf der Couch sitzen sah. Er hatte sich nicht verändert. Noch immer dieselben aristokratischen Züge, das lange Haar, die schlanken Hände. Er sah wie ein Adonis aus. So stolz, so strahlend. Gegen ihn war ich nur ein Schatten meiner selbst. Am liebsten wäre ich sofort wieder umgekehrt, um mein grauenhaftes Antlitz vor ihm zu verbergen. Noch hatte er mich nicht gesehen! Ich hielt mich doch selbst zum Narren, wenn ich glaubte, dass er mich noch immer liebte.

„Sophie!", rief Jeremy plötzlich und eilte die Stufen zu mir herauf. Ohne zu zögern schloss er mich in die Arme und küsste mich leidenschaftlich. Ich wusste nicht, wie mir geschah. Doch mir wurde vor Freude warm ums Herz.

„Endlich sehe ich dich wieder", sagte er außer Atem und griff mich bei den Händen. Ich wusste nicht, ob ich lachen oder weinen sollte. Sah er denn nicht, was aus mir geworden war? Oder war es ihm tatsächlich egal, dass eine Greisin vor ihm stand?

Zärtlich strich er mir eine graue Strähne aus dem Gesicht. In seinen Augen sah ich noch immer die Liebe wie damals, als er mich das erste Mal berührte.

Und doch war etwas anders an ihm. Ein stiller Schmerz lag in seinem Blick. Schmerz und Verbitterung.

„Wo bist du nur gewesen?", hauchte ich von seiner Zuneigung überwältigt. Wieso hatte er mich im Stich gelassen? Und wieso war er so unvermittelt zu mir zurückgekehrt?

„Es tut mir so leid, Sophie. Wenn ich es gekonnt hätte, wäre ich mit dir nach Amerika gefahren. Aber die ‚Loge' ließ mich nicht fortgehen. Ich wurde des Verrats beschuldigt, weil ich es war, der dich zu unserem Hauptsitz führte."

„Das ist doch Unsinn! Gregory zeigte mir den Weg."

„In meinem Auftrag! Ich ließ zu, dass er dir unser Geheimnis offenbarte. Hättest du den Weg nicht gekannt, hätten die Vampirjäger keinen Schaden angerichtet und Kalestra würde noch leben. Die Loge stellte mich vor Gericht und legte mir eine Strafe auf, die es mir unmöglich machte, dir zu folgen."

Er atmete schwer. „Sie sperrten mich für 40 Jahre in meinen Sarg. Nur ab und zu gaben sie mir das Blut einer Ratte zu trinken, damit ich nicht in Starre verfiel. Es war schlimmer als der Tod. Diese schreckliche Dunkelheit Tag und Nacht, eingesperrt auf engstem Raum – ich hatte nicht einmal die Möglichkeit, mich zu bewegen. Ich konnte nichts tun, außer dazuliegen und vor mich hinzuvegetieren. Nur der Gedanke an dich bewahrte mich davor, dem Wahnsinn zu verfallen."

Erschüttert streichelte ich seine kalte Wange. „Ich hatte keine Ahnung, was du durchmachen musstest. Ich glaubte, du hättest mich vergessen."

Er griff nach meinen Fingern und hauchte einen Kuss auf meine Handfläche. „Wie könnte ich? Ich liebe dich Sophie."

Diese Worte aus seinem Mund zu hören war so wunderbar. Tränen der Rührung stiegen mir in die Augen.

„Ich habe dich überall gesucht. Der Zufall wollte es, dass ich auf deinen Sohn Andrew traf. Er gab mir den entscheidenden Hinweis, wo ich dich finden konnte.

Doch ich zögerte. Ich wusste nicht, ob du mich sehen wolltest. Immerhin hattest du Kinder und womöglich einen Mann, den du liebtest. Doch meine Sehnsucht ließ mich nicht ruhen. Ich musste dich sehen, deshalb schmuggelte ich mich an Bord des nächsten Handelsschiffes, das nach Amerika fuhr und versteckte mich im Lagerraum, geschützt vor dem Sonnenlicht. Ich bin hier, weil ich deine Antwort wissen möchte."

„Meine Antwort?"

Er nickte. „Die Frage stellte ich dir schon einmal. Möchtest du meine Gefährtin für die Ewigkeit werden?"

Ich zögerte keinen Augenblick. „Ja." Nie zuvor war ich mir so sicher gewesen. Ja, ich wollte für immer mit ihm zusammen sein. Nichts und niemand sollte uns je wieder trennen.

„Es wird nicht weh tun, das verspreche ich."

Er knöpfte meinen Hausmantel auf, um meinen Hals zu befreien, doch ich schob sanft seine Hand zurück und schüttelte den Kopf. „Warte. Bevor du mich zu einer Unsterblichen machst, möchte ich noch ein letztes Mal das Tageslicht sehen."

Jeremy respektierte meinen Wunsch, und ich verabschiedete mich am nächsten Morgen von der Sonne und ihren wärmenden Strahlen. Nie mehr würde ich die Schönheit des Tages erleben.

Nun sitze ich hier in meinem Büro und schreibe diese letzten Zeilen, bevor ein neues Leben für mich beginnt. Jeremy hat sich in unser Kellergewölbe zurückgezogen, um dort den Tag zu verbringen. Bei Einbruch der Dunkelheit wird er zu mir kommen und mir die Unsterblichkeit schenken. Ein wenig fürchte ich mich, doch ich glaube, die richtige Entscheidung getroffen zu haben. Ach, ich bin so müde. Es fällt mir schwer, mich wach zu halten. Meine Hand zittert bei jedem Satz, den ich schreibe. Vielleicht lege ich mich doch noch einmal ins Bett. Ich möchte ausgeruht sein, wenn Jeremy mich heute Nacht aufsucht.

Tamara war kaum in der Lage, den Taxifahrer zu bezahlen. Als er fort fuhr, stand sie einsam in der Finsternis vor dem Tor des Gestüts. Die Kameras hatten sie längst erfasst. Surrend nahmen die Linsen Tammy ins Visier.

Bestimmt läuten drinnen schon die Alarmglocken, dachte sie, *und Dorian reibt sich die Hände, weil das Lamm eigenständig zur Schlachtbank kommt.* Aber sie würde alles, wirklich alles tun, um ihre Familie vor dem Tod zu retten.

Nun kannte Tamara die ganzen schrecklichen Ereignisse des 18.Jahrhunderts. Sophie hatte ihre außergewöhnliche Liebe zu Jeremy nicht ausleben können, aber zumindest waren die beiden am Ende zusammen gewesen.

Am Ende von was, fragte sich Tammy. Der letzte Satz brach mittendrin ab. War Sophie verstorben? Hatte Jeremy sie gebissen, ohne ihre Entscheidung abzuwarten? Oder hatte Dorian Everheard sie aufgespürt?

Dorian, der Jäger. Er hatte damals Sophies Fährte aufgenommen und zielte nun auf sie, Tamara, die nichts mit den Verwicklungen im Jahre 1783 zutun gehabt hatte und trotzdem Dorians Rache zu spüren bekam.

„Ihr stammt aus derselben Blutlinie“, rezitierte sie ihn und schlussfolgerte: „Das nennt man dann wohl ‚Geerbte Schuld‘.“ Sie spürte einen Stich im Herzen. Weshalb hatte er sie nicht einfach erlegt wie der Löwe die Gazelle?

Warum hatte es ausgerechnet Kalestra treffen müssen, fluchte sie innerlich. Sophie war verantwortlich für den Tod der Vampirin, und nun wollte Dorian ihre gesamte Verwandtschaft auslöschen. Zumindest vermutete Tammy das. Sie hielt das letzte Puzzelteil in der Hand. Kalestra, das Geheimnis um den Verbleib von Dorians Gefährtin im 18.Jahrhundert war gelöst, doch diese Erkenntnis machte alles nur noch schlimmer.

Plötzlich ging das Eisentor auf. Tyron Winchester kam mit dem Elektroauto auf sie zu, umrundete sie und hielt neben ihr. „Guten Abend, Miss Malt. Steigen Sie bitte ein.“

Der Verwalter bedachte sie nicht mit einem schmierigen Lächeln als Anspielung auf das explosiv-erotische Spiel im Reitstall und seiner eigenen Rolle als Voyeurist. Tammy empfand Dankbarkeit und stieg ein. Der Verwalter schien ein Gentleman zu sein.

Diesmal brachte Tyron sie zum Hauptgebäude, einem langen, flachen Haus, das einen Mix aus schottischer Noblesse und amerikanischer Ranch darbot. Es war in keinster Weise so, wie Tamara es sich vorgestellt hatte, denn Sophie hatte von einem Bauernhaus geschrieben. Das Gebäude bestand nur aus dem Erdgeschoss. Dunkelblaue Samtvorhänge verschlossen die Fenster. Eine kleine Holzveranda, auf dem Kübelpflanzen um ein dreistufiges Treppengestell mit Kräuterkästen drapiert waren, diente als Eingangsbereich.

Tamara betrat das Haus und legte das Buch mit dem Ledereinband auf einen Tisch neben der Tür. Die Gäste in der Lobby starrten sie verwundert an. Tamaras Herz rutschte in die Hose. Waren das Vampire?

„Wo sind meine Eltern?“, fragte Tammy hastig.

Tyron führte sie in den Tanzsaal, und Tamara fiel ihnen um den Hals, als hätte sie Mutter und Vater jahrelang nicht mehr gesehen.

Elisabeth Malt strahlte. „Mein Kind, wie wunderbar, dass du auch gekommen bist. Wir wussten ja nicht, ob du eingeladen warst. Dorian hatte uns recht kurzfristig Bescheid gesagt.“

„Und du bist ja nie telefonisch zu erreichen“, mahnte ihr Paps.

Vage erinnerte sich Tamara daran, auf ihrem Handy einen Anruf in Abwesenheit gehabt zu haben. Sie atmete auf. Ihren Eltern ging es gut – noch. „Wo ist Samantha?“

„Sie tanzt mit Mister Everheard.“ Ihre Mutter zeigte auf die Tanzfläche.

Tatsächlich wiegten sich die beiden inmitten von Tanzwütigen im Rhythmus, ein wenig zu eng, fand Tammy. Ohne darüber nachzudenken, eilte sie zu dem Paar, klatschte in die Hände und zwang sich zu lächeln. „Ich möchte den Hausherrn gerne abklatschen.“

„Was machst du denn hier?“ Sammy Jo schaute sie erstaunt an, machte dann aber ihren Platz frei und verschwand in der Menge.

Tamara glitt in Dorians Arme. „Hoffentlich ist sie jetzt nicht beleidigt.“

„Spielt das eine Rolle heute Nacht?“, fragte er herausfordernd.

Sie fand, er sah müde aus und entschloss sich mit offenen Karten zu spielen. „Ich habe Sophie Langsdales Memoiren zu Ende gelesen."

Sein Blick wurde hart. „So?"

Einen Augenblick dachte sie darüber nach, Kalestras Tod anzusprechen, vermied es aber, weil die erneute Erwähnung ihres Namens diesmal sicherlich zum Desaster geführt hätte. Vorsichtig und äußerst behutsam musste sie vorgehen.

Tammy schluckte den Kloß im Hals hinunter. „Du hast alles inszeniert – die Abhängigkeit meines Vaters von dir, Marcus' Anwärterschaft und auch die Eifersüchteleien zwischen mir und Samantha."

„Das war nicht schwer", antwortete er scharf. „Jeder Mensch hat einen Schwachpunkt."

„Ebenso jeder Vampir", flüsterte sie.

Dorian zog sie zu sich heran. Sein Gesichtsausdruck war düster und sein Arm, der um ihre Taille lag, erschien ihr wie ein Stahlring, eine unnachgiebige Fessel. Sein Blick hielt sie gefangen, und sie hatte Angst, dass einer der anderen Tänzer ihre Diskussion mitbekam. Dann wäre alles verloren!

„Ich bin dein eigentliches Ziel, nur ich, weil ich Sophies Fehltritt sühnen soll", sprach sie leise. „Ich bitte dich von Herzen, lass meine Familie aus dem Spiel. Nimm mich. Ich weiß, dass du mich an Sophies Stelle siehst. Warum?"

Unerträglich zärtlich strich er ihr eine Haarsträhne hinter das Ohr. „Der gleiche goldblonde Lockenkopf – und wenn du mich mit deinen nachtblauen Augen anschaust, habe ich das Gefühl, Sophie steht vor mir."

Auf einmal beschlich sie ein fürchterlicher Gedanke. „Hast du sie geliebt?"

„Sophie?", fragte er schmunzelnd, doch Trauer schwang in seiner Stimme mit. „Nein! Mein Herz gehörte damals einer anderen, und ich bin eine treue Seele."

Er hatte das Thema angesprochen. Nun fasste sie Mut, in die gleiche Kerbe zu schlagen. „Es tut mir unendlich leid wegen Kalestra. Sophie wollte nicht, dass sie …"

„Erwähne nie wieder ihren Namen!", fuhr er sie an und blieb stehen.

Die Tanzenden schauten zu ihnen hinüber. Tammy bekam Angst und trat den Rückzug an. „Dorian, bitte beruhige dich. Ich flehe dich an, lass uns weitertanzen. Alle gucken zu uns."

„Was soll's?", blaffte er. „Sollen sie ruhig Zeuge werden …"

„… wie du mich richtest?", unterbrach sie ihn. „Ich weiß, du wirst es tun, heute Nacht."

„Tammy, geh nicht zu weit! Es ist zu deinem Besten, wenn du schweigst und mich nicht reizt", ermahnte er sie leise.

„Aber meine Familie bekommst du nicht!", ranzte sie ihn an und lief zu ihren Eltern, um sie in Sicherheit zu bringen.

Aber bevor sie etwas sagen konnte, nahm Samantha sie zur Seite. „Du liebst ihn."

Tamara war außerstande, etwas zu erwidern.

„Oh, Tammy, hätte ich das nur gewusst. Trotz all unserer Differenzen, ich schwöre dir, ich hätte die Finger von ihm gelassen. Es ist nichts passiert. Ehrlich!"

Sammy Jos Geständnis stimmte sie wieder milde. Tamara beruhigte sich langsam, ja, sie spürte sogar eine Wärme in ihrem Inneren, weil sie nie und nimmer damit gerechnet hatte, dass ihre Schwester für sie zurückstecken würde. Samantha wollte immer alles haben, besonders das, was Tammy besaß.

„Danke", sagte Tamara lächelnd und drückte ihre Schwester an sich.

Dorian hatte sie nicht entzweien können. Tammy würde ihre Eltern nicht mit der Restaurantkette im Stich lassen, obwohl sie gegen die Erweiterung des ‚That Delicious Bite' war. Es blieb noch Marcus. Sie sah ihn in der Ecke stehen mit einem Glas Rotwein in der Hand, zumindest hoffte sie, dass es Wein und nicht Blut war.

Tammy entschuldigte sich bei Samantha und eilte zu Marcus. „Ich muss mit dir sprechen", bat sie leise.

„Was machst du denn hier? Sprechen, ja, gerne", antwortete er verträumt lächelnd und zog sie mit sich. „Lass uns in der Bibliothek reden. Dort sind wir ungestört. Ans Lesen denkt heute Nacht niemand."

Sie taten, als wollten sie das WC aufsuchen und schlüpften stattdessen durch eine Korridortür. Am Ende des Ganges drückte Marcus seinen Daumen auf einen Spiegel, und die Wand vor ihnen teilte sich. Tammy vermutete, dass der Spiegel ein Touchscreen war, und sich ein Scanner und eine Kamera dahinter befanden.

„Das Gestüt und das Haus sind nur eine Tarnung. Dort leben nur eine Hand voll Menschen, Anwärter und wenige Vampirfreunde, wie Tyron Winchester, die sich um das 'Ride through time' am Tage kümmern. Die eigentlichen Räumlichkeiten der Vampire befinden sich unter der Erde, wo ewige Dunkelheit herrscht, damit sie sich 24 Stunden frei bewegen können."

Tammy wusste dies schon aus Sophies Memoiren, schwieg jedoch.

Marcus leitete sie eine steile Steintreppe hinunter, einen langen Gang entlang zur Bibliothek. Hand in Hand traten sie in den Raum, der noch genauso aussah, wie Sophie ihn beschrieben hatte. Tammy war überwältigt. Bücher stapelten sich auf Regalreihen, die bis unter die kuppelförmige Decke ragten und mit Leitern versehen waren, um an die obersten Reihen zu kommen. Unter einem Gemälde, welches das Gestüt zeigte, stand ein massiver Mahagonitisch, und in einer der Ecken des großen Zimmers befanden sich eine Couch und zwei Sessel aus dunklem, glänzendem Leder mit Messingbeschlägen an den Lehnen.

Tamara schüttelte den Kopf. „Weshalb zur Hölle willst du ein Vampir werden? Dieser Ort ist faszinierend, aber dennoch wärst du verurteilt, die meiste Zeit unter der Erde zu leben."

„Das ganze Wissen dieser Welt befindet sich in diesem Bücherlabyrinth. Wissen ist Macht! Und ich sollte die Bibliothek führen, weil der ehemalige Bibliothekar den Freitod gewählt hatte. Das hatte Dorian mir versprochen – und jetzt auf einmal bin ich nicht mehr gut genug."

„Weil du mir zu viel verraten hast", sagte sie. „Das tut mir leid." Eigentlich war sie jedoch froh, dass Marcus in der Gunst gefallen war. Er gehörte nicht in die „Loge"!

Marcus nahm ihre Hand und küsste jeden Finger einzeln. „Dorian hatte mir Hoffnung gemacht. Er wollte mich ausbilden, fast so, wie es früher einmal war, als jeder eigenständig den Menschen bestimmen durfte, den er zum Vampir machte. Angeblich hat Dorian sich über die ‚Loge' hinweggesetzt und mich bestimmt."

„Hinweggesetzt?"

„Ich brauche deine Umarmung." Marcus drückte Tammy an sich und streichelte ihren Rücken. „Heutzutage bestimmen die Ältesten der ‚Landeslogen', wer als Anwärter aufgenommen wird. Kein Vampir darf sich über das Gesetzt stellen und einfach einen Menschen beißen. Dorian hat mich erwählt, ohne die anderen zu fragen, sagt er zumindest."

Tammy war sich nicht sicher, ob das stimmte. Vielleicht war die „Loge" in Dorians Racheplan eingeweiht. Es spielte keine Rolle. Fest stand, dass Marcus nichts über Sophie Langsdale und Kalestra wusste, und Tamara entschied, diese Informationen für sich zu behalten. Sie hatte Marcus schon in genügend Schwierigkeiten hineingeritten.

„Du musst mir versprechen, deine Anwärterschaft niederzulegen und den Kontakt mit der ‚Loge Condannato' aufzugeben", sagte sie.

Er hob den Kopf, streifte ihre Wange mit der seinen und blickte ihr tief in die Augen. „Unter einer Bedingung – du hältst dich von Dorian fern."

„Das kann ich nicht", keuchte sie und dachte daran, dass sie wahrscheinlich nie wieder das Gestüt verlassen würde.

„Du fühlst dich zu ihm hingezogen."

„Ich arbeite mit ihm zusammen", versuchte sie abzulenken. „Immerhin ist er der Geschäftspartner meines Vaters."

„Dieser Kerl spielt nur mit dir, wie er es mit mir getan hat", blaffte er und drängte Tammy gegen den Schreibtisch.

Langsam bekam sie Angst vor ihm. Was sollte sie nur tun? Sie konnte unmöglich laut um Hilfe schreien. Vampire würden es wohl kaum gutheißen, wenn sich zwei Menschen unerlaubt in ihren Katakomben tummelten. „Hör bitte auf damit. Wir sollten nach oben gehen, bevor die Brut uns vermisst."

Tammy probierte sich loszureißen, aber Marcus hielt ihre Handgelenke fest und begann ihr Dekolleté mit Küssen zu übersäen.

„Ich liebe dich nicht, Marcus", schrie sie. „Verdammt noch mal, lass mich gehen. Jetzt, sofort!" Verzweifelt trat sie um sich.

Da fegte Marcus den Schreibtisch mit einer Armbewegung leer und warf Tamara auf die Tischplatte. Mit dem Oberkörper lehnte er sich auf sie. Er schob ihre Bluse nach oben und versuchte den BH über ihre Brüste zu schieben. Jetzt war Tammy alles egal! Sie würde eh sterben und wollte nicht vorher vergewaltigt werden. Kreischend schlug sie auf seinen Kopf ein. Sie kratzte seine Wange blutig und hoffte, dass die Piranhas bald zu ihrer Rettung auftauchen würden. Aber es kam niemand.

Mit aller Kraft robbte sie rückwärts. Sie hielt sich mit der Hand an einem Regal fest und betete, dass es geräuschvoll umfallen würde, aber es schien an der Wand fest montiert zu sein. Sie griff das erste Buch und schlug damit auf Marcus ein.

Wütend boxte er es ihr aus der Hand. „Tief in deinem Inneren liebst du mich. Du bist dir dessen nur noch nicht bewusst. Wir standen uns schon immer sehr nah." Zorn färbte sein Gesicht hochrot.

Er erinnerte Tammy an einen tollwütigen Pitbull. Wenn er sprach, spritzte Speichel aus seinem Mund. In diesem aufgewühlten Zustand traute sie ihm alles zu, auch dass er über sie herfiel und sie gegen ihren Willen nahm. Dorian schoss in ihre Gedanken. Auch er hatte sie genommen, nicht gegen ihren Willen, aber die ungewöhnliche Art und Weise hatte ihr Angst gemacht, doch er hatte sie ihr mit sanfter Bestimmtheit genommen. Aber Dorian würde sich nie so gehen lassen. Er hätte sie nicht mit Gewalt geliebt. Ihr Herz gehörte dem Vampir!

Tammys Kräfte ließen nach. Obwohl sie an Marcus' Haaren zog, küsste er sie weiter und biss sogar manchmal zu.

Mit Tränen in den Augen schrie sie: „Ich liebe Dorian!"

Da flog die Tür auf. Dorian stand im Rahmen. Während ein weiterer Vampir hinter ihm auftauchte, rannte er zum Schreibtisch und riss Marcus von Tamara runter. Aufbrausend schlug er ihm ins Gesicht, hob das Buch auf, das Tammy als Waffe benutzt hatte und rammte es Marcus in den Rücken. Marcus taumelte zu Boden. Aber Dorian ließ nicht von ihm ab, sondern legte den Arm um seinen Hals und zog ihn auf die Beine. Nach Luft japsend versuchte Marcus zu stehen, aber er schwankte. Der Schlag gegen seinen Kopf musste ihm zugesetzt haben.

„Blut an deiner Wange", stellte Dorian fest. „Die Vampire werden es mögen. Langsam werden sie es aus dir heraussaugen und mit jedem Schluck immer gieriger werden, bis sie sich nicht länger zurückhalten können und dir auch den letzten Tropfen rauben."

Er schleppte den zappelnden Marcus zu dem Vampir, der noch im Türrahmen stand. „Euer Mitternachtsmahl, Laurel. Ruf die anderen in der Gruft zusammen."

Laurel verschwand mit Marcus, um Dorians Urteil zu vollstrecken. Dorian selbst ging zu Tamara zurück. Kurz vor ihr blieb er stehen und betrachtete sie von oben bis unten. „Bist du in Ordnung?", fragte er besorgt.

Sie saß auf der Tischkante, rang nach Fassung und schlang die Arme um ihren Oberkörper. Schluchzend sprach sie: „Bringst du ihn dorthin, wo meine Eltern und Samantha bereits auf ihren Tod warten? Ihr seid Barbaren! Selbst Marcus hat es nicht verdient, bei lebendigem Leib ausgesaugt zu werden. Wieso gibst du dich nicht damit zufrieden, mich umzubringen? Ich bin es, die wie Sophie aussieht – Sophie, die du so sehr hasst, weil sie dir dein ganzes Glück genommen hat." Es sprudelte aus ihr heraus. Sie redete sich in Rage. „Aber die junge Frau war es nicht, die Kalestra dir stahl. Ignatius hat sie auf dem Gewissen. Sophie hat nur versucht ihre Familie zu retten, wie ich es auch versucht habe. Sie war erfolgreich, ich nicht. Vielleicht sind meine Eltern und Sammy Jo schon tot. Sag es mir! Habt ihr von ihnen getrunken, während Marcus über mich herfiel? Sprich mit mir, verdammt!"

Er herrschte eine unheimliche Stille. Dorian schaute mit versteinerter Miene auf sie hinab. Schließlich sagte er in einem ruhigen Ton: „Du lässt mich ja nicht zu Wort kommen." Er machte eine Pause. Als sie nichts erwiderte, fuhr er fort: „Marcus hat gegen die Regeln verstoßen. Weil er zu viel über die ‚Loge Condannato' weiß, müssen wir ihn töten."

Tammy war auch eingeweiht in die Geheimnisse der „Vampir-Loge". Für sie gab es kein Entkommen. „Aber meine Eltern und auch meine Schwester wissen rein gar nichts."

„Deshalb feiern sie oben und werden das Gestüt verlassen, ohne einen einzigen Blutstropfen zu verlieren."

„Ist das wahr?"

„Ich lüge nie!", antwortete er scharf.

Tamara nickte und dachte widerspenstig, dass er nur manchmal nicht die ganze Wahrheit sagte oder die Realität ein wenig verdrehte. Er war noch immer undurchschaubar für sie. „Warum tötest du mich nicht endlich?"

„Bist du so versessen darauf zu sterben?", fragte er. Seine Augen funkelten lüstern. „Als Marcus eben an dir herumknabberte, sah das noch ganz anders aus. Es hätte ja sein können, dass er längst ein Vampir ist."

Schwungvoll stand sie auf und sah sich in der Bibliothek um. „Du hast uns gesehen. Habe ich recht?"

„Die Kameras sind gut versteckt im ganzen Haus verteilt, über- und unterirdisch", antwortete er schmunzelnd.

„Dann hast du nicht eingegriffen, obwohl er mich bedrängte", stellte Tammy wütend fest. Sie stemmte die Hände in die Hüften und baute sich vor ihm auf.

„Es hat eine Weile gedauert, bis ich von der Party in den Kontrollraum und von dort in die Bibliothek gelangt bin. Ich hätte nie zugelassen, dass er über dich herfällt!"

„Das übernimmst du lieber selbst", entgegnete sie aufsässig.

Bevor Dorian antworten konnte, traten fünf ältere Herren in den Raum. Sie trugen dunkelblaue Roben mit einem Emblem, ein schwarzer Ankh, umrandet mit acht blutroten Rosen, deren dornige Stengel sich ineinander schlangen. Tammy kannte es aus Sophies Memoiren. Es war das Wappen der „Loge Conndanato". Das Tribunal konnte beginnen. Hilfesuchend blickte sie zu Dorian. Sie konnte sich nicht vorstellen, dass er sie den Wölfen zum Fraße überließ. Sie wollte es sich nicht vorstellen. Ihr Herz blutete alleine schon bei dem Gedanken, von ihm verraten zu werden. Sie liebte ihn! Was gab es Schlimmeres, als ein Messer in den Rücken gestoßen zu bekommen von dem Menschen, den man begehrte?

Dorian führte sie in die Mitte der Bibliothek und bedeutete ihr, sich vor dem Halbkreis der Männer hinzuknien.

„Ich bin Sur, der Älteste der Vampire Großbritanniens", sprach einer der Herren mit tiefer Stimme. „Vor einiger Zeit bat Dorian uns, seine Rache an Sophie Ashford nach jahrhundertelanger Wartezeit ausführen zu dürfen, und wir gewährten sie ihm, weil er mittlerweile der Anführer der ‚Loge Condannato' ist. Den Richterspruch jedoch fällen wir, denn die Entscheidung obliegt ausschließlich uns."

Hatte Tamara soeben noch einen Funken Hoffnung gehabt, dass Dorian sich an ihre erotischen Treffen erinnerte und Mitleid mit ihr haben würde, so erlosch dieser Funke nun.

Sur fuhr fort: „Auf der ganzen Welt gibt es ‚Logen'. In Großbritannien bis zum heutigen Tag acht an der Zahl und der abtrünnige ‚Audax Zirkel', der Irland noch fest im Griff hat! Vampire können nur überleben, wenn sie sich zusammenschließen und unauffällig sind. ‚Audax' begreift das einfach nicht."

Tamara schaute zu Dorian, der ihr leicht zunickte. Weshalb erzählte der alte Vampir ihr das alles?

„Verkünde das Urteil im Namen des Ältestenrats, denn dies ist deine ‚Loge' und deine Rache", forderte Sur ihn auf.

Dorian stellte sich vor sie. „Da du der gleichen Blutlinie entstammst wie Sophie, die die ‚Loge Condannato' einem Vampirjäger ausgeliefert und dadurch Kalestra tötete, trägst du die gleiche Schuld wie sie und wirst nun den Verrat sühnen, den deine Vorfahrin, der du so verwirrend ähnlich siehst, begangen hat. Tamara Malt, ich werde dich töten!"

Ihr schossen Tränen in die Augen. „Ich will nicht sterben", brach es aus ihr heraus. „Obwohl du mich durch ein Bad der Gefühle schickst, habe ich mich nie so lebendig und wohl gefühlt wie in den letzten Tagen. Du hast mir gezeigt, dass es dort draußen mehr gibt als Arbeit, dass man die Kontrolle behalten und sich trotzdem fallen lassen kann."

Schweigend schritt er um sie herum, betrachtete sie eingehend von allen Seiten. Genoss er ihren jämmerlichen Anblick? Suchte er sich bereits eine Stelle aus, in die er seine Zähne schlagen würde? Bittere Tränen liefen ihre Wangen hinunter. Dorian würde sie nicht retten. Sie hatte sein Herz nicht erobert, wie er das ihre. Es war alles nur ein Spiel für ihn.

Dorian fasste ihr Kinn, hob ihr Gesicht an und sprach in sanftem Ton: „Ich werde das Menschliche in dir töten."

Sie verstand kein Wort. Es war, als würde die Welt sich um sie herum drehen. Man entzog ihr den Boden unter den Füßen, den festen Halt.

„Du wirst ein Vampir werden", erklärte Dorian.

Sur trat neben ihn. „Und du wirst von seinem Blut trinken, kurz nachdem er dich gebissen hat. Ein paar Tropfen seines Blutes werden dein Schicksal abhängig von ihm machen! Stirbt er, wirst du ebenfalls sterben. Du musst seinem Befehl folgen, sonst wird die ‚Loge Condannato', deren Regeln du von nun an unterstehst, dich entweihen und auch den Vampir in dir umbringen."

Unbemerkt von den Herren streichelte Dorian sie unter dem Kinn und ließ es dann los. „Deine erste Aufgabe erhältst du bereits hier und jetzt, damit deine Position in der ‚Loge' klar definiert ist. An meiner Seite wirst du die Restaurantkette, die dein Vater plant, aufbauen. Bald wird es Gourmet Tempel für Vampire überall in Großbritannien geben."

„Für Vampire?", fragte Tammy, aber Dorian hielt ihr die Hand vor den Mund und befahl ihr durch einen strafenden Blick zu schweigen.

„Der Zeitpunkt für die Wandlung ist gekommen", sprach Sur feierlich und machte eine ausladende Geste zur Tür.

Dorian fasste ihren Oberarm, zog sie sanft auf die Füße und leitete sie aus der Bibliothek hinaus. Schweigend gingen sie einige Gänge entlang, die wie dunkle Schläuche wirkten und nur von kleinen Strahlern mit gedämpftem Schein erhellt wurden. Dorian ergriff ihre Hand und massierte jeden einzelnen Finger, ohne ein Wort zu sagen. Erstaunt schaute Tammy ihn an. Sie begehrte diesen Vampir mit jeder Faser ihres Körpers, gierte nach seiner Aufmerksamkeit und war glücklich, nun für immer an ihn gebunden zu sein. Konnte es eine intensivere Beziehung geben?

Wenn er mir doch nur ein kleines Zeichen seiner Zuneigung schenken würde, hoffte Tammy.

Als sie eine Weile durch das Labyrinth unter der Erdoberfläche gegangen waren, führte Dorian Tamara in ein Zimmer. Er trat hinter ihr ein und verriegelte die Tür.

Tammy stand vor einem großen Himmelbett. Dicke Holzpfosten ragten bis fast unter die Decke und hielten dort einen blutroten, reich bestickten Baldachin. Irritiert drehte sich Tamara zu Dorian um und hoffte inständig, dass er ihr die Erregung nicht ansah, die in ihr anschwoll, nur weil Dorian, ein Bett und sie in einem Raum waren.

„Nun wirst du mich wirklich kennenlernen", sprach der Vampir unheilvoll, gleichsam lüstern. Kaum hatte er den Satz beendet, wirbelte er Tammy herum und drückte sie sanft gegen einen der Pfosten. Er schob Rock und Slip hinunter, knöpfte die Bluse auf und zog sie ihr aus. Dann hauchte er ihr sanft ins Ohr: „Pst.", als Erinnerung an ihre erste gemeinsame Liebesnacht.

Sie lauschte dem Pochen ihres Herzens, bemerkte das Pulsieren in ihrem Schoß und betrachtete ihre Brüste, die der Pfosten auseinanderdrückte. Entblößt stand sie vor ihm, und es kam ihr so natürlich vor, so richtig, denn nun endlich gehörten sie zusammen.

Dorian entkleidete sich. Als er nackt war, schmiegte er sich an Tammys Rücken und küsste liebevoll ihren Nacken. Behutsam zog er ihre Pobacken auseinander und legte sein anschwellendes Glied in die Spalte. „Bei unserem ersten Treffen fand ich dich atemberaubend. Darum kam mir die Idee der bittersüßen Rache, die mir gleichzeitig Spaß bereiten würde. Doch zu meinem eigenen Leidwesen weckte der Sex etwas in mir, das hätte weiter schlummern sollen." Zärtlich drückte er auf ihre Brustwarzen, als wären es Klingelknöpfe. „Beim zweiten Mal begehrte ich dich und konnte mich kaum beherrschen, nicht wie ein wilder Hengst über dich herzufallen und meinen Vorsätzen untreu zu werden. Und heute, Tammy, heute werde ich dich endlich besitzen!" Als er das sagte, legte er einfordernd die Hand auf ihren Venushügel.

Doch Tammy empfand keine Bedrohung. Dorians Geste war wie ein Schutz. Er würde sie schützen und beschützen, und Tamara wollte nur ihm gehören. Das hatte sie schon immer gewollt, doch sie hatte sich dabei selbst im Weg gestanden und ihn nicht dazu bringen können, seine Zuneigung zu offenbaren – bis heute. Er glaubte, er hätte gewonnen. Seine Rache stand kurz vor der Vollstreckung. Bald schon würde sie kein Mensch mehr sein. Er raubte ihr das Tageslicht und schenkte ihr die Nacht, doch die Finsternis war nicht kühl und einsam, sondern voll prickelnder Erotik. Sie gewann den Mann, den sie liebte. Niemand stand zwischen ihnen, nicht Samantha und auch nicht Kalestra, nicht einmal mehr Sophie.

Auf einmal nahm Dorian sie auf die Arme. Wie eine Braut trug er Tammy zu einer Bettseite. Er bettete sie auf die burgunderfarbene Tagesdecke und legte seinen Körper auf den ihren. Lächelnd rieb er seinen Phallus an die Spalte, die ihre zusammenliegenden Beine bildeten.

„Dorian?“, fragte Tamara zaghaft, denn sie wollte ihn nicht zornig machen und das Liebesspiel zerstören. „Es gibt noch etwas, das ich unbedingt wissen muss.“

„Jetzt?“

Sie nickte. „Was ist aus Sophie geworden? Der letzte Satz in den Memoiren war nicht vollständig.“

„Jeremy hat sie nicht gebissen, falls du das glaubst“, antwortete er ihr, und es schwang Bitterkeit in seiner Stimme mit. „Du hast doch selbst gelesen, dass sie gesundheitlich angeschlagen war. Sophie Langsdale, geborene Ashford, schlief friedlich ein, während sie den letzten Satz zu Papier brachte.“

„Woher weißt du das?“

Zärtlich zwirbelte er eine Brustwarze, während er sprach. Tammy musste sich bemühen, seinen Worten zu folgen, denn ihre steigende Erregung vernebelte ihre Sinne.

„Jeremy kam von Amerika nach London zurück und übergab mir Sophies Memoiren“, erklärte er und beobachtete mit Genugtuung, wie sie unter seinen Berührungen dahinschmolz, denn nun rollte er beide Nippel zwischen Daumen und Zeigefinger, als wären die Knöpfe wertvolle Rubine, die er begutachtete. „Er machte mir große Vorwürfe, weil ich eine Beziehung zwischen ihm und Sophie unmöglich gemacht hatte. Du weißt, hätte ich sie gefunden, wäre meine Rache sicher tödlich gewesen. Meine Gefährtin bringt man nicht ungestraft um!“

Tammy schloss die Augen und stöhnte. „Bin ich nun deine Gefährtin?“

„Nein“, entgegnete er kühl.

Enttäuscht blickte sie ihn an. Dieses simple, kurze Wort stach ihr wie ein Dolch ins Herz.

Dorian lachte auf, ergriff ihre Hände und kreuzte ihre Arme über ihrem Kopf. „Noch nicht. Erst muss ich dich zur Vampirin machen. Du kennst meine Meinung. Seit ich Kalestra aus Zügellosigkeit gebissen habe, als sie noch ein Mensch war, glaube ich nicht mehr daran, dass Mensch und Vampir zusammen glücklich werden können. Bis auf wenige Ausnahmen pflegen wir nicht einmal Freundschaften zu Menschen. Warum sollten wir dann Romanzen mit ihnen haben? Es kann keine Verbindung zwischen Tag und Nacht geben. Das ist unmöglich! Jeremy musste dies erfahren und zog sich aus Bitterkeit in die schottischen Highlands zurück, um sich nur von Tierblut zu ernähren. Welch ein Tor! Das haben schon andere versucht und sind gescheitert. Eines Tages wird er zu seinem Mentor zurückkehren. Das weiß ich!“

„Die Liebe überschreitet Grenzen, reißt Mauern nieder, sie …“

„Tammy, ich lebe nun schon viele Jahrhunderte und habe erlebt, dass dies Ammenmärchen sind, reines Wunschdenken.“

Sie hob den Kopf und verschloss seine Lippen mit einem Kuss. „Überschreiten wir nicht gerade eine Grenze, indem wir uns lieben – ein Mensch und ein Vampir? Reißen wir nicht die Mauern meiner Menschlichkeit nieder, um zusammen zu sein? Übst du nicht gerade in einer Weise Rache, wie du sie nicht geplant hattest?“

„Sei vorsichtig was du sagst“, sprach er und gab ihre Arme frei.

Beruhigend streichelte sie seinen Brustkorb. Sie wusste es und er auch, dass Dorian sie nur aus einem Grund nicht blutleer saugte – weil er sie liebte, eine

Menschenfrau. Er veränderte nur ihr Dasein, damit sie zusammen sein konnten. Und Tammy war einverstanden, mehr als das, sie wünschte es sich so sehr! Sie konnte nicht erahnen, was auf sie zukam, aber Dorian würde bei ihr sein und sie leiten.

„Ich habe Angst", sagte sie leise. „Wird der Biss wehtun?"

Er lächelte schon wieder. „Nicht, wenn du dich fallen lässt und mir vertraust."

Dorian stieg von ihr runter. Auf der Höhe ihres Pos setzte er sich mit dem Rücken zu Tammys Gesicht, führte ihre Beine zusammen und nahm diese hoch, sodass sie unter seinen Achseln eingekeilt waren und sich die Pobacken ihm prall anboten. Tamara fürchtete, er würde ihr den Hintern versohlen wie einer unartigen Göre. Stattdessen bedeckte er ihre Oberschenkel mit feuchten Küssen. Seine Lippen streiften ihren Anus. Kurz verweilte seine Zunge in der Spalte. Dann schob sie sich zwischen Tammys zusammengedrückte Schenkel wie ein kleines, nasses Glied, das Einlass in ihre ebenso feuchte Vagina verlangte. Doch Dorian tat nie, was Tamara vermutete, und so schlängelte er seine geschickte Zunge ihre Spalte hinauf zum Anus und ließ sie über die Rosette zucken. Er drang mit der Zungenspitze in sie ein, dorthin, wo vor ihm noch niemand vorgedrungen war. Sogleich zog er sich zurück, um sofort noch tiefer mit der Zunge in Tammys Anus hineinzustoßen. Und es gefiel Tamara. Es weckte unbekannte Regungen in ihr. Sie dachte an das Quäntchen Verruchtheit. Lächelnd schloss sie die Augen, um sich dem Gefühl ganz hinzugeben und stöhnte leise.

Auf einmal zog Dorian sie schwungvoll in die Bettmitte. Er öffnete ihre Schenkel und setzte sich mit dem Rücken zu ihr auf sie, nahm jedoch sofort seinen Hintern hoch. Während er lüstern ihre Scheide betrachtete, gierte Tammy nach seinem Penis, der über ihrem Kopf baumelte wie das Damokles-Schwert. Sie war sich der Gefahr bewusst, auch wenn die steigende Lust ihr mehr und mehr die Sinne raubte. Dorian würde sie noch in dieser Nacht beißen und zu einem Vampir machen.

Er umfasste ihre Knöchel und hielt somit die Beine geöffnet. Dann begann er an Tammys großen Labien zu saugen. Lustvoll zuckte sein Penis und Tamara verstand dies als Aufforderung. Sie reckte sich, neckte seine pralle, rote Eichel mit ihrer Zungenspitze und seufzte, denn Dorian antwortete ihr, indem er kurz ihre Klitoris küsste und seine Lenden ein Stück auf sie niedersenkte. Begierig, Dorians Phallus endlich auch berühren zu können, schob sie mit den Fingern die Vorhaut zurück und nahm die Eichel in den Mund. Als wäre diese ein großer Erdbeerlolli lutschte sie daran, bis ihr der Speichel an den Mundwinkeln herauslief. Dann leckte sie den erigierten Penis – dessen Adern immer mehr hervortraten – trocken, streifte immer wieder den Stamm mit der Breitseite ihrer Zunge und entlockte Dorian ebenfalls lustvolle Seufzer. Doch Tammy hatte immer größere Probleme sich zu konzentrieren, weil Dorian nicht von ihrem Schoß abließ. Sie drückte sein Glied an der Peniswurzel zusammen, um seine Lust zu steigern und sich selbst an ihm festklammern zu können. Während sie sich nach seinen Hoden reckte, diese mit der Nase neckisch anstieß und mit Hilfe der Zunge schaukelte, schleckte er über ihren G-Punkt und brachte das Fass zum Überlaufen. Dann zog er seine Zunge von hinten nach vorne zwischen ihren kleinen Schamlippen hindurch und nuckelte an ihrer Klitoris, bis Tammy vor Erregung winselte. Sie hielt sich an der Bettdecke fest und rang nach Atem.

Da säuselte Dorian: „Oh, wir wollen doch nicht meine Lust vergessen. Öffne den Mund!“

Er führte seinen Phallus in ihre Mundhöhle ein, bis sie ihre Finger in seinen Unterschenkel krallte, um ihm zu signalisieren, dass er tief genug in ihr steckte. Sogleich begann er sich vorsichtig auf und nieder zu senken. Tammy presste die Lippen auf sein hartes Glied. Er drang behutsam in sie ein, doch schnell wurden seine rhythmischen Bewegungen fordernder. Er liebte sie auf eine Art, die Tammy so herrlich verrucht fand, dass es sie ebenfalls erregte. Sie spürte, wie seine Eichel über ihre Zunge rieb, wie der steife Penis ihre Lippen elektrisierte. Ihre Scham pulsierte, und Dorian heizte ihr ein, indem er mit dem Zeigefinger ihren Scheidenvorhof liebkoste.

Unvermittelt hörte Dorian auf. Er stieg von Tammy runter, drehte sich um und legte sich erneut auf sie. „Du weißt doch, dass ich dir gerne dabei zuschaue, wenn du kommst, Liebste.“

Kaum hatte er das ausgesprochen, trieb er seinen Penis mit einem einzigen, heftigen Stoß in sie hinein.

Hatte er sie „Liebste“ genannt? Tammy gurrte vor Vergnügen. Ihre Vagina nahm sein Glied schmatzend auf. Sie schmiegte sich um ihn und zog sich bei jedem Stoß zusammen, um ihn zu reizen. Dorian gab den Takt an und Tammy ließ sich fallen. Es störte sie nicht, dass er beobachtete, wie sie sich unter seinen Stößen genüsslich bewegte. Im Gegenteil! Es erhitzte sie noch mehr.

„Du hast mich durchschaut“, gab er leise zu und rang nach Atem. „Die ganze Zeit war ich abweisend, weil ich dir nicht verfallen wollte. Dabei habe ich mich in dich verliebt, als ich dich das erste Mal vor Jeremys Haus sah.“

Sein Drängen wurde ungestümer, die Stöße wilder. Sein Körper rieb über ihren Bauch, sein Penis über ihre Klitoris, die Hodensäcke über ihre Labien.

„Wieso hast du es mir nicht gesagt?“, wollte sie wissen. Nun war nicht nur ihr Schoß erhitzt, sondern es strömte Wärme in ihr Herz.

Dorian hielt sie fest in den Armen und stieß bei jeder Silbe zu. „Du warst das Ziel meiner Rache. Ich durfte mich nicht in mein Opfer verlieben. Aber ich habe dir meine wahren Gefühle gezeigt ohne ein Wort zu verlieren, indem ich dich auf die unterschiedlichste Weise ‚liebte’.“

Tammy umschloss schmunzelnd seine Hüfte mit ihren Beinen, damit sein Glied noch tiefer in sie eintauchen konnte. Ihre Körper verschmolzen. Er trieb sie unaufhörlich auf den Olymp, und sie antwortete mit tiefem Stöhnen, das von ihrem lustvollen Leiden zeugte. Die letzten Stöße waren wundervoll quälend, beständig bergauf getrieben wie ein Lämmchen von seinem Schäfer. Die Welt trat in den Hintergrund. Tammy sah und hörte nichts mehr, als hätte Dorian ihr eine Maske übergestreift. Sie spürte nur noch ihn, ihn und seinen Phallus, der sich gierig in sie hineinrammte. Als sie endlich den Gipfel erreichte und unter heftigem Zucken in Dorians Armen zusammenbrach, glücklich erschöpft und am Ende ihrer Kräfte, liefen ihr Tränen über die Wangen. Wie aus der Ferne nahm sie wahr, dass er einen animalischen Schrei ausstieß und sich entspannte. Behutsam bohrte er seine Zähne in ihren Hals und trank ihr Blut. Es tat nicht weh, sondern entfachte das Feuer in ihr erneut. Sie gierte danach, Dorian ein zweites Mal zu lieben. Als hätte er ihre Gedanken gelesen, begann er aufs Neue, sich in ihr auf und ab zu bewegen, diesmal langsamer, behutsamer. Sein noch immer hartes Glied kreiste in ihrer Scheide. Dann spürte Tammy Feuchtigkeit auf ihren Lippen. Ihr Mund sehnte sich nach Flüssigkeit. Ihr Körper war ausgedörrt vor Anstrengung. Tammy hatte auf einmal großen Durst. Sie öffnete den Mund – noch immer benebelt – und nahm Dorians Blut in sich auf, während er liebevoll ihre Wange streichelte und sprach: „Nun gehören wir zusammen, bis dass der Tod uns scheidet".

„Und selbst dann werde ich dir folgen", wisperte sie.

„Ich werde Acht auf dich geben, Tamara Malt, denn du bist das Kostbarste, was ich habe. Du wirst nie einsam sein in der Dunkelheit, das verspreche ich dir. Ich werde dich beschützen und dir Geborgenheit schenken, von nun an bis in alle Ewigkeit, meine Geliebte."

Tammy weinte leise, sie weinte vor Freude.

ENDE TEIL I

TEIL II
ZÄHMUNG DES BLUTES

Abelaine Torn blickte sehnsüchtig zu dem dicken Stoffvorhang, der das Fenster ihres kleinen Motelzimmers verdeckte und sie vor den tödlichen Strahlen der untergehenden Sonne schützte. Schmerzlich war sie sich bewusst, dass ein Funken Sonnenlicht genügte, um ihren Körper in ein Häufchen Asche zu verwandeln. Sie erhob sich von dem knarrenden Bett, in dem sie den ganzen Tag kein Auge zugetan hatte und streckte die Hand nach dem roten Stoff aus. Zu gern hätte sie ihn einfach beiseite geschoben, um endlich wieder die Welt im warmen Licht der Sonne zu sehen, vor der sie sich nun schon seit über 6 Jahren verbarg. Es kam ihr vor, als lebte sie seit einer Ewigkeit in der Dunkelheit, in einem erkalteten Körper, der äußerlich nicht mehr alterte. Sie war zu einem Raubtier geworden, das nach Blut gierte und sogar bereit war zu töten, um es zu bekommen. In Augenblicken wie diesen, in denen ihr das Ausmaß ihres Schattendaseins bewusst wurde, wünschte sie sich, wieder ein Mensch zu sein.

Abelaine schüttelte den Kopf über ihre eigenen Gedanken. Es war ihre Entscheidung gewesen. Sie hatte gewusst, welchen Preis die Unsterblichkeit forderte. Und sie hatte ihn gern gezahlt! Die Loge Condannato war zu ihrer Familie geworden. Für die Vampire und ihren Anführer Dorian Everheard hätte Abby sogar ihr Leben gegeben. Ihre Loyalität zu der Loge hatte sie in einen dunklen Krieg gegen die Audax Vampire geführt, deren Zirkel Nordirland fest in der Hand hielt. Nun befand sie sich auf einer äußerst wichtigen Mission, die über die Zukunft Vita Eternas entscheiden würde. Das Bündnis der acht britischen Vampirlogen, dem auch Condannato angehörte, drohte aufgrund innerer Zwistigkeiten und Machtkämpfe auseinanderzubrechen. Nur durch den Einfluss des höchsten Ratmitglieds Sur konnte der Frieden bewahrt werden. Doch Sur hatte vergiftetes Blut getrunken und lag im Sterben. Niemand wusste, wer den Ratsherrn verraten hatte. Ob ein Vampir aus den eigenen Reihen zum Abtrünnigen geworden war, oder ob die teuflischen Audax hinter dem Anschlag steckten? Eines war jedoch gewiss. Mit Sur würde auch Vita Eterna sterben. Und ohne den Schutz des Bündnisses war jede einzelne Loge verwundbar. Dorians Hoffnung lag bei Abby und ihren Gefährten, die durch Großbritannien gereist waren und bereits sieben der acht Logen aufgesucht hatten, um von deren Anführern je einen Blutstropfen in einer Phiole zu sammeln. Nur das Blut der mächtigsten Vampire Vita Eternas konnte Sur jetzt noch retten! Die Delegation befand sich auf dem Weg zu ihrem letzten Ziel, der Loge Maledetto, die in einem alten Schloss nahe Birmingham residierte.

Nur 35 Meilen von der walisischen Hauptstadt Cardiff entfernt, hatten sich die Vampire in einem Motel in dem Vorort Hampton zurückgezogen, um dort den Tag zu verbringen. Abby war froh, dass sich ihre Mentorin Valencia King nicht für das näher gelegene Shelham entschieden hatte. Denn in der kleinen Vorstadt lebte Abbys bestgehütetes Geheimnis – ihre menschliche Zwillingsschwester Alyce. Seit sich Abelaine vor einigen Jahren nach London abgesetzt hatte, hatte sie Alyce nicht mehr gesehen. Bewusst hatte sie den Kontakt abgebrochen – nicht geschrieben, nicht angerufen. Wie hätte sie Alyce auch erklären sollen, dass sie nun eine Vampirin war. Ein Wesen, das seine Reißzähne in menschliche Hälse schlug und nach frischem Blut dürstete. Abby gestand es sich nur ungern ein, doch sie fürchtete sich vor einem Wiedersehen. Was würde Alyce sagen, wenn ihre leichenblasse Schwester plötzlich vor ihr stand? Würde Alyce sie mit Verachtung strafen? Würde sie ihr Vorhaltungen machen? Alyce war immer die Anständige, die Brave, die ihrer Mutter nie Kummer bereitet hatte. Ganz im Gegensatz zu Abby, die sich in jungen Jahren mit Vorliebe geprügelt und die Schule geschwänzt hatte, wann immer sich eine Gelegenheit bot. Sie hatte wohl jede noch so anstrengende Phase durchgemacht, die ein Teenager nur durchmachen konnte. Auf der Suche nach dem ultimativen Kick hatte sie sogar leichte Drogen ausprobiert.

Ein zaghaftes Klopfen riss Abby aus ihren Gedanken. Schnell wischte sie die Erinnerungen an ihre menschliche Vergangenheit fort und rief: "Herein!"

Crispin Anderson öffnete die Tür. Er trug einen dunklen Anzug, der seine männliche Figur betonte. Die schwarzen, nach hinten gekämmten Haare ließen ihn apart erscheinen. *Man sieht ihm an, dass er früher Versicherungen verkaufte*, dachte Abby amüsiert. Er hatte ein Lächeln, das überzeugte. Aber Crispins Vergangenheit war inzwischen zu einem Schatten geworden, der mehr und mehr verblasste. Seine Haut schimmerte genauso hell wie ihre eigene, weil er das Tageslicht nur noch selten sah, seit er im Dienst der Vampire stand.

"Kann ich etwas für Sie tun, Mr. Anderson?", fragte Abby und wartete, bis er die Tür hinter sich geschlossen hatte. Dann setzte sie sich auf ihr Bett und schlug provokant die Beine vor seinen Augen übereinander. Sie war sich sicher, dass er ihren Slip, kurz bevor sich ihre Beine kreuzten, unter dem schwarzen Spitzenhemdchen gesehen hatte. Das leichte Zucken seines Mundwinkels verriet ihn.

"Mr. Anderson?", wiederholte er ungläubig. "Wieso müssen wir uns verstellen? Niemand ist hier, außer du und ich."

"Ich mache doch nur Spaß, Cris."

Sie liebte es, ihn zu necken. Und sie liebte es, andere Dinge mit ihm zu tun.

"Wir brechen in einer Stunde auf", sagte er.

"Die Zeit sollten wir nutzen, meinst du nicht?"

"Ich hatte gehofft, dass du das sagen würdest."

Abbys Gesichtsausdruck wandelte sich. Ihr sonst freundlicher Blick hatte plötzlich etwas Erhabenes, beinahe Strenges an sich. "Möge das Spiel beginnen", schnurrte sie kehlig.

Ein Grinsen bildete sich auf Crispins markanten Gesichtszügen. Entschlossen trat er an ihr Bett heran, ging vor ihr auf die Knie und begann sanft ihre schneeweißen schlanken Beine zu streicheln. Abby genoss das warme Gefühl seiner Hände auf ihrer zarten Haut. Es belebte sie innerlich. Kein Mensch konnte erahnen, wie herrlich warm sich alles Lebendige anfühlte, wenn man erst einmal eine Weile untot war. So wie sie.

Mit einem Seufzen warf sie den Kopf in den Nacken und schloss genießerisch die Augen, während sie sich langsam auf ihr Bett zurückgleiten ließ.

Crispins Finger wanderten zu ihren Füßen herab. Zärtlich knetete er sie, wärmte sie, indem er sie zwischen seine sanften Hände legte und mit ihren kleinen Zehen und den schwarz lackierten Nägeln spielte. Abby kicherte wie ein Schulmädchen, als er einen Kuss auf ihre nackte Sohle hauchte. Seine Lippen verwöhnten ihre Fußballen, jeden einzelnen Zeh liebkoste er mit seiner beweglichen Zunge. Geschickt glitt sie bis zu ihren Fersen hinab und jagte Abby wahre Schauer über den Rücken.

"Das nennst du eine gründliche Reinigung?", feixte Abby.

"Verzeih mir."

Crispin verschwand im Badezimmer und kam kurze Zeit später mit einem Eimer voll warmen Wasser zurück, den er vor Abbys Bett stellte. Ein Seufzen drang aus ihrer Kehle, als er ihre Füße erneut in die Hände nahm und liebevoll knetete. Bei dieser herrlichen Massage konnte sie glatt einschlafen! Crispin wusste genau, was sie brauchte. Mit einer Langsamkeit, die sie verrückt machte, ließ er ihre Zehen in das Wasser hinab. Gierig sogen ihre kalten Füße die lebendige Wärme auf. Crispins Hände tauchten ebenfalls ins Nass, streichelten ihren Fußrücken bis zu ihrem Knie hinauf, wo sie perlrunde Tropfen hinterließen. Wenn er sie auf diese Art berührte, sie mit seinen Zärtlichkeiten verwöhnte, konnte sie all ihre Sorgen vergessen. Sie liebte die Sanftheit seiner Hände. Abby wusste, dass seine hellgrauen Augen auf ihr ruhten, dass er sie beobachtete, während er sie verwöhnte. Ihr glücklicher Gesichtsausdruck war ihm Belohnung genug, so dass sie sich oft nicht einmal revanchieren musste. Für Crispin stand ihre Befriedigung an erster Stelle. Ihr zu dienen, erregte ihn.

Wieder spürte sie seine nassen Hände auf ihren Waden, auf ihren Oberschenkeln, doch in höhere Regionen wagte er sich nicht vor. Zumindest nicht, wenn sie ihn nicht dazu aufforderte. Sie wusste, dass er es genoss, ihr jeden Wunsch von den Augen abzulesen. Abby kannte seine Vorlieben. Sie hatten sich gesucht und gefunden. Eine unkomplizierte Beziehung, die eigentlich gar keine Beziehung war. Sie waren Spielgefährten. Sie ergänzten sich gegenseitig, konnten dem anderen das geben, was er begehrte. Und doch hatte Abby peinlich genau darauf geachtet, dass kein Vampir und auch kein anderer Anwärter von ihrer heißen Affäre erfuhr. Ein Ruf war schnell zerstört. Deswegen hatte es ihr zuerst auch missfallen, dass Crispin auf die gleiche Mission geschickt wurde wie sie. Fürchtete sie doch, zu sehr von ihm abgelenkt zu werden.

Crispin nahm ihre Füße aus dem Wasser und griff nach dem Schwamm, den er aus dem Badezimmer mitgebracht hatte, tunkte ihn in den Eimer und wartete, bis er sich vollgesaugt hatte. Abby vernahm ein plätscherndes Geräusch, als er ihn ausdrückte. Etwas Feuchtes, doch zugleich unendlich Zärtliches berührte ihre Waden. Es hinterließ eine Spur aus herrlich warmem Wasser auf ihrer Haut. Oh, welch prickelndes Gefühl er in ihr auslöste, als die kleinen Perlen wie frischer Morgentau an ihrem Bein herunterliefen!

Erneut tauchte Crispin den Badeschwamm ins Wasser. Diesmal nahm er ihn jedoch heraus, ohne ihn auszuwringen.

"Erlaubst du mir, deine empfindlichste Stelle zu berühren?"

Abby nickte und zog den Slip aus, so dass ihre rote Lockenpracht direkt vor seinen Augen prangte. Erwartungsvoll und bis zum höchsten Maße erregt legte sie sich wieder auf das Bett. Schon spürte sie eine kleine Sintflut, einen herrlichen Regen, der auf ihr Geschlechtsteil niederging, als er den Schwamm über ihr ausdrückte. Das feuchte Nass floss über ihren Venushügel, durch ihren kleinen Urwald und dann, einem Wasserfall gleich, hinab ins feuchte Tal. Erst jetzt merkte sie, wie heiß sie geworden war. Auch wenn ihre Körpertemperatur sonst einem Eiswürfel glich, so gab es doch Dinge, die ihr Blut erhitzten, es dermaßen in Wallung brachten, dass sie kaum noch an sich halten konnte. Ein wenig erschrak sie, als er plötzlich mit dem nassen Schwamm über ihre Schamlippen streichelte. Behutsam drückte er ihn gegen ihre Labien, wieder trat das Wasser aus dem Schwamm und floss in sie. Abby stöhnte.

"Genießt du es?"

Sie hob den Kopf, öffnete für einen Moment die Augen und nickte. "Aber es gibt etwas, dass ich jetzt noch mehr genießen würde", sagte sie und streckte sich erneut auf dem Bett aus.

Crispin schien zu verstehen. Ein letztes Mal wusch er ihren Unterleib, die Innenseiten ihrer Oberschenkel bis hin zu ihren Füßen, dann nahm er ein Handtuch und trocknete sie ab. Fordernd spreizte sie ihre Beine noch etwas mehr, um Crispin ein Zeichen zu geben.

Dieser stellte den Eimer zur Seite, beugte sich, auf dem Boden kniend, zu ihr vor und sog ihren himmlischen, verführerischen Duft ein. Sie konnte seinen heißen Atem in ihrer Vagina spüren. Zaghaft, fast ein bisschen ehrfürchtig leckte er über ihre kleinen Schamlippen. Seine Zunge suchte nach ihrer Klitoris, fand sie unter dem fleischigen Mantel und legte sie frei, um die kleine Perle zu verwöhnen. Wieder und wieder glitt er über sie, stimulierte sie, bis sie es kaum noch aushielt.

"Hör bloß nicht auf", seufzte sie und legte ihre Beine auf seine Schultern. Energisch drückte sie ihn an sich, so dass sein Mund zwischen ihren heißen Lippen verschwand. Ihre Feuchtigkeit breitete sich auf seinem Gesicht aus, doch das schien ihn keineswegs zu stören. Er leckte sie, drang in ihre Scheide ein, bewegte seine Zunge in ihr vor und zurück. Abby presste ihn nur noch fester an sich, begann den aufregenden Rhythmus zu übernehmen und seinen Kopf mit ihren Beinen im Takt zu steuern. Crispin konnte sich aus ihrer Umklammerung nicht befreien, selbst dann nicht, wenn er es gewollt hätte. Er war gezwungen weiterzumachen.

Seine Hände krallten sich in ihre Oberschenkel, rieben sie, streichelten sie und begannen schließlich zu ihrem Venushügel zu wandern, um diesen zu kneten, während er sie gleichzeitig oral befriedigte. Abby spürte bereits die Wellen der

Erregung durch ihren Körper peitschen. Sie richtete sich etwas auf, denn nun konnte sie ihn nahen spüren. Gleich, gleich hatte sie ihn erreicht. Er war zum Greifen nah. Ihr Unterleib verkrampfte sich, fester denn je drückte sie Crispins Kopf an ihre Vagina, nahm ihm fast die Luft zum Atmen, und kam schließlich mit einem gewaltigen Schrei, der durch das ganze Zimmer schallte. Erschöpft und erleichtert zugleich ließ sie sich auf ihr Bett zurückfallen und gab den nicht minder erschöpften Crispin wieder frei. Er brauchte einen Augenblick, um sich zu erholen. Als er wieder zu Kräften kam, legte er sich neben sie auf das Bett. Ohne die Augen zu öffnen, drehte Abby den Kopf in seine Richtung und lächelte. Schon streichelten warme Finger ihren Hals entlang. Ein heißes Kribbeln jagte durch ihren Körper. Sie liebte es, an dieser Stelle berührt zu werden. Doch als seine Hand zu ihrer Narbe glitt, zischte sie auf. Die Bisswunde, die ihr Valencia einst zufügte, schmerzte noch immer, als wäre sie frisch.

"Ich wollte dir nicht wehtun", hauchte er.

"Ich weiß."

Er zog seine Hand zurück. Abby blinzelte und sah, dass er sich über sie beugte und sie anstarrte. Eine gewisse Faszination lag in seinem Blick, die Abby sehr schmeichelte. Sein Atem kitzelte ihre Wangen – es war ein angenehmes Gefühl. Doch als er schließlich den Kopf senkte und dabei seine Lippen öffnete, ergriff Panik von ihr Besitz, denn etwas Derartiges hatte er nie zuvor gewagt! Ein Bild legte sich über ihre Augen. Ein Bild, das nur so kurz aufzuckte wie ein Blitz, das sie aber dennoch am liebsten für alle Zeit aus ihrem Gedächtnis verbannt hätte. Kyle! In diesem Moment sah sie nicht Crispin, sondern ihren Exfreund, der sie leidenschaftlich küsste. Ein schmerzvoller Stich jagte wie eine heiße Nadel durch ihre Brust direkt in ihr Herz. Erinnerungen kamen auf. Erinnerungen, die sie quälten. Schnell stemmte sie ihre Hände gegen Crispins Schultern und stieß ihn mit ungeahnter Kraft zurück. Crispin fiel zur Seite und landete auf seinem Rücken neben ihr. Sofort richtete sich Abby mit raubtierhaften Reflexen auf, packte ihn an der Kehle und drückte ihn so stark auf ihr Bett, dass eine tiefe Kuhle in ihrer Matratze entstand.

"Was habe ich denn getan?", keuchte Crispin.

"Du wolltest mich küssen!", schrie Abby und drückte fester zu. Er hatte Glück, dass sie ihre Krallen nicht ausfuhr und ihm den Hals zerfetzte! In diesem Augenblick hätte sie gut und gern Lust dazu gehabt! Was fiel diesem Narren bloß ein? Wieso hatte er diese schrecklichen Erinnerungen in ihr wachgeküsst?

"Es tut mir leid, ich wollte … dir nicht zu nahe treten. Es … es kam einfach so über mich."

Erschrocken ließ sie von ihm ab. Was hatte sie nur getan? Um ein Haar hätte sie ihren Lustsklaven erdrosselt! Doch noch mehr erschreckten sie seine Worte. Ungläubig sah sie ihn an. Es war einfach so über ihn gekommen? Sie war doch nicht blind. In letzter Zeit hatte sich ihr Verhältnis gewandelt. Irgendetwas war anders an ihm. Er verhielt sich nicht mehr so ungezwungen wie sonst. Konnte es etwa sein, dass Crispin mehr für sie empfand? Ihre Beziehung sollte doch rein sexuell bleiben! Darauf hatten sie sich von Anfang an geeinigt. Spaß im Bett, keine Fragen, keine Rechtfertigungen, keine Probleme. So einfach war das. Abby war mit der Regelung zufrieden. Aber es schien, als wären Gefühle in ihm erwacht, die er nicht haben durfte. Die sie ihm nicht erlauben wollte! Nichts war anstrengender als ein verliebter Mann, der nicht bekam, was er wollte!

Crispin setzte sich auf und befühlte seine Kehle.

"Sage mir, dass ich mich irre. Du hast dich doch nicht etwa in mich verliebt, oder?", stammelte Abby aufgelöst.

Doch sein Blick verriet ihn ohne ein Wort. Er brauchte nichts mehr zu sagen. Sie las in ihm wie in einem offenen Buch.

"Auch das noch!" Abby sprang auf und lief aufgeregt hin und her. Die Situation überforderte sie. Sie hatte in ihm bisher immer nur den Spielgefährten gesehen, mit dem sie Spaß haben konnte. Er war ein Spielzeug, nicht mehr und nicht weniger.

"Ich verstehe, dass du jetzt andere Sorgen hast. Wenn die Audax von unserer Mission erfahren und womöglich sogar die Phiole in die Hände bekommen, ist Vita Eterna verloren. Über das Blut der Logenführer könnte Santagos eine Verbindung zu ihnen aufbauen, durch ihre Augen sehen und durch ihre Ohren hören. Er würde praktisch alles über Vita Eterna aus erster Hand erfahren, eine Schwachstelle finden und …"

"Ich weiß!", zischte Abby. "Das musst du mir nicht erklären. Glaubst du, Dorian hat sich darüber keine Gedanken gemacht? Was meinst du, warum unsere Mission so geheim ist, dass selbst die Logenführer vor unserem Auftauchen nichts von ihr wussten? Es gibt mindestens eine undichte Stelle, und wir wissen nicht, wo sie ist. Abgesehen davon, hat das rein gar nichts mit uns zu tun!"

"Und was hat mit uns zu tun?"

Abby blieb vor ihrem Bett stehen, straffte ihre Schultern und fixierte seinen klaren Blick. "Muss ich dir das wirklich erklären?"

"Ich verstehe nicht, warum du unser Verhältnis geheim hältst? Ist es wegen Kyle? Begehrst du ihn noch immer?"

"Rede keinen Unsinn. Kyle hat in meinem Herzen keinen Platz mehr. Den hat er verspielt." Abby hasste es zu lügen. Ganz besonders dann, wenn sie sich damit selbst betrog.

"Ich habe euch beobachtet. Mir sind eure Blicke nicht entgangen. Allein die Vorstellung, dass er dich berührt … dafür könnte ich ihn …"

"Hör auf! Du und ich – wir sind nicht miteinander verheiratet, Crispin! Wir haben nicht einmal eine Beziehung. Es ist nur eine kleine, bedeutungslose Affäre. Mehr nicht. Außerdem ist Kyle dein Mentor. Ich lasse nicht zu, dass ein Anwärter in solch respektloser Weise über seinen Meister spricht."

Abby zitterte vor Wut am ganzen Körper. Sie war sich nicht sicher, ob ihr Zorn allein Crispin galt oder ihrer eigenen Erbärmlichkeit. Wieso musste sie noch immer etwas für ihren Ex empfinden?

Das Gesicht des Anwärters wurde starr wie eine Maske. "Eine kleine, bedeutungslose Affäre", wiederholte er bitter und ließ die Schultern hängen.

"Crispin, sei mir nicht böse, ich wollte dich nicht kränken."

Ohne ein Wort erhob er sich von ihrem Bett und wandte sich zur Tür. Bevor er die Klinke herunterdrückte, drehte er sich noch einmal zu ihr um. "Stört es dich, dass ich nur ein Anwärter bin?"
"Was?"
"Du hast mich schon verstanden. Ist dir mein Rang zu niedrig? Schadet es deinem Ruf?"
"Nein, sicher nicht. Nein. Darum geht es mir auch gar nicht." Aber ihre Worte klangen nicht sehr überzeugend.
"Was ist es dann?"
Abby zuckte hilflos mit den Schultern. "Ich weiß es nicht." Was sollte sie denn tun? Gefühle konnten nun einmal nicht erzwungen werden.
"Versprich mir, wenigstens über uns nachzudenken. Ich finde wirklich, wir wären ein tolles Team." Mit diesen Worten drehte er sich um und schlug die Tür stärker hinter sich zu, als er es vermutlich beabsichtigt hatte. Der Knall ließ Abby zusammenzucken. Nie zuvor hatte er ihr eine solche Szene gemacht. Er hatte immer gewusst, wo seine Grenzen lagen. Ausgerechnet in dieser schweren Zeit machte er ihr Schwierigkeiten. Erschöpft legte sie sich auf ihr Bett und verschränkte die Arme vor ihrer Brust.
Seine Worte gingen ihr nicht mehr aus dem Kopf. Wie konnte er nur glauben, sie würde ihn wegen seines Status verschmähen? Natürlich übte ein mächtiger Vampir wie Kyle Hamillton mit hohem Rang in der Condannato Hierarchie eine gewisse Anziehungskraft auf sie aus. Das konnte sie nicht leugnen. Aber Anwärter hin oder her, jeder fängt klein an, und auch Abbys Anwärterzeit war noch nicht allzu lange her. Zwar war sie geradezu in Rekordzeit in den Rang einer Leibwächterin aufgestiegen, dennoch konnte sie Crispin nachempfinden, dass er sich in der Vampirdelegation wohl eher wie das fünfte Rad am Wagen fühlte. Die meisten sahen in ihm eine lebende Nahrungsquelle oder einen Diener, der den Vampiren jeden Wunsch von den Augen abzulesen hatte. Doch durch diese Phase musste sich jeder kämpfen, bevor er schließlich durch einen Biss in einen Vampir verwandelt wurde. Cris war nicht der Einzige, der das durchmachen musste.
Mit einem Lächeln dachte Abby an ihre erste Begegnung mit den Vampiren zurück. Sie hatte mit ihrer Clique eine neue Lack- und Leder- Disko in London besucht. Auf der Tanzfläche waren ihr die schrillsten Gestalten begegnet. Halbnackte Männer und Frauen, die ihre intimsten Stellen mit einem Fetzen Lackstoff bedeckten und Go-Go-Girls, die als Katzen verkleidet hinter Gitterstangen lasziv für ihr Publikum tanzten. Wohin sie auch blickte, hatte sie toupierte Haare, Krallenringe und Nietenhalsbänder entdeckt. Und dann kreuzte plötzlich diese faszinierende Frau mit den blonden Haaren ihren Weg. Abby hatte nur einen kurzen Blick auf sie werfen können, bevor die Fremde mit ihren Gefährten auf der Tanzfläche verschwunden war. Doch dieses Bild schob sich nun umso deutlicher vor ihr geistiges Auge, als wäre sie erst gestern im "Dark Desire" gewesen. Vom ersten Augenblick an hatte Abby eine tiefe Verbundenheit zu Valencia King verspürt. Das übernatürliche Leuchten in Valencias Augen hatte Abby den ganzen Abend über nicht mehr losgelassen. Abby und ihre Begleiterinnen Sam und Jona hatten sich an die Bar gesetzt, einen Barcardi nach

dem anderen getrunken und nach einiger Zeit recht attraktive, doch dafür umso aufdringlichere männliche Gesellschaft bekommen. Abbys Geduld hatte ein jähes Ende gefunden, als einer der Jungs Jona an den Busen gefasst hatte. Ohne Vorwarnung hatte sie ihr Butterflymesser gezückt und es dem Grabscher, ehe er auch nur mit der Wimper zucken konnte, an die Kehle gehalten.

"Scheiße, wenn du deine Griffel nicht sofort von ihr nimmst, schlitz ich dich auf, das verspreche ich dir!"

"Alles klar, man. War nur Spaß. Bleib locker, ja?"

Die Typen hatten sie nicht wieder gesehen, doch dafür war Valencia an die Bar gekommen und hatte Abby ihre Visitenkarte mit den Worten "Ruf mich an. Jemanden wie dich können wir gut gebrauchen", zugesteckt. Es war der Beginn einer tiefen Frauenfreundschaft, die bis heute anhielt. Abby mochte sogar behaupten, ihr Verhältnis ging weit über das einer Mentor-Schüler- Beziehung hinaus. Was Val und sie verband war einzigartig.

Ein Blick zu der kleinen Standuhr auf ihrem Nachttisch verriet, dass sie sich allmählich umkleiden musste. In wenigen Minuten würde die Delegation aufbrechen. Langsam schlüpfte Abby aus ihrem Nachthemd und betrachtete sich im Spiegel. Ihre Haut war makellos. Für ihren Geschmack etwas zu hell und definitiv zu kalt, doch mit ihrer Figur war sie zufrieden. "Was für ein Glück, dass wir Vampire – entgegen aller Behauptungen – Spiegelbilder haben, ich hätte deinen Anblick sonst richtig vermisst. Du bist eine heiße Braut, weißt du das?", sagte sie grinsend zu sich selbst, streifte sich eine enge schwarze Lederhose über, die an den Hüften leicht spannte und betrachtete sich ausgiebig von allen Seiten. "Hatte ich schon erwähnt, dass du einen knackigen Po hast? Kein Wunder, dass Cris verrückt nach dir ist." Sie zwinkerte sich selbst zu, bevor sie die hüftlangen roten Haare zu einem Zopf band und letztendlich ihren BH und das enge schwarze Schnüroberteil aus dem Gothic -Laden überzog.

Sie nahm ihren Rucksack, überprüfte den Inhalt und stellte schließlich befriedigt fest, das alles da war, was sie brauchte. Die halbautomatische Glock 17 für den Fall, dass die Jäger des heilbringenden Lichts angriffen, sowie die kleine Armbrust mit den speziell angefertigten Holzpflöcken als Bolzen, falls die Audax überraschend aus ihren Verstecken krochen. Ihr Butterfly, das ihr schon mehr als einmal das Leben gerettet hatte, steckte sie in eine kleine Tasche, die an der Innenseite ihres rechten Stiefels angebracht war. Sie packte weitere Habseligkeiten in den Rucksack, schwang diesen über die rechte Schulter und verließ ihr Zimmer. Salopp schlenderte sie die Treppe hinunter und gab den Schlüssel bei dem kauzigen Mann an der Rezeption ab. "Beehren Sie uns bald wieder", krächzte er. Abby lächelte nur, drückte die Tür auf und trat in die sternenklare Nacht hinaus Der Mond hing voll und prall am Firmament, umgeben von einer einzelnen, dunklen Wolke. Die Vampirin nahm einen kräftigen Zug der kühlen Abendluft, als sie aus dem Augenwinkel eine Gestalt bemerkte.

"Endlich! Die anderen warten bereits auf Sie, Miss Torn", hörte sie eine vertraute Stimme. Aus dem Schatten der Hauswand trat ein Mann mit einer Zigarette, die lässig in seinem linken Mundwinkel hing. Der Rauch bildete eine Säule, die spiralförmig nach oben in die Dunkelheit stieg.

Abby wandte den Kopf zur Seite und lachte leise. "Mr. Anderson! Wie schön, Sie zu sehen. Bitte bringen Sie mein Gepäck zum Wagen." Mit diesen Worten warf sie ihren Rucksack vor seine Füße, wartete, bis er ihn aufhob und folgte ihm zum Parkplatz. Crispin öffnete ihr pflichtgemäß die hintere Wagentür. Dort wartete er, bis sie eingestiegen war und reichte ihr schließlich den Rucksack herein.

"Vielen Dank", sagte Abby und zwinkerte ihm zu.

Crispin errötete, lief um die Karosse herum und setzte sich hinter das Lenkrad, während Abby es sich im hinteren Bereich der Limousine gemütlich machte. Auch die anderen Vampire hatten bereits Platz genommen. Alle, bis auf Kyle Hamillton. Cris hatte also gelogen. Abby war alles andere als das Schlusslicht. Wie immer war es ihr egomanischer Exfreund, der sich von allen am meisten Zeit ließ.

Lesley Cartright saß Abelaine auf der gepolsterten Sitzbank gegenüber und beugte sich über die Landkarte, die auf ihrem Schoß lag. Die junge Anwärterin mit den schwarzen Zöpfen begleitete die Delegation eigentlich nur deshalb, weil sie Dorian Everheard so lange bearbeitet hatte, bis dieser schließlich nachgeben musste. Lesleys Verhältnis zu Sur glich dem von Vater und Tochter. Sie war seine Schülerin! Abby konnte gut verstehen, warum Les unter allen Umständen mitkommen wollte. Schließlich ging es um das Leben des Mannes, der sie zum Vampir machen würde. Welcher Zögling hing nicht an seinem Mentor? Ihre Anwesenheit hatte jedoch auch Vorteile für die Vampire. Cris und Les waren bei Tag Wächter und bei Nacht lebende Nahrungsquelle. Die hässlichen Narben auf Lesleys Armen waren nicht zu übersehen. Neben der Anwärterin hatte der große Lance Patridge Platz genommen, der genauso wie Abby zum Sicherheitsteam gehörte. Seine langen schwarzen Haare fielen ihm ins Gesicht, als er sich über Lesleys Karte beugte und ihr dabei half, den kürzesten Weg nach Birmingham herauszufinden. Die wenigsten wussten, dass Lance und Valencia ein Verhältnis miteinander hatten. Nur wer sie genau beobachtete, sah die sehnsüchtigen Blicke, die sie sich zuwarfen.

"Also, welche Route nehmen wir? Bitte entscheidet euch, wir haben nicht die ganze Nacht Zeit", meldete sich Valencia King vom Beifahrersitz zu Wort.

"Ich weiß nicht, wie es euch geht, aber ich könnte eine ganze Kompanie aussaugen. Doch das wäre wohl zu auffällig. Deshalb schlage ich vor, wir nehmen den Weg über Cardiff. Dort gibt es einen dieser neuen Gourmet-Tempel für Vampire, den wir bei der Gelegenheit besuchen könnten." Alle Augen richteten sich auf Kyle, der mit einem charmanten Lächeln in die Limousine stieg, seine Reisetasche unter den Sitz schob und sich neben Abby auf die Bank fallen ließ. Abby bemerkte sofort seinen markanten, männlichen Geruch, der ihre Sinne benebelte. Kyle trug eine Armeehose und ein kurzes Shirt, unter dem seine Muskeln durchschimmerten. Die rotbraunen Haare hatte er zu einem Zopf gebunden. Abbys Herz schlug schneller. Oh, wieso machte er sie noch immer so nervös?

"Falls ihr jedoch keine Lust auf einen Ausflug nach Cardiff habt, können wir auch meinen Anwärter zur Ader lassen. Frisches Menschenblut schmeckt doch immer noch am besten", fügte ihr Exfreund grinsend hinzu.

"Wir haben erst gestern von ihm getrunken!", rief Abby erschrocken und suchte Crispins Blick im Rückspiegel des Wagens. Wusste Kyle denn nicht, dass sie ihren Anwärtern nicht zu viel Blut abzapfen durften? Es war viel zu belastend für den menschlichen Körper.

"Das war ein Scherz. Ich weiß, dass wir ihn noch brauchen. Wer soll uns sonst durch die Gegend kutschieren?", lachte Kyle. "Ich hätte nicht gedacht, dass du so schreckhaft bist, Torn."

Abby biss sich wütend auf die Unterlippe. 'Torn' – früher hatte er sie Abby genannt.

"Sehr witzig, Kyle", knurrte sie und verschränkte die Arme vor der Brust. Wieso wusste sie auch nie, wann Kyle ernst machte und wann er scherzte?

"Also fahren wir zum Gourmet-Tempel", bestimmte Valencia und gab die Anweisung an Crispin weiter, der ein Update der Verkehrssituation über das Internet herunter lud und den Zielort in seinen Navigator eingab.

Abby schloss die Augen, als die Limousine endlich losfuhr. Sie musste an Crispins Worte in ihrem Motelzimmer denken. War er wirklich in sie verliebt? Seine dezente Verehrung schmeichelte ihr. Er war so anders als Kyle. Sensibel, fürsorglich, auf seine Art sogar leidenschaftlich. Eigentlich der perfekte Liebhaber. Nur wieso drifteten ihre Gedanken immer wieder zu dem Sicherheitschef ab? Er war ein Schuft! Ein selbstsüchtiger Kerl, der jedem Rock nachstieg. Und dennoch wurde ihr warm ums Herz, wenn sie in seiner Nähe war. Ihre widersprüchlichen Gefühle verwirrten sie.

"Ich fürchte, wir bekommen Gesellschaft", sagte Crispin plötzlich mit einem nervösen Unterton in der Stimme.

Abby öffnete blitzschnell die Augen und beugte sich vor, um in den Rückspiegel zu sehen. Ein pechschwarzes Motorrad näherte sich ihnen. Wenn es seine Geschwindigkeit beibehielt, würde es die Limousine in wenigen Sekunden eingeholt haben.

"Verdammt!", zischte Abby, "der Fahrer ist bestimmt ein Audax!"

"Das ist nicht gesagt. Bewahren wir Ruhe", ordnete Valencia an. Abby nickte. Ihre Mentorin hatte wie immer recht. Vielleicht war es ein ganz normales Überholmanöver? Abby konnte es trotzdem nicht verhindern, dass sich jeder Muskel ihres Körpers zum Zerreißen anspannte.

Das Motorrad schoss mit einem lauten Knattern an ihnen vorbei. Abby glaubte sich in Sicherheit, als der Fahrer plötzlich seine Maschine ohne Vorwarnung herumriss. Crispin versuchte eine Vollbremsung zu machen, doch er konnte die Limousine nicht rechtzeitig zum Stehen bringen. Das Motorrad wurde zu Boden gerissen. Es schlitterte über die Fahrbahn und blieb wenige Meter von ihnen entfernt am Boden liegen. Der Mann in der schwarzen Lederkleidung hingegen wirbelte durch die Luft und landete katzengleich auf den Füßen. Er schien keinen einzigen Kratzer abbekommen zu haben. Die Scheinwerfer des Wagens waren auf ihn gerichtet. Als er das Visier seines Helms hochklappte, blitzte schneeweiße Haut hervor.

"Fahren Sie zurück, Mr. Anderson!", schrie Valencia. "Das ist ein Audax!"

Aber Crispin rührte sich nicht.

"Verdammt, worauf warten Sie?"

Abby entdeckte durch die Rückscheibe eine Armada von Motorrädern in der Ferne. "Das ist eine Falle! Es kommen noch mehr! Ein ganzer Schwarm."

Das war Kyles Stichwort. Sofort übernahm er die Führung. "Egal, was passiert. Du legst dich auf den Boden des Wagens und bleibst dort, bis wir dich holen, Lesley!", befahl er und zog unter seinem Sitz die Reisetasche hervor. Mit Schwung riss er den Reißverschluss auf und griff nach seiner Armbrust. "Keine Sorge, Mädels, wir kümmern uns um unsere Freunde." Mit diesen Worten drückte er die Tür auf und sprang nach draußen, dicht gefolgt von Lance, der sich ebenfalls eine Armbrust schnappte.

"Fahr doch endlich, Crispin. Überroll diesen Mistkerl", drängte Abby. Doch der junge Mann stand offenbar unter Schock. Selbst, als der Audax Vampir eine Waffe zog und auf ihn richtete, rührte er sich nicht.

"Scheiße! Der schießt auf uns!", rief Valencia, zückte ein Messer und stieß die Tür auf, um in Windeseile auf die Straße zu gelangen.

Der Schuss zerbarst die Luft. Ihm folgte das Klirren der zerschmetterten Windschutzscheibe und ein Schrei.

"Crispin!" Abby standen Tränen des Zorns in den Augen, als er keuchend zur Seite fiel und auf dem Beifahrersitz zusammenklappte. Mit schmerzverzerrtem Gesicht hielt er sich die Schulter. Ein roter Fleck breitete sich auf seinem weißen Hemd aus. Er wurde immer größer. Der Audax hatte sein Ziel nicht verfehlt. Doch bevor er ein zweites Mal auf den Verletzten schießen konnte, stürzte sich Valencia mit wirbelndem Messer auf ihn.

So schnell Abby nur konnte, öffnete sie ihren Rucksack, zog ihre Armbrust heraus und hing sie sich an einem Ledergurt über die Schulter. Außerdem schnappte sie sich ihre Glock 17, klemmte sie in ihre Hose und stürzte aus dem Wagen zu ihrer Mentorin. Diese hatte den Audax derweil zu Boden gerissen. Kyle stand über ihm und richtete seine Armbrust auf das Herz des Angreifers. Ohne zu zögern schoss er den Spezialbolzen ab, so dass sich der spitze Holzpflock mit einem schmatzenden Geräusch in das Fleisch des Feindes rammte. Der Audax stöhnte gequält, sein Körper bäumte sich ein letztes Mal auf, doch dann sank er in sich zusammen und blieb reglos liegen. Durch das geöffnete Visier sichtbar, verweste innerhalb weniger Sekunden die weiße Haut zur Unkenntlichkeit. Die Augäpfel verfaulten und fielen schließlich aus den Augenhöhlen.

"Die haben uns gleich eingeholt", warnte Lance, der den Blick von dem Toten abwandte und in Richtung Fahrbahn sah. "Es sind zu viele, mit denen werden wir nicht fertig."

Valencia richtete sich auf, stürmte zu dem unbeschädigten Motorrad und hievte es mit Abbys Hilfe auf die Räder. "Wir werden uns trennen! Abelaine, komm mit mir. Wir müssen die Phiole in Sicherheit bringen", sagte sie und stieg auf.

Abby ließ sich das nicht zweimal sagen. Mit katzenhafter Geschmeidigkeit sprang sie auf den Sitz des Streetfighters und klammerte sich an Valencias Oberkörper.

"Lenkt sie ab!", befahl die blonde Vampirin und gab Gas.

"Wir müssen es bis nach Cardiff schaffen."

Abby nickte nur. Cardiff – ihre Heimat. Seit einer Ewigkeit war sie nicht mehr in ihrer Geburtsstadt gewesen. Sie hatte nicht damit gerechnet, unter diesen Umständen nach Hause zurückzukehren. Doch die Stadt bot Sicherheit. Sie wusste, dass die Audax keinen Großangriff auf sie starten würden, wenn sie erst den sicheren Hafen erreicht hatten. Zu groß war die Gefahr, dass sie Aufsehen erregten und sich womöglich die menschlichen Sicherheitskräfte einschalteten.

"Drei Streetfighter verfolgen uns, ich versuche sie aufzuhalten." Mit diesen Worten richtete Abby ihre Halbautomatik auf das erste Motorrad, das sich ihnen mit erschreckender Geschwindigkeit näherte. Nur wenige Meter trennten die beiden Maschinen voneinander, bis Abby schließlich auf das vordere Rad des Streetfighters schoss. Der Fahrer, der seinerseits auf Abbys Räder zielte, verlor die Kontrolle über sein Motorrad, dieses schlitterte quer über die Straße und landete im Graben. Einen Verfolger hatte sie bereits ausgeschaltet, jetzt waren ihnen nur noch zwei Audax auf den Fersen.

"Woher, zum Teufel, wussten die, dass wir auf dem Weg nach Cardiff waren?", knurrte Abby so laut sie nur konnte, um das ohrenbetäubende Motorgeräusch zu übertönen. Doch Valencia hörte sie nicht.

Die wussten nicht nur, dass wir diese Route nehmen. Die wussten auch, dass unser Fahrer ein Mensch ist, schoss es Abby plötzlich durch den Kopf. Der Audax hatte mit einer Pistole bewusst auf Crispin gezielt. Einen Vampir hätte er mit einem Schuss nicht umbringen können. Aber was hatte diese Erkenntnis zu bedeuten?

Der zweite Motorradfahrer holte auf und kam nun auf gleiche Höhe mit Abby. Ohne Vorwarnung schlug er mit einer Eisenkette nach ihr. Abby konnte sich gerade noch rechtzeitig ducken, doch der zweite Schlag ging nicht daneben. Die Kette traf sie mitten ins Gesicht. Abby wurde schwarz vor Augen. Sie hatte das Gefühl, ihr Nasenbein würde sich in ihren Schädel rammen. Benommen kippte sie nach hinten. Valencia griff geistesgegenwärtig nach Abbys Arm und verhinderte, dass sie rücklings bei voller Fahrt vom Streetfighter stürzte. Endlich rückte Cardiff in sichtbare Nähe. Aber der Audax war nicht abzuschütteln. Wieder flog die Kette durch die Luft und erwischte Abbys Schulter. Die junge Frau biss sich auf die Unterlippe, um einen Schmerzensschrei zu unterdrücken.

"Jetzt reicht es!", zischte sie und drehte ihren Oberkörper nach hinten, um den Angreifer abzuwehren. Ihre Pistole klemmte sie in ihren Hosenbund. Als sie die Kette zu fassen bekam, wickelte sie diese um ihren Arm und zog so fest daran, dass der Audax aus dem Gleichgewicht geriet. Verzweifelt versuchte er seinen Streetfighter unter Kontrolle zu bekommen. Es blieb ihm nichts anderes übrig, als Abby die Kette zu überlassen. Diese wollte ausholen und dem Audax seine eigene Medizin verpassen. Doch anstatt sie einzuholen, ließen sich die zwei verbliebenen Fahrer mehr und mehr zurückfallen.

Irgendetwas stimmte nicht, das spürte Abby! Sie war sich sicher, die Audax hatten ihre Geschwindigkeit absichtlich gedrosselt. Die Frage war nur – warum?

Endlich erreichten sie die Straßen von Cardiff. Valencia bog in eine menschenleere Gasse ein, als erneut Motorengeräusche hinter ihnen erklangen. Als Abby sich umdrehte, glaubte sie ihren Augen nicht zu trauen. Wo kamen die zwei Audax Vampire plötzlich her? Es dauerte eine Weile, ehe ihr bewusst wurde, dass es nicht dieselben Motorradfahrer waren, die sie nun verfolgten. Aber das machte keinen Unterschied! Hier musste irgendwo ein ganzes Nest von ihnen sein. *Die haben hier auf uns gewartet*, stellte Abby geschockt fest.

Auch Valencia waren ihre Verfolger nicht entgangen. Sie raste durch das Straßenlabyrinth, bis sie die Audax endlich abgehängt hatte. Mit schwerem Atem brachte sie den Streetfighter zum Stehen und sah sich ängstlich um. Aus der Ferne hörte sie bereits die nahenden Motorengeräusche. "Die kleben an uns wie Kletten!", warf Abby verzweifelt ein.

"Aber sie werden nur eine von uns bekommen." Hektisch schnallte Valencia ihre Bauchtasche ab und übergab sie an Abby, deren Herz vor Schreck einige Takte aussetzte. Sie wusste genau, was sich in dieser Tasche befand! "Was, um alles in der Welt, hast du vor?"

"Wir werden uns trennen."

"Nein, ich gehe nicht ohne dich!"

Es war ihr bereits schwer gefallen, die anderen zurückzulassen. Doch sie konnte unmöglich ohne ihre Mentorin fliehen. Das ging einfach nicht! Zwischen ihnen bestand ein unsichtbares Band! Niemand durfte es zerschneiden. Am wenigsten Val selbst!

Doch der strenge Blick der Mentorin verriet, dass sie keine Widerrede duldete.

"Du tust, was ich dir sage. Hier, nimm die Phiole und schütze sie mit deinem Leben."

"Bitte, Val! Ich kann nicht …"

"Wir haben keine Zeit zu verlieren. Ich verlasse mich auf dich."

Abby atmete tief durch und nickte. Sie hatten keine Zeit für lange Diskussionen. Die Phiole durfte nicht in die Hände der Audax fallen. Abby stieg von der Maschine. Mit zitternden Händen nahm sie die schmale Flasche mit dem Blut der sieben Logenanführer aus der Bauchtasche und ließ die Phiole in der Tasche der Innenseite ihres linken Stiefels verschwinden.

"Flieh über die Dächer", sagte Val.

"Und was ist mit dir?"

Val deutete zu ihrer Hose. Erst jetzt sah Abby die Pistole, die vom Bund ihrer Jeans gehalten wurde.

"Pass auf dich auf, Val."

"Keine Sorge, das werde ich." Sie hob den Daumen und fuhr los.

Abby band sich die Bauchtasche um, sah Val einen Augenblick lang nach und wurde dann von den Motorengeräuschen der nahenden Audaxmaschinen in den Hauseingang getrieben. So schnell Abby nur konnte, hechtete sie die Treppen hinauf, drang in den Dachboden ein und kletterte durch die Luke auf das Flachdach. Am Ende der Straße konnte sie gerade noch sehen, wie Val ihren Streetfighter um 180 Grad wendete und mit atemberaubender Geschwindigkeit auf ihre beiden Verfolger zuschoss. In dem Moment, in dem sie die Audax erreichte, explodierte ihre Maschine. Mit ihr gingen die Audax, begleitet von einer gewaltigen Detonation, in Flammen auf. Abbys Herz blieb vor Schreck stehen. Der Boden unter ihren Füßen vibrierte. Ungläubig starrte sie zu der Feuersäule, die sich bis in den Himmel erstreckte.

"Nein!", schrie sie. Immer wieder. "NEIN!" Das konnte doch nur ein böser Traum sein! Zitternd beugte sie sich über die Dachbrüstung und blickte auf die Straße hinab. Was war nur geschehen? Wieso war Vals Motorrad explodiert? Hatte sie den Tank geöffnet und hineingefeuert, um die Audax mit in den Tod zu nehmen? Abby spürte, wie ihre Knie weich wurden und die wackeligen Beine unter ihr nachgaben. Würgend presste sie die Hand vor den Mund. Tränen schossen ihr in die Augen. Sie weinte hemmungslos. Am liebsten wäre sie gleich mit gestorben. Aber Val hatte sich selbst geopfert, damit Abby leben und die Phiole zur Loge Maledetto bringen konnte. Sie durfte Val nicht enttäuschen, ihr Tod sollte nicht umsonst gewesen sein. Verzweifelt schluckte sie ihren Kummer herunter. Nein, jetzt war nicht der Zeitpunkt zu trauern. Jetzt war der Zeitpunkt zu handeln! Schon bald würde die Sonne aufgehen, sie musste sich beeilen. Abby rappelte sich auf und blickte erneut über die Brüstung. Sie suchte die Gegend nach den Feinden ab, entdeckte sie aber nirgends. Die Straßen füllten sich mit Schaulustigen. In der Ferne erklangen die Sirenen der Feuerwehr und Polizei. In dieser Nacht hatte Abby keinen Angriff der Audax mehr zu erwarten. Sie hatten genug Aufsehen erregt und würden sich nun von Menschenaufläufen fernhalten. Außerdem mussten auch sie Schutz vor der Sonne finden. Vermutlich hatten sie sich längst in ihre unterirdischen Verstecke zurückgezogen. Doch in Sicherheit war Abby deswegen noch lange nicht. Die Audax hatten überall ihre Spione. Früher oder später würden sie erfahren, dass Abby nun im Besitz der Phiole war. Sie kletterte die Leiter herunter und sah sich um. Sollte sie sich auf dem alten Dachboden verstecken? Nein, sie konnte und wollte jetzt nicht allein sein. Sie brauchte nach diesem schrecklichen Erlebnis Beistand, einfach das Gefühl, dass jemand für sie da war.

Plötzlich kam ihr eine Idee, die ihr vor wenigen Stunden noch völlig absurd vorgekommen wäre. Shelham lag nur wenige Meilen von hier entfernt. Wenn sie sich beeilte, konnte sie es bis in die Vorstadt schaffen, bevor die Sonne aufging. Sie brauchte sich nur ein Motorrad oder ein Auto zu organisieren. Hier, in Cardiff, gab es Tausende davon. Und in ihrer Situation war es Abby egal, ob sie durch diesen Diebstahl zur Straftäterin wurde. Ganz davon abgesehen, dass sie in ihren wilden Jahren ohnehin das eine oder andere Top oder gar eine teure Bluse aus dem Kaufhaus hatte mitgehen lassen. Es ging hier um weitaus mehr. Der Fortbestand Vita Eternas stand auf dem Spiel. Wenn das Bündnis zerbrochen und die einzelnen Logen ausgerottet waren, würden auch bald die Menschen unter den Audax nichts mehr zu lachen haben. Die Vampire des Audax Zirkels waren gnadenlose Killer, denen das Leben anderer, insbesondere das der Menschen, nicht mehr wert war als der Dreck unter ihren Fingernägeln.

Abby wog ihren Plan gründlich ab. Es war unwahrscheinlich, dass sich die Audax so kurz vor dem Morgengrauen noch außerhalb der Stadt aufhielten. Das bedeutete, sie hatte freie Bahn. Zumindest vorerst. Vielleicht gab es noch Hoffnung für ihre Mission. Vielleicht hatten die anderen den Angriff überlebt. Sie zückte ihr Handy, musste aber feststellen, dass der Akku bereits seinen Geist aufgegeben hatte. Vielleicht konnte sie ihn bei ihrer Schwester aufladen, um dann

Kontakt mit den Vampiren aufzunehmen. Womöglich hatten sie längst versucht, sie zu erreichen.

Je mehr sie darüber nachdachte, desto klarer wurde ihr, dass kein Weg an Shelham vorbeiführte. Was würde Alyce wohl sagen, wenn Abby plötzlich vor ihrer Tür stand? Und das auch noch zu so einer gottlosen Stunde? Sie würde ihr einiges erklären müssen. Abby konnte nur hoffen, dass Alyce sie nicht gleich zum Teufel jagte. Langsam schlich sie die Treppe hinunter, trat aus dem Haus und sah sich sorgsam in der Straße um. Sie flüchtete in eine dunkle Gasse, fernab von der Feuerwehr und Polizei, um ihre Diebesfertigkeiten zu testen. Es war weit schwieriger ein Auto aufzubrechen, als sie es sich vorgestellt hatte. Die meisten Wagen waren auch noch mit Alarmanlagen abgesichert. So blieb ihr nichts anderes übrig, als sich mit einem alten Fahrrad zu begnügen, das der Besitzer nicht einmal mit einem Schloss versehen hatte. Vermutlich glaubte er nicht, dass irgendjemand etwas mit dem rostigen Drahtesel anfangen konnte. Abby kam er jedoch gerade recht. Sie trat in die Pedale. Nun musste sie sich wirklich beeilen, wenn sie den Wettlauf mit der aufgehenden Sonne gewinnen wollte.

Ihre vampirische Kondition erlaubte es ihr innerhalb kürzester Zeit, die kleine Vorstadt zu erreichen. Doch Abby hatte keine Ahnung, wo genau Alyce wohnte. Nachdem ihre Mutter gestorben war, hatten sich ihre Wege getrennt. Abby war nach London gegangen und hatte in den Hallen der Loge Condannato, die sich unter dem Gestüt "Ride Through Time" befand, ein zu Hause gefunden. Sie wusste nur, dass Alyce nach Shelham gezogen war, ohne jedoch die genaue Adresse zu kennen. Als Abby an einer Telefonzelle vorbeikam, stieg sie vom Rad und schnappte sich das Telefonbuch. Es war erstaunlich, wie sauber es in Shelham aussah. Ganz im Gegensatz zu London. Die Telefonzelle war unversehrt, nicht einmal Spuren von Graffiti wies sie auf. Mit zitternden Händen blätterte sie durch die Seiten, bis sie endlich zum Buchstaben T vorgedrungen war. Hoffentlich hatte Alyce nicht geheiratet und einen anderen Nachnamen angenommen. *Nein*, dachte Abby und schüttelte amüsiert den Kopf. Alyce und heiraten? Der Gedanke war absurd. Vermutlich hatte sie nicht einmal einen Liebhaber. Sie war doch viel zu schüchtern, um sich auf irgendwelche Männergeschichten einzulassen. Ihr Zeigefinger tippte auf den Namen "Torn, Alyce". Sie atmete erleichtert auf. Wenn auf eines Verlass war, dann auf Alyce. Abby schwang sich auf ihren Drahtesel und fuhr zu der Adresse, die im Telefonbuch angegeben war. Sie hielt vor einem Häuschen und betrachtete es kritisch. *Es hat eindeutig Alyces Charme. Das muss es sein.*

Dann lehnte sie das klapprige Fahrrad an den Gartenzaun, sprang mit einem Satz über diesen und landete im blumengeschmückten Vorgarten. Langsam schritt sie auf die Veranda zu. Ein mulmiges Gefühl breitete sich in ihrer Magengegend aus. Wie würde Alyce reagieren? Abby versuchte einen Blick durch die gläserne Tür zu erhaschen, doch sie erkannte nichts durch die Spiegelung, da es im Innenraum zu dunkel war. Lange konnte sie das Unvermeidliche nicht mehr hinauszögern. Die Sonne färbte bereits den Horizont rot. Abby atmete tief durch und klingelte. Erst ein Mal, dann zwei Mal und schließlich nahm sie ihren Finger nicht mehr vom Knopf, bis ein verschlafenes Ebenbild ihrer selbst in Morgenmantel und Nachthemd an die Tür geeilt kam und diese schließlich aufschloss.

Alyces Augen weiteten sich vor Überraschung. Doch ehe sie etwas sagen konnte, schob sich Abby an ihr vorbei. "Lass mich herein. Ich bin in Schwierigkeiten und brauche deine Hilfe. Ich weiß, was du gleich sagen wirst. Aber hör mich zuerst an. Ich werde dir alles erklären. Gibt es einen Keller, in dem ich mich verstecken kann?"

Für Erklärungen hatte sie schließlich den ganzen Tag noch Zeit, doch nun musste sie erst einmal Schutz vor der Sonne finden. Alyce führte sie auf ihren Dachboden und verhängte die Fensterluken mit alten Stoffen, die dort oben lagerten, während Abby ihr Handy in die Steckdose stöpselte und den Akku auflud. Hoffentlich hatten ihre Gefährten den Angriff überlebt. Immerhin war Kyle bei ihnen, und er wusste, was in solchen Situationen zu tun war.

Als Alyce sich schweigend, doch mit einem, wie Abby fand, vorwurfsvollen Blick vor sie hockte, wusste Abby, dass sie ihr nun Rede und Antwort stehen musste. Es würde ein langer Tag werden. Wenigstens war sie nicht allein. Die Vampirin wusste, wie unglaublich ihre Geschichte für menschliche Ohren klingen musste …

Die zwei Schwestern redeten, bis die Sonne an ihrem höchsten Punkt stand. "Du wirst kommende Nacht aufbrechen?", fragte Alyce enttäuscht. Abby nickte nur. Es tat ihr in der Seele weh, ihre Schwester erneut zu verlassen, doch es gab keinen anderen Ausweg. Die Rettung Surs hatte Vorrang! Mit seinem Tod würde alles zusammenbrechen, wofür Abby und die anderen Vampire gekämpft hatten.

"Ich verstehe", sagte Alyce trocken. "Du willst dich sicher noch etwas ausruhen, bevor du dich auf den Weg machst." Mit diesen Worten stieg sie die Treppe herab und ließ Abby allein auf dem Dachboden zurück. Seufzend legte sich Abby auf eine der Decken und schloss die Augen. Am Nachmittag fand sie endlich ihren wohlverdienten Schlaf. Doch schon in wenigen Stunden würde sie ihre gefährliche Reise fortsetzen müssen.

"Lauf nur weg! Das konntest du immer schon am Besten", schnaubte Alyce. Sie stand am Wohnzimmerfenster und schaute Abelaine hinterher, die geduckt über den Rasen hastete und dann über die niedrige Buchsbaumhecke sprang. "Du musst zu deiner neuen Familie. Ja, so hast du sie genannt." Ein Mann namens Kyle hatte ihr eine sms geschrieben und Abby war aufgesprungen, um zu ihm zu laufen. Nur ihre Handynummer hatte sie Alyce auf einen Schnipsel des Saturday Newscourier geschrieben und unter das Miniaturschloss – einem Briefbeschwerer – neben das Telefon gelegt.

Die Nacht verschluckte Abelaine, und Alyce zog die Jacquard-Gardine vor. Es schmerzte. Sie wollte es nicht zugeben, aber es tat weh, ihre Schwester ein zweites Mal zu verlieren.

"Ich komme zurück, sobald diese Sache geklärt ist", hatte Abelaine ihr auf der Terrasse über den Rücken zugerufen, doch Alyce wusste, dass Abby dies nur gesagt hatte, damit sie ihr keine Szene machte. Eine Zwillingsschwester spürte das einfach.

Nun fühlte sie sich wieder so einsam, wie vor sechs Jahren, als ihre Mutter Rose an Brustkrebs starb. Abby war von Cardiff nach London geflüchtet und dort untergetaucht. Das karge Erbe hatte die 18-Jährige abgelehnt, als wollte sie mit ihrem alten Leben abschließen. Alyce dagegen hatte in der Vorstadt Shelham ein kleines Häuschen angezahlt. Die Fensterläden knarrten bei der kleinsten Brise, einige Schiefern waren beim letzten Sturm vom Dach gefallen; es regnete an drei Stellen in den Dachboden, und der Putz blätterte von den Wänden. Das Häuschen musste dringend renoviert werden. Es war heruntergekommen, aber immerhin ihr Heim.

Alyce blies die Kerze aus, die auf der Fensterbank stand und Jasminduft verströmte, und dankte Trevor dafür, dass er sich für sie eingesetzt hatte. Was hätte sie vor sechs Jahren ohne den guten, treuen Trevor, eine Seele von Mensch, getan? Er trat wie ein Vierzigjähriger mit viel Erfahrung auf und war doch erst 31 Jahre alt. Trevor wohnte in der Nachbarschaft und hatte den Vorbesitzer des Hauses überredet, die minimale Anzahlung von Alyce zu akzeptieren, und ihr sogar eine Anstellung als Souffleuse im "Lil' stage o' Shelham" vermittelt. Er selbst arbeitete als Hausinspektor in dem Kleinstadttheater, und in den Jahren, die sie nun zusammen schafften, hatte Alyce nie erlebt, dass eine defekte Lampe länger als zehn Minuten dunkel blieb, Kenneth von der Kasse den Schalter später als 19 Uhr öffnete und auch nur ein einzige Spinnwebe in der Ecke hing. Trevor delegierte seine kleine Garde aus Putzfrauen, Handwerkern und Kartenverkäufern.

Alyce fühlte sich sicher an seiner Seite. Trevor hatte immer alles im Griff, vor allen Dingen sich selbst, denn er hatte sich erst vor zwei Jahren erlaubt, sie zu küssen.

"Er ist wenigstens für mich da", sagte sie vorwurfsvoll, als könnte Abelaine sie hören. Doch Abby war längst unterwegs zu ihren Weggefährten, den "blutrünstigen Freaks der Nacht", wie Alyce sie abfällig betitelt hatte.

Kopfschüttelnd stieg sie die schmale Treppe ins Erdgeschoss hoch und schaute kurz zum Dachboden hinauf, wo Abbys Armbrust immer noch lag. Dann ging sie in ihr Schlafzimmer.

Sie konnte nicht glauben, was sie gesehen hatte! Abelaine hatte ihre Eckzähne in das blutige Steak gestoßen, das Alyce ihr aus dem Kühlschrank holen musste, und es schmatzend ausgesaugt, während ihre Schwester dagegen ankämpfte, sich zu übergeben. Selbst das Blut, das sich in der Schale gesammelt hatte, trank Abby. "Widerliches Tierblut", hatte sie ausgestoßen und gefragt: "Hast du mehr?" Alyce hatte die Nase gerümpft und ihre Schwester auf dem verdunkelten Dachboden alleine gelassen, um mehr saftiges Fleisch beim Metzger zu besorgen. Sie konnte den Anblick nicht ertragen, Abby am helllichten Tag in der Finsternis hocken zu sehen, kreidebleich und schlecht gelaunt, weil irgendetwas schiefgelaufen war.

"Teufel, dein Haus besitzt nicht einmal einen Keller". Das waren Abelaines Worte gewesen, worauf Alyce mit spitzer Zunge gefragt hatte: "Was hast du dir denn aufgebaut in den sechs Jahren, die du verschollen warst?"

"Ich habe eine neue Familie gefunden."

"Die sich versteckt und tötet."

"Um zu überleben. Was weißt du denn schon von der Vampirwelt!"

"Ewiges Leben ist ein Fluch."

"Wenn du so denkst, scheinst du nicht glücklich mit deinem Leben zu sein."

Abbys Worte waren wie ein Dolchstoß mitten ins Herz gewesen! Alyce hatte die Zähne zusammengebissen und versucht, die Tränen hinunterzuschlucken. "Mein Leben ist toll, wirklich toll", widersprach sie. "Ich habe ein kleines Häuschen auf dem Land, wenn auch renovierungsbedürftig, einen interessanten Job und Trevor." Und doch fühlte sie immer noch eine Leere in sich, die sie seit ihrer Jugend nicht zu füllen wusste. Als Teenager hatte sie gekocht, geputzt und gewaschen, weil ihre allein erziehende Mutter den ganzen Tag arbeitete und Abelaine lieber mit ihrer lächerlichen "Night-Fright-Gang", wie die ach so coolen Kids sich selbst nannten, abhing. Alyce dagegen hatte nicht einmal jemanden gehabt, den sie zu ihrem Geburtstag einladen konnte.

"Ich besitze das alles nicht", hatte Abby mit fester Stimme geantwortet, "aber ich habe die Loge Condannato, die mir alles bedeutet. Sie ist mein Leben. Ich bin dort zu Hause! Sie ist alles, was ich brauche."

Alyce fuhr sich mit der Handfläche übers Gesicht, um die Erinnerungen an den vergangenen Tag zu vertreiben, und entkleidete sich. Sie faltete den grünen Strickpullover und legte ihn auf den Stuhl, der neben dem Kleiderschrank stand. Die blaue Karo-Hose hängte sie über die Rückenlehne und strich die Falten mit der Handfläche aus, so wie Trevor es ihr gezeigt hatte. Als sie zum Kopfkissen ging, um ihr Nachthemd darunter hervorzuholen, erhaschte sie ihr nacktes Abbild im Spiegel der Schranktür und schaute schnell weg. Diese dünnen Beinchen, der flache Bauch, der nicht einmal die kleinste weibliche Rundung aufwies und die großen Brüste, die nicht zum Rest des mageren Körpers passten – Alyce versteckte dies alles lieber unter weiter Kleidung. Es gab keine Vorzüge, die sie hätte hervorheben wollen.

Da knackte es im Erdgeschoss. Erschrocken blieb Alyce wie angewurzelt stehen und lauschte in die Dunkelheit hinein. Nichts. Das Haus ächzte dann und wann. Vielleicht zog draußen ein Sturm auf, ein Vorbote des Herbstes.

Seufzend zog sie das Nachthemd an, in dem sie wie ein weißes Gespenst aussah. Sie schlenderte ins Bad, schaltete das Licht ein und betrachtete sich im Spiegel.

"Abby hat ihre Sommersprossen verloren", sprach sie in die Stille der Wohnung hinein. Erst jetzt fiel es Alyce auf, weil sie ihr eigenes, mit Sommersprossen übersätes Gesicht sah.

Sie raffte den Stoff ihres Nachthemds am Rücken zusammen, so dass sich ihre Kurven deutlich abzeichneten. "Mein Schwesterherz hatte schon immer ein Faible für figurbetonte Mode. Wie kann sie sich nur darin wohl fühlen?" Sie erinnerte sich an die Jungen aus der Grundschulklasse, die immer wieder ihren Busen betatschten. Wenn Alyce sie damals heulend anschrie, zuckten die Jungs nur mit den Achseln und rechtfertigten sich: "Der ist einfach immer und überall im Weg." Bei Abelaine hätten sie sich solch eine Unverschämtheit nie erlaubt, weil der kleine Wirbelwind ihnen sonst ein Feilchen verpasst hätte.

Alyce löste ihre Haarspange. Das rote Haar fiel ihr über die Schultern und reichte bis zur Hüfte. Sie begann es zu bürsten. Sie hätte lieber ein flammendes Rot wie Abelaine gehabt, anstatt karottenfarbenes Haar.

"Unsinn!", hatte Abby gesagt, als sie 14 Jahre alt waren, gemeinsam vor dem Badezimmerspiegel standen und sich gegenseitig die Strähnen mit Kreppeisen in

Zickzackwellen legten, um sich für einen Abend voller heißer Rhythmen fertig zu machen. "Wir sind doch eineiige Zwillinge und haben dieselbe Haarfarbe!" Danach war Abelaine mit ihren Freunden in die Disco "Mystical Moonlight" gegangen. Alyce dagegen hatte es sich mit ihrer Mutter vor dem Fernseher gemütlich gemacht und die tausendste Wiederholung von "Dirty Dancing" angeschaut.

Erneut hörte sie ein Geräusch aus dem Erdgeschoss, aber diesmal war es eher ein Schaben. Auf Zehenspitzen schlich Alyce zur Treppe und lauschte. Mit einem Mal fröstelte sie, dabei waren die letzte Nächte des Spätsommers in diesem Jahr recht mild. Nichts war zu hören. Vielleicht machte sich Suzy an den Fensterläden zu schaffen, weil sie ins Haus wollte. Die Maine Coon-Katze von Simon, dem Besitzer des Kiosks am Ende der Straße, besuchte Alyce öfters, weil diese immer ein Stück Speck für sie parat hielt.

"Sei nicht so überempfindlich", ermahnte sie sich. Aber das war nicht so einfach. Immerhin hatte sie das erste Mal einem Vampir gegenübergestanden – und dann war er auch noch eine Blutsverwandte, ihre Zwillingsschwester!

Alyce beschloss zurück ins Bad zu gehen. Plötzlich presste sich von hinten eine Hand auf ihren Mund. In der Handfläche lag ein Stück Klebeband, das nun ihre Lippen verschloss. Panisch schlug Alyce um sich. Sie versuchte zu schreien und sich das Band vom Mund zu reißen. Der Angreifer jedoch fesselte blitzschnell ihre Hände hinter dem Rücken. Alyce tobte aus Leibeskräften, hatte aber nicht den Hauch einer Chance. In diesem Augenblick trat ein zweiter Mann auf sie zu. Alyce konnte gerade noch sein schäbiges Grinsen erkennen. Brian, der im "Pub Afterwork" hinter der Theke stand, zwinkerte ihr selbstgefällig zu. Dann stülpte er einen Jutesack über ihren Oberkörper. Er schulterte die Gefangene und trug sie die Treppe hinunter. Es war stickig unter dem Sack. Alyce konnte nichts sehen, aber sie wusste, dass Brian sie aus dem Haus schleppte und in irgendeinen Kofferraum legte. Der Deckel schlug zu. Sie zitterte. Als Brian den Motor zündete und das Auto anfuhr, kreisten Alyces Gedanken angsterfüllt um eine einzige Frage: Warum?

Die Luft wurde immer schlechter. Alyce fiel das Atmen schwer. Zudem lief ihr der Schweiß in die Augen. Sie bemühte sich, ihre Fessel zu lösen, doch das war unmöglich. Brians Kumpan hatte ihre Handgelenke mit einem Kabelbinder zusammengebunden. Das Plastikband konnte man nur mit einer Schere oder einem Messer entfernen, soviel wusste Alyce.

Sie schätzte, dass sie 20 oder 30 Minuten gefahren waren, als das Auto ausrollte und parkte. Alyces Herz klopfte ihr bis unter die Schädeldecke. Was mochten diese schmierigen Kerle mit ihr vorhaben? Hatte Abelaine ihre Finger im Spiel? Seltsam war es schon. Zuerst stand nach sechs Jahren ihre verschollene Schwester vor der Tür, dann verkündete sie ihr, dass sie eine Vampirin ist, und nun kidnappte man Alyce. In diesem Moment verfluchte sie Abby! Ihr Zwilling zog Ärger magisch an. Mit ihrem wilden, zügellosen Wesen schaffte sie immer wieder Probleme. Sechs Jahre hatte Alyce in Frieden gelebt. Nun, da Abby wieder in ihr Leben getreten war, brach die Hölle los!

Brian öffnete den Kofferraum. Alyce wusste genau, dass er es war, der ihren Oberkörper nahm und aufrichtete. Im "Afterwork" hatte sie immer vor Ekel einen

Kloß im Hals gehabt, wenn er eine neue Runde Ale servierte und alle zehn Sekunden die Nase hochzog.

"Nimm du die Beine, Pete", hörte sie Brian sagen.

Unsanft hoben die Männer sie aus dem Kofferraum. Sie trugen Alyce in ein Gebäude und stellten sie dort auf ihre Füße. Dumpfe Geräusche drangen an Alyces Ohr. Sie vernahm Fingertrommeln auf einer Holzkiste und Gemurmel. Nicht nur Brian und Pete waren im Raum. Es standen weitere Personen um sie herum!

Alyce erstarrte. Man beobachtete sie. Sie hasste es, im Mittelpunkt zu stehen. Aber diese absurde Situation ließ eine unbekannte Furcht in ihr aufsteigen. Irgendjemand hatte sie aus ihrem Kokon herausgerissen. Dabei lebte sie doch so zurückgezogen. Vor einer Entführung hatte sie nicht einmal Trevor beschützen können. Wer mochte nur etwas gegen sie im Schilde führen? Sie fühlte sich hilflos, so schrecklich allein gelassen, dass sich ihr Herz verkrampfte. Die Luft unter dem Postsack wurde knapp. Alyce wurde schwindelig. Wackelig stand sie auf den Beinen und kämpfte dagegen an, wie ein Stein zu Boden zu fallen.

"Wieso bist du so schwach auf den Beinen?", krähte Pete. "Ich dachte, du bist eine Kämpferin. Stell dich nicht so an!"

Forsche Schritte. Jemand kam auf Alyce zu. "Mach endlich den Sack ab! Ich will meine Beute sehen", fuhr eine unbekannte männliche Stimme ihn an. Sie klang rau und kräftig, aber jung.

Beute, hallte es in Alyce wider. Aber sie kam nicht dazu, weiter darüber nachzudenken. Pete entfernte den Jutesack. Alyce blickte geradewegs in das Gesicht eines großen Mannes mit unergründlichen Augen, wie das grün-blaue Wasser eines tiefen Waldsees. Er musterte Alyce neugierig. Gleichzeitig blitzte ihr Zorn entgegen; Zorn, der sein hübsches Antlitz nicht entstellte. Dunkelblondes wildes Haar fasste sein ovales Gesicht ein, dessen wächserner Teint etwas Aristokratisches besaß, im Unterschied zur seiner zerrissenen Jeans und der abgetragenen Lederjacke. Der unterste Knopf der Jacke aus billigem gepresstem Metall baumelte an einem einzigen Faden. Der Mann hatte die silberne Gliederkette, die früher einmal keck eine Gürtelschlaufe mit der Gesäßtasche verband, notdürftig an der Schlaufe festgeknotet, und nun hing die Kette wie eine leblose Schlange am Oberschenkel des Fremden herunter. Das Grübchen auf der rechten Wange lockerte seine harten Züge auf, ja, es gab ihm etwas Kindliches, betrachtete man nur diese eine Gesichtshälfte; doch der Kinnbart hob diesen Eindruck auf und ließ den Mann wiederum düster wirken.

Dieser Fremde schien ein einziger Gegensatz zu sein!

Er machte einen Schritt auf sie zu. Alyce stolperte rückwärts. Beinahe wäre sie gefallen, doch Pete, der hinter ihr stand, fing sie auf. Blut schoss ihr in die Wangen. Ihre Schamesröte zauberte ein vages Lächeln um den Mund des Mannes, aber im nächsten Augenblick wich es wieder der hasserfüllten Maske.

Alyce konnte ihren Blick nicht von dem Fremden abwenden. Er sah so unbeschreiblich gut aus, wie ein düsterer Held aus einem der Theaterstücke im "Lil' stage o' Shelham" und flößte ihr gleichzeitig eine Heidenangst ein.

Mit einem Mal sah er sie erstaunt an. Er kam mit dem Gesicht nah an das ihre heran, als wollte er sie beschnüffeln. Seine Nähe raubte Alyce den Atem. Der Fremde roch nach Zigarillos, kräftig und würzig. Der Duft wirkte benebelnd auf Alyce. Nun entdeckte sie eine kleine Narbe, welche von der linken Augenbraue fast gänzlich verdeckt wurde, ein Detail, an dem sie sich festklammerte, um nicht in Panik zu geraten.

"Wir haben Ihnen gebracht, was Sie bestellt hatten, Logan", begann Brian und seine Stimme klang brüchig. "Nun hätten wir gerne unsere Bezahlung, wenn's recht ist."

Kaum hatte er das letzte Wort ausgesprochen, schrie Logan auf und trat ihm mit einer solchen Wucht in den Magen, dass Brian rückwärts gegen einen Stapel mit gefüllten Postsäcken fiel. Gekrümmt blieb der Handlanger davor liegen und sah dabei wie ein geschlagener Köter aus, der sich unterwarf und seinen Hals dem Überlegenen hinhielt. Alyce spürte, wie Pete zusammenzuckte, und auch sie selbst zitterte nicht einfach nur mehr – ihr Körper bebte!

"Ihr Menschen seid so blind. Ihr macht mich krank!" Logan tobte. Wütend ballte er die Hände zu Fäusten und richtete die Drohgebärde gegen Brian.

Erst jetzt schaute sich Alyce um und bemerkte, dass die beiden Männer sie in eine Poststation entführte hatten. Logan hatte "Menschen" gesagt, so, als würde er nicht dazugehören, als wäre er ein … Sie wagte nicht, den Gedanken zu Ende zu bringen.

Hinter Logan kam nun eine junge Frau zum Vorschein. "Ihr habt uns hintergangen", sagte sie scharf. Ihre Haut besaß einen wunderschönen kaffeebraunen Teint, und ihre kurzen krausen Locken gaben ihr ein fast niedliches Aussehen. Aber Alyce warnte sich selbst davor, dieser Fremden einen Stempel aufzudrücken, bevor sie die Frau kennengelernt hatte, denn ihre Miene war kühl. Vielleicht sagte das hautenge, dunkelblaue T-Shirt, das die Farbige trug, mehr über sie aus? Auf der Vorderseite stand in Grußbuchstaben aus roten Backsteinen der Schriftzug 'BITCH'.

Langsam erhob sich Brian und ließ Logan nicht aus den Augen. "Was … wovon …?", stotterte er.

"Du weißt genau, wovon wir sprechen!", blaffte die Farbige, aber Logan brachte sie mit einer Geste zum Schweigen.

Er lachte abfällig. "Du irrst, Maxine. Dieser menschliche Abschaum ist völlig ahnungslos."

"Woher weißt du das?"

"Ich kann ihren Angstschweiß riechen. Er stinkt nach Unwissen und nicht nach Arglist." Logan schnupperte, als wäre er ein Jagdhund, der eine Fährte witterte. "Du wirst lernen, dich auf deine Instinkte einzulassen, Elevin."

"Ja, Bloodhound", antwortete Maxine mit einem schnippischen Unterton.

Missbilligend schaute Logan sie an, worauf sie demütig den Blick senkte. "Diesen Titel habe ich mir hart erarbeitet, und ich lasse nicht zu, dass du dich lächerlich über ihn machst. Das sind die falschen Voraussetzungen für eine Elevin – meine Elevin!", herrschte er sie an. "Santagos hätte auf mich hören sollen."

Alyce betrachtete Logans durchtrainierten Oberkörper durch sein schwarzes Netzshirt. Wie schade, dass er seine Bizeps unter einer dunklen Lederjacke versteckte! Unter der zerrissenen schmutzigen Jeans zeichnete sich ein knackiger Hintern ab und vorne ein riesiges Gemächt. Just in dem Augenblick, als Alyce die Wölbung fasziniert betrachtete, drehte sich Logan zu ihr um. Ihr Gesicht lief erneut hochrot an. Am liebsten hätte sie sich in Luft aufgelöst. Doch sie wagte nicht den Blick von ihm abzuwenden, denn er hatte die Fäuste noch immer gehoben, bereit zum ersten Schlag gegen das, was er hasste: Menschen, wie Brian, Pete – und Alyce. Konnte es wirklich sein, dass er ein Vampir war? So absurd es klang, Abelaine, ihre eigene Schwester, hatte ihr den Beweis erbracht; Vampire existierten!

Ängstlich versuchte Alyce auszuweichen, doch Pete, der immer noch hinter ihr wurzelte, hielt sie wie ein Schutzschild vor sich. Logan kam näher. Seine rechte Faust berührte fast ihre Nase. Alyce riss die Augen auf. Eine Schweißperle lief ihre Wange hinab und tropfte von ihrem Kinn. Sie wollte schreien. Sie wollte fortlaufen. Stattdessen starrte sie Logan nur panisch an.

Als er seine Faust öffnete, zuckte sie zusammen. Er berührte ihren Mund mit seinem Handrücken. Sanft fuhr er mit dem Daumen ihre Lippen nach, die noch immer von dem Klebeband verschlossen waren. Er drang in die Furche zwischen den Lippen ein, und Alyce empfand mit einem Mal den lüsternen Wunsch, seinen Finger mit ihrer Zungenspitze zu liebkosen, obwohl dies natürlich aufgrund des Klebestreifens unmöglich gewesen wäre. Im nächsten Augenblick schalt sie sich einen Narren! Wie konnte sie nur solch laszive Gedanken haben, wo sie gefesselt und geknebelt vor einem Fremden stand, der ein Vampir sein konnte! Doch eben diese Schutzlosigkeit erregte sie auf unbekannte Weise. Trevor fehlte ihr! Er brachte sie jedes Mal wieder auf den Pfad der Vernunft zurück.

Plötzlich riss Logan ihr das Klebeband vom Mund. Alyce verzog gequält das Gesicht und befeuchtete die trockenen Lippen mit ihrer Zunge. Dann bemerkte sie Logans lüsterne Blicke und hörte damit auf.

"Wer bist du?", fragte er.

Sie schluckte. "Alyce Kathleen Torn. Hier muss ein Missverständnis ..."

"Sie lügt!", unterbrach Pete sie. "Das kleine Miststück spielt das Unschuldslamm, weil wir sie geschnappt haben." Grob schüttelte er sie.

Blitzschnell stieß Logans Hand an Alyces Wange vorbei und vergrub sich in Petes Haaren. Er zog ihn hinter der Geisel hervor, bohrte die Finger in Petes Nacken und zwang ihn auf die Knie. Der Handlanger jaulte auf, und seine Miene wurde zur schmerzerfüllten Fratze. Alyce floh in eine Ecke.

"Das ist nicht Abelaine, du menschlicher Unrat", knurrte Logan. "Das muss ihre Zwillingsschwester sein."

Abby! Alyces Knie wurden weich. In was war ihre Schwester nur hineingeraten?

Pete hatte Mühe zu sprechen. "Wir wussten nichts von einer Verwandten."

"Sie hat das Geheimnis gut bewahrt." Logan verstärkte seinen Griff. "Wie blind muss man sein, um diese Menschenfrau für eine der besten Kämpferinnen der Loge Condannato zu halten? Wie ignorant zu denken, die Vampirin wäre feige in einer langweiligen Vorstadt untergetaucht! Nicht Abelaine Torn! Sie würde eher im Blutkrieg sterben als sich zu verstecken."

Alyce meinte einen Hauch von Ehrfurcht in seiner Stimme zu hören. Doch nun war die Situation klar – Logan war auf der Jagd nach Abby und somit stand auch Alyce auf seiner Abschussliste.

Mit zitternden Fingern zeigte Pete auf sie. "Die Schlampe hat uns reingelegt!"

Logan stieß einen kehligen Schrei aus und hieb seine Zähne in Petes Hals. Röchelnd brach dieser zusammen. Brian, der hinter Maxine stand, raufte sich die Haare und sah sich ängstlich nach einer Fluchtmöglichkeit um. Er nahm einen gefüllten Postsack, und als die Elevin, irritiert durch die Geräusche sich umdrehte, warf er ihn ihr zu. Maxine war zu erstaunt, um zu reagieren. Begleitet von den schmatzenden Trinkgeräuschen Logans fiel sie zu Boden. Der Sack begrub sie, und Brian floh durch die Eingangstür.

"Mist!" Wütend sprang sie auf und wollte hinter ihm herhasten, doch Logan zog seine langen Eckzähne aus Pete und schleuderte ihn ihr zu Füßen.

"Ich werde mir meine eigene Mahlzeit besorgen", zeterte sie.

"Nein!" Unnachgiebig zeigte er auf den benebelten Pete. "Dafür haben wir keine Zeit."

"Ich werde nichts von deiner Beute kosten." Mit erhobenem Kinn wandte sich Maxine ab.

"Doch, das wirst du! Denn du brauchst Kraft für den Feldzug gegen die Loge Condannato."

Alyce sah, wie die Gier nach Blut in Maxine erwachte. Die Augen der Farbigen glänzten und weiteten sich beim Anblick von Petes blutverschmiertem Hals. Ihr Brustkorb hob und senkte sich. Speichel rann ihre Mundwinkel hinab. Sie leckte ihn ab und stürzte sich auf Pete, um ihren Blutdurst an ihm zu stillen.

"Und nun kommen wir zu dir, Alyce", sprach Logan bedrohlich. Er wischte sich mit dem Handrücken das Blut von den Lippen und schritt auf sie zu.

Starr vor Angst brachte sie nur ein leises "Nein" heraus. *Sollte das nun ihr Ende sein? Würde sie in den nächsten Minuten getötet werden? Blutleer gesaugt von einem Vampir – welch bizarres Ableben*, dachte sie.

Logans Berührung riss sie aus ihren morbiden Gedanken. Er hatte seine Hand an ihre Wange gelegt und schaute sie mit einem Lächeln an, das sie erschauern ließ. Logan sah so ungemein gut aus mit seinem langen wirren Haar und dem Grübchen. Konnte er tatsächlich der Teufel in Person sein?

"Abby?", formulierte sie mühsam, "was ist mit Abby?"

Zärtlich streichelte er mit den Fingerspitzen ihr Ohr, ohne seine Hand von ihrer Wange zu nehmen. "Sie steht auf der falschen Seite. Aber sie wird uns schon sehr bald in die Falle gehen. Niemand entkommt dem Audax Zirkel!"

"Wirst du mich nun ..."

Mit sanftem Druck legte er ihr seinen Zeigefinger auf den Mund. Unter anderen Umständen wäre sie dahingeschmolzen wie Butter in einer heißen Pfanne. Männer, wie Logan, attraktiv, selbstbewusst und stark, hatten sie nie eines einzigen Blickes gewürdigt. Nun schaute einer dieser Adonisse ihr tief in die Augen, mit einem tödlichen Lächeln auf seinen Lippen und Zähnen, die scharf wie Messer waren und sich bald in ihr Fleisch bohren würden.

Er nahm den Finger fort und holte ein Handy aus seiner Jackentasche. "Du wirst mir Abbys Nummer sagen."

"Ich habe sechs Jahre nichts von ihr gehört. Eine Nacht war sie bei mir und ist auf und davon, ohne ..."

Zornig schlug er mit der freien Hand gegen die Mauer hinter Alyce. "Mach nicht den Fehler und lüg mich an! Ich weiß, du kennst ihre Mobilnummer. Bedenke, ich kann sie auch aus dir herauskitzeln. Nun beantworte meine Frage."

Stille. Gespenstisches Schweigen. Nicht einmal Maxines Saugen war zu hören. Vielleicht hatte die junge Vampirin aufgehört, weil sie das sich zusammenbrauende Gewitter bemerkt hatte.

Ein seltsamer Kälteschauer überzog Alyces Rücken. Wie eine eisige Hand umfasste sie ihren Nacken und floss die Wirbelsäule hinunter, um sich auf dem ganzen Rücken auszubreiten. Alyce spürte mit Schrecken, wie ihre Brustspitzen sich verhärteten und gegen den Baumwollstoff des Nachthemds stießen. Ihre Körperhaare stellten sich auf. Die frostige Hand umschloss selbst ihr Herz. Und Alyce meinte, einen kalten Hauch zu sehen, den Logan ausatmete, und der auf sie übergriff.

Wie in Trance sagte Alyce die Handynummer auf und fühlte eine tiefe Trauer in sich aufsteigen. Abelaine hatte sechs Jahre den Kontakt mit ihr vermieden, aber nicht weil sie Alyce vergessen wollte, sondern um sie zu schützen. Und nun, da es an ihr war, Abby nicht zu verraten, war sie zu schwach.

Logans Handrücken streifte ihre Lippen. Er lächelte sie verständnisvoll an. "Quäl dich nicht. Du hast keine Chance gegen mich." Dann wählte er Abbys Nummer. "Abelaine, meine Wildkatze, kennst du den Spruch: 'Blut ist dicker als Wasser'?"

Alyce hörte die aufgeregte Stimme ihrer Schwester am anderen Ende, konnte aber nicht verstehen, was sie sagte.

"Blutsverwandte sollte man entweder eliminieren oder initiieren – Tod oder Vampir", fuhr Logan fort, "alles andere ist fatal. Ich habe deine Schwäche entdeckt, und diese wird dich zu Fall bringen."

Abelaine schien sich wieder im Griff zu haben und sprach nun ruhiger.

"Du glaubst nicht, dass sie in meiner Gewalt ist?" Eindringlich sah er Alyce an. Er griff in ihr langes rotes Haar und zog sie so nah an sich heran, dass sie glaubte, er wollte sie küssen. Abfällig sagte er: "Sprich mit deiner Vampir-Schwester. Bettle sie an, sie möge dein Menschenleben retten. Flehe um Hilfe."

Alyce hatte einen Kloß im Hals. Logans Worte schmerzten. Sie wollte sich nicht erniedrigen, wollte ihm keine Genugtuung verschaffen, und doch fühlte sie den Wunsch, ihre ganze Hilflosigkeit hinauszuschreien. Verzweifelt focht sie innere Kämpfe aus. Würde dieser Barbar ihr Blut trinken, wenn sie seinem Wunsch nicht entsprach? Abelaine musste wissen, dass sie, Alyce, sich in seiner Gefangenschaft befand. Daran führte kein Weg vorbei!

Sie ballte ihre Hände hinter dem Rücken zu Fäusten. "Abby, ich bin ..." Ihre Stimme brach ab. Sie holte tief Luft. "Du musst mich hier rausholen, bitte. Ich brauche dich – dieses eine Mal." Sie wich Logans Blick aus.

Er ließ ihre Haare los, streifte zärtlich ihre Ohrmuschel und sprach kühl: "Abelaine, du wirst in einer Stunde auf dem Rasen des *Millennium Stadiums* stehen, alleine, und mir ohne Umschweife die Phiole geben. Machst du Probleme, töte ich deine Zwillingsschwester auf der Stelle!" Er beendete die Verbindung und drehte sich zu Maxine. "Bist du bereit?"

Die Vampirin nickte. Sie stand auf und wusch sich Gesicht und Hände in einem Waschbecken neben dem Eingang des Postlagers. Einige Sekunden lang betrachtete sie ihr trauriges Gesicht im Spiegel. Ihre Hände krallten sich um das Becken. Im nächsten Augenblick hatte sie sich wieder gefangen und öffnete die Tür.

Logan packte Alyce am Arm und schob sie hinaus in die Nacht. Maxine folgte. Die Straßen waren außergewöhnlich ruhig. Alyce bekam eine Gänsehaut. Sie drehte sich um und las in Gedanken das Schild über dem Eingang: 'CARDIFF POSTOFFICE, STAFF ONLY'. Tausend Gedanken schwirrten in ihrem Kopf herum. Logan zog sie fort. Noch nie war sie jemandem begegnet, der über Leichen ging, um an sein Ziel zu kommen. Logan hatte ohne zu zögern Pete ermordet. Er würde sicher auch sie töten und Abby ebenfalls. Was mochte nur in dieser Phiole sein, dass er alle Moral über Bord warf, um sie zu bekommen? Und wieso sah er bei all dem Jähzorn so verdammt gut aus?

Alyce spürte den kühlen Asphalt an den Fußsohlen und wurde sich mit einem Mal bewusst, dass sie nicht nur keine Schuhe trug, sondern auch keine Unterwäsche. Verstohlen sah sie zu Logan und war erstaunt, dass er sie ebenfalls anschaute. Peinlich berührt versuchte sie in die Fenster zu blicken, an denen sie vorbeigingen, doch die meisten Jalousien waren heruntergelassen.

"Ich würde an deiner Stelle lieber folgsam sein", sprach er leise.

"Folgsam?", brach es verärgert aus ihr heraus. Seine Überheblichkeit begann ihre Nerven auf die Probe zu stellen. Ja, sie hatte für einen Moment darüber nachgedacht zu kreischen und gegen die Haustüren zu treten. Aber ihre Knie waren so weich, dass sie kaum gehen konnte. Wie hätte sie da den Mut aufbringen sollen, aufzubegehren? Dennoch konnte sie sich nicht verkneifen, trotzig zu fragen: "Können sich Vampire keine Fahrzeuge leisten oder liegt es an eurem Umweltbewusstsein, dass ihr nicht im Auto reist?"

Eine Zornesfalte entstand auf seiner Stirn. Er warf Maxine einen düsteren Blick zu. "Erklär du es ihr, Elevin. Diese Information können wir dem Rotschopf gönnen. Wer weiß, wie die Nacht ausgeht …"

Alyce blickte über die Schulter hinweg, wie die farbige Vampirin das Gesicht verzog. Ihre Stimme jedoch klang unterwürfig. "Der Bloodhound lässt mir die große Ehre einer Ausbildung zuteil werden. Wir müssen ohne jegliche Hilfsmittel reisen, um meine Sinne zu sensibilisieren und zu schulen ..."

"... und den Überlebenssinn zu trainieren", fügte er hinzu, "denn wenn einer Kreatur die Grundlagen geraubt werden, wird sie zur reißenden Bestie."

Alyce schauderte und bemerkte Logans zufriedenes Grinsen. Um seinen Triumph zu schmälern, hielt sie dagegen: "Nur Tiere sind wild."

"Du irrst. Kontrollierte Wut ist mächtig!", antwortete er ernst.

Aber selbst, wenn er stumm blieb, besaß er etwas Einschüchterndes. Was mochte er von ihr denken? Mit Abby konnte sie nicht konkurrieren. Sie war weder genauso sexy, noch eine ... Wie hatte er sie genannt – eine Kämpferin? Alyce hatte immer gedacht, dass ihre Schwester vor allem weglaufen würde, weil sie als Teenager kaum zu Hause und nach dem Tod der Mutter aus Cardiff nach London geflüchtet war. Doch nun grübelte Alyce, ob nicht sie selbst es war, die sich versteckte. Immerhin ging sie damals wie heute nur selten aus und verkroch sich lieber im Haus.

Logan hielt ihren Oberarm fest umschlossen, während sie durch die Straßen gingen, und Alyce wühlte seine Nähe noch mehr auf als die mysteriöse Entführung es eh schon tat. Sie hatte zwar das Gefühl in seiner Anwesenheit kaum atmen zu können, er flößte ihr Angst ein, aber er stützte sie auch. Ein Quäntchen seiner Stärke floss in sie über.

Wann immer sie in der Ferne einen Passanten sahen, versteckten sich die drei in Hauseingängen. Logan stellte sich vor Alyce, um sie mit seiner schwarzen Kleidung zu verdecken. Dabei ließ er nicht einmal fingerbreit Platz zwischen ihren Körpern, sondern keilte Alyce förmlich zwischen Hauswand und ihm ein. Maxine erspähte, wann die Luft rein war, während Logan Alyces Haar durch seine Finger gleiten ließ.

Einmal beugte er sich über sie, blickte ihr tief in die Augen und flüsterte: "Bis auf die Sommersprossen siehst du genauso aus wie Abelaine! Aber in deinen Augen erblicke ich Traurigkeit." Behutsam zog er ihre hellroten Augenbrauen mit seinem Zeigefinger nach.

Alyce staunte und dachte an das, was ihre Mutter einmal zu ihr gesagt hatte: "Augen sind die Tore in die Seelen der Menschen." Sie betrachtete Logan, aber die Straßenlaterne schien in seinen Rücken und warf lediglich dunkle Schatten in sein Gesicht. Wie gerne hätte sie einen Blick in sein Inneres geworfen!

Es dauerte eine Weile, bis sie Cardiffs Straßendschungel durchquert und das Millennium Stadium erreicht hatten. Zu Alyces Enttäuschung fand ausgerechnet an diesem Samstagabend kein Spiel statt. Imposant ragten die vier Masten in den Nachthimmel und rechtfertigten mit ihren 93 Metern das Prädikat "höchstes Gebäude von Wales".

Im Schutz einer Eiche kauerte Alyce neben Logan und Maxine und beobachteten das Wachhäuschen am Nordeingang. Der Pförtner hatte sich einen Pocket-TV auf den Schreibtisch gestellt und lachte dann und wann auf.

Alyce war noch immer vom walisischen National Stadium beeindruckt, obwohl sie Cardiff mied, wie der Teufel das Weihwasser, wenn ein Rugby- oder Fußballspiel stattfand, weil die Zuschauerschar, die das größte Stadium Großbritanniens fasste, nach dem Spiel die Straßen überfluteten wie ein Tsunami; immerhin fasste die Arena bis zu 73.500 Zuschauer.

"Bewegliche Ziele sind immer am interessantesten", erklärte Logan Maxine.

Die Vampirin zögerte. Schließlich nickte sie und erhob sich. In diesem Moment rief Alyce: "Nein!" Sie wollte nicht noch einen Toten sehen.

"Ich habe meine Leine wohl zu locker gelassen", knurrte Logan, wickelte ihre langen Haare um seine Hand und zog sie zu sich. "Pfusch mir nicht in mein Handwerk!"

"Bitte, er dreht bestimmt gleich seine Runde. Dann können wir ungestört an ihm vorbei."

"Wir brauchen seinen Schlüssel", warf Maxine ein.

"Es gibt eine defekte Lagerraumtür. Ein Bekannter hatte sie entdeckt und sich furchtbar aufgeregt, weil ..." Sie brachte den Satz nicht zu Ende, da Logans Griff in ihren Haaren sich verstärkte, und sie Trevor nicht erwähnen wollte.

Drohend fragte er: "Und der Eingang ist seitdem nicht repariert worden? Dein Versuch, das Leben des Pförtners zu retten, ist mehr als dürftig."

Bevor sie etwas erwidern konnte, hörten sie, wie die Tür des Pförtnerhäuschens zuschlug. Der Wachmann schloss ab und machte sich auf seinen Rundgang, bewaffnet mit einer Taschenlampe.

Erleichtert stieß Alyce die Luft aus. "Die Lagertür ist nicht weit von hier." Sie sah Logan flehend an.

Der Vampir zog Alyce auf die Füße. "Deine erste und letzte Chance", sagte er zu ihr. "Sollte die Tür verschlossen sein, wird er sterben. Wir machen keine nutzlosen Gefangenen." Er nickte Maxine zu. "Schau nach, ob die Luft rein ist. Ich traue Vita Eterna nicht und erst recht nicht der Loge Condannato!"

Die Farbige pirschte zur Pförtnerloge, um die Gegend zu inspizieren.

Alyce starrte ihn entsetzt an. Wie konnte er nur so eiskalt sein! "Was muss dir nur widerfahren sein ...", murmelte sie. Sie glaubte, leise gesprochen zu haben, doch als Logans Gesichtszüge entgleisten, und er sie losließ, wusste sie, dass er verstanden hatte. Ängstlich wich sie zurück und rannte hinter Maxine her.

Alyce führte Logan und seine Schülerin zu einer Falltür, die von Weitem kaum sichtbar inmitten einer Grasnarbe lag. Der Vampir sah sich prüfend um, dann umfasste er den Griff und zog daran.

"Tatsächlich, sie lässt sich öffnen", staunte Maxine und strahlte das erste Mal, seit Alyce sie gesehen hatte. Schon sprang die Vampirin in das dunkle Loch und rief: "Die Luft ist rein. Lass die Gefangene runter. Ich stelle Fässer unter die Luke."

Mit einem süffisanten Lächeln schlich Logan um Alyce wie ein Panther, der sein Opfer umkreist, und stellte sich nah hinter sie; sehr nah, denn ihre gefesselten Hände stießen zwischen seine Beine, und ihre Arme berührten eine Schlange, die unter dem sanften Druck zuckte. Alyce rang nach Luft. Sie ballte die Hände zu Fäusten, versuchte von Logan wegzukommen, doch er fasste sie unter den Achseln und schmiegte sich an ihren Rücken. Als er sie hochhob, streiften ihre Handballen die große Wölbung in seiner Jeans, worauf er leise wohlig aufstöhnte. Flugs ließ er sie zu Maxine hinunter und sprang hinterher. Alyce war froh über die Dunkelheit im Getränkelager, denn sie wäre lieber im Boden versunken, als Logan ansehen zu müssen – wenn er die Traurigkeit in ihren Augen lesen konnte, würde er auch die Lust erkennen können. Maxine öffnete eine Tür, die ins Innere des *Millennium Stadiums* führte, und ein fahler Lichtstrahl erhellte das Spirituosenregal an der rechten Seite.

"Weiter! Uns läuft die Zeit davon", ermahnte Logan.

Maxine eilte eine Treppe hoch, und nachdem sie ein Zeichen gab, dass die Luft rein war, folgten ihr Alyce und Logan. Die Aufregung in Alyce wuchs. Sie standen nun vor dem Aufgang zu den Sitzbänken des 5-Sterne-Stadiums, dessen Dach in dieser Nacht geöffnet war. Lauerte Abelaine irgendwo in der Dunkelheit? Würde sie Logan die Stirn bieten können? Alyce machte sich große Sorgen um Abby. Der Vampir war wie ein Pitbull, der, hatte er sich einmal festgebissen, erst wieder losließ, wenn man ihn tötete. Bei all den Differenzen, die Alyce mit Abby hatte, den Tod wünschte sie ihrer Zwillingsschwester auf keinen Fall!

"Wirst du sie ...", begann sie, brachte es aber nicht fertig, den Satz auszusprechen.

Er beugte sich zu seinen Stiefeln hinunter, die an den Fersen Stahlkappen besaßen, zog ein langes Jagdmesser heraus und machte einen Schritt auf sie zu.

"Ich bin vor ihr dran", mutmaßte Alyce entsetzt und floh hinter einen Stützpfeiler.

Maxine legte besänftigend eine Hand auf Logans Schulter, doch er wehrte sie mürrisch ab. "Wenn du sie jetzt tötest, haben wir kein Austauschobjekt. Abelaine wird sich nicht täuschen lassen. Die Phiole ist uns schon einmal vor der Nase weggeschnappt worden."

"Schweig!", fuhr er sie an und wandte sich an Alyce. "Dreh dich um."

Wild entschlossen, sich nicht freiwillig in ihr Schicksal zu fügen, schüttelte sie den Kopf.

Trocken sagte er: "Die Fesseln."

Erst jetzt verstand sie. Unsicher hielt sie ihm die Hände hin. Sie traute Logan nicht! Er wollte diese Phiole, egal, was er dafür opfern musste. Doch er legte ihr tatsächlich nicht die Klinge an die Kehle, sondern schnitt das Plastikband durch. Eilig drehte sie sich zu ihm und rieb ihre Handgelenke.

"Und nun das Nachthemd", fuhr er kurz angebunden fort.

Alyce traute ihren Ohren nicht. "Das ist nicht dein Ernst!"

"Erwecke ich den Eindruck bei dir, als wäre ich zu Scherzen aufgelegt?" Fragend hob er die Augenbrauen.

"Gib ihm, was er verlangt", nörgelte Maxine ungeduldig, "Vita Eterna sind Menschenfreunde. Der Audax Zirkel nicht!"

"Geh zum Treppenabsatz und schau nach, ob du etwas siehst", instruierte Logan die Elevin. "Und du, Alyce, folgst ohne zu zögern meinem Befehl, oder ich schneide dir das Nachthemd vom Leib." Drohend hob er das Messer.

In Alyce wich jegliche Gegenwehr. Was konnte sie schon gegen einen Vampir ausrichten, hoch gewachsen, muskulös und erbarmungslos? Sie kam sich wie ein hilfloses Schaf vor, das vor einem zähnefletschenden Wolf stand. Ihre einzige Hoffnung war Abby, ihre Schwester, die Starke und Mutige, ja, sie würde Alyce befreien.

Sie beobachtete, wie Maxine geschmeidig und lautlos wie eine Katze die Treppenstufen erklomm und hinaus ins Stadium spähte.

Nun flüsterte Logan: "Ich brauche dein Nachthemd, um Abelaine zu zeigen, dass du in der Nähe bist. Ohne einen Beweis wird sie keinem Austausch zustimmen. Aber ich bin nicht leichtsinnig und nehme dich auf den Rasen mit. Ich verwette meine Seele, dass es hier von Condannato-Vampiren wimmelt."

Seine Gesichtszüge waren nun milder. Er steckte das Messer zurück in den Stiefel und hielt ihr auffordernd die Hände hin.

Zaghaft nickte Alyce. Seine plötzliche Sanftheit irritierte sie. Nun, da Maxine sich entfernt hatte, war er wie verwandelt. Wie mochte er sein, der echte Logan?

Sie drehte ihm den Rücken zu, entkleidete sich und reichte ihm das Nachthemd über die Schulter hinweg. Schmunzelnd sah sie im Augenwinkel, wie er daran roch und es sich um den Hals legte. Mit einem Mal hatte die Nacht fast etwas Romantisches: Die lauwarme Luft, absolute Stille, ein umwerfend aussehender Mann, der hautnah hinter ihrem nackten Rücken stand.

Logan streichelte ihre Arme. Er streifte ihre langen Haare beiseite, blies kühlen Atem in ihren Nacken und flüsterte: "Schrei nicht, wenn ich nun tue, was ich tun muss."

Bevor sie Zeit hatte zu fragen, was er damit meinte, hielt er ihren Mund zu und umschloss ihre Taille mit dem anderen Arm. Er hob sie vom Boden hoch und trug sie zum Pfeiler. Mit aller Kraft wehrte sich Alyce. Sie zappelte mit den Beinen, trat Logan gegen die Unterschenkel und versuchte seine Hand von ihren Lippen zu lösen.

"Du verschwendest nur deine Kraft, Rotschopf." Er setzte sie mit dem Rücken zum Pfeiler ab und flüsterte ihr ins Ohr: "Ich nehme nun meine Hand weg. Schrei nicht, sonst muss ich dir wehtun, um dich zum Schweigen zu bringen. Das möchte ich nicht, denn ich mag deine halben Sätze, die du nicht zu Ende bringst, weil dir der Mut fehlt. Niedlich!"

Als sie wieder ihren Mund öffnen konnte, hätte sie am liebsten vor Wut laut aufgeschrien. Doch sie beherrschte sich und murmelte durch zusammengepresste Zähne: "Kleine Kinder sind niedlich. Tiere sind niedlich. Aber nicht ich!" Sie kam sich fast so vor wie Abby – ein zügelloser Wildfang, der auch in Momenten, in denen Schweigen Gold gewesen wäre, das Herz auf der Zunge trug. Alyce erkannte sich selbst nicht wieder.

Logan lächelte amüsiert, zog den Gürtel aus seiner Jeans und band damit Alyces Handgelenke hinter dem Pfeiler zusammen, bevor diese wusste wie ihr geschah. Er trat einen Schritt zurück und betrachtete seine Beute von den roten Haaren bis zu den Zehen.

Beschämt senkte Alyce den Blick. Nackt bis auf die Haut, mit erhitzten Wangen und zitternden Beinen präsentierte sie sich einem Mann; einem Fremden, der in einer höheren Liga spielte als sie selbst und von ihren Storchenbeinen und blassem Teint angewidert sein musste. Nicht einmal Trevor hatte sie jemals so offenherzig gesehen, sondern immer respektvoll weggeschaut, wenn sie sich geliebt hatten. Aber Logan war kein Ehrenmann! "Warum gehst du nicht endlich zu Abby?", spie sie aus.

"Du hast den schönsten Busen, den ich je gesehen habe, so wohlgeformt und üppig, und glaub mir, ich war noch nie ein Kostverächter."

"Mach dich nicht lustig über mich!" Sie wusste selbst, dass ihre großen Brüste proportional nicht zum hageren Rest des Körpers passten.

"Das liegt mir fern."

"Und wenn schon", entgegnete sie schnippisch, "du wärst nur einer von vielen." Tränen traten in ihre Augen und flossen sogleich ihre Wangen hinab. Das alles war zu viel für sie! Die Nacht schien eine Ewigkeit zu dauern. Angst war ihr ständiger Begleiter.

Da neigte sich Logan zu ihrem Gesicht hinab und leckte die Tränen auf ihren Wangen mit der Breitseite seiner Zunge ab. "Gib den Dämonen der Vergangenheit keine Macht mehr über dich", hauchte er. Abfällig schnaubte er. "Das sage ausgerechnet ich."

Er ließ von ihr ab und sprintete die Treppe hinauf. "Bewache sie", befahl der Bloodhound seiner Elevin.

"Ich komme mit!" Trotzig hob Maxine das Kinn. "Santagos ordnete an, ich soll an deiner Seite bleiben."

"Aber auf dem Schlachtfeld befehle ich!" Schon verschwand Logan in der Finsternis des Stadiums.

Die junge Vampirin fluchte. Sie schritt langsam die Treppe hinab, setzte sich auf die letzte Stufe und vergrub ihr Gesicht in den Händen.

Alyce betrachtete sie durch den Tränenschleier, der immer noch ihre Augen überzog. Sie schätzte die Farbige auf gerade mal 18. Aber konnte ein Mensch das Alter eines Vampirs überhaupt erkennen? Zumindest wollte die Kleine sich die Hörner abstoßen. Offensichtlich mochten Maxine und Logan nicht, durch Santagos aneinander gebunden zu sein, wer auch immer dieser Santagos war. Alyce wollte es nicht wissen. Dennoch sah sie den Hauch einer Chance. "Er ist nicht nett zu dir", sagte Alyce behutsam.

Maxine schaute auf. Stumm strich sie über ihren Faltenminirock aus nachtblauem Leder.

Alyce legte zaghaft nach: "Ihr steht auf derselben Seite, aber er spricht mit dir genauso barsch wie mit mir."

Die Vampirin sprang auf und stellte sich breitbeinig hin. "Er muss auch nicht freundlich zu mir sein, sondern soll mir seinen Killerinstinkt vermitteln."

"Aber muss dafür nicht die Schülerin bei ihrem Lehrer sein und nicht eine Gefangene bewachen, die gefesselt ist und eh nicht weglaufen kann?" Alyce hielt die Luft an. Vielleicht hatte sie sich zu weit aus dem Fenster gelehnt.

"Im Gegensatz zu dir weiß ich Logan einzuschätzen", antwortete Maxine und fingerte ungeduldig an ihrem Rock herum. "Wenn er etwas sagt, erwartet er, dass man ihm Folge leistet, und alle, die ihn kennen, halten sich daran. Nicht umsonst wird er die Bestie von Belfast genannt."

Die Bestie von Belfast, hallte es in Alyces Gedanken wider. Sie schluckte mehrmals, aber der Kloß in ihrem Hals blieb, wo er war. Alle, die ihn kannten, nannten ihn so. War der echte Logan eine Bestie? Die Situation, in der sie sich befand, schien weitaus schlimmer zu sein, als sie gedacht hatte. Abelaine war ihre einzige Hoffnung. Doch würde Abby einer Bestie trotzen können? Alyce war krank vor Sorge um ihre Schwester. Sie bemühte sich, den Gürtel, mit dem sie gefesselt war, zu lösen – schaffte es jedoch nicht.

"Maxine, bitte, ich flehe dich an, binde mich los", sagte sie, doch die Elevin sprintete längst die Treppenstufen hinauf und verschwand in der Finsternis. Aus

Leibeskräften rief Alyce: "Abby, Abby, ich bin hier. Hilf mir! Hallo? Hörst du mich? Binde mich los. Da sind zwei Vampire. Es ist eine Falle." Aber die Weiten des Millennium Stadiums verschluckten ihre Schreie. Was hatte sie nur getan? Sie hatte Maxine dazu überreden wollen, sie loszubinden. Stattdessen waren nun zwei Vampire auf der Jagd nach Abby. "Es tut mir leid, Schwester", flüsterte sie und schluchzte verzweifelt.

Abby biss sich auf die Unterlippe. Irgendwie musste sie das Zittern ihres Körpers unter Kontrolle bekommen. Logan durfte nicht spüren, dass sie Angst hatte. Das wäre fatal, denn die stärkste Waffe der Audax war die Furcht ihrer Opfer. Noch immer konnte sie nicht glauben, was geschehen war. Der Schreck, als sie an ihr Handy ging und plötzlich die Stimme des Bloodhound hörte, saß ihr noch immer in den Knochen. Alyce musste der Bestie von Belfast ihre Mobilfunknummer gegeben haben. Und nun war ihre Zwillingsschwester in die Gewalt dieser Teufel geraten. Es war Abbys Schuld. Sie machte sich schwere Vorwürfe. Sie hatte Alyce in diesen Schlamassel hineingezogen. Und nun wurde ihre eigene Schwester gegen sie ausgespielt. Abby hatte sich ein Motorrad organisiert und sich auf dem Weg nach Newport befunden, als sie den unheilvollen Anruf erhielt. Sie hatte nicht lange gezögert und das Motorrad herumgerissen, um ihrer Schwester zu Hilfe zu eilen. Alyces Leben war ihr wichtiger als jede Mission. Sie hätte ihre Gefährten um Unterstützung bitten können, doch Abby war überzeugt, dass sie ihre eigenmächtige Entscheidung nicht verstanden hätten. Alyce war in ihren Augen doch nur ein unbedeutender Mensch. Surs Rettung hatte für die Vampire absoluten Vorhang.

Eigentlich war es sogar besser, wenn die Delegation nichts von ihrem nächtlichen Ausflug nach Cardiff erfuhr, so konnten sie wenigstens nicht an ihrer Loyalität gegenüber der Loge Condannato zweifeln. Abby wusste selbst nicht so genau, ob dieser Gedanke vielleicht sogar berechtigt war. Schließlich war sie hier, um die wertvolle Phiole für das Leben einer Menschenfrau zu opfern. Noch immer steckte das schmale gläserne Fläschchen in ihrer Stiefeltasche. Der alte Bibliothekar der Loge Condannato, Ernest McLane, hatte nach dem Studium zahlreicher Bücher eine Mixtur gebraut, welche die Gerinnung des Blutes verhinderte, ohne dabei dessen magische Wirkung zu verfälschen, wie es vielleicht bei gerinnungshemmenden Mitteln wie Marcumar der Fall gewesen wäre.

Nun stand Abby auf der Rasenfläche des Millennium Stadiums in Cardiff, das gleichzeitig das National Stadium von Wales war. Abby wusste noch aus ihrer Kindheit, dass hier früher im Arms Park das alte National Stadium gestanden hatte. Den Austausch mitten auf der Rasenfläche zu vollziehen, erschien ihr sehr riskant. Wo sollte sie sich verstecken, wenn unerwartet Menschen auftauchten?

Unsicher blickte sie sich um. Die Entfernung zu den Ausgängen war für ihren Geschmack zu weit. Sie musste damit rechnen, dass er sie angriff oder aus dem Hinterhalt plötzlich Vampire des Zirkels auftauchten, die sie wie Raubtiere einkreisten.

Vielleicht hätte sie ihr Motorrad mitnehmen sollen? Während sie noch darüber nachdachte, ob sie schnell zurücklaufen und es holen sollte, kam eine dunkle

Gestalt auf sie zu. Es war zweifelsohne ein Mann. Die breiten Schultern, seine imposante Größe und sein entschlossener Gang verrieten es. Als Abby ihn bemerkte, straffte sie instinktiv die Schultern. *Nur keine Schwäche zeigen*, ermahnte sie sich und verdammte sich selbst zum wohl hundertsten Mal in dieser Nacht, dass sie ihre Armbrust auf Alyces Dachboden vergessen hatte.

Wenigstens hatte sie noch ihre Glock. Aber diese machte keinen lang anhaltenden Schaden, denn die Audax regenerierten sich genauso schnell wie die Condannato Vampire.

Einige Schritte von ihr entfernt blieb Logan stehen. Die dunkelblonden Haare hingen ihm wirr ins Gesicht. Um seinen Hals hatte er einen Stofffetzen gebunden, den Abby schon bald als Alyces Nachthemd erkannte. Ja, dasselbe Gewand hatte sie am Morgen getragen, als sie Abby in ihr Haus gelassen hatte.

"Ich hoffe, du hast die Phiole mitgebracht, Abelaine."

"Wo ist Alyce?"

"Sie ist in der Nähe." Ein triumphierendes Grinsen umspielte seine Lippen, als er demonstrativ das Nachthemd von seinen Schultern nahm und es hochhielt, als wäre es eine Trophäe.

"Wenn du mir schön brav die Phiole gibst, bekommst du deine Schwester unversehrt zurück. Darauf hast du mein Wort."

Sein Wort? Abby rümpfte die Nase. Auf das Wort eines Audax konnte man nichts geben. Die Vampire des Zirkels waren unberechenbare Monster, die aus jeder Situation versuchten, einen Vorteil zu schlagen und über Leichen gingen, um ihre Ziele zu erreichen.

"Zuerst will ich Alyce sehen." Wer sagte ihr denn, dass ihr Zwilling tatsächlich in der Nähe war? Vielleicht hatte Logan sie längst ausgesaugt und lediglich ihr Nachthemd mitgenommen, um Abby zu täuschen?

"Du hast hier gar nichts zu wollen, mein Kätzchen. Strapaziere meine Geduld nicht länger." Er legte das Nachthemd erneut um seinen Hals und hielt die Hand auf. Offenbar erwartete er, dass Abby dumm genug war, ihm ihren wertvollsten Besitz einfach so in die Hand zu drücken. Da hatte er die Rechnung ohne sie gemacht.

Plötzlich hörte sie ein Geräusch, das aus derselben Richtung kam, aus der Logan aufgetaucht war. Eine weitere Person rannte auf sie zu. Sofort schrillten Abbys Alarmglocken. Sie zog ihre Glock aus ihrem Hosenbund, richtete sie auf Logan und wich nervös in Richtung der Tribüne zurück.

"Was soll der Unsinn, Torn?", knurrte der Bloodhound. Erst jetzt schien er zu bemerken, dass sie Besuch bekamen. "Das war nicht so vorgesehen", versuchte er Abby zu beruhigen.

"Du hältst mich wohl für völlig bescheuert! Dachtest du, ich bin so dumm in deine Falle zu tappen und auch noch die Phiole bei mir zu tragen? Sie ist an einem sicheren Ort, den du niemals finden wirst!"

Abby konnte nur hoffen, dass Logan ihren Bluff nicht durchschaute. Schweiß trat auf ihre Stirn, während sie mit zitternder Hand auf die Bestie von Belfast zielte.

"Schick deine Leute zurück oder …"

"Oder was, Abelaine? Willst du mich erschießen? Du weißt genau, dass das nicht geht. Nicht mit dieser lächerlichen menschlichen Waffe."

"Zumindest kann ich dich für eine Weile aufhalten." Ohne zu zögern schoss sie auf seinen Oberschenkel. Die Kugel riss ein Loch in seine Hose und drang in sein Fleisch ein. Blut quoll aus der Wunde. Logan stieß einen unmenschlichen Schrei aus und umklammerte sein Bein mit beiden Händen. "Dafür wirst du büßen!", knurrte er unter Schmerzen. "Scheiße! Ich schwöre dir, dafür wirst du büßen. Du oder deine verdammte Schwester!"

Erstarrt blickte sie zu dem Audax, dessen schmerzverzerrtes Gesicht sich in eine unmenschliche Fratze verwandelte. Just in diesem Augenblick verfehlte ein Holzpflock nur knapp ihre Schulter. Der zweite Audax – zu Abbys Überraschung war es eine Frau – hatte die Mitte des Stadiums fast erreicht. Erneut richtete die Fremde ihre Armbrust auf Abby. Logan zückte ein Messer und bohrte es in die Wunde, um die Kugel herauszuschneiden. Fest biss er die Zähne zusammen. Abby wusste, dass die Verletzung binnen von Sekunden vollständig heilen würde, sobald er das Metallstück aus seinem Fleisch entfernt hatte. Sie durfte keine Zeit mehr verlieren. Mit zwei kampffähigen Audax konnte sie es nicht aufnehmen. So schnell sie nur konnte, rannte sie zur Tribüne, sprintete die Treppe hinauf, huschte über die Bänke und versuchte dabei gleichzeitig nach Alyce Ausschau zu halten. Ihre Schwester war nirgends zu sehen! Abby verfluchte sich selbst und suchte Schutz hinter einer Sitzreihe. Wachsam beobachtete sie ihre Umgebung. Wer wusste denn schon, ob das Stadium mittlerweile nicht von einem ganzen Rudel Audax Vampiren umstellt war? Alles war ein abgekartetes Spiel gewesen. Und um ein Haar wäre sie auch noch in diese offensichtliche Falle getappt! Das würde ihr kein zweites Mal passieren. Aber wo war nur Alyce? Lebte sie überhaupt noch?

Alyce schreckte zusammen. Hatte sie, entfernt in den Weiten des Millennium Stadiums, einen Aufschrei gehört oder spielte die Angst ihr einen Streich? "Ein Tier, es war bestimmt nur ein Tier", redete sie sich ein, aber ihr Herz schlug immer noch wie wild in ihrem Brustkorb.

Sie versuchte erneut ihre Fessel zu lösen, doch Logan hatte den Gürtel straff um ihre Handgelenke gezogen und ihn fachmännisch verknotet.

"Hilfe, ich bin hier, Abelaine", rief sie verzweifelt und richtete ihren Blick auf das Stück Nachthimmel, das sie durch den Treppenaufgang sehen konnte. Eine Hand voll Sterne erhellte den Himmel und flackerten, als wären sie Lichter zahlreicher Taschenlampen, die an- und ausgeschaltet würden. Der Wind frischte auf. In wenigen Wochen würde der Herbst einziehen und die Restwärme des Spätsommers schlucken. Ihre Brustspitzen richteten sich auf. Entsetzt schaute Alyce an ihrem nackten Körper herunter. Sie war jedem Mensch oder Vampir, der sie fand, hilflos ausgeliefert.

"Ich sollte mich lieber ruhig verhalten", schallt sie sich. Sie traute niemandem, nicht einmal dem Wachmann. Würde er sie wirklich losbinden und in seine Security-Jacke hüllen, falls sein Rundgang ihn zu ihr führte? Würde er nicht eher glasige Augen bekommen und sich am Buffet bedienen?

Alyce hörte Schritte. Sie lauschte, konnte aber nicht mit Sicherheit bestimmen, woher die Geräusche kamen. Ihre Muskeln spannten sich an. Was konnte sie schon gegen einen Angreifer ausrichten? Treten, ihn beißen, sollte er nah genug herankommen. Lächerlich und nutzlos. Sie hoffte nicht einmal darauf, dass die Vampire der Loge Condannato, der Abby offensichtlich angehörte, die "Guten" waren. Wie konnte überhaupt nur ein einziger Vampir als Menschenfreund bezeichnet werden, wo die Brut sich doch von Menschenblut ernährte? Aber Maxine hatte Vita Eterna so charakterisiert.

"Unsinn!", schnaubte Alyce, "sollten sich hier Condannato-Blutsauger herumtreiben, würden sie genauso über mich herfallen, wie Logan und der restliche Abschaum."

Wieder Schritte. Jemand rannte. Er näherte sich von hinten.

"Logan!", stieß Alyce erschrocken aus, denn sie hatte so sehr gehofft, ihre Zwillingsschwester wäre gekommen, um sie zu retten. Doch nun stand Logan neben ihr, groß und Furcht einflößend. Noch immer trug er ihr Nachthemd um den Hals. Zorn spiegelte sich in seinem Gesicht. Er öffnete die Faust. Hervor kam ein Wurfstern, an dessen Ecken sich je eine perlengroße Kammer befand, die mit einer giftgrünen Flüssigkeit gefüllt war. Fluchend steckte er den Stern in die Innentasche der Lederjacke. Alyce bemerkte ein kleines Loch in seiner Hose, knapp über dem Knie. Blut umrandete das Loch. Es sah aus, ja, wie ein Einschuss, doch sie konnte keine Wunde erkennen.

Plötzlich sprang Maxine die Treppe hinunter, lautlos und geschmeidig. Sie rang nach Luft und stützte sich mit den Händen auf den Oberschenkeln ab.

Logan wetterte mit gedämpfter Stimme: "Wir müssen weg. Sofort! Indem du den offenen Weg über die Tribüne gewählt hast, hast du Abelaine direkt zu Alyce geführt."

"Sie ist mir nicht gefolgt", rechtfertigte sich Maxine. Triumphierend hielt sie eine handtellergroße Armbrust hoch. "Aber ich habe sie am Arm getroffen."

"Der Pfeil ist unter den Achseln hindurchgesurrt, du Närrin! Du bewegst dich wie eine Katze, aber bist blind wie ein Maulwurf."

"Was habt ihr Abby angetan?", tobte Alyce, "ihr seid Barbaren!"

Maxine hängte die kleine Armbrust unter den faltenreichen Lederminirock an einen Gürtel. "Angeblich habe ich sie nicht erwischt. Das hast du doch gesagt."

"Verdammt, ich hatte dir befohlen, die Gefangene zu bewachen", zischte Logan.

"Sie ist gefesselt und kann nicht weglaufen. Du traust mir wohl gar nichts zu?"

"Ich hatte dir eine verantwortungsvolle Aufgabe übertragen!" Logan raufte sich die Haare. "Ohne Alyce gibt es keinen Austausch und ohne Austausch keine Phiole."

"Abby hätte uns nie die Phiole gegeben", sagte Maxine und schaute Alyce verstohlen an.

"Meine Schwester lässt mich nicht im Stich", entgegnete Alyce unsicher. "Was kann schon in dieser Phiole sein, das wichtiger ist als ich?"

Logan trat nah an sie heran und schaute auf sie hinunter. Dann rümpfte er die Nase. "Das Schicksal von Vita Eterna!" Er machte eine kurze Pause und fuhr dann mit ruhiger Stimme fort: "Und, was meinst du – wird Abelaine die acht

Vampirlogen Großbritanniens auseinanderbrechen lassen, um das Leben ihrer Zwillingsschwester zu retten?"

Alyce konnte nicht antworten. Ihre Zunge klebte trocken am Gaumen. Sie hatte einen Kloß im Hals. Abbys Worte hallten schmerzhaft in ihrer Erinnerung nach: *Ich habe eine neue Familie gefunden.* Würde sie tausende Vampire verraten, um eine einzige Frau zu befreien; eine Frau, der sie schon vor sechs Jahren den Rücken gekehrt hatte?

In diesem Moment sprang Abelaine von einem Treppengeländer zum anderen über den Aufgang. Zuerst war Alyce wie gelähmt, aber dann atmetet sie tief ein, um den lautesten Schrei ihres Lebens auszustoßen. Doch Logan erstickte ihren Hilferuf. Er presste seine linke Handfläche auf ihren Mund und legte als Warnung Zeige- und Mittelfinger der Rechten an ihren Kehlkopf. Alyce heulte vor Wut! Tränenbäche flossen ihre Wangen hinunter und benetzten Logans Finger, und dennoch nahm sie den Blick nicht von ihm. Sollte er sich ruhig daran erfreuen, dass sie am Boden zerstört war. Es war ihr egal! Alles war ihr egal, sogar ihre Nacktheit. Was spielte es für eine Rolle, wenn ihr Leben in Gefahr war? Sie hoffte darauf, dass Abby zurückkam. Vielleicht hatte sie Alyces erstickten Schrei in der Stille der Nacht gehört. Aber das Millennium Stadium war groß, sehr groß, doch Abelaine war schon in der Grundschule eine fabelhafte Sprinterin gewesen. Bestimmt überwand sie längst die Stadionmauer, da der Austausch geplatzt war. Aber warum war er nicht zustande gekommen?

Minuten verstrichen. Abby kehrte nicht zurück. Vorsichtig nahm Logan die Hand von Alyces Mund. "Schrei nicht", warnte er eindringlich.

Sie schluchzte. "Hat sie nicht geglaubt, dass ich in der Nähe bin? War das Nachthemd nicht Beweis genug?"

"Abelaine wollte dich sehen, doch dieses Risiko konnte ich nicht eingehen. Als Maxine auftauchte, vermutete deine Schwester einen Hinterhalt. Es kam zum Kampf, und sie floh." Er trocknete die Tränen mit ihrem Nachthemd.

"Ohne mich zu suchen?

"Beruhige dich. Du wirst deine Kraft noch brauchen."

"Wofür?", fragte Alyce ängstlich.

"Das wirst du bald spüren", antwortete er und streichelte ihre schlanke Taille. Mit einem Ruck zog er an einem Ende des Gürtels, so dass der vorher noch bombenfeste Knoten sich auf wundersam leichte Weise löste und reichte ihr das Nachthemd. "Condannato wird Abelaine nicht helfen, denn die Loge kämpft um das Leben ihres Anführers Sur, der das Bündnis Vita Eterna mit seinem Leben untermauert. Eine Menschenfrau stellt ein unbedeutendes Opfer dar."

Schnell zog sie sich an. Der Stoff war nur ein dünner Schutz, trotzdem fühlte sie sich besser. "Sieht Abby das auch so? Aber ... aber sie war doch hier!"

"Und ist ohne dich gegangen." Er ergriff ihren Oberarm und schob sie in den Gang hinein, der zurück zum Getränkelager führte. Über die Schulter hinweg erklärte er: "Merke dir, Maxine, man muss immer einen Plan B haben. Immer! Es gibt nie nur einen einzigen Weg, der ans Ziel führt."

"Was ist Plan B?", fragte die farbige Vampirin und folgte. Auch Alyce war neugierig, hing doch ihr Leben davon ab.

"Plan A ist immer die elegante Lösung." Dann schwieg er schmunzelnd.

Alyce wollte nachfragen, was er mit dieser Andeutung meinte, doch er hastete mit einem Mal durch die Gänge und zog sie mit sich. So musste sie sich darauf konzentrieren, auf den Beinen zu bleiben.

Die drei liefen zurück ins Lager und verließen das Millennium Stadium durch die Luke.

"Hier entlang", bestimmte Logan.

Alyce folgte ihm erschöpft. Die Aufregung der letzten Stunden zehrte an ihren Kräften. Nach dem Tod ihrer Mutter hatte sie sich in Shelham wie in einen friedvollen Kokon eingesponnen. Bei Tageslicht war ihre Oase noch in Ordnung gewesen. Doch seit der Dämmerung befand sie sich in der Hölle.

Auch Maxine ließ die Schultern hängen. Sie schlenderte einige Schritte hinter ihnen her und schien mit ihren Gedanken weit weg zu sein. Alyce fragte sich, was die junge Vampirin beschäftigte? War es der Streit zwischen Schülerin und Lehrer? Alyce hatte das Gefühl, es steckte mehr dahinter. Nur was? Vielleicht konnte sie das Feuer schüren und den Keil zwischen Logan und Maxine weiter hineintreiben. Vielleicht vermochte sie die Vampirin auf ihre Seite zu ziehen, damit sie ohne Abbys Hilfe frei kam. Zurzeit war Alyce noch an Logan gebunden. Allerdings hatte er schon einmal den Fehler begangen und sie alleine gelassen. Ein zweites Mal würde Alyce die Chance nutzen.

"Zuckersüß!", murmelte Logan und betrachtete ein frei stehendes kleines Haus mit gelbem Anstrich. Es stach in den tristen Straßen Cardiffs heraus, wie eine Frau im weißen Nachthemd, die durch einen Betondschungel schlich. "Gerade richtig für das, was ich vorhabe." Grinsend kraulte er seinen Kinnbart.

Alyce wusste, er provozierte sie absichtlich, aber sie konnte nicht anders, als in seine Falle zu tappen. "Was wirst du mir antun? Hast du nicht den Mut, es öffentlich zu machen? Ihr Vampire versteckt euch immer." Sie wetterte bewusst immer lauter in der Hoffnung, es würde ein Anwohner oder nächtlicher Spaziergänger auf sie aufmerksam werden.

Logans Griff um ihren Oberarm wurde stärker. "An deiner Stelle würde ich meine Stimme drosseln und alles tun, um meinem Kidnapper zu gefallen."

"Zu gefallen?", wiederholte sie ungläubig und fühlte ein Prickeln in ihrem Bauch. Konnte er nicht eine haarige Warze auf der Nase besitzen? Aber selbst das hätte ihn nicht genug entstellt, als dass sie sich von ihm abgestoßen gefühlt hätte.

Er zog sie weiter und steuerte das auffällige Haus an. Bienen waren auf die gelbe Fassade gemalt worden. Sie trugen winzige Töpfe. Ein Großteil grinste fröhlich auf unnatürliche Weise. Das Holzschild über dem Eingang besaß die Form eines Bienenstocks und trug den Schriftzug HOUSE OF HUNDRED SORTS O' HONEY.

"Was gibt es Gefährlicheres als den Mann zu erzürnen, in dessen Hand das eigene Schicksal liegt?"

Das Prickeln floss in Alyces Unterleib und sie presste die Oberschenkel aneinander, als sie sich an die Fassade des eigentümlichen Hauses drängte und Logan Maxine den Befehl gab, die Holztür zu öffnen. Wieso erregte sie die Gefahr, die Logan ausstrahlte so sehr, hatte sie sich doch stets von aller Aufregung fern gehalten? Sie mied Menschenaufläufe. Sie mochte Trevors Gradlinigkeit, die

Judith, die Platzanweiserin im "Lil' stage o' Shelham", mal als Langeweile bezeichnet hatte. Sie arbeitete gerne als Souffleuse, weil ihre Kabine im Boden der Bühne versenkt war, und das Publikum sie nicht sehen konnte. Ihr ging es gut – bis Logan in ihr Leben getreten war. Sie versuchte ihn zu hassen, was ihr bisher nur mäßig gelang.

Maxine holte einen Pfeil hervor, der unter ihrem Lederrock an einem Gürtel befestigt war und bohrte mit der Metallspitze im Türschloss.

Ungeduldig fuhr sich Logan durch das schulterlange Haar. "Dein Plan A funktioniert nicht, Maxine, daher nehmen wir meinen Plan B." Er ließ Alyce los, stellte sich vor die Holztür und trat schwungvoll dagegen. Das Scharnier krachte und gab nach. Der Eingang schwang auf und gab den Blick auf das finstere Innere des Ladenlokals frei.

Alyce fragte sich, ob das der Schlund in den Abgrund war, zumindest für sie, denn dort wartete Logans Plan B auf sie, und nun hatte sie gesehen, wie solch ein Plan bei ihm aussah. Blitzschnell drehte sie sich um und floh, doch Logan hatte sie mit wenigen Schritten eingeholt. Zischend fassten seine Finger in ihre hüftlangen Haare, und so zog er sie zurück zur Hauswand. "Hatte ich dir nicht geraten, mich nicht wütend zu machen?"

Alyces Stimme zitterte. "Ich kann deinen Zorn nicht ohne Gegenwehr über mich ergehen lassen. Ich möchte nicht, dass dein Stiefel mich zerschmettert wie das Türschloss." Sie wollte nicht in das Haus der "Hundert Honigsorten" eintreten. Welch makaberer Ort für einen Höllentrip!

Er kam so nah an ihr Gesicht, dass sie den kräftigen und würzigen Zigarilloduft riechen konnte. Dieser Duft war wie ein Lockmittel, der sie zu seinen Lippen hinzog. "Glaubst du wirklich, das wäre mein Stil?"

"Du hast Pete getötet", entgegnete sie kaum hörbar.

"Blut ist unsere Nahrungsquelle." Eindringlich sah er sie an, und sie verlor sich in seinen waldseegrünen Augen, die so geheimnisvoll funkelten und seine Seele so gut zu verstecken wussten.

"Wirst du mich anzapfen?"

Er lachte leise. "Nicht auf die Art, die du meinst."

Alyce überlegte. Was hatte er im Sinn? Wollte er sie zur Ader lassen, das Blut in einem Glas sammeln, anstatt seine Eckzähne in ihr Fleisch zu stoßen, damit er sie nicht zum Vampir wandelte?

"Du wirst es gleich erfahren und vielleicht gefällt es dir sogar", sprach er und drängte sie in das gelbe Häuschen hinein. Maxine folgte und schloss die Tür hinter sich.

Alyce übermannte die Furcht, da sie nun aufgrund der Dunkelheit blind war. Sie hoffte so sehr, dass Logan oder Maxine die Jalousien der Schaufenster hochziehen würde, damit wenigstens der Schein der Straßenlaternen den Raum erhellen konnte. Ängstlich hielt sie sich an seiner Lederjacke fest. Sie kam sich vor wie eine Schiffbrüchige, die sich auf hoher See an ein schwimmendes Holzstück klammerte, um nicht unterzugehen – dabei war doch Logan ihr Untergang.

Er stieß sie von sich fort. "Nein", wimmerte sie und streckte die Hände nach ihm aus.

Schon entzündete er ein Streichholz. Über die kleine Flamme hinweg schaute er sie amüsiert an. Sie errötete vor Scham und Wut. Wie konnte sie sich nur an ihren Feind klammern! Ja, Logan war ihr Feind, denn er war Abelaines Gegner und würde ihre Blutsverwandte nicht verschonen.

Maxine blockierte breitbeinig die Tür, während Logan die Honigkerzen im ganzen Verkaufsraum entzündete. Süßlicher Duft durchströmte das kleine Zimmer. Alyce belächelte den Tresen, der aus zwei großen Bienenstock-Nachbauten bestand, auf denen kreisrunde Holzplatten lagen und Platz für Flyer und Kugelschreiber bot. Auf der rechten Seite standen eine Gruppe Korbmöbel und ein niedriger Tisch, dessen Platte mit zitrusfarbenen Mosaiksteinen verziert war. Das Kerzenlicht erhellte flackernd die unzähligen Honiggläser, die in beschrifteten Wandregalen auf Käufer warteten.

Der romantische Kerzenschein und die bunte Raumdekorierung beruhigten Alyce ein wenig. Sie las: "Kastanienhonig, Lindenblütenhonig, Rapshonig, Löwenzahnhonig, Wiesenblütenhonig, Sonnenblumenhonig, Waldhonig und Obstblütenhonig. Dass es so viele Sorten gibt, wusste ich nicht." Seit sie vor sechs Jahren nach Shelham gezogen war, fuhr sie selten nach Cardiff. Das skurrile Ladenlokal musste neu sein.

"Polnischer Buchweizenhonig, argentinischer Pampashonig, vietnamesischer Kaffeeblütenhonig, türkischer Pinienhonig, neuseeländischer Kleehonig, brasilianischer Eukalyptushonig ... und das alles können Vampire nicht essen." Maxine seufzte. "Meine Oma hat mir als Kind immer Akazienhonig in den Tee geträufelt, wenn ich Husten hatte."

"Quäl dich nicht mit Erinnerungen", sagte Logan scharf, "es schmeckt dir nicht mehr, also sehne dich auch nicht danach. Du musst endlich dein altes Leben loslassen. Daran führt kein Weg vorbei, denn du kannst nicht zurück!" Kopfschüttelnd ging er in den Lagerraum.

Alyce meinte Tränen in Maxines Augen zu sehen, war aber unsicher, ob nicht das Flackern der Kerzen sie täuschte. "Ich verstehe dich", begann sie zaghaft, "auch ich bin gewaltsam aus meinem Leben herausgerissen worden und möchte heim. Im Gegensatz zu dir, gibt es für mich ein Zurück. Bitte, lass mich gehen."

"Das kann ich nicht."

"Wieso nicht?" Sie kräuselte die Stirn. "Du müsstest nur einen winzigen Schritt zur Seite gehen und mich passieren lassen."

"Ich muss mich Logan beugen. Er wird nicht umsonst die Bestie von Belfast genannt."

"Logan ist nicht Audax! Die anderen Vampire würden dich vor ihm beschützen."

"Er hat einen hohen Stand innerhalb des Zirkels", erklärte Maxine. "Außerdem haben wir von Santagos persönlich den Auftrag, die Phiole zu stehlen. Er ist unser Vater."

"Familie verzeiht immer", munterte Alyce sie auf und dachte im Inneren verlegen an ihren Streit mit Abby.

Abfällig schnaubte Maxine: "Aber nicht Santagos, nicht der Audax Zirkel! Sie würden mich qualvoll töten."

"Dann laufe mit mir weg. Jetzt!" Alyce faltete die Hände zusammen und hielt sie flehend hoch.

"Ich wäre eine Ausgestoßene. Wie sollte ich leben, wenn weder Audax noch Vita Eterna mich als Mitglied akzeptieren? Ich wäre Freiwild und Logan würde mich bis ans Ende der Zeit jagen." Sie senkte den Blick. "Es tut mir leid."

Alyce ließ die Schultern hängen. Offensichtlich fühlte sich Maxine ebenso gefangen und hilflos wie sie selbst.

Mit einem zufriedenen Lächeln auf dem Gesicht schlendert Logan in den Verkaufsraum zurück. Die Flammen tanzten aufgeregt, als er an den Kerzen vorüberging und ein Seil aus Sisal um den Hals schlang; ein Strick, wie er benutzt worden war, um die Bienenstock-Nachbauten für den Tresen zu umwickeln. "Schrei nicht, sonst muss ich dich bestrafen, denn knebeln kann ich dich nicht. Du wirst mir Rede und Antwort stehen."

Ihr Herz raste. Alyce wich rückwärts, doch er gab Maxine ein Zeichen, und die Elevin stellte sich ihr in den Weg.

"Bitte, das könnt ihr nicht tun", zeterte Alyce und schaute abwechseln Lehrer und Schülerin an.

"Was denn?", fragte er provozierend, "wirst du mir freiwillig erzählen, wo sich die Phiole befindet?"

"Ich ... ich weiß das nicht", stotterte sie.

Bei jeder Frage trat er einen Schritt auf sie zu. "Wo hält sich Abelaine versteckt?"

Sie zuckte mit den Achseln.

"Wo hat Condannato sein Zwischenlager errichtet?"

"Ich habe wirklich keine Ahnung."

"Welcher Loge stattet die Vita-Eterna-Delegation als nächsten einen Besuch ab, um das Blut des Logen-Oberhauptes zu erhalten?"

"Woher soll ich das denn alles wissen?"

Seine Stiefelspitzen berührten ihre Zehen. Er neigte sich über sie wie ein Geier, der mit seinem spitzen Schnabel der Beute den Todesstoß geben wollte. "Du und Abby, ihr hattet einen ganzen Tag Zeit, um miteinander zu plaudern. Was hätte sie dir sonst erzählen können, wenn nicht von ihrem jetzigen Leben?"

Alyce fühlte einen Stich im Herzen. Ja, sie hatten den Tag über gemeinsam auf dem Dachboden gehockt, aber alles, was sie ausgetauscht hatten, waren Vorwürfe.

Sanft hob Logan mit der Hand ihr Kinn an, damit sie ihm in die Augen sah. "Letzte Chance, Rotschopf."

"Reiß mir das Herz heraus, doch ich kann dir wirklich nichts sagen", flüsterte sie.

"Vielleicht hat sie dir etwas verraten und du bist dir dessen nicht einmal bewusst." Er zog mit dem Daumen ihre vollen, hellroten Lippen nach und tauchte mit dem Zeigefinger kurz in ihren Mund ein. "Ich werde es aus dir herauskitzeln."

"Tu mir bitte nicht weh", flehte sie verzweifelt.

Er zog die Augenbrauen hoch. Noch immer lag seine Hand an ihrer Wange. "Es wird ein bittersüßer Schmerz sein. Du wirst ihn genießen. Vielleicht bettelst du sogar um mehr."

"Niemals!", stieß sie empört hervor.

Sein Daumen verschloss ihre Lippen. Eindringlich sah er sie an und schüttelte den Kopf, um sie zu ermahnen, still zu sein. Er zog gemächlich seine Lederjacke aus, warf sie achtlos auf den Boden und hob Alyce auf seine Arme. Verwundert legte sie den Arm um seine Schulter und spürte die harten Muskeln unter seinem Netzshirt. Je öfter sie ihm nahe kam, desto verwirrter war sie. Sein Duft zog sie magisch an. Ein einziger Blick von ihm zwang sie in die Knie. Sie verteufelte sein vampirisches Charisma!

Er trug sie zum Tresen, fegte mit ihren Beinen Stifte und Flyer fort und legte Alyce auf die Holzplatten. "Halte ihre linke Seite", befahl er Maxine, die herbeieilte und Alyces linke Hand und linken Fuß festhielt.

Erst jetzt begriff Alyce. Logan wollte sie an die Theke fesseln! Panisch wehrte sie sich aus Leibeskräften. Sie trat nach ihm, doch er fasste ihren rechten Knöchel und schlang das Seil darum. Wie ein Rodeoreiter, der mit seinem Lasso ein Rind gefangen hatte und es nun an den Extremitäten fesselte, band er den Fuß an das rechte Handgelenk und führte das Seil zwischen den Bienenstöcken hindurch. Ehe sich Alyce versah, waren auch Hand und Fuß der linken Körperhälfte gefesselt. Fixiert lag sie auf dem skurrilen Ladentisch, die Beine weit gespreizt und den Vampiren ausgeliefert.

"Du behandelst mich wie Vieh", winselte sie. "Das ist entwürdigend."

Logan stellte sich zwischen ihre Beine. "Es ist nur demütigend, wenn du es als solches empfindest."

Was sollte das schon wieder heißen? Sollte sie diese beschämende Lage etwa stolz hinnehmen? Sie war nicht so stark wie er. Ja, ihm traute sie zu, dass er seinen Hochmut behielt, selbst wenn er ausgepeitscht würde.

"Tu endlich, was du nicht lassen kannst", schrie sie und versuchte den Oberkörper zu heben, doch Maxine drückte sie zurück auf die Holzplatte.

Langsam schob Logan ihr Nachthemd bis zur Hüfte hoch. Alyce drehte schluchzend das Gesicht zur Seite. Sie fühlte sich so hilflos wie nie zuvor in ihrem Leben, schutzlos aufgeliefert einem Bluthund, einem Vampir und Jäger, der Menschen verabscheute und über Leichen ging, um den Gegner zur Strecke zu bringen.

"Sieh mich an!", sagte er in einem Ton, der keinen Widerstand duldete.

Sie spürte, wie sich Tränen in ihren Augen sammelten, wollte ihm aber nicht die Genugtuung verschaffen, sie schon wieder heulen zu sehen. Doch anstatt blankem Hass blickte ihr Lust entgegen. Logan leckte sich lüstern die Lippen. Seine Augen funkelten gierig. Zärtlich streichelte er die Innenseiten ihrer Oberschenkel, als wollte er sie mit dieser Geste beruhigen. Genau das Gegenteil war der Fall! Seine Berührung erregte sie. Ihr Atem ging schneller. Alyce spürte erstaunt, wie Hitze ihre Scham durchflutete, je näher seine Hand ihrem Unterleib kam und erinnerte sich an den kalten Atem, den er ihr in der Poststation eingehaucht hatte, um ihr Abbys Handynummer zu entlocken. Welche Fähigkeiten lauerten noch unter seiner rauen Schale?

Logan lief mit den Fingern über ihre Schenkel wie eine Spinne, brachte sie damit zum Kichern und bald darauf zum Stöhnen, denn er legte die Handfläche auf ihren Schoß, und ihr Blut pulsierte durch die Schamlippen wie ein Lavastrom. Sie spürte den Druck der anschwellenden Vulva, der sie fast ihre Verlegenheit vergessen ließ, weil sie sich einem Fremden auf eine Weise präsentierte, wie sie sich nie zuvor irgend jemandem gezeigt hatte, als wäre sie eine offene Auster, deren Perle greifbar für jedermann war. Nicht einmal Trevor hatte je ihre Falten zu Gesicht bekommen. Er hatte Alyce im Schutz der Dunkelheit geliebt, unter der Decke. Seine Berührungen waren stets sanft wie die Morgenbrise und sein Eindringen in sie behutsam, weil er befürchtete, ihr wehzutun, war er doch der erste Mann in ihrem Leben gewesen, mit dem sie geschlafen hatte. Aber allein die Magie, die Logan durch die Handauflegung auf sie ausübte, war intensiver als die Orgasmen, die Trevor ihr geschenkt hatte.

"Bitte, nimm deine Hand weg", flehte Alyce ihn an. Sie war solche durchdringenden Gefühle nicht gewohnt. Die lustvollen Wellen begannen ihre Kontrolle fortzuschwemmen, aber sie musste bei klarem Verstand bleiben, um Logan die Stirn zu bieten.

"Wenn du es wünschst", sprach er leise, doch es schwang ein hinterhältiges Timbre in seiner Stimme, das Alyce aufhorchen ließ.

Sie beobachtete, wie er sich bückte und etwas aufhob. Prüfend hielt er den Kugelschreiber hoch, an dessen Ende eine Eulen-Feder – schneeweiß, mit brauner Farbe durchzogen wie die Adern eines Blattes – befestigt war. "Reizend!" Er hob eine Augenbraue und schaute zu Alyce. Dann lächelte er verklärt. Logan begann die Innenseiten ihrer Schenkel mit der Feder zu liebkosen. Sie bemühte sich die Haltung zu wahren, denn die sanfte Berührung kitzelte, und die Situation war alles andere als zum Lachen. Doch auch Logan schmunzelte, und als die Feder sanft über ihre Schamlippen strich, wandelte sich das Kribbeln in Erregung, und diesmal presste Alyce die Lippen aufeinander, um einen Seufzer zu ersticken.

Logan rieb mit der samtig weichen Eulen-Feder über ihre Perle. "Hat die Condannato Delegation ihr Zwischenlager in Cardiff aufgeschlagen?" Seine Frage klang eher wie das Säuseln eines liebestrunkenen Mannes als das eines Peinigers.

Sie öffnete den Mund, aber anstatt einer Antwort entfloh ihr nur ein Wimmern.

Logan lachte leise auf und fuhr mit der Feder durch die Schlucht zwischen ihren Schamlippen. "Ist Vita Eterna noch in der Nähe? Abelaine hat dir doch bestimmt einen Hinweis gegeben, wo du sie finden kannst."

"Die Handynummer ...", entgegnete sie mühsam.

Beruhigend streichelte Maxine ihre Wange, während sich die Vampirin an Logan wandte. "Du lässt ihr keine Möglichkeit zu antworten."

"Unsere Gefangene ist schrecklich empfindsam", sprach er lächelnd. "Wer hätte das gedacht, wo sie doch immer so spröde tut?"

Verlegen wandte Alyce den Kopf ab. Nun wussten ihre Kidnapper, dass sie wenig Erfahrung in Liebesdingen besaß. Jede kleinste Liebkosung von Logan entfachte ein Feuer in ihr, das gar nicht mehr erlöschen wollte. Mochte sie auch ihre Falten wie ein Fächer vor ihm ausbreiten, so sollte er nicht in ihre Seele blicken.

Er schob ihr Nachthemd bis zum Brustansatz hoch und legte den Kugelschreiber auf ihren Unterbauch, so dass die Miene wie ein Pfeil auf ihren Venushügel deutete. Mit den Fingern fuhr er durch ihre roten Locken. "Mein kleiner Rotschopf, wohin wollte Abelaine als nächstes reisen?"

Alyce biss sich auf die Lippen. Als sie nichts sagte, verstärkte er den Griff in ihren Schamhaaren. Ängstlich sog sie hörbar Luft ein, aber sie spürte nur ein leichtes Ziehen, keinen Schmerz. "Abby wollte zu ihrer neuen Familie. Mehr sagte sie nicht."

"Das soll ich dir glauben?", fragte er aufbrausend. "Zwillinge, die von Natur aus eng verbunden sind und sich sechs Jahre nicht gesehen haben, sprechen über nichts anderes als Oberflächlichkeiten? Für wie dumm hältst du mich eigentlich?" Er legte den Handballen auf ihre Klitoris, ohne ihre roten Locken loszulassen, und rieb in Kreisen darüber.

Alyce stöhnte. Mühsam brachte sie heraus: "Unser Verhältnis ist nicht das Beste."

"Spiel keine Spielchen mit mir!" Seine Hand glitt tiefer, bis ihre Klitoris zwischen Zeige- und Mittelfinger steckte. Langsam und quälend zwirbelte er den kleinen Knopf, bis er so feuerrot war wie ihr Haar.

Alyce bäumte sich auf. Sie spürte, wie der cremige Saft aus ihr herausfloss und sie auf einen Orgasmus zusteuerte. Ihre Muskeln verkrampften sich. Automatisch zog sie an den Fesseln, die ihre Arme und Beine unnachgiebig gespreizt hielten. Sie wollte lieber sterben als vor Logan und Maxine in sexueller Ekstase zu schwimmen und den Vampiren die Befriedigung zu verschaffen, endgültig die Kontrolle über sie erlangt zu haben.

Doch Logan nahm seine Finger fort, bevor Alyce den Höhepunkt erreichte. Sie rang nach Luft und entspannte sich. Ihr Puls pochte in ihrer Scham, ein sehnsüchtiger Ruf nach mehr.

"Wie steht es um die Gesundheit von Sur? Wie weit ist der Zerfall fortgeschritten?", fuhr Logan mit seiner Befragung fort.

"Ich weiß nichts von einem Sur", antwortete sie schnippisch und ein wenig stolz und erstaunt über sich selbst, dass sie stärker war, als sie gedachte hätte.

Logan schüttelte den Kopf und schnalzte. "Du vergreifst dich im Ton und zwingst mich, mit meiner bittersüßen Folter fortzufahren."

"Nein!", schoss es aus ihr heraus. Im nächsten Moment bereute sie es und sprach: "Abby hat mir nur etwas über das Leben als Vampir im allgemeinen erzählt. Ich habe ihr blutiges Fleisch besorgt, weil sie vor Hunger zitterte."

"Tierblut?" Angewidert verzog er das Gesicht und hockte sich hin.

Alyce konnte nur noch seinen wilden Haarschopf sehen. Nervös rutschte sie mit dem Po auf der Holztheke zur Seite, soweit es möglich war. Da fasste er ihre Hüften und zog sie bis an den Rand nach vorne. Sie spürte seinen kühlen Atem an ihren Schamlippen, die immer noch pulsierten und nun hochrot und geschwollen den Vampirzähnen gefährlich nahe kamen.

"Du wirst mich doch nicht beißen", jammerte sie ängstlich.

Sie hörte ihn sagen: "Ein bezaubernder Vorschlag."

"Vorschlag?" Verärgert über sich selbst presste sie die Lippen aufeinander.

"Wie würde wohl Abelaine handeln, wenn ihre Zwillingsschwester plötzlich eine Audax-Vampirin wäre?" Anstatt Alyces Reaktion abzuwarten, züngelte er um ihren Scheideneingang. Neckisch drang er mit der Zungenspitze in sie ein, saugte an den

Scheidenwänden und trank ihren köstlichen Nektar, der durch seine Liebkosungen aus ihr herausquoll.

Alyce winselte. Ihre Finger umschlangen das Sisalseil, um es wie einen rettenden Anker festzuhalten. Hin und wieder schloss sie die Augen, doch das machte die ansteigende Lust nur noch unerträglicher.

Unermüdlich glitt er mit der Zunge über ihren Scheidenvorhof und küsste ihren G-Punkt, um dann seinen Weg fortzusetzen zu Alyces empfindsamster Stelle.

"Logan, nicht", stieß sie atemlos aus, weil sie wusste, er brauchte ihre Klitoris nur anzuhauchen, und sie würde von ihrer Lust emporgewirbelt werden. Doch er durfte sie nicht soweit bringen – nicht er!

Logan schälte die Klitoris aus dem fleischigen Mantel und umzüngelte den Blütenstempel, ohne die Narbe zu berühren. Jammernd gab sich Alyce den Emotionen hin, die sie genoss und gleichzeitig verfluchte, weil Logan die Erlösung hinauszögerte und sie quälte, da sie ihm nicht erzählte, was er hören wollte. Aber sie konnte nicht! Sie hatte sich mit Abby den ganzen Tag lang gestritten, und in diesem Moment bereute sie das nicht einmal, denn nun war sie nicht in der Lage, Logan die gewünschten Informationen zu geben, die ihn auf Abbys Fährte gebracht hätten. Aber wie lange würde er sie quälen, bevor er ihr das glaubte?

Leidvolle Minuten der Erregung schlichen dahin, in denen Alyce von einer Welle der Lust auf hohem Niveau getragen wurde und doch nicht zu einem Orgasmus kam, da Logan ihn ihr verweigerte, bis er schließlich mit der Breitseite der Zunge ein einziges Mal über die Klitoris leckte und sie damit in den Wahnsinn trieb. Der Höhepunkt war greifbar gewesen, für einen Sekundenbruchteil, und doch unerreichbar, da Logan von ihr abließ.

"Du Schuft!", entfloh es Alyce, die ihn gleichsam hasste wie begehrte.

Sein Lachen erfüllte den Raum. Er erhob sich, wischte ihre Feuchtigkeit von den Lippen und brachte mit seiner Bewegung die Kerzenflammen zum Zucken. "Gib mir, was ich verlange, und ich höre mit der Tortur auf."

Plötzlich wurde Alyce klar, dass er nicht vorhatte, ihr die Erlösung zu schenken. Er würde sie losbinden und mit dem nassen, geschwollenen Unterleib an einen Heizungskörper binden, abgestellt wie ein nutzloser Gegenstand, der ausgedient hatte. Kein Orgasmus, egal, ob sie redete oder nicht. Jede Faser ihres Körpers schrie nach Ekstase! Sie befand sich längst in einem Rausch, den sie nie zuvor empfunden hatte.

Sollte sie Logan anbetteln, sie endlich zum Höhepunkt zu bringen? Es hätte keinen Sinn. "Du willst etwas von mir, das ich nicht besitze."

Logan kraulte nachdenklich seinen Kinnbart, aber Alyce wusste, dass er nur mit ihr spielte und keine Sekunde darüber grübelte, ob sie die Wahrheit sprach. Er schlenderte an ihre rechte Seite und legte ihr das Nachthemd über das Gesicht.

Alles in Alyce schrie panisch auf. Nun konnte sie nichts mehr sehen. Gefesselt lag sie vor ihm und war seinem Handeln ausgeliefert. Warum erregte sie die verschärfte Hilflosigkeit nur? Wieso pochte ihr Herz in freudiger Erwartung, anstatt vor Furcht stillzustehen? Sie verstand sich selbst nicht mehr, war sie doch Trevor immer dankbar gewesen, dass er sie wie eine Porzellanpuppe behandelte, und Sex keine große Rolle in ihrer Beziehung spielte. Er schlief mit ihr, verlieh ihrem tristen Leben kleine, unbedeutende Höhepunkte und schlummerte bald darauf ein. Sie war zufrieden gewesen. Woher hätte sie denn ahnen können, dass sie zu solchen Sinneslüsten fähig war? In diesem Moment fragte sie sich, wie sie jemals wieder zu Trevor zurückkehren konnte, falls Logan sie überhaupt irgendwann gehen ließ.

"Ich bekomme keine Luft", log Alyce und atmete mehrmals hörbar ein und aus.

Sie erhielt keine Antwort, aber Hände begannen ihre Brüste sanft zu massieren, kleine Hände mit filigranen Fingern und langen Fingernägeln, die Alyces Haut behutsam kratzten. Kleine Daumen rieben über ihre Brustspitzen, stimulierten ihre Warzenhöfe durch kreisende Bewegungen. Alyces Nippel wurden zwischen Daumen und Zeigefinger gezwirbelt und waren schon nach kurzer Zeit hart, strahlten lustvolle Botschaften an Alyces Unterleib aus und brachten ihre Quelle erneut zum Sprudeln.

"Du darfst das nicht tun, Maxine", wisperte Alyce und reckte ihren Oberkörper den kleinen Händen entgegen, um sich selbst einen Lügner zu strafen.

Maxine kicherte. "Warum nicht?"

"Logan quält mich schon genug."

"Hm", machte die junge Vampirin, feuchtete ihre Fingerspitzen an und benässte Alyces Nippel, um sie geschmeidig zu machen. "Jede andere Frau würde für solch eine Behandlung ihre Seele verkaufen."

Aber Alyce war nicht wie jede andere Frau. Sie war unerfahren, sie fühlte sich verletzlich und fürchtete in den eigenen Gefühlen zu ertrinken. "Die Position ist ungemütlich. Meine Muskeln schmerzen", sagte sie und sprach diesmal die Wahrheit.

"Ich werde den Schmerz lindern", antwortete Logan provozierend sanft.

Alyce erschrak, denn seine Stimme kam von rechts. Er musste um sie herumgegangen sein. Als zwei Finger von ihm in ihre Vagina hineinstießen, stöhnte sie erschrocken auf. Zuerst krampfte sich ihre Scheide um seine Finger, doch bald schon entspannte sich Alyce, denn die Erregung hatte ihre Vagina geweitet und feucht gemacht. Logan spürte das und steckte einen dritten Finger in sie hinein, um sie mehr auszufüllen, und anstatt sich wie bisher gegen ihre Lust zu wehren, gab sie sich diesmal der Leidenschaft hin. Maxine zog an ihren Brustwarzen, als wollte sie Alyce melken, sie rieb die geschwollenen Nippel zwischen den Fingern und massierte den Busen im Rhythmus, den Logan vorgab, in dem er mit drei Fingern in Alyces Vagina stieß, erst behutsam und liebevoll, dann immer schneller und stärker, als würde er sie mit seinem imposanten Glied, das sich unter der Jeans abzeichnete, aufspießen. Genau davon träumte Alyce, die die Augen nun geschlossen hielt, weil ihr Gesicht immer noch unter dem eigenen Nachthemd verborgen war und sie eh nichts sehen konnte. Umso mehr peitschte sie der ungestümer werdende Takt an.

Sie streckte ihren Unterleib Logans Händen entgegen, wand sich wie eine Schlange unter den Zärtlichkeiten von Maxine, denn alles, was sie wollte, war, sich in einem Orgasmus zu verlieren. Nie zuvor hatte sie ausschließlich an Sex gedacht. Nie zuvor hatten ihre Schamlippen und Brustwarzen vor Erregung geschmerzt. Sie brauchte einen Orgasmus, mehr als alles andere in diesem Augenblick. Er war greifbar nah. Sie hob ihr Becken, damit Logan tief in sie eindringen konnte.

Doch er hörte auf! Auch Maxine zog sich zurück. Alyce fühlte sich benebelt, einsam, verlassen. Tränen der Enttäuschung liefen über ihre erhitzten Wangen. Die Sehnsucht nach dem Höhenflug zerriss sie innerlich. Morbide Gedanken überkamen sie. Erschöpft lag sie auf dem Ladentisch und weinte leise.

Maxine hob das Nachthemd hoch und flüsterte: "Pst, beruhige dich." Verständnisvoll neigte sie sich zu Alyce hinunter und küsste sie auf die verschwitzte Stirn. Dann blaffte sie Logan an: "Lass uns aufhören damit, bitte. Sie weiß wirklich nichts. Die Folter führt zu nichts."

"Mitleid ist der Tod für einen Bloodhound", schnauzte Logan. "Du bist verweichlicht. Noch immer schlummert der Mensch in dir. Aber ich werde ihn dir schon austreiben, Elevin. Geh! Im Morgengrauen erwarte ich dich zurück, nicht früher."

Furchtsam schüttelte Alyce den Kopf. "Bleib hier, Maxine, bitte. Lass mich nicht mit ihm alleine. Ich halte das nicht mehr aus. Dreimal hat er mir den Orgasmus verwehrt. Dreimal! Ich kann nicht mehr. Er kennt kein Erbarmen."

"... auch nicht mit mir", entgegnete Maxine resignierend. Ein letztes Mal streichelte sie Alyces Wange, strafte Logan mit einem hasserfüllten Blick und verließ das Haus der Hundert Honigsorten.

Nun war Alyce alleine mit der Bestie von Belfast. Sie schluchzte leise und bedachte ihn mit einem angsterfüllten Blick. "Mitgefühl ist kein Zeichen von Schwäche." Ihre Stimme klang dünn, und sie fand, sie hörte sich an wie ihre Mutter Rose.

Logan hob die Augenbrauen, und Alyce hätte ihn für seine Arroganz zu gerne ins Nirvana geschickt. Er schaute sich im Verkaufsraum um und runzelte die Stirn. "Bei so vielen Honigsorten fällt mir eine Entscheidung schwer, also triff du sie für mich."

"Wie bitte?"

Drohend legte er seinen Daumen auf ihre Klitoris, die umspült war von ihrem cremigen Saft und pochend auf die Berührung antwortete. "Nenne deine Lieblingssorte."

Alyce war verwirrt und zu erschöpft, um nun an Honig zu denken. Sie schaute sich um und nannte den ersten Namen, den sie auf einem Etikett las: Weißtannenhonig.

Logan nickte, ließ von ihr ab und ging zum Regal, das hinter der kuriosen Ladentheke stand, auf der Alyce gefesselt lag. Er nahm den Tannenhonig aus dem Regal und hielt ihn prüfend hoch. "Er ist grünlich-schwarz. Das wird seltsam aussehen."

"Aussehen?" Sie konnte sich nicht vorstellen, was er im Schilde führte.

Schwungvoll drehte er sich zu ihr um. "Schmecken muss er nur dir." Er schraubte den Verschluss ab und stellte das Glas auf ihrem Bauch ab. "Du solltest flacher atmen, sonst fällt es noch auf den Boden."

Vor Erstaunen brachte sie keinen Ton heraus, denn er öffnete den Reißverschluss seiner Jeans, schob sie samt anthrazitfarbenen Boxershorts über den Hintern und betrachtete eingehend sein steifes Glied. Er wog es in der Hand und streichelte darüber, um seine Härte zu testen. Ein zufriedener Seufzer entfloh seinem Mund. Er ergriff seinen imposanten Penis unterhalb der hochroten Eichel und präsentierte sich Alyce.

Als sie bemerkte, dass ihr Mund vor Überraschung offen stand, schloss sie ihn geschwind, damit Logan dies nicht als Einladung ansah. Noch nie hatte sie ein Glied geküsst, geschweige denn in ihren Mund genommen. Und doch fühlte sie ein erwartungsvolles Kribbeln in ihren Lippen. Zwischen dem Phallus und ihrem vor Tränen noch feuchten Gesicht war gerade mal eine Handbreit Platz.

Logans männlicher Duft strömte zu ihr und weckte ihr Verlangen, ihn zu spüren. Sie wünschte sich, dass ihre Hände frei wären, damit sie seine dunklen Locken um den Finger wickeln und mit seinen Hoden spielen konnte, wie mit zwei Qi-Gong-Kugeln; zumindest sahen die fleischigen Säckchen genauso hart aus, prall gefüllt mit Sperma.

Aber Logan band Alyce nicht los. Er nahm den Tannenhonig und stieß mit seinem Schwanz hinein. Dann verteilte er den grünlich-schwarzen Honig auf seinem großen Penis und auch auf den Hoden und stellte das Glas zurück ins Regal. Mit einem Lächeln näherte er sich Alyce. Anstatt ihrem Wunsch – ihn zu lecken – nachzugeben, schüttelte sie heftig den Kopf und presste die Lippen fest aufeinander. Sie konnte sich Logan nicht freiwillig hingeben! Immerhin war er Abbys Feind und somit auch ihrer. Was hatte er ihr schon alles angetan! Doch sie fragte sich auch, ob das alles wirklich so schlimm gewesen war. Er hatte ihr keine Schmerzen zugefügt – Leid, ja, aber es war das wundervollste Leiden, das sie je durchlebt hatte.

"Es ist deine eigene Schuld. Du hättest mich nicht erregen sollen mit deiner bezaubernden Gegenwehr", sagte er verführerisch und wickelte ihre langen Haare um seine Hand. Mit der anderen führte er sein vom Honig glänzendes Glied an ihre Lippen und drückte sanft dagegen.

Alyce rollte mit den Augen. Sie konnte gegen Logan ankämpfen, aber nicht gegen ihre eigene Lust, die er so unaufhörlich angepeitscht hatte. Sie wollte Logan schmecken, wollte einen Teil von ihm haben, da er sie auf gefährliche Weise faszinierte, wie ein düsterer Held in den Theaterstücken im Lil' stage o' Shelham.

Folgsam öffnete sie den Mund und lutschte an der Eichel wie an einem Kirschlutscher, der wohl eher nach Tannenhonig schmeckte, kräftig und würzig, und sich mit Logans intimen Duft vermischte, je mehr Alyce den Honig ableckte. Übrig blieb alleine Logans Aroma, das wie ein Aphrodisiakum auf sie wirkte. Der Phallus glitt tiefer in ihren Mund hinein, und sie nuckelte und saugte daran wie ein Baby an seinem Fläschchen, begierig die milchige Flüssigkeit zu schmecken. Doch noch dominierte der Honiggeschmack.

Logan zog sich aus ihr zurück und legte seinen steifen Schwanz auf ihr Dekolleté, so dass sie nun die ganze imposante Herrlichkeit vor Augen hatte und sich fragte, wie solch ein Riese in ihre Scheide passen sollte. Mit der Breitseite ihrer Zunge leckte sie den Honig ab, schluckte ihn hinunter und reinigte Logans Glied Stück für Stück. Er stöhnte, wann immer sie an den ebenso prächtigen Hoden saugte und sein Penis ihr dabei ins Gesicht baumelte, weil ihre Hände noch gebunden waren und er seine in die Hüften stemmte.

"Stopp!", rief er nach einer halben Ewigkeit.

Alyces Lippen waren geschwollen, und ihre Zunge fühlte sich taub an, dennoch wollte sie ihn weiter oral verwöhnen, damit er sich in ihren Mund ergoss und sie erfuhr, wie vampirisches Sperma schmeckte.

Doch Logan hatte andere Pläne. Er ging zwischen ihre weit gespreizten Schenkel und hielt seinen Schwanz wie einen Dolch vor sich. Kurz tauchte er mit einigen Finger in ihre cremige Vagina ein. Er verteilte den duftenden Saft auf ihrem Busen, massierte ihn in die geschwollenen Brustwarzen ein, bis Alyce laut seufzte und ihm ihre Scham entgegenstreckte.

Ohne Umschweife folgte er der Einladung und glitt mit der heißen Eichel hinein, um zu prüfen, ob sie weit genug war. "Oh ja, du bist bereit, Rotschopf. Niemals zuvor habe ich eine Frau genommen, die so vor Wollust tropfte", säuselte er und bewegte sich in ihrem Scheidengang vor und zurück. Er bahnte sich seinen Weg tiefer in sie hinein.

Alyce schloss die Augen, um ihn intensiver zu spüren. Sein Phallus pulsierte in ihr. Er musste leichten Druck ausüben, damit er sich in sie hineinschieben konnte, denn obwohl er sie mehr als gut geölt hatte, war ihre Scheide es nicht gewohnt, einen Penis in dieser Größe aufzunehmen. Behutsam begann er sich in ihr zu bewegen. Er schob seine ganze Länge in sie hinein, verharrte kurz, damit sie sich entspannte, um sich dann aus ihr bis auf die Eichel zu entfernen und sie mit einem kräftigen Stoß wieder zu füllen.

Alyce schrie auf. Sie spürte, dass sie äußerst erregt war, zu aufgeheizt, um seinem Drängen lange zu widerstehen. Ewig hatte sie darauf gewartet, endlich durch einen Orgasmus von ihren Qualen erlöst zu werden, und nun würde Logan sie kommen lassen. Sie wusste es einfach, fühlte seine eigene Erregung, die er durch die bittersüße Folter ebenso überreizt hatte.

Logan stieß mit seinem gewaltigen Glied in ihre feuchte Vagina hinein, immer und immer wieder, kraftvoll und dennoch behutsam. Schmatzend quoll Alyces Saft hinaus. Seine Hoden schlugen gegen ihre Schamlippen, neckten sie, reizten sie, massierten sie. Er steigerte den Rhythmus, hechelte, japste und knetete ihren Busen wilder, weil er sich selbst kaum zurückhalten konnte.

Und Alyce ließ das erste Mal die Leidenschaft zu, denn Logan hatte ihre Blockade niedergerissen, ihr Schamgefühl fortgejagt, so dass sie sich nun frei fühlte, obwohl sie noch immer gefesselt auf dem Tresen lag.

Sie kam mit einem lauten Schrei, röhrte ihre Lust hinaus und verkrampfte für endlos wirkende, ekstatische Sekunden, um sich dann zuckend dem Orgasmus auszuliefern. Nur entfernt nahm sie wahr, wie Logan sich in sie ergoss, begleitet von einem animalischen Aufjaulen. Dann blieb sie erschöpft, matt und am Ende ihrer Kräfte liegen.

Logan band sie los, hob sie auf seine Arme und trug sie in den Lagerraum, wo er sie auf eine Decke bettete und sie in seinen Armen hielt. Er wischte ihr den Schweiß von der Stirn, doch sie spürte es kaum und war schon fast eingeschlafen.

Da hörte sie ihn leise sagen: "Plan B hat auch nicht funktioniert. Welch eine Katastrophe! Ich wollte Plan C nicht zum Einsatz kommen lassen, doch mir bleibt keine andere Wahl. Es tut mir leid, Rotschopf, ehrlich. Dein Schicksal liegt nun nicht mehr in meiner Hand."

Erleichtert atmete Abby auf, als der Fahrer des grünen Toyotas die Fensterscheibe herunterkurbelte und sie Crispins Gesicht erkannte. Er warf einen skeptischen Blick auf das Motorrad, das im Graben neben der Landstraße lag.

"Gehst du immer so mit fremdem Eigentum um?"

"Der Tank war leer. Das hat mich aggressiv gemacht." Abby öffnete die Tür und ließ sich auf dem Beifahrersitz neben dem Anwärter sinken.

"Ich danke dir, dass du so schnell gekommen bist", sagte sie und lächelte ihn an. Sie war froh, dass er den Angriff der Audax überlebt hatte.

"Wie geht es deiner Schulter?"

"Unkraut vergeht nicht. Glücklicherweise war es nur ein Streifschuss. Les hat mich verbunden." Er drehte den Zündschlüssel um und wendete den Wagen. Abby kuschelte sich erschöpft in ihren Sitz und blickte auf die an ihrem Fenster vorbeirauschende Landschaft.

"Ich frage mich, wie es euch gelang, die Audax in die Flucht zu schlagen? Val und ich hatten weniger Glück."

"Es wird dich sicher nicht überraschen, wenn ich dir sage, dass wir unsere Rettung Kyle zu verdanken haben. Er konnte die Audax mit einigen Molotowcocktails in die Flucht jagen. Aber wenn du mich fragst, waren sie ohnehin hinter Val und dir her. Die drei Jäger hatten es sehr eilig, euch einzuholen. Jedenfalls dachten wir, dass es klüger wäre, den Wagen zu wechseln, da er auch beschädigt wurde. Wir sind nun vorsichtiger geworden und es scheint, als hätten sie unsere Spur verloren."

"War das auch Kyles Idee?"

Crispin nickte. "Wir haben bisher keinen Kontakt zu Miss King herstellen können. Weißt du vielleicht, wo sie ist?"

Abby zuckte zusammen. Großer Gott, die anderen wussten noch gar nicht, dass Val sich für ihre Mission selbst geopfert hatte. Wie sollten sie auch, wenn Abby ihnen in der ganzen Aufregung nichts von dem schweren Verlust erzählt hatte?

"Ist alles in Ordnung mit dir?", fragte Crispin besorgt. "Wenn es überhaupt möglich ist, siehst du noch blasser aus als sonst."

Erst jetzt wurde ihr bewusst, was Valencias Tod für die Delegation bedeutete. Sie waren führerlos! Es gab niemanden, der Anweisungen gab, die Gruppe dirigierte und leitete. Ohne Crispin zu antworten, zog sie ihr Handy aus der Hosentasche und gab Dorian Everheards Nummer ein. Der Anführer der Loge Condannato musste über die neusten Entwicklungen informiert werden.

"Mr. Everheard? Hier ist Abelaine Torn. Ich fürchte, ich habe schlechte Nachrichten für Sie.Valencia King ist tot."

Als wäre das sein Stichwort gewesen, verlor Crispin unter quietschenden Reifen die Kontrolle über den Toyota. Abby wurde regelrecht aus ihrem Sitz gehoben. Wäre sie nicht angeschnallt gewesen, wäre ihr Kopf womöglich geradewegs auf die

Windschutzscheibe geprallt. Abby konnte den Schrei nicht unterdrücken. Wütend blickte sie zu Crispin, der verzweifelt versuchte, den Wagen wieder auf die Bahn zu bringen. Fast wäre er seitlich vom Weg abgekommen und in den Graben gerast.

"Nein, es ist alles in Ordnung!", beruhigte Abby den Anführer der Loge Condannato, der ihren entsetzen Aufschrei mitbekommen hatte. "Unser menschlicher Anwärter hätte sich durch seine rücksichtslose Fahrweise nur beinahe selbst umgebracht."

"Es tut mir leid", flüsterte Crispin. Abby konnte förmlich sehen, wie die Farbe aus seinem Gesicht wich.

"Natürlich, Mr. Everheard. Ich habe verstanden. Ich danke Ihnen für Ihr Vertrauen in mich." Mit diesen Worten legte sie auf.

"Miss King ist tot?", stammelte Crispin völlig aufgelöst. "Wie konnte das nur passieren?"

Abbys Wut verflog. Sie wusste, die Nachricht musste ein Schock für ihn gewesen sein. Das Schlimmste war jedoch, dass Abby sich für Vals Tod verantwortlich fühlte. Sie hatte ihrer Mentorin zwar nicht eigenhändig einen Pflock ins Herz gerammt, doch sie hatte sie genauso wenig aufgehalten, als Val sich in diese selbstmörderische Aktion stürzte. Abby hätte wissen müssen, dass Val bis zum Äußersten gehen würde. Es wäre ihre Pflicht gewesen, anstelle ihrer Meisterin auf dem Motorrad in den Tod zu rasen. Stattdessen war sie es, die überlebt hatte und nun auch noch zu allem Überfluss vom Logenführer zur Leiterin der Operation ernannt worden war. Wie konnte sie jemals eine Vampirin wie Valencia King ersetzen? Val genoss das Vertrauen aller! Sie wusste immer, was zu tun war. Egal, wie ausweglos die Situation auch schien. Abby hingegen fühlte sich wie eine Versagerin. Sie hatte es nicht einmal geschafft, ihre Schwester aus den Klauen der Audax zu befreien.

Abby versank in ihrem Sitz und schloss gequält die Augen. "Es war schrecklich, Cris. Ich kann nicht darüber sprechen. Nicht jetzt."

"Natürlich, das verstehe ich."

Eine andere Reaktion hatte sie nicht von ihm erwartet. Crispin war immer so verständnisvoll. Schweigend fuhr er sie nach Newport. Er hatte genug Feingefühl, sie nicht mit lästigen Fragen zu plagen.

Abby gingen so viele Gedanken durch den Kopf, dass dieser bereits zu schmerzen begann. Für Val konnte sie nichts mehr tun. Doch wenigstens Alyce musste sie retten! Sie machte sich solche Vorwürfe! Hoffentlich hatte Logan ihrer Schwester nichts angetan. Sie kannte die Geschichten, die man sich über die Bestie von Belfast erzählte. Wenn auch nur die Hälfte davon stimmte, war Alyce so gut wie tot.

Der Wagen hielt. Irritiert öffnete Abby die Augen. "Sind wir schon da?" Sie blickte auf eine leere Straße – geschlossene Shops, eine Reihe von Wohnhäusern und ein Zeitungskiosk an der Ecke. Sie mussten sich irgendwo am Stadtrand Newports befinden.

"Nicht ganz", gab Crispin zu und legte plötzlich eine Hand auf ihre Schulter.

"Ich weiß, dass ich dich neulich zu sehr bedrängt habe. Bitte verzeih mir. Aber ich sehe, dass dich irgendetwas quält. Ich möchte für dich da sein, Abby." Er lächelte unsicher. Abby sah den jungen Mann mit großen Augen an. Crispin war immer so gut zu ihr, und sie behandelte ihn im Gegenzug wie ein lästiges Anhängsel. Sie benutzte ihn, wenn sie Lust auf ein kleines Abenteuer hatte. Und er machte es ihr oft zu leicht, sich das zu nehmen, was sie brauchte. Aber genau das machte ihre Beziehung aus. Abby war die Herrin und er ihr Lustdiener. Sie ergänzten sich auf aufregende Weise. Und doch schien es, als wollte er aus diesem berauschenden Spiel plötzlich Ernst machen.

"Du hast etwas Besseres verdient als mich, Cris", hauchte sie. Der Anwärter schüttelte nur amüsiert den Kopf und öffnete ihren Anschnallgurt. Abby ließ sich in seine Arme gleiten. Mit dem Rücken schmiegte sie sich an seine Brust. Sie spürte sein heftig klopfendes Herz, von dem so unglaublich viel Wärme ausging. Als er die Arme um sie legte, fühlte sie sich beschützt und geborgen. Sanft streichelten seine Hände über ihre Oberarme.

"Du bist mehr, als ich je zu träumen wagte."

Abby fürchtete, er wollte ihr ein weiteres Liebesgeständnis machen. Aber er schwieg, als ahnte er, dass er sich auf unsicherem Terrain bewegte. Abby wusste selbst nicht so genau, wieso sie so allergisch auf seine Zuneigung reagierte. Vielleicht weil sie sich vor ihren eigenen Gefühlen fürchtete? Emotionen bedeuteten Schwäche. Als Kämpferin durfte sie keine solche zeigen. Logan hatte ihre Schwachstelle in Alyce gefunden. Nun war sie angreifbar. Vielleicht lag es aber auch daran, dass Kyle ihr einst das Herz gebrochen hatte, und die Wunde bis heute nicht verheilt war.

Sie wollte an all das nicht mehr denken. Sie wollte einfach nur in Crispins Armen liegen und seine Nähe genießen. Sanft schmiegte er seinen Kopf an ihren, so dass sie seinen heißen Atem auf ihrer Wange spürte. Seine Hände wanderten von ihren Oberarmen zu ihrem Busen. Vorsichtig glitten sie über den schwarzen Samtstoff ihres Oberteils. Wieder und wieder. Neckisch streiften seine Fingerkuppen über ihre Knospen, die anschwollen, sich aufrichteten und gegen ihre Schnürbluse stießen, als wollten sie sich befreien. Abby seufzte leise, während sich ihr Blut in tieferen Regionen sammelte, wo sich ein herrliches Kribbeln ausbreitete. Aber da war noch ein anderes Begehren, das in ihr erwachte. Sie hatte Durst. War es sein süßes Blut, das sie roch und das gleichermaßen ihre Sinne benebelte wie ihre Lust?

Sie drehte den Kopf zur Seite und presste die Lippen gierig an seinen Hals, als wollte sie ihn beißen. Crispin verkrampfte sich. "Lass mich von dir trinken, Cris. Stille meinen Hunger", säuselte sie, als sie einen Moment von ihm abließ.

Cris nahm die Hände von ihren Brüsten, ließ die Rechte in seine Hosentasche wandern und zog ein Taschenmesser heraus, das er sogleich aufklappte. Er ritzte sich selbst in den Arm, wie schon viele Male zuvor, um den Vampiren sein kostbares Blut zu spenden. Die rote Flüssigkeit quoll heiß aus der Schnittwunde. Der Geruch stieg in Abbys Nase. Jetzt konnte sie nicht länger an sich halten. Wie ein ausgehungertes Raubtier stürzte sie sich auf die Quelle. Ihre Zunge leckte über seinen Unterarm. Gierig saugte sie die heiße Köstlichkeit aus ihm, schmeckte ihn überall in ihrem Mund, nahm ihn in sich auf, bis ihre Lust nach mehr erwachte.

Abby wusste, wie gefährlich Sex zwischen Mensch und Vampir in solchen Momenten werden konnte. Wenn sie die Kontrolle über sich verlor, konnte es leicht passieren, dass sie der Raserei verfiel und ihn biss, oder schlimmer noch – aussaugte! Zu viele Vampire waren in solchen Nächten entstanden.

Das heftige Pochen von Crispins Schlagader verriet ihr seine Erregung, und das warme Gefühl an ihren Lippen machte sie fast wahnsinnig. Ein letztes Mal leckte sie über den roten Streifen auf seiner Haut, um schließlich ihre eigenen Lippen mit der Zunge nachzuzeichnen und so auch den letzten Tropfen zu erwischen.

Crispins Hände setzten ihre Reise fort, wanderten von ihrem Bauch hinab zu dem Reißverschluss ihrer Hose. Langsam öffnete er diesen, strich die Lederhose ein Stück herunter und steckte seine Hand frech in ihren Intimbereich. Als seine Finger unter ihren Slip zu ihrer haarigen Pracht glitten, schoss erneut eine Welle der Erregung durch ihren Unterleib. Anstatt ihre feucht gewordene Vagina zu erforschen, begann er ihren Venushügel sanft zu kneten. Das Gefühl, das er in ihr auslöste, steigerte ihr Verlangen, ihn endlich in sich zu spüren, seinen Finger einzufangen und zu verschlucken. Unruhig bewegte sie ihr Becken, um ihm ein Zeichen zu geben – in der Hoffnung, dass er es verstand. Tatsächlich drang sein Zeigefinger nun in tiefere Regionen ihres roten Urwalds vor, streichelte über ihre Schamlippen und stimulierte die unter der Vorhaut verborgene angeschwollene Klitoris. Abby zog die Luft zwischen die Zähne ein. Sie hätte es kaum für möglich gehalten, doch ihre Lust steigerte sich ein weiteres Mal. Endlich erreichte er den Eingang ihrer Scheide. Mit der Fingerkuppe fuhr er ihren fleischigen Ring nach, einmal, zweimal. Sie schnappte nach Luft. Verdammt, wieso ließ er sich so viel Zeit? Ihr Hunger wuchs, je länger er sie warten ließ. *Dring endlich ein*, dachte sie und schob ihren Unterleib in seine Richtung, streckte ihm ihre Vagina gierig entgegen, als könnte sie seinen Finger auf diese Weise einfangen. Aber Crispin zog ihn rechtzeitig ein Stück zurück. Vor Zorn biss sich Abby auf die Unterlippe. Was fiel ihrem Sklaven ein? Wie konnte er es wagen, sie zu verärgern? Wütend krallte sie die Rechte in sein Haar und zog daran. Crispin stöhnte.

"An deiner Stelle wäre ich jetzt ein artiger Anwärter, oder willst du meine Krallen zu spüren bekommen?"

Ihre drohende Stimme schien ihn zu beeindrucken. Ohne sich ihrem Befehl länger zu widersetzen, schob er seinen schlanken Finger ein winziges Stück in sie hinein. Millimeter für Millimeter drang er quälend langsam in sie ein. Nur um dann inne zu halten und seinen Finger wieder zurückzubewegen. So setzte er das Spiel fort. Sein Zeigefinger bewegte sich in ihr vor und zurück, während der Rest seiner Hand über ihre Schamlippen streichelte. Das schmatzende Geräusch ihrer Feuchtigkeit, das dabei entstand, ließ sein Glied anschwellen. Abby spürte die Beule deutlich in ihrem Rücken. Teufel, er wusste wirklich genau, was sie brauchte. Sie lehnte sich an seine Brust und konzentrierte sich auf die Empfindungen ihres erregten Körpers, der allmählich einem Orgasmus entgegenstrebte. Konzentriert schloss sie die Augen. Gleich, gleich würde er sie zum Höhepunkt bringen. Sie bewegte sich zu seinem Rhythmus, hob und senkte ihr Becken, bis sich ihr Körper schließlich aufbäumte, weil er die Spannung kaum noch aushielt. Crispin passte sich der Geschwindigkeit an. Ein letztes Mal versteiften sich ihre Muskeln, dann schenkte ihr ein gewaltiger Orgasmus die Erlösung.

Erleichtert atmete Abby auf, während Crispin seinen, mit ihrer Flüssigkeit überzogenen Finger aus ihr herauszog und zu ihren Lippen führte. Abby schüttelte den Kopf, griff nach seiner Hand und bewegte den Finger zu seinem Mund. Crispin verstand und öffnete ihn – bereit, ihre Flüssigkeit in sich aufzunehmen. Sie ließ ihn so lange vor- und zurückstoßen, bis er schließlich alles abgeleckt hatte.

"Das war wundervoll", sagte sie lächelnd und kletterte auf ihren Sitzplatz zurück.

Crispin sah sie enttäuscht an. "Und was ist mit mir?" Die Wölbung in seiner Hose war nicht zu übersehen.

"Ich schlage vor, wir warten noch ein wenig, bis du wieder kleiner geworden bist. Es wäre dir sicher unangenehm, wenn dich die anderen so sehen." Crispin senkte den Kopf. Doch Abby beugte sich noch einmal zu ihm vor und streichelte sanft über seine Wange. "Keine Sorge, Cris. Ich werde mich zu gegebener Zeit bei dir revanchieren. Du weißt, ich halte, was ich verspreche. Das nächste Mal werde ich dich zum Explodieren bringen. Doch jetzt haben wir erst einmal Wichtigeres zu tun."

Wenige Minuten später parkte der Wagen vor einem heruntergekommenen Hotel in der Lady Victoria Street. Abby wartete, bis Crispin ihr die Tür öffnete, ihre Hand nahm und ihr beim Aussteigen half.

"Hotel Noir, was für ein passender Name", sagte sie mit einem amüsierten Lächeln, als sie die roten Leuchtbuchstaben über dem Eingang ihrer Unterkunft erblickte. Sie folgte Crispin die Treppe hinauf, durch die gewölbte Eingangshalle bis zum Fahrstuhl, der sie in den zweiten Stock brachte. Ein düsterer Gang lag vor ihnen. Überall roch es nach Parfüm. *Vermutlich ziehen sich hier die Prostituierten mit ihren Freiern zurück*, mutmaßte sie.

Crispin schloss ihr Zimmer auf. Eine goldene Dreizehn zierte die Tür. Abby trat in den muffigen Raum und wurde von einer aufgeregten Lesley empfangen. Erleichtert schloss das Mädchen sie in die Arme. "Wir haben uns solche Sorgen um dich und Val gemacht."

Abby löste sich aus der stürmischen Umarmung der Anwärterin und stützte sich mit der Linken an der kahlen Wand ab. Für einen kurzen Moment wurde ihr schwarz vor Augen, weil Lesley sie unbeabsichtigt an Vals Selbstmord erinnert hatte. Doch dann wurde sie wieder Herrin der Lage und öffnete die Augen. Das Doppelzimmer, in dem sie sich befand, teilten sich augenscheinlich die drei Männer, wobei für Cris nur der Sessel als Schlafplatz bereitstand. Lance lag auf einem der zwei Betten, die Arme hinter dem Kopf verschränkt und starrte sie neugierig an, während Kyle auf dem anderen Platz genommen hatte. Breitbeinig saß er da, die Reisetasche neben sich auf der Matratze und sortierte seine Waffensammlung ein. Abbys Blut geriet in Wallung, als sie durch die Armeehose eine Beule zwischen seinen Beinen hindurchschimmern sah. Kyle war zweifelsohne gut bestückt. Davon hatte sie sich einst selbst überzeugen dürfen. Sie wischte die Erinnerungen an die alten Zeiten fort und schluckte hart bei dem Gedanken, dass der Moment gekommen war, ihren Gefährten ein furchtbares Geständnis zu machen. Als ahnte Crispin, was in ihr vorging, legte er die Hand auf ihre Schulter und nickte ihr aufmunternd zu.

"Wo ist überhaupt Valencia?", fragte Kyle, ohne von seiner Armbrust aufzusehen.
"Das wollte ich euch gerade erklären." Abby stockte. Verdammt, sie hatte nicht damit gerechnet, dass es ihr so schwer fallen würde, über ihren Tod zu sprechen. Lance sah sie misstrauisch an. So, als könnte er ihr tief in die Seele blicken. Abby wusste, dass er in einer besonderen Beziehung zu Val stand. Vor seiner Reaktion fürchtete sie sich am meisten.
Lesley setzte sich zu Lance auf das Bett und sah Abby nicht minder beunruhigt an. Jeder im Raum schien zu ahnen, dass sie keine guten Nachrichten mitgebracht hatte. Schließlich hob auch Kyle den Kopf. "Was ist los?", fragte er verwirrt.
"Valencia ist im Kampf … gestorben."
Jetzt war es heraus. Abby senkte den Blick. Noch immer fühlte sie sich schuldig. Aus dem Augenwinkel sah sie die Reaktionen der anderen. Lance schüttelte fassungslos den Kopf. "Nein, das ist nicht wahr!", zischte er. Als Lesley ihn tröstend in den Arm nehmen wollte, stieß er sie zurück und sprang hektisch auf. "Das kann doch nicht sein. Nicht Val!"
"Es tut mir so leid, Lance. Sie hat sich für unsere Mission geopfert. Ich konnte sie nicht davon abbringen."
"Das hättest du aber gemusst! Es wäre deine Pflicht gewesen. Sie war deine Mentorin."
"Bitte, Mr. Patridge, mit Schuldzuweisungen kommen wir nicht weiter", mischte sich Crispin ein.
"Und du solltest dich besser heraushalten, du bist nur ein Anwärter. Du hast hier gar nichts zu melden!" Lance schnaubte vor Wut. Seine lange dürre Gestalt wirkte angespannt. Die Schultern waren gestrafft, die Hände zu Fäusten geballt. Im fahlen Gegenlicht der Stehlampe wirkte sein eingefallenes Gesicht wie ein Totenschädel.
"Wie soll es jetzt weitergehen?" Kyle legte die Armbrust in seine Reisetasche zurück und sah fragend in die Runde.
"Ich werde die Mission leiten. Mr. Everheard gab mir persönlich den Auftrag."
"Wunderbar! Jetzt wird mir auch klar, wieso du Val nicht aufgehalten hast. Du wolltest ihren Platz einnehmen!"
"Lance! Das ist nicht wahr, das weißt du. Valencia war mir genauso wichtig wie dir", rechtfertigte sich Abby. Der hagere Vampir lehnte sich kopfschüttelnd mit dem Rücken an die Tür und verschränkte die Arme vor der Brust.
"Bitte streitet euch nicht", flehte Lesley. "Denkt denn niemand an Sur? Wir haben keine Zeit für lange Diskussionen. Mit jeder Nacht wird er schwächer. Ich kann es förmlich spüren."
Abby war der Anwärterin dankbar, dass sie das Gespräch auf den Obersten Vita Eternas brachte. "Ich verspreche dir, Lesley, wir werden unser Möglichstes tun, um Sur die Phiole so schnell wie möglich zu bringen. Vorher habe ich noch eine andere Aufgabe für euch." Sofort hatte Abby erneut die Aufmerksamkeit der Vampire. Skeptische Blicke trafen sie. Abby war sich selbst nicht sicher, ob es klug war, ihnen von Alyce zu erzählen. Doch jetzt, da sie zur Anführerin ernannt worden war, musste sie mit offenen Karten spielen.

"Was soll das heißen?" Nun erhob sich auch Kyle zu seiner vollen Größe von fast zwei Metern. Selten war er Abby eindrucksvoller vorgekommen, als in diesem Moment.
"Ich sprach nie von ihr, doch ich habe eine menschliche Zwillingsschwester, die in die Klauen der Audax geraten ist. Wir müssen sie retten, bevor diese Bestien ..."
"Das ist wieder einmal typisch. Valencia konntest du nicht davon abhalten, sich selbst zu opfern. Doch diese unbedeutende Menschenfrau ist dir wichtiger als das Leben von Sur? Ich frage mich allmählich, wem deine Loyalität gilt, Abelaine!"
"Lance hat recht. Ich akzeptiere deine Entscheidung nicht", mischte sich Kyle mit kühler Stimme ein. Entsetzt taumelte Abby einen Schritt zurück. Die Worte ihres Exfreundes fühlten sich an wie heiße Klingen, die sich erbarmungslos in ihr Fleisch rammten. Er akzeptierte ihre Entscheidung nicht! Wie konnte er sie nur so vor allen demütigen?
"Du wirst sie akzeptieren müssen. Ich bin die neue Anführerin." Abby versuchte cool zu bleiben. Ihren Schmerz hinter einer gleichgültigen Fassade zu verbergen.
"Diesen Rang erkenne ich ebenso wenig an."
Jetzt war es Gewissheit. Kyle zweifelte an ihrer Kompetenz!
"Stellst du dich somit auch gegen Dorian?"
"Meiner Meinung nach hat er eine Fehlentscheidung getroffen. Doch Mr. Everheard ist nicht hier. Letztlich kann es ihm egal sein, wer die Delegation anführt. Für ihn zählt das Ergebnis. Und das ist die Rettung Surs, nicht die eines wertlosen, uns dazu noch völlig unbekannten Menschen. Ich erhebe Anspruch auf deine Position."
"Du willst mich herausfordern, Kyle? Ich war Valencias Schülerin. Es ist mein Recht, in ihre Fußstapfen zu treten."
"Du bist der Aufgabe nicht gewachsen, Torn. Trittst du freiwillig zurück oder müssen wir den Disput unter uns austragen. Ich warne dich im Guten. Gegen mich hast du keine Chance. Ich bin der Leiter des Sicherheitsteams. Du hingegen bist nur eine kleine Leibwächterin, die aus einer Laune unseres Logenführers heraus die Leitung der wichtigsten Operation seit Bestehen von Condannato übertragen bekommen hat."
Wieso verhielt sich Kyle ihr gegenüber wie ein Mistkerl? Hätte er sie nicht unterstützen müssen? Immerhin hatte sie doch einmal mehr miteinander verbunden. Warum ignorierte er ihre gemeinsame Vergangenheit? Hatte sie ihm gar nichts bedeutet?
Abby war eine gute Kämpferin, die trotz ihrer zierlichen Gestalt ungeahnte Kräfte aufbringen konnte, doch ob sie gegen einen Muskelprotz wie Kyle ankommen konnte, wagte sie zu bezweifeln. Dennoch wollte und konnte sie sich nicht geschlagen geben. Sie besaß zu viel Stolz, um ihren Rang kampflos aufzugeben.
"Also gut, tragen wir es aus."
"Ich möchte dir ungern wehtun, Torn."
Das hatte er schon längst. Auch wenn Abby es nicht gern zugab. Seine Worte hatten sie härter getroffen, als es seine Faust je konnte.

Die Vampire und Anwärter sammelten sich auf dem großen, um diese Uhrzeit völlig menschenleeren Parkplatz des Supermarkts Tesco, zwei Straßen von der Lady Victoria Street entfernt.

"Du musst das nicht tun", flüsterte Crispin ihr besorgt zu, aber Abby hatte sich längst entschieden. Sie wollte die Delegation anführen. Nein, sie musste es sogar, wenn sie Alyce retten wollte! Die Vampire würden ihr folgen, sobald sie sich ihren Respekt verdient hatte. Niemand würde ihre Befehle anzweifeln! Es gab nur diesen einen Weg.

"Womit werdet ihr kämpfen? Waffen oder Fäuste?", fragte Lance.

"Ich bin fair, Torn. Wählen wir Waffen, damit du eine Chance hast."

"Ich nehme es auch ohne Hilfsmittel mit dir auf."

Mit diesen Worten trat sie in die Mitte des Lichtkegels der Laterne, die den mittleren Teil des Parkplatzes ausleuchtete. Kyle schüttelte amüsiert den Kopf. "Wie du willst, Abby. Aber mach mir keine Vorwürfe, wenn man deine Überreste vom Straßenbelag abkratzen muss."

Abby biss wütend die Zähne zusammen. Sie wusste, dass Kyle sie nur reizen wollte. Aber er konnte nicht ahnen, dass ihre Wut ungeahnte Energien in ihr freisetzte. Ihr Körper war vollgepumpt mit Adrenalin. Unruhig ballte sie die Hände zusammen. Ihre Stärke war die Geschwindigkeit. Ihr schmaler Körper war gewandt und konnte einer auf sie zufliegenden Faust leicht ausweichen. Kyles Pluspunkt hingegen war seine Kraft. Wenn sie nicht auf der Hut war, konnte er den Kampf mit nur einem einzigen Schlag für sich entscheiden, noch bevor er richtig begonnen hatte. Unweigerlich stellte sie sich die Frage, ob er es wirklich über sich brachte, sie k.o. zu hauen.

Kyle trat zu ihr in das Licht. Er hatte sein Hemd ausgezogen und stand mit nacktem Oberkörper vor ihr. Der Anblick weckte ihren Appetit. Jeder Muskel sah zum Anbeißen aus. Kyles Oberkörper war geradezu eine Schneelandschaft aus Bergen und Tälern reiner Muskelmasse. Wieso sah ihr Gegner so verdammt gut aus?

"Bist du bereit?" Kyle hob drohend die Fäuste, als stünde er in einem Boxring. Abby nickte nur. Just in diesem Moment holte er aus und schlug nach ihrem Gesicht. Die Vampirin konnte sich gerade noch rechtzeitig ducken. Sie spürte den scharfen Luftzug, ausgelöst durch seine Faust, die über ihr hinwegbrauste. Kyle kannte tatsächlich keine Gnade. Sie hatte sich kaum von dem Schock erholt, schon sauste sein Knie empor, direkt auf ihre Magengrube zu. Erneut musste die Leibwächterin seinem Angriff ausweichen, indem sie sich blitzschnell zur Seite rollte. Außer Atem rappelte sie sich wieder auf. Mit entsetzten Gesichtern verfolgten ihre Begleiter den Kampf. Niemand hatte wohl damit gerechnet, dass Kyle bis zum Äußersten gehen würde.

"Ich bin beeindruckt", sagte ihr Gegner anerkennend. "Du bist wirklich flink."

"Das war noch gar nichts. Du solltest mich sehen, wenn ich in voller Fahrt bin."

"Dann zeig mal, was du kannst."

Kyle stürzte auf sie zu, doch dieses Mal reagierte Abby mit einer Attacke. Ihr rechtes Bein schnellte in die Höhe. Zielsicher schoss ihr Fuß auf sein Gesicht zu und hinterließ dort ihren Abdruck. Der Vampir taumelte keuchend nach hinten, verlor beinahe das Gleichgewicht und rieb sich mit beiden Händen den schmerzenden Unterkiefer. Abby konnte sehen, dass Blut aus seinem Mundwinkel tropfte. Doch die Wunde schloss sich Sekunden später.

"Das hast du nicht umsonst getan", knurrte Kyle und fuhr seine Krallen aus. In diesem Augenblick erinnerte er Abby an ein wildes Tier. Und was das Schlimme war, sie mochte seine animalische Art. Er hatte etwas Gefährliches, Unzähmbares an sich. Diese Wildheit hatte sie schon immer an ihm geliebt. Im Bett war er ein Hengst gewesen, den sie nur bezwingen konnte, wenn sie ihn an die Pfosten band.

Abby schüttelte die Gedanken an ihre erotischen Abenteuer mit Kyle aus längst vergangenen Tagen fort. Sie musste sich bewusst machen, dass sie hier und jetzt Feinde waren. Er würde alles tun, um sie zu besiegen. Ein einziger gezielter Schlag dürfte genügen, um sie Schachmatt zu setzen.

Mit ausgefahrenen Klauen kam er auf sie zu. Abby wich zurück, bis sie mit dem Rücken gegen die Kühlerhaube eines Wagens prallte. Schnell fuhr sie herum und kletterte auf das Autodach.

"Das sind also deine Anführerqualitäten – sich feige zurückziehen, sobald es brenzlig wird?"

"Noch ist nichts entschieden, Kyle."

Als er festen Schrittes näherkam, sprang sie mit einem einzigen Satz über ihn hinweg, machte eine Rolle in der Luft und landete hinter ihm. Erneut setzte sie zum Tritt an und traf ihn mitten ins Kreuz. Kyle stieß einen Schmerzensschrei aus und prallte mit dem Oberkörper gegen das Auto. Gerade als er sich umdrehen wollte, packte sie ihn an den Schultern und riss ihn rücklings zu Boden. Durch den unerwarteten Aufprall wurde die Luft aus seinen Lungen gepresst. Abby sauste auf ihn herab, setzte sich auf seinen Bauch und drückte seine Schultern mit beiden Händen auf den Boden. Aus dieser Lage konnte er sich nicht befreien. Abby grinste siegessicher. "Gibst du auf?", fragte sie und sah ihm fest in die Augen.

Er wich ihrem Blick nicht aus. "Ich mag Frauen, die wissen, was sie wollen … und wie sie es bekommen."

Das klang nach dem alten Kyle. Abby war erleichtert darüber, dass er sich allmählich wieder beruhigte. Aber da war etwas in seinen Augen, das sie dennoch erschreckte. Ein merkwürdiges Leuchten, das sie schon seit einer Ewigkeit nicht mehr gesehen hatte. Die Zeit schien plötzlich still zu stehen. Abby vergaß alles um sich herum und fühlte sich in alte Tage zurückversetzt. Wie oft hatte sie so auf ihm gethront? Ihn von oben herab angelächelt und sich dabei gänzlich in seinen schönen grünen Augen verloren? Für einen Moment war sie sich nicht sicher, ob sie das alles nur träumte. Die Situation war zu unwirklich. Zu schön, um wahr zu sein. In seinem Blick sah sie das gleiche stille Verlangen, das sie bereits vor einigen Jahren um den Verstand gebracht hatte. Seine Hüften bewegten sich im Rhythmus seines Atems auf und ab. Abbys Po rutschte ein Stück nach hinten und berührte die Beule in seiner Militärhose. Teufel, sein Glied war so stark angewachsen, dass Abby glaubte, der Stoff, der es umspannte, würde gleich zerreißen. Dass er eine Erektion hatte, kam für sie völlig überraschend. Dennoch verspürte sie das Verlangen, seinen Penis zu befreien und zu berühren, seine verführerischen weißen Muskeln zu streicheln und ihn zu lieben wie früher, Nacht für Nacht. Abby versuchte diese Gedanken fortzuschütteln. Dies war gewiss nicht der rechte Augenblick, um ihren erotischen Sehnsüchten nachzuhängen. Sie spürte, wie ihr das Blut in die Wangen schoss. Als er ihr auch noch den Kopf entgegenstreckte und seine Lippen einen Spalt öffnete, war es um Abby geschehen. Ohne über die Konsequenzen nachzudenken, beugte sie sich herab, um seinen Kuss zu erwidern.

"Das reicht jetzt. Der Kampf ist entschieden, Miss Torn hat gewonnen", drang eine vertraute Stimme in ihr Bewusstsein vor. Als sie zur Seite blickte, entdeckte sie Crispin, der ihr hilfsbereit die Hand reichte. Abby nahm sie nicht an, kletterte von Kyles Lenden und richtete sich auf. Täuschte sie sich oder sprühte Eifersucht aus Cris hellen Augen? Seine angespannte Haltung verriet, dass er stark gegen die aufkeimende Wut ankämpfte.

"Ich akzeptiere Abelaine als Anführerin. Sie hat bewiesen, dass sie eine gute Kämpferin und eine taktische Denkerin ist. Einen besseren Ersatz für Valencia werden wir nicht finden. Ich gratuliere dir", sagte Kyle und erhob sich ebenfalls. Er reichte ihr die Hand. Als Abby ihn berührte, war ihr, als jagten Blitze durch ihren Körper. Herrje, sie war doch hoffentlich nicht dabei, sich Hals über Kopf erneut in ihn zu verlieben! Wenn sie überhaupt jemals aufgehört hatte, ihn zu lieben. Dieser Mann trieb sie noch in den Wahnsinn.

"Wir sollten ins Hotel zurückgehen. Die Sonne geht bald auf", mischte sich Crispin ein weiteres Mal ein und deutete zum Horizont.

"Seit wann bestimmt mein Anwärter, was wir zu tun haben?"

"Verzeihen Sie, Kyle. Es lag nicht in meiner Absicht die Führung an mich zu reißen."

"Das will ich dir auch geraten haben. Du tust, was ich dir sage. Ich bin dein Mentor. Und über meinem Wort steht nur das von Abelaine."

Noch nie hatte Kyle Crispin vor den anderen so zurechtgewiesen. Eine unausgesprochene Rivalität herrschte plötzlich zwischen den beiden Männern. Aber Crispin wagte es nicht, seinem Meister zu widersprechen.

"Gehen wir", befahl Abby des lieben Friedens willen und begab sich mit der Delegation ins Hotel Noir zurück. Mit der Anwärterin Lesley teilte sie sich ein Doppelzimmer.

Die junge Frau mit den schwarzen geflochtenen Zöpfen zog ihr rotes Gothic-Kleid aus und schlüpfte in ein weißes Nachthemd mit weiten Elfenärmeln. "Dein Rucksack steht neben dem Nachtschrank", sagte sie und legte sich in ihr Bett. "Ich habe ihn für dich mitgenommen, nachdem wir getrennt wurden."

"Danke. Ich hatte schon befürchtet, ich müsste in meiner Tageskleidung schlafen. Zu dumm, dass ich meine Armbrust verloren habe." Vielleicht würde Kyle ihr eine überlassen. Der Waffennarr trug sicher mehr als eine Armbrust in seiner Reisetasche mit sich herum.

"Was hast du jetzt vor, Abelaine? Ich möchte dich daran erinnern, dass Sur auf uns angewiesen ist. Er braucht das Blut der acht Anführer. Bitte vergiss das nicht."

Abby setzte sich auf ihr Bett, zog ihre Socken aus und rollte sie zusammen.

"Ich verstehe deine Sorge, Les. Aber du musst auch mich verstehen. Meine Schwester Alyce schwebt in Lebensgefahr. Die Bestie von Belfast hat sie entführt.

Du weißt doch selbst, dass mit den Audax nicht zu spaßen ist. Wenn wir nicht bald etwas unternehmen, ist Alyce tot. Und das würde ich mir nie verzeihen."

"Könntest du es dir verzeihen, wenn Vita Eterna auseinanderbricht, weil du deine Aufgabe nicht erfülltest?"

Lesley sah sie vorwurfsvoll an. Zorn überkam Abby. Was fiel dieser vorwitzigen Anwärterin ein, sie zu belehren? Abby wusste sehr wohl, wie wichtig Surs Überleben für den Fortbestand Vita Eternas war!

"Ich habe mir diese Entscheidung nicht leicht gemacht, Les. Das musst du mir glauben. Wenn wir Alyce aus den Fängen der Audax befreit haben, reisen wir sofort zum Schloss Caselle. Darauf hast du mein Wort."

"Weißt du denn überhaupt, wo sich Logan jetzt aufhält?"

Nein, das wusste sie nicht. Dummerweise hatte er seine Rufnummer unterdrückt, als er sie überraschend angerufen hatte, so dass sie ihn nicht erreichen konnte. Es wäre alles so viel leichter, wenn sie mit ihm Kontakt aufnehmen konnte, um einen neuen Austausch vorzuschlagen.

"Auch wenn du unsere Anführerin bist, solltest du alle Möglichkeiten in Erwägung ziehen. Wenn du also meinen Rat hören möchtest ..."

"Ja, das möchte ich. Was würdest du an meiner Stelle tun? Jeder hier scheint zu glauben, er wäre fähiger als ich, diese Delegation zu leiten!"

"Niemand will dich kritisieren. Wir sehen die Angelegenheit nur aus einer anderen Sicht als du. Die Sorge um Alyce lässt dich einen wichtigen Punkt übersehen! Logan wird deiner Schwester nichts antun, denn sie ist sein Druckmittel gegen dich. Es wäre närrisch von ihm, wenn er ihr auch nur ein Haar krümmen würde. Er braucht sie. Sie ist seine einzige Waffe. Die Zeit rennt uns davon. Wenn Sur stirbt, stirbt alles, wofür wir gekämpft haben. Lass es dir durch den Kopf gehen, Abelaine. Das Schicksal der acht Logen liegt in deiner Hand."

Und das Schicksal meiner Schwester, fügte Alyce in Gedanken hinzu.

Als Alyce erwachte, schien Tageslicht durch die Ritzen der Jalousien. Maxine schlief zusammengekauert auf dem Boden, und Logan saß in der finstersten Ecke des Lagerraums und zog intensiv an einer Zigarillo. Seine Finger spielten mit der Packung Partagas Club Zigarillos. Aromatisch-würziger Duft schwebte in Rauchschwaden zu Alyce, die das Gefühl hatte, Logans Blick würde sich in sie hineinbrennen. Erinnerungen an die vergangene Nacht durchfluteten ihren Körper, und sie spürte die schmerzenden Muskeln, ihre wunde Scheide und das erneut erwachende Verlangen. Die Feuchtigkeit zwischen ihren Schenkeln war getrocknet, und die Haut fühlte sich nun kühl an. Alyce roch ihren eigenen Duft, der von ausschweifender Lust erzählte und sie in Tagträume versetzte, in denen sie auf allen vieren zu Logan kroch und ihren Kopf zwischen seinen Beinen vergrub, um ihn zu erregen, damit er sie nahm.

Stattdessen fragte sie: "Darf ich mich waschen?"

Stumm deutete er mit dem Kopf zu dem Waschbecken links neben ihm.

Als Alyce sich erhob, stöhnte sie auf wie eine alte Frau, die zu lange gesessen hatte, und deren Glieder nun schmerzten. Seit dem Schulsport hatte sie nicht mehr solch einen Muskelkater gehabt und erst recht nicht durch Trevor. Sie ging zum

Becken und spürte bei jedem Schritt ihre Vagina, die zwar wehtat, aber auch nach mehr schrie. Um sich abzukühlen, öffnete Alyce den Kaltwasserhahn, hob ihr Nachthemd, immer darauf bedacht, Logan den Rücken zuzudrehen, und schaufelte kühles Nass auf ihren Unterleib. Erleichtert schloss sie die Augen, genoss die Erfrischung und hoffte, dass die Kälte ihre aufkeimende Leidenschaft abkühlen würde.

"Du solltest deinen Kopf nicht so lüstern in den Nacken werfen und solch ein hingebungsvolles Gesicht machen", spie Logan aus. "Das könnte mich davon überzeugen, dass du noch mehr Qualen ertragen könntest, als ich dir zugemutet habe."

Erschrocken öffnete Alyce die Augen und begegnete seinem Blick. Den Spiegel, sie hatte ihn vergessen. Er beobachtete sie die ganze Zeit. In seinen Augen blitzte eine gefährliche Lust, die Alyce erschaudern ließ. Etwas stimmte nicht. Das sah sie ihm an. Trotz bittersüßer Folter hatte sie ihm keine hilfreichen Informationen über Alyce oder Vita Eterna geben können. Nagte das nun an seinem Ego?

Sie entschied, ihn nicht darauf anzusprechen und schlenderte zum Kühlschrank auf der gegenüberliegenden Seite. Nur fort von Logan. Zudem knurrte ihr Magen. Sie fand einige Flaschen Mineralwasser und Früchte und in einem Schrank eine Packung Kekse. Damit zog sie sich auf ihr Lager zurück, aß und legte sich erneut schlafen, denn sie fühlte sich noch immer gerädert. Sie hörte noch die Kirchenglocken, die zum Gebet riefen. Es war Sonntag. Niemand würde das Haus der Hundert Honigsorten betreten. Bei diesem Gedanken döste Alyce ein.

Erst Maxines Stimme weckte sie. "Der letzte Personenzug fährt um zehn vor neun, steht im Fahrplan, aber es gibt noch einen Güterzug, der in einer halben Stunde nach Birmingham aufbricht."

Verschlafen rieb sich Alyce die Augen. Hatte sie richtig gehört – Birmingham? Mit einem Mal war sie hellwach. "Ihr lasst mich gehen?" Verwundert betrachtete sie Maxine. Die Augen der jungen Vampirin waren gerötet. Blassrote Flecken übersäten ihr Gesicht. Hatte sie geweint?

Logan hob die Augenbrauen. "Wie kommst du auf die Idee?" Er zog seine Lederjacke über, griff Alyces Oberarm und zog sie auf die Füße. "Wir werden dich zu Santagos bringen, dem mächtigsten Vampir des Audax Zirkels. Oder hast du uns doch etwas über Abelaine und die Phiole zu sagen?" Er wartete.

Alyce schüttelte den Kopf. Wut stieg in ihr auf, Wut, die von Enttäuschung herrührte. Wie konnte Logan ihr das antun? Im nächsten Moment schalt sie sich einen Narren. Sie musste aufhören, an das Gute in Logan zu glauben. Nur weil er sie einmal zum Schreien gebracht hatte, war er nicht an ihr als Person interessiert. Er war ein Bloodhound, gewohnt zu jagen und zu töten, zumeist Menschen, die dieser Barbar als Abschaum betrachtete. "In welcher Stadt werde ich sterben?", fragte sie provozierend.

"Belfast", antwortete Maxine bedrückt. "Belfast war schon immer eine schwierige Stadt, zweigeteilt, aber weder die Protestanten, noch die Katholiken wissen, dass eine weitere Schlacht auf den nordirischen Straßen tobt – die zwischen Vampir und Mensch."

"Und zwischen Vita Eterna und dem Audax Zirkel." Alyce spürte, dass Maxine noch nicht lange eine Vampirin und die Erinnerung an ihr Menschenleben noch intensiv war.

"Nordirland liegt fest in Santagos Hand", sagte Logan scharf und zog seine Gefangene mit sich. Sie verließen das Haus der Hundert Honigsorten und marschierten zur Railway- Station.

"Du meinst in der Hand des Audax Zirkels", sprach Alyce, die ahnte, dass Logans und Maxines Welt nicht so in Ordnung war, wie sie es darstellten.

Er murrte. "Er ist unser Vater. Er ist Audax."

Sie hakte nach, denn sie wollte besser verstehen, um was es in diesem Kampf ging. "Warum schließen sich nicht alle Vampire zusammen? Sie wären gemeinsam sehr mächtig."

"Erzähl es ihr, Elevin. Mal sehen, wie gut du den Erzählungen deines Protegés gelauscht hast", sprach er abfällig und würdigte Maxine keines Blickes.

Die farbige Vampirin zog die Nase hoch. "1596 wollte Santagos mit den anderen Ratsmitgliedern eine einzige große Vampir-Vereinigung in Großbritannien schaffen. Damals hatte er einen Eleven – Sur. Die Vampire nannten sich Morte Santa, heiliger Tod. Santagos hasst die Menschen, weil er ihnen im Jahre 1230 als sehr junger Vampir in die Falle ging und gefoltert wurde. Seitdem will er diese Maden unterjochen, was aber die anderen Ratsmitglieder nicht anstrebten. So kam es zum Streit.

1653 ging jeder seinen Weg. Doch ausgerechnet Sur entschied sich gegen Santagos. Dieser fühlte sich gedemütigt und im Stich gelassen, weil er Sur damals zum Vampir gemacht und ihn aufgebaut hatte.

Morte Santa zerbrach. Vita Eterna wurde geboren, und Sur übernahm die Führung der Londoner Condannato Loge. Währenddessen zog sich Santagos nach Nordirland zurück und gründete den Audax Zirkel. Seitdem herrscht erbitterte Feindschaft zwischen den beiden."

Alyce hörte heraus, dass dies nicht Maxines Worte waren, sondern Santagos'. In ihrer Stimme klang Wehmut. Wenn Alyce etwas war, dann eine gute Zuhörerin.

Maxine ließ sich zurückfallen. Sie schlenderte hinter ihnen her, als ob es sie nicht zurück in die Audax Zentrale zog.

Als die drei die Station erreicht hatten und zwischen den Wagons auf den Gleisen nach dem richtigen Zug suchten, wandte sich Alyce an Logan: "Du erzählst mir das alles, weil du davon ausgehst, dass ich aus Irland nicht zurückkehren werde. Habe ich recht?"

Seine Augen weiteten sich. Erstaunt blickte er auf sie herab, blieb aber stumm.

"Was wird euer hoch geschätzter Übervater mir antun?"

"Mach dich nicht lächerlich über ihn! Ich habe ihm mein Leben zu verdanken. Er hat mich aus dem Sumpf der Menschheit befreit, als ich darin zu versinken drohte." Zornig drängte er sie in einen Güterwagon hinein, der mit Hundekäfigen gefüllt war. BIRMINGHAMER BEAGLE COMPETITION, las Alyce auf den Aufklebern. Die Hunde schabten nervös in ihren Boxen, sie winselten und jaulten auf, steckten ihre Nasen durch die Gitterstäbe, um zu schnüffeln, beruhigten sich aber langsam, als Maxine in den Wagon kletterte und die Tür schloss.

Alyce hatte Tränen in den Augen, als der Zug anfuhr, und das Rattern der Räder immer lauter wurde, aber sie würde nicht noch einmal weinen. Logan hatte sie bereits drei Mal zum Heulen gebracht, wenn auch ein Mal vor Lust. Kein weiteres Mal!

"Was wird Santagos mit mir anstellen, nur weil ich Abbys Zwillingsschwester bin?"

"Es ist nicht nur reine Rache an einem Familienmitglied", brachte Logan gepresst hervor und drängte sie gegen die Wand. "Er besitzt mystische Kräfte und ist in der Lage, durch die Blutsbande eine mentale Verbindung zu Abelaine herzustellen und so den Aufenthaltsort der Phiole zu erfahren."

Sie schluchzte, aber kämpfte gegen die Tränen an. "Weshalb ist diese dämliche Phiole so wichtig?"

Sein Blick war zornig, doch seine Hand streichelte zärtlich ihre Wange. "Als Morte Santa zerbrach gründete Sur Vita Eterna und untermauerte das Bündnis, in dem er von jedem Anführer der acht Logen Blut trank. Nun liegt er im Sterben, weil er vergiftetes Blut getrunken hat und braucht das Blut der ältesten und mächtigsten Vampire Englands, der acht Logenführer, sonst stirbt er, und wir werden die Chance nutzen und Vita Eterna zerschlagen."

"Ohne Sur ist Vita Eterna nichts, genauso wie der Audax Zirkel ohne Santagos?"

"Zwischen den acht britischen Logen gibt es Zwistigkeiten."

"Im Audax Zirkel nicht?", sagte sie keck und spielte auf seine Eifersucht an, weil Santagos Maxine offensichtlich förderte.

"Du vergreifst dich im Ton, Alyce Kathleen Torn." Provozierend langsam zog er den Gürtel aus seiner Jeans.

Sie bemerkte, wie die Wölbung in seiner eng anliegenden Hose wuchs, und sich dies auf ihre eigene Erregung abfärbte. Ihre wunde Scham pulsierte, und das Blut schoss ihr in die Wangen.

"Deine Mutter hat dich und Abby schlecht erzogen, wie ich sehe, und nun muss ich dir Respekt und Gehorsam beibringen."

Alyce rang nach Luft. Versuchte er von dem für ihn unangenehmen Gespräch abzulenken? Wenn ja, dann gelang es ihm verdammt gut. Sie spürte die Gefahr, die Logan ausstrahlte. In diesem Moment war er der Jäger, der sein Opfer zur Strecke bringen wollte. Seine Augen bekamen einen seltsamen Glanz, der von Lust zeugte, aber auch von Blutdurst. Hätte sie ihn nur nicht wütend gemacht! Sie beobachtete, wie sich Maxine hinter die Hundeboxen zurückzog.

Logan legte seine Wange an die ihre und flüsterte: "Du kannst meinem Blick ausweichen, aber ich sehe das Verlangen in deinen Augen dennoch."

"Du irrst", log sie und tadelte sich selbst, weil ihr Ton zu schnippisch war. Sie wollte ihn nicht noch mehr reizen.

"Die Glut ist seit der letzten Nacht nicht erloschen. Ich weiß, dass ich nur meinen Daumen auf deine Klitoris zu legen brauche, und du würdest dich stöhnend winden."

Alyce spürte, wie sie alleine bei dem Gedanken feucht wurde und erwiderte schnell: "Du hast die Erregung gestern erzwungen. Ich war gefesselt."

"In der Tat, du warst mir ausgeliefert, wie du mir auch jetzt schutzlos gegenüber stehst." Zufrieden lachte er und rieb mit dem Zeigefinger über ihre Ohrmuschel. "Aber ich habe dich nicht gezwungen, einen Orgasmus zu haben."

"Das ist nicht wahr", schoss es aus ihr heraus. Sie legte die Hände an seine Schultern und versuchte ihn fortzudrücken, doch er stand wie eine Mauer vor ihr. "Du hast meine Gefühle hochgepeitscht. Ich wollte nicht kommen. Ich wollte dich wegdrücken, wie jetzt auch."

"Du hast deine Lust hinausgeschrien", säuselte er.

"Es war alles nur deine Schuld."

"Noch nie in deinem Leben bist du so heftig gekommen."

"Woher willst du das wissen?" Alyce verfluchte Logan! Sie verfluchte ihre Brustwarzen, die hart gegen den Nachthemdstoff stießen und ihren cremigen Saft, der ihre Schenkel hinunterlief, nur weil er so obszön mit ihr sprach.

Er leckte über ihr Ohrläppchen. "Du hast auf jede meiner Berührungen aufs empfindsamste reagiert."

"Ich war noch nie in solch einer Situation."

"Ausgeliefert?"

Alyce schwieg.

"Es hat dir gefallen, und nun wünschst du es dir wieder, nur eine Nacht später, mein kleiner Nimmersatt, weil eine Begierde in dir erwacht ist, die du vorher nicht kanntest."

"Nein", hauchte sie, aber es war mehr ein Stöhnen, denn er hatte sie durchschaut.

Ohne sie freizugeben, legte er den Gürtel um ihren Hals und zog die Schlaufe zu, so dass die Schnalle eng an ihrer Kehle lag, aber nicht zudrückte. "Bitte mich, dich zu stoßen."

"Was?" Ihre Stimme klang hysterisch.

Er schnalzte und fuhr mit der freien Hand unter ihr Nachthemd. Geschickt fand er ihren Busen. Er begann ihn zu massieren, zuerst behutsam, dann kräftiger und wollüstiger. "Bettel darum, dass ich dich mit meinem Schwanz aufspieße."

"Benutze nicht solch eine vulgäre Sprache", war alles, was sie herausbrachte. Halbherzig versuchte sie seine Hand fortzuschlagen, aber als er ihre Brustwarze mit Daumen und Mittelfinger zwirbelte, während der Zeigefinger über die Kuppe rieb, verdrehte sie die Augen und jammerte leise. Sie war so schwach!

"Spiel mir nicht die Anständige!", raunte er. "Du bist viel verdorbener als du vorgibst zu sein. Also flehe mich an, dich zu besteigen, oder ich werde die Qualen von gestern Nacht wiederholen, ohne dir am Ende Erlösung zu schenken."

Er drückte ihren Nippel leicht. Alyce Stöhnen erfüllte den Raum, und sie dachte beschämt an Maxine, die unweit von ihnen saß. Aber was machte sie sich Sorgen um die Vampirin? Für Maxine war Alyces Stöhnen nichts Neues.

Logan bearbeitete ihre Brüste, bis Alyce ganzer Körper nach Sex schrie. Sie wollte Logan! Sie begehrte Logan! Er hatte die Glut zum Feuer gemacht, und nun brannte Alyce lichterloh. Es kostete sie viel Überwindung, als sie wisperte: "Bitte, Logan, nimm mich."

"Ich kann dich nicht hören", sagte er lüstern. Mit der Hand, die noch immer den Gürtel hielt, der um ihren Hals lag, hob er ihr Kinn und zwang sie, ihn anzusehen.

Ihr blasser Teint färbte sich hochrot. Sie schämte sich zu Tode, ihm in die Augen schauen zu müssen, weil er dort ihr Verlangen lesen konnte. Aber bebte nicht bereits ihr ganzer Körper? Ihre Beine zitterten, und ihr Herz pochte aufgeregt. "Ich flehe dich an, schlafe mit mir."

Amüsiert hob er die Augenbrauen. "Schlafen? Das hört sich ja fast so an wie 'Liebe machen'. Nein, nein, das ist etwas für verknallte Teenager oder Schwächlinge, wie die Mitglieder der Condannato Loge, also verwende die richtigen Worte! Ich werde langsam ungeduldig."

Empört biss Alyce die Zähne zusammen. Logan übte einen leichten Druck auf ihre Brustspitze aus, zog an ihr, als wolle er sie melken, um sie dann loszulassen und beruhigend zu streicheln – und wiederholte die süße Qual, bis Alyce wimmerte. Begleitet von tiefen Atemstößen sagte sie: "Bitte, fick mich, Logan. Ich brauche es. Nimm mich hart und schnell und ..." Sie schluckte die letzten Worte hinunter, da sie sich vor sich selbst schämte. Das war nicht sie, nicht die Alyce, die wie ein Schulmädchen kicherte, wenn Trevor ihren Unterleib behutsam berührte, als wäre ihre Scheide aus Glas.

Augenblicklich wirbelte Logan sie herum, so dass sie mit dem Rücken gegen seinen Oberkörper stieß. Er drückte Alyce zu Boden, bis sie auf allen vieren vor ihm hockte, kniete sich zwischen ihre Beine und zwang die Schenkel auseinander. Sie hörte, wie er den Reißverschluss seiner Jeans öffnete. Keuchend vor Erregung lüftete er ihr Nachthemd und drang ohne Umschweife mit seinem erigierten Glied in sie ein. Zuerst verkrampfte sie sich. Ihre Vagina war feucht, aber noch immer wund und zudem sein Phallus von prächtigem Ausmaß. Logan schrie beim ersten Stoß auf, überwältigt von der Lust, die ihn durchströmte, als seine Vorhaut von ihrer Scheide zurückgeschoben wurde und seine prallen Hoden gegen ihre Vulva hämmerten. Regungslos blieb er einen Moment in ihr stecken.

Erst als sie sich entspannte, zog er sanft am Gürtel, um ihr seine Überlegenheit zu demonstrieren, sie aber nicht zu strangulieren: "Nun, da ich meine Hündin an die Leine gelegt habe, werde ich sie begatten." Er zog seinen Penis so weit hinaus, dass nur noch seine geschwollene Eichel in ihr steckte, verharrte einen Moment und rammte seinen Schwanz mit einem kräftigen Stoß tief in sie hinein. Diesmal gab er ihr keine Zeit, sich an die Erregung und seine Größe zu gewöhnen, sondern stieß erneut zu. Ihr cremiger Saft machte seinem Glied Platz und lief ihre Schenkel hinunter. Aber er ließ ihr nicht einmal einen Atemzug, um sich der beschämenden Stellung bewusst zu werden, sondern rammte sich in sie hinein, immer und immer wieder, füllte sie aus, brachte sie zum Überlaufen und verteilte ihre Feuchtigkeit auf ihren Schenkeln und seinen Hoden, die rhythmisch gegen ihren Hintern schlugen. Schneller und wilder ritt er sie von hinten, bis sie in Ekstase versank und für einen lustvollen Augenblick alles vergaß, und es nur noch sie und Logan gab in einem Mikrokosmos, verschmolzen im Akt, kopulierend und glücklich. Alyce hob ab. Das Blut rauschte in ihren Ohren. Sie schwamm in Lust und landete zuckend auf dem Boden eines Güterwagons.

Logan zog sich aus ihr zurück und spritzte sein Sperma auf ihren Rücken, ihre Pobacken und Schenkel. Erschöpft schnaufte er. Schwer atmend setzte er sich hin, lehnte sich gegen die Wand und wischte sich mit der Hand den Schweiß von der Stirn.

"Ich sollte die Finger von dir lassen, Rotschopf", sagte er, löste den Gürtel von ihrem Hals und ging raschen Schrittes hinter die Hundeboxen, wo sie ihn nicht sehen konnte.

Alyce blieb verwirrt zurück. Noch immer hockte sie auf allen vieren, sein Sperma auf ihrem Körper und ihre Gedanken geschwängert mit seinen Worten. Machte sie Logan genauso schwach, wie er sie? Das konnte sie nicht glauben! Er war doch die Bestie von Belfast, der Vorzeige-Bloodhound des Audax Zirkels, der Menschen verabscheute, und sie nur eine scheue Menschenfrau, die keine Erfahrung in sexuellen Dingen besaß. Logan brauchte ein Vollweib, keine Heulsuse, wie sie es war.

Maxine schlich um die Boxen herum, reichte ihr ein Handtuch und stellte einen kleinen Kanister neben sie. "Ich habe ihn drüben gefunden. Es ist Wasser darin, wahrscheinlich für die Hunde. Ich dachte nur, nun ja, ich bin immer durstig nach dem Beischlaf."

Ihr verschmitztes Kichern steckte Alyce an. "Danke", entgegnete sie und rieb sich mit dem Tuch sauber.

Da neigte Maxine sich zu ihr hinunter und flüsterte: "Weißt du, was Logan eben mit dir gemacht hat?"

Alyce wusste nicht, worauf die Vampirin anspielte.

"Wie Hunde ihr Revier markieren, hat er eben mit seinem Samen seinen Besitz gezeichnet, ein überhebliches männliches Ritual bei den Audax." Sie zwinkerte Alyce zu und ließ sie alleine.

Seinen Besitz? Verdutzt setzte sich Alyce und trank gierig aus dem Kanister. Begann Logan sie zu mögen? Hatte er sich schnell zurückgezogen, damit sie es ihm nicht ansah? Sie wollte nicht darüber nachdenken und schaufelte sich Wasser ins Gesicht. Keine romantischen Gefühle! Immerhin befand sie sich auf dem Weg nach Belfast, um an den Schlimmsten aller Audax Vampire ausgeliefert zu werden – von Logan persönlich.

Wie lange mochten sie schon unterwegs sein? Das monotone Geräusch des Zuges machte Alyce schläfrig. Sie wusste, der Güterzug fuhr von Cardiff über Gloucester und Cheltenham nach Birmingham und brauchte für diese Strecke zwei Stunden. Sie waren noch nicht in Belfast, noch lange nicht.

Plötzlich hörte sie Maxines gedämpfte Stimme. "Ich möchte in Belfast jemanden besuchen."

"Nein", murrte Logan.

"Es ist wichtig für mich. Nur ganz kurz, bitte."

"Auf keinen Fall!", wetterte er, und seine schlechte Laune war unüberhörbar. "Löse dich endlich von deinem alten Leben, oder wir beide haben ein echtes Problem."

"Haben wir das nicht sowieso?", fragte sie patzig. "Aber es ist nicht so, wie du denkst. Ich will dir deinen Platz an Santagos' Seite nicht streitig machen."

"Das kannst du auch nicht und nun schweig!", erwiderte er trocken.

Alyce lehnte den Hinterkopf gegen die Wand und schloss die Augen. Noch immer umgab sie Logans männlicher Duft. Logan, der so unerreichbar für sie war wie alle attraktiven Männer. Sein Herz konnte sie nicht gewinnen, jedoch seinen Verstand ausschalten, in dem sie sich ihm hingab. Aber würde sie sich ihm wirklich unterwerfen können, wie er es verlangte? Würde sie so verrucht sein, wie er eine Frau mochte? Sie hegte Zweifel. Doch was blieb Alyce anderes übrig als Logans Dominanz gegen ihn auszuspielen, denn Abby würde nicht kommen, um sie zu retten. Sie musste sich selbst helfen. Und Maxine? Sie entglitt immer mehr Logans Griff. Alyce lächelte befriedigt und zufrieden.

Die Loge Maledetto residierte in einem alten Barockschloss in der Nähe von Birmingham, das offiziell von einem in die Jahre gekommenen Lord bewohnt wurde. Der grüne Toyota fuhr durch den angrenzenden Wald und hielt kurz vor Mitternacht am schmiedeeisernen Portal, das von zwei steinernen Dämonenfiguren bewacht wurde. Durch die Gitterstäbe konnte Abby das Anwesen im fahlen Licht des Mondes erkennen. Eine große Wiesenanlage mit gestutzten Hecken und Bäumen schmückte den Vorgarten von Schloss Caselle. Crispin stieg aus, um zu klingeln und die Loge Condannato anzumelden. Es dauerte nicht lange, da öffnete sich das elektrische Tor mit einem Surren. Der Anwärter kam schnellen Schrittes zurück und setzte sich hinter das Lenkrad.

"Sie heißen uns willkommen", erklärte er Abby, die neben ihm auf dem Beifahrersitz saß. Die Stimmung innerhalb der Gruppe war noch immer eisig. Kaum ein Wort hatten die Vampire während der Fahrt miteinander gewechselt.

Abby atmete auf, als der Wagen durch den gewölbten Torbogen fuhr und auf den Innenhof des Schlosses zusteuerte. Dort parkte er in einer Reihe von Limousinen. Verwundert hob sie eine Augenbraue. "Es scheint, als erwarteten die Maledetto heute viele Gäste." Die Vampire stiegen aus, nahmen ihre Taschen und Rucksäcke aus dem Wagen und liefen auf eine Seitentür zu.

Just in diesem Augenblick öffnete sich diese und eine Frau in einem blauen Gewand kam auf die Gruppe zu. Auf ihrer Brust prangte eine goldene Feder, die ein Schwert kreuzte. Abby kannte das Symbol, es war das Zeichen der Maledetto. Wie jede der acht britischen Logen hatte auch diese ihr Emblem. *Die Feder ist mächtiger als das Schwert*, ging es Abby durch den Kopf. *Wen wunderte es da, dass die meisten Maledetto Poeten und Künstler waren.*

"Ich grüße euch, Brüder und Schwestern. Ich bin Kera", sagte die Fremde. "Seid ihr Gäste?"

"Gäste?"

"Wir feiern heute Nacht die Krönung unserer neuen Anführerin Lady Lianne. Lord Tarken möchte sich von nun an nur noch den Aufgaben im hohen Rat Vita Eternas widmen."

Abby nickte langsam. Vielleicht hatte Lord Tarken von Surs Erkrankung gehört, obwohl Condannato versucht hatte, keine Informationen nach außen dringen zu lassen. Womöglich bereitete er sich darauf vor, das Amt Surs zu übernehmen. Zwischen den beiden Ratsherren herrschte seit langem Uneinigkeit. Tarken war Surs schärfster Kritiker. Aber Abbys Ansicht nach war es nicht möglich, Sur zu ersetzen. Im Gegenteil. Mit Surs Tod würden sich die bisher unterschwelligen Machtkämpfe noch mehr ausweiten und die Vereinigung der Logen nach und nach vernichten.

"Wir sind aus einem anderen Grund hier. Dorian Everheard schickt uns. Wir müssen Lady Lianne sprechen. Es ist dringend. Vergebt mir, dass wir keine Zeit für lange Erklärungen haben. Was ich der Lady zu sagen habe, kann ich nur unter vier Augen tun."

"Ich verstehe. Eine dringende Angelegenheit also … Bitte folgt mir, ich werde Sie anmelden."

Die Frau im blauen Gewand geleitete die Gruppe in das Schloss. Abby und ihre Gefährten folgten ihr durch ein Labyrinth aus Gängen. Aus einem der Räume erklang Ballmusik. Wenige Augenblicke später erreichten sie den geschmückten Festsaal. Auf meterlangen Tafeln standen dreiarmige Kerzenleuchter, und von der Decke hing ein gewaltiger Kronleuchter, der die Mitte des Raums erhellte. Wohin Abby auch blickte, entdeckte sie Vampire in alten Gewändern. Einige stammten aus dem Barock und Rokoko, andere aus den 1920er Jahren. Die meisten trugen eigenwillige Kombinationen aus den verschiedenen Epochen.

"Bitte wartet hier", sagte Kera und verschwand in einem Gewühl aus Tüll, Seide und Rüschen.

"Ob das ihre Alltagskleidung ist?", fragte Kyle schmunzelnd und deutete auf die tanzenden Vampire. Lance zuckte nur gleichgültig die Schultern, als interessiere ihn der pompöse Rummel nicht.

"Andere Logen, andere Sitten. Aber ich denke, sie tragen diese Gewänder nur zu festlichen Gelegenheiten. Mit den Maledetto hatte ich nie viel zu tun, doch ich vermute, sie sind so modern eingestellt wie wir", sagte Abby.

"Was ich hier sehe, gefällt mir gar nicht." Lesley schüttelte sich. Auch Crispin verzog das Gesicht. Das Buffet bestand aus Menschen. Junge Männer und Frauen saßen nackt in einer Reihe auf altmodischen Stühlen. In ihren Armvenen steckten Nadeln, mit denen die Vampire ihnen das Blut abzapften und über dünne Schläuche in große Behälter weiterleiteten.

"Das nennt sich wohl Blutbowle." Kyle grinste. "Ich habe es ja schon immer gesagt, unsere Anwärter sind viel zu verwöhnt. Jetzt haben wir den Beweis."

In diesem Moment kehrte Kera mit einer hoch gewachsenen, blonden Frau zurück. Die Maledetto Vampire verneigten sich ehrerbietig vor der blassen Erscheinung in einem imposanten Kleid, das über und über mit Rüschen und Edelsteinen behangen war. Offensichtlich handelte es sich um Lady Lianne.

"Sie verlangten mich zu sprechen?", sagte die kühle Schöne und sah die Condannato Vampire einen nach dem anderen an, bis ihr Blick auf Abby haften blieb. Ein Lächeln umspielte die Lippen der Logenführerin, je länger sie Abelaine betrachtete.

"Es tut uns leid, Lady, Ihre Festlichkeiten zu stören, doch was wir zu besprechen haben, duldet keinen Aufschub."

"Sicher, wenn Sie mir noch verraten, mit wem ich das Vergnügen habe?"

"Ich bin Abelaine Torn und reise im geheimen Auftrag der Loge Condannato."

"Eine geheime Mission, von der nicht einmal die anderen Logenführer wissen?"

"Auch der hohe Rat wurde aus Sicherheitsgründen nicht informiert. Sur persönlich erteilte den Befehl an Condannato, die Operation zu leiten."

"Ich verstehe. Das scheint eine ernste Angelegenheit zu sein. Begleiten Sie mich in mein Büro. Ihre Gefährten können sich derweil an unserem Buffet bedienen. Wir haben frisches Blut von menschlichen Spendern. Und für Anwärter wurde auch eine Kleinigkeit vorbereitet." Erneut tauschten Lesley und Crispin skeptische Blicke aus.

"Sie tun es freiwillig, um ihren Mentoren zu gefallen", sagte Lady Lianne in die Richtung der beiden Anwärter und schritt langsam voran.

Abby folgte ihr mit einem Respektabstand durch den Flur. Ohne dass sie es wollte, fiel ihr Blick immer wieder auf die Hüften der Lady, die diese anzüglich kreisen ließ, als wollte sie Abby verführen. Lianne blieb vor einer Tür stehen, schloss sie auf und bat ihren Gast mit einladender Handbewegung herein. Ein wenig versperrte sie Abby den Weg, so dass sich diese eng an ihr vorbei in den Raum schieben musste. Ungewollt streifte Abelaine mit ihrem Arm die prallen, in ein Korsett gezwängten Brüste der Logenführerin. Lianne stieß ein heiseres Lachen aus, das einem Stöhnen glich.

Das Zimmer war ganz im Barockstil eingerichtet. Die Möbel, das Deckengemälde und sogar der Teppich mit dem altertümlichen Muster ließen vermuten, dass sie aus einer längst vergangenen Zeit stammten.

"Ich hänge an meinem Jahrhundert", erklärte Lianne und setzte sich hinter ihren Schreibtisch, auf dem sich Schriftrollen und Papiere stapelten. Sie beugte sich vor, so dass ihre Brüste nicht länger gegen die Schwerkraft ankämpfen konnten und auf die Platte sanken. Wie zwei pralle, runde Äpfel prangten sie vor Abbys Augen und weckten ihren Appetit.

"Sie sind noch sehr jung und können das nicht verstehen. Ihre Epoche ist noch nicht vorüber, Sie haben die Veränderung der Welt nicht am eigenen Leib erfahren, so wie viele von uns. Umso mehr wundert es mich, dass Dorian Everheard eine solch junge und noch dazu attraktive Vampirin in geheimer Mission zu mir schickt. Erzählen Sie mir, was geschehen ist."

Abby brauchte einen Moment, um sich von dem köstlichen Anblick des elfenbeinfarbenen Busens zu lösen. Sie konnte nicht umhin, die barocke Dame attraktiv zu finden. Etwas Faszinierendes ging von ihr aus. In ihren Augen lag die Weisheit von Jahrhunderten, gleichzeitig wirkte sie sexuell attraktiv. Abby setzte sich Lianne gegenüber in einen alten Sessel und erzählte ihr von Surs tragischem Zustand, ihrer beschwerlichen Reise und dem Überfall der Audax. Sie war bemüht, sich kurz zu halten, denn die Zeit arbeitete unaufhörlich gegen sie.

"Sie sind also hier, weil Sie mein Blut brauchen? In Anbetracht der Umstände werde ich Ihnen diese ungewöhnliche Bitte nicht verweigern. Zumal mir das Fortbestehen Vita Eternas sehr am Herzen liegt. Geben Sie mir die Phiole."

Abby öffnete den Reißverschluss ihres Stiefels und zog das Glasfläschchen aus ihrer Tasche, um es Lianne zu reichen. Diese nahm es wie einen kostbaren Schatz entgegen und stellte es in einen Stifthalter. Sie öffnete die Schublade ihres Schreibtischs und holte eine Einwegspritze heraus. "Sie brauchen genau einen Tropfen?"

Abby nickte.
"Gut. Sie haben Glück. Wir pflegen unseren Anwärtern das Blut mit der Nadel abzuzapfen. Das ist ästhetischer, als ihnen diese grässlichen Schnittwunden zuzufügen."
Sie führte die Nadel in ihre Vene ein. Abby konnte nicht hinsehen und kniff die Augen zusammen. Schon als Kind hatte sie große Angst vor Spritzen und den damit verbundenen Arztbesuchen gehabt.
"Sie können die Augen wieder aufmachen", sagte Lianne mit einem Lächeln und hielt die Nadel über die Öffnung der Phiole, um genau einen Tropfen hineinzuträufeln. "Es ist überstanden."
Ihr Blut vermengte sich mit dem der anderen Logenführer und das Gemisch nahm, wie Abby fand, eine etwas dunklere Farbe an.
"Ich danke Ihnen, Lady Lianne. Mit Ihrer Hilfe werden wir Surs Leben retten."
Abby öffnete die Hand, doch Lianne machte keine Anstalten, ihr das wertvolle Gefäß zurückzugeben. Stattdessen leckte sie sich verführerisch über die vollen Lippen. Wollte sie Abby anmachen?
"Sie erwähnten diese Überfälle der Audax und Ihren Verdacht, dass ein Verräter in den eigenen Reihen existiert. Glauben Sie nicht auch, dass die Phiole gut verwahrt werden muss? Nun ist sie wertvoller denn je, denn sie enthält das Blut aller acht Anführer."
"Was sollen wir also tun, Lady?" Abby hatte Probleme, sich zu konzentrieren. Sie hatte das Gefühl, ihr Blut würde aus allen Regionen ihres Körpers entzogen, nur um sich an einem Punkt zu sammeln. Und schuld daran war diese verruchte Lady, die ihr immer wieder Signale sandte.
Nachdenklich fuhr sich Lianne mit dem Zeigefinger über das Kinn. Nur für einen kurzen Moment glitt er ein Stück zu hoch, als wollte er ihre Lippen spreizen, um ihren Mund zu entern.
"Ich habe eine Idee. Wenn Sie einverstanden sind, werde ich sie hier, in meinem Büro, aufbewahren." Sie stand auf, lief mit wackelnden Hüften zur gegenüberliegenden Wand und schob eines der barocken Gemälde zur Seite, unter dem ein Safe zum Vorschein kam.
"In einigen Dingen gehe ich auch gern mit der Zeit", sagte Lianne grinsend, gab eine Zahlenkombination in die Tastatur ein und legte das Fläschchen in den Safe. "Ich biete Ihnen an, dass Sie und ihre Begleiter den Tag auf Schloss Caselle verbringen. Morgen, kurz bevor Sie aufbrechen, gebe ich Ihnen die Phiole zurück. Was halten Sie von diesem Plan?"
Abby zögerte. Wäre es nicht besser, die Phiole so schnell wie möglich nach London zu bringen?
"Ich hätte Sie gern noch ein wenig um mich, Abelaine."
Ihre Blicke trafen sich. Abby hatte plötzlich das Gefühl, die machtvolle Aura der Lady würde von ihr Besitz ergreifen. "Oder vertrauen Sie mir nicht?"
"Doch ... doch ... ich ... vertraue Ihnen", stammelte Abby verwirrt. Irgendetwas geschah mit ihr. War es der Einfluss Liannes, der sie so gefügig machte? Oder war es nur ihre eigene Erschöpfung und der Wunsch nach einem erholsamen Tag im Bett, der sie zu ihrer Entscheidung trieb?

"Vielleicht haben Sie recht. In Ihren Händen ist die Phiole gut aufgehoben, dessen bin ich mir sicher."

"Natürlich ist sie das. Kera wird Ihnen und Ihren Gefährten später Gästezimmer zuteilen. Und nun vergessen Sie Ihre Pflichten für einen Augenblick und genießen Sie Ihren Aufenthalt hier bei uns."

Abby nickte und wartete, bis Lianne den Safe geschlossen hatte, und das kleine Alarmlämpchen blinkte.

"Sie fühlen sich doch hoffentlich in meinem Hause wohl?" Lianne trat nah an Abby heran und sah ihr tief in die Augen.

"Mir … mir ist schon ein wenig heiß", gestand Abby, erhob sich und fächelte sich mit der Hand frische Luft zu.

Ein Grinsen bildete sich auf Liannes feinen Zügen. Wie eine Raubkatze lief sie um Abby herum und musterte sie von oben bis unten. "Zu schade, dass man mich auf meinem eigenen Fest vermissen würde, wenn ich länger fern bliebe." Sie stellte sich hinter Abby, so dass diese Liannes heißen Atem auf ihrem Nacken spüren konnte. "Vielleicht ergibt sich ja einmal eine Gelegenheit für ein privates Treffen. Nur Sie und ich? Was meinen Sie, Abelaine?"

Abby drehte sich zu Lianne um, doch diese hatte sich bereits abgewendet und stolzierte mit ihrem unerhört erotischen Hüftschwung zur Tür, um diese für ihren Gast aufzuhalten.

"Stellen Sie sich gut mit mir. Ich bin einflussreich und mächtig." Lianne zwinkerte ihr zu.

Gemeinsam kehrten die Vampirinnen in den Ballsaal zurück. Abby war noch immer aufgelöst und wusste nicht recht, was sie von Lianne halten sollte. Hatte sie tatsächlich Interesse an ihr? Interesse, das über eine Freundschaft hinausging? Die Lady verschwand so schnell in der Menge, dass Abby keine Zeit hatte, sie zu fragen. Sie tauchte in einem Wirrwarr aus exotischen und altertümlichen Kleidern unter. Abelaine ließ ihren Blick durch die Halle kreisen und entdeckte ihre Gefährten in einer Sitzecke nahe dem großen Wandfenster. Lesley und Lance lieferten sich ein heftiges Wortgefecht, doch als Abby eiligen Schrittes auf sie zukam, verstummten die Streithähne. Sie wurde das Gefühl nicht los, dass sie das Thema der Auseinandersetzung gewesen war. Lance war der Einzige, der ihre Stellung nach wie vor nicht akzeptierte. Vermutlich machte er sie noch immer für Vals Tod verantwortlich.

Abby wollte Lance gerade zur Rede stellen, als Crispin sie unterbrach: "Was gibt es Neues?"

"Lady Lianne hat sich bereit erklärt, die Phiole in Sicherheitsverwahrung zu nehmen so lange wir hier sind."

"Glaubst du, es war eine gute Idee, die Phiole einer Maledetto anzuvertrauen?" Zweifel spiegelten sich in Kyles Zügen.

"Wir können ihr vertrauen." Abby fühlte sich, als hätte Lianne ihr diese Worte eingeimpft.

"Vertrauen. Pah!" Lance rümpfte die Nase.

"Geht das schon wieder los?", knurrte Lesley.

"Ich kann nun einmal nicht von heute auf morgen vergessen, was geschehen ist! Ich habe kein Herz aus Stein – so wie ihr!"

"Was soll der Unsinn?", mischte sich auch Kyle ein.

"Wer von euch denkt noch an Val? Niemand!"

"Das Leben geht weiter. Finde dich mit ihrem Tod ab."

"Es reicht, Kyle. Streu nicht noch Salz in seine Wunden", sprach Abby ein Machtwort. Was sie am wenigsten brauchen konnte, war ein Streit unter ihren Getreuen.

"Entschuldigt mich", sagte Lance bitter und stand auf, ohne die anderen eines Blickes zu würdigen. "Hier versteht mich ohnehin niemand." Er wollte gehen, doch Abby hielt ihn am Arm zurück.

"Wo willst du hin?"

"Das geht dich nichts an, Abelaine."

"Mich geht es sehr wohl etwas an. Ich bin deine Anführerin."

"Meine Anführerin war Val." Mit diesen Worten riss er sich von ihr los und drängte sich an den tanzenden Vampiren und ihren pompösen Gewändern aus Spitze und Tüll vorbei. Abby blickte ihm kopfschüttelnd hinterher und ließ sich seufzend neben Kyle auf die Couch sinken.

"Was für ein Sturkopf. Lasst ihn, der kommt schon wieder zur Besinnung", sagte Crispin.

"Wollen wir es hoffen, ich arbeite nun schon sehr lange mit ihm zusammen und habe ihn noch nie so erlebt. Sei so gut und besorge uns etwas zur Stärkung." Kyle deutete zu dem menschlichen Buffet. Die menschlichen Spender wurden gerade ausgewechselt und die Vampire standen Schlange, um etwas von der Blutbowle zu kosten.

"Muss … muss das sein? Ich finde dieses Buffet nach wie vor etwas … sonderbar."

"Was soll die Frage, Anwärter?"

Abby konnte sehen, wie jegliche Farbe aus Crispins Gesicht wich. Sein Meister würde keine Widerrede dulden. Ein einziger Fingerzeig genügte, und Crispin machte sich artig auf den Weg.

"Tut mir wirklich leid, Abby. Lance ist blind, wenn er deine Anführerqualitäten nicht erkennt." Lesley legte ihr eine Hand auf die Schulter und lächelte sie aufmunternd an.

"Ich danke dir, dass du zu mir hältst." Les würde ihre Anführerin verteidigen, möge kommen, was wolle. Das wusste Abby. Trotzdem konnte sie auch Lance verstehen, der ihr die Schuld an Vals Tod gab. Wegen seiner spitzen Kommentare zweifelte sie allmählich selbst an ihren Fähigkeiten.

"Schon gut, Abby. Ich werde noch einmal mit ihm reden, bevor der Schmerz ihn auffrisst. Leider gehört er zu der Sorte Mann, die nicht gern über ihre Gefühle reden."

"Ja, vielleicht kannst du etwas bei ihm ausrichten."

"Ich werde mein Möglichstes tun", sagte Lesley und beeilte sich, Lance einzuholen.

"Scheint, als wären wir zwei jetzt allein." Abby schaute zu Kyle, der die Arme lässig auf der Rückenlehne seines Sessels abgelegt hatte. Es stimmte. Jetzt waren sie allein. Er lächelte sie an, und Abby wurde auf einmal ganz heiß. Bildete sie es sich nur ein, oder war da wieder dieses Leuchten in seinen Augen? Er sah sie an wie früher, als wollte er sie am liebsten mit Haut und Haaren verschlingen. Abby schüttelte amüsiert den Kopf. Vermutlich war es nichts anderes als Wunschdenken. Kyle liebte es, zu flirten. Das hatte er schon oft bewiesen. Sie hatte aufgehört mitzuzählen, wie vielen Frauen er schöne Augen gemacht hatte allein in der Zeit, in der sie liiert gewesen waren.

"Ich muss immer wieder an unseren Kampf denken", sagte er plötzlich.

"Tatsächlich?"

"Irgendwie mochte ich es, als du auf mir lagst und mich zu Boden drücktest." Er grinste verstohlen.

Ich habe es auch genossen, dachte Abby, aber sie wagte es nicht, diese Worte auszusprechen. Sie erinnerte sich an ihre erste Begegnung mit Kyle. Nach Val war er ihre wichtigste Bezugsperson innerhalb der Loge gewesen. Val war ihre Mentorin, hatte ihr alles über das Vampir-Sein beigebracht, während Kyle sie zur Leibwächterin ausgebildet hatte.

"Möchtest du tanzen?"

Abby glaubte sich verhört zu haben. Verdutzt sah sie ihn an. Sein scharmantes Lächeln war zum Dahinschmelzen. Sekundenlang konnte sie den Blick nicht von ihm abwenden. Bis ihr schließlich bewusst wurde, dass sie ihn unaufhörlich anstarrte.

"Was ist, Abby?"

"Ich … ich hätte nicht gedacht, dass du …"

"Dass ich dich zum Tanz bitte? Du solltest mich doch besser kennen. Glaube mir, ich habe auch noch andere Interessen, außer der Waffensammlung im Handgepäck. Vielleicht entdeckst du eines Tages auch meine anderen Seiten?"

Seine anderen Seiten? Als hätte sie diese nicht bereits kennengelernt. Jedem Rock war er nachgestiegen. Jedes Mädchen hatte er um den kleinen Finger gewickelt, um von ihrem Blut zu naschen. Meist war es nicht nur dabei geblieben.

"Du hast meine Frage noch nicht beantwortet."

"Frage?"

"Möchtest du mit mir tanzen? Komm schon, Abby. Lass mich nicht so lange zappeln."

Ja, warum eigentlich nicht? Was hatte sie schon zu verlieren? Es war schließlich nur ein Tanz … Ein Lächeln bildete sich auf Abbys vollen Lippen und sie nickte. "Sehr gern."

Kyle atmete erleichtert auf, reichte ihr die Hand und geleitete sie auf das Parkett. Abbys Herz klopfte heftig in ihrer Brust, als er sich plötzlich zu ihr umdrehte und sie so nah an sich heranzog, dass sie seinen Atem auf ihrer Haut spürte. Er sah sie sehnsüchtig an, und Abby glaubte in seinen wunderschönen leuchtenden Augen zu versinken. Kyle war so unglaublich attraktiv. Sie fragte sich, wie er wohl als Mensch ausgesehen hatte. War seine Haut sonnengebräunt gewesen? Ja, sie konnte ihn sich lebhaft als Sunnyboy vorstellen. Und die Frauen waren ihm gewiss die Tür eingerannt, nur um ein Date mit ihm zu bekommen. Wieso war jemand wie Kyle, der offensichtlich alles hatte, was das Herz begehrte, einer Organisation wie Condannato beigetreten? Er hatte ihr nie viel über seine Vergangenheit erzählt. Abby beschloss, ihn bei Gelegenheit zu fragen. Jetzt wollte sie erst einmal diesen traumhaften Moment, der ihr so unwirklich vorkam, genießen. Sie hatte das Gefühl mit ihm über die Tanzfläche zu schweben. Er bewegte sich elegant und selbstbewusst. Sie hingegen fühlte sich wie Wachs in seinen Händen. Plötzlich blieb er mitten in der Menge stehen, als existierten die anderen Vampire um sie herum gar nicht, nahm ihr Gesicht in seine Hände und neigte den Kopf. Abbys Herz stolperte. Wollte er sie etwa küssen? Verwirrt hielt sie inne. Spielte er erneut mit ihr? Meinte er es ernst? Wieso brachte er sie ständig durcheinander? Es schien, als spürte Kyle ihren inneren Widerstand und zögerte.

"Meister Kyle, ich habe Ihnen und Miss Torn frisches Blut besorgt." Abby und Kyle bewegten den Kopf zur Seite. Crispin stand, mit zwei Gläsern in den Händen, neben ihnen und lächelte sie unschuldig an.

"Dein Timing ist perfekt, Crispin. Wirklich perfekt", sagte Kyle ärgerlich und riss dem jungen Mann den gläsernen Kelch mit der roten Flüssigkeit aus der Hand. Er kippte das Blut in einem Zug herunter, trank auch noch das Glas, das eigentlich für Abby bestimmt war, aus und wischte sich mit dem Handrücken über die Lippen. Nachdenklich wiegte er den Kopf hin und her. "Vielleicht ist es besser so. Ich bin wirklich zu weit gegangen", murmelte er und verschwand in Richtung Ausgang.

Abby wusste nicht, ob sie erleichtert oder enttäuscht sein sollte. Kyle war ihr ein einziges Rätsel, genauso wie ihre Gefühle, die verrückt spielten, wenn er in ihrer Nähe war.

"Ich bringe die Gläser an die Bar zurück", sagte der Anwärter. Kurz darauf kam er zurück. Abby stand noch immer mitten auf der Tanzfläche und blickte ins Leere wie eine Tagträumerin.

"Tut mir leid, Abby … Miss Torn. Ich habe wohl alles ruiniert. Aber als ich Sie in Kyles Armen sah, verspürte ich diesen glühenden Stich in meinem Herzen."

Abby zuckte zusammen. Seine Stimme hatte sie in die Wirklichkeit zurückgeholt.

"Es ist schon gut, Cris. Kyle hat recht, es ist besser so. Ich werde nun nach Kera suchen und mir ein Zimmer zuweisen lassen."

"Darf ich Sie begleiten, Abby? Bitte. Ich könnte Ihnen helfen, sich zu entspannen. Eine Fußmassage vor dem Schlafgehen, was meinen Sie?"

Abby sah ihn nachdenklich an. Kyle hatte einen Hunger in ihr geweckt, der nun gestillt werden wollte. Sie sehnte sich tatsächlich nach sanften Berührungen, daher nickte sie sacht. "Also gut, lass dich in einer Viertelstunde zu meinem Zimmer führen. Ich werde dich erwarten."

"Ich danke Ihnen, vielen Dank. Sie werden es nicht bereuen!"

Wenig später klopfte es an Abbys Tür. Kera hatte ihr ein kleines gemütliches Zimmer gegeben, in dem sich Abby vom ersten Augenblick an wohl fühlte. Das Bett war ausgesprochen groß und nahm fast die Hälfte des Raumes ein. Problemlos konnten zwei Personen darin liegen, obwohl es nur eine Matratze hatte.

"Herein", rief Abby, die sich bereits entkleidet hatte und ihren nackten Körper unter der Bettdecke verbarg. Sie verspürte bereits die Vorfreude, Crispin einen kleinen Denkzettel für seine Einmischung zu verpassen. Schließlich hatte er sich als Anwärter unziemlich verhalten. Der junge Mann in dem dunklen Anzug trat ein. Er wirkte nervös wie immer, wenn er nur aus einem Grund zu ihr kam. In seiner Hand hielt er eine Schale mit Eiswürfeln, die er auf ihrem Nachttisch abstellte. "Ich dachte, du möchtest sie vielleicht verwenden."

"Mir fällt bestimmt etwas ein." Sie grinste frech. "Doch zuerst möchte ich in die rechte Stimmung gebracht werden. Du weißt, was du zu tun hast?"

"Natürlich, Abby."

Vorsichtig zog er die geblümte Decke bis zu ihren Füßen zurück. Dann lief er um das Bett herum, kniete sich an dessen Ende nieder und begann ihre Füße zu massieren. Abby seufzte, als sie seine warmen weichen Hände spürte, die ihre Sohlen kräftig rieben.

"Das machst du wirklich gut, mein kleiner Anwärter." Abby rekelte sich zufrieden und streckte ihre Beine aus. Etwas Feuchtes benetzte ihre Ballen. Schmunzelnd hob sie den Kopf und blickte zu Crispin, der ihre Füße zärtlich küsste, seine Zunge über ihre Sohle gleiten ließ und schließlich ihren großen Zeh in den Mund nahm und an ihm saugte. Abby liebte es, wenn er das tat. Hastig bewegte er den Kopf vor und zurück. Seine Zunge umkreiste ihren Zeh und schleckte über die Spitze an ihrem Nagel entlang. Der Anblick erregte Abby so sehr, dass sie sich nicht zurückhalten konnte. Ihre Hände wanderten zu ihren Schamlippen, in denen sich das Blut zu sammeln begann. Sie spürte, wie sie größer wurden und anschwollen. Gierig streckte sie die Finger aus. Nichts wollte sie lieber, als sich selbst zu streicheln. Doch Crispin kam ihr zuvor. Ohne ihren Zeh freizugeben, berührte er mit beiden Händen ihre rot gewordenen Labien. Zärtlich fuhr er mit dem Finger seiner Rechten über die Vorhaut ihrer Klitoris, rieb an ihr, bewegte sie vor und zurück und entblößte die erbsengroße Perle. Vorsichtig stimulierte er ihre Klitoris mit Daumen und Zeigefinger. Seine andere Hand verwöhnte ihre Scheide so lange mit Streicheleinheiten, bis aufgrund des starken Ausflusses ein schmatzendes Geräusch entstand. Abby spürte, wie die Flüssigkeit aus ihr austrat. Doch Crispin fing sie mit seinen Händen auf, verteilte sie in ihrer Spalte, während er unermüdlich ihren Zeh liebkoste. Wenn er so weitermachte, würde sie innerhalb kurzer Zeit ihren Orgasmus bekommen. Aber dafür war es zu früh. Sie wollte das Spiel auskosten. So lange wie möglich.

"Gut so, Anwärter. Jetzt komm zu mir herüber und leg dich neben mich. Mach schon."

Crispin tat nach einigem Zögern, was sie verlangte. Widerwillig öffnete er den Mund, so dass sie ihren Zeh herausnehmen konnte. Dann kletterte er auf allen vieren über das Bett und legte sich neben sie. Vorsichtig streckte er die Hand aus, um ihre prallen Brüste zu streicheln, doch Abby wies diese Geste zurück.

"Wir wollen doch nicht, dass die Eiswürfel schmelzen, oder? Leg dich auf den Rücken und beweg dich nicht, egal was passiert. Hast du mich verstanden?"

"Was hast du vor?"

"Das wirst du schon sehen, Cris. Ich bin sicher, es wird dir gefallen."

Abby richtete sich auf, griff nach seinem Schlips und band diesen, ohne ihn von seinem Hals zu lösen, einmal um seinen Kopf, so dass er seine Augen verdeckte. Cris erschrak über die plötzlich forcierte Blindheit, aber er wagte es nicht, sich zu bewegen oder gar zu protestieren.

Abby öffnete die Knöpfe seines Hemdes und legte seinen Oberkörper frei. Die sonst haarlose Brust war mit einem Verband umwickelt.

"Ich habe mein Versprechen nicht vergessen, Cris. Ich werde mich bei dir revanchieren. Und ich weiß, was dich anmacht. Eigentlich hatte ich vor, dich zu belohnen. Vorhin warst du jedoch sehr ungezogen, deswegen muss eine kleine Strafe sein."

Mit diesen Worten griff sie nach der Schale und nahm einen großen tropfenden Eiswürfel in die Hand. Sie spürte die Kälte kaum. Doch auf Crispins lebendigem Leib würde dies eine ganz andere Auswirkung haben. Sie legte den Würfel auf seine Haut unterhalb des Wickels, lies ihn von dort in Richtung seines Bauches gleiten und rieb ihn schließlich gänzlich mit dem schmelzenden Eis ein. Crispin zog die Luft durch die Zähne. Die Kälte schien für ihn kaum ertragbar. Sein Oberkörper bäumte sich auf wie ein wild gewordenes Pferd.

"Du solltest solche Empfindungen genießen. Wenn du erst ein Vampir bist, wird dein Körper nicht wesentlich wärmer sein als dieser Eiswürfel."

Abby sah ihm ins Gesicht. Angestrengt hielt er den Atem an, versuchte der Pein Herr zu werden, was jedoch im Augenblick noch unmöglich war. Erst als sich sein Körper einigermaßen an die Temperatur des kleiner werdenden Eisstücks gewöhnt hatte, konnte er aufatmen. Zu Abbys Überraschung schien er allerdings gar nicht bei der Sache zu sein.

"Sage mir, liebst du ihn?"

Verwundert hielt sie inne. Mit dieser Frage hatte sie nicht gerechnet. Schon gar nicht mitten in ihrem Spiel.

"Wen meinst du?"

"Kyle. Liebst du ihn? Das würde ich nicht aushalten!"

"Halte erst einmal das hier aus."

Eilig griff sie in die Schüssel und nahm eine Handvoll Eiswürfel, die sie ihm auf den Bauch legte. Cris erschrak dermaßen, dass er am ganzen Körper zuckte. Panisch drehte er sich zur Seite, um sich der unangenehmen Würfel zu entledigen. Sie fielen auf das Bettlaken.

"Ich dachte, meine Anweisung wäre eindeutig gewesen. Leg dich auf den Rücken zurück."

Cris nahm ein paar tiefe Atemzüge, bevor er sich in seine Ausgangsposition begab.

Abby griff nach einem Würfel vom durchnässten Laken und legte ihn in seinen Bauchnabel. Sie schaute zu, wie sich dieser nach und nach mit Flüssigkeit füllte, und wie Crispins Glied zeitgleich in seiner Hose wuchs. Abby befreite es und bearbeitete es so lange mit der Hand, bis es zu seiner vollen Größe anwuchs.

"Ich hoffe, du hältst noch ein bisschen durch, Cris. Ich bin nämlich noch nicht mit dir fertig."

Sie richtete sich auf, stellte sich breitbeinig über sein Gesicht, drehte sich um, so dass sie auf seine Füße blickte und ließ sich auf ihn niedersinken. Dabei nahm sie seinen Kopf zwischen ihre Oberschenkel und berührte mit ihrer Scham verführerisch seinen Mund. Ihr Duft würde ihn verrückt machen, dessen war sich Abby sicher. Sie blickte zu seinem Glied, auf dem sich die Adern stark abzeichneten. Rosarot schimmerte die Eichel, die unter seiner Vorhaut zu sehen war.

"Willst du von mir kosten, Cris?"

"Oh ja, bitte!"

Sie grinste. "Ich erlaube es dir. Du musst nur deinen Kopf ein wenig anheben, um zur Quelle zu gelangen. Trink von ihr."

Kaum waren diese Worte über ihre Lippen gerutscht, spürte sie seine warme Zunge, die ihre Flüssigkeit lüstern aufnahm. Sie glitt zwischen ihre kleinen Schamlippen und reizte wieder und wieder ihre Klitoris, so lange, bis Abby vor Wollust stöhnte.

"Schneller!", befahl sie. Doch Crispin tat bereits sein Möglichstes. "Ich werde dir helfen", sagte Abby und begann sich an seinem Gesicht zu reiben. Ihr Becken bewegte sich vor und zurück, auf und ab, ihr Stöhnen wurde lauter, und als er auch noch mit beiden Händen nach ihren Nippeln griff und diese zwirbelte, glaubte sie vollends den Verstand zu verlieren. Ihr süßer Saft verteilte sich auf seinem Gesicht, glitt in seinen Mund und über sein Kinn. Sein heißer Atem in ihrer Scham trieb sie dazu an, ihn noch schneller zu reiten.

"Berühr dich, während ich mich an dir vergnüge."

Seine rechte Hand ließ von ihrer Brust ab und umschloss seinen heißen Stab, um sich Erleichterung zu verschaffen. Abby beobachtete, wie er seine Vorhaut vor- und zurückschob und passte sich mit ihren eigenen Bewegungen an seinen Rhythmus an. Abby presste ihren Unterleib fester an seinen Mund, so dass Crispins Kopf auf sein Kissen zurückgedrückt wurde. Sie bewegte sich auf ihm auf und ab und ließ ihm gerade so viel Raum, dass er ab und zu atmen konnte. Das Bett wackelte, als fochten sie eine Schlacht auf der Matratze aus.

"Gleich …", keuchte sie, gleich würde sie kommen. Mit voller Wucht drückte sie sich ein letztes Mal an ihn, verkrampfte sich am ganzen Körper und spürte die Wogen der Erregung, die wellengleich durch ihren Körper brandeten und auf einen einzigen Höhepunkt zusteuerten, bis Abby einen nach Befreiung klingenden Schrei ausstieß. Kurz nach ihr explodierte auch Crispin, der seinen Saft auf seinem eigenen Bauch verteilte. Abby genoss das Nachglühen ihrer Leidenschaft, dann beugte sie sich zu seinem Unterleib vor, schlürfte das Wasser aus seinem Bauchnabel und leckte die weißliche Flüssigkeit von seinem Körper. Als sie damit fertig war, drehte sie sich zu ihm um und sah ihm in das rot angelaufene Gesicht, das mit ihrer Feuchtigkeit benetzt war. Erschöpft, doch befriedigt rang er nach Atem.

"Wisch dich sauber, so kannst du dich nicht zeigen", sagte sie knapp, griff nach einem Taschentuch und drückte es ihm in die Hand. Crispin befreite sich von seiner Augenbinde, um sich zu reinigen.

"Mir ist es ernst mit dir", sagte er, als er damit fertig war.

Ging das etwa schon wieder los? Abby verdrehte die Augen. Wann verstand er endlich, dass sie an keiner Beziehung mit ihm interessiert war, die über ihre sexuelle hinausging.
"Bitte, Abby. Lass uns noch einmal in Ruhe darüber sprechen, ich ..."
In diesem Moment erklang ein lauter Schrei auf dem Flur. Abby zuckte zusammen und schaute verunsichert zu Crispin.
"Was war das?"
"Schnell, zieh dir etwas über. Ich sehe nach", sagte der Anwärter, kletterte aus dem Bett, zog seine Hose hoch und knöpfte sein Hemd zu.
"Deine Haare!", warf Abby ein. Er verstand und fuhr sich schnell mit der Hand durch die schwarzen Strähnen, bevor er die Tür öffnete und in den Flur trat.
Abby schlüpfte, so schnell sie nur konnte, in ihre Lederhose und streifte ihr Schnürhemd über. Dann folgte sie Crispin. Helle Aufregung herrschte in den Gängen von Schloss Caselle. Abby wollte die Vampire fragen, was geschehen war, aber niemand hörte ihr zu. Niemand hatte Zeit.
Sie war erleichtert, als Lady Lianne auf sie zukam. Doch die ernste Miene der Vampirin ließ erahnen, dass irgendetwas passiert war. "Ich fürchte, ich habe schlechte Nachrichten für Sie, Miss Torn. Folgen Sie mir bitte."
Abby nickte und beeilte sich, mit der Lady Schritt zu halten. Es dauerte nicht lange, bis sie das Büro von Lianne erreichten. Vor der Tür hatten sich einige schaulustige Vampire versammelt. In ihrer Mitte lag eine Tote mit einem Strick um ihren Hals.
"Lesley!", schrie Abby erschrocken auf, als sie die Anwärterin erkannte.
Die Vampire wichen zur Seite, um Lady Lianne Platz zu machen.
"Wer hat das nur getan?" Abelaine schossen Tränen in die Augen. Nun hatte sie ein weiteres Mitglied ihres Teams verloren. Und wieder fühlte sie sich dafür verantwortlich. Was war sie nur für eine Anführerin, die nicht einmal die eigenen Anwärter schützen konnte?
"Ich hoffte, Sie würden mir das sagen? Jemand versuchte in mein Büro einzubrechen. Ich denke, dieser jemand war auf der Suche nach der Phiole."
Abbys erster Gedanke galt Lance, der den Tod von Val noch immer nicht verkraftet und sich mit jedem einzelnen Mitglied ihrer Gruppe, insbesondere mit Lesley, angelegt hatte. Aber war er trotz aller Wut in der Lage, einen Menschen zu töten?
Nachdenklich fuhr sich Abby mit Daumen und Zeigefinger über ihr Kinn. Genau genommen traute sie keinem ihrer Männer diese Tat zu.
"Wem haben Sie von unserer Abmachung erzählt? Wer wusste, dass ich die Phiole aufbewahre?"
"Ich sagte es nur Kyle, Lance und Crispin. Aber ich kann mir nicht vorstellen, dass einer von ihnen ... nein, das ist ausgeschlossen."
"Seien Sie auf der Hut, Miss Torn, wenn sie nicht das nächste Opfer sein wollen."
"Dass innerhalb unserer Organisation eine undichte Stelle existiert, war mir bewusst. Aber dass der Verräter einer meiner Begleiter sein soll, dass kann ich einfach nicht glauben."

"Ich werde den Vorfall untersuchen lassen. Wir haben zwar den Verdacht, dass ein Mitglied ihrer Gruppe diese schreckliche Tat begangen hat, doch sicherheitshalber werden wir auch in unseren Reihen ermitteln. Mir ist natürlich bewusst, dass ich Sie wegen Ihrer Mission nicht festhalten kann. Doch Ihre Gefährten werden vorerst hierbleiben müssen."

"Vielleicht ist das sogar besser. Ich werde die Phiole morgen Nacht nach London bringen. Je schneller Sur geheilt wird, desto eher hat der Spuk ein Ende", sagte Abby völlig aufgelöst. Sie stand noch immer unter Schock.

Als der Zug mit Alyce, Logan und Maxine in der Birmingham New Street einfuhr, zeigte die Uhr des Güterbahnhofs 0.30 Uhr an. Der Montagmorgen mit seiner Geschäftigkeit einer neuen Arbeitswoche war nur wenige Stunden entfernt. Durch die Fenster der großen Railway- Station sah Alyce, dass der Bahnhof noch nicht ganz verlassen war, und sie hoffte, jemand würde die seltsame Frau bemerken, die in einem weißen Nachthemd aus einem Güterwagon stieg und in Schach gehalten wurde von zwei finsteren Gestalten. Aber weder dem Angestellten, der den Bahnsteig unweit von ihnen fegte, noch dem Stadtstreicher, der gerade sein Nachtlager in einem ausgemusterten Wagon aufschlug, fiel die skurrile Reisetruppe auf.

"Wir werden ein Lager für den Tag suchen", sagte Logan mürrisch und deutete auf ein offen stehendes Kellerfenster unterhalb des Ausgangs Victoria Square.

Verständnislos runzelte Maxine die Stirn. "Die Nacht ist noch jung. Wir könnten mit einem Auto in zwei Stunden in Liverpool sein, noch bevor der Tag anbricht."

"Das würde eng werden."

"Eng?", prustete sie. "Uns bleibt genug Zeit."

Er strich über seinen Kinnbart und wandte sich ab. "Ich muss nachdenken."

Die drei stiegen durch das Fenster in den Bahnhof, schlichen durch die verwaisten Gänge immer tiefer in den Keller, bis sie schließlich einen Raum fanden, der nur ein einziges Fenster besaß, durch das am Tag kaum Licht fallen würde, weil ein verrosteter Karren mit Bauschutt und Eisenteilen davor abgestellt war. Dass der Handwagen bewegt werden würde, war kaum anzunehmen, denn Efeu rankte bereits an ihm hoch.

Rohre, die unheimliche Geräusche von sich gaben, mal ein Glucksen, mal ein Knacken, dann ein Rauschen und Zischen, durchzogen den Kellerraum, den sicher nur bei Wartungsarbeiten ein Mensch betrat. Alyce seufzte. Schlechte Karten für eine Flucht. Aber selbst, wenn ein Mensch hier herunterstieg, würde Logan ihn schneller zum Schweigen bringen, als dass der Fremde die Situation begriffen hätte.

Logan zog seine Lederjacke aus, legte sie auf den Betonboden und deutete mit dem Kopf darauf. In Alyce flammte mehr als pure Dankbarkeit auf, als sie Platz nahm. Wenn er sie ansah mit seinem erhabenen, stolzen Blick, den sicher manche als Arroganz deuteten, den Alyce jedoch erkannte als Selbstbewusstsein und Überlegenheit, schlug ihr Herz höher. Er besaß eben das gewisse Etwas, das sie nervös machte und gleichzeitig faszinierte. Ein Mann wie Logan war ihr noch nie im Leben begegnet. Warum musste er ausgerechnet ein Vampir sein? Wieso jagte er ihre Zwillingsschwester? Und weshalb hatte er sich entschieden, Alyce an das Audax-Oberhaupt auszuliefern, anstatt sie in Sicherheit zu bringen, damit er sie Tag und Nacht lieben konnte? Aber vielleicht begehrte er sie gar nicht, sondern wollte lediglich seinen eigenen sexuellen Gelüsten Erleichterung verschaffen. Traurig führte sie sich vor Augen, wie er sie in Belfast wegwerfen würde, benutzt, bereit für das nächste Opfer seiner Lust. Sie war nur der Preis, den er zahlen musste, um seinen "Vater" milde zu stimmen, weil er nicht mit der Phiole heimkehrte. Brauchte Logan deshalb Zeit zum Nachdenken, wie er sagte? Wollte er sich einen Plan zurechtlegen, wie er Santagos gegenübertreten und ihm mitteilen wollte, dass er den Auftrag vermasselt hatte?

Während der verbliebenen Nacht und des Tages, sprach Logan kein Wort.

Als Maxine fragte: "Darf ich den Bahnhof erkunden und etwas Essbares für unsere Gefangene auftreiben? Sie sollte bei Kräften bleiben für die Strapazen der Reise nach Nordirland und für Santagos", nickte er stumm, ohne sie eines Blickes zu würdigen.

Erstaunt über seine Reaktion hob sie die Augenbrauen, lächelte Alyce an und entfloh der bedrückenden Atmosphäre. Erst in der Morgendämmerung kehrte sie mit einer Flasche Mineralwasser und zwei Sandwichs zurück.

"Danke", sagte Alyce leise, da sie das Gefühl hatte, die Stimmung war explosiv, und der kleinste Funke könnte Logan zum Ausrasten bringen. Grübelnd saß er auf dem Boden, die Beine angewinkelt, den Kopf gegen die Wand gelehnt und starrte Löcher in die Luft.

Gerne wäre sie zu ihm hinübergekrochen und hätte sich an ihn geschmiegt, den Kopf auf seine Schultern gelegt und seinen muskulösen Brustkorb gestreichelt, der verführerisch durch das schwarze Netzshirt auf sie wirkte. Stattdessen legte sie sich hin und schlief, bis er sie in der Nacht weckte.

"Wir müssen weiter", sagte er emotionslos.

"Müssen wir das?" Flehend sah sie ihn an. Bekam sein Blick einen traurigen Schimmer, oder bildete sie sich das nur ein?

Er zog sie auf die Füße und legte ihr die Lederjacke um die Schultern. "Es ist frisch draußen. Der Herbst zieht langsam ein."

Alyce war verwirrter denn je, als sie aus dem Keller stieg und Maxine und Logan zum Taxistand folgte. So viel Fürsorge hatte sie von ihm nicht erwartet. Aber sie sah, dass er im Inneren der Bloodhound war, denn er überfiel den Fahrer des einzigen Cabs weit und breit, Auf dem Schild über dem Autoradio stand: "ES FÄHRT SIE ALEX HURST". Logan nahm hinter dem Mann mit dem krankhaft blassem Teint und den eingefallenen Wangen Platz, zwang Alyce neben sich und instruierte Maxine, sich auf den Beifahrersitz zu setzen und Alex im Auge zu behalten. Die Vampirin spannte ihre Armbrust und zielte mit dem Pfeil auf den Hals des zitternden Taxifahrers.

"Nach Liverpool", befahl Logan kühl und nickte Maxine zu.

Alyce beschlich ein ungutes Gefühl. Ihr Magen drehte sich um, und sie befürchtete, das Sandwich auf falschem Wege zu verdauen.

Der Taxifahrer startete den Motor, und Alyce flüsterte zu Logan: "Ihr werdet doch nicht ... Ihr könnt doch nicht ..."

"Ach nein?"

"Bitte, das muss nicht sein."

"Maxine braucht Nahrung, und auch ich bin leicht reizbar", sprach er und schaute sie herausfordernd an. "Wer will uns bestrafen?"

Aufgebracht warf sie die Jacke auf den Boden. Der eh schon lockere unterste Metallknopf löste sich und rollte unter den Beifahrersitz. "Ich würde vorschlagen, dass ihr mich nehmt – aber mit mir habt ihr ja etwas viel Schlimmeres vor."

Er griff nach ihrem Arm und zog ihren Oberkörper mir einem Ruck zu sich. Alyce verlor die Balance. Sie stützte sich mit den Händen an ihm ab und traf genau den Reißverschluss seiner Jeans. Die Wölbung in seiner Hose wuchs augenscheinlich an. Zuerst war Alyce erschrocken und wollte sich losreißen, doch dann kam ihr eine Idee. Selbst Logan besaß eine Schwachstelle – seine Lust! Es war ihr keineswegs unangenehm, als sie sein Glied durch den Jeansstoff zu kneten begann. Zuerst hielt er sie davon ab, indem er ihr Handgelenk umschloss, aber dann gab er ihre Hand frei, und sie fuhr fort. Fest musste sie zupacken, denn der Stoff seiner Jeans war dick. Aber ihre kräftige Massage zahlte sich aus, denn Logans Penis schwoll an, und auch Alyces Wunsch wuchs, ihn in sich zu spüren. Doch es ging hier nicht um sie! Ihre Hand folgte seinem Phallus, umschloss die Eichel, soweit es ging, und rieb mit dem Daumen fest darüber.

Plötzlich vergrub er seine Finger in ihren langen roten Haaren und grollte warnend. Sie erschauerte wohlig und ärgerte sich im nächsten Moment darüber, dass sie nicht mit Ablehnung, sondern mit Erregung auf sein wildes Gebaren reagierte.

"Ich weiß genau, dass du versuchst, den Jäger von seiner Beute abzulenken", murrte er. "Fahre nur fort. Aber bedenke, dass dein Plan misslingen könnte. Am Ende steht doch nur der Tod, und alle Mühe war umsonst."

"Wenn auch die kleinste Chance besteht, dich umzustimmen, gehe ich das Risiko einer Niederlage ein", sagte sie schnippisch, doch das lustvolle Timbre ihrer Stimme war unüberhörbar.

Logan schaute herablassend auf sie hinab und befahl: "Hol ihn heraus, mit den Zähnen, und ich empfehle dir gute Arbeit zu leisten."

Alyce tat schwer daran, die Demütigung hinunterzuschlucken, die sie in diesem Moment empfand, aber es ging schließlich um ein Menschenleben, und dafür war sie bereit, so einiges zu tun. Nachdem er ihre Haare losgelassen hatte, neigte sie sich zu seinem Reißverschluss hinunter, leckte genüsslich über das Glied, das unruhig unter dem Stoff zuckte. Zärtlich knabberte sie an der schlangenförmigen Wölbung und spürte, dass ihr neckisches Spiel nicht nur Logan anheizte, sondern auch sie selbst, denn sie nahm ihre anschwellende Scham wahr und die wohligen Schauer, die sie jedes Mal durchfluteten, wenn ihre erregten Brustwarzen gegen den Stoff des Nachthemds stießen.

Logan hielt ihre Haare in ihrem Nacken zusammen, damit er sehen konnte, wie sie sich abmühte, den Verschluss mit den Zähnen zu öffnen. Zuerst rutschte sie ab, schüttelte sich angewidert aufgrund des metallischen Geschmacks, und er schnaubte verächtlich: "Ist das alles, was du zu bieten hast?"

Aber auf die erste Reaktion der Kränkung folgte Wut. Sie kniete sich mit dem linken Knie auf den Sitz und presste nicht nur die Lippen fest um den Reißverschluss, sondern legte auch die Zunge unter das Metallstück. Schließlich schaffte sie es. Nun musste sie nur noch den Knopf öffnen, was weitaus schwerer war. Unzählige Male bemühte sich Alyce, mit der Zungenspitze den Knopf durch das Loch zu drücken. Vergebens! Ihr Zungenmuskel war einfach zu schwach.

Logan lachte über ihre Verrenkungen. "Wir haben Birmingham soeben verlassen. Auch wenn das Taxameter ausgeschaltet ist – deine Zeit läuft!" Sein erigierter Penis zuckte lustvoll.

Alyce schwitzte. Es war nicht nur anstrengend, die Jeans mit den Zähnen zu öffnen, sondern auch ihre eigenen Triebe zu unterdrücken. Unter keinen Umständen wollte sie erneut wie Butter in einer heißen Pfanne dahinschmelzen und die Welt um sich herum vergessen! Ihr Ziel war es, Logan milde zu stimmen, damit er Alex Hurst verschonte. Dafür musste sie einen klaren Kopf behalten. Nur – wie sie das anstellen sollte, wusste sie noch nicht.

Alyce sammelte Spucke in ihrem Mund und befeuchtete den Jeansknopf in der Hoffnung, dass er nun durch das Knopfloch gleiten würde. Aber die Hose spannte sich eng um Logans Erektion und Alyce klemmte sich lediglich die Zunge ein bei einem weiteren peinlichen Versuch, seine Hose mit dem Mund zu öffnen. Ihr Kopf musste hochrot sein, nicht nur, da sie schweißgebadet war, sondern weil sich Logans Blick in ihr Gesicht einbrannte, und obwohl sie ihn nicht ansah, wusste sie, er grinste überlegen und überheblich, weil er Alyce dort hatte, wo er sie haben wollte. Doch diesmal täuschte er sich! Sie fühlte sich nicht wie das schüchterne Mäuschen, das in die Ecke gedrängt wurde und nun die Hosen herunterlassen musste. Im Gegenteil! Das erste Mal fühlte sie sich weiblich, begehrenswert, sexy, wie Judith, die Platzanweiserin im Lil' stage o' Shelham, die heimlich ihre Nippel rieb, damit diese sich durch die Bluse abzeichneten. Macht durchströmte Alyce, eine ihr unbekannte, prickelnde Stärke, weil sie Logan manipulieren konnte. Es lag in ihrer Hand, wie weit sie seine Emotionen anpeitschte. Sie vermochte ihn zum Orgasmus zu bringen. Sie konnte aber genauso gut aufhören, auch wenn sie dann mit Sanktionen rechnen musste. Deutlich spürte sie, wie sich Logans Lenden hoben, weil er von ihr geleckt werden wollte. Sein Penis sehnte sich nach ihrer Zunge, ihren Lippen und der warmen Feuchtigkeit ihrer Mundhöhle. Er grollte vor Lust, aber für Alyce war es wie ein Schnurren. Die Bestie von Belfast schnurrte für sie.

Da sie ihre Macht ausreizen und seine Reaktion prüfen wollte, schaute sie schüchtern zu ihm auf. "Ich schaffe es nicht, den Knopf mit dem Mund zu öffnen." Gespielt unschuldig spielten ihre Finger mit der Kette, die an seiner Gürtelschlaufe festgeknotet war.

"Lass mich dir helfen", antwortete er sinnlich, doch er legte seine Hand auf ihren Hintern, anstatt auf den Knopf. Er zog das Nachthemd über ihren Kopf und warf es zu seiner Lederjacke auf den Boden. Zärtlich streichelte er die Spalte zwischen ihren Pobacken, glitt tiefer bis zu ihrer Scheide und umrundete den feuchten Eingang einige Male bedächtig.

Alyce ließ nicht zu, dass er Zeit schindete. Das Damoklesschwert hing über Alex, der weder etwas mit Vita Eterna, noch mit Audax zu tun hatte. Logan versuchte die Kontrolle über das Spiel zurückzugewinnen, und Alyce schwor, dagegen anzukämpfen. Doch sie spürte, wie Tropfen ihre Schenkel hinunterliefen und hasste ihren Körper dafür, weil er der kleinsten Berührung von Logan antwortete. Um den Vampir davon abzuhalten, in ihre Vagina einzudringen und somit ein weiteres Stück Macht an ihn abzugeben, schloss sie die Schenkel und setzte sich auf den Po.

"Hexe", stieß er aus und liebkoste ihre Spalte, soweit das möglich war. Er umkreiste mit den Fingerspitzen ihren faltigen Ring, der sich zusammenzog und wieder entspannte, da ein wohliges Kribbeln ihn reizte. Plötzlich drang Logan mit dem Zeigefinger in sie ein.

Alyce riss erschrocken an der Kette, die sich von der Schlaufe löste und auf den Sitz fiel. Erstaunt blickte sie ihn an.

"Stell es dir wie ein Countdown vor, Rotschopf. Ich werde deinen warmen weichen After erobern. Je länger du brauchst, um meinen Schwanz mit deinem Mund aus der Hose zu holen, je mehr Finger werden dich anal beglücken. Ist das Ansporn genug?"

Ihr verschlug seine Dreistigkeit die Sprache. Noch nie hatte jemand ihre Rosette berührt oder sie anal genommen. Jetzt hätte Logan eine Ohrfeige verdient, aber ihre Hände zitterten, weil seine Verdorbenheit sie anheizte, wann immer sein Finger in sie hineinfuhr.

"Lässt du extra Zeit verstreichen?" Provokant hob er die Augenbrauen und führte zusätzlich den Mittelfinger in ihren Anus ein. "Tiktak, Tiktak. Liverpool kommt schnell näher, und meine Finger sehnen sich nach feuchter Wärme."

In der Tat fühlten sich seine Finger kühl an, außergewöhnlich angenehm kühl wie eine frische Morgenbrise an einem heißen Sommertag. Der Druck an ihrem After war ungewohnt und eben deshalb wollüstig, verrucht und obszön. Logan eroberte ihren Körper. Stück für Stück lernte er ihre Täler und Hügel besser kennen als jeder andere, der jemals Alyces Leben gestreift hatte. Und in diesem Augenblick wurde ihr bewusst, dass sie nicht zu Trevor zurückkehren konnte.

Alyce neigte den Kopf und versuchte mit einer anderen Taktik, die Jeans zu öffnen. Sie biss auf die Hosennaht, zog am Stoff und just in dem Moment, als der Knopf über dem Knopfloch war, drückte sie mit der Zunge dagegen. Er glitt hindurch, und der Hosenstall stand offen. Sie lächelte triumphierend.

"Noch hast du meinen Befehl nicht ausgeführt", murrte er, strich mit dem Daumen über ihren faltigen rosa Ring und übte leichten Druck auf ihn aus.

Mit einem Mal bekam Alyce Angst vor ihrer eigenen Schamlosigkeit. Vor drei Tagen hatte sie noch die Unschuld vom Lande verkörpert. Sie konnte sich nicht innerhalb dieser kurze Zeit in einen Vamp verwandeln. "Bitte, tu das nicht, Logan. Bestimmt reißt meine Haut ein. Es wird schmerzen und bluten."

"Bluten solltest du besser nicht", sprach er ruhig. "Ich kann mich jetzt schon kaum mehr zurückhalten, um über dich herzufallen." Er drückte mit der freien Hand ihr Gesicht näher an seine Lenden. "Fahre fort, bevor ich meine Gnade bereue."

Mit der Zunge fuhr sie in den Spalt seiner Unterhose, leckte über seinen Phallus und brachte Logan somit zum Seufzen. Sie schmeckte seine herbe Männlichkeit, und ihr Verlangen wuchs, den erigierten Penis in sich aufzunehmen, doch das war schwerer als geahnt, denn noch steckte das enorme Glied in der Hose. Sie schob ihre Zunge unter den Phallus und versuchte ihn anzuheben in der Hoffnung, dass er herausgleiten würde, aber er war zu groß und schwer, weil er stark erigiert war und steckte zwischen Jeans und Logans Hüften fest. Alyce seifte den Phallus mit Speichel ein – und weil es ihr Spaß bereitete Logan zu lecken, feuchtete sie ebenfalls seine Hoden an, damit sie prall wurden und anschwollen und später wie reife Tomaten aus der Hosenöffnung hängen würden.

Weit öffnete sie den Mund, nahm die fleischige Schlange zwischen die Zähne und versuchte sie zu heben, doch Logan grollte und presste erneut seinen Daumen gegen ihre Rosette. Um ihn von seinem Vorhaben abzulenken, schob sie seinen steifen Penis mit der Nase höher und saugte zärtlich an einem Hoden. Sie schmunzelte, als Logan aufstöhnte und seine zwei Finger in Alyce ruhten. Er öffnete seine Schenkel weiter, damit sie besseren Zugang hatte. Alyce schmunzelte. Er war zu beschäftigt mit seiner eigenen Leidenschaft. Damit das auch so blieb, drückte sie mit der Nase seinen harten Penis noch ein Stück höher. Da bemerkte sie auf einmal, dass seine hochrote geschwollene Eichel bereits aus dem Hosenbund lugte. Triumphierend ballte sie die Hände zu Fäusten und schob sein prächtiges Glied mit der Nase aus der Jeans heraus. Der Phallus baute sich mit seiner imposanten Größe vor ihr auf, reckte sich nach ihrem Mund, und Alyce nahm ihn bereitwillig in sich auf. Sie führte ihn so weit wie möglich in ihre Mundhöhle, besudelte ihn mit ihrem Speichel und leckte diesen wieder ab. Logans Stöhnen drang an Alyces Ohr. Er nahm die Finger aus ihrem After und krallte seine Hände um den Sitz. Wie eine Speerspitze ragte sein Penis aus seinen Lenden heraus, imposant, verführerisch und bereit zu stechen! Doch Alyce war das noch nicht genug. Sie hatte Logans Befehl ausgeführt. Nun durfte sie ihre Hände wieder benutzen, und sie wusste, er war zu sehr gefangen in seiner Ekstase, um sie davon abzuhalten. Und sie wollte ihn in diesem Rausch lassen, um ihn abzulenken von Alex Hurst, einem unbescholtenen Liverpooler Taxifahrer, damit wenigstens er das Ende dieser Woche überleben würde.

Alyce umschloss die Peniswurzel mit Daumen und Zeigefinger, so weit es möglich war, und drückte zu. Das Blut staute sich und trieb die Erektion schmerzhaft an. Ein diabolisches Lächeln umspielte Alyces Lippen. Sie zog die Vorhaut behutsam zurück, senkte ihr Gesicht herab und leckte am Schaft wie an einem Eis. Zärtlich saugte sie an der Eichel, leckte einen Tropfen ab, der als köstlicher Vorbote aus Logans Phallus herausfloss. Sie langte zwischen ihre Schenkel, tauchte kurz in ihre Scheide ein und massierte den cremigen Saft genüsslich in Logans Hoden ein, während ihre Lippen seine Eichel küssten und an ihr nuckelten und lutschten.

Plötzlich griff er in ihre Haare und zog ihren Kopf hoch. "Hexe! Nun steigt der berauschende Duft deiner Scheide zu mir hoch, und ich will mich darin versenken. Ich will dich aufspießen, dich ausfüllen und dir deine Teufeleien austreiben. Das war beabsichtigt, damit du auch deinen Spaß hast, richtig?"

"Nein", schoss es aus ihr heraus.

"Und wieso bist du dann feucht, wenn du nicht heiß bist?"

"Ich bin erregt, aber hier geht es nicht um mich", sagte sie schnell, um ihn nicht wütend zu machen. Das Blut schoss ihr in die Wangen.

"Ah, du willst keinen Orgasmus haben, als Geschenk für mich, damit ich den zitternden Alex in Ruhe lasse. Brav." Er tätschelte ihre Wange, als wäre sie ein Kind. "Dann mal los, kleine Alyce. Reite mich!"

Sie schluckte. Wollte er sich denn nicht auf sie stürzen und sich in sie hineinrammen, um seinen Trieben freien Lauf zu lassen? Bestieg nicht der Hengst die Stute? Mit Schrecken schaute sie sich um. Maxine hatte längst die Armbrust auf ihrem Ledermini ruhen und beobachtete Alyce und Logan amüsiert, während Alex Hurst das Lenkrad fest umklammert hielt und auf die Fahrbahn starrte. Obwohl es Nacht war, war die Straße recht stark befahren. Die Scheinwerfer des Rovers, der hinter ihnen fuhr, blendeten Alyce. Beschämt schlang sie die Arme um den Körper. Sie wollte nach ihrem Nachthemd greifen, aber Logan hielt sie zurück.

"Schalte das Kabinenlicht an, Alex", befahl er und weidete sich an Alyces Verlegenheit.

"Ich kann doch nicht ...", begann sie, als die Autokabine sich erhellte und den anderen Fahrern, die auf derselben Straße nach Liverpool unterwegs waren, einen deutlichen Blick auf ihren entblößten Körper gewährte.

Logan lachte. "Deine halben Sätze sind immer wieder amüsant, aber sie helfen dir nicht." Er legte die Hände an ihre Hüften und drehte sie herum, so dass sie mit dem Rücken zu ihm saß. "Reite mich! Galoppiere mit mir zum Höhepunkt."

Alyce konnte es kaum fassen, dass sie ihre Schenkel spreizte und sich auf Logans Schoß setzte. Behutsam führte sie die pochende Eichel in ihre Scheide ein und bewegte sich vorsichtig auf und ab. Ihr Saft machte schmatzend seinem ansehnlichen Phallus Platz. Tiefer und tiefer drang er in sie ein, füllte sie aus und heizte ihre Leidenschaft an. Was hatte sie noch vor ein paar Sekunden gesagt? Es ging hier nicht um sie. Das war gelogen, so verdammt gelogen! Sie begehrte Logan mit Haut und Haaren, und alles, was sie in diesem Augenblick wünschte, war gemeinsam mit ihm in einem Orgasmus zu verschmelzen, auch wenn die ganze Welt zusah.

Er bremste ihren Ritt und zog ihren Oberkörper nach hinten, so dass ihr Rücken an seinem Brustkorb lag. "Wir wollen doch nicht, dass du gleich ohne Geschenk da stehst", säuselte er in ihr Ohr und drückte die kleinen Schamlippen unterhalb der Klitoris zusammen.

Schmerzlich wurde ihr bewusst, dass sein Glied nun nicht mehr an ihrer Klitoris rieb, da er sie von hinten stieß. Sie würde keine Ekstase erfahren, keine Erleichterung, kein Vergnügen.

"Wieder Folter? Was habe ich dir getan?" Über ihre Schulter hinweg blickte sie ihn tief getroffen an.

Erstaunen breitete sich in seinem Gesicht aus. Dann küsste er sie zärtlich auf den Mund und hauchte: "Du machst mich verrückt." Er gab ihre Klitoris frei und zog die Schamlippen auseinander, damit sein Penis einen direkteren Zugang hatte.

Alyce war zuerst wie betäubt. "Sie machte ihn wahnsinnig" – hatte er das wirklich gesagt oder hatte sie sich verhört?

Sie umschloss die Kopfstützen der vorderen Sitze, um sich daran festzuhalten, und begann erneut Logan zu reiten. Ihre großen Brüste wippten vulgär und verführerisch vor Maxines Nase, und selbst der ängstliche Taxifahrer wagte einen Blick in den Rückspiegel. Der Fahrer im Rover hinter ihnen betätigte die Lichthupe. Wollte er sie anfeuern? Alyce kam sich wie in einer rollenden Peepshow vor. Splitterfasernackt bewegte sie sich auf und nieder, in einem beleuchteten Aquarium, das auf der Hauptstraße nach Liverpool fuhr, präsentierte ihre und Logans obszöne Triebhaftigkeit jedem, der vorbeibrauste. Ein Van, der das Cab überholte, verlangsamte die Fahrt, und die Insassen grölten bei dem Anblick, der sich ihnen bot. Sie wirbelten Manchester-United-Schals durch die Fahrerkabine, bis der Van ins Schleudern geriet und sie davonrauschten. Dies alles wirkte bizarr auf Alyce, dem Star der Show, anrüchig und berauschend. Logan stöhnte laut, während sie seinen mächtigen Penis ritt, seine Vorhaut mit ihrer schmatzenden Scheide zurückschob und die Eichel tief in sich aufnahm. Immer schneller hob sie ihr Becken, ließ sich auf Logans Schoß fallen, so dass sein Phallus sich in sie hineinrammte, und Logan immer öfter kurze Schreie ausstieß. Schweiß perlte von ihrer Stirn. Ihre Scham schwamm in ihrem Saft. Sie hechelte nach Luft.

Plötzlich schrie Logan animalisch auf, fast wie der Werwolf in diesem schwarzweiß Gruselfilm, den Alyce kürzlich gesehen hatte; ein Laut, halb menschlich, halb tierisch, der durch Mark und Bein ging. Logan ergoss sich in sie, hielt ihre Hüften fest, damit sie still auf ihm saß, und lehnte sich erschöpft im Sitz zurück. Dann kraulte er ihre Schenkel. "Du hast mich zu sehr gereizt."

Alyce saß enttäuscht auf seinem nur langsam erschlaffenden Glied und wurde sich bewusst, dass sie nicht zum Höhepunkt kommen würde. "Mist", wisperte sie.

"Du warst einfach zu gut", säuselte er, hob ihre Schenkel an und spreizte ihre Beine sehr weit. Er senkte sie ab, so dass Alyces Füße auf der Rückbank standen.

Sie schmunzelte bei dem Gedanken, dass man Frauenschenkel wohl kaum weiter spreizen konnte. Sehnsüchtig griff sie an Logans Peniswurzel und entlockte ihm ein Grollen. Sie fuhr mit Daumen, Zeige- und Mittelfinger am feuchten Penis nach oben bis zu ihrer Scheide, in dem das Glied verschwand. Tief sog sie Logans männlich-herben Duft in sich auf, der sich mit ihrem paarte. Sie genoss die Nähe, seine Hände auf ihrem Körper und seinen Penis, der immer noch in ihr steckte. Als er ihr rotes Dreieck zu kraulen begann, seufzte sie. Eine seltsame wollüstige Hitze strömte von seiner Hand in ihren Venushügel und floss in ihre Vulva. Es fühlte sich so verdammt gut an, von ihm berührt zu werden. Er konnte so zärtlich sein, der sanfte Verführer und dann plötzlich umschwenken in den Barbar, der sie wie ein Tier nahm und ihr die Sinne raubte. Diese Bestie!

Auf einmal sagte Maxine: "Lass mich das übernehmen." Sie senkte ihren Kopf, bis ihr Gesicht kurz vor Alyces Unterleib war und blies dagegen, als wollte sie die Schamlippen auseinanderpusten. Das Blut rauschte verstärkt durch die kleinen und großen Schamlippen, ließ sie anschwellen und hellrot leuchten. Feuchtigkeit quoll zwischen Logans Penis und Alyces Scheidenwänden hervor. Ein Kribbeln drang von innen in die Klitoris. Alyce stöhnte, obwohl die farbige Vampirin sie nicht einmal berührt hatte. Schließlich schnellte Maxines Zunge heraus, leckte zwischen den kleinen Schamlippen, umrundete die Klitoris und nuckelte an der Haut, die die Klitoris umschloss. Alyce bäumte sich auf. Ihr Becken hob sich automatisch. Kichernd zog sich Maxine zurück. Alyce entspannte sich und setzte sich wieder auf Logans Schoß.

Er keuchte: "Du erregst mich erneut, doch für heute hast du allen Saft aus mir herausgeholt und Liverpool ist nah." Dann hob er ihre Beine und deutete ihr an, sie solle sich mit den Füßen an den Kopflehnen der Vordersitze abstützen.

Alyce schloss die Augen und rang nach Atem, als Maxine ihre geschwollene Klitoris mit den Lippen umschloss und zu saugen begann, erst behutsam und zart, doch bald kräftig und gnadenlos, so dass Alyce zu wimmern anfing. Amüsiert lachte Logan in ihr Ohr und zwirbelte ihre Brustspitzen mit beiden Händen ebenso hart und erbarmungslos wie seine Elevin. Alyce stemmte ihre Füße gegen die Lehnen. Ihr Körper verkrampfte sich. Berauscht legte sie den Kopf in den Nacken. Sie spürte Logans Atem an ihrer Wange, wie er die Beine öffnete, um an ihren Hintern zu langen und seinen Daumen in ihrem Anus zu versenken. Der Finger bohrte sich in sie hinein, zog sich zurück und stieß wieder zu, während er ihren Nippel drehte und Maxine saugte, als hinge ihr Leben davon ab. Überwältigt von der Flut an erregender Stimulation versank Alyce in einer Welt aus Wollust. Alles wurde schwarz um sie herum. Sie sah nichts. Sie hörte nichts. Sie dachte nichts. Alyce fühlte nur, ertrank in Emotionen, einem heißen Lavastrom der Triebhaftigkeit, die sie innerlich verbrannte. Doch ein überwältigender Orgasmus brachte die Erlösung. Zuerst verkrampften sich ihre Muskeln, Alyce hörte das Blut in ihren Ohren rauschen, und als der Höhepunkt ihr einen heiseren Schrei abrang, zuckte sie wie ein Fisch, der auf dem Land lag und keine Luft mehr bekam.

Nur langsam glitt sie zurück in die Wirklichkeit. Logan hob sie von seinem Schoß und setzte sie neben sich auf den Sitz. Sie spürte die abgerissene Kette unter sich. Mit geschlossenen Augen, müde und verschwitzt, kuschelte sie sich in seine Arme, selig ihn spüren zu dürfen. Sie merkte, wie er die Lederjacke aufhob und sie um ihre Schultern legte, aber auch dass ihr cremiger Saft und Logans Sperma aus ihr herausfloss und den Sitz durchnässte. Liebevoll kraulte er ihre Kopfhaut, und Alyce schmunzelte, weil die Bestie von Belfast immer zahmer wurde.

Als das Cab in Liverpool einfuhr, zog Alyce ihr Nachthemd an und Logans Jacke darüber, denn die Nächte wurden immer kühler. Der Herbst schien nicht mehr weit. Nachdem sie in einer ruhigen Seitenstraße ausgestiegen waren, bedachte sie Logan mit einem Blick, der mehr bettelte als jedes Wort es jemals getan haben könnte, und tatsächlich schickte er Alex Hurst, den Taxifahrer, unbeschadet fort, nicht ohne ihn zu warnen, niemandem von dem Trip zu erzählen und erst recht nicht die Polizei zu holen. Alyce schaute dem Cab hinterher, das mit quietschenden Reifen davonbrauste, und dachte an Logans Kette, die noch immer auf dem Rücksitz lag.

"Du hast erwirkt, dass ich ihn verschone, aber nun bist du auch verantwortlich, uns Blut zu beschaffen", sagte er.

"Wie soll ich das machen?" Sie wollte nicht, dass Logan und Maxine einen weiteren Menschen aussaugten. Der Anblick von Pete hatte ihr gereicht. Hilfe suchend schaute sie Maxine an. Da fiel ihr etwas ins Auge – ein unscheinbares Gebäude. "Dort, eine Zoohandlung."

"Wir Audax lassen uns nicht herab, Tierblut zu trinken", schnaubte er und rümpfte die Nase.

"Nur als Ersatz, bis ihr mich los seid, als kleiner Snack zwischendurch", flehte sie angewidert.

Er verlagerte sein Gewicht von einem auf den anderen Fuß. "Um unseren Durst zu stillen, müssen wir Unmengen Kleinvieh aussaugen, da in einer Tierhandlung wohl kaum Kühe oder Pferde zu finden sind. Wie viele Tiere sind ein Menschenleben wert? Wie viele Hamster, Kanarienvögel und Fische wärst du bereit zu opfern, um ein einziges Menschenleben zu retten?"

Zaghaft zuckte Alyce mit den Schultern. Sie erschrak darüber, wie streng er sie anschaute. Er meinte diese Frage ernst, bitterernst. Natürlich empfand sie Mitleid mit den Tieren, ja, sie liebte Tiere, doch Menschen besitzen intellektuelle Fähigkeiten, sie sind sich ihrer Existenz bewusst und haben Brüder und Schwestern, Mutter und Vater.

Ohne auf eine Antwort zu warten, zog Logan Alyce zu der Zoohandlung. Maxine brach die Hintertür auf, die von der Seitenstraße in das Lager führte, in dem Futterbehälter, Heuballen und leere Transportkartons sich stapelten. Sie überprüften, ob der Verkaufsraum leer war. Unruhe entstand. Die Wellensittiche sprangen aufgeregt von Stange zu Stange, flatterten hektisch und krächzten laut, während die Wühlmäuse versuchten, sich durch den Käfigboden zu kratzen.

Maxine ging zu den Zwerghasen, die aufgebracht Haken schlugen und legte die Hände auf das Gitter.

"Schhht", machte sie leise. Die Hasen liefen in die Ecken und kuschelten sich ein. "Als Kind hatte ich ein weißes Kaninchen mit roten Augen, ein Albino. Es war so niedlich und wohnte …"

"Schweig!", schrie Logan und warf eine Dose mit Fischfutter nach ihr, die sie nur verfehlte, weil sie sich rechtzeitig duckte.

Der Papagei, der über den Hasen in einem rapsgelben Käfig saß, begann fürchterlich zu zetern. Alyce hielt sich die Ohren zu, bis er wieder still war. Verwundert sah sie, dass Maxine durch Logans Wutausbruch nicht eingeschüchtert war.

"Denkst du nie an dein Leben als Mensch?", brach es aus ihr heraus. "Sehnst du dich nicht nach dem Sonnenschein? Vermisst du nicht den süßen Geschmack von saftigen Orangen?"

Logan ballte die Hände zu Fäusten, trat auf Maxine zu und baute sich in seiner ganzen Größe vor ihr auf. "Wenn ich solchen Unfug noch ein einziges Mal höre, melde ich es Santagos, und er wird dich richten."

"Meinen Mentor gegen mich aufzuwiegeln wird dir ein Genuss sein."

"Du kannst mir nicht das Wasser reichen!"

"Ich frage dich noch einmal – denkst du nie an früher?"

"Nein! Ich bin ein Vampir, und meine Familie ist der Audax Zirkel."

"Und was ist mit deinem Vater?"

"Was soll mit Santagos sein?" Er knirschte mit den Zähnen.

"Nein, dein richtiger Vater, der Mann, der dich gezeugt hat. Er wohnt hier in Liverpool. Wieso besuchst du ihn nicht und …"

Logan holte aus, um Maxine zu ohrfeigen, doch Alyce schrie: "Nicht!" Seine Bewegung gefror. Zitternd stand die Elevin vor ihrem Lehrer und hielt die Hände schützend vor das Gesicht.

Alyce lief zu ihm, legte die Hand auf seinen erhobenen Arm und übte sanften Druck aus. "Bitte, tu das nicht, Logan", wisperte sie. "Du würdest es bereuen."

"Bereuen?", schnaubte er und senkte die Hand. Sein Atem ging rasch. "Ich bedaure, dass ich dich nicht im Millennium Stadium losgeworden bin."

Schockiert schüttelte Alyce den Kopf. Sie war eine Last für ihn – das konnte er nicht wirklich meinen? Dreimal hatten sie miteinander geschlafen, auf außergewöhnliche Weise, hatten die gleiche Begierde geteilt und ihren Hunger nach dem Körper des anderen gestillt. Nun wurde ihr bewusst, dass die ausschweifende Leidenschaft nur Sex für Logan gewesen war, kalter, harter Sex, um sich die Zeit zu vertreiben, denn was er in Wirklichkeit wollte, war die Phiole und die Anerkennung Santagos'. Dieser Bastard! Dieser Teufel, der sie mit seinem Charisma und Liebeskünsten geblendet hatte! Die Bestie von Belfast – er machte seinem Namen alle Ehre.

Noch immer zeigte sich Zorn auf seinem Gesicht, als er das Handy aus der Hosentasche holte und eine Nummer wählte. Alyce hörte eine Frauenstimme und erstarrte.

"Ich hätte auch nicht gedacht, dich so schnell wieder zu hören, Abelaine." Logan fuhr sich mit der freien Hand durch das schulterlange dunkelblonde Haar und zupfte an seinem Kinnbart. "Du wirst mich an der Audaxstätte unter dem Liverpooler Friedhof treffen und mir die Phiole überreichen. Noch lebt deine Zwillingsschwester, und es geht ihr gut. Das wird sie dir nun bestätigen" Er umschlang Alyces Hüften, zog sie an seinen Körper heran und hielt ihr das Handy ans Ohr.

"Abby?", fragte sie ungläubig. Dann plapperte sie aufgeregt drauf los. "Abby, du musst mich retten. Nur du kannst mir helfen. Ich bitte dich, gib ihm die Phiole, oder er wird mich in Belfast an Santagos ausliefern und …"

"Hexe!", spie er wütend aus und verstärkte seinen Griff um Alyces Taille. Dann sprach er zu Abelaine: "Wie schnell kannst du zur Audaxstätte kommen?" Er nickte, legte auf und steckte das Handy zurück in die Hosentasche. Verärgert vergrub er seine Hand in Alyces Haar und zog ihr Gesicht so nah an seins, dass sie glaubte, er wollte sie küssen. Sie roch den kräftig-würzigen Duft der Partagas Club Zigarillos und verlor sich in Logans seegrünen Augen. "Es wird dir nichts nutzen, deiner Schwester unser Ziel mitgeteilt zu haben. Sollte ich heute die Phiole nicht bekommen, gibt es keine Rettung für dich, Rotschopf."

Er befahl Maxine auf sie aufzupassen und entschwand durch die Hintertür. Alyce fröstelte. Wie konnte sie sich derart in Logan getäuscht haben? Doch da war etwas in seiner Stimme, als er sie "Rotschopf" genannt hatte, das sie verwirrte, ein lüsternes Timbre, aber wahrscheinlich bildete sie sich das nur ein, weil sie ihn begehrte – viel mehr noch, sie hatte längst begonnen, sich in Logan zu verlieben.

Aber es gab keine gemeinsame Zukunft für sie. Im Gegenteil! Sie musste schleunigst weg von ihm.

Alyce setzte einen Rehblick auf, scheu und verletzlich, und wandte sich an Maxine. "Es ist nicht leicht, alles hinter sich zu lassen, um in der Nacht zu leben mit einem Haufen Wilder, nicht wahr?"

"Was weißt denn du!", schnauzte die Vampirin und kämpfte mit den Tränen. "Der Audax Zirkel schenkt mir ein Zuhause, das ich bei meinen Eltern nie hatte, weil sie fast ständig besoffen waren. Die Vampire beschützen mich. Sie ..." Ihre Stimme brach ab.

Alyce tat sie wirklich leid. "Audax macht dich glauben, dass du frei wärst, aber in Wirklichkeit beugst du dich ihren Regeln. Sie zwingen dich, ihre Ziele zu verfolgen."

"Das ist nicht wahr!" Eine Träne kullerte über Maxines Wange. Aufgebracht wischte die farbige Vampirin sie weg.

"Du willst nicht wirklich hier sein, in dieser Liverpooler Tierhandlung, fort von Zuhause. Alle Audax haben dich verlassen. Sie verstehen deine Sehnsucht nach den Lieben aus Menschentagen nicht."

"Santagos wird mich ziehen lassen, im Gegensatz zur Bestie von Belfast."

"Glaubst du das wirklich? Machst du dir nicht etwas vor, weil der Schmerz zu tief sitzt?" Alyce hielt die Luft an. Vielleicht hatte sie sich zu weit aus dem Fenster gelehnt. Doch als Maxine zu schluchzen begann, fuhr sie fort: "Santagos möchte dich zu seiner Soldatin ausbilden, einer Marionette, die für ihn tötet und ihn seinen Zielen näher bringt. Um dich geht es ihm nicht. Du bist austauschbar. Wird nicht Logan gerade durch dich ausgetauscht?"

Nun weinte Maxine bitterlich. "Ich habe Angst vor ihm. Seine Häscher sind überall. Wenn ich mich gegen Santagos wende, wird er mich jagen lassen und eigenhändig foltern, bis ich wahnsinnig werde."

"Du könntest dich verstecken oder nach Übersee flüchten."

"Ich kann nicht aus Belfast fort." Sie zog die Nase hoch und rang nach Atem, weil das Heulen ihr die Luft raubte.

Alyce sprach leise, behutsam. "Dein Freund lebt noch dort?"

Zuerst schaute Maxine sie erstaunt und ängstlich an, aber dann schüttelte sie der nächste Heulkrampf. "Kian." Mehr brachte sie nicht hervor.

"Ein Mensch, habe ich recht?" Alyce spürte einen Stich im Herzen, da sie an die unüberwindbare Kluft zwischen ihr und Logan dachte und auch an Abby. Sie hatte nie ein gutes Verhältnis zu ihrer Zwillingsschwester gehabt, doch sie sehnte sich danach, sie in die Arme zu schließen.

"Es gibt auch in meinem Leben einen Mann. Er heißt Trevor."

Maxine blickte erstaunt auf. "Das wusste ich nicht. Ich dachte ..."

"Du dachtest, ich wäre verklemmt, spröde, eine alte Jungfer, die zum Lachen in den Keller geht?"

Entschuldigend lächelte die junge Vampirin zaghaft und zuckte mit den Achseln.

Alyce seufzte. Ein wenig hatte Maxine recht mit ihrer Vermutung gehabt. Aber die letzten Tage veränderten Alyce. Sie gierte nach Leben. Sie sehnte sich nach Ausschweifungen, nach sexueller Hingabe, grenzenloser Triebhaftigkeit und jemanden, der ihr Herz berührte, einen Mann wie Logan, dominant und doch sanft, zärtlich und doch einvernehmend. Logan raubte ihr die Sinne. Logan brach ihr das Herz.

"Liebst du ihn?", fragte Maxine und trocknete ihre versiegenden Tränen.

"Wen?"

"Trevor."

"Ja", log Alyce und lächelte verkrampft.

Maxine drehte eine krause Locke um den Zeigefinger. Verklärt schaute sie ins Leere. Plötzlich drehte sie sich zum Kaninchenkäfig, schniefte und öffnete das Gitter. "Geh jetzt. Du musst nicht zusehen."

Alyces Herz schlug ihr bis in die Schläfen. In den Ohren hörte sie das Blut rauschen. Ihr Puls raste. Zuerst war sie erstarrt, dann wischte sie sich die schweißnassen Handflächen am Nachthemd ab und räusperte sich. "Danke", flüsterte sie mit belegter Stimme.

Als Maxine ein Kaninchen packte und es aus dem Stall hob, kullerten erneut Tränen über die Wangen. Alyce zog sich eilig zurück. Sie lief in den Lagerraum und stürmte aus der Hintertür. Die Nacht war frisch, der Asphalt unter ihren nackten Füßen kalt. Noch immer trug sie Logans Lederjacke. Logan – ihr Herz wünschte sich, in der Tierhandlung zu warten, bis er zurückkehrte, denn es verzehrte sich nach ihm, aber ihr Verstand riet ihr dringend, ihm zu entkommen. Und so nahm Alyce die Beine in die Hände und flüchtete.

Abby hatte Angst. Angst um Alyce. Angst, dass die Bestie von Belfast ihr etwas antun würde. Wenigstens hatte sich Lady Lianne kooperativ gezeigt, als sie von Alyces Entführung erfahren hatte. Die Anführerin der Maledetto hatte Abby auf die Idee gebracht, ein Duplikat der Phiole anzufertigen und diese statt der echten mitzunehmen. Gefüllt mit menschlichem Blut und McLanes Mixtur, von der sie einige Gramm in ihrer Bauchtasche mit sich trug, sah sie aus wie das Original. Logan würde den Unterschied nicht bemerken, wenn sie ihm das Fläschchen im Austausch für Alyce gab, denn die Mischung überdeckte den menschlichen Geruch. Außer Lady Lianne und Abby wusste niemand, dass sie mit einer Fälschung unterwegs war. Selbst Crispin, den Lianne ihr nach einiger Überredung als Begleiter zugestanden hatte, hatte nicht die geringste Ahnung von dem riskanten Plan. Abby war froh, dass der junge Mann an ihrer Seite war. Im Moment gab es niemanden, dem sie mehr vertraute als ihm.

Der Anwärter chauffierte Abby nach Liverpool, wo unter dem Friedhof der Anglican Cathedral der Austausch stattfinden sollte. Laut Logan befand sich dort eine alte Audaxstätte, die mittlerweile nicht mehr genutzt wurde. Abby hatte schon viele Geschichten über diese mysteriösen Gebetsstätten gehört, in denen die Audax ihrem Vater Santagos Menschenopfer darbrachten und ihn wie einen Gott verehrten. Bei dem Gedanken daran, dass Alyce womöglich auch als eine solche Opfergabe endete, zog sich ihr Magen schmerzhaft zusammen. Diesmal musste es ihr gelingen, ihre Schwester aus den Klauen der Bestie zu befreien. Alyce verließ sich auf sie. Herrje, was musste sie für Todesängste ausstehen? Bislang hatte sie doch nicht einmal gewusst, dass Vampire überhaupt existierten. Und nun war sie ausgerechnet von einem der gefährlichsten und blutrünstigsten Exemplare entführt worden.

Crispin parkte den Wagen in der St. James Road, öffnete seinen Gurt und drückte die Tür auf.

"Du bleibst hier. Ich möchte dich nicht in Gefahr bringen."

"Und wenn du Hilfe brauchst, Abby?"

"Ich kann gut auf mich selbst aufpassen. Was willst du schon gegen die Audax ausrichten? Menschen wie dich verspeist Logan zum Frühstück. Bitte mache keine Dummheiten, während ich weg bin, versprich es mir!"

Crispin nickte zögerlich. Es fiel ihm offenbar schwer, Abby allein gehen zu lassen. Doch die Vampirin wusste, dass die Audax kurzen Prozess mit ihm machen würden. Sie konnte nicht verantworten, einen weiteren unschuldigen Menschen in Gefahr zu bringen.

Abby stieg aus und warf sich ihren Rucksack über die Schulter. Tief atmete sie noch einmal durch und überquerte die Straße. Der Turm der Anglican Cathedral ragte imposant vor ihr auf. Nachdenklich musterte sie das gotische Gebäude. Wo befand sich der Eingang zur Audaxstätte? Erreichte sie ihn durch die Krypta? Oder gab es einen anderen Weg, der direkt über den Friedhof führte? Sie beschloss, sich diesen erst einmal genauer anzusehen. Vielleicht erwartete Logan sie bereits?

Abby umrundete die prächtige anglikanische Kirche, bis sie die Begräbnisstätte erreichte. Überwältigt hielt sie inne, als sie die eindrucksvolle Grablandschaft erspähte. Die meterhohen Sockel, auf denen steinerne Engel thronten, die Reihen der mit Efeu überwucherten und umzäunten Ruhestätten und ihre prachtvollen, teils kreuzförmigen, teils abgerundeten Grabsteine erinnerten an ein Labyrinth. Wohin Abby auch blickte, sah sie alte Monumente, Blumenbeete und sogar einen Brunnen, in dem Wasser sprudelte. Der Anblick raubte ihr den Atem. Dieser Ort sah so friedlich aus.

In der Ferne meinte sie plötzlich einen Schatten vorbeihuschen zu sehen. Das musste Logan sein! Wer sollte sich sonst zu dieser gottlosen Stunde auf einem Friedhof herumtreiben? Entschlossen steuerte sie auf die Person zu, als sie um sich herum ein Knacken und Ächzen vernahm. Es klang, als würde ein dünner Ast unter einem schweren Stiefel zerbersten. Verunsichert hielt sie inne. Logan war offenbar nicht allein gekommen! Überall entdeckte sie nun dunkle Schatten, die sich durch den Irrgarten aus Gräbern kämpften.

Es ist eine Falle!, schoss es Abby durch den Kopf. So schnell sie nur konnte, duckte sie sich hinter einem steinernen Engel. Sie zwang sich, leise und ruhig zu atmen. Jeder Laut konnte die Feinde auf sie aufmerksam machen. Sie wartete eine Weile ab, dann lugte sie seitlich an dem Sockel hervor, um die Lage zu überblicken. Die Männer schienen nach irgendetwas zu suchen! Vielleicht hatten sie Abbys Spur bereits aufgenommen? Wütend ballte sie die Hände zu Fäusten. Sie hätte es doch besser wissen müssen! Wie hatte sie nur glauben können, die Audax würden mit fairen Mitteln kämpfen? Vermutlich wimmelte der ganze Friedhof von diesen blutrünstigen Bestien! Abby spürte, wie ihr Herz vor Aufregung raste. Nur wenige Meter von ihr entfernt hörte sie wieder dieses verdächtige Knacken. Der

Feind stand direkt vor der Statue, hinter der sie sich verbarg. Noch konnte er sie nicht sehen. Aber wenn seine Vampirsinne ausgeprägt waren, musste er ihren Angstschweiß riechen. Ein Vampir erkannte seine Art am Geruch und an der mystischen Aura, die ihn umgab.

Die Erde knirschte unter den Füßen des Mannes, der jeden der Grabsteine mit einer Taschenlampe ausleuchtete. Erneut musste sich Abby ducken, um nicht von ihm entdeckt zu werden. Irritiert hielt sie den Atem an. Seit wann benutzten die Audax Taschenlampen? Sie konnten doch, wie alle Vampire, im Dunkeln sehen! Zwei weitere Männer und eine Frau rückten in ihr Blickfeld. Jeder von ihnen trug eine Armbrust auf dem Rücken und war in Schutzkleidung gehüllt.

"Der Orden des heilbringenden Lichts", schoss es Abby durch den Kopf. Sie wusste, dass die Jäger kugelsichere Westen und Helme trugen. Es brachte nichts, wenn sie ihre Halbautomatik aus dem Rucksack holte. Sie würde lediglich unnötig laute Geräusche erzeugen, wenn sie in ihrer Tasche nach der Waffe kramte.

Aber was, um alles in der Welt, machten diese Vampirjäger auf dem Friedhof der anglikanischen Kirche? Hatte Logan sie hierher beordert? Das war unwahrscheinlich. Die Audax machten genauso wenig gemeinsame Sache mit dem Orden wie Vita Eterna! Seit Jahrhunderten herrschte eine erbitterte Feindschaft zwischen den Vampiren und ihren menschlichen Verfolgern. Sie begriff, dass sie jetzt in noch größerer Gefahr schwebte, denn die Mitglieder des Ordens würden kurzen Prozess mit ihr machen, wenn sie Abby hier fanden! Wer einmal in die Gewalt dieser fanatischen Organisation geriet, kam nicht mehr zurück. Condannato hatte über die Jahrhunderte hinweg einige der fähigsten Männer und Frauen an die Jäger verloren. Der Orden war eine streng gläubige Vereinigung und hatte es sich zur Aufgabe gemacht, die Vampire, die sie Kinder Liliths nannten, auszurotten, um so die Welt vom Bösen zu befreien. Sie machten keine Unterschiede zwischen Audax Vampiren und Vita Eterna. Für diese Menschen war jeder Vampir eine Quelle des Bösen, die vernichtet werden musste!

Abby sah sich hektisch um. Die Jäger kreisten sie immer mehr ein. Noch waren sie auf die Vampirin nicht aufmerksam geworden, doch das, so schien es, war nur noch eine Frage der Zeit. Wieder glitt ein Lichtstrahl nur knapp an ihr vorbei. Sollte das tatsächlich ihr Ende sein? Würden die Jäger sie pfählen? Oder würden sie Abby in eines ihrer Labore verschleppen, um irgendwelche abstrusen Tests an ihr vorzunehmen? Was auch immer geschehen würde, eines war gewiss, sie würde nicht kampflos aufgeben! Wenn sie sterben musste, dann wollte sie wenigstens einen dieser Bastarde mit in den Tod nehmen. Ihr Herz blieb vor Schreck stehen, als sich plötzlich ein Lichtkegel zielsicher über sie legte. Sofort rollte sie sich zur Seite. Aber es war bereits zu spät.

"Hier ist jemand!", hörte sie einen der Männer rufen.

"Ist es Jeremy?", fragte die Frau.

"Keine Ahnung. Ich konnte die Person nicht erkennen."

"Endlich haben wir ihn da, wo wir ihn haben wollen. Fangt ihn!" Die Frauenstimme klang befehlsgewohnt und hysterisch zugleich. Sie versetzte Abby nur noch mehr in Panik. Die junge Vampirin hatte keine Ahnung, wonach die

Jäger suchten oder wovon sie sprachen. Genau genommen wollte sie das auch nicht herausfinden.

Abby rannte, so schnell sie nur konnte. Doch die Lichtstrahlen verfolgten sie wie grelle Dämonen. Hinter ihr erklang Fußgetrappel. Die Jäger hatten die Verfolgung aufgenommen! Irgendwie musste es ihr gelingen, ihre Feinde abzuhängen. Abby sprang über eine Reihe von Grabsteinen, schlug einen Haken und suchte Zuflucht hinter den Überresten einer Mauer, die von zwei steinernen Greifen bewacht wurde. Erschöpft rang sie nach Atem. Sie konnte das angestrengte Keuchen nicht unterdrücken. Ihre Lungen verlangten nach Luft. Hoffentlich lockte ihr lauter Atem die Jäger nicht in ihre Richtung. Sie fühlte sich so schrecklich ausgeliefert. Und es gab kein Gefühl, das sie mehr verabscheute.

Plötzlich ließ sich etwas neben ihr auf die Knie. Abby nahm einen Schatten aus dem Augenwinkel wahr und fuhr erschrocken herum. Ehe sie auch nur etwas sagen konnte, hielt ihr jemand den Mund zu.

"Du bist hier nicht sicher", flüsterte ihr jemand sanft ins Ohr.

Abby drehte den Kopf zur Seite und blickte in die aristokratischen Züge eines fremden Vampirs. Seine Haut schimmerte blass im Licht des Mondes und seine hellblauen Augen schienen ihr bis in die Seele zu blicken. Sein nahezu lautloses Auftauchen versetzte sie in Erstaunen, aber auch in Panik. War er ein Audax? Wollte er sie töten? Verzweifelt versuchte sie ihr Butterfly aus dem Stiefel zu ziehen. An die Glock 17 in ihrem Rucksack kam sie gar nicht erst heran, doch diese hätte bei einem vampirischen Gegner ohnehin nichts ausgerichtet.

"Beruhige dich, ich lasse dich jetzt los. Wenn du schreist, werden sie uns finden. Hast du mich verstanden?"

Seine Stimme klang freundlich, doch bestimmt. Abby nickte hektisch. Tatsächlich machte er sein Wort wahr und gab ihren Mund frei. Erleichtert schnappte sie nach Luft.

Der Fremde lief in geduckter Haltung die Mauer entlang und hielt nach den Jägern Ausschau. Abby nutzte die Gelegenheit, ihr Butterfly zu zücken. Nur für den Fall der Fälle. Wenn er ein Audax war, musste sie ihn überwältigen, um herauszufinden, wo Alyce festgehalten wurde.

Der Vampir kam zurück und hockte sich zu ihr. Als er ihr Messer sah, grinste er sie an.

"Steck dein Spielzeug besser weg, sonst verletzt du dich noch."

"Den Teufel werde ich tun! Was willst du von mir?"

"Dich aus der Gefahrenzone bringen. Folge mir." Er drehte sich um, doch Abby hielt ihn am Ärmel zurück.

"Warte. Wer bist du?" Konnte sie ihm überhaupt vertrauen?

"Wir haben keine Zeit für Erklärungen. Die Jäger haben uns gleich eingeholt. Ich kenne einen geheimen Weg."

Abby zögerte.

"Wenn sie uns finden, sind wir beide tot. Willst du das riskieren?"

Langsam schüttelte sie den Kopf. Natürlich wollte sie das nicht. Es blieb ihr wohl keine andere Wahl, als dem Fremden ihr Leben anzuvertrauen. Er griff nach ihrer Hand und eilte mit ihr zu einem kleinen Mausoleum, das im Schutz zweier Eschen auf einem Hügel stand. Immer wieder sah sich ihr Retter nach ihren Verfolgern um. Doch sie waren nirgends zu entdecken. Entschlossen schob er die Efeuranken, die den Eingang zum Mausoleum verdeckten, zur Seite und legte eine Gittertür frei. Mit einem Knarren drückte er die Pforten auf und machte eine einladende Handbewegung in Abbys Richtung. Diese zögerte nicht lange und trat ein. Sie landete in einem engen quadratischen Raum, in dem sich zwei steinerne Särge befanden. Ihr unbekannter Gefährte schloss die Pforte hinter sich, griff nach einer an den Wänden hängenden Fackeln und zündete sie mit seinem Feuerzeug an. Ohne große Anstrengung öffnete er einen der Särge und leuchtete in einen Gang hinab. Galant hielt er ihr den Deckel auf. Abby nahm sich ebenfalls eine Fackel, entfachte sie an seiner und kletterte die Treppe in die Finsternis hinab. Ihr Begleiter folgte ihr und schloss den Deckel fast geräuschlos über sich.

"Verrätst du mir endlich, wer du bist?", fragte Abby und blickte sich misstrauisch um. Täuschte sie sich, oder hatte der Vampir sie tatsächlich in die geheime Audaxstätte geführt? Die merkwürdigen Wandmalereien, die Runen am Boden und die Altare, auf denen sie eingetrocknete Blutflecken entdeckte, ließen es vermuten. Wie viele dieser unterirdischen Tempel mochte es in Großbritannien geben?

"Ich bin Jeremy Wellingham."

Abby runzelte die Stirn. Das war eine Antwort, mit der sie nicht gerechnet hatte. "*Der* Jeremy Wellingham?" Sie konnte es nicht glauben.

Jeremy holte sie ein und hob fragend eine Augenbraue. "Du hast von mir gehört?"

"Das kann man wohl sagen! Du … Sie … sind eine Legende."

"Bleiben wir beim Du, wenn wir schon dabei sind. Und mit wem habe ich die Ehre?"

"Ich bin Abelaine Torn, ein Mitglied der Loge Condannato. Mr. Everheard hat oft von dir gesprochen. Ich glaube, es gibt in der Loge niemanden, der nicht zumindest deinen Namen kennt. Alle glauben, du wärst in den Highlands verschollen. Wirst du zu Condannato zurückkehren?"

"Das wird die Zeit zeigen. Zuvor habe ich noch eine wichtige Angelegenheit zu erledigen."

"Hat es etwas mit dem Orden des heilbringenden Lichts zu tun?"

"Wie kommst du darauf?"

"Ist es nicht ein ungewöhnlicher Zufall, dass ich dich ausgerechnet hier treffe? In der Nähe einer Audaxstätte, welche die Jäger offenbar suchen?" Sie fragte sich unweigerlich, woher ein Condannato Vampir wie Jeremy überhaupt wusste, wo sich der geheime Eingang zur unterirdischen Tempelanlage befand?

"Ein Zufall, in der Tat. Mehr steckt jedoch nicht dahinter."

"Und warum kannte die Jägerin deinen Namen?"

"Was hat sie gesagt?"

"Dass sie dich fangen will."

Seine Züge verfinsterten sich. Bedrückt senkte er den Kopf und nickte. "Ich danke dir für die Warnung." Ohne ein weiteres Wort zu verlieren führte Jeremy Abby durch eine gewölbte Halle, die sich, wie sie vermutete, direkt unter dem

Mittelteil des Friedhofs befand. Er hatte es plötzlich sehr eilig. Schnellen Schrittes trieb er sie durch den unterirdischen Tempel, bis sie eine steinerne Wendeltreppe erreichten. "Du wirst in der Apsis der Anglican Cathedral herauskommen. Versuche zur Straße zu gelangen und …"

"Mein Fahrer wartet dort. Außerdem bin ich eine ausgebildete Kämpferin. Mir wird schon nichts passieren."

"Gut, dann muss ich mir keine Sorgen um dich machen."

"Nein, das musst du wahrhaftig nicht. Vielen Dank für alles."

Ihre Hand umschloss das Geländer. Sie wollte sich gerade hochziehen, als er sie an der Schulter zurückhielt.

"Nur eines noch. Ich wäre dir sehr verbunden, wenn du Dorian nichts von dieser Begegnung erzählst."

"Warum nicht? Es wird ihn sehr interessieren. Ich weiß nicht, was damals zwischen euch vorfiel, doch ich glaube, dass er dich vermisst."

Jeremy nickte. Sie war sich nicht sicher, doch sie glaubte ein kleines Lächeln auf seinen Lippen zu erkennen.

"Manchmal vermisse ich die alten Tage auch. Wie geht es denn meinem Erzeuger? Hat er den Schmerz über den Tod seiner geliebten Kalestra überwunden?"

Abby nickte. "Er ist sehr glücklich mit seiner neuen Liebe Tammy. Sie unterstützt ihn, wo sie nur kann. Ganz besonders jetzt könnte er auch deine Hilfe brauchen. Willst du es dir nicht noch einmal überlegen und mit mir kommen?"

"Nein, ich … ich brauche noch etwas Zeit. Ich muss herausfinden, ob ich mich in jemandem, der mir sehr wichtig ist, getäuscht habe."

"Es geht um die Frau auf dem Friedhof, nicht wahr?"

Obwohl er nicht antwortete, wusste Abby, dass sie recht hatte.

"Sei vorsichtig, Jeremy. Sie ist gefährlich."

Er lachte. "Natürlich ist sie das. Sie ist eine Jägerin. Aber ich kann auf mich aufpassen."

"Gut, dann muss ich mir auch keine Sorgen um dich machen."

Abby hob zum Abschied die Hand. Gewandt kletterte sie die Stufen hinauf und drückte die hölzerne Falltür auf, durch die sie in eine halbrunde Nische gelangte. Ein gewaltiges Fenster zierte die Wand. Das bunte Glasbild stellte das letzte Mahl und die Kreuzigung Jesus Christus dar. Abby lief um den Altar herum, heilfroh darüber, dass ihr, entgegen aller Filmklischees, weder Kreuze noch Weihwasser etwas anhaben konnten und eilte durch den schmalen Gang, an den Gebetsbänken vorbei, nach draußen. So schnell sie nur konnte, rannte sie über die Straße.

Crispin kurbelte die Fensterscheibe herunter und schaute zu ihr hinaus: "Miss Torn! Abby! Ist alles in Ordnung?"

Abby blieb ihm die Antwort schuldig, riss die Wagentür auf und stieg ein. "Bring uns weg, schnell, Cris. Ich erkläre dir alles unterwegs."

Ohne zu zögern trat der Anwärter aufs Gas und raste die Straße hinunter, bis die Anglican Cathedral nur noch zu einem kleinen Punkt in seinem Rückspiegel verschmolz. Erst dann drosselte er die Geschwindigkeit und sah fragend zu Abby.

"Was ist denn geschehen? Konntest du deine Schwester nicht befreien?"

Alyce!!! Verdammt! In der Aufregung hatte Abby ihre Schwester vergessen. Nun hatte sie ihren Zwilling ein zweites Mal im Stich gelassen! Wo war Logan überhaupt gewesen? Hatte er die Gefahr rechtzeitig erkannt und die Flucht ergriffen? Und wenn es so war, wieso meldete er sich dann nicht bei ihr? Woher sollte sie wissen, ob es Alyce gut ging? Abby schloss seufzend die Augen und versuchte die aufkeimenden Tränen zu unterdrücken. Sie konnte nichts tun. Wieder musste sie darauf warten, dass Logan sich bei ihr meldete. Wieder musste sie tausend Ängste um ihre Schwester ausstehen.

"Bring mich nach Schloss Caselle zurück."

"Natürlich Abby, ganz wie du wünschst."

Alyce lief ziellos durch die Straßen Liverpools. Ihre Gefühle schlugen vor Verwirrung Purzelbäume, während ihre Füße schneller und schneller hasteten, als wäre der Teufel persönlich hinter ihr her. Die Nacht war kühl, aber Logans Lederjacke wärmte sie. Die Jacke duftete nach kräftig-würzigen Zigarillos, und die Schachtel Pantagas Club schaute aus der Brusttasche heraus. Für einen Augenblick keimte der Wunsch in ihr auf, die Packung auf den Boden zu werfen und darauf herumzutrampeln, doch schon im nächsten Moment kam ihr das kindisch vor. Die Lederjacke konnte sie nicht ausziehen und fortwerfen, sonst würde sie sich erkälten, zumindest redete sie sich das ein.

Aus irgendeinem Grund konnte sie nicht anhalten, um an einer Tür zu klingeln und um Hilfe zu bitten. Sie rannte und rannte, lief vor Maxine fort, die in der zoologischen Handlung ein Blutbad anrichtete, vor Logan, der sie gefangen hielt und ihr immer wieder Gefühle abrang, die sie nicht haben wollte, ja, und vor sich selbst, einer völlig neuen Alyce, der sie in den letzten vier Tagen begegnet war. Wie sollte sie weiterleben? Die innere Veränderung war so plötzlich gekommen, dass sie nun nicht wusste, wie sie damit umgehen sollte. War es das Vernünftigste in ihren Shelhamer Kokon zurückzukehren und wieder ganz die Alte zu sein?

"Ich kann nicht mehr", keuchte Alyce. Seitenstiche zwangen sie anzuhalten und durchzuatmen. Mit schmerzverzerrtem Gesicht stemmte sie die Hände in die Hüften. "Ich bin hier völlig fremd."

Ich bin mir völlig fremd, fügte sie in Gedanken hinzu und sah sich um. "Die Albert Docks", stellte sie erfreut fest, "ich bin in den Albert Docks." Nicht, dass sie jemals im Liverpooler Hafen gewesen wäre, aber sie hatte 2004 die Feierlichkeiten im Fernsehen verfolgt, als die Unesco diesen historischen Teil zum Weltkulturerbe ernannte.

Alyce trat durch den Britannia Pavillon-Eingang und blieb auf dem Steg stehen. Vor ihr spiegelten sich die Sterne und die Lichter der Hafenanlage im Mersey River. Das nächtliche Szenario besaß etwas Friedliches. In wenigen Stunden würden die Docklands mit Touristen überflutet sein, die es wenig kümmerte, dass 1920 die Schiffe immer größer wurden, nicht mehr in den flachen alten Liverpooler Hafen einlaufen konnten und den Ruin für viele Werften und Dockarbeiter bedeutet hatten. Die Urlauber würden schnatternd in die Läden, Cafés und Restaurants einfallen wie Zugvögel im Sommer und alle zwei Schritte ihre Geldbörse zücken, um hier zu entspannen. Einige wenige Gäste verirrten sich pro Tag sicher auch in eins der Museen, aber die meisten setzten den Fuß bestimmt nur in das Beatles Story, vermutete Alyce.

"Das Merseyside Maritime Museum oder die Tate Modern Art Gallery verlieren doch bestimmt gegen das Pilzkopf-Museum", mutmaßte sie, dabei hatte das Maritime Museum viele Auszeichnungen gewonnen, weil es den Einfluss des Mersey Rivers, der Liverpool in zwei Hälften trennte, dokumentierte.

Alyce folgte dem Weg nach links, vorbei an der Tate Liverpool, die ihren Namen vom Gründer der Zuckerraffinerie "Tate & Lyle" erhalten hatte. Damals verschiffte die Raffinerie 40% der weltweiten Zuckerproduktion von Liverpool aus. Heute war das Gebäude denkmalgeschützt wie alle Lagerhallen der Albert Docks; die ersten, ausschließlich aus Gusseisen, Ziegeln und Stein gebauten Gebäude Großbritanniens und das erste feuersichere Lagerhaussystem der Welt.

Alyce grinste. "Wie bizarr, dass ich mich an die Informationen erinnere, die in dem Unesco-Bericht erwähnt wurden! Dabei müsste ich längst verrückt sein vor Angst."

Sie lehnte sich gegen ein Backsteingebäude und fühlte sich genauso leer und ziellos, wie die Albert Docks nach 1920 gewesen sein mussten. Erst Ende der Achtziger hatte man die riesigen Lagerhallen renoviert und eine Touristenattraktion aus ihnen gemacht. "60 Jahre." Sie fuhr sich durch das Gesicht und massierte ihre Schläfen.

"Ich sollte keine 60 Sekunden länger brauchen, um mich endlich zu entscheiden, was ich nun tun werde. Zur Polizei gehen?" Sie schnaubte. "Die Nachtschicht würde mich für verrückt erklären und in die Psychiatrie einweisen. Vielleicht soll ich Trevor anrufen. Nein, er würde mich nicht verstehen. Aber Abby!"

Die Handynummer ihrer Zwillingsschwester hatte sich genauso in ihr Hirn eingebrannt, wie die Informationen über die Albert Docks. Wie gut, dass Trevor sie immer angetrieben hatte, die Bühnenstücke auswendig zu lernen. Sie kannte die Texte aller Schauspieler und hätte jederzeit einspringen können, nur dass sie um nichts in der Welt auch nur einen einzigen Schritt ins Rampenlicht gemacht hätte. Vermutlich machte ihr deshalb die nächtliche Einsamkeit der Albert Docks nichts aus.

Mit einem Mal konnte sie Abelaine ein Stück weit verstehen und möglicherweise auch Logan. Sie beide sahen in der Dunkelheit der Nacht einen Schlupfwinkel, eine Flucht vor dem kalten Licht des Tages, eine Art finsterer Schutz wie eine getönte Brille, die ihre Augen vor dem Schmerz der Helligkeit schützte und gleichzeitig ihre Verletzlichkeit verbarg.

Alyce stieß sich von der Backsteinwand ab und wusste nun, dass sie so schnell wie möglich ein Telefon finden musste. Die Albert Docks waren verlassen. Wollte sie nicht in einen der Läden einbrechen, würde sie an diesem Ort kein Telefon finden. Oder doch?

In einiger Entfernung meinte sie eine Bewegung auszumachen, aber sie war sich nicht sicher. Es mochte ein streunender Hund sein, der eine Katze auf ihrem nächtlichen Rundgang jagte oder eine Ratte, die den Müll durchwühlte.

Sie blinzelte, konnte aber nichts sehen. Hoffentlich war es kein Stadtstreicher, der hier herumlungerte, um sich einen hinter die Binde zu kippen. Eine Frau in einem weißen Nachthemd kam ihm vielleicht im Suff wie ein Engel vor, der ihm von nun an Glück bringen würde, und den er unbedingt festhalten wollte.

Da war die Bewegung wieder! Vorsichtig näherte sie sich, schlang die Arme um den Oberkörper und suchte nach einem losen Brett oder einem Mülleimer, den sie als Waffe umfunktionieren konnte, falls sie musste. Langsam nahm der Schemen Kontur an. Für eine Katze war er zu groß. Ein Hund mochte diese Größe haben, möglicherweise, aber mit Sicherheit konnte sie nur sagen, dass dort hinter einem zirka ein Meter großen Eichhörnchen aus Plastik etwas hockte. Wenn es ein Hund war, dann besaß er braunes oder schwarzes Fell. Alyce meinte ein paar struppige dunkle Haare zu erkennen. Sie wollte etwas rufen, aber sie wusste nicht, ob es "Braves Hundchen" oder "Entschuldigen Sie bitte" sein sollte, deshalb schwieg sie.

Schritt für Schritt schlich Alyce auf den Schemen zu, immer bereit zur Seite zu stürzen und lauthals zu schreien. Plötzlich kratzte etwas über den Boden. Sie erschrak und blieb wie angewurzelt stehen. Waren es Hundekrallen, ein Schlüsselbund? Als sie herausfand, was es war, blieb ihr für Sekunden der Atem weg.

"Logan", ächzte sie fassungslos. Die Stahlkappen an seinen Stiefelabsätzen hatten über den Pier gekratzt, als er sich erhoben hatte. Nun stand er drei Schritte von ihr entfernt, und sein Gesicht glich einer wütenden Fratze.

Sie war unfähig sich zu bewegen. "Was machst du hier, ausgerechnet hier?"

"Ich wandele auf den Spuren meiner Vergangenheit. Du scheinst vom Pech verfolgt zu sein, Alyce", säuselte er gefährlich. "Oder ist es ein Wink des Schicksals, uns wieder zusammenzuführen?" Blitzschnell trat er auf sie zu, fasste ihre Oberarme und zog sie zu sich heran. "Verdammt, du solltest bei Maxine sein!"

"Du … du weißt es nicht?"

"Was soll ich wissen?", fragte er barsch und verstärkte seinen Griff.

Alyce versuchte ihn vergeblich abzuwehren. "Du tust mir weh."

"Antworte!"

Tatsächlich lockerte er seinen Griff. Sie rang nach Fassung, suchte nach Ausflüchten, um Maxine zu schützen, und war hin- und hergerissen zwischen der Verzweiflung, ihre Chance vertan zu haben und dem Kribbeln in ihrem Bauch, weil sie endlich wieder in Logans Nähe war. "Ich … ich bin entkommen. Maxine …"

"Verflucht, sie hat nicht aufgepasst! Wie konnte das meiner Elevin passieren?" Er raufte sich mit der Rechten die Haare, die wirren Strähnen, die Alyce noch kürzlich für Hundefell gehalten hatte. "Wir gehen zurück. Sie wird nicht länger meine Elevin sein!" Er schob Alyce den Pier entlang zurück zum Britannia Pavillon-Eingang.

Sie fühlte sich verantwortlich für Maxine. Immerhin hatte die Vampirin ihr die Flucht ermöglicht. "Ist es nicht eher so, dass du dich gekränkt fühlst, weil jemandem, der unter deiner Obhut steht, ein Fehler unterlaufen ist?"

Er flog herum und drängte sie gegen die Backsteinmauer. Tief schaute er ihr in die Augen. "So etwas hätte ihr unter keinen Umständen passieren dürfen! Du bist alles, was wir Santagos bieten können. Er wird uns in der Luft zerreißen, wenn wir mit leeren Händen …"

"Alles?" Es war das erste Mal, dass Alyce es wagte, ihn zu unterbrechen. Verwirrt schüttelte sie den Kopf.

Logan wickelte eine ihrer roten Haarsträhnen um seinen Finger, bis seine Handfläche an ihrer Kopfhaut lag und streichelt mit den Fingerkuppen ihre Stirn. Mit einem Mal änderte sich sein Gesichtsausdruck. Er sah nicht mehr wie eine Bulldogge aus, sondern wie ein begossener Pudel. "Abelaine ..."

"Was ist mit Abby?"

"Als ich am Treffpunkt ankam, konnte ich nicht einmal zur alten Audaxstätte vordringen, denn der Orden des heilbringenden Lichts schwirrte überall auf dem Friedhof herum." Er machte eine Pause, die Alyces Puls rasen ließ. "Ich befürchte, sie haben Abelaine erwischt."

"Nein", schrie sie und schlug die Handfläche auf den Mund. "Das kann nicht sein", wimmerte Alyce. Tränen strömten augenblicklich über ihre Wangen. Sie krallte die Hände in Logans Netzshirt und schluchzte. "Das würde ich doch merken. Zwillingsschwestern spüren so etwas. Oder nicht?"

Er sprach leise. "Vielleicht nicht mehr, wenn eine davon eine Vampirin ist."

Heulend stürzte sie sich in seine Arme, die nun ihre Hüften umschlangen und sie zärtlich drückten. "Scht", machte er und streichelte ihren Rücken.

Sie jammerte und schniefte hinter jedem Wort: "Ich glaube das nicht. Ich will das nicht glauben! Abby ist alles, was ich noch habe. Kann es nicht sein, dass ich sie nur nicht spüre, weil wir nie ein gutes Verhältnis hatten, weil wir grundverschieden sind und uns Jahre nicht gesehen haben?"

"Seltsam, wie nah uns der Tod geht, selbst dann, wenn wir nie eine gute Beziehung zu der Verstorbenen hatten." Logan küsste sie auf den Scheitel.

Sie blickte zu ihm auf. Sie war sich sicher, er sprach über sich selbst. "Wer aus deiner Familie ist gestorben?" Als er nicht antwortete, fragte sie: "Bist du deshalb ein Vampir geworden?"

Seine Miene versteinerte von einer Sekunde zur anderen. Er schob sie vorwärts und sagte: "Wir gehen zurück zur Zoohandlung. Maxine macht sich über die Tiere her, oder?"

"Woher weißt du das?", schoss es aus ihr heraus.

"Sie ist schwach."

"Sie leidet."

"Tun wir das nicht alle? Deshalb muss ein Audax noch lange nicht seinen Kummer in Tierblut ertränken."

"Bist du niemals schwach?", fragte Alyce provokant, als er sie durch die Nebenstraßen Liverpools führte. Logan schaute sie von der Seite an, und sie meinte ein lüsternes Funkeln in seinen Augen zu erkennen.

Allzu früh traten sie ein zweites Mal in die Zoohandlung ein. Alyces Herz schlug schnell und hart gegen ihren Brustkorb. Sie musste Maxine ein Zeichen geben, dass sie sie nicht verraten hatte. Als sie mit Logan den Verkaufsraum betrat, lehnte die Vampirin erschöpft gegen ein Terrarium, indem eine Schlangenhaut lag. Erst im nächsten Moment erkannte Alyce, dass die Schlange sich nicht gehäutet hatte, sondern der Körper blutleer war. Überall lagen Kadaver herum, unwirklich flach und stinkend. Maxines schokoladenbrauner Teint war gerötet, weil frisches Blut durch ihre Adern floss, aber auch weil sie die ganze Zeit geheult haben musste. Sie zog die Nase hoch, rieb sich die Tränen aus den Augen und sah Logan erschrocken an.

Bevor jemand etwas sagen konnte, sprach Alyce hastig: "Maxine hat mich in den Lagerraum gesperrt, dort, wo das Lebendfutter aufbewahrt wird, Grillen und so. Ich konnte mich befreien, weil das Schloss rostig war ..."

"Und Maxine war zu beschäftigt, um deine Flucht zu bemerken."

Logans Sarkasmus ließ Alyce erschaudern. Glaubte er ihr? Es machte fast den Anschein, als spielte es keine Rolle. Er konnte seine Elevin nicht leiden, weil sie Santagos' Gunst besaß, wie er sie früher besessen hatte, und seine Abneigung würde sich niemals ändern.

"Jetzt hast du die Chance, mich fertig zu machen", sagte Maxine kaltschnäuzig. Sie wischte einen Blutstropfen, der an ihrem Mundwinkel hinablief, mit dem Handrücken fort.

"Du hast dir einen Patzer geleistet, der nicht wegzudiskutieren ist, und selbst Santagos wird ihn durch seine rosarote Brille erkennen."

Eilig verteidigte Alyce Maxine: "Sie hat mich doch eingesperrt. Sie dachte, ich wäre gefangen und konnte nicht ahnen ..."

"Nichtsdestotrotz hätte sie deine Flucht ahnen müssen!", konterte Logan hart, ohne sie anzusehen. Sein Blick verharrte starr auf Maxine. "Ein Bloodhound muss immer und überall die Kontrolle behalten. Er besitzt scharfe, ausgeprägte Sinne, einen Killerinstinkt ..."

"Der fehlt mir", gab die Vampirin zu. "Ja, den hat man oder man hat ihn nicht, und du wirst ihn mir nicht antrainieren können, denn ich will ihn nicht, deinen Killerinstinkt. Ich lebe nicht, um zu töten! Santagos erzählte mir etwas von Wärme im Audax Zirkel, Zusammengehörigkeit unter den Vampiren, aber beides ist eine verdammte Lüge."

"Hüte deine Zunge", warnte er sie.

Aber Maxine hatte sich bereits in Rage geredet. "Als Mensch habe ich zu jemandem gehört, der mir Herzenswärme schenkte. Ich hatte beides, und nun erfriere ich fast."

"Weil du dich nicht an die Regeln hältst und dich gegen das Vampirsein sträubst."

"Nein! Weil Santagos es nicht geschafft hat, mich zu blenden, und ich mich nach Kian sehne, der mir alles bedeutet hat und noch immer alles bedeutet. Ohne ihn kann und will ich nicht leben! Ich habe es versucht, aber ihr habt ihn nicht ersetzen können, und ihr hattet auch nicht das Recht, mich von ihm fernzuhalten."

"Du bist zu emotional für einen Bloodhound."

Maxine atmete einmal kräftig durch und spie dann aus: "Und du hast ein Herz aus Stein." Sie stieg über den Kadaver eines Beos, eilte zwischen zwei Stapeln mit Transportboxen hindurch und hastete durch den Lagerraum ins Freie.

"Verdammt", bellte Logan und schlug eine Reihe Kartons CAT- CHIPS vom Regal, aber er machte keine Anstalten, Maxine zu folgen. Er lehnte den Oberkörper nach vorne und stützte sich auf einen Schrank mit durchsichtigen

Schubladen ab, in denen verschiedene Sorten Hundefutter lagen. Der Duft von getrocknetem und gepresstem Fleisch erfüllte diesen Teil des Raums.

Alyce betrachtete Logan, der in diesem Augenblick so gar nicht mehr wie der berüchtigtste Jäger des Audax Zirkels aussah, sondern wie ein gebeutelter Mann, den die große Last, die er auf seinen Schultern trug, niederdrückte. Was mochte in seinem Kopf vorgehen? Dachte er daran, Maxine zurückzuholen? Nagten ihre harschen Worte an seinem Ego? Oder legte er sich einen Plan zurecht, wie er Santagos ohne die Elevin unter die Augen treten konnte?

Er straffte jäh den Rücken und wandte sich Alyce zu. "Es ist schon früh am Morgen. Wir haben kostbare Zeit verschenkt. Die Fähre wartet nicht auf uns und auch nicht die aufgehende Sonne."

"Ich hab's nicht eilig", murmelte sie.

Er nahm ihre Hand und führte sie aus der Zoohandlung hinaus. Langsam schien er die Fassade der Härte wieder um sich aufzubauen, denn sein Gesicht wirkte starr, versteinert, kühl und doch erkannte Alyce Verwundbarkeit in seinen Augen. Als sie zum Hafen eilten, schaute sie ihn immer wieder an, als könnte sie durch ihn hindurch in sein Herz sehen, in seine Seele, die so furchtbar verbittert und verstockt waren. Aber mit Verschlossenheit kannte sich Alyce aus. Unter anderen Umständen, zu einer anderen Zeit und an einem anderen Ort hätte sie ihm eventuell helfen können. Doch in Liverpool an diesem kühlen Dienstagmorgen waren ihr die Hände gebunden. Logan selbst hatte ihr die Hände gebunden. Wieso empfand sie Mitleid anstatt Ekel? Weshalb sehnte sie sich in seine Arme, wo sie doch von ihm fort musste? Die innere Zerrissenheit schmerzte.

Es folgte eine gewisse Resignation. Als wäre sie nur Zuschauer eines Bühnenstücks und nicht unmittelbar betroffen, nahm sie teilnahmslos wahr, wie Logan am Pier Head einen Motorradfahrer von seiner Ducati riss, Alyce befahl aufzusteigen und mit ihr auf die Fähre nach Birkenhead fuhr, das Ticket des Bikers vorzeigend. Sie sprachen während der Überfahrt kein Wort. Am linken Ufer des Mersey Rivers, auf der Halbinsel Wirral, brauste er nach Birkenhead zur Anlegestelle der Fähre zwischen dem Alfred und dem Morpeth Dock, denn der Himmel wechselte bereits von einem tiefen Nachtblau in ein helleres Bleu.

Er stellte die Ducati an der Kaimauer ab und zog Alyce in Richtung Anlegestelle, wo sich Autos und Unmengen von Reisebussen hintereinander reihten, die die Nose Merchant Ferry überfallen wollten wie Wanderheuschrecken die Felder Mauretaniens.

Ein Plakat schaukelte in der Morgenbrise. Es war mit zwei Schnüren an einem Container befestigt, der neben der Eincheck-Schneise stand, die auf dem Boden aufgemalt war. "Special offer!", las Alyce leise. "Zwei Passagiere und ein Auto? Dann beinhaltet die Überfahrt kostenlos ein Drei-Gang-Mittagessen". Das letzte Mahl einer Todeskandidatin, dachte sie sarkastisch.

Logan führte sie zum Ende der Blechschlange. Alyce erschrak, als er auf einmal geduckt zum Kofferraum des letzten Busses schlich, die Klappe leise öffnete und selbst staunte, dass sie nicht verschlossen war. Er grinste spitzbübisch. Erneut schaute er in alle Richtungen, prüfend, und holte dann zwei Hartschalenkoffer und eine Korbtasche heraus. Hastig warf er sie hinter eine Reihe Dixie WCs, die mit steingrauer Folie beklebt waren, damit sie in der Betonwüste des Piers nicht auffielen, und drängte Alyce in den Kofferraum zu steigen. Er selbst folgte und schloss die Klappe behutsam.

"Es ist dunkel", sagte sie trocken. Sie konnte weder ihre eigene Hand vor Augen sehen, noch begreifen, dass sie im Kofferraum eines Busses hockte. "Das ist nicht dein Ernst, oder?"

"Habe ich jemals Scherze gemacht?"

"Humor ist nicht deine Stärke", murmelte sie und biss sich auf die Lippe, weil sie die aufkeimende Biestigkeit in sich spürte. Sie war wütend. Sie war traurig. Er hatte ihre Naivität ausgenutzt, mit ihrer Lust gespielt, ihr Herz erobert, und nun lieferte er sie tatsächlich an Santagos aus. Aber was konnte er dafür, dass sie sich in ihn verliebt hatte?

"Ich halte das nicht aus! Es ist mir zu dunkel. Wie lange müssen wir hier drin hocken? Nein, das schaffe ich nicht."

"Beruhige dich." Sanft legte er eine Hand an ihre Wange, als könnte er sie sehen.

Alyce selbst sah nichts. Sie fühlte sich, als würde sie auf dem Meeresboden eines Ozeans sitzen, umgeben von dunklem Wasser, das ihr die Sicht und den Atem raubte, und beobachtet von Tiefseebewohnern, die an die menschenfeindlichen Verhältnisse angepasst waren. Natürlich, Vampire liebten die Dunkelheit. Finsternis machte ihnen keine Angst, sondern bedeutete Heimat, Obdach, Zuflucht. Vielleicht konnten die Kreaturen der Nacht sogar im Dunkeln sehen, als wäre durch den Wandel vom Mensch zum Vampir in ihren Augen ein ungenutzter Nerv aktiviert worden, der wie eine Infrarotkamera arbeitete. Alyce presste die Hände gegen die Schläfen, denn sie spürte Panik. Warum nur begann Logan in den Koffern und Taschen herumzuwühlen, anstatt sie in den Arme zu nehmen?

Der Bus fuhr ein Stück weiter und Logan grübelte: "Mal überlegen, zum Einchecken muss man zwei Stunden vorher in Birkenhead sein, die Überfahrt nach Nordirland vorbei an der Isle of Man dauert zwischen acht und zehn Stunden, dann das Entladen in Belfast und das Abpassen einer Möglichkeit, ungesehen aus dem Kofferraum zu steigen … ich würde sagen, wir haben wundervolle Stunden der trauten Zweisamkeit vor uns und werden pünktlich zur Abenddämmerung hier heraus können."

Seine Selbstzufriedenheit machte sie rasend! "Das ist eine Gruft. Bestimmt sterben wir an Sauerstoffmangel."

"Ha!", machte er.

Plötzlich zeigte sich ein kleiner Lichtkegel an der Kofferraumdecke.

"Du hast eine Taschenlampe gefunden", stieß Alyce begeistert aus. Ihr Puls verlangsamte sich etwas. Sie blickte sich um. Sitzen und Liegen waren das Einzige, das sie in den nächsten Stunden machen konnten. Überall lagen Koffer und Taschen herum, auch Rucksäcke und Schmuckköfferchen. Logan durchsuchte gerade eifrig einen mit Pailletten bestickten Beutel.

Er kramte eine schokoladenbraune Fleecedecke heraus, deren Mitte das goldene Abbild der ägyptischen Göttin Bastet zierte. "Leg dich auf die Decke. Der Boden hat Rillen, damit die Koffer nicht zu sehr rutschen, und die werden sich mit den Stunden in deine zarte Haut bohren."

Er hielt sie ihr hin, doch Alyce nahm sie nicht. "Das ist eine Katzendecke. Bestimmt ist sie voller Haare."

"Ist sie nicht. Zick nicht rum und bette dein Kätzchen auf die Katzengöttin." Grinsend warf er ihr die Decke zu. Nachdem Alyce sie ausgebreitet, sich darauf gesetzt und die Lederjacke aufgrund der Schwüle ausgezogen hatte, säuselte er: "Bastet ist die Göttin des Tanzes ...", er kam auf allen vieren zu ihr gekrochen, "... der Musik ...", dann kroch er über Alyce, "... der Freude und Fruchtbarkeit."

Logan kniete zwischen ihren Schenkeln, die Hände neben ihrem Oberkörper abgestützt und neigte sich über Alyce wie ein Jäger, der sein Opfer niedergestreckt hatte, triumphierend, erhaben. Alyce erregte es, zu unterliegen. Jedes Bemühen ihn zu hassen, weil er sie nach Belfast verschleppte, verpuffte, wenn er sie durchdringend mit seinen himmlisch grünblauen Augen ansah, die glitzerten wie ein Bergsee und seine Seele auf dem tiefen Grund versteckten. Doch Alyce war bereits in diesen Seelensee eingetaucht. Sie hatte einen kurzen Blick auf sein wahres Ich werfen können. Befriedigung empfand sie nicht, vielmehr Neugierde und Faszination. Sie hatte Verletzlichkeit in den Augen der Bestie von Belfast gesehen, wie Logan damals Traurigkeit in den ihren entdeckt hatte.

Selbstzufrieden schob er ihr Nachthemd bis zu ihren Hüften hoch. Er streichelte ihren Unterbauch, als der Bus ruckelnd die Rampe hochfuhr und im Bauch der Fähre parkte. Draußen stiegen die Reisenden aus, um die Restaurants und Aussichtsplattformen der Nose Merchant Ferry zu erobern, geschwätzig und unwissend, dass soeben ein Feuer im Kofferraum ihres Busses entstand.

Alyce schwitzte. Die Luft war stickig und die Leidenschaft, die in ihr wuchs, heizte ihr ein. Sollte sie Logan verführen, das erste Mal Vamp sein, als letzten Versuch ihn zu überzeugen, sie nicht an den Audax Zirkel auszuliefern? Oder sollte sie sich Logan mit Haut und Haaren hingeben, ihren Körper ihm überlassen und jede Sekunde, die er sich mit ihr vergnügte, auskosten, denn sie würde ihn danach nie wieder spüren? Wie auch immer ihre Entscheidung ausfallen würde, eins war deutlich – sie wollte Logan! Sie begehrte ihn. Hier und jetzt würde sie ihn lieben, denn darauf liefen all ihre Gedanken hinaus.

Alyce öffnete ihre Schenkel weit. Sie legte die Handfläche an seine Wange und kraulte mit dem Daumen seinen Kinnbart. Liebevoll berührte sie das Grübchen, um dann ihre Hand mit einem Mal in seinem dunkelblonden Haarschopf zu vergraben, sein Gesicht zu ihr zu ziehen und ihn innig zu küssen. Erstaunt hielt er inne. Einen Herzschlag lang befürchtete Alyce, dass ein Kuss nicht das war, was er von ihr wollte, sondern ausschweifenden Sex. Bald jedoch erwiderte er ihren Kuss. Zärtlich massierte er mit seinem Mund ihre Lippen. Alyce stöhnte leise auf, als er mit der Zungenspitze in sie eindrang und sich ihre Zungen umschlängelten, zuerst behutsam, dann hungrig und unbeherrscht.

Er schmeckt so verdammt gut, dachte Alyce und fühlte Schwindel, obwohl sie lag. Die Welt um sie herum drehte sich. Bisher hatte alles in ihrem Leben einen festen Platz gehabt. Nun lag sie fast nackt in einem Buskofferraum, weit weg von Zuhause und schnäbelte mit einem Fremden, der so wenig mit Trevor gemeinsam hatte, wie ein Bull-Terrier mit einem Dackel. Nichts war mehr an seinem Platz, nicht einmal sie selbst. Sie wollte weder vor- noch zurückgehen, wünschte sich auf ewig in diesem lustvollen Kokon bleiben zu können, aber das war unmöglich. Also schob sie ihre feuchte Zunge weit in Logans Mund hinein, um den Moment auszukosten. Sie neckte seinen Zungenrücken mit ihrer Spitze und schob sich dann unter seine Zunge, um das Zungenbändchen zu spüren.

Logan entzog sich ihr und lachte leise. "Wie gierig! Ich erkenne dich nicht wieder. Es ist fast so, als hätte Abelaine heimlich mit dir getauscht."

"Du hast mit Abby geschlafen?", schoss es aus ihr heraus. Ihr Magen verkrampfte sich.

"Das hätte ich niemals getan." Ernst schüttelte er den Kopf. "Sie hat mich nie gereizt, aber du ... Obwohl du aussiehst wie sie, sehe ich nicht den gleichen Menschen vor mir.'

"Reize ich dich?", wollte sie mutig wissen, eine Frage, die sie bisher nicht im Traum gewagt hätte auszusprechen. Aber der bevorstehende Zusammenstoß mit Santagos wischte all ihre Bedenken fort. Sie wollte eine Erinnerung haben, an die sie sich klammern konnte, wenn sie die Hölle betrat.

"Hm", machte er, "wenn du dich ein wenig mehr bemühst – möglich."

Alyce blinzelte ihn böse an. Doch sie antwortete auf ihre Weise, indem sie mit beiden Handflächen seinen Brustkorb streichelte. Sanft rieben ihre Finger durch den Netzstoff seine Brustwarzen. Kaum seufzte er vor Wonne, hörte sie auf.

"Du lernst zu schnell", raunte er gefährlich lasziv.

Sie kicherte. "Wenn es am Schönsten ist, soll man aufhören."

Blitzschnell umfasste er ihre Handgelenke, drückte Alyce mit seinem Oberkörper auf die Decke und fixierte ihre Hände über dem Kopf. "Ich verliere nicht gerne die Kontrolle."

Er versuchte sie zu küssen, aber sie drehte keck das Gesicht zur Seite. "Du rothaarige Hexe", zischte er. "Dir werde ich dein aufmüpfiges Verhalten schon austreiben." Langsam, ohne ihr mehr Freiraum zu gönnen als die Hände loszulassen, zog er sich aus. Er schaute sie an, provozierend herablassend und hätte Alyce fast Angst eingejagt, wäre da nicht das lustvolle Schimmern in seinen Augen gewesen. Er begehrte sie, dessen war sich Alyce sicher, ein überwältigendes Gefühl, war sie doch nie eine Herzensbrecherin gewesen. Abelaine, ja, sie hatte sich seit Jugendtagen vor Angeboten kaum retten können; Abby, wie sie selbstbewusst die wunderschönen Haare über die Schulter warf, der kecke Augenaufschlag und das natürliche Wippen ihrer Hüften.

Auf dem Schulhof hatte Alyce ihr zugeflüstert: "Kannst du dich nicht zurückhalten? Du verhältst dich wie ein Pfau und machst alle verrückt."

Aber nun verstand sie. Es tat gut, jemanden verrückt zu machen. Es war traumhaft, begehrt zu werden. Was war falsch daran, körperlich zu sein? Bisher hatte sie ihre Weiblichkeit verleugnet, weil sie sich vor ihr fürchtete. Logan hatte Alyce verändert.

Sie zog ihr Nachthemd aus. Schutzlos lag sie unter ihm und genoss es. Er schob seine Knie unter ihren Hintern und saß gebeugt, um nicht mit dem Kopf an die Decke des Kofferraums zu stoßen. Nun ragte ihr Becken empor, erwartungsvoll und willig, und er drang ohne Umschweife mit seinem prächtigen, steifen Glied in sie ein.

Alyce erschrak ein wenig, hatte sie doch vermutet, dass er erst mit der Eichel ihre Entspannung testen und dann ihre Vagina Stück für Stück erobern würde.

"Du bist feucht", stellte er nüchtern fest, zog sich aus ihr zurück und stieß erneut behutsam, aber in seiner vollen Länge in ihre Scheide. "Dabei haben wir bisher nur geküsst."

"Du weißt doch, ich bin leicht zu erregen." Sie bemühte sich, ihre Scheidenmuskulatur locker zu lassen, um den Druck in ihrem Inneren zu mindern. Sein Penis war so groß, sie liebte ihn, brauchte aber eine kurze Zeit der Gewöhnung.

Ein weiteres Mal glitt er aus ihr heraus. Diesmal drang er in sie ein und legte gleichzeitig seinen Oberkörper auf ihren Brustkorb. "Ich will so weit wie möglich in dir stecken. Ich möchte dich ausfüllen und dehnen. Ich will dich besitzen."

"Das tust du längst", wimmerte sie, da er nun mit der Peniswurzel über ihre Klitoris rieb und sie aufs Höchste erregte. Sie erinnerte sich daran, wie er sie im Güterwagon mit seinem Sperma markiert hatte und an Maxines Worte: "Ein überhebliches Ritual der männlichen Audax'."

Logan drang immer wieder in sie ein, ja, fast wippte er, der immer noch kniete, vor und zurück. Er begann ihren Hals zu küssen, knabberte an ihrem Ohrläppchen und saugte sich an ihrer Haut fest, am Kinn, am Dekolleté und zwischen ihren prallen Brüsten, so dass bläuliche Flecken zurückblieben.

"Ich mag es, dich als mein Eigentum zu kennzeichnen", säuselte er und sog an ihrer Brustwarze, bis Alyce sich aufbäumte. Sanft drückte er sie auf die Decke zurück. "Ich mag es, Abdrücke meiner Lust auf deinem Körper zu hinterlassen."

Sprach er von Sex oder von Liebe? Alyce besaß nicht den Mut, ihn danach zu fragen. Vielleicht war es besser so. Die Wahrheit hätte wahrscheinlich den Zauber dieser bizarren Liebesspielwiese zerstört.

Gedämpft klangen die Motorengeräusche der Fähre zu ihnen. Eine Autotür wurde zugeschlagen. Jemand hatte wohl etwas in seinem Wagen vergessen.

Logan richtete seinen Oberkörper auf und betrachtete verträumt Alyces erblühte Knospe. Die Klitoris stach geschwollen und hochrot aus ihrem fleischigen Mantel, während Alyces Becken sich einladend ihm entgegenstreckte. Noch immer steckte sein imposanter Phallus in ihrer Scheide. Die breite Peniswurzel war alles, was zu sehen war.

Mit verklärtem Blick schaute er auf ihre Brüste. "Ich weiß, ich wiederhole mich, aber du hast den schönsten und üppigsten Busen, den ich je gesehen habe." Er begann mit der rechten Hand einen Busen zu massieren und zwirbelte mit der Linken den Nippel. Alyce schloss die Augen. Sie gab sich dem Druck hin, dem Prickeln und dem Kitzeln, der Sehnsucht ihres zweiten, vernachlässigten Busens und dem Pochen ihrer Klitoris. Dann streichelte Logan sich seinen Weg hinab zu ihrem Venushügel, legte die rechte Hand auf ihren Unterbauch und strich mit der Linken durch ihr rotes Schamhaar. Er glitt hinunter zur ihrer Klitoris und rieb mit dem Handballen darüber. Wann immer sich Alyce aufbäumte, drückte er ihren Unterleib mit der Rechten herunter. Es entstand ein wahres Ringen, denn Alyce wollte sich gehen lassen, aber Logan zwängte ihr seinen Rhythmus auf.

Sein Lachen ließ sie die Augen aufschlagen. Er verteilte ihren Saft, der zwischen ihrer Scheidenwand und seinem Penis herausquoll, auf ihren kleinen und großen Schamlippen. Durch diese sanfte Berührung schoss Blut hinein, mehr als eh schon durch ihre Vulva pulsierte. Oder lag die plötzlich züngelnde Glut in ihrem Schoß gar nicht an dem Verteilen des natürlichen Gleitmittels? Alyce hatte schon mehrmals die Hitze, ja, und auch die Kälte gespürt, die Logan erzeugen konnte. Ihre Scham stand in Flammen. Alyce erinnerte sich an die Sportsalbe, die sie letzten Winter auf Trevors Rücken verrieben hatte, weil er mal wieder vor lauter Ärger darüber, dass niemand im Lil' stage o' Shelham mitdachte, außer ihm, unter Schmerzen litt. Sie hatte vergessen Latex-Handschuhe dabei anzuziehen, so dass ihre Hände danach fürchterlich brannten. Dieses Feuer loderte nun zwischen ihren Schenkeln.

Logan zog seine Knie unter ihr hervor und ersetzte sie durch eine Ledertasche, ohne sich aus Alyce zu entziehen. Er hockte sich hin, streckte ihr linkes Bein senkrecht durch und lehnte es gegen seinen Oberkörper, während er sich rhythmisch in ihr bewegte und ihre Wade küsste. Genießerisch saugte er an der Haut und markierte ihren Unterschenkel, um dann ihren großen Zeh in den Mund zu nehmen und daran zu lutschen. Sein Speichel rann ihren Fuß hinab. Er verteilte ihn auf ihrem Knöchel und nuckelte an ihrer Kniehöhle.

"Das kitzelt zu sehr", schrie Alyce, kicherte und winkelte das Bein an.

Logan pumpte härter und beugte auch ihr rechtes Bein. Schneller stieß er in sie, noch immer hockend. Er legte die Hände in ihre Kniekehlen, drückte ihre Oberschenkel gegen ihren Busen und hob somit ihren Hintern an. Seine prall gefüllten Hoden schlugen kräftig gegen ihren Anus und sein angeschwollenes Glied rieb über ihren G-Punkt.

Wie zwei Krabbenscheren legte Alyce die Beine um Logans Oberkörper. Sie wollte ihn tiefer aufnehmen, wollte das Maximum spüren, von ihm eingenommen und genommen werden, als gäbe es kein Morgen. Entsprach das nicht der Wahrheit? Für Alyce würde es nur eine weitere Nacht geben. Danach war ihr Leben beendet, auch wenn Santagos sie leben ließ.

Logan keuchte und ritt sie wilder. Er schob sie durch seine kraftvollen Stöße gegen einen Koffer, und sie schützte ihren Kopf mit den Armen. Glücklich bemerkte Alyce, dass die Bestie von Belfast sehr wohl die Kontrolle verlieren konnte. Logan verlor die Kontrolle an sie, Alyce Kathleen Torn. Das machte sie unheimlich an! Ihre Lust wuchs schnell, wenn sie sein Gesicht betrachtete, das verzerrt war vor Leidenschaft; seine Hände, die ihren Busen liebkosten, sein göttlicher Penis, der in ihrer Scheide steckte.

Ihr Wimmern schwoll an. Er legte ihr eine Hand auf den Mund, damit niemand auf das Treiben im Kofferraum des Busses aufmerksam wurde und erregte sie dadurch noch mehr. Jedes Mal, wenn er energisch in sie eindrang, stieß sie einen Schrei aus, den seine Hand dämpfte. Er trieb sie an, als wäre er von Sinnen, peitschte ihre Lust hoch und tobte in ihrem Schoß wie ein Orkan. Als der Orgasmus sie geißelte, schlang sie die Finger um den Griff des Koffers an ihrem Kopf, und ihr ganzer Körper verkrampfte sich berauscht. Plötzlich trat Ruhe ein, zumindest gaukelte ihre Erregung ihr das vor, in dem sie Alyce in Ekstase hüllte.

Alyce hielt die Luft an, hörte nichts, sah nichts, sondern war nur noch Gefühl. Benebelt glitt sie auf dem Höhepunkt dahin, als wollte er gar nicht mehr enden. Sie fühlte sich entrückt, entflohen aus Raum und Zeit in eine höhere Sphäre, himmlisch trunken durch Logans Leidenschaft, die ihren Schoß und ihr Herz berührte.

Dann stürzte sie ab. Sie fasste Halt suchend Logans Arme, stieß die Fingernägel in sein Fleisch und kratzte ihn. Zuckend aalte sie sich auf der Decke, gequält von Logans wonnigen Stößen, die immer noch ihre Klitoris stimulierten. Sie hechelte nach Luft, kraftlos. Ihre Klitoris reagierte überempfindlich. Es schmerzte lustvoll, wenn Logans Phallus darüber rieb, aufputschend und gleichzeitig unangenehm.

Grollend entlud er sich in ihr. Die Adern an seinem Hals traten hervor. Er schoss sein Sperma in Alyce hinein und bemühte sich nicht zu schreien. Dann brach er über ihr zusammen. Atemlos küsste er ihre Lippen und streichelte liebevoll ihren Haaransatz. Er saugte lächelnd an ihrem Kinn, leckte die Schweißtropfen ab, die ihren Hals hinunterliefen und neckte ihre Brustwarzen mit seiner Zungenspitze. Dann legte er sich neben Alyce. Sie drehte sich auf die Seite, und er schmiegte sich an ihren müden Körper. Erschöpft gähnte sie. Sie schaltete vorsorglich die Taschenlampe aus, denn die Batterien würden nicht zehn Stunden halten, schloss die Augen und genoss Logans erschlafften Penis an ihrem Hintern.

"Du hast mich gekratzt", wisperte er schläfrig.

Alyce lächelte. "Möglicherweise um dich zu markieren", antwortete sie und fügte in Gedanken hinzu: *Als mein Eigentum.*

"Verflucht noch eins, Abby! Was hast du dir nur dabei gedacht?" Kyle baute sich mit in die Seiten gestemmten Händen vor der Vampirin auf, die gerade den Salon von Schloss Caselle betrat. Die Rollläden waren heruntergelassen, um die Vampire vor dem grellen Tageslicht zu schützen. Nur ein paar Kerzen erhellten den Raum. Es herrschte gespenstische Stille in dem alten Gemäuer, denn die Maledetto hatten sich zur Tagesruhe in ihre Gemächer zurückgezogen. Abby und Kyle waren allein in dem riesigen Raum.

"Worüber regst du dich so auf?", fragte sie erschöpft und ließ sich in einen der beiden Wildledersessel sinken.

"Das fragst du noch? Ich bin vor Sorge um dich fast umgekommen! Wieso hast du mir nichts von deinen Plänen erzählt?"

Plänen? Seufzend strich sich Abby eine rote Strähne aus dem Gesicht. Allem Anschein nach wusste Kyle, dass sie ihr Leben ein weiteres Mal für ihre Schwester riskiert hatte. "Wie hast du es angestellt, dass die Lady dich ins Vertrauen zog?"

"Ich habe ihr die Wahrheit gesagt. Nämlich, dass du mir viel bedeutest und ich wissen muss, ob du dich törichterweise selbst in Gefahr bringst."

Ihre Augen weiteten sich vor Überraschung. Es war das erste Mal, seit sie sich kannten, dass Kyle in Bezug auf seine Gefühle so direkt war. Er hockte sich vor sie und streichelte sanft über ihre schlanken Beine.

"Ich liebe meine Schwester. Wenn ihr etwas zustößt, das könnte ich mir nie verzeihen. Ich musste versuchen sie zu retten. Wäre nur nicht der Orden aufgetaucht!"

"Du hast dich mit dem Orden des heilbringenden Lichts angelegt?" Kyle schüttelte fassungslos den Kopf. "Du bist wirklich unverbesserlich."
"Wie du siehst, haben mich die Jäger nicht erwischt. Ich habe beschlossen, nach Belfast zu reisen. Ich weiß, dass Logan Alyce zum Hauptquartier der Audax bringen wird. Sie hat mir diese Info am Handy zugespielt."
"Du hast den Verstand verloren! Du könntest ebenso gut bei Tageslicht vor die Tür treten. Es würde keinen Unterschied machen. Was du vorhast, ist reiner Selbstmord!"
"Ich weiß, es ist riskant. Aber ich muss es zumindest versuchen. Sobald die Sonne untergegangen ist, werde ich aufbrechen. Du kannst mich nicht aufhalten, Kyle."
"Das ist mir klar. Inzwischen kenne ich deinen Dickschädel gut genug, um mir keine Illusionen zu machen. Alles, was ich tun kann, ist dir meine Hilfe anzubieten. Es sei denn, du möchtest, dass Crispin dich begleitet."
Er schaute zu Boden und knirschte ärgerlich mit den Zähnen.
"Das klingt, als wärst du eifersüchtig auf deinen Schüler." Ein gerührtes Lächeln huschte über ihre Lippen.
"Und wie ich das bin!" Seine Ehrlichkeit erstaunte sie. Offenbar war es ihm dieses Mal ernst mit ihr.
"Ich wusste nicht, dass ich dir so wichtig bin, Kyle. Sonst hätte ich dich gefragt, ganz bestimmt. Aber Lady Lianne wollte mir nur einen Begleiter zugestehen, da die Maledetto den Mord an Lesley untersuchten und sowohl du als auch die anderen unter Verdacht standen."
"Glaubst du wirklich, ich wäre fähig, Les zu erdrosseln?" Abby beugte sich vor, legte die Hand auf seine Wange und streichelte sie zärtlich. "Es war nicht mein Befehl, sondern der von Lianne." Es beunruhigte sie dennoch, dass Lesleys Mörder noch immer nicht gefasst war.
Kyle nickte. Seine Hände wanderten zu den Innenseiten ihrer Oberschenkel. Abby spürte jede seiner zärtlichen Berührungen durch den ledernen Stoff ihrer Hose, der verführerisch an ihrer Haut rieb.
"Ich bin jedenfalls froh, dass dir nichts passiert ist. Wenn sie dich erwischt hätten … wenn du nicht mehr zurückgekommen wärst … ich glaube, ich hätte den Verstand verloren."
"So schnell wirst du mich nicht los, Kyle."
"Darüber bin ich froh."
Sanft glitten seine Finger zu ihren Unterschenkeln hinab. Abby legte den Kopf in den Nacken und seufzte glücklich. "Ah, das fühlt sich so gut an."
Kyle verstand die versteckte Aufforderung und öffnete den Reißverschluss ihrer Stiefel, zog sie aus und stellte sie neben ihren Sessel, um nun ihre Füße in die Hände zu nehmen und zu kneten. Ein Schauer jagte Abby über den Rücken, als er ihre Ballen massierte, so wie sie es liebte. So, wie er es auch früher getan hatte, wenn sie nach einem harten Training erschöpft auf ihr Bett gesunken war, und er sie mit seinen Streicheleinheiten verwöhnt hatte.
"Wusstest du, dass die Füße einer Frau erogene Zonen enthalten?", fragte sie ihn neckisch.

"Ich war lange genug mit dir zusammen, um zu wissen, dass das in jedem Fall auf dich zutrifft."

"Dann erinnerst du dich sicherlich auch, wie du mich noch glücklicher machen kannst." Sie grinste ihn verstohlen an.

"Oh ja, wie könnte ich das je vergessen? Ich denke oft an die alten Zeiten. Und seit unserem Kampf gehst du mir nicht mehr aus dem Kopf. Man könnte sagen, ich bin verrückt nach dir." Kyle zögerte nicht länger, beugte sich blitzschnell zu ihr vor und verschloss ihren Mund mit seinen Lippen. Abby antwortete auf das Spiel seiner Zunge mit leidenschaftlichen Bissen. Ihre Eckzähne bohrten sich in seine Unterlippe, zogen zärtlich an ihr und gaben sie schließlich wieder frei, um seinen Kuss stürmisch zu erwidern. So lange hatte sie sich gewünscht, endlich wieder von ihm in den Armen gehalten zu werden und seine Leidenschaft zu spüren. Nun, da ihr Wunsch in Erfüllung gegangen war, kam er ihr wie ein wunderschöner Traum vor, aus dem es hoffentlich kein Erwachen gab.

"Gehen wir zu mir oder zu dir?", keuchte er vor Erregung und hob sie aus dem Sessel.

"Zu dir", antwortete sie hastig, umklammerte seinen Hals mit beiden Armen und ließ sich von ihm durch den Salon in sein Zimmer tragen.

Wie eine Königin bettete er sie auf den unzähligen Kissen, die in farbenfroher Vielfalt auf seiner Matratze lagen. Abby liebte das Gefühl der zarten Seide an ihrer Haut.

"Ich sorge für etwas romantische Stimmung", sagte Kyle und erhob sich. Rasch zündete er ein paar Kerzen an, während sich Abby wie eine Katze auf dem großen Himmelbett rekelte. Schon nach einem kurzen Augenblick merkte sie, wie sehr sie seine Berührungen vermisste.

"Komm in meine Arme zurück", rief sie sehnsüchtig. Kyle legte die Streichhölzer zur Seite und stürzte sich einem Raubtier gleich auf sie. "Das nennst du romantisch, Tiger?" Sie lachte. Dann zog sie seinen Kopf zu sich herunter und ließ ihre Zunge erneut in seinem Mund verschwinden. Er stieß ein leises Keuchen aus, als sie pfeilschnell in ihn eindrang, und öffnete die Schnüre ihrer Bluse, um ihre großen runden Brüste zu befreien. Ihre bleiche Haut schimmerte im Licht der Kerzen perlfarben.

"Was für ein köstlicher Anblick", hauchte er, als er sich einen Moment lang von ihren Lippen befreien konnte und nahm ihre steifen Nippel zwischen Daumen und Zeigefinger. Liebevoll drehte er sie, bis sie noch härter wurden und vor Erregung rot anschwollen. Mit seiner großen feuchten Zunge leckte er über die rechte Knospe. Wieder und wieder. Abby erregte das Spiel so sehr, dass sie entschlossen ihre Brust mit der Hand umklammerte und ihre Spitze in seinen Mund einführte. Er saugte an der heißen Warze, zwickte sie, bis Abby vor Wonne stöhnte.

"Wir wollen niemanden vernachlässigen", sagte Kyle grinsend und widmete sich mit der gleichen Ausdauer ihrem linken Nippel, der sich ihm hungrig entgegenstreckte. Wieder spürte sie das Gefühl seiner feuchten Zunge, die lustvoll ihre Knospe umkreiste.

Abby lehnte sich zurück, genoss seine Liebkosungen und legte ihre Hände auf seinen Schopf. Sanft – aber bestimmt – beförderte sie seinen Kopf in tiefere Regionen. Kyle verstand und schleckte ihren Bauchnabel ab, stieß in das kleine Loch hinein und fuhr den Rand sowie die Kurven ihres Bauches mit seinen Lippen nach.

"Geh noch ein wenig tiefer", seufzte Abby.

Er nickte, öffnete die Hose und zog sie samt ihrem Slip herunter, so dass sich Abbys rot gelockte Scham vor ihm entblößte. Ihre Labien waren geschwollen und in einen Mantel aus Feuchtigkeit gehüllt.

"Ich möchte dich in mir spüren", hauchte sie mit glänzenden Augen. Ihre Lust steigerte sich bei der Vorstellung ins Unermessliche und sie hoffte, er würde sie nicht mehr allzu lange warten lassen.

"Ich habe eine bessere Idee." Kyle entledigte sich seiner Armeehose und legte sich seitlich neben sie. Sein Kopf verschwand zwischen ihren Schenkeln, während sein Glied willig vor ihren Lippen prangte, bereit sie zu entern, sobald sie diese öffnete. Vorwitzig tippte die rote Eichel gegen ihren Mund, als wollte sie anklopfen und um Einlass bitten. Ja, Abby wollte ihn kosten, ihn auf ihrer Zunge schmecken! Lüstern ließ sie ihn ein. Sie konnte ihren Mund gar nicht schnell genug öffnen, schon verschwand er in ihr. Kyle bewegte sein Becken vor und zurück, stieß in sie, jedoch behutsam und darauf bedacht, ihr nicht wehzutun. Jedes Mal, wenn er tief genug in ihr war, schlugen seine Hoden gegen ihre vollen Lippen. Ihre Erregung nahm so stark zu, dass Abby bereits der Speichel aus dem Mund tropfte.

Kyle revanchierte sich auf berauschende Weise und ließ seine Zunge über ihre Klitoris gleiten, bis sie rot anschwoll und unter der Vorhaut herausschaute. Ihre Schenkel schlossen sich fester um seinen Kopf und nahmen ihn so stark in die Zange, als wollten sie ihn nie mehr freigeben. Kyles Zunge wanderte tiefer hinab und glitt in ihre feuchte Höhle. Sie erhöhte den Druck ihrer Beine, während sich ihr Becken im Rhythmus vor und zurück bewegte. Fest presste sie ihre Vagina an sein Gesicht. Feuchtigkeit benässte seine Nase, seine Lippen und sein Kinn. Auf leidenschaftliche Weise erforschte er Abbys Vagina. Sie spürte, wie er ihre Creme förmlich in sich aufsaugte. Zeitgleich begann sein Phallus in ihrer Mundhöhle zu zucken. Nein, er wollte doch jetzt hoffentlich noch nicht kommen! Sie wollte ihn an einer anderen Stelle in sich spüren. Eilig öffnete sie die Lippen und gab ihn wieder frei. Verwundert kam er unter ihrem Oberschenkel hervor und hob den Kopf in ihre Richtung. Sein Gesicht glänzte, weil es über und über mit ihrem Saft benetzt war.

"Lass mich nicht länger warten", sagte sie verführerisch. "Ich halte es kaum noch aus."

Er grinste, hockte sich vor ihre Beine und öffnete mit sanftem Druck ihre Schenkel. Quälend langsam zeichnete er den fleischigen Rand ihrer Scheide mit seiner Eichel nach. Abby stöhnte. Ihr Verlangen nach ihm wurde immer größer. Doch er machte keine Anstalten, sie zu erlösen. Energisch streckte sie ihm ihr Becken entgegen. Aber anstatt sie endlich zu nehmen, drang er ganz langsam und vorsichtig mit seinem Finger in sie ein. Abby spürte, wie er sie nach und nach ausfüllte. Doch ein Finger allein reichte ihr nicht. Sie wollte mehr. Viel mehr! Er sollte sie lieben, wie er sie früher geliebt hatte. Heiß und leidenschaftlich. Kyle schien ihre Gedanken erraten zu haben, doch anstatt ihr ihren Wunsch zu erfüllen stieß er auch seinen Mittelfinger in sie. Vorsichtig bewegte er sich in ihr. Ihre Lust steigerte sich ins Unermessliche. Wieso erlöste er sie nicht endlich?

"Oh, du Schuft!" Sie stand kurz davor, sich ihr Kissen zu schnappen und ihm ins Gesicht zu schlagen. Da ließ Kyle von ihr ab und grinste sie triumphierend an.

"Ich werde dich nehmen. Unter einer Bedingung."

"Seit wann stellst du Bedingungen?"

Das Feuer in ihr brannte höllisch. Er hatte es entfacht, doch er wollte es offenbar nicht bändigen. Frustriert suchten ihre Finger den Weg zu ihrer Scham, doch Kyle umklammerte ihre Handgelenke und schüttelte belustigt den Kopf. "Pfui, pfui. Das lassen wir schön bleiben. Willst du die Bedingung denn nicht einmal hören?"

"Also gut, wie lautet sie? Wie lautet die verdammte Bedingung?"

"Dass es von nun an nur noch einen Mann in deinem Leben geben wird."

Abby glaubte sich verhört zu haben. Kyle, der Weiberheld, wollte sesshaft werden? Und sie sollte auch noch seine Auserwählte sein? Das klang zu schön, um wahr zu sein! Abbys Herz klopfte heftig in ihrer Brust.

"Ist das dein Ernst?"

"So wahr ich hier vor dir knie."

Sein Blick ruhte auf ihr. Sie glaubte, die Liebe in seinen Augen zu sehen.

"Für mich hat es ohnehin nie einen anderen in meinem Herzen gegeben", sagte sie ehrlich. Plötzlich war da mehr, als nur die bloße Fleischeslust. Ein warmes Gefühl breitete sich in ihr aus, während sie ihn ansah. Sie wollte ihm mehr geben. Alles, was sie zu geben in der Lage war.

"Das wollte ich nur hören." Abby zuckte vor Schreck zusammen, als seine Manneskraft plötzlich ohne Vorwarnung in sie eindrang. Erst langsam erkundend, doch dann allmählich schneller und entschlossener. Ohne es zu ahnen, hatte er mit einem Mal zwei Sehnsüchte in ihr gestillt. Endlich gehörte er ihr.

Er beugte sich über sie, stützte sich mit beiden Händen neben ihrem Oberkörper ab und sah ihr ins Gesicht, während er seine Geschwindigkeit steigerte. Abby schloss die Augen, kaute auf ihrer Unterlippe und genoss das Gefühl, ihn in ihrem feuchten Tal zu spüren. Das Bett wackelte unter seinen hemmungslosen Stößen. Abbys Körper wurde regelrecht durchgeschüttelt. Sie hob die Arme, schloss sie um seinen Rücken und bohrte ihre Fingernägel in seine schweißnasse bleiche Haut. Es dauerte nicht lange, da quoll das Blut aus den Wunden, die sie ihm in ihrer Erregung zufügte. Sie verspürte den Drang, ihn zu kosten. Sein Blut zu trinken, während er sie befriedigte. Doch sie wusste, dass sie sich damit noch gedulden musste.

Kyle keuchte und stöhnte, sein Atem wurde immer lauter und schneller, Schweiß tropfte von seiner Stirn und sein Mund stand – nach Luft ringend – so weit offen, dass sie seine spitzen Eckzähne hervorblitzen sah. In diesem Moment fühlte Abby ihren Höhepunkt nahen. Als er erneut in ihr abtauchte, verkrampfte sich ihr Unterleib. Angestrengt hielt sie den Atem an. Gleich! Gleich würde er sie zum Beben bringen. Eine Welle der Erlösung brandete durch ihren Körper. Der

Orgasmus glich einer Explosion! Keinen Wimpernschlag später füllte sich ihre Vagina mit seinem Sperma.

Erschöpft legte er sich auf sie. Abby drückte ihre Arme fester um seinen Körper und seufzte glücklich. Sie war sich plötzlich sicher, dass er der Richtige war. Der Mann, mit dem sie die Ewigkeit verbringen wollte. Ihr Seelengefährte. Sie liebte ihn und er liebte sie

Sie wechselten die Position, so dass beide nebeneinander lagen und sich festhielten. In seinen Armen fühlte sie sich so geborgen wie schon lange nicht mehr. Liebevoll strich sie ihm eine Strähne aus dem Gesicht, lächelte ihn an und freute sich, dass er ihre Gefühle endlich erwiderte. Ein Blick von ihm genügte, und sie schmolz dahin.

Abby griff nach seinem Arm und zeichnete die beeindruckenden, weiß schimmernden Muskeln mit dem Zeigefinger nach. Langsam hob sie den Kopf etwas an und presste ihre Lippen auf die Innenseite seines Handgelenks, wo sie seinen Herzschlag spürte. Er war schnell und kraftvoll. Kyle richtete sich auf, zog Abby mit sich hoch und nahm ihren rechten Arm, um mit seinem Mund den Pulsschlag an ihrem Handgelenk zu suchen. Das Gefühl seiner Lippen auf ihrer Haut jagte ihr einen Schauer über den Rücken. Ihre Blicke trafen sich. Kyle zögerte einen Moment und sah ihr tief in den Augen, als suchte er dort etwas. Als er es gefunden hatte, küsste er ihre Haut, nur um dann seine Eckzähne in ihr Fleisch zu schlagen. Abby zischte, doch der Schmerz schwand genauso schnell, wie er gekommen war. Sie spürte seine Gier. Er trank ihr Blut mit großen Schlucken, schlang es regelrecht herunter, so ausgehungert, als hätte er seit Wochen nichts mehr zu sich genommen. Nun war sie an der Reihe. Sie setzte ihre Reißzähne an und bohrte sie in seinen Arm, um nun auch ihn zu kosten. Oh, welch süße Köstlichkeit. Es war ihr, als könnte sie seine Liebe auf ihrer Zunge schmecken. Das gegenseitige Trinken ihres Lebenssaftes, das Geben und Nehmen, das Verschmelzen ihrer Seelen, weckte ein zweites Mal ihre Lust, ihr Verlangen nach ihm. Ein Blick auf seine Manneskraft verriet, dass er noch genügend Kraft in sich hatte, um sie noch ein weiteres Mal zu beglücken.

"Nimm mich." Er löste seine Eckzähne aus ihrem Fleisch, wischte sich über den Mund und sah sie überrascht an. "Ich bekomme einfach nicht genug von dir", sagte sie mit einem Augenzwinkern und ließ sich bereitwillig auf alle viere sinken. Kyle rappelte sich auf und positionierte sich hinter ihr. Mit seiner Zunge drang er in ihre Pospalte ein und leckte sie. Ihn dort zu spüren erregte Abby nur noch mehr. Lüstern presste er sein Gesicht an ihren fleischigen Hintern.

"Keine Sorge, Kätzchen, das ist bei weitem nicht alles, was du zu spüren bekommen wirst", flüsterte er, nachdem er von ihr abgelassen hatte.

Entschlossen schob er zwei Finger in ihre Scheide. Mit der anderen Hand massierte er ihre Pobacken, streichelte ihren Rücken, ihre Schulterblätter und schließlich wanderte sie zu ihrer Brust, wo seine Finger zielsicher ihre Warze einfingen und verspielt an ihr zogen. So lange, bis Abby den Kopf in den Nacken warf und vor Vergnügen lautstark stöhnte. Kyle drehte sich zur Seite, ohne seine Finger aus ihrer feuchten heißen Höhle zu nehmen. Den Zeigefinger seiner anderen Hand richtete er plötzlich auf ihre Lippen. Überrascht, doch gierig leckte

Abby über seine Kuppe und schloss ihren Mund schließlich ganz um ihn. Sie stellte sich vor, etwas anderes auf ihrer Zunge zu spüren. Und dieser Gedanke erregte sie. Eine Weile setzte er das erotische Spiel fort, bewegte sich von beiden Seiten in ihr, mal schneller, mal langsamer, dann zog er sich plötzlich aus ihr zurück. Abby war enttäuscht. "Willst du nicht weitermachen?"

"Komm doch auf meinen Schoß, Abby", flüsterte er und blickte auf sein pulsierendes Glied.

Abby tat ihm den Gefallen gern, führte ihn in sich ein, schlang die Arme um seinen Körper und legte die Lippen an seinen Hals, während sie ihn im Sitzen ritt. Ein Stöhnen drang aus seiner Kehle, als sie ihn ohne Vorwarnung biss. Sie war süchtig nach seinem Blut und konnte nicht aufhören, es zu trinken.

Just in diesem Augenblick ging die Tür auf und Crispin kam herein. "Meister Kyle, verzeihen Sie mein Eindringen, ich wollte Sie nur fragen ..." Der Anwärter brach mitten im Satz ab und starrte mit weit aufgerissenen Augen zu Kyle und Abby, die sich hemmungslos einander hingaben. Die Vampirin hatte den Eindringling noch gar nicht bemerkt, so tief befand sie sich in Ekstase, doch Kyles Blick sprühte Funken vor Zorn.

"Es ... es tut ... mir leid", stammelte der junge Mann aufgewühlt und eilte wieder nach draußen. Hektisch schlug er die Tür hinter sich zu. Der Knall ließ Abby aufschrecken. Sie fühlte sich, als wäre sie aus einer Art Trance erwacht.

"Was war das?"

"Nicht so wichtig. Unser Anwärter hat nur wieder sein perfektes Timing bewiesen."

Crispin!, schoss es Abby durch den Kopf. Große Güte, hatte er sie etwa so gesehen? Mitten im Liebesakt mit Kyle, ihre Körper ineinander verschmolzen?

"Lass uns weitermachen, wo wir aufgehört haben." Er stieß in sie, doch Abby schüttelte aufgelöst den Kopf.

"Ich ... ich kann nicht."

"Er wird uns nicht noch einmal stören. Mach dir keine Sorgen."

"Was denkt er nur von mir? Ich muss mit ihm reden. Warte auf mich. Ich bin gleich zurück."

"Wieso willst du mit ihm reden? Was soll das? Wer ist dir wichtiger? Ich oder dieses Weichei?"

"Bitte, Kyle. Du verstehst mich falsch."

Sie wusste von Crispins Gefühlen für sie. Was er eben gesehen hatte, musste ihn sehr verletzt haben.

Schnell zog sie sich Slip, Hose und Bluse an. Kyle lehnte sich mit verschränkten Armen im Bett zurück und beobachtete Abby skeptisch. "Mir gefällt es nicht, dass du ihm nachrennst."

"Ich renne ihm nicht nach."

"Liebst du ihn?"

"Was?"

Sie drehte sich zu Kyle um und sah ihn ungläubig an. "Wie kommst du auf so einen Unsinn?"

Kyle zuckte die Schultern. "War nur so ein Gedanke."

"Ein ziemlich dummer Gedanke." Sie lief auf ihn zu, beugte sich über ihn und nahm sein Gesicht in beide Hände. "Ich liebe dich. Nur dich. Und niemanden sonst."

Ihre Worte versöhnten ihn. "Ich bin ein Idiot. Verzeih mir. Wenn es dir wichtig ist mit Crispin zu sprechen, dann geh ruhig. Aber lass mich bitte nicht zu lange warten. Ich liebe dich nämlich auch, mein kleiner Dickschädel."

Abby schenkte ihm einen langen, intensiven Kuss, bevor sie sein Zimmer verließ und im Flur verschwand. Suchend blickte sie sich um. Wo konnte Cris nur stecken? Er hatte kein eigenes Gästezimmer, in das er sich zurückziehen konnte. Vielleicht war er in den Salon gegangen, um über alles nachzudenken? Abby machte sich schwere Vorwürfe. Crispin war immer für sie dagewesen, stets hatte er ihr zur Seite gestanden, sie sogar in Schutz genommen, wenn es nötig war. Sie hingegen hatte mit seinen Gefühlen gespielt und ihn ausgenutzt. Nein, das stimmte nicht ganz. Er bedeutete ihr viel, er war ihr wichtig. Deswegen war sie sofort aufgesprungen und hatte den Mann, den sie begehrte, und der nackt in seinem Bett auf sie wartete, versetzt. Geradezu vor den Kopf gestoßen.

Plötzlich hörte sie einen ohrenbetäubenden Schrei aus dem Salon. Erschrocken hielt sie inne. Was, um alles in der Welt, war nur geschehen? Ihr erster Gedanke galt Crispin. Hoffentlich hatte er sich nichts angetan! So schnell sie nur konnte, raffte sie sich auf und eilte durch den Gang, bis sie den Salon erreichte. Verunsichert lugte sie durch die Tür in das Zimmer. Mit Erleichterung stellte sie fest, dass Cris wohlauf war. Dennoch stimmte etwas nicht mit der Szene, die sie vor sich sah. Er wirkte anders. Merkwürdig kühl und beherrscht. Der Schrei konnte nicht von ihm gewesen sein. Crispin griff nach ihren Stiefeln, die sie hier zurückgelassen hatte und zog die falsche Phiole, die er offensichtlich für die echte hielt, aus der Tasche. Am Boden entdeckte sie Lance mit einem Holzpflock in der Brust. Sein Körper war binnen weniger Sekunden verwest, lediglich an seiner Kleidung konnte sie ihn identifizieren.

Abby wurde schwindelig. Ihr Herz schlug so heftig, dass sie glaubte, jeden Augenblick ohnmächtig zu werden. Konnte es sein … sie musste sich zwingen, den Gedanken zu Ende zu spinnen. Alles deutete darauf hin, dass sie mit ihrer Vermutung recht hatte. Crispin war der Verräter! Er war hinter der Phiole her und hatte sogar getötet, um sie zu bekommen. Die Erkenntnis war wie ein Faustschlag in den Magen. Erschüttert betrat sie den Raum. Als Cris ihre herannahenden Schritte hörte, drehte er sich abrupt zu ihr um. Ihre Blicke trafen sich. Abby hielt die Luft an. Sie konnte es nicht verhindern, dass sich ihre Augen mit Tränen füllten. Verzweifelt kämpfte sie gegen den Heulkrampf an. Es war vergeblich. Auch seine Pupillen schimmerten. Sekundenlang harrten sie aus, ohne ein Wort zu sprechen. Dann schluckte Abby ihre Traurigkeit herunter und trat einen Schritt auf ihn zu. Ungläubig schüttelte sie den Kopf.

"Ich kann es nicht glauben! Du, Cris? Du steckst hinter allem?"

Er senkte den Blick. Abby fand, das er merkwürdig unsicher, beinahe gebrochen wirkte.

"Sag gefälligst etwas!", fuhr sie ihn an. Ihre Traurigkeit wich der Aggression. Er war für Lances Tod verantwortlich! Es fiel ihr schwer, die aufkeimende Wut zu bändigen.

Die sonst so sanftmütigen Züge des Anwärters verzogen sich zu einer verzerrten Grimasse, in der sich sowohl Schmerz als auch Zorn spiegelten.

"Wie kannst du es wagen ..."

"Du hast uns alle hintergangen!", schnitt sie ihm das Wort ab. "Du elender Schuft! Ich würde dich am liebsten in der Luft zerreißen für das, was du getan hast!"

Crispin schüttelte den Kopf und lachte plötzlich auf. Verwirrt beobachtete Abby, wie er sich von einem Augenblick zum nächsten völlig wandelte. Die gekrümmte Gestalt richtete sich auf, und sein Blick schien Eisfunken zu sprühen.

"Du musst doch zugeben, dass meine Tarnung perfekt war."

Ja, sie war perfekt gewesen. Niemand hatte erwartet, dass ausgerechnet der Treueste und Loyalste unter ihnen zum Abtrünnigen geworden war.

"Was ist nur in dich gefahren?" Abbys Wut klang ab. Sie hoffte plötzlich, ihn zur Vernunft bringen zu können. Oder wenigstens in ein Gespräch zu verwickeln, um genügend Zeit herauszuschinden, bis die Maledetto hier waren. Sie konnte nur hoffen, dass sie Lances Schrei gehört hatten!

"Ich habe es satt, mich von euch wie den letzten Dreck behandeln zu lassen. Worauf bildet ihr euch etwas ein? Auf eure Macht? Lächerlich! Die Audax sind viel stärker. Santagos wird mich zu einem der ihren machen."

"Santagos? Bitte, Cris. Das ist doch nicht dein Ernst."

"Mir war nie etwas ernster. Die Audax werden mir eine Familie sein!"

"Eine großartige Familie! Hast du schon vergessen, sie haben auf dich geschossen."

"Damit ihr mich nicht verdächtigt."

"Es war alles abgesprochen?"

Cris nickte und kam langsam auf sie zu. Vom Tisch nahm er die Armbrust, mit der er Lance getötet hatte, der ihm offenbar in die Quere gekommen war.

"Hast du dich nie gefragt, woher die Audax wussten, dass wir nach Cardiff fahren? Du erinnerst dich sicher an den Palmtop in der Limousine, den wir auch als Navigationsgerät benutzen. Er kann so eingestellt werden, dass er sich während der Fahrt regelmäßig neue Stau- und Baustelleninformationen aus dem Internet herunterlädt und stets genau weiß, wo wir uns befinden und wo wir hinwollen. Es war einfach, ihn mit Hilfe eines Programms dazu zu bringen, bei jeder Zieleingabe eine E- Mail mitsamt der Fahrtroute an unsere Audaxfreunde zu senden."

Abby stiegen erneut Tränen in die Augen. "Dann bist du schuld, dass Val gestorben ist!"

"Bitte, bitte, Ehre, wem Ehre gebührt. Dass sie mit dieser lächerlichen Aktion Selbstmord begehen würde, konnte ich nicht ahnen. Aber da ist noch etwas, dass du wissen solltest. Auf meine Kappe geht nämlich noch eine ganz andere Tat. Ich war es, der Sur das vergiftete Blut zu trinken gab. Es war verblüffend einfach." Er lachte triumphierend.

"Du?"

"Das hättest du mir wohl nicht zugetraut, Abby. Ich goss das Gemisch aus den Toxinen des Pfeilgiftfrosches vermengt mit Santagos eigenen Rezepturen in seinen Drink, an dem ein normaler Mensch innerhalb weniger Minuten krepiert wäre. Er hat es einfach heruntergeschluckt. Der große, mächtige Sur hat nichts geahnt. Was für ein Narr, der sein Vertrauen derart leichtsinnig verschenkt."

"Du bist abscheulich!"

"Danke für die Blumen."

"Aber eines verstehe ich trotzdem nicht. Wieso hast du nicht gewartet, bis wir das Blut aller acht Anführer gesammelt hatten? Warum wurden wir bereits vor Cardiff angegriffen?"

"Die Gefahr, dass ich auffliegen würde, wurde immer größer. Also entschied ich mich zu diesem Schritt. Auch mit sieben Blutstropfen hätte Santagos eine Verbindung zu Vita Eterna herstellen können. Doch wie man sieht, ist die Phiole nun so oder so in meinen Besitz gelangt."

Nichts ahnend hielt er die Fälschung hoch und grinste. Abby war erleichtert, dass er den Betrug nicht gemerkt hatte. Nur, wo blieben die Maledetto? Wenn sie nicht bald hier auftauchten, würde sie Crispins nächstes Opfer werden.

"Was hast du jetzt vor? Willst du mich auch töten, so wie du Lance getötet hast?"

"Und Lesley, vergiss Lesley nicht. Nachdem ich sie erledigt hatte, bin ich gleich zu dir ins Bett gekrochen, meine Schöne. Und ich muss sagen, ich hatte nie besseren Sex."

Er richtete die Armbrust auf sie. Abby erstarrte vor Schreck. Würde er wirklich bis zum Äußersten gehen? Vielleicht konnte sie ihn umstimmen, wenn sie ihn an ihre gemeinsamen Nächte erinnerte?

Als hätte er ihre Gedanken gelesen, sagte er plötzlich: "In einer Hinsicht war ich ehrlich zu dir. Meine Gefühle für dich waren nie gespielt. Ich habe mich in dich verliebt, Abby. Ich liebe dich so sehr, dass es schmerzt."

Abby versuchte ein freundliches Lächeln aufzusetzen. "Du bedeutest mir auch viel, Cris. Das tust du wirklich!" Sie wollte einen Schritt auf ihn zugehen, doch sein irrer Blick ließ sie zurückweichen.

"Keinen Schritt weiter! Willst du mich für dumm verkaufen? Ich habe doch gesehen, wie du es mit ihm getrieben hast, du Schlampe!"

"Cris, bitte. Das hast du falsch verstanden. Ich bin dir sofort nachgelaufen und habe Kyle sitzen lassen. Alles nur, weil du mir so wichtig bist." Hoffentlich klang sie überzeugend genug. In seinem Zustand traute sie Cris alles zu. Wenn sie ihm auch nur den geringsten Anlass gab, würde er sie umbringen!

Unerwartet senkte er die Armbrust, stieß erneut ein irres Lachen aus und wischte sich mit der Linken die Tränen aus den Augen. "Gott, was habe ich dich geliebt. Und du … du vögelst dich von einem Bett ins nächste."

"Das ist nicht wahr!"

"Ich hatte Pläne, große Pläne! Das Einschleichen in Vita Eterna war meine Aufnahmeprüfung. Nachdem ich sie bestanden hatte, wollte ich dich mitnehmen nach Belfast – zu Santagos. Er hätte dich in den Zirkel aufgenommen, du wärst meine Seelengefährtin geworden, und wir wären für immer vereint gewesen. Für immer und ewig. Nur du und ich."

In Sturzbächen flossen die Tränen über sein bleiches Gesicht. Durch die Rötung in seinen Augen traten die blassen Pupillen noch stärker hervor. Vom eigenen Schmerz überwältigt glitt ihm die Armbrust aus der Hand und fiel zu Boden. Cris wollte sich gerade nach ihr bücken, als Abby sich mit einem Kriegsschrei auf ihn stürzte und zu Boden riss. Beide Hände legte sie um seinen Hals und drückte fest zu, während sie über den Teppich rollten. Verzweifelt streckte er den Arm nach seiner Waffe aus, doch er bekam sie nicht zu fassen. Abby setzte sich auf ihn und würgte ihn, bis er gequält röchelte. Um sich aus dieser Lage zu befreien, holte er unerwartet mit der Faust aus und schlug ihr derart stark ins Gesicht, dass Abbys Kopf nach hinten flog. Benommen fiel sie zur Seite. Aus dem Augenwinkel sah sie, wie er sich aufrappelte und nach der Armbrust griff.

"Wieso machst du nur alles kaputt, Abby?", keuchte er. "Wieso willst du mir wehtun? Weißt du denn nicht, dass ich dir jetzt auch wehtun muss?"

Er richtete die Armbrust auf sie, in dem Moment fiel ein Schuss. Ungläubig weiteten sich Cris' Augen, als wollten sie ihm aus dem Kopf fallen. Röchelnd riss er den Mund auf. Abby konnte sehen, wie sich in seinem Rachen das Blut sammelte, in einem Schwall über seine Lippen trat und zu Boden tropfte. Wie eine leblose Puppe sackte er auf die Knie und klappte über ihr zusammen. Seine Hände krallten sich in ihre Taille, als wollte er sie selbst im Tod nicht mehr loslassen. Sie stieß die Leiche von sich, kroch auf allen vieren und blickte auf die klaffende Wunde an Cris' Hinterkopf.

"Ist alles in Ordnung, Abby?" In der Tür stand Kyle mit einer Pistole in der Hand, aus deren Lauf Qualm aufstieg.

Sie nickte, noch immer unter Schock stehend.

"Ich hörte dich schreien. Was ist passiert?" Er kam auf sie zu und half ihr auf. Abby sank in seine Arme.

"Wir haben unseren Verräter gefunden. Es war Cris. Die ganze Zeit über hat er uns getäuscht."

Nach und nach füllte sich der Raum mit neugierigen Vampiren, die – durch den Schuss angelockt – nach dem Rechten sehen wollten.

"Was soll ich jetzt nur tun, Kyle?" Sie sah verzweifelt zu ihm auf.

Sollte sie nach Belfast reisen … oder die Phiole nach London bringen … Sie wusste, dass die Maledetto ihr keine Unterstützung zur Seite stellen würden, wenn sie sich an Logans Fersen heftete. Es handelte sich um keine offizielle Mission. Kyle schloss die starken Arme fester um ihren bebenden Körper. Sie war froh, dass er ihr Halt gab. Nun stand sie vor der schwierigsten Entscheidung ihres Lebens. Wie immer sie sich auch entschloss, Alyce oder Sur, einer von ihnen würde sterben …

Alyce träumte von einem Aquarium. Aber es war kein handlicher Kubus und Fische schwammen auch nicht darin; nicht einmal Wasser – sondern Honig! Zäh schwappte er von einer Seite auf die andere. Alyce stand breitbeinig inmitten der hellgelben bis durchsichtigen Flüssigkeit, um die Balance zu halten, denn das Becken besaß Räder und brauste auf einer Schnellstraße dahin. Die Seitenwände waren ungefähr so hoch wie sie, so dass sie sich gerade noch an den Rändern festhalten konnte. Auf seltsame Weise erregte Alyce der Honig, der ihren gesamten Körper einfasste. Warm und samtig weich umspülte er ihre schlanke Taille und die üppigen Brüste, auf die Alyce ein für alle Mal stolz war. Sie fühlte sich weiblich, frivol, zur Schau gestellt, denn jeder konnte ihre Fraulichkeit durch die durchsichtigen Wände des Aquariums sehen. Der Honig schwappte zwischen ihren Schenkeln, machte ihre Vulva geschmeidig und feucht, ließ die Schamlippen anschwellen und die Vaginalmuskeln entspannen, um für ihn bereit zu sein. Zuerst neckte er sie nur mit der Eichel, drang behutsam in sie ein, entzog sich ihr, kehrte zurück und verwehrte ihr dennoch seine gesamte Größe. Aber sie war alleine im Bassin! Dennoch spürte sie den wohligen Druck an ihrem Scheideneingang.

Dann hörte sie Schritte über ihrem Kopf, ein Poltern und Knarren. Sie blickte hinauf zum nachtblauen Himmel mit einem vollen Mond, schaute ein wenig genauer, öffnete die Augen weiter und erkannte, dass es nicht der Mond, sondern der Schein einer Taschenlampe war. Der Himmel entpuppte sich als Kofferraumdecke. Sie lag noch immer im Bauch des Busses auf der Nose Merchant Ferry. Enttäuscht stieß sie Luft aus und rieb sich mit der Handfläche über die Augen. Welch lustvoller Traum! Sie wünschte vergeblich, dorthin zurückzukehren. Wieso nur spürte sie das Drängen an ihrer Vagina immer noch?

Alyce lag auf der linken Seite, das rechte Bein angewinkelt und drehte den Kopf. Logan lächelte sie an. Er fixierte ihre rechte Kniekehle mit der Hand, so dass sich ihm der offene Blick auf ihre Scham bot. Mit der anderen Hand hielt er sein steifes Glied und führte es in ihre Scheide ein, zog es heraus, führte es wieder ein und neckte sie, erregte sie und machte ihren Schoß willig.

"Kann man auf eine schönere Art geweckt werden?", fragte er und verteilte mit seiner Eichel ihren cremigen Saft auf der Klitoris.

Alyce stöhnte. Der bizarre Traum hatte sie erregt. Oder wurde er erzeugt von Logan, der sie liebkost hatte, während sie in der Zwischenwelt döste, halb schlummernd und halb wach? Ihre Klitoris schwoll an, befreite sich aus ihrem fleischigen Mantel und gab sich Logan schutzlos hin, der unaufhörlich seine Penisspitze darüberstrich und Alyce in den Wahnsinn trieb. Schwer atmend schob er seine Eichel zwischen ihre kleinen Schamlippen, glitt auf ihrem Damm hinunter und suchte den G-Punkt, um ihn ebenfalls lüstern zu massieren.

Alyce fühlte sich schwach gegenüber Logan, aber auch gegenüber ihrer eigenen Lust. Sie war doch eigentlich noch zu erschöpft und berauscht von der Leidenschaft der frühen Abendstunden und hatte eben noch geschlafen, aber die Lust wuchs erneut in ihr. Heute war Dienstag. Noch am Freitag hatte sie nicht gewusst, dass sie sich derart gehen lassen und vom Alltag lösen konnte.

Er drang mit ein paar sanften Stößen in sie ein, prüfte ihre vaginale Entspannung und verharrte mit seinem Phallus in ihrer Scheide. Dann gab er ihr Knie frei. "Leg dein Bein über mich."

Nachdem er sich seitlich auf die Decke gelegt hatte, streckte sie ihr Bein senkrecht vom Körper ab wie eine Turnerin und schenkte ihm für Sekunden einen atemberaubenden Blick auf ihre Scham. Seine Augen bekamen einen lasziven Glanz, und er robbte höher, ohne sein Glied aus ihr herauszuziehen. Nun lag er auf der rechten Seite in der gleichen Höhe wie Alyce und schmiegte seinen Bauch an den ihren. Er küsste sie zärtlich auf den Mund, strich mit der Zungenspitze über ihre Lippen und streichelte ihren Rücken. Alyce erwiderte seinen Kuss, drückte ihn an sich, damit er nicht sah, dass Tränen ihre Augen füllten. Dieser Moment war so innig, so liebevoll, dass sie hätte weinen wollen. Warum nur spielte das Schicksal ihr einen Streich? Weshalb ließ es einen Mann in ihr Leben treten, der ein Vampir war, die Bestie von Belfast, ein Monster und doch so zärtlich? Wieso wollte Logan sie trotz allem an Santagos ausliefern, wieso?

Er begann sich in ihr zu bewegen. Seine Lenden schoben sich vor und zurück, und das Reiben seines imposanten Glieds gegen ihre Klitoris war in dieser Stellung so intensiv, dass sie augenblicklich die Fingernägel in seinen Rücken stieß, da sie glaubte zu fallen. Unnachgiebig drückte er sich gegen ihr Becken. Es gab kein Entkommen. Er hielt sie gefangen in seiner Umarmung. Ihr Schoß pulsierte vor Verlangen, vor Wollust, und ihr Herz raste vor Hingabe. Logans harter Penis schwamm in ihrem Nektar. Alyce schloss die Augen, umfasste Logans Oberarme. Sie vertraute sich seinem Rhythmus an, seiner Kraft, die sie halten würde und warf atemlos den Kopf in den Nacken. Er hob sie empor, und sie war sein Eigentum, ganz Weiblichkeit, ganz Lust – durch ihn. Und als der Orgasmus ihr den Schweiß auf die Stirn trieb, sie für endlos lange Minuten betäubte und nur ihre Ekstase existierte, weinte sie. Tränen flossen ihre Wangen hinab. Sie japste nach Luft, keuchend und zuckend und kuschelte sich betrunken vor Liebe und Lust in Logans Arme, der nun ebenso von seinem Höhenflug heimkehrte und sie mit seinem Rahm füllte.

So lagen Alyce und Logan lange, sehr lange, schliefen ein, bewegten sich keinen Zentimeter voneinander fort. Irgendwann deckte er sie mit seiner Lederjacke zu und zog seinen erschlafften Penis aus ihrer Scheide. Sie fürchtete, er würde sich entfernen und tastete schläfrig nach ihm. "Ich bin hier", flüsterte er und schmiegte sich wieder an sie.

Erst das Getrampel über ihnen weckte sie auf. Die Reisenden nahmen ihre Plätze im Bus ein. Die Nose Merchant Ferry musste die nordirische Küste erreicht haben. Die Motorengeräusche der Fähre schwollen an. Plötzlich gab es einen Ruck. Offensichtlich hatte sie angedockt. Die Hafenarbeiter würden die Rampe heruntersenken, um die Blechlawinen hinausrollen zu lassen. Geschwätz und Gelächter umgab den Bus, in dem Alyce sich reckte und Nachthemd und Lederjacke anzog. Logan kramte ein Handtuch aus einem orangefarbenen Trolley, auf dem Aufkleber aus den unterschiedlichsten Ländern hafteten, und reichte es ihr. Sie trocknete ihren Schoß, betrachtete die Gravur SCOTTISH CLOVER SPA im Handtuch und legte es grinsend beiseite.

Der Bus fuhr los. Alyce warf Logan einen verzweifelten Blick zu, eine Mischung aus Hass und Traurigkeit. Er zog sich an, setzte sich mit angewinkelten Beinen neben sie und schaute auf die Kofferraumklappe, als wäre sie ein Fenster, durch das er das Panorama betrachtete.

Die Romantik und Leidenschaft der vergangenen Stunden war verflogen, seitdem der Bus angerollt war. Kälte herrschte auf einmal. Alyce wünschte sich so sehr, dass er sie in den Arm nahm. Warum nur? Er war ihr Peiniger. Aber es gab Studien über dieses Phänomen. Sie war nicht das einzige Opfer, das sich zu seinem

Unterdrücker hingezogen fühlte. Hatte Logan sie wirklich unterdrückt? Er hatte sie gezwungen, ihm zu folgen – und gleichzeitig befreit, indem er sie ihre Weiblichkeit spüren ließ. Sie schüttelte den Kopf und schalt sich einen Narren. Dankbarkeit war in diesem Moment fehl am Platz. Nur noch wenige Minuten, vielleicht eine Stunde, und er würde ihr das Herz brechen, wenn er sie an seinen Übervater auslieferte.

Logan raufte sich die Haare und vergrub sein Gesicht in seinen Händen. Sein wilder Haarschopf erinnerte Alyce an die Albert Docks, wo sie die Haarsträhnen irrtümlicherweise für Fell gehalten hatte. "Was hast du dort gemacht?", wollte sie wissen. "In den Albert Docks, meine ich."

Als er aufschaute, war sein Blick verklärt. "Ich bin dort geboren."

"In den Docks?", fragte sie ungläubig.

Er nickte und wischte den Staub von den Stiefeln. Der Reisebus, in dessen Kofferraum sie hockten, fuhr über die Rampe und schüttelte die Insassen durch. Alyce suchte automatisch Halt. Fürsorglich breitete Logan die Arme aus, und sie kuschelte sich an ihn. Sie schloss die Augen für einen Moment, genoss Logans männlich-herben Körperduft, der sich mit dem der Pantagas Club Zigarillos, die noch immer in der Brusttasche der Lederjacke steckten und arg mitgenommen aussahen, mischte und legte den Kopf an seine Schulter.

"Du sprichst nicht gerne über deine Vergangenheit, oder?"

"Da haben wir eine Gemeinsamkeit", antwortete er, und es schwang Bitterkeit in seiner Stimme mit. "Die Vergangenheit hat auch bei dir Wunden hinterlassen."

"Aber ich habe bereits erwähnt, dass ich unter Abby gelitten habe. Es war nicht ihre Schuld! Ich besitze einfach nicht ihr Selbstbewusstsein und konnte deshalb nicht mit ihr mithalten." Sie spürte einen unangenehmen Druck im Brustkorb. "Daher redete ich mir ein, nicht begehrenswert sein zu wollen, was eine Lüge war."

"Diese Irreführung ist wohl nun aus der Welt geschafft", scherzte er und fuhr mit der Hand zwischen ihre Schenkel, um ihre Klitoris mit dem kleinen Finger zu necken.

Ein lustvoller Schauer durchzuckte sie. "Du hast mir geholfen."

"Nun willst du mir helfen?"

Seine Laune schwang um. Er klang abweisend. "Das kannst du nicht."

"Erzähle mir etwas von dir", bat Alyce.

"Nur weil du gebeichtet hast, muss ich das nicht auch."

Stille trat ein. Alyce fühlte sich verletzt. Der Bus musste aus den Docklands in die Stadt fahren, denn Hupen erklangen, Reifen quietschten und er stoppte alle zwei Minuten. Offensichtlich bahnte er sich seinen Weg von Ampel zu Ampel.

Schließlich sagte Logan leise: "Entschuldige, es ist nicht leicht." Er drückte sie sanft an sich. "Es tut immer noch weh."

"Ich weiß", antwortete sie. "Aber man fühlt sich besser, wenn man darüber redet."

"Warum? Die Last ist dadurch die gleiche."

"Aber man teilt sie. Zu zweit ist sie nur halb so schwer."

Logan küsste sie auf den Scheitel und begann ihren Nacken zu streicheln.

"Nachdem die Albert Docks ab den Zwanzigern nicht mehr von den Schiffen angefahren werden konnten, verfielen die Lagerhallen. Trotzdem standen sie nicht leer. Obdachlose und Streuner hausten dort und 1970 auch einige Jugendliche, die vogelfrei sein wollten."

"Und du warst einer von ihnen?", mutmaßte Alyce.

"Nein. Damals schaute eine Ärztin nach den Besetzern. Keine Ahnung, ob soziales Engagement in war in den Kreisen, in denen sie verkehrte oder ob es wahres Interesse war. Auf jeden Fall war sie dort, als eine junge Frau ein Baby bekam. Ins Krankenhaus wollte sie unter keinen Umständen, daher spielte die Ärztin Geburtshelferin. Das Baby war gesund, aber die Jugendliche wollte es nicht. Sie schenkte es der Ärztin als Lohn oder einfach, um es loszuwerden. Die Ärztin nahm das Geschenk an, weil sie selbst keine Kinder bekommen konnte." Er holte tief Luft. "Heute frage ich mich, ob meine Adoptivmutter meine Mutter nicht zu diesem Deal überredet hat, aber über eine Tote spricht man nicht schlecht."

Alyce straffte den Rücken. "Du warst das Neugeborene?"

Er nickte. Seine Miene wirkte finster.

"Man sollte meinen, ich hätte eine tolle Kindheit gehabt. Tatsächlich fehlte es mir an nichts, da mein Ziehvater Chirurg war. Wir lebten in einem großen Haus, ich besaß Berge von Spielzeug, nur in Urlaub fuhren wir nie gemeinsam, da meine Eltern keine Zeit hatten. Sie waren zu beschäftigt, um sich um mich zu kümmern."

"Bist du deshalb ein Rebell geworden?"

"Ein Rebell?" Er schmunzelte. "Ich habe mich damals durch die Schulklassen geprügelt, nur um Aufmerksamkeit zu bekommen. Das Gegenteil war der Fall. Meine Eltern schämten sich für mich. Irgendwann gründeten sie eine Privatklinik, und ich sah sie kaum noch. Eines Tages schluckte meine Mutter Pillen."

"Sie beging Selbstmord?" Alyce hob fassungslos die Augenbrauen.

Er nickte. "In einem Abschiedsbrief schrieb sie, dass sie die finanzielle Belastung der Klinik, die wohl kurz vor dem Ruin stand, nicht mehr ertragen würde und meine Eskapaden ein zusätzlicher Ballast wären. All das hielt sie nicht aus und flüchtete in den Tod."

"Das hätte sie nicht schreiben dürfen", plapperte sie aufgeregt, "das mit deinen Torheiten, meine ich. Was kann man einem Hinterbliebenen Schlimmeres antun, als ihn zu beschuldigen und ihm dann die Chance zu rauben, sich zu rechtfertigen?" Alyce war außer sich. Sie legte die Hand an Logans Wange, er wehrte sie jedoch ab.

"Ich will nicht bemitleidet werden!", sagte er scharf.

"Ich weiß", entgegnete sie eilig. "Das macht den Schmerz noch schlimmer."

Er schaute sie eindringlich mit seinen unergründlichen Augen an und schüttelte schließlich den Kopf.

"Was ist?", fragte sie.

"Warum verstehst du mich so gut?"

"Zwischen Abelaine und mir gibt es auch viele Missverständnisse. Als unsere Mutter Rose starb, lief Abby einfach fort. Wir konnten uns nicht aussprechen. Unerwartet stand sie vor einer halben Woche vor mir, wir verbrachten einen Tag zusammengepfercht im finsteren Dachgeschoss und alles, was ich tat, war, ihr

Vorwürfe an den Kopf zu werfen. Nun werden wir keine weitere Möglichkeit haben, uns zu versöhnen." Sie schluckte schwer.

Bevor Logan etwas erwidern konnte, parkte der Bus. Die Reisenden stiegen aus und entfernten sich. Niemand öffnete den Kofferraum, und so wagte Logan es nach einiger Zeit, die Klappe vorsichtig aufzuhebeln.

"Die Luft ist rein." Er stieg aus, und Alyce folgte ihm. Kein einziger Stern zeigte sich am Nachthimmel. Wie Trauerflor hing er über ihren Köpfen, bedrückend und unheilvoll. Sie standen auf dem Parkplatz des Belfast Corners, einem kleinen Restaurant, das schlicht anmutete und auf einem handgeschriebenen, beleuchteten Schild Irish Stew anbot.

"Unglaublich. Die Urlauber haben doch eben erst auf der Fähre Dinner gegessen."

"Oder auch nicht, weil es dort zu teuer ist", meinte Logan und schloss den Kofferraum. Er führte Alyce vom Bus fort. Sodann nahm er ihre Hand und spazierte mit ihr vom Parkplatz.

"Das Haus des Audax Zirkels ist nicht weit. Wir befinden uns am Stadtrand", sprach er beiläufig, als wären sie unterwegs zu einer Touristenattraktion.

Alyce ließ sich hinterherziehen wie ein trotziges Kind. Sie hatte es nicht eilig. "Da bin ich aber hocherfreut."

Sie bogen in eine kleine dunkle Gasse ein. Nur eine Straßenlaterne leuchtete, die anderen waren defekt. Die Häuser türmten sich zu beiden Seiten, finsteren Riesen gleich. Die Gemäuer waren schon lange nicht mehr in Stand gesetzt worden und reihten sich eng aneinander. Zwischen dem Kopfsteinpflaster wuchs Unkraut. Die Luft in der Gasse schien kälter zu sein als vorhin auf dem Parkplatz. Alyce zögerte.

Logan verlangsamte seinen Schritt. Plötzlich fuhr er zu ihr herum und wetterte: "Stell dich nicht so an. Verdammt! Deine Zwillingsschwester würde stolz mit erhobenem Haupt zum Schafott schreiten und niemals ihre Würde verlieren."

"Abby ist keine Närrin!", schrie sie zurück, verwundert, dass er unerwartet aus der Haut fuhr. Sie sah Feuer in seinen Augen blitzen, gefährliches, nicht einschätzbares Feuer. Von einer Sekunde zur anderen formte sich sein Gesicht zu einer Fratze. Die unheimliche Finsternis dieses Ortes legte dunkle Schatten auf sein Gesicht.

"Jetzt bist du wieder der Bloodhound, der berüchtigtste Jäger des Audax Zirkels, die Bestie von Belfast! Liegt es an Nordirland, oder witterst du schon deine Vampirbrut? Gerät dein Blut in Wallung bei dem Gedanken an die Konfrontation mit deinem Vater?"

"Du vergreifst dich im Ton!" Er drehte ihr den Arm auf den Rücken und drückte sie an sich. "Du solltest lieber deinen Mund halten und ..."

"Kampflos untergehen, damit du deinen Triumph hast?"

"Welchen Triumph? Ich bin mehr am Boden als du."

Eine ältere Dame mit Haarnetz öffnete ein Fenster, spähte hinaus und schüttelte den Kopf aufgrund des nächtlichen Lärms.

Alyce witterte eine Chance. Doch Logan erkannte ihre Absicht und grollte: "Wage es nicht, um Hilfe zu schreien." Er legte seine freie Hand an ihren Hals und hob ihr Kinn, so dass sie seinen Atem an ihren Lippen spürte.

"Was sollte mich davon abhalten?", provozierte sie ihn. "Wer sollte mich daran hindern?"

Sein Gesichtsausdruck änderte sich. Die Aggressivität wich. "Du würdest nur die Vampire des Audax Zirkels auf dich aufmerksam machen. Das Logenhaus befindet sich am Ende der Gasse."

Sie hielt sekundenlang die Luft an, blickte vorbei an Logan und musterte das alte Backsteinhaus in der Ferne. Der Schein der Straßenlaterne am Eingang der Gasse drang nicht dorthin. In den Fenstern herrschte Finsternis. Efeu rankte über die Fassade, hüllte das Haus in einen Kokon. Welch eine Gruft! In diesem düsteren und dennoch unscheinbaren Gemäuer herrschten eigene Gesetze. Dort regierten Hass und Tod. Aber Alyce konnte noch immer nicht glauben, dass Logan einer dieser menschenverachtenden Vampire sein sollte.

"Du bist nicht wie sie", hauchte sie mutlos.

Sarkastisch entgegnete er: "Wie großzügig! Dann gibt es für mich noch Hoffnung, ja?"

Alyce biss sich auf die Lippe. Schließlich antwortete sie: "Dein Herz ist nicht erkaltet, wie das der Audax. Du hast lediglich eine Mauer darum gebaut."

Logan ließ sie los. Verwirrung spiegelte sich in seinem Gesicht. Sie meinte Tränen zu erkennen, aber es war zu dunkel in dieser Nacht, um das mit Sicherheit zu sagen. Sein Teint war blasser als zuvor. Selbst seine zartroten Lippen schienen blutleer.

Plötzlich trat Maxine aus dem Schutz einer Garage. Ihr Gang war aufrecht, ihre Mimik starr. Alyce fragte sich, ob die farbige junge Vampirin ihr Gespräch gehört hatte.

Als sie neben Alyce und Logan stand, deutete sie mit dem Kopf zum Logenhaus. "Ich habe mich auf der Fähre im Kofferraum eines Astons versteckt, 10 Stunden lang, nur um mit hineinzugehen."

"Warum?", fragte er kurz.

"Weil wir diese Mission als Team begonnen haben, und so werden wir sie auch beenden."

"Team?" Er hob eine Augenbraue.

Maxine ließ sich nicht beirren. "Auch ein Bloodhound und seine Elevin sind ein Team. Sie funktionieren nur, wenn sie aufeinander abgestimmt sind, und das waren wir nie. Das werde ich auch Santagos berichten."

Logan wollte etwas einwenden, doch sie hob die Hand. "Nein, ich habe nicht die Absicht, dich zu denunzieren. Ich werde Santagos beichten, dass ich kein Mitglied des Audax Zirkels sein möchte."

"Dein Protegé wird dich mit seinen eigenen Mitteln davon überzeugen, bei ihm zu bleiben."

"Mein Platz ist an Kians Seite, egal, ob er ein Mensch bleibt oder mich bittet, ihn zum Vampir zu machen. Liebe ist stärker als Santagos jemals sein wird."

"Liebe reißt Mauern nieder", warf Alyce ein und zwinkerte ein wenig verschämt.

Logan blinzelte und wandte sich wieder an Maxine. "Es ist mutig von dir, Santagos gegenüberzutreten und ihm ehrlich ins Gesicht sagen zu wollen, dass du dich entschieden hast. Aber ich als dein Freund rate dir, nein, ich bitte dich, wende dich unvermittelt von ihm ab und gehe so weit weg wie möglich, bevor er deine Desertion bemerkt."

"Freund?", hakte Maxine ungläubig nach.

"Falls du auch nur einen einzigen Schritt in das Logenhaus setzt, wird er dich deinen Widerstand vergessen machen oder büßen lassen", insistierte er. "Geh zu Kian und werde endlich glücklich."

Sie sah irritiert aus. Unruhig verlagerte sie ihr Gewicht von einem Fuß auf den anderen, strich über ihren Lederminirock und fuhr sich durch die kurzen Locken. "Werden wir uns wiedersehen?"

Er antwortete nicht. Maxine lächelte Alyce entfesselt an und rannte aus der Gasse hinaus in die Freiheit und zu ihrem Geliebten.

"Ständig spüre ich den Einfluss, der von Santagos ausgeht. Er besitzt eine außergewöhnliche Macht und hat den Hass, den er empfindet, in mich hineingepflanzt. Meine Vergangenheit bot ihm einen reichhaltigen Nährboden." Logan sah zum Haus am Ende der Gasse, wandte ihm den Rücken zu und blickte auf Alyce hinab. "Ich bin eine verlorene Seele, Rotschopf."

"Nein, aber ein einziger Zwiespalt – Dr. Jekyll und Mr. Hyde – drehst dich wie ein Fähnchen im Wind, bist mal gefühlvoller Liebhaber und mal gebärst du dich wie ein Raubtier." Sie sah ihm tief in die Augen. "Du kämpfst mit dir selbst. Deshalb bist du noch nicht verloren."

Unerwartet schmunzelte er. "So meinte ich das gar nicht. Ich bin verloren, wenn ich dich ansehe mit deinen traurigen Augen, den prachtvollen Brüsten unter denen ein großes Herz schlägt und den schlanken Hüften, die verführerisch wippen, wenn du gehst."

"Meine Hüften wippen?", fragte sie überrascht.

"Du bist das Gegenteil von Santagos, bist liebe- und verständnisvoll.

Er schlang die Arme um sie, zog sie heran und küsste sie leidenschaftlich. "Deine Haut ist wie Samt, deine Haare duften betörend und dein Nektar schmeckt köstlich. Und das alles gehört mir! Wie könnte ich mein Eigentum mit jemandem teilen?" Er verzog das Gesicht, als würde er starke Schmerzen leiden. Dann entspannte er sich. "Jetzt, da die Audax Zentrale eine Straßenecke entfernt ist, weiß ich es ganz genau."

"Was meinst du mit 'es'?"

"Es zerreißt mich innerlich!"

"Ich verstehe nicht."

"In Liverpool war ich fast soweit, dich gehen zu lassen – ohne die Phiole, ohne Abby. Aber dann bist du fortgelaufen, als ich die Leine locker gelassen habe. Du hast ein gefährliches Spiel mit mir gespielt und deine Chance genutzt, hast die Bestie von Belfast schwach werden lassen. Verdammt, du hast mir wehgetan! Hast einen Narren aus mir gemacht."

"Nein!", widersprach Alyce heftig. "Du wolltest mich einem Monster übergeben, das mich quälen und dann töten würde. Noch immer verfolgst du den gleichen widerwärtigen Plan. Sollte ich mich in mein Schicksal fügen und …?"

"Ich will dich nicht ausliefern", er raufte sich die Haare, "aber Santagos hat mich abgerichtet wie einen Köter. Er hat die Aufgabe, ihm die Phiole zu bringen, zum

Zentrum meines Daseins gemacht." Plötzlich sprach er sanft: "Aber dann traf ich dich und du hast mir gezeigt, was wichtig ist, selbst im unwirklichen Leben eines Untoten. Egal, ob du mir alles nur vorgespielt hast oder nicht … ich bringe es nicht übers Herz, dich Santagos zu überlassen."

"Und das wird dir erst jetzt klar?" Sie rang nach Luft.

"Ich kann die Bestie in mir, die er geweckt hat, nicht innerhalb weniger Tage töten. Ich war zu lange der Jäger, um nun handzahm zu sein."

"Oh, das verlange ich ja gar nicht", erwiderte sie mit einem kecken Augenaufschlag. "Nur ... liebe mich."

"Liebe?" Seine Stimme zitterte.

"Ich liebe dich, Logan", sprach Alyce sanft und ließ ihm Zeit, die Worte auf sich wirken zu lassen. "Ist es so abwegig, dass du, gerade du, geliebt wirst?"

Er neigte den Kopf zu ihr herunter und streichelte mit der Nasenspitze ihren Kiefer. Zärtlich küsste er ihren Halsansatz, saugte an ihrem Nacken und vergrub sein Gesicht in ihrem roten Haarschopf. Er schnupperte daran, küsste ihre Stirn und biss neckisch in ihre Nase. Schließlich verschloss er ihre Lippen mit einem Kuss. Dann wisperte er: "Es ist ein kleines Wunder, dass jemand wie du, Alyce Kathleen Torn, meine Liebe erwidert."

"Unsinn", hauchte sie, überwältigt von der Wärme, die sich in ihr ausbreitete. Eine Sehnsucht erfüllte sich. Sie saß nun nicht länger als Souffleuse versenkt im Bühnenboden, musste nicht länger nur von der Leidenschaft träumen, die sowohl Herz als auch Lust berührte, sondern stand im Rampenlicht, weil der düstere Held sie begehrte und dadurch schön machte.

Doch jäh verfinsterte sich Logans Miene. Er starrte an ihr vorbei und blinzelte skeptisch. Alyce drehte sich um. Sie traute ihren Augen nicht.

"Ich dachte, der Orden des heilbringenden Lichts hätte dich umgebracht. Ich dachte, du wärst tot?"

Abelaine lächelte verunsichert und blickte von ihrer Zwillingsschwester zu Logan und zurück. "Unkraut vergeht nicht."

"Und die Phiole? Was ist mit Sur? Du bist hier und nicht bei ihm." Ihre Worte überschlugen sich fast.

"Ich habe Kyle nach London geschickt. Er überbringt Sur das Blut der acht Logenanführer. Du warst mir wichtiger! Lianne, die Anführerin der Loge Maledetto, hat mich in ihrem Privatjet nach Nordirland fliegen lassen. Sie protegiert mich."

"Kannst du Kyle trauen?"

Abby nickte. "Wir lieben uns. Aber was ist mit Logan? Er ist ein Audax."

Logan schlang von hinten die Arme um Alyce und schmiegte sich eng an sie. Um ihn zu beruhigen, streichelte sie seine Hände. "Wir lieben uns auch."

Die Zwillingsschwestern hielten es nicht mehr aus. Zuerst lächelten sie sich nur an, doch bald fielen sie sich in die Arme und herzten sich.

"Ich dachte, ich hätte dich verloren", schluchzte Alyce.

"Das dachte ich von dir auch."

Nach einer Weile lösten sie sich voneinander. Alyce küsste Abby auf die Wange und drehte sich zu Logan. "Ich werde dich begleiten."

Er runzelte die Stirn. "Wohin?"

"Zu deinem Vater." Sie bemerkte die Abneigung, die von ihm ausging und fügte hinzu: "Er wohnt in Liverpool, sagte Maxine, und ist mittlerweile ein alter Mann. Seine Frau und sein Sohn haben ihn verlassen. Er muss sehr einsam und verbittert sein. Ist es nicht Zeit Frieden zu schließen mit den Dämonen der Vergangenheit, um glücklich nach vorne schauen zu können?" Sanft drückte sie Abelaines Hand, ohne den Blick von Logan zu nehmen.

Er stand schweigend vor ihr, grübelnd, das konnte sie sehen. Schließlich nickte er.

"Wir sollten schleunigst weg von hier." Abby deutete mit dem Kopf zum Haus des Audax Zirkels. "Die Gardinen haben sich bewegt."

Alyce war erstaunt, dass ihre Schwester das auf diese Distanz sehen konnte, hatte aber keine Zeit darüber nachzugrübeln, denn Logan fasste ihren Arm und zog sie mit sich.

"Sie kommen! Ich spüre es", zischte er.

"Wie müssen uns verstecken. Zu Fuß sind wir zu langsam." Alyce beschleunigte ihren Schritt, denn sie hörte, wie Motoren aufheulten.

Abby zog ihre Glock. Unruhig blickte sie sich um. "Lauft! Sie folgen uns auf Motorrädern."

"Ich kenne Belfast wie meine Westentasche", knurrte Logan. "Folgt mir."

"Nein, auf der Hauptstraße steht ein Cadillac", schrie Abby gegen die Motorengeräusche an. Sie wurden durch den Widerhall in der Gasse verstärkt und dröhnten in den Ohren.

"Ein Cadillac?", fragte Alyce ungläubig. Langsam kroch Panik in ihr hoch. Sie schaute sich nach den Verfolgern um: Drei Bikes mit je einem Fahrer und einem Beifahrer, die anstatt eines Helms ein hämisches Grinsen trugen. Und selbst im fahlen Schein der einzigen Straßenlaterne konnte Alyce die Pistolen und Armbrüste erkennen.

"Lianne hat ihn organisiert, damit ich schnell zur Audax Zentrale komme."

"Aber ein Cadillac?"

"Die Loge Maledetto hat eben Stil." Abby zwinkerte.

"Ich kenne jeden Stein in Belfast", sagte Logan wütend. "Ich führe."

Sie waren fast an der Kreuzung angekommen. Nun mussten sie entscheiden, ob sie geradeaus zur erhellten Hauptstraße laufen oder links in einen Fußweg einbiegen wollten, der sich zwischen zwei Häusern hindurchwand und in die Finsternis zu führen schien.

Alyces Herz raste, nicht nur weil die Verfolger immer näher kamen, sondern weil zwei Dickköpfe aufeinanderstießen. Logan war gewohnt, die Führung zu haben, und aus Abelaine war eine Kämpferin geworden. Sie fand es erschreckend, die Glock in Abbys Hand zu sehen, war aber gleichzeitig stolz auf ihren Mut.

"Bitte", flehte sie und drückte Logans Arm. "Mit einem Auto sind wir schneller."

Logans blasser Teint färbte sich rot vor Wut. Er blieb auf der Kreuzung stehen, sah sie nur an und schwieg. Alyce trippelte nervös auf der Stelle. Sie blickte zu den Bikern, dann zu Abby, die zuerst mit der Glock in Richtung Hauptstraße deutete und sie dann auf die Audax Vampire richtete.

"Bitte", wiederholte Alyce. "Wir nehmen den Cadillac, weil er uns schnell von hier fortbringt und du sagst ihm, in welche Richtung er fahren soll." Fragend hob sie die Augenbrauen. Ein guter Kompromiss, wie sie fand. Auf diese Weise gab sie beiden nach.

Logan knurrte. Kaum befand er sich in einer gefährlichen Situation, erwachte die Bestie ihn ihm, und der Jagdhund folgte normalerweise nur seiner eigenen Nase.

Plötzlich brach das Inferno los. Die Audax Vampire eröffneten das Feuer. Sie schossen, was ihre Pistolen und Armbrüste hergaben. Sofort erwiderte Abby die Begrüßung. Als Alyce sich alarmiert umschaute, platzte gerade ein Reifen. Das Motorrad schlidderte in einen Hauseingang und prallte gegen die Eingangstür, worauf die Vampire schmerzhaft aufjaulten. Das Licht im Erdgeschoss ging an. Stimmen waren zu hören. Die Bewohner mussten einen Heidenschreck bekommen haben. Nicht minder als Alyce. Logan griff in seine Stiefel und holte einige Wurfsterne heraus, die Kammern mit giftgrüner Flüssigkeit an den Ecken besaßen. Kraftvoll und unbeirrt warf er sie in Richtung der Biker, die den Geschossen in Schlangenlinien auswichen. Die Vampire fuhren auf den Gehweg, duckten sich hinter parkenden Autos und suchten den Schutz der vereinzelten Bäume, die die Gasse säumten. Der erste Fahrer lachte diabolisch. Er zeigte Logan seinen Stinkefinger, als dieser seinen letzten Stern losschickte. Der Stern vergrub sich in die Stirn des Bikers, die Kammern brachen auf, und die Flüssigkeit verteilte sich auf seinem Gesicht. Zischend verbrannte die Haut, und das Fleisch darunter verquoll zu einer blutigen Masse. Der Blutsauger verlor das Augenlicht und die Kontrolle über das Motorrad. Während seine Hände erfolglos die ätzende Flüssigkeit fortzuwischen versuchten, raste das Motorrad gegen ein parkendes Auto, und seine beiden Fahrer wurden darüber hinweggeschleudert. Sie fielen in einen Vorgarten und krümmten sich vor Schmerzen zwischen Dahlien und Astern.

"Vertraue mir", rief Logan und riss Alyce nach links.

Abby folgte ihnen. Noch immer versuchte sie das letzte Bike abzuschießen, doch der Fahrer wich in gekonnten Manövern aus, und der Beifahrer feuerte unentwegt mit seiner Armbrust auf sie. Sie tänzelte geschickt zwischen den Stahlpfeilen, folgte Logan und Alyce und deckte sie gleichzeitig. Valencia war eine gute Lehrerin gewesen.

Doch sie folgten dem Pfad nur wenige Schritte ins Dunkle hinein. Dann riss Logan die Schwestern mit einem Mal zur Seite. Er schob sie durch einen Mauerspalt in einen Hinterhof, suchte sich einen Ast, und als das Bike an ihnen vorbeisauste, da es nicht so abrupt stoppen konnte, und der Fahrer keine Möglichkeit zum Herumreißen hatte, steckte Logan das Geäst pfeilschnell zwischen die Speichen. Das Motorrad überschlug sich und warf seine Reiter ab.

"Kommt, Ladies!" Logan deutete zum Hofausgang." Die Audax Vampire in der Gasse sind längst wieder auf den Beinen, und die zwei hier werden auch nicht lange auf dem Boden liegenbleiben. Jetzt ist es Zeit, den direkten Weg zum Cadillac zu wählen."

Sie überquerten den Hinterhof, eilten durch die Tür hinaus auf die Hauptstraße und zum Cadillac.

Der Fahrer riss die Augen auf. "Was ist passiert? Wer ist das?"

"Das sind Freunde", sagte Abby und setzte sich auf den Beifahrersitz, während Alyce und Logan hinten Platz nahmen. "Wir müssen so schnell wie möglich zu Liannes Privatjet. Logan wird dir einige Schleichwege nennen, damit sich die Audax nicht bis zum Landeplatz an unsere Fersen heften."

Und tatsächlich schüttelten sie ihre Verfolger bald ab. Logan lotste den Cadillac durch Nebenstraßen, Parkhäuser und über verbotene Firmengelände – wo sie die Biker verloren – zum Flughafen. Aber Nordirland war Audax Revier, und so beruhigte sich Alyce erst, als sie mit ihren Lieben, Abelaine und Logan, im Privatjet saß und Belfast nur noch ein Meer von Lichtern in der Dunkelheit der Nacht unter ihr war.

"Du könntest zu Vita Eterna kommen", schlug Abby Logan vor. "Ich würde ein gutes Wort für dich einlegen. Immerhin hast du mir gerade gezeigt, dass du Audax wirklich den Rücken gekehrt hast. Und du liebst meine Zwillingsschwester."

Logan kraulte nachdenklich seinen Kinnbart. Dann schüttelte er den Kopf. "Ich bin kein Überläufer. Außerdem habe ich genug von Organisationen. Ich muss erst einmal zu mir selbst finden."

"In Shelham würdest du nicht glücklich werden." Alyce wurde es schwer ums Herz. Logan in einer langweiligen Kleinstadt? Das konnte sie sich nicht vorstellen. Aber würde sie selbst noch dort hinpassen? Ihr altes Leben war ihr längst zu eng geworden.

Da nahm er ihre Hand, küsste zärtlich ihren Ringfinger und lächelte sie verliebt an. "Was hältst du von Flitterwochen in Asien? Dort findet am 03. Oktober eine Eklipse statt. Es ist zwar keine totale Sonnenfinsternis, denn es bleibt ein Rand stehen, aber der würde nur eine Art Sonnenbrand bei mir bewirken. Was wäre das für ein tolles Erlebnis für mich! Die Frau meines Lebens tagsüber unter freiem Himmel küssen zu können."

Alyce verwünschte es, so nah am Wasser gebaut zu haben. Die Tränen schossen in ihre Augen, obwohl sie versuchte, sie zu unterdrücken. Sie beugte sich zu ihm und küsste ihn leidenschaftlich.

Als sie von ihm abließ, hob er eine Augenbraue. "Ist das deine Antwort?"

"Ja", hauchte Alyce.

Logan flüsterte: "Das wollte ich hören."

ENDE TEIL II

Teil III
Rebellion des Blutes

Der Raum war kahl. Keine Tapete. Keine Fliesen. Kein Fenster. Nur ein Kubus aus Beton, dessen Putz so rau aussah, als könnte man sich die Haut aufschürfen, würde man sich auch nur lässig dagegenlehnen. Nicht einmal eine Spinne hatte sich an diesen Ort verirrt. Hier wollte niemand sein. Auch die junge Frau nicht, die bei der Kühle des Eisenstuhls, auf dem sie saß, erschauerte. Stahlklammern fixierten ihre Arme und maßen gleichzeitig Blutdruck und Puls. Die Hände steckten in eisernen Handschuhen, die mit dem Stuhl verschweißt waren und jede verdächtige Vibration aufzeichneten. Ein Stahlring, der um die schlanke Taille der Frau lag, nahm die Atmung wahr. Man hatte ihr die braunen Locken am Hinterkopf zusammengebunden, damit man jede Regung auf ihrem Gesicht ablesen konnte. In dieser Situation war sogar Blinzeln verräterisch. Doch es gab seltsamerweise keine Kameras. Dies war ein Ort, an dem höchst geheime Befragungen durchgeführt wurden. Nichts davon sollte nach außen dringen, auch die Konsequenzen nicht.

„Wie lautet Ihre Bezeichnung?"

„CH-4-2119, Sir", antwortete sie leise und versuchte den Mann auszumachen, der ihr die Frage gestellt hatte. Sie erkannte nur seine Silhouette, denn die Scheinwerfer, die zwischen seinem Schreibtisch und ihrem Stuhl standen, blendeten sie.

„Wofür steht dieser Code?"

Sie spürte Zorn in sich aufsteigen und kämpfte dagegen an. *Penny, mein Name ist Penny Whistle,* schrie sie – aber nur in Gedanken, denn diese konnten die Audax Vampire noch nicht lesen und der Verhörstuhl nicht aufzeichnen. Es schmerzte, ganz bewusst vor Augen geführt zu bekommen, dass man nur ein Geschöpf war, ein Objekt, mehr denn ein Subjekt, erschaffen, um den Vampiren zu dienen. Manchmal vergaß sie sogar, dass sie tatsächlich lebte. Um der Gefahr entgegenzuwirken, sich mechanisch in die Machtordnung Großbritanniens zu fügen, hatten die Rebellen beschlossen, dass jedes Mitglied einen Eigennamen wählen durfte. Sie benutzten die Namen nur, wenn sie alleine waren; denn den Klonen stand es nicht zu, einen Namen zu tragen.

„Wofür steht die Bezeichnung?"

Hugh Fridgson wurde ungeduldig. Penny kannte den Sniffer, ein Vorzeigeschnüffler von Premierminister Santagos, denn Hugh war vor Anbruch der neuen Ära ein Ratsherr des Logenverbandes Vita Eterna gewesen. Lord Barnaby Taken, wie er damals noch hieß, war offiziell zum Verräter geworden und hatte sich Santagos unterworfen, nachdem dieser den Audax Vampire mächtiges Blut zu trinken gegeben hatte. Dadurch wurden die Audax zu starken Soldaten und gewannen den Blutkrieg. Der Prime Lord führte Fridgson gerne vor, um allen zu demonstrieren, dass er, Santagos, angeblich selbst Vita Eterna samt „Herz", der Loge Condannato, unterjocht hatte – einst seine erbittertsten Gegner. Der Weg schien frei – doch im Untergrund brodelte es.

„CH bedeutet, dass ich aus der DNA der Menschenfrau Charlene geklont wurde, Sir", antwortete Penny. Sie versuchte sich zu beruhigen, indem sie an den betörenden Klang der Tin Whistle dachte, der filigranen Schnabelflöte aus Blech mit sechs Grifflöchern. Ihr Freund Guy Chang hatte ihr das irische Volksinstrument einst geschenkt, und sie hatte sich danach benannt – Penny Whistle. Die Flöte stand auf dem Index wie jede andere Form der Unterhaltung, und so versteckte Penny sie gut, dieses Kleinod, ihr persönliches Symbol der Freiheit. Durch Santagos war Großbritannien zum Wirtschaftsimperium gewachsen. Arbeiten war der Inhalt eines jeden Lebens, auch das der Vampire.

„4 steht für die Generation", erklärte Penny den Code, obwohl Hugh ihn besser kannte als sie, lebte er doch schon seit Jahrhunderten und hatte die Einführung des Klonens 2030 miterlebt. Die Audax Vampire waren nach dem Fall von Vita Eterna im Jahr 2022 über Großbritannien hergefallen und hatten schrecklich gewütet. Bis sie vor dem Problem standen, dass ihnen das Blut ausging. Mittlerweile gab es synthetisches Blut, aber das befriedigte sie nicht so wie frisches Menschenblut. Außerdem brauchten sie Arbeiter.

„Ich bin das vierte Reprodukt, das aus dem Muster Charlene geschaffen wurde, Sir. Im Jahr 2119 erweckte man mich."

Die Arroganz in Fridgsons Stimme übertraf sogar noch die Kälte, die darin lag. „Sie wohnten bis gestern mit Ihrem Sharer George Slay in Einheit 2, Bezirk Old Chelsea in High London."

Da er eine Pause ließ, als würde er eine Antwort auf eine nicht gestellte Frage erwarten, sagte sie leise: „Ja, Sir."

„Slay verstarb gestern Nacht um 0.30 Uhr."

Wieder eine Pause. Wollte er sie damit mürbe machen? Das würde er nicht schaffen. Die Rebellen hatten diese Situation unendliche Male durchgespielt. Im Untergrund hatten sie heimlich Verhöre, Verhaftungen und Bespitzelungen geprobt, damit jeder Rebell in entscheidenden Momenten die Nerven behielt. Doch dies war keine Lektion. Die Gefahr raubte Penny die Luft zum Atmen. „Man hat mich darüber noch gestern Nacht aufgeklärt. Die Sniffer fanden mich schlafend in der Wohneinheit vor, weckten mich und verbanden mir die Augen, um mich an diesen Ort zu bringen. Seitdem warte ich."

„Ist es Ihnen unangenehm zu warten?"

Er wurde persönlich. Penny war auf der Hut. „Selbstverständlich nicht, immerhin ist mein Sharer tot."

„Können Sie tatsächlich Mitleid für einen Vampir aufbringen?"

„Vampire sind unsere Herren." Diese Worte kamen ihr unendlich mühsam über die Lippen. Sie wusste, dass die Anzeigen auf den Monitoren in diesem Augenblick rot aufblinkten – denn Penny war erregt und sagte nicht, was sie meinte – und dies zeigten die Monitore an.

Plötzlich schaltete der Sniffer die Scheinwerfer aus. Er stand auf, trat um den Schreibtisch herum und setzte sich auf die Tischkante.

Penny musste sich erst an die Dunkelheit gewöhnen. Lediglich die erleuchteten Monitore erhellten den Betonkubus. Erst jetzt sah sie hinter dem Tisch Apparaturen, die durch Kabel mit dem Eisenstuhl, auf dem sie saß, verbunden waren. Hinter der Gerätschaft hockte ein bebrillter Audax Vampir, dessen Blick argwöhnisch zwischen Penny und den Anzeigen hin und her ging. Neben ihm stand ein bulliger Wächter – starr wie eine Statue.

„George Slay ist in die Mischmaschine der BLOODY BISCUIT COMPANY gefallen. Nun mag dies ein tragischer Unfall gewesen sein – oder auch nicht." Er kraulte nachdenklich seinen grau-braunen Bart, der ebenso akkurat gestutzt war wie die Haare über den Ohren, die daumenbreit über den Ohrläppchen endeten; die Haut darunter war glattrasiert worden.

Penny dachte an einen Stein, einen harten, kalten Stein, der keine Gefühle besaß und einfach nur da herumlag. Guy hatte ihr diesen Trick verraten. Wann immer sie ihre Fassung zu verlieren drohte, sollte sie in sich gehen, versuchen tief und ruhig zu atmen und sich vorzustellen, sie wäre ein Stein. Es wirkte, allerdings nur so lange, wie Fridgson nicht ihre Konzentration störte.

„Sie haben mit ihm zusammengelebt, auch wenn Sie sich nur während Ihrer Zero-Phasen zwischen den Schichten um 6 und 8 Uhr morgens und 18 und 20 Uhr abends gesehen haben, um seine Anweisungen entgegenzunehmen. Ist Ihnen etwas aufgefallen?"

„Nein, Sir", antwortete sie kurz, denn je weniger sie sagte, desto geringer war die Gefahr, dass sie Verdacht erregte. Nur nicht zittern, ermahnte sie sich.

Fridgson hätte mit seinen vampirischen Fähigkeiten die Wahrheit aus ihr herauskitzeln können, doch seit einem Vorfall in der Vergangenheit war dies verboten. Da hatte nämlich ein Sniffer seine Ansichten auf den zu verhörenden Verdächtigen projiziert gehabt, anstatt ihm die Zunge zu lockern. Der Verdächtige war zum Tode verurteilt worden und hatte, wie sich später herausstellte, ein Geheimnis mit ins Grab genommen, das Santagos nur allzu gerne erfahren hätte. Angeblich hatte es mit seinem Sohn zu tun, doch dies mochte nur eins der vielen Gerüchte sein, die über den Prime Lord kursierten, denn soweit bekannt war, hatte er keine Kinder.

„Slay und Sie haben sich einen Arbeitsplatz geteilt. Er arbeitete nachts und Sie tagsüber. Ist Ihnen bei BLOODY BISCUIT etwas aufgefallen?"

„Alles war wie immer, Sir." Penny verspürte den starken Drang, sich zu bewegen. Sie fühlte sich eingeengt durch die stählernen Fesseln und befürchtete, einen Fehler zu machen. Sie wollte eher sterben, als die Rebellen zu verraten.

Fridgson betrachtete sie von oben herab. Er schritt um sie herum und blieb hinter ihr stehen. „Wie war Ihr Verhältnis zu Ihrem Sharer?"

Bemüht, sich nicht verunsichern zu lassen, antwortete sie mit belegter Stimme: „Es gab kein Verhältnis."

„Aber Sie haben ihm gedient." Er legte die Hand auf ihre Schulter.

Penny schluckte. Ein falsches Wort und die Audax Vampire würden sie foltern, bis sie den Aufenthaltsort und die Namen der Rebellen preisgab, damit die Qualen aufhörten. Niemand widerstand der Folter, die das britische Regime vor dem Ausland geheim hielt, um die wirtschaftlichen Beziehungen nicht zu gefährden. Durch die neue Ordnung wurde allzeit gearbeitet in Großbritannien, es standen die doppelten Kapazitäten zur Verfügung und somit konnte dieses Land auch doppelt so schnell wachsen. Zuerst schienen die Vampire ein Fluch für das Land zu sein, doch mittlerweile schauten Ausländer neidisch auf die Insel. Sie bezahlten horrende Preise für Kekse, deren Inhaltsstoffe Vampirblut enthielten und einen jüngeren, strahlenden Teint versprachen. Tomatensaft mit Vampirblut wurde literweise verschifft, denn es neutralisierte Alkohol.

Fridgson drückte sanft Pennys Schulter und weckte sie aus ihren Gedanken.

„Er war mein Sharer", wiederholte sie und klang wenig überzeugend.

„Haben Sie sich gut verstanden?"

„Ich habe den Haushalt geführt. Er hat mir dann und wann Blut abgezapft. Mehr war da nicht."

„Sie haben sich nie unterhalten?"

„Nein, Sir." Das Verhältnis zwischen Slay und ihr war kühl gewesen. Er hatte, wie die meisten Vampire, Repros verabscheut und sie kaum beachtet. Penny war das recht gewesen, konnte sie doch dadurch intensiver für die Rebellion arbeiten.

„Er hat sich Ihnen nie unsittlich genähert?"

Penny war auf diese Frage vorbereitet. Trotzdem zuckte sie ein wenig zusammen. „Er hat sich immer an Santagos' Gesetz der Abstinenz gehalten, um die Produktivität des Landes nicht zu sabotieren." Schnell fügte sie hinzu. „Ich auch. An erster Stelle steht Großbritannien. Um die wirtschaftliche Stellung auszubauen, müssen Vampire und Reprodukte sich ganz auf die Arbeit konzentrieren."

Er tätschelte ihre Schulter, ging zurück zu seinem Platz und setzte sich. Minutenlang tippte er Notizen in das Modul ein. Penny dachte schon, die Befragung wäre zu Ende, doch dann fuhr er fort: „Wissen Sie, wer den Vampir George Slay ermordet hat?"

Es war eine direkte Frage – die außer Acht ließ, dass Slay durch Unachtsamkeit den Halt verloren und einfach in die Mischmaschine gefallen sein könnte – um Penny zu irritieren.

Schweiß bildete sich auf ihrer Stirn. „Es tut mir leid, Sir."

„Haben Sie eine Vermutung, wer der Täter sein könnte?"

Ihr wurde mit einem Mal übel. Wer es genau war, wusste sie nicht. Sie hatte die Wachen abgelenkt, während einige Rebellen, die ebenfalls in der BLOODY BISCUIT COMPANY arbeiteten, George den Mund gestopft hatten. Guy hatte schockiert erzählt, dass der Teig Slays Mund verklebte, und die scharfen Messer der Knetmaschine ihn dann zermahlten. Penny war froh, nicht dabei gewesen zu sein. Armer Guy. Er war kein Gewaltverbrecher! Aber Santagos zwang die Rebellen zu Mördern zu werden.

Der Schweiß rann ihre Wangen hinab. Sie biss sich auf die Unterlippe und schüttelte den Kopf.

Ungewöhnlicherweise bestand der Sniffer nicht auf einer Antwort, was den Techniker hinter den Aufzeichnungsgeräten mehr verwunderte als Penny. Jeder andere Audax hätte ein „Nein, Sir", verlangt.

Fridgson gab sich zufrieden. Er tippte seinen Bericht zu Ende. Dann nickte er dem bebrillten Vampir zu. Dieser rümpfte die Nase. Offensichtlich war er nicht mit der Befragung zufrieden. Penny vermutete, dass er zu der Sorte Vampir zählte, der erst rundum glücklich war, wenn er den Verhörten eines Verbrechens überführt hatte, egal, ob dieser nun tatsächlich schuldig war oder nicht.

Widerwillig öffnete er die Stahlfesseln, damit Penny aufstehen konnte. Ihre Glieder schmerzten von der stundenlangen Bewegungslosigkeit. Erst jetzt spürte sie, wie verkrampft sie während der Befragung gewesen war. Sie reckte sich dezent, indem sie die Arme vor dem Körper streckte und ließ die Schultern kreisen, um den Nacken zu lockern. Dann strich sie ihren weißen Overall glatt, der sie als Klon auswies. Die Vampire trugen allesamt schwarz. Nur die Blutsauger, die im künstlichen Licht der fensterlosen Werke lebten und die Arbeiter Tag und Nacht beaufsichtigten, trugen grau. Penny empfand kein Mitleid für die Maulwürfe, wie sie genannt wurden, obwohl diese Art Audax noch weniger Eigenleben besaß als die Klone. Sie waren abgerichtet wie Bluthunde und würden ohne zögern töten. Trotzdem hatten die Rebellen es geschafft, sie abzulenken, um Slay zu töten, bevor dieser sie verraten konnte. Es war leichter gewesen, als Penny vermutet hatte. Die Wachen waren wie Tiere. Sie konnten ihrem vampirischen Drang nach frischem, warmen Menschenblut nicht widerstehen. Penny hatte sich einen Liter für diese Aktion abgezapft und eine Spur gelegt, die zu einem Napf im Keller von BLOODY BISCUIT führte. Gierig tranken die Wächter das Blut und leckten sogar die Tropfen vom staubigen Kellerboden, bekamen sie doch sonst ausschließlich synthetisches Blut, weil sie keine Sharer besaßen. Penny hatte sie aus sicherer Entfernung angewidert beobachtet und war rechtzeitig aus der Fabrik geflüchtet, um zu ihrem Apartment zurückzukehren und sich schlafend zu stellen, bevor die Sniffer sie weckten und zum Verhör brachten.

Als der bullige Vampir ihr die Augen verband, dankte Penny in Gedanken Guy. Er war ein guter Hacker, der die Kameras – die nachts und auch tagsüber die Straßen Londons überwachten – manipulieren konnte, wann immer die Rebellen Sabotageakte durchführten. Zudem war er ihr bester Freund.

Der Vampir führte sie durch zahlreiche Gänge. Die Fußtritte klangen dumpf. Dann und wann ertönte ein glucksendes Geräusch, als würde Wasser durch Rohre rinnen und Luft verdrängen. Wasserdampf verbrühte fast Pennys Oberarm. Sie spürte die Hitze durch den Overall hindurch. Die Luft roch abgestanden und feucht. Immer wieder stiegen sie Metalltreppen hinauf. Penny vermutete, dass sie durch das unterirdische Labyrinth einer Fabrik gingen. Für die Rebellion wäre es ein weiterer Schritt in die richtige Richtung, wenn sie wüssten, von welchen Gebäuden aus der Verhörraum zu erreichen war. Also nahm Penny allen Mut zusammen. Betont unauffällig kratzte sie sich an der Schläfe. Dabei schob sie die Augenbinde ein kleines Stück hoch, lugte durch den Schlitz und zog im nächsten Moment die Binde schon wieder an die richtige Position.

„Finger weg!“, schnauzte der Bulle sie an.

„Es tut mir leid.“ Penny klang unterwürfig, triumphierte jedoch innerlich. PRIME PLUM DECK -6, sie hatte den Namen auf einem Wegweiser gelesen und kannte ihn nur zu gut. PRIME PLUM war ein staatlich finanziertes Werk, an dem Santagos kräftig mitverdiente. Er ließ in Vampirblut getränkte Trockenpflaumen herstellen und verkaufte sie an Schönheitsfarmen auf der ganzen Welt. Sie waren heiß begehrt, sagte man ihnen doch nach, sie würden den Körper reinigen, jedoch auf eine besondere Art und Weise. Sie wuschen nicht nur den Darm aus und regenerierten ihn, sondern schwemmten sogar einige Fettzellen mit aus.

Es dauerte eine halbe Ewigkeit, bis frische Luft sie umwehte. Penny atmete tief durch. Es war der Rebellion zu verdanken, dass sie den geheimen, unterirdischen Betonkubus überhaupt verlassen hatte. Man hatte sie gut auf solche Situationen vorbereitet. Besonders ihr Anführer legte großen Wert auf Vorsorge. Trotzdem schlotterten Penny die Knie, als der bullige Vampir sie in ein Fahrzeug drängte. Kaum hatte sie auf einem harten Sitz Platz genommen, surrte das Elektroauto los. Der Innenraum roch nach Desinfektionsmittel, als hätte jemand alles akribisch gesäubert, um Spuren zu verwischen.

„CH-4-2119, Sie werden einem neuen Sharer zugeteilt. Ihre Kleidung befindet sich bereits dort. Sie wohnen mit sofortiger Wirkung im Wohnblock 8, Bezirk Old Westminster in High London und arbeiten weiterhin in der BLOODY BISCUIT COMPANY.“

Hugh Frigdson. Penny erstarrte. Er war ihnen nicht durch die Gänge gefolgt und musste einen direkteren Weg gegangen sein. Penny wusste, dass auch er nicht alle Geheimnisse von Santagos kannte. Zum Beispiel, dass eine Verbindung zu einem der Verhörräume und PRIME PLUM bestand. Dann dachte sie an die Tin Whistle, ihren einzigen Besitz. War sie im ersten Moment noch entsetzt, so entspannte sie sich schnell. Offensichtlich hatten die Sniffer die Schnabelflöte nicht zwischen ihren Overalls entdeckt.

Du hast mehr Glück als Verstand, schimpfte sie gedanklich mit sich selbst und erinnerte sich, wie oft Guy sie gebeten hatte, das Instrument in der Kanalisation zu verstecken.

Penny kam sich wie ein Spielball vor. Die Audax Vampire machten mit ihr, was sie wollten. Sie entführten sie aus der Wohneinheit, sperrten sie in einem Betonkubus ein und fesselten sie an Apparaturen. Nun brachten sie Penny zu einem neuen Sharer, und sie würden sie sehr lange nicht mehr aus den Augen lassen. Sie würde schärfer beobachtet werden als alle anderen Reprodukte. Wie mochte der Vampir sein, dem sie von nun an dienen musste? Würde er skeptischer, aufmerksamer sein als George? Würde er sie schikanieren oder in Ruhe lassen? Ihr Magen krampfte sich zusammen. Das war alles zu viel Aufregung für sie. Sie gab ihr Bestes, lebte für die Rebellion, schlief aber nachts kaum durch, weil Alpträume sie quälten. All die Angst, die sie bei den Aktionen unterdrückte, verarbeitete sie im Schlaf. Im Traum erwischten sie die Audax Vampire. Sie folterten Penny, um zu erfahren, wer zu den Rebellen gehörte, und wo sich die Aufrührer im Untergrund trafen. Es gab kein Entkommen. Waren ihre Träume wirklich so anders als die Wirklichkeit? Immerhin war die Gefahr allgegenwärtig, denn die Verbrecher waren an der Macht, die Regierung eine Farce. Santagos bekleidete zwar offiziell das Amt des Premierministers, Erster Lord des Schatzamtes und Minister für den Staatsdienst des Vereinigten Königreichs von Großbritannien und Nordirland, aber in Wahrheit war er ein Diktator. Er hatte die

Königsfamilie zu seinesgleichen gemacht und ernannte nur Audax und menschliche Sympathisanten in sein Kabinett. In der Downing Street Nummer 10 zu wohnen – wie alle Premierminister zuvor – war ihm nicht standesgemäß genug. Der Prime Lord residierte im feudalen Hampton Court Palace südwestlich von High London im grünen Stadtteil Old Richmond upon Thames. Ironischer Weise hatte früher die führende Vita Eterna Loge Condannato dort ihren Hauptsitz, getarnt durch ein Gestüt.

Manchmal fiel es Penny schwer, sich den Vampiren von Vita Eterna nicht argwöhnisch gegenüber zu verhalten, obwohl nur wenige zum Audax Zirkel übergelaufen waren, nachdem Santagos und seine Schergen die Oberhand gewonnen hatten. Die Loge Condannato hatte sich im Jahr 2044 als Erste im stillgelegten U-Bahn Netz von High London neu formiert und schnell Anhänger unter weiteren Vita Eterna Logen und Klonen gefunden. Alle hatten das gleiche Ziel. Alle zogen an einem Strang. Doch für Penny und auch einigen anderen „Repros" war es mitunter nicht leicht, den einen Vampir als Freund und den anderen als Feind zu betrachten. Immerhin lechzten beide nach Menschenblut.

Doch zurzeit waren nicht einmal Pennys Klonfreunde gut auf sie zu sprechen. Durch ihre Fahrlässigkeit hatte sie die gesamte Rebellion in Gefahr gebracht. Sie hatte nach einer Aktivität der Rebellen versäumt, ihre Schuhsohlen zu reinigen und sandige Spuren in der Wohneinheit hinterlassen. George, der sonst stur seinem Tagesablauf nachging und sie kaum wahrnahm, machte genau diese Abweichung der Normalität – schmutzige Fliesen – misstrauisch. High London war eine Betonwüste. Wohnblöcke reihten sich neben Fabriken, dazwischen Straßen für die Elektroautos der Regierung und Exekutive, die die Arbeiter nie betraten, weil sie nur den SKY TRAIN, die Londoner Magnetschwebebahn, benutzen durften. Jeder Block besaß auf dem Flachdach eine Haltestation. Wie sollte daher Dreck an Pennys Sohlen gelangt sein?

Misstrauisch schlich Slay tagelang wie ein Löwe um seine Beute herum. Sie wurde immer unsicherer, aß ihren Mash nicht, einen mit Vitaminen und Mineralstoffen angereicherten Brei, den sie eh verabscheute. Bevor das Unvermeidliche geschehen würde, und er Penny den Sniffern meldete, mussten die Rebellen ihn zum Schweigen bringen.

Das Elektroauto hielt. Der bullige Vampir nahm Penny die Augenbinde ab, und sie stieg aus. WOHNEINHEIT 13 stand in großen schwarzen Blockbuchstaben auf dem Hochhaus, vor dem sie parkten. Hugh Fridgson ergriff ihren Arm und führte sie zum Aufzug. Pennys Nervosität stieg mit jedem Stockwerk. Erst in der obersten Etage stiegen sie aus. Nur noch wenige Schritte, und sie würde ihrem neuen Sharer gegenüberstehen. Mittlerweile war es 4 Uhr morgens, doch man hatte den Vampir vorzeitig aus seiner Nachtschicht geholt, damit er seinen neuen Klon einweisen konnte.

Penny knirschte mit den Zähnen, als sie vor der Haustür Nr. 13/a stand. Wahrscheinlich würde man den SKY TRAIN im Apartment hören und das Fußgetrampel der emsigen Klone und Vampire auf dem Dach, wenn sie zu ihren Arbeitsstellen fuhren oder heimkehrten. Würde Penny trotzdem schlafen können? Würde sie jemals wieder schlafen können? Von nun an würde sie unter ständiger

Beobachtung stehen – sowohl von den Audax Vampiren, als auch von den Rebellen. Eine neue Umgebung, ein neuer Sharer, wahrscheinlich eine neue Arbeit innerhalb von BLOODY BISQUIT, da sie die Stelle des ehemaligen Klons ihres neuen Sharers besetzen musste. Weshalb hatte er keinen Repro? Was war mit ihm geschehen?

Nervös knabberte Penny an ihrer Unterlippe.

Hugh klopfte an die Tür.

„Komme“, rief jemand mürrisch.

Stille. Penny kam die Wartezeit wie ein halbes Jahrhundert vor. Heiß-kalte Schauer liefen ihr den Rücken hinab. Sie bemühte sich, gefasst zu wirken, legte jedoch unauffällig die Hände auf die Oberschenkel, damit ihre Beine nicht noch mehr zitterten.

Schritte waren zu hören. Dann wurde die Tür geöffnet. Finster schaute der Vampir Penny an. Im nächsten Moment veränderte sich sein Blick. Seine schwarzbraunen Augen bekamen einen lüsternen Glanz. Penny erschauerte. Dieses Mal waren es aber seltsam wohlige Schauer. Das Blut schoss nicht nur in ihre Wangen. Auch ihr Schoß glühte unerwartet, wie sie es schon einmal erlebt hatte. Damals hatte sie ihren besten Freund Guy nach einem Zusammentreffen der Rebellen in der stillgelegten U-Bahn gesucht. Er war plötzlich verschwunden. Penny fand ihn im verfallenen Kontrollraum. Sein Overall hing ihm bis zu den Knien herunter. Die rechte Hand lag eng um sein Glied, die linke massierte seine Hoden. Leise seufzend und mit geschlossenen Augen rieb er seinen Penis, der schnell anschwoll. Die Vorhaut verdeckte nicht länger die prallrote Eichel. Penny starrte auf die feuchte Spitze und verspürte eine unbekannte Gier. Sie lehnte sich aufgewühlt gegen die Wand. Einige Steinchen bröckelten ab und fielen zu Boden. Guy schreckte hoch, doch als er sah, wer ihn mit verklärtem Blick beobachtete, stand sein Glied noch erregter von seinen Lenden ab. Stumm war Penny zu ihm gegangen. Sie hatte sich vor ihn gekniet, fasziniert den Phallus betrachtet und den herben Duft eingeatmet. Guy ermutigte sie, ihn zu berühren. Zuerst streichelte sie das harte Fleisch zaghaft, doch schon bald schob sie die Vorhaut vor und zurück, bis Guy stöhnte. Sie nahm das steife Glied zwischen die Lippen, saugte an der Eichel und leckte den salzigen Tropfen ab, der sich nach kurzer Zeit in der kleinen Öffnung sammelte. Guy stand plötzlich auf und ging in eine Ecke. Dort stützte er sich mit einer Hand an der Mauer ab, rieb sein Glied kräftig und ergoss sich stöhnend. Penny blieb verwirrt kniend zurück. So viele Eindrücke stürzten auf sie ein, so viele Gefühle, die sie bisher nicht gekannt hatte. Doch Guy zog sie hoch und nahm sie in den Arm. Stundenlang redeten sie über Sexualität, die verboten war in Santagos' neuer Ordnung, weil sie von der Arbeit ablenkte, und er die Geburtenkontrolle anhand des Klonens besser im Griff hatte. Aber war die Sucht einmal geweckt, war sie nicht mehr zu unterdrücken. Seit diesem Treffen im U-Bahn Kontrollraum spielten Penny und Guy immer öfter miteinander. Sie untersuchten ihre Körper, erforschten die Lust. Doch nun, da Penny die Aufmerksamkeit aller auf sich gezogen hatte, würden diese frivolen Treffen rar werden. Die erste Aufregung war ohnehin passé. Sie mochte Guys asiatisches Aussehen, das verschämte Grinsen und die hohen Wangenknochen. Aber irgendetwas fehlte. Die Schmetterlinge flogen nicht mehr hektisch in ihrem Bauch umher, wenn sie ihn sah.

Doch nun, da sie ihrem neuen Sharer gegenüberstand, und er sie mit einem durchdringenden, unverhohlen lüsternen Blick von den Schuhen bis zu den braunen Locken musterte, spürte sie wieder diese berauschende Erregung. Diesmal allerdings fürchtete sie sich vor ihren Gefühlen. Nicht nur, dass die Empfindungen völlig fehl am Platz waren – sie waren auch intensiver, betörender und dadurch gefährlicher. Wie ein Raubtier starrte der Vampir Penny mit seinen dunklen, unergründlichen Augen an, lauernd, analysierend. War er ein Sniffer, der sie undercover ausspionieren sollte oder nur ein Audax Vampir, der sich einen Spaß daraus machte, seinen Klon zu verunsichern? Zumindest eins wusste Penny – das Zusammenleben mit ihm würde in keiner Weise so werden, wie das mit George Slay. Was genau das bedeutete, würde sie wohl bald erfahren.

„Das ist CH-4-2119, Ihr neuer Klon", sagte Hugh sachlich. „Das ist John Doe, Ihr neuer Sharer."

Als Hugh Penny an John vorbeischob, spürte sie einen eiskalten Hauch. Sie schaute sich in der Wohnung um, aber die Fenster waren verschlossen. Ihr Rücken kribbelte. Sie war sich sicher, dass John sie anstierte. Zitternd schlang sie die Arme um die Hüften. Ihre Brustwarzen wurden durch die Kälte hart und zogen sich zusammen. Sie stachen gegen das Futter des Overalls. Empfindlich rieben sie gegen den Stoff.

John schien es zu bemerken. Lächelnd lehnte er an der Wand, verschränkte die Arme vor dem Körper und schaute sie herausfordernd an.

Er war groß gewachsen, schlank, besaß aber breite Schultern. Die dunklen Haare fielen locker auf die Schultern. Der schwarze Overall unterstrich seine düstere Aura. Penny konnte sich normalerweise immer auf ihren ersten Eindruck verlassen. Bei John jedoch war sie irritiert. Seine teuflische Attraktivität lenkte sie ab. Als Regel galt, einem Vampir nicht in die Augen zu schauen, weil bei einer Minderheit der Vampire die übernatürlichen Fähigkeiten noch wach waren, während bei den meisten, besonders bei den Arbeitern, diese Fähigkeiten abgestumpft waren. Penny war es unbegreiflich, warum John sie zwingen konnte, ihm in die Augen zu sehen. Sie vermochte sich nicht dagegen zu wehren. Es war wie ein Sog. Sie schien sich in seinen schwarzen Pupillen zu verlieren. Tiefer und tiefer sank sie hinein, tauchte in die Finsternis wie in einen dunklen See. Doch die Gefahr ängstigte sie nicht. Sie reizte Penny.

Benommen taumelte sie gegen Hugh. Der Sniffer zwackte sie in die Seite und stellte sich zwischen sie und John, sodass sie den Blickkontakt verlor. Das brach den Bann. Verschämt strich sie mit der Hand über ihr Gesicht und schaute auf ihre Schuhspitzen.

„Weisen Sie CH-4-2119 ein", wies Fridgson John an. „Um 8 Uhr wird sie in der Fabrik erwartet."

Er nickte Doe zu, wandte sich um und ging mit dem bulligen Vampir hinaus, ohne Penny noch einmal anzusehen. Er behandelte sie wie Luft. Eigentlich hätte sie froh darüber sein sollen. Die Rebellen mussten sich so unauffällig wie möglich verhalten. Trotzdem machte es Penny wütend. Sie besaß Gefühle. Sie wollte, dass man sie mit Respekt behandelte. Und sie wünschte, als Mensch wahrgenommen zu werden, nicht als Kopie. Doch auch John Doe betrachtete sie herablassend. Das tat ihr weh, denn sie wollte ihm gefallen. Letzteres wurde ihr mit Schrecken bewusst.

Als John zur Tür ging und sie geräuschvoll zuwarf, fuhr sie zusammen. Er rümpfte die Nase. „Endlich sind diese Schnüffler weg!“ Seine Stimme klang rau, und als er leiser hinzufügte: „… und wir allein“, sogar brünstig.

Penny überlief eine Gänsehaut.

John stellte sich hinter sie, roch zuerst an ihren Haaren und legte dann einige Strähnen über ihre Schulter, um ihr Profil zu betrachten.

„Hm“, machte er. „Welch eine angenehme Überraschung! Du wirst mir dienen, hübsches Reprodukt.“

Aufbrausend flog sie herum. Sie war kein Ding! Zudem duzte er sie. Das machten nicht einmal die Sniffer.

John drängte sie schmunzelnd gegen die Wand, gleich neben das Bildnis von Santagos, das zur Ausstattung jeder Wohneinheit gehörte, und hob eine Augenbraue. „Oh, ein Klon, der nicht als Erzeugnis bezeichnet werden möchte. Ist es nicht so?“

Penny war wütend auf sich selbst. Sie musste sich zusammennehmen. Ausweichend sagte sie: „Ich werde Ihren Haushalt führen, Sir.“

„Natürlich.“ Er legte eine Hand auf ihre Hüfte und schob seine Lenden an ihr Becken. Mit der anderen Hand hob er ihr Kinn an und zwang sie, ihm in die Augen zu blicken. Mit einem Mal war er ernst. Jegliche Lüsternheit war verflogen. „Ich wäre an deiner Stelle vorsichtiger. Du scheinst Temperament zu haben. Das könnte dir eines Tages das Genick brechen.“

Alles, was sie hervorbrachte, war ein leises „ja.“

„Ja, Sir“, korrigierte er sie grinsend.

Er wollte sie provozieren. Da war sich Penny sicher. Ob er auch die Sniffer gerne aus der Reserve lockte? Oder ärgerte er nur gerne seinen Sharer, um im Gegensatz zur Arbeitswelt wenigstens in der Wohneinheit das Sagen zu haben? Viele Vampire behandelten ihre Klone schlecht. Das wusste Penny von den Erzählungen der anderen Rebellen. Die Blutsauger kommandierten die Reprodukte herum, sie schikanierten sie und bestraften gerne, einfach um sich besser zu fühlen. Die neue Ordnung in Großbritannien brachte nur den Regierenden Vorteile. Um ihren Frust abzubauen, übten die vampirischen Sharer im Kleinen ihre bescheidene Macht aus.

Penny durfte sich nicht reizen lassen, stand sie doch auf jeglichen Abschusslisten. Sie ballte hinter dem Rücken die Hände zu Fäusten und wiederholte gehorsam: „Ja, Sir.“

Augenblicklich schnaubte John. „Aber Kriecher bringen es auch nicht weit.“

Sie war verwirrt. Wie sollte sie sich verhalten? Was erwartete er von ihr? Möglicherweise machte er sich einen Spaß daraus, sie aufs Glatteis zu führen. John lachte jedoch nicht. Er sah zornig aus, gleichsam zerknirscht. Wahrscheinlich wollte er seinen neuen Klon prüfen. Diese Erkenntnis machte es nicht einfacher für Penny.

Sie entschloss sich, mutig zu sein und fragte vorsichtig: „Mein Vorgänger, wo ist er?“ Sekundenlang hielt sie die Luft an. Sie senkte immer wieder den Blick, weil sie fürchtete, zu weit gegangen zu sein.

Er kam näher heran und stützte sich rechts und links mit den Unterarmen gegen die Wand. „Meinst du, dir steht solch eine Frage zu?“

Penny öffnete den Mund, um etwas zu erwidern, doch ihre Zunge klebte am Gaumen. Die Nähe zu John lähmte ihre Gedanken. Deshalb schüttelte sie nur den Kopf.

„Das heißt: Nein, Sir!“, blaffte er.

Sie zuckte zusammen. „Nein, Sir“, wisperte sie. Aber auch das stellte ihn nicht zufrieden, denn er musterte sie herablassend. Was zur Hölle wollte er? Sie überlegte, ob sie ihm die Stirn bieten sollte, damit von Anfang an klar war, dass er nicht alles mit ihr machen konnte.

„Hast du dich George Slay gegenüber genauso aufmüpfig verhalten?“

„Niemals“, antwortete sie wahrheitsgemäß und dachte daran, dass er sie ohnehin meist ignoriert hatte.

„Warst du eigensinnig und aufsässig, hast dich ihm widersetzt und nicht den nötigen Respekt gezollt?“

„Ich habe ihm immer gedient.“

John legte den Kopf schief. „Wollte er dich disziplinieren? Musste Slay deshalb sterben?“

„Ich habe nichts mit seinem Tod zu tun“, log Penny und bebte. Sie fühlte sich durch seine Fragen und seine Nähe eingeengt. Intuitiv stemmte sie die Handflächen gegen seinen Oberkörper und versuchte ihn wegzustoßen. Sie spürte seinen harten, männlichen Brustkorb unter dem Overall. Ihr Herz schlug schneller.

„Warum hast du ihn dann umgebracht?“

„Ich habe ihn nicht in die Knetmaschine gestoßen. Er ist ...“

„... gefallen?“, beendete John den Satz. „Vampire fallen nicht in Werkmaschinen.“

„Ach, Blutsauger machen keine Fehler, ja?“, hörte sie sich sagen und bereute es sogleich.

Er legte die Hand an ihre Kehle. „Die Gehirne der Reprodukte werden vor der ‚Geburt‘ unter Strom gesetzt, damit sie wenigstens bis drei zählen können.“

Das war eine Lüge, eine verdammte Lüge, schrie alles in Penny. Die Gehirne wurden elektrisch vorbehandelt, damit die Klone sich nicht an das Leben der Menschen, von denen sie abstammten, erinnerten.

In Rage griff sie nach seinem Handgelenk, aber er gab ihren Hals nicht frei.

„Behandeln Sie mich nicht wie Dreck!“

„Sind Klone nicht Dreck?“ Er hob eine Augenbraue.

„Nein.“

„Wann lernst du es endlich, CH-4-2119? Ich will ein ‚Nein, Sir‘ hören.“

Verdrießlich rümpfte sie die Nase. „Nein, Sir.“

„Nein, Sir, was?“

„Verdammt, wir sind kein Abschaum!“, brach es aus ihr heraus. „Wir haben Gefühle, wir leben und sind keine hirnlosen Marionetten. Wir können klar denken und ärgern uns über Arroganz ...“

Plötzlich holte John aus und schlug gegen die Wand. Nur knapp verpasste er das eingerahmte Foto von Santagos. Mit offenem Mund starrte Penny auf das Loch neben ihrem Kopf. Die Tapete war zerrissen. Darunter kam der Putz zum Vorschein. Wie kräftig dieser John Doe war! Selten hatte sie solch einen starken Vampir kennengelernt. Er rieb sich nicht einmal vor Schmerzen die Hand, sondern tat so, als wäre gar nichts passiert. Seine Hand blutete nicht. Nicht einmal die Haut war aufgeschürft.

Langsam beruhigte er sich. „Ich hoffe, es wird nicht immer so lange dauern, bis du dein wahres Gesicht zeigst. Obwohl es durchaus seinen Reiz hat, alles aus dir herauszukitzeln. Beim nächsten Mal jedoch wähle ich eine andere Methode.“ Unerwartet neigte er sich zu Penny herunter. Er versuchte sie zu küssen.

Fassungslos drehte sie das Gesicht weg. Sie hatte noch nie einen Vampir geküsst und niemals hatte ein Blutsauger versucht, ihr nah zu kommen. Das war widernatürlich, als würden sich Löwe und Antilope zusammentun.

„Du weigerst dich?“, hauchte er in ihr Ohr.

Durch das gefährliche Timbre in seiner Stimme erschauerte sie. „Sie können das unmöglich wollen.“ Penny bemerkte einen latenten Geruch von Rauch. Sie schnupperte. Es waren Johns Haare, die nach Rauch rochen. War er in der Nähe eines Feuers gewesen? Wie konnte das sein?

„Und wenn ich es verlange? Würdest du deinem Sharer einen Wunsch verweigern?“

Sie biss auf ihre Unterlippe. Schließlich flüsterte sie: „Was ist mit dem Gesetz der Abstinenz?“

„Gefühle lenken von der Arbeit ab“, zitierte John den Prime Lord und schenkte dessen Abbild einen vernichtenden Blick.

Auf einmal fragte sich Penny, ob John mit seinem Schlag nicht beabsichtigte hatte, das Foto zu treffen. Konnte es sein, dass er den Vater der Audax hatte schlagen wollen? Unmöglich! Sie musste sich irren.

Sie schob das Bild ein Stück beiseite und verdeckte mit dem Rahmen halbwegs das Loch in der Wand.

Johns bissige Miene wurde milder. Verblüfft sah er auf Penny herab. Er drang mit seinem tiefgründigen Blick in sie ein. Ein seltsames Gefühl bemächtigte sich ihrer. Da war plötzlich eine Wärme, die vom Magen aus in ihren Körper strömte, stieg in den Busen auf, brannte in ihren Brustwarzen und machte diese empfindsam, sodass Penny den Stoff ihres Overalls an ihren Nippeln spürte, wann immer ihr Brustkorb sich hob und senkte, denn sie rang jäh nach Atem. Diese Empfindung raubte ihr die Luft. Die Wärme tröpfelte aus dem Magen herab, sammelte sich in ihrer Scham und entfachte ein Feuer, das nicht einmal Guy jemals in ihr geweckt hatte. Die Flammen loderten in ihrem Schoß, knisterten, prickelten und erzeugten Wollust.

„Nicht“, brachte Penny mühsam heraus. Sie wollte ihn von sich stoßen, war allerdings wie gelähmt.

John lächelte anziehend. Er streifte ihre Wange mit seinem Handrücken. „Lass es geschehen. Du kannst dich eh nicht dagegen wehren.“

Verzweifelt versuchte sie zu widerstehen. Sie redete sich ein, dass es nur Johns Verlangen war, das er auf sie projizierte. Er begehrte sie und bat nicht um ihre Hingabe, sondern nahm sich einfach, was er wollte. Das war abstoßend. Zumindest bemühte sie sich, das zu glauben. In Wahrheit erregte sie seine Unverschämtheit. Lag es an seiner Attraktivität? Faszinierte sie seine dunkle, geheimnisvolle Aura? Die meisten Vampire, die sie kannte, waren Arbeiter und ebenso abgestumpft wie die Klone. John Doe jedoch schien ein wacher Geist mit gefährlichen, übernatürlichen Fähigkeiten zu sein. Penny musste sich hüten, ihm zu verfallen. In diesem Zustand geistiger Gefangennahme war sie allerdings wehrlos. Alleine durch seinen Blick bannte er sie. Er fesselte sie an die Wand – und an sich.

Schon bald drohte sie das Feuer zu verbrennen. Penny schloss benommen die Lider. Sie sah vor ihrem inneren Auge das Feuer in ihrem Schoß, die brennenden Ketten an ihren Hand- und Fußgelenken und den glühenden Stahlring um ihren Hals, in den Johns Name eingraviert war.

Als sie ihren Sharer wieder anschaute, fühlte sie sich wie in Trance. Um mehr Halt zu haben legte sie die Hände auf seine Schultern. Ihr Gesicht war dem seinem so nah, dass ihre Nasen sich fast berührten. Die Sehnsucht in ihr war quälend. Sie verzehrte sich nach John, wollte ihm noch näher sein, wünschte in ihm zu sein, und so küsste sie ihn. Zärtlich presste sie den Mund auf den seinen. Sie öffnete die Lippen und stieß mit ihrer Zunge in ihn hinein. Genießerisch saugte sie an seiner Zungenspitze. Sie leckte und schlängelte sich mit ihrer Zunge um seine Zunge herum, drückte sich noch fester an ihn, um tiefer in ihn hineinzugleiten. Ihr Atem ging kurz und flach, während ihr Becken sich an ihn schmiegte und schließlich kreiste, bis an seinen Lenden etwas Hartes, Pulsierendes unter dem schwarzen Overall wuchs. Sie leckte über Johns Eckzähne. Es war riskant, aber die Gefahr zog sie an. Minderte die Lust Pennys Angst? Sie musste sich nur an den spitzen Zähnen stechen ... Mit Leichtigkeit konnten sie die Zunge aufreißen. Ein Blutstropfen würde genügen, um John um den Verstand zu bringen. Die Vampire waren heiß auf Menschenblut, seit sich die meisten von synthetischem Blut ernährten. Aber die Leidenschaft machte sie blind. Penny begehrte John Doe! Sie rieb ihren Unterleib an den seinen und verfluchte die Verderbtheit, die Guy in ihr geweckt hatte. Unwissenheit kann ein Segen sein.

Plötzlich fiel der Schleier von ihr ab, und sie sah mit einem Mal klar. Das Feuer war erloschen. Wie ein Äffchen hing sie an John, leckte ihn ab und diente ihm, wie er es wünschte.

Erschrocken stieß sie ihn weg, drängte sich an die Wand und spie: „Sie haben mich benutzt!“

„Ich habe deine Schwäche ausgenutzt“, korrigierte John.

„Das ist unfair.“

„Dein Schmollmund ist süß, und er macht mir wieder Hunger auf dich.“

Sie riss die Augen auf. Dieser Vampir war unmöglich! Wie sollte sie nur mit ihm zusammenleben? Was sie allerdings weitaus mehr erschreckte war die Tatsache, dass sie noch immer Lust verspürte. Sie redete sich ein, dass ein Rest von Johns Beeinflussung zurückgeblieben sein musste.

„Im Gegensatz zu dir habe ich meinen Sharer nicht umgebracht“, sagte er sachlich.

Verärgert stemmte sie die Hände in die Hüften. „Ich habe Slay nicht getötet.“

„Natürlich nicht.“ Er schnaubte. „Craig ....“

„Wer?“

„Der Klon, der vor dir bei mir wohnte. Ich habe ihn Craig getauft. Wer will schon jedes Mal ‚CR-1-2030’ rufen?“

John ging in die Diele, von der aus man in die Küche, ins Bad und Wohnzimmer schauen konnte. Die Wohneinheiten waren in ganz High London gleich eingerichtet, spartanisch und klein in den Farben beige und blau.

Penny traute ihren Ohren kaum – ein Vampir, der seinem Reprodukt einen Eigennamen gab. Das verstieß gegen das Gesetz. Klone stand es nicht zu, einen Namen zu führen. Warum erzählte John das bereitwillig? War er tatsächlich ein Spion der Regierung, der aus ihr herauskitzeln wollte, dass George Slays Unfall ein Mord war, indem er vorgab, ein Klon-Freund zu sein? Das schien unwahrscheinlich nach allem, was John ihr bereits an den Kopf geworfen hatte. Und doch hatte er dies nur getan, um sie aus der Reserve zu locken. Wer war dieser John Doe wirklich, und was führte er im Schilde?

Unruhig hakte Penny nach. „Was geschah mit Craig?“

„Er war ein Modell der ersten Generation. Mit dem Alter bekam er Herzprobleme. Die Sniffer brachten ihn in die Kolonie nach Southend-on-Sea, damit er dort seinen Lebensabend verbringen kann.“

Sie prustete. Die Kolonien waren nur eine von Santagos’ Propagandamaßnahmen. Um das Ausland milde zu stimmen und die Repros von einem Aufstand abzuhalten, behauptete Santago, es gäbe idyllische Dörfer, in denen alte und kranke Klone lebten, bis sie eines natürlichen Todes starben. Ausrangieren, nannten es die Rebellen. Die Kolonien waren nichts anderes als riesige Grabstätten. Lediglich die Dokumentarfilme, die in den Zero-Phasen zwischen den Schichten über die Bildschirme, die sich in jeder Wohneinheit befanden, flimmerten, zeichneten ein anderes Bild, das der Fantasie von Santagos’ Kabinett entsprang. Es gab keine Paradiese in Großbritannien!

Plötzlich ergriff John Penny. Er umschlang von hinten ihre Hüfte, zerrte sie vor den Ganzkörperspiegel in der Diele und verschloss ihren Mund mit seiner rechten Hand. Eingeschüchtert schaute sie ihn im Spiegel an.

Er sprach leise drohend in ihr Ohr: „Mir ist egal, was mit deinem Sharer passiert ist. Aber wage es nicht, mich zu hintergehen oder mir Schaden zuzufügen!“

Kaum hatte er dies ausgesprochen, tauchte seine Linke zwischen ihre Schenkel und legte sich auf ihre Scham. Penny fasste seinen Arm, aber als sie ihn wegzerren wollte, griff er nur beherzter zu. Seine Finger drückten auf ihren Schoß. Sie elektrisierten ihn.

„Du kennst mich nicht, weißt nicht, wie weit ich gehen würde, um dich an deinen Platz zu verweisen oder mich zu rächen.“

Penny nickte langsam. John Doe war weitaus wacher als George Slay, der zu tief in seinem Alltag und Gehorsam versunken war, um seine Umwelt wahrzunehmen. Ihr neuer Sharer jedoch schien allzeit auf der Hut zu sein. Wie ein Luchs lauerte er mit gespitzten Ohren und gewetzten Krallen. Es würde nicht einfach werden, weiterhin der Rebellion anzugehören. Das musste sie allerdings für sich behalten. Ein Wort zu Condannato und den Klonen und ... Ja, was? Würde man sie töten, um sie zum Schweigen zu bringen? Konnten ihre Freunde über Nacht zu ihren Feinden werden? Penny hatte kein Verlangen, dies herauszufinden. Sie musste vermeiden, John zu reizen. Bei Slay war es ihr leicht gefallen, das folgsame Unschuldslamm zu spielen. John dagegen wusste sie aus der Reserve zu locken. Er schien Spürsinn zu besitzen oder war von Natur aus misstrauisch. Jedenfalls nahm er sie wahr, was Slay kaum getan hatte, bevor er die Sandspuren entdeckte. John nahm sie sogar intensiver wahr, als es ihr recht war. Unglücklicherweise gefiel ihr das.

Sie verspürte einen Anflug von Enttäuschung, als John sie freigab.

„Die Wohneinheiten in den Arbeitervierteln von High London sind nahezu identisch. Herumführen muss ich dich also nicht. Deshalb komme ich sofort zu den Regeln, die du von nun an zu befolgen hast."

Während er ihr schilderte, wie er sich ihren Dienst wünschte, schaute sie sich um, weil sie feststellen wollte, was für ein Typ John war. Ein Pedant? Alles war aufgeräumt und sauber. Kein Hinweis war zu finden auf die Persönlichkeit hinter der Fassade. Von der Diele aus konnte sie direkt in die Küche zu ihrer Linken sehen. Dort stand ein karger Tisch mit zwei Stühlen vor dem Fenster, das wie alle mit spezieller Sonnenschutzfolie verdunkelt war, sodass die Vampire sich auch tagsüber problemlos im Apartment bewegen konnten. Gegenüber, in die Wand integriert, war ein Fernseher. Ein graumelierter Vampir im hochgeschlossenen Overall las Nachrichten vor, die, wie Penny vermutete, von der Regierung eigens erfunden wurden. Er berichtete von zwei alten Klonen, die sich in einer Kolonie verliebt hätten und nun eine späte Hochzeit feierten.

Alles erstunken und erlogen, dachte Penny, *die beiden sind längst getötet worden, ausrangiert aufgrund von Unbrauchbarkeit. Ob ich wohl jemals heiraten werde?*

Draußen dämmerte es. Die Digitalanzeige der Küchenuhr zeigte 6.45 Uhr. In einer Stunde musste Penny zur Arbeit.

Kaum fiel ihr Blick auf die Küchen-Bar – aus der Wasser, Mash und synthetisches Blut abgefüllt werden konnte – bekam sie Durst. Sie hatte aber nicht den Mut, John in seinem Vortrag zu unterbrechen und ihn zu fragen, ob sie etwas trinken durfte.

Sie folgte ihm am Badezimmer vorbei ins größte Zimmer, dem Schlafraum. Der Fernseher verbreitete hier ebenso Santagos' Lügen wie der in der Küche. Er stellte sich eigenhändig ein und aus, sodass man den zensierten Beiträgen nicht entkommen konnte. Kommunikatoren besaßen nur das Kabinett, die Führungskräfte der Konzerne und die Exekutive. Unter Arbeitern war ein privater Austausch nicht erwünscht. Alles, was Spaß machte, stand auf dem Index – ebenso der Begriff „Freizeit". Es hatte sogar schon den ein oder anderen Audax Vampir gegeben, der gegen das neue System gewettert hatte, denn die Blutsauger erinnerten sich sehr wohl an die rauschenden Feste, die nach dem Fall von Vita Eterna gefeiert wurden. Die Sniffer holten den Aufrührer ab, verhörten ihn tagelang an einem geheimen Ort, und nachdem er wieder an seinem Arbeitsplatz zurückgekehrt war, war er geläutert.

„... hier werde ich dich nehmen wie ein Rüde eine läufige Hündin."

Penny schreckte aus ihren Gedanken hoch. Mit weit aufgerissenen Augen starrte sie John entgeistert an, der mit einer ausladenden Armbewegung auf das Bett zeigte.

„Wie bitte?" Sie schluckte und schlang die Finger ineinander, damit ihre Hände weniger zitterten.

„Ach, hörst du mir doch zu?", fragte er und baute sich vor ihr auf. „Ich dachte schon, ich führe Selbstgespräche."

„Ich habe Ihnen zugehört, Sir", log Penny.

„Falls ich dich beauftragen würde, meine Anweisungen zu wiederholen, welche Ausflüchte würdest du benutzen?"

Sie schwieg beschämt.

John machte einen Schritt auf sie zu. „Offensichtlich kriegt man dich nur mit Anzüglichkeiten. Das merke ich mir. Solltest du mir Probleme machen, weiß ich nun, welche Erziehungsmaßnahmen bei dir fruchten."

„Erziehungsmaßnahmen?" Sie biss die Zähne zusammen, damit sie nicht explodierte.

Herausfordernd hob er die Augenbrauen. „Stört dich meine Wortwahl?"

„Nein", antwortete sie und fügte laut ein „Sir" an, das ihr im Nachhinein zu widerspenstig klang.

John ergriff ihr Kinn mit Daumen und Zeigefinger und sah ihr tief in die nussbraunen Augen. „Deine Aufmüpfigkeit macht mich an. Bist du sicher, dass du das möchtest?"

Irritiert stammelte sie einige entschuldigende Worte und verstummte dann hilflos. Ihre Knie waren wie Gummi. Ihr Puls raste. Sie wusste nicht, was mit ihr los war. Was machte John nur mit ihr? Warum konnte er nicht so ignorant sein wie Slay? Ein Vampir, der von einer Klonfrau erregt wurde, so etwas gab es nicht und durfte es nicht geben. Aber arbeiteten Vita Eterna und die „Repros" in der Rebellion nicht Hand in Hand? Freundschaft funktionierte. Weshalb nicht auch Sexualität? Penny war bisher nur mit Guy intim gewesen, aber er war ein Klon, zudem ein Freund. Sie hatte am Anfang so etwas wie Verliebtheit verspürt. Mittlerweile bezeichnete sie es als Vertrautheit. Aber John Doe war ein Fremder, ein Vampir und zudem der unverschämteste Mann, den sie jemals kennengelernt hatte. Wie sollte sie es nur mit ihm aushalten? Er schickte sie durch ein Wechselbad der Gefühle. Mal schikanierte er sie, mal forderte er sie heraus, dann wieder näherte er sich ihr auf dreiste und verbotene Weise. Hatte er denn keine Angst, dass sie seine Verstöße gegen das Gesetz der sexuellen Abstinenz meldete? Sicherlich, ein Klon würde sich niemals an die Sniffer wenden, doch es gab andere Wege, unauffällige Hinweise auf Gesetzesbrüche zu hinterlassen.

John ließ von ihr ab, ging zu seinem Kleiderschrank und klopfte gegen die Tür. „Meine Sachen sind tabu für dich. Sollte ich dich jemals dabei erwischen, dass du den Schrank öffnest, sei dir einer Strafe gewiss, die du niemals mehr vergessen wirst. Hast du mich verstanden?“

„Ja, Sir“, entgegnete Penny gehorsam, konnte jedoch eine gewisse Neugier nicht abstreiten. „Und Ihre Sachen, nachdem ich sie gewaschen habe?“

„Leg sie auf die Kommode. Ich räume sie ein.“

Wenn ein Vampir einen Handschlag selbst machte, obwohl ihm ein Klon-Diener zur Seite stand, musste mehr dahinter stecken. John hatte seinem ehemaligen Sharer einen Eigennamen gegeben, und er gab unverhohlen zu, dass er die Sniffer nicht sonderlich mochte. Möglicherweise verabscheute er das System ebenso wie die Rebellen.

Vorsichtig fragte Penny: „Das ist die Aufgabe Ihres Repro-Sharers. Ich mache das gerne für Sie. Sie sind bestimmt erschöpft von der Arbeit ...“

„Nicht minder als du“, antwortete John stirnrunzelnd.

Sie war bemüht, beiläufig zu klingen: „Aber es ist toll, einen Anteil am Wirtschaftswachstums Großbritanniens zu haben.“

„Dich macht es glücklich, in der BLOODY BISQUIT COMPANY zu schuften und danach deinem Sharer den Hintern abzuputzen?“

Das Gespräch nahm einen anderen Verlauf, als sie geplant hatte. Um ihn doch noch zu einer Aussage über seine Einstellung gegenüber der Regierung zu ermuntern, sprach sie: „Mich befriedigt die Arbeit genauso wie Sie.“

Wortlos ging er zur Kommode, öffnete die oberste Schublade, in der Pennys Wäsche lag, und nahm einige Overalls heraus. Er warf sie auf den Fußboden. „Waschen! Damit du dich bei mir ebenso wohl fühlst wie bei George Slay.“

„Aber die Anzüge sind sauber.“

Mit griesgrämiger Miene trat er einige Male darauf. „Nun nicht mehr.“

„Das ... das ... ist nicht fair“, stotterte sie wütend.

„Wer sagt, dass das System fair ist? Aber solange die niederen Geschöpfe zufrieden dienen, ist alles in bester Ordnung.“ Verächtlich schnaubend schritt er zur Wohnzimmertür

Penny hob zornig die Overalls auf. Am liebsten hätte sie John die Anzüge an den Kopf geworfen und ihn angeschrien, dass er sie mal gern haben könnte. Aufgebracht flog sie herum – da fiel die Tin Whistle auf den Boden. Sie kullerte bis zur Kommode und blieb davor liegen. Pennys Herz blieb stehen, um dann umso aufgeregter zu schlagen. Wie gelähmt beobachtete sie John. Überrascht machte er kehrt, nahm die Schnabelflöte und betrachtete sie eingehend.

Er kam zu Penny und hielt ihr das irische Volksinstrument unter die Nase. „Gehört die Flöte dir?“

Für einen kurzen Moment war die Versuchung groß, alles zu leugnen und zu behaupten, die Sniffer hätten das Instrument in ihrer Wäsche versteckt, um sie zu denunzieren – aber die Röte in ihrem Gesicht entlarvte sie. „Ja, Sir.“

„Du hast sie zwischen deinen Overalls versteckt?“

„Ja, Sir.“

„Wie kommt es, dass die Sniffer die Pocket Whistle nicht gefunden haben, obwohl sie persönlich deine jämmerlichen Habseligkeiten gebracht haben?“

„Ich weiß es nicht, Sir.“

„Woher hast du sie?“ Seine Stimme wurde immer lauter.

Penny senkte den Blick. „Gefunden ...“

Er schwieg. Sie wusste, er musterte sie, aber sie traute sich nicht, ihn anzusehen. Es schien ihr, als versuchte er gedanklich in sie einzudringen – auf einer höheren Ebene. Sie spürte einen wachsenden Druck in ihrem Kopf. Ihr Kreislauf versagte. Sie sank nieder auf ihre Knie und rang nach Luft.

Niemand kann Gedanken lesen, nicht einmal Vampire, redete sich Penny gut zu, um durchzuhalten. Schweiß rann an ihren Schläfen hinab. Es war anstrengend, sich gegen diese geistige Macht zu wehren. Sie kämpfte, schloss sekundenlang die Augen und riss sie wieder auf, als sie Johns Gesicht in der Finsternis zu sehen meinte. Aber das konnte nicht sein. Auf einmal wich der Schatten aus ihrem Kopf. Sie vermochte wieder frei durchzuatmen und klarer zu denken.

Penny war gleichzeitig überwältigt und niedergeschmettert. John besaß die Macht, sie nur durch seine Willenskraft auf die Knie zu zwingen. Ein Gefühl sagte ihr, dass er sie auch dazu hätte bringen können, die wahren Hintergründe über die Tin Whistle preiszugeben. In ihm steckte mehr Kraft, als er vermuten ließ. Was hielt ihn zurück, sie zu unterwerfen?

Zitternd schlang sie die Arme um den Oberkörper. Sie fröstelte.

„Du hast einflussreichere Freunde, als es einem Reprodukt zusteht.“ Langsam ging er um sie herum. „Ich werde deine kleinen Geheimnisse aus dir herauskitzeln, und ich werde es genießen. Aber jetzt biete mir erst einmal etwas an, damit ich nicht sofort die Sniffer hole und ihnen die Pocket Whistle übergebe.“

„Anbieten?“

„Einen Liebesdienst.“ Er neigte sich ein wenig zu ihr herunter. „Etwas anderes als deinen Körper hast du nicht. Oder möchtest du mich mit Informationen zum Schweigen bringen?“

Penny wollte eher sterben, als die Rebellen zu verraten. Ratlos schaute sie zu ihm auf. Attraktiv war er ja. Er war groß gewachsen, hatte einen aufrechten Gang und breite Schultern, an die sich jede Frau gerne anlehnen würde. Er konnte einem weiblichen Wesen bestimmt viel Geborgenheit schenken, seine Kraft zum Schutz seiner Geliebten einsetzen und ihr durch seine übernatürliche Macht ungeahnte Freuden bereiten. Aber nicht Penny.

Ich bin in seinen Augen sicherlich nicht einmal eine richtige Frau, dachte sie. Ein Klon war kaum mehr wert als ein Gabelstapler, den man benutzte und parkte, wenn er überhitzt war, damit er sich regenerierte und erneut zu Diensten stand: Ein wertloser Arbeiter, der High-Tech-Maschinen ersetzte, weil er kostengünstiger war.

Dass sie vor John wie ein Häufchen Elend kniete, machte es nicht leichter. Er hatte sie in der Hand. Sie war ihm ausgeliefert. Er würde sich einen Spaß daraus machen, sie zu quälen und dann trotzdem die Sniffer durch den Verwalter des Wohnblocks rufen lassen.

„Nun?“ John wippte ungeduldig mit der Fußspitze.

„Es tut mir leid. Ich kann Sie nicht berühren und ...“ Ihre Zunge klebte am Gaumen. Sie fühlte sich zu John hingezogen. Er war so viel männlicher als Guy, mit ausgeprägten Wangenknochen und stolzen, schwarzen Augen. Seine Stärke zog sie an, ebenso sein Selbstbewusstsein. Aber sie stammten aus verschiedenen Welten, auch wenn sie in der gleichen Welt lebten. „Wir kennen uns erst wenige Stunden ..."

„Weshalb sagst du nicht einfach, was dir wirklich auf der Zunge liegt?" Er zog sie hoch, sodass sie wieder auf den Füßen stand.

Widerwillig schüttelte sie den Kopf.

Mit einem Mal war sein Blick warm und herzlich. Sie spürte einen sanften Sog. Eine Stimme in ihrem Hinterkopf wisperte ihr Mut zu. Die Wohnung duftete nach Maiglöckchen. Woher wusste sie, wie Maiglöckchen riechen? Sie hatte nie an ihnen gerochen, sondern sie nur einmal in einer heuchlerischen Reportage über die Kolonien Großbritanniens im Fernsehen gesehen. Wie hübsch sie waren! Kleine, zarte, blütenweiße Kelche.

Penny wankte in Johns Armen. „Ich weiß es."

„Was meinst du?"

„Sie hypnotisieren mich oder so etwas Ähnliches."

Er lachte leise. „Ich manipuliere dich aber nicht, sondern helfe dir nur, deine Zunge zu lockern."

„Ich will nicht sprechen."

„Dann möchtest du dich endlich ausziehen? Schön."

Penny sah ihm verdutzt in die Augen und bereute es sogleich. Eine Strömung, ein sanfter Wirbel in ihren Gedanken, dann eine laue Brise, die ihre Worte beflügelten. Und so sprach sie doch aus, was sie lieber für sich behalten hätte. „Sie sind ein Vampir, ich ein ..."

„Reprodukt?"

„Das gehört sich nicht. Das ist gegen die Natur." Sie befeuchtete ihre Lippen mit der Zungenspitze.

„Was ziemt sich nicht?"

Einem Windhauch gleich hörte sie sich säuseln: „Begierde."

„So, so, du begehrst mich also", stellte er schmunzelnd fest und gab ihre Gedanken frei.

Ihr Kreislauf versagte – aber bevor sie zusammensackte, schlang John den Arm um ihre Taille und zog sie an seinen Körper. Schüchtern hielt sie sich an seinem schwarzen Overall fest, fast so, als fürchtete sie sich davor, seine Männlichkeit zu spüren. Dabei nahm sie seine Manneskraft längst war. Sein anschwellendes Glied wölbte den Stoff an den Lenden aus. Es drückte erregend gegen Pennys Venushügel und Unterbauch.

„Sie haben mir das in den Mund gelegt …"

„Dein eigenes Verlangen hat aus dir gesprochen."

„… mich beeinflusst."

„Ich spüre deine Erregung. Sie wogt zu mir herüber, nebelt mich ein wie ein berauschendes Parfüm. Du kannst mir nichts vormachen." Ehe sie etwas erwidern konnte, legte er ihr den Zeigefinger auf die Lippen. „Es ist in Ordnung."

„Nichts ist okay."

„Du erregst mich ebenso. Mir ist es egal, dass du eine Klonfrau bist."

„Ich kann Sie nicht küssen, dort unten, oder Ihnen Zugang zu meinem feuchten Eingang gewähren ..." Alleine die Vorstellung, mit einem Vampir intim zu werden, schien absurd.

„Das brauchst du auch nicht. Damit ich vergesse, dass ich die Tin Whistle überhaupt gesehen habe, verlange ich, dass du dich entblößt. Ich möchte deine schönen Rundungen sehen. Dann wirst du dich vor meinen Augen streicheln, bis deine Lust explodiert."

„Unmöglich!" Penny riss die Augen auf.

John drängte sie zum Bett. Er ließ sich einfach umfallen, stützte sich mit den Händen ab und begrub Penny unter seinem Körper, ohne auf ihr zu lasten. „Anscheinend hast du eine Entscheidung getroffen. Du möchtest lieber in den Händen der Sniffer sein als in meinen." Um ihre Gegenwehr Lügen zu strafen, streichelte er ihren Busen. Er kreiste um ihre Brustwarze, die hart gegen den Stoff stieß, zwirbelte sie und rieb kräftig mit dem Daumen darüber.

Penny stöhnte. Johns Spiel erregte sie. Sein Verhalten hatte sie vom Betreten der Wohneinheit an heiß gemacht. Dennoch wehrte sie sich, sowohl innerlich gegen ihre Gefühlswelt als auch gegen John.

Aber der kämpfte sie leicht nieder und hielt ihre Arme über ihrem Kopf fest. „Du kannst es so oft sagen, wie du möchtest, dass du mich abstoßend findest, weil ich ein Vampir bin ..."

„So habe ich das nicht formuliert", fiel sie ihm ins Wort.

„... aber dein Körper spricht eine deutlichere Sprache. Ihr Menschen seid so einfältig, denkt, ihr könntet uns etwas vormachen."

Penny blieb stocksteif liegen.

„Keine Sorge!", beruhigte er sie schmunzelnd. „Die Sniffer sind zu sehr wie die Menschen geworden. Sie sind gefangen in einem Netz aus Regeln und haben verlernt, auf ihre Instinkte zu achten."

„Aber nicht John Doe."

Unsicher schaute er auf sie herab. Emotionen spiegelten sich auf seinem Gesicht: Bedenken, Zorn, Trauer, Verschlagenheit. Schließlich verdunkelte sich seine Miene, als würde er einen schützenden Vorhang vor seine Gedanken ziehen. „Ich werde dir helfen."

Sie spürte, wie eine finstere Macht sie einnebelte. „Nein, bitte nicht."

„Dir wird es gefallen." Leise lachte er. „Mehr noch."

Johns Einfluss umgab sie wie eine unsichtbare Wolke, hüllte sie ein und entriss ihr die Kontrolle. Er kapselte Penny von der Realität ab. Wärme stieg in ihr empor. Sie spürte ihre Triebe, ihre Schutzhülle brach entzwei. Die erwachende Lust loderte in ihr auf. Ihr Blick verschleierte sich. Das Schlafzimmer rückte in weite Ferne, lag im Dunst der Vergessenheit, war unwichtig. Ihr Körper wurde zum Zentrum ihres Bewusstseins. Ein Prickeln reizte ihren Schoß. Unsichtbare Hände legten sich auf ihre Brüste. Finger liebkosten ihre Haut, feuchte Küsse, als wären die Münder aus Nebel.

Bald vergaß Penny, dass dies alles nur eine Illusion war, hervorgezaubert von John, der sie auf übernatürliche Weise betörte und mürbe machte. Ihre Mauern bröckelten und fielen in sich zusammen. Penny entspannte sich, öffnete den

Reißverschluss ihres Overalls, ihre Hand glitt unter den Stoff und umschloss ihren rechten Busen.

Da bemerkte sie eine Brise. Ihre Nippel stellten sich auf. Sie reckten sich aus dem Anzug, als wollten sie erblühen wie tiefrote Rosenknospen. Penny streifte den Stoff über die Schultern. Dann schälte sie auch die Beine aus dem Overall, schob den Slip herunter, bis sie völlig entblößt auf dem Bett lag. Räkelnd genoss sie die Nacktheit. Hatte sie sich eben noch geschämt, so fühlte sie sich nun befreit – vom Stoff, von Konventionen und einer Befangenheit, die nun absurd erschien. Weshalb sollte man Lust unterdrücken? Man war überall in Großbritannien eingeschränkt. Warum dann auch noch in den eigenen vier Wänden?

Lasziv begann Penny mit dem Becken zu kreisen. Sie öffnete die Schenkel, um einen besseren Halt zu haben, hob und senkte ihren Hintern und streichelte gleichzeitig ihren Busen. Ihre Fingerspitzen zwirbelten die geschwollenen Brustwarzen. Penny lutschte frivol am Zeigefinger und rieb die Nässe auf ihre Vorhöfe. Kühl fühlten sich die Nippel nun an. Penny drehte die Brustwarzen, schrie lustvoll auf und streichelte sie beruhigend. Dann drückte sie die Brüste zusammen, quetschte sie aus dem fleischfarbenen Büstenhalter und massierte sie kräftig, bis sie glaubte, die Erregung nicht mehr ertragen zu können.

Als wäre ihre Lust ein Bach, der seine Quelle in ihrem Busen hatte und bereits so angeschwollen war, dass er über die Ufer trat, so floss die Lust von den Brüsten hinab über den Venushügel und überschwemmte ihre Scham. Stöhnend schloss Penny die Augen. Sie wölbte den Rücken durch und krallte ihre Hände in die Bettwäsche. Schwer atmend strich sie über ihren Unterbauch. Ihre Hand wanderte tiefer, kraulte ihren Venushügel, von dem es hieß, dass er in vergangenen Zeiten einmal behaart gewesen sein soll. Penny konnte das kaum glauben, waren die Klone und Vampire doch bis auf das Haupthaar und die Gesichtsbehaarung haarlos. Die samtweiche Haut fühlte sich wundervoll an, aphrodisisch, und ihre Klitoris pochte erwartungsvoll. Aber Penny glitt mit dem Handballen darüber hinweg, seufzte kurz und tauchte dann mit den Fingerkuppen zwischen ihre Falten. Die Täler hießen sie heiß und feucht willkommen. Ihr Herz raste aufgeregt. Das Blut pochte in ihren Schamlippen.

Als sie sich erhob, wankte sie ein wenig. Sie fühlte sich benommen, konnte aber keinen klaren Gedanken fassen, um zu analysieren, wovon ihr desolater Zustand kam. Dessen ungeachtet kniete sie sich auf das Bett. Einmal ließ sie den Kopf kreisen, verlor sich für Sekundenbruchteile in der Leidenschaft und fuhr fort, bevor die Gier sie verzehrte. Sie führte den Anzug so zwischen ihren Beinen hindurch, dass sie ein Ende vor dem Körper und das andere hinter ihrem Rücken hielt, hob den Stoff so an, dass er eng an ihrem Schoß lag. Langsam begann sie den Overall vor und zurück zu bewegen. Er rieb über ihre Falten, heizte ihre Hormone an. Er war überall gleichzeitig – reizte ihre Klitoris, streichelte ihre Schamlippen und liebkoste ihren Scheideneingang. Ihre Erregung wuchs schnell, hatte sie sich doch gut vorbereitet. Der Druck auf ihre Scham war intensiv, als würde eine große starke Männerhand sie berühren. Sie stöhnte lauter und presste den Stoff enger an ihren Unterleib. Ekstase, sie konnte sie schon spüren. Verzückt gab sie sich dem Rausch hin, der ihr Ziel in Greifweite rückte.

In diesem Moment veränderte sich Pennys Umwelt. Der Nebel zog davon. Die Blase, in der sich Penny befand, platzte. Frische, klare Luft strömte zu ihr. Sie bemerkte einen Schatten in ihrer Nähe. Schwarzer Dunst zog sich zusammen, wirbelte empor und verhärtete sich zu einer finsteren Statur, die mehr und mehr an Kontur annahm. Aus dem schwarzen Overall wuchs ein blasser Kopf mit markanten Gesichtszügen. Die Augen jedoch funkelten begierig. Zuerst erschienen sie Penny wie die Augäpfel eines Höllenhundes, dunkelrot und Signal tödlicher Gefahr. Je mehr sich die Vernebelung jedoch auflöste, desto dunkler wurden sie, bis sie schließlich schwarz waren, und John Doe in voller Größe vor dem Bett stand.

„Wozu haben Sie mich nur gebracht!", schrie Penny, hielt sich den Overall vor den Körper, der noch immer vor Verlangen glühte.

Sie sprang auf und wollte ins Badezimmer stürzen, aber John fasste sie und warf sie mit dem Bauch auf das Bett. Er schmiegte sich an ihren Rücken und zwang sie somit, unter ihm liegen zu bleiben.

„Beruhige dich", säuselte er.

„Wie kann ich das?", blaffte sie. „Ich habe so etwas noch nie vor einem Mann gemacht und erst recht nicht vor einem Vampir."

„Dann hast du dich also schon mal selbst gestreichelt, als du alleine warst?"

Penny schluchzte nur.

„Ich will dich nicht vorführen, auch nicht in eine peinliche Situation bringen oder dich erniedrigen, sondern deine Leidenschaft an die Oberfläche bringen. Sie ist da. Leugne sie nicht. Ich kann sie spüren, und du machst dir etwas vor, wenn du sie abstreitest."

Sie versuchte sich zu befreien, war aber gegen John chancenlos. „Nicht so! Sie wirken auf mich ein mit Ihrer vampirischen Macht."

„Nur zu deiner Unterstützung, damit du dich frei entfalten kannst." Er lachte leise in ihr Ohr. „Ich helfe dem Schmetterling, sich aus dem Kokon zu befreien, damit er fliegen kann."

Ein schönes Bild, fand Penny. Im Betondschungel High Londons schien diese natürliche Verpuppung wie ein kleines Wunder. Manchmal wünschte auch sie, sich verändern zu können. Ein Schmetterling war in der Lage, einfach davonzufliegen. Er war einzigartig, kein Duplikat. Sie seufzte. Eigentlich wollte sie sich John hingeben. Sie fühlte sich zu ihm hingezogen. Er war teuflisch attraktiv, doch ebenso gefährlich, nicht nur wegen seiner Zähne, sondern auch wegen seiner ausgeprägten Gabe der Beeinflussung.

John küsste ihren Nacken. Er griff ein Kissen, hob ihre Hüfte an und legte es darunter, sodass ihr Po erhöht war.

„Was haben Sie vor?"

„Dir beim Fliegen zu helfen, sagte ich doch bereits." Kaum hatte er dies ausgesprochen, spreizte er ihre Schenkel. Er leckte über ihre Schulter, biss neckisch hinein, ohne sie zu verletzen und zog mit den Zähnen an dem Flaum des Haaransatzes.

„Bitte beißen Sie mich nicht", jammerte sie.

„Das habe ich nicht vor. Zurzeit lechze ich nach einem anderen Körpersaft von dir."

Penny war schockiert über seine Offenheit – war sie es doch gewohnt, immer alles zu verheimlichen – aber es erregte sie auch. Seine unverschämte Art machte sie gehörig an. Und so wehrte sie sich nicht länger, als seine Hand von hinten zwischen ihre Schenkel glitt. Er vergrub sie zwischen den Pobacken und drängte tiefer. Sein Daumen drang in ihre Vagina ein, glitt auf ihrem cremigen Saft heraus und wieder hinein, bis Penny sich seufzend unter ihm rührte. Aber sie wollte seinen Berührungen nicht entfliehen, sondern schob ihm ihren Schoß entgegen. Sie war nur froh, dass er ihre Wangen nicht sehen konnte, die gerötet vor Scham und Triebhaftigkeit waren. Seinen stechenden Blick, aus dem so offen und frivol die Wollust sprach, hätte sie auf ihrem Gesicht nicht ertragen. Zwischen Penny und John hatten Funken gesprüht, seit er sie vor der Tür der Wohneinheit Nr. 13/a gesehen hatte, das gestand sie sich nun ein. Jetzt konnte sie ihm nicht länger widerstehen. Mittlerweile hielt er ihr seine Hand nur noch hin, und es war Penny, die ihren Unterleib hob und senkte, um Johns Mittelfinger und dann auch Zeige- und Ringfinger tief in sich aufzunehmen. Ein einziges Mal wollte sie sich ihm hingeben. Es gab kein Zurück mehr. Sie war schon zu erregt, um sich zu widersetzen. Ihre eigene Sehnsucht nach Erlösung hatte sie gepackt. Danach würde sie verstärkt aufpassen, damit sie nicht noch einmal die Kontrolle über sich verlor.

Immer schneller glitt Penny auf Johns Fingern auf und ab. Sie stöhnte vor Anstrengung, vor Erregung, stützte sich mit den Händen auf dem Bett ab und starrte, rasend vor Lust, auf ihre Brüste, die vor Lüsternheit wippten. Ihre Brustwarzen schimmerten wie kleine hellrote Alarmknöpfe auf ihrer elfenbeinfarbenen Haut. Plötzlich zuckte Johns freie Hand hervor, legte sich auf die Klitoris und umkreiste sie wild. Penny gab einen spitzen Schrei von sich. Ängstlich hielt sie sich den Mund zu, damit keiner der Nachbarn auf ihr Treiben aufmerksam wurde, und brach zusammen. Die Leidenschaft explodierte in ihrem Schoß. Tränen liefen ihre Wangen herab. Während Johns Hand nun auf ihrem pochenden Kitzler ruhte, durchfuhr Penny eine ungeahnte Lust. Das Nachglühen war intensiv, so stark, dass es sie umhaute. Sie fiel nach vorne und blieb reglos auf dem Bett liegen. Nur ihr Atem ging rasch.

Johns Finger waren zwischen ihr und dem Kissen eingezwängt. Erst als er sie hervorzog, begann sie zu zittern.

„Ist dir kalt?", fragte er besorgt.

Sie schüttelte den Kopf. Das war nicht der Grund. Noch immer war sie überwältigt von dem Höhepunkt, den sie nie derart durchdringend erlebt hatte. Er hatte nicht nur in ihrem Schoß stattgefunden, sondern ihren gesamten Körper aufgewühlt, ja, sogar ihre Seele. Der Orgasmus war immer noch in ihr. Er bebte nach. Sie konnte ihn noch riechen, fühlen und schmecken. Er rauschte in ihren Ohren und erfüllte ihre Gedanken.

Liebesspiele mit Guy waren so anders gewesen, harmlos, wie ein leichtes Erdbeben, das nach wenigen Minuten vorüber war und keine bleibende Wirkung oder Spuren hinterließ. Sexualität mit John kam einem Vulkanausbruch gleich, der das Land von innen und außen verbrannte und dann für immer an ihm haften blieb. Woher sollte sie zukünftig die Kraft nehmen, ihn abzuweisen? Vielleicht hatte er gar kein Verlangen nach weiteren Aktionen? Er war ja nicht einmal selbst gekommen. Oder doch? Wenn nicht, wäre er wohl kaum so ruhig. Was mochte er gemacht habe, als Nebel sie umgeben hatten?

John stand auf. Er zog Penny auf die Füße und deutete auf die Badezimmertür. „Du solltest jetzt duschen. In einer halben Stunde musst du den SKY TRAIN besteigen und aussehen, als wäre nichts geschehen."

Sein Schmunzeln steckte sie an. Grinsend hob sie den Overall auf und hielt ihn vor den Körper. Sie kam sich lächerlich vor, ihre Nacktheit jetzt vor ihm zu verstecken, aber sie brauchte Zeit um nachzudenken, wieder zur Vernunft zu kommen und Abstand zu John zu gewinnen.

Und so war sie froh, als sie nach einer schnellen Mahlzeit um 8 Uhr die Wohneinheit verließ, ihr neues Zuhause, das sie mehr verwirrte als George Slays Tod, an dem sie Schuld trug. War sie auch schuldig, was John betraf? Hatte sie ihn gereizt, ihm schöne Augen gemacht? Nein, so offensichtlich war ihr Interesse nicht gewesen, aber er durchschaute sie wie Glas und hatte immer noch ihre Tin Whistle.

Penny bestieg die Schwebebahn mit den anderen Reprodukten des Blocks 8. Gedankenversunken setzte sie sich auf einen freien Platz und schaute aus dem Fenster. Graue Fabrikgelände zogen an ihr vorüber. Dampfende Schornsteine spien Rußwolken in den Himmel. Trübheit, wohin man auch sah.

Warum arbeitete ein mächtiger Vampir wie John in der BLOODY BISQUIT COMPANY? Wieso gehörte er nicht zur Exekutive oder gar zum Kabinett? Hatte er wirklich das Bildnis von Santagos mit seinem Faustschlag treffen wollen? Penny konnte einfach nicht glauben, dass er sie hatte schlagen wollen, nicht nach allem, was danach geschehen war.

Vielleicht ist er nur ein gelangweilter Arbeiter, der sich die Zeit damit vertreibt, lustvolle Spiele mit seiner Dienerin zu spielen, dachte Penny und stieg auf dem Dach der Werkhalle aus, deren Haltestelle mit zwei mannshohen verschnörkelten „B's" gekennzeichnet war. Bisher hatte John mit einem alten Klon zusammengewohnt, nun mit einem jungen Reprodukt. Da war es nur natürlich, dass seine Fleischeslust erwachte. Penny betrachtete diesen Umstand als Kompliment und gleichsam als Fluch. Sie kam zu dem Entschluss, diesem Vorfall nicht so viel Aufmerksamkeit zu schenken. John würde sich daran gewöhnen, dass sie nun Teil seiner Welt war. Aus Abenteuer würde Alltag werden. Sie dagegen musste sich auf die Rebellion konzentrieren. Das war das einzig Wichtige! Sollte John sich ruhig noch eine Weile für ihren Körper interessieren. Sie würde es genießen. Sein Interesse lenkte ihn von ihrem Doppelleben ab – zumindest hoffte sie das.

Ein Aufseher brachte Penny zu einem Klon, der sie in ihre neue Arbeit einwies.

„Putzen?" Zuerst konnte sie es kaum glauben. Man hatte sie von der Mischmaschine zur Putzkolonne degradiert. Aber als sie durch die gesamte Werkhalle geführt wurde und selbst in den hintersten Winkeln wischen sollte, sah sie mit einem Mal die Vorteile ihres neuen Jobs. Sie konnte sich relativ frei bewegen, solange sie den Schrubber schwang. Niemand nahm sie wahr. Sie war in der Lage, heimlich mit den Mitgliedern der Rebellen zu sprechen und das Gelände auszuspionieren.

Mit ernster Miene schrubbte sie den Boden im Lager und zwinkerte in einem unbemerkten Moment Guy Chang lächelnd zu.

Ihr Freund hätte vor Schreck beinahe einen Mehlsack fallen lassen. „Bist du verrückt? Sie beobachten dich."

„Wer, die Maulwürfe oder die Rebellen?", fragte sie spitz. „Hast du Angst, mit mir gesehen zu werden?"

Er schaute nach dem Aufseher, lud den Mehlsack auf einen Handwagen und flüsterte: „So war das nicht gemeint. Du weißt, ich bin immer für dich da. Aber du solltest dich in nächster Zeit unauffällig verhalten."

„Ich putze Böden, spüle Maschinen, reinige Werkzeuge, staube in den Büros ab, bringe den verdammten Müll heraus ..." Während sie ihre Arbeiten aufzählte, wischte sie immer heftiger. „Was soll daran bitte schön suspekt sein?"

Seufzend ließ er die Schultern hängen. „Beruhige dich. Ich meinte lediglich, dass ein Zwinkern den Anschein erwecken könnte, dass dich der Tod deines ehemaligen Sharers nicht bedrückt. Keiner erwartet Tränen, doch Freude solltest du auch nicht ausstrahlen."

„Sieht es etwa so aus, als hätte ich Spaß?" Penny prüfte, ob noch genügend Wasser im Behälter des Quick-Cleans war. „Es tut mir leid. Ich will mich nicht mit dir streiten."

Guy nickte und schulterte einen weiteren Mehlsack. „Wie ist dein neuer Sharer?"

Um die plötzliche Röte in ihrem Gesicht zu verstecken, wandte sie sich um und putzte unter einem Aluminiumregal, auf dem Verpackungsmaterial lagerte. „Ich weiß noch nicht."

„Was soll das bedeuten?", fragte er schnaufend und trug den Sack zum Wagen.

„Ich kann ihn noch nicht einschätzen. Die Vampire zeigen ihr wahres Gesicht doch immer erst nach einigen Wochen."

Guy warf den Sack auf den Handwagen. „Am Anfang benehmen sie sich, damit sie selbst nicht ins Visier der Sniffer geraten. Irgendwann wiegen sie sich in Sicherheit und lassen die Maske fallen. Aber vielleicht ist er ebenso ein alter Trottel wie Slay. Das lange Leben, das sie führen, macht sie oberflächlich."

„Gut so, sonst hätten wir gar keine Chance. Das Tageslicht hilft uns längst nicht mehr so wie früher."

Als sie zum Putzwagen ging, um Wasser und Reinigungsmittel in den Wischer nachzufüllen, dachte sie an die Überwachungssysteme, die dank der Hacker-Fähigkeiten von Guy zwar auszutricksen waren, jedoch längst nicht alle. Penny konnte nicht nachvollziehen, wie sich Menschen in den Dienst der britischen Regierung stellen konnten. Der Prime Lord fand immer genug Söldner und Sympathisanten, die ein Stück vom Kuchen abhaben wollten. Sie lechzten nach dem Reichtum Großbritanniens und dem Vampirblut und kümmerten sich einen Dreck um die unterdrückten und ausgenutzten Klone. Santagos gaukelte dem Ausland vor, dass seine neue Ordnung hoch entwickelt war und alle zufrieden lebten – immerhin gab es weder Armut, noch Arbeitslosigkeit. Aber zu welchem Preis?

Während Penny wieder in Guys Nähe putzte, war ihr schwer ums Herz. Sie spähte zum Wächter, der jedoch einen anderen Repro zurechtwies und wisperte: „Machen wir die Aktion heute Nacht trotz des Wirbels um Slays Tod?“

„Wir?“ Guy riss die Augen auf, senkte dann geschwind den Blick und rückte die Säcke auf dem Handwagen von einer Seite auf die andere, als ob er das Gewicht besser verteilen wollte. „Du wirst brav im Bettchen liegen.“

„Also zieht ihr das durch mit Southend-on-Sea“, stellte sie murrend fest.

„Du bleibst in deiner neuen Wohneinheit.“

„Ich komme mit!“

„Auf keinen Fall“, schimpfte er gedämpft.

„Ich weiß, wo und wann ihr euch trefft. Lasst mich lieber mitkommen.“

„Soll das eine Drohung sein?“ Er sah sie provokativ an. „Würdest du uns verraten?“

Penny seufzte. „Natürlich nicht. Aber ich gehöre immer noch zu euch, oder?“

Seine Gesichtszüge entspannten sich. Er lächelte sie liebevoll an und nickte. „Aber versteh doch, die Sniffer beobachten deinen Wohnblock. Und solltest du morgen übermüdet zur Arbeit erscheinen, schöpfen sie Verdacht.“

„Ich krieg das hin, versprochen.“

„Warum bist du manchmal nur so stur?“, fragte Guy und schüttelte den Kopf.

„Ich möchte euch beweisen, dass ich mit ganzem Herzen der Rebellion angehöre“, erklärte sie. „Ihr könnt euch auf mich verlassen. Das will ich zeigen. Alles, was ich brauche, ist eine Chance.“

„Die anderen werden nicht begeistert sein“, murmelte er, drückte auf den Knopf am Handwagen, um die Elektronik in Gang zu setzen, und ging in die Werkhalle.

Während ihrer Schicht hatte Penny die ganze Zeit das Gefühl, angestarrt zu werden. Die Aufseher hielten sich ständig in ihrer Nähe auf, und die Reprodukte tauschten merkwürdige Blicke aus, wann immer sie neben ihnen putzte. Am meisten schmerzte die Reaktion der Rebellen. Sie musterten Penny aus der Ferne, und wenn sie mit ihnen sprechen wollte, drehten sie ihr den Rücken zu. Doch Penny verstand sogar ihre Abneigung. Sie hatte die Rebellion in Gefahr gebracht, hatte einen Fehler begangen. Aber war dieser unverzeihlich?

Der Arbeitstag verging schleppend. Auf der Fahrt nach Hause fühlte sie sich einsam und hatte Angst vor dem, was sie in der Wohneinheit erwartete. Unbegründet, wie sich herausstellte, denn John war nicht da. Die Haustür stand offen.

Merkwürdig, dachte sie voller Unbehagen. Nur die beiden Fernseher liefen wie immer zwischen den Schichten. Sie gingen pünktlich um 6 bzw. 18 Uhr an und schaltete sich um 8 bzw. 20 Uhr aus. An diesem Abend wetterte Santagos in einer enthusiastischen Ansprache gegen die Spione in den eigenen Reihen, gegen die mit aller Härte vorgegangen werden würde. Die Spitzel müssten entlarvt und verurteilt werden. Niemand entkäme der Gerechtigkeit des Regimes, nicht die Rebellen im Untergrund und auch nicht der Maskierte, der in den frühen Stunden der letzten Nacht die Firma SYNTHETICS in Brand gesteckt hatte.

SYNTHETICS stellte das synthetische Blut her, das durch ein weitläufiges System von unterirdischen Leitungen in die Küchen-Bars der einzelnen Wohneinheiten gepumpt wurde, genauso wie Mash und Wasser.

Penny machte sich im Bad frisch, trank und aß und nahm auf dem Bett Platz. Wo mochte John nur sein? Seine Aufgabe war es, sie mit seinen Anforderungen vertraut zu machen, damit sie ihm diente. Penny sprach lieber von Symbiose, ein perfektes Zusammenspiel von Klon und Vampir, damit sie wertvolle Bewohner Großbritanniens waren. Draußen dämmerte es. Konnte es sein, dass er das Zwielicht ausnutzte, um Sinnesfreuden nachzugehen, weil er die Nacht nicht erwarten konnte? Vampire besaßen zwar weitaus mehr Freiheiten als Reprodukte, aber die Sniffer sahen es trotzdem nicht gerne, wenn sie durch die Straßen streiften.

Pennys Blick fiel auf den Schrank. Warum hatte John ihr strikt verboten, seine Sachen einzuräumen? Versteckte er etwas, oder war das nur ein Test? Was es auch war, sie musste nachschauen, ob sich ihre Schnabelflöte darin befand. Nach ihrem Liebesspiel hatte er ihr die Flöte nicht zurückgegeben. Penny hatte sie durch den Nebel aus den Augen verloren, und nun vermisste sie die Pocket Whistle schmerzlich. Sie war ihr persönliches Symbol der Freiheit. John hatte ihr das Instrument weggenommen, und die Rebellen zweifelten an ihrer Verlässlichkeit. Alles ging den Bach runter. Sie fühlte sich ausgegrenzt und hoffte, dass wenigstens Guy sie nicht im Stich lassen würde.

Schwerfällig stand Penny vom Bett auf. Sie zweifelte, ob sie es wagen sollte. Der mangelnde Rückhalt ihrer Freunde fehlte ihr. Einen Moment zögerte sie und ging dann forsch zum Schrank. Vielleicht würde sie ihren Schatz darin finden, möglicherweise auch Johns dunkles Geheimnis, mit dem sie die Rebellen milde stimmen konnte, weil sie ihnen Informationen lieferte.

Ihre Hände zitterten, als sie die Türknaufe der beiden Flügeltüren ergriff. Sie zog daran, hörte ein Surren, und plötzlich schwang von links ein Seil herüber, an dessen Ende ein Stein hing, der bislang von der Jalousie verdeckt wurde. Durch den Schwung wickelte sich der Strick mehrmals um ihre Handgelenke. Ein Klacken war zu hören. Das Seil riss Pennys Hände so in die Höhe, dass sie gestreckt stehen musste. Der Mechanismus rastete ein. Es war still im Schlafzimmer, bis auf das monotone Geplapper des Nachrichtensprechers im Fernsehen.

Hilflos zappelte Penny. Sie versuchte, die Fessel nach unten zu ziehen, doch das Seil war irgendwo in der Decke über der Lampe eingehakt und blieb, wo es war. Leise fluchend bog sie die Handgelenke, um mit den Fingern den Stein zu erreichen, doch der Strick, der sich um ihre Gelenke gewickelt hatte, behinderte sie. Sie streckte das linke Bein aus. Unter Umständen könnte sie ihren Fuß auf die Kommode setzen, sich abstützen, um hochzuspringen und kräftig am Seil zu ziehen oder sich auf das Sideboard knien, damit die Kordel locker hing, und Penny sie somit lösen konnte. Es funktionierte nicht. Die Kommode war zu weit weg, der Schrank im Weg, und sie hatte zu wenig Spielraum, weil sie gestreckt stand.

Ängstlich knabberte Penny an ihrer Unterlippe, bis sie Blut schmeckte. Sie erstarrte mit aufgerissenen Augen, als sie hörte, dass die Haustür geöffnet wurde.

Lächelnd stand John im nächsten Moment im Schlafzimmer und hielt etwas in der Hand.

Das Lächeln auf seinem Gesicht erstarb. Zuerst schaute er enttäuscht auf seinen Fang, dann trat seine Zornesfalte hervor. „Ich habe deine Schlüsselkarte beim Verwalter des Wohnblocks geholt“, sagte er scharf und warf die Karte auf das Bett.

„Lassen Sie mich bitte erklären ...“, begann Penny.

John hob die Hand. „Schweig!“

Langsam ging er zu ihr. Er schlenderte um sie herum, zog seine Kreise immer näher und blieb schließlich vor ihr stehen. Sein Blick verklärte sich, als er ihre blutende Lippe bemerkte. Penny schüttelte den Kopf, doch er vergrub seine Hände in ihren braunen Locken und kam mit dem Mund so nah, dass sie seinen Atem spürte.

„Nicht, bitte“, hauchte sie und bemerkte erschreckt die Erregung, die ihren Körper ergriff, und immer stärker wurde mit jedem Atemzug, den John gegen ihre Lippen blies.

Er sah ihr in die Augen und bannte sie. „Ich bin dein Sharer. Ich habe ein Recht, dich zu melken.“

Eine Träne löste sich aus ihrem Augenwinkel. John fing sie mit der Zunge auf und flüsterte: „Noch begehre ich nicht dein Blut. Dein Körper ist ebenso reizvoll. Was soll ich nur mit dir machen? Ich muss dich bestrafen. Du hast dich meinem Befehl widersetzt, hast mich hintergangen, dabei habe ich dich gewarnt.“

Penny wollte mit der Zungenspitze ihre Lippen befeuchten, war jedoch nicht in der Lage, sie zu bewegen, ebenso wenig wie ihre Lippen. Wie gelähmt stand sie vor John, konnte weder um Hilfe schreien, noch betteln, er möge gnädig sein. Ihr Herz raste. Das Blut pochte in ihrem Kopf. Merkwürdigerweise begann er ihre Schläfen zu massieren. Konnte er doch ihre Gedanken lesen? Nein, das war absurd. Niemand war dazu in der Lage! Vielleicht konnte er ihre Emotionen deuten, denn immerhin hatte er gesagt, dass er ihre Lust spürte. Wozu war John fähig?

Unerwartet drehte er sich um, öffnete den Schrank und griff zwischen seine Wäsche. Als er sich wieder Penny zuwandte, lag ein Messer in seiner Hand. Sie stöhnte panisch.

„Scht“, machte er und schälte ihr den Overall vom Körper, ohne sie zu verletzen, riss ihr mit einem Ruck den Slip vom Leib und betrachtete zufrieden sein Werk. „So gefällst du mir schon besser. Nur deine samtweiche Haut trennt mich von deinem Blut.“

Er legte das Messer zurück in den Kleiderschrank, fischte einen Schal heraus, und diesmal meinte Penny eine kleine Tür in der Rückwand zu erkennen – war sich jedoch nicht sicher. John band ihr mit dem Tuch den Mund zu und gab ihren Geist frei. Sie strampelte – allein schon deswegen – weil sie froh war, sich endlich wieder bewegen zu können. Mit dem Kopf deutete sie auf ihre Fessel.

„Meinst du ernsthaft, ich würde dich knebeln, um dich dann loszubinden?“, feixte John amüsiert.

Er schmiegte sich an ihren Körper, drückte seinen Phallus auf ihren Unterbrauch und rieb sich an ihr. Lustvoll stöhnte er in ihr Ohr. Mit der rechten Hand hielt er sich an ihrem Busen fest und massierte ihn, bis das Fleisch zwischen seinen Fingern hervorquoll. Er nahm die Brustwarze zwischen Zeige- und Mittelfinger, senkte den Kopf und leckte darüber.

Penny stöhnte. Sie zog an ihren Fesseln und strampelte, doch dadurch machte sie John nur noch mehr an. Ihr Bein streifte sein Glied, das unter dem Overall unruhig zuckte. Er verstand dies als Aufforderung oder wollte es so verstehen, denn er stieß mit dem Fuß zwischen ihre Beine und öffnete ihre Schenkel.

Entsetzt schüttelte sie den Kopf.

John hob ihren Oberschenkel an. „Meine Strafe wird sein, dass ich mich deines Körpers bediene, obwohl du es nicht möchtest, weil ich ein Vampir bin. Verabscheust du alle Blutsauger? Hm?"

Penny hielt die Luft an. Ahnte er, dass sie eine Rebellin war?

„Ich werde dich benutzen, dich nehmen, wie es mir beliebt und dich nicht bannen. Du sollst alles miterleben, hautnah und wehrlos."

Seine Worte erregten Penny. Wie bizarr, dass sie unter Strom stand, obwohl er nicht mit seiner übernatürlichen Macht auf sie einwirkte! Was hatte das zu bedeuten? Wollte sie von ihm genommen werden? Sie hatte genauso viel Angst vor ihrer eigenen Lust wie vor ihm.

John drang mit dem Daumen in sie ein. Er glitt auf ihrem cremigen Saft in ihre Scheide und wieder hinaus, verrieb ihn auf ihren großen Schamlippen, um ihre kleinen mit Daumen und Zeigefinger zu umfassen und sanft in die Länge zu ziehen. Wenn sie seufzte, hörte er auf, jedoch nur kurzfristig, denn sofort widmete er sich der anderen Seite. Abwechselnd massierte er ihre Falten. Er knetete sie vorsichtig, zupfte an ihnen, bis das Blut in sie hineinströmte.

Penny konnte nichts tun, außer sich den Berührungen hinzugeben. Das Seil fixierte ihre Hände über ihrem Kopf. John hielt ihre Schenkel gespreizt und spielte mit ihrer Scham. Seine Finger klopften gegen das zarte Häutchen, das ihre Klitoris umschloss. Er lockte ihre Lust an und bannte sie in ihren Schoß ein – auch ohne vampirische Kräfte, sondern nur mit der Macht der Lust. Und er war erfolgreich, äußerst erfolgreich, denn alleine das rhythmische Klopfen gegen ihren Kitzler brachte sie einem Orgasmus nahe. Sie zog am Strick, schloss die Augen und legte ihren Kopf in den Nacken. Doch als sie John ihr Becken entgegenstreckte, zog dieser die Hand zurück. Unwirsch blickte sie ihn an.

„Welch eine Strafe wäre es, wenn du fliegst, und ich auf dem Boden bleibe?", fragte er hinterhältig und schritt um sie herum. Er öffnete seinen Overall und legte sein hartes Glied zwischen ihre Pobacken. „Straftäter werden normalerweise eingeschlossen. Ich werde das etwas anders handhaben und die Lust in deinem Körper einsperren."

Langsam rieb er den steifen Penis an ihrem Hintern. Er drückte mit den Händen ihre Pobacken zusammen, hob und senkte seine Lenden.

Pennys Atem ging kurz und flach. Der cremige Saft lief an ihren Beinen herab, obwohl John ihre Scham nicht mehr berührte. Aber seine Dreistigkeit, sich an ihrem Körper zu bedienen, machte sie an. Er ging behutsam mit ihr um, tat ihr nicht weh und forderte keine geschmacklosen Dienste. Im Gegenteil! Sie war fasziniert von diesem John Doe, ihrem neuen Sharer, der sie ängstigte und trotzdem mehr anzog, als jeder andere Mann zuvor. Sie wusste, sie durfte nicht so empfinden! Sie musste sich von ihm fernhalten, sich ihm widersetzen und abweisend reagieren, wenn er sich ihr unsittlich näherte. Aber wider besseres Wissen wollte sie von John genommen werden. Die Lasterhaftigkeit raubte ihr den Verstand. Hätte sie nicht voller Panik nach hinten austreten sollen, damit er aufhörte, ihre Pobacken für seine eigene Lust zu missbrauchen? Wieso liefen ihre Säfte, obwohl sie gefesselt und ihm hilflos ausgeliefert war? Die Gleichberechtigung, nach der sie strebte – bezog sie sich nur auf Vampir und Klon und nicht auf Mann und Frau? Doch! Ihr Rebellenherz meldete sich. Aber befriedigte John nicht auch ihr Verlangen? Immerhin hatte sie am Morgen einen Orgasmus gehabt und er nicht, zumindest hatte sie es nicht gesehen.

Doch nun kümmerte er sich ausschließlich um seine Befriedigung. Er stöhnte in ihr Ohr, laut und kehlig, als würde es ihn einen Dreck scheren, ob die Nachbarn sein ungesetzliches Verhalten hörten, obwohl er Gefahr lief, verhaftet zu werden. Mit einem Mal umschlang er mit dem rechten Arm ihre Hüften, presste seine Lenden eng an ihren Hintern, hob und senkte seinen Unterleib, bis Pennys Anus lustvoll pochte. Seine Eichel rieb über ihren Damm. Sie neckte die Vagina, drang aber nicht ein, sondern bediente sich am cremigen Saft und verteilte ihn. Immer schneller pumpte er. John gab animalische Laute von sich. Er presste sich an Pennys Rücken und massierte ihre Brüste, bis er schließlich einen Schrei von sich gab. Seine Lenden zuckten. Erschöpft schmiegte er sich an Penny, küsste ihre Haare und ließ sein erschlaffendes Glied einige Minuten zwischen ihren Pobacken.

Als sein Atem ruhiger wurde, trat er zurück, schlenderte ins Badezimmer, ohne Penny eines einzigen Blickes zu würdigen. Sie hörte die Dusche.

Unglaublich, schimpfte sie in Gedanken. John besaß tatsächlich die Nerven, sie mit gefesselten Händen stehen zu lassen und in Ruhe zu duschen. Gab es ihm einen zusätzlichen Kick, sie warten zu lassen?

Penny war gezwungen, den Berichten der News zu folgen. Der Sprecher berichtete von einem neuen Vertrag, den der Prime Lord persönlich eingefädelt hatte. Zukünftig würden Injektions-Ampullen mit Vampirblut an die amerikanische Regierung geliefert werden, und obwohl es nicht gesagt wurde, wusste Penny, dass die Ampullen nicht für die Krankenhäuser bestimmt waren, sondern für das Militär. Die USA würden als Gegenleistung in das BRITISH BLOOD RESEARCH LAB investieren, das angeblich die Aufgabe hatte herauszufinden, was man alles mit Vampirblut machen konnte.

Unruhig zappelte Penny. Die Rebellen mussten etwas unternehmen. Es war dringend notwendig, das Ausland über das Regime aufzuklären. Aber würden die anderen Länder wirklich zu Hilfe kommen und ihre eigenen Interessen vergessen?

John kehrte ins Schlafzimmer zurück – nackt. Penny traute ihren Augen kaum. Während er zum Schrank schritt, entging es ihrem Blick nicht, dass sein Penis in ihrer Nähe gleich wieder steifer wurde. John jedoch gab sich seiner wachsenden Lust nicht hin, sondern zog einen frischen Overall an. Als er Penny losband, schaute sie ihn erstaunt an.

Amüsiert hob er eine Augenbraue. „Enttäuscht?“

„Nein“, log sie und fügte ein bissiges „Sir“ hinzu, das er mit einem Murren quittierte.

Penny kaute auf ihrer Unterlippe herum. Dieser Schuft hatte tatsächlich vor, sie im Regen stehen zu lassen. Er würde sie nicht streicheln, nicht in sie eindringen ... oh, wie sehr wünschte sie sich, sein mächtiges Glied in ihrer Scheide zu spüren, von ihm ausgefüllt und gestoßen zu werden! Nun hatte sie schon zweimal entblößt und schutzlos vor ihm gestanden, und er hatte sie nicht genommen. Fand er sie nicht attraktiv genug?

Wütend auf sich selbst lief Penny ins Bad. Wie konnte sie nur solche Gedanken haben? Sie musste sich John Doe aus dem Kopf schlagen. Er war ein Vampir, ihr Sharer, ihr Feind! Sicherlich baute er im Schlafzimmer seine Falle erneut auf, doch eines Tages würde sie in seinen vermaledeiten Schrank schauen. Sie musste es schaffen. Immerhin war sie eine Rebellin! Außerdem wollte sie ihre Tin Whistle zurückhaben.

Sie stand vor dem Spiegel und schaufelte Wasser in ihr Gesicht, um wieder klar denken zu können. Die Lust loderte noch immer in ihrem Schoß. Sie kämpfte gegen den Trieb an – und verlor. Nach einem kurzen Blick zur angelehnten Tür stützte sie sich mit einer Hand am Waschbecken ab. Die andere tauchte zwischen ihre Falten ein. Sie verteilte den cremigen Saft auf den Fingern und verrieb ihn auf dem Kitzler. Es brauchte nur wenige Sekunden, und sie spürte den Höhepunkt. Ihr Handballen kreiste über ihre Klitoris, Penny sah sich im Spiegel an, und als sie kam, biss sie sich so sehr auf die Lippe, dass diese blutete. Durch den metallischen Geschmack merkte sie erst, wie durstig sie war.

Schnell wischte sie ihre Beine mit einem Handtuch trocken und ging aus dem Bad. Beim Eintritt in die Küche nahm sie wahr, wie John seinen Becher mit synthetischem Blut in den Abfluss kippte. Er spülte mit Wasser nach und stellte das Gefäß in die Spüle. Bevor er sie in der Tür bemerken konnte, hechtete sie auf Zehenspitzen zurück ins Badezimmer. Sie drehte die Dusche auf, lauschte, hörte jedoch nur ihr eigenes Blut in ihren Ohren rauschen. Penny versuchte sich damit zu beruhigen, indem sie an die Rollenspiele dachte, die die Rebellen regelmäßig übten.

Die Gedanken rasten durch ihren Kopf. *Du kannst lügen. Spiel ihm einfach die Unschuldige vor. Woher soll er wissen, dass du ihn gesehen hast? Er ahnt nichts.*

Die Haustür fiel ins Schloss. John war gegangen. Seine Schicht begann bald.

Penny atmete erleichtert aus. Flunkern war eine Sache – John zu belügen eine andere. Er verunsicherte sie. Er war in der Lage, ihre Emotionen zu lesen, so sagte er zumindest. Vielleicht hatte er sie auch in diesem Punkt belogen.

Sie trat unter den Duschstrahl. Das Wasser war erfrischend. Sie ließ es über ihren Kopf laufen, schloss die Augen und genoss.

Sogleich kehrten ihre Gedanken zurück. Wieso schüttete John seine Ration Blut fort? Die Vampire schlangen normalerweise alles herunter, was sie kriegen konnten. Eine Kommission behielt den Verbrauch pro Wohneinheit strengstens im Auge. Es durfte nicht zu viel konsumiert werden, ebenso nicht zu wenig, denn das machte die Gutachter misstrauisch, und sie schickten sofort die Sniffer los.

War das der Grund, weshalb John seine Ration abzapfte, obwohl er nicht vorhatte sie zu trinken? Wollte er nicht auffallen? Trank er heimlich Menschenblut?

Sie hatte er noch nicht zur Ader gelassen. Vampire zogen echtes, warmes Blut dem synthetischen vor. Das alles passte nicht zusammen.

Erschöpft legte sich Penny nach der Dusche ins Bett. Sie fiel bald in tiefen Schlaf, aber selbst dort suchte John sie heim. Penny träumte, dass er ihr entgegenlief. Seine Bewegungen wurden zusehends geschmeidiger. Er beugte den Oberkörper immer tiefer, bis er schließlich auf allen vieren lief und sich in einen Panther verwandelte. Bevor er Penny erreichen konnte, wachte sie auf.

Sie döste noch ein wenig. Dann stand sie auf, kleidete sich an und kauerte pünktlich um 20.55 Uhr im Erdgeschoss. Als die Digitaluhr in der Pförtnerloge 21 Uhr anzeigte, schlich sie auf allen vieren daran vorbei, denn sie wusste, dass Guy für zwei Minuten die Überwachungskameras einfror. Das musste genug Zeit sein, um einen der zahlreichen versteckten Zugänge zum stillgelegten U-Bahnnetz oder dem Abwasserkanalsystem zu erreichen und in den Untergrund zu huschen. Manchmal kam sich Penny wie eine Ratte vor.

Sie spähte auf die Kreuzung vor dem Wohnblock 8 hinaus. In der Ferne sah sie ein Elektroauto, doch es fuhr in die entgegengesetzte Richtung und bog im nächsten Moment auch schon in einen Seitenweg ein. Geduckt lief Penny über die Straße im Bezirk Old Westminster. Sie hastete durch die Finsternis der Nacht, hob einen Gullydeckel an und stieg die Treppe in den Schacht hinunter. Die Luft war feucht und roch faulig. Alle Geräusche – ihr Atmen, das Klacken ihrer Schuhe, das Rascheln ihres Overalls – klangen dumpf. Sie rannte so schnell ihre Beine sie trugen durch das Kanalsystem. Manchmal tastete sie sich blind vorwärts, da der Abschnitt zum nächsten Einstieg oder Abflussgitter – und somit zum Licht – zu lang war. Das Licht von der Straße drang eh nur spärlich unter die Oberfläche. Irgendwie schaffte sie es zu einem Übergang in einen der alten U-Bahn-Schächte zu gelangen, die die Rebellen selbst durchgebrochen hatten. Ihr Anführer hatte die Pläne der unterirdischen Tunnelsysteme besorgt, daher kannte Penny sich aus.

Sie bekam Seitenstiche, hielt aber trotzdem nicht an. Die Rebellen durften auf keinen Fall ohne sie nach Southend-on-Sea fahren. Penny wollte unbedingt dabei sein, wenn sie die Kolonien filmten, um den Tatsachenbericht später über alle TV-Sender zu schicken. Alle sollten die Wahrheit erfahren; denn in den Kolonien, die angeblich in den schönsten Naturgebieten Großbritanniens lagen, lebten keine Klone, die krank oder zu alt zum Dienst waren. Dort lebte niemand! Die Siedlungen waren vielmehr Todeslager. Die Sniffer brachten ausgemusterte Klone in die Kolonien und töteten sie dort auf der Stelle. Bald schon würden die Rebellen allen, die in England, Schottland, Nordirland und Wales lebten, ob nun Vampir oder Reprodukt, die Augen öffnen und auch dem Ausland die Beweise vorlegen. Aber noch hatten sie gar nichts in der Hand. Bis zum Morgen würde sich das ändern.

Als Penny endlich am unterirdischen Treffpunkt in der Nähe der ehemaligen Haltestelle Elephant & Castle ankam, warteten die meisten Mitglieder schon. Klone, die sich ebenso aus den Wohneinheiten weggestohlen hatten und Vampire der Loge Condannato, die ständig im Untergrund lebten, seit Santagos Vita Eterna zerschlagen hatte.

Kenneth, ein blasser Vampir mit karottenfarbenen Haaren, stellte sich ihr in den Weg. „Was glaubst du, was du hier machst?"

„Ich werde mit euch nach Southend-on-Sea fahren", antwortete sie selbstbewusst, stemmte die Hände in die Hüften und sah ihm direkt in die Augen.

„Auf gar keinen Fall! Du bist eine Gefahr. Vielleicht hast du sogar die Sniffer schon zu uns geführt!" Demonstrativ spähte er in den Tunnel hinein, aus dem sie gekommen war.

Penny versuchte sich nicht anmerken zu lassen, dass die Ablehnung ihrer Kameraden sie traf. Sie würde aber nicht klein beigeben. „Gehöre ich noch zu euch oder nicht?"

Kenneth murmelte etwas vor sich hin, das Penny nicht verstand. Doch er wagte nicht, ihr ins Gesicht zu sagen, dass sie die Rebellen verlassen sollte. Zum einen besaß sie immer noch enge Freunde unter ihnen, zum anderen kannte sie die Geheimnisse. Es blieb ihnen daher nichts anderes übrig, als sie weiterhin zu dulden ... oder zu beseitigen.

Noch gab er nicht auf. „Bestimmt beobachten die Schnüffler deinen Wohnblock."

„Dann wären sie mir auf den Fersen, aber ich bin alleine gekommen, wie du siehst", erwiderte sie trotzig.

„Was machen wir, wenn sie dich im Apartment aufsuchen wollen und du liegst nicht in deinem Bett?"

„Aus welchem Grund sollten sie das tun?" Sie schüttelte den Kopf. „Das Verhör habe ich erfolgreich hinter mich gebracht. Sie haben keinen Verdacht geschöpft. Dafür habe ich aber eine Neuigkeit für euch."

Spöttisch verzog er das Gesicht. „Ach, ja?"

„Ich kenne jetzt einen weiteren Zugang zum Verhörraum. Und zwar kommt man auch durch die Firma PRIME PLUM dort hin."

„Weißt du auch, in welchem Verhörraum du warst?"

Sie druckste herum. „Nein, aber das habt ihr bestimmt schon von *ihm* erfahren."

Plötzlich legte sich ein Arm um ihre Schulter. Guy lächelte besänftigend. „Ken, lass gut sein. Penny ist mindestens genauso stur wie du und wird uns begleiten."

„Bestimmst du das jetzt?", fragte Kenneth zänkisch.

Guy ließ sich nicht provozieren. „Sie hat sich während des Verhörs tapfer geschlagen. Das hat *er* uns schon erzählt. Es besteht kein Grund zur Beunruhigung. Einen Fehler, wie bei George Slay, wird sie nie wieder machen. Habe ich recht?"

Penny dachte an John. Ihr Magen drehte sich um. Verbissen grinste sie und nickte. Dabei war ihr alles andere als zum Lachen zumute, denn John hatte bereits nach wenigen Stunden die Pocket Whistle entdeckt und aus ihr herausgekitzelt, dass sie sich von der Regierung unterdrückt fühlte. Hoffentlich bezog er ihre Aussage auf Vampire generell, denn der Begriff „Rebellion" war kein einziges Mal gefallen.

Sie fühlte sich schlecht, weil sie den Kumpanen etwas vormachte. Sie steckte schon mit einem Fuß im Sumpf und ahnte, dass John Doe sie tiefer hineinziehen würde.

Guy hob als Zeichen seine altmodische Digitalkamera hoch. „Wir sollten endlich losfahren. Die Zeit läuft uns weg. Unsere Benzinautos stehen in einem zerfallenen Lagerhaus am Rande von High London ...“

„Schrott fällt zwischen Schrott nicht auf“, fiel Kenneth ihm ins Wort und bestieg mit einem zweiten Vampir eine der Handhebel-Draisinen, selbstgebaute Karren, die auf den U-Bahn-Schienen durch Muskelkraft fuhren.

Alle anderen taten es ihnen gleich. Penny fuhr zusammen mit Guy.

„Danke“, sprach sie leise, als beide den Hebel periodisch auf und ab zu bewegen begannen, damit das Gefährt sich in Bewegung setzte.

Er spitzte die Lippen. „Bedank dich mit einem Kuss.“

Abweisend senkte sie den Blick und arbeitete schneller, um mit den anderen mithalten zu können. Sie mussten sich beeilen. Es galt zunächst unterirdisch an den Stadtrand zu gelangen. Dann würden sie in die Benzinautos umsteigen und nach Southend-on-Sea fahren. Die Zeit würde knapp werden, rechtzeitig vor dem Schichtende der Sharer wieder in den Wohneinheiten zu sein.

„Seid wann bist du so schüchtern?“, fragte Guy mit einem lasziven Schmunzeln.

Wenn Penny ehrlich war, so wollte sie Guy vorhin nicht küssen, weil der Geschmack von John noch auf ihrer Zunge lag. Sie spürte noch seine kühle Haut auf der ihren. Das war zwar nur eine Illusion, aber es ließ ihre Scham schon wieder wohlig kribbeln.

„Zu viele Probleme, zu viel Druck, zu viel Gegenwind“, log sie.

„Alles wird gut“, beruhigte er sie. „Sie werden Slay vergessen, deinen kleinen Patzer, und bald schon wird die Welt Klone akzeptieren wie normal geborene Menschen.“

Die Rebellen fuhren über die Schienen durch das ehemalige U-Bahn-Netz. Eine schweißtreibende Plackerei mit den Handhebel-Draisinen, aber sie kamen zügig voran. Nur ein einziges Mal mussten sie anhalten, um einen Steinbrocken, der sich aus der Decke gelöst hatte und auf die Schienen gefallen war, wegzuräumen. Am Stadtrand stiegen sie von den Wagen und schlichen durch ein Erdloch an die Oberfläche. Kenneth ging als Späher voraus. Erst als er winkte, traten die Rebellen ins Freie. Vor ihnen lag eine Lichtung. Das Lagerhaus stand einige Yards entfernt zwischen zwei Birken. Efeu rankte über das Wellblechdach und war mittlerweile so dicht gewachsen, dass es wie ein Teppich wirkte und die Ruine ein Stück weit versteckte. Die Rebellen pirschten über die Lichtung.

Da fasste sich Penny ein Herz. Sie hielt Guy zurück.

„Etwas bedrückt dich“, stellte er fest.

Er wollte sie in den Arm nehmen, doch sie wehrte ihn ab. So konnte es mit ihnen nicht weitergehen. Das Prickeln, das einst ihren Körper erfasste, wenn Guy sie ansah, war verschwunden. Sie schlief noch mit ihm, aber nur um ihre eigene Lust zu befriedigen und nicht, weil sie das Bedürfnis hatte, ihm nah zu sein. Nicht einmal küssen wollte sie ihn mehr. Sie sehnte sich nach einer freundschaftlichen

Umarmung, befürchtete jedoch, dass er mehr darin sah. Die Zeit war reif, um klare Verhältnisse zu schaffen.

Zaghaft begann sie: „Dies ist der ungünstigste Moment, den ich wählen konnte, aber es muss raus …“

Plötzlich explodierte das Lagerhaus. Der Druck zerfetzte das Dach, versengte das Gras auf der Lichtung. Die Fenster und Türen flogen in alle Richtungen und trafen die Klone und Vampire, die Druckwelle schleuderte sie fort. Die Benzinautos gingen in Flammen auf. Es gab eine Stichflamme, die bis in den Nachthimmel schoss. Das Feuer steckte die Birken an. Knisternd verbrannte der Efeu. Innerhalb weniger Sekunden brannte alles lichterloh. Augenblicklich waren Sirenen aus High London zu hören.

Die Sniffer rücken an, wir müssen fliehen, dachte Penny panisch.

Der Benzingestank erschwerte das Atmen. Das Surren in ihren Ohren störte sie gewaltig. Mehrmals schluckte sie, um einen Unterdruck zu erzeugen, damit es aufhörte. Vergeblich. Die Schreie der Rebellen klangen dumpf.

Sie fand sich liegend wieder. Benommen versuchte sie aufzustehen, um den verletzten Repros zu helfen, aber ein starker Schmerz zwang sie auf dem Rücken liegen zu bleiben. Entsetzt schaute sie auf ihren Bauch. Eine Metallstange ragte aus ihr heraus. Schock. Desorientierung. Nur nicht ohnmächtig werden!

„Guy?“, rief sie fassungslos.

Er antwortete nicht.

„Guy, bist du da?“ Sie schaute sich um, entdeckte ihn aber nicht. Hatte die Druckwelle ihn stärker erfasst als sie? War er bereits geflohen? Erschüttert nahm Penny das Ausmaß der Katastrophe war.

Blutverschmiert kam Kenneth zu ihr. Er half ihr auf die Füße, ignorierte ihre Schmerzensschreie und plapperte: „Wir müssen hier weg. Die Sniffer sind bald da. Sie brauchen nie lange. Dürfen uns nicht kriegen. Dürfen nicht. Zieh das Ding nicht aus deinem Bauch. Du würdest verbluten. Blut, überall Blut. Jeder muss sich um sich selbst kümmern.“ Daraufhin ließ er sie los und rannte fort.

Penny taumelte. Ihr war schwindelig. Der Benzingeruch, der über der Lichtung lag, raubte ihr die Luft zum Atmen. Voller Panik betrachtete sie das Metall in ihrem Bauch. Es musste vom Tor stammen. Sie würgte. Verzweifelt wandte sie sich um ihre eigene Achse. Da war niemand, der ihr helfen konnte. Alle Rebellen flüchteten oder waren verletzt, manche sogar tot. Flucht! Penny musste weglaufen.

Mühsam schleppte sie sich zum Erdloch und hielt dabei die Stange fest. Sie lief in das Tunnelsystem, schwankte und war gezwungen eine Pause zu machen. Irgendjemand stieß sie an. Sie fiel beinahe hin. Im letzten Moment fing sie sich und steuerte geradewegs eine Draisine an. Alle Kräfte mobilisierend kniete sie sich auf die Plattform. Stöhnend vor Schmerz bewegte sie den Hebel auf und ab, sodass ihr Gefährt sich langsam in Bewegung setzte. Blut rann ihre Hüften herab. Ihr war übel, aber sie übergab sich nicht.

Es dauerte eine Ewigkeit, bis sie in die Nähe ihres Wohnblocks kam. Sie rechnete damit, dass ihre Kraft versagte, aber sie hielt durch. Schreie hallten durch die Kanäle. Penny erschauerte. Die Rebellen würden in ihrer Panik in die

Tunnelsysteme fliehen und den Sniffern den Weg in ihre unterirdische Welt weisen. Das war eine entsetzliche Wendung!

Mit Tränen in den Augen stieg Penny von der Draisine und kroch durch den Durchbruch in das stinkende Kanalsystem. Sie hoffte, dass sie keine Blutspur hinterließ, die die Sniffer auf ihre Fährte brachte. Doch sie hatte keine Zeit, stehen zu bleiben und es nachzuprüfen. Kopflos rannte sie durch die Kanäle. Einmal wäre sie fast aus dem falschen Schacht an die Oberfläche geklettert. Beim zweiten Mal fand sie den richtigen Ausstieg und sah von der anderen Straßenseite aus das Schild WOHNBLOCK 8 / BEZIRK OLD WESTMINSTER am Gebäude gegenüber.

Erleichterte öffnete Penny den Gullydeckel und spähte in alle Richtungen. Niemand war zu sehen. Wahrscheinlich waren längst alle Einsatzkräfte unterwegs zum Stadtrand.

Als Penny aussteigen wollte, lehnte sie sich zu weit nach vorne. Die Metallstange stieß an die Kanalwand. Sie schlug den Ärmel vor ihren Mund, um damit ihren Aufschrei zu ersticken. Wieder Würgen. Sie schmeckte Blut im Mund. Kein gutes Zeichen.

Penny schaffte es kaum, aus dem Kanal zu steigen und den Deckel auf das Loch zu legen. Alles verschwamm vor ihren Augen. Sie wollte sich an der Hauswand abstützen, fiel jedoch auf die Knie, weil die Wand weiter weg war, als sie gedacht hatte.

Schluchzend rappelte sie sich auf. Sie hechtete über die Straße und war froh, das Logenhäuschen leer vorzufinden. Die Hintertür stand offen. Sie sah, dass der Verwalter auf dem Hof stand und in den Himmel starrte. Er beobachtete einen Helikopter, und Penny huschte ungesehen ins Treppenhaus.

Als sie vor der Wohneinheit Nr. 13/a ankam, wusste sie schon nicht mehr, wie sie die Treppen geschafft hatte. Das Blut, das an ihren Beinen herunterlief, hatte ihre Schuhe erreicht. Sie fischte ihre Schlüsselkarte hervor. Es dauerte einige qualvolle Sekunden, bis sie die Karte in den Schlitz gesteckt hatte, denn ihre Hände zitterten stark.

Kaum hatte sie das Apartment betreten und die Tür hinter sich geschlossen, weinte sie hemmungslos. Aber ihre Flucht war noch nicht beendet. Sie musste noch duschen, den Overall entsorgen – und das Metall loswerden.

Penny wankte ins Badezimmer. Als sie ihr Spiegelbild mit der Stange im Bauch sah, blutverschmiert, das totenbleiche Gesicht tränenüberströmt, wurde ihr schwarz vor Augen. Sie sackte zusammen und wurde ohnmächtig.

Sie schmeckte noch immer Blut, als sie wieder zu sich kam. Aber da war nicht nur der metallische Geschmack des Blutes, sondern sie spürte auch belebende Tropfen, die zwischen ihre Lippen hindurch in den Mund flossen. Von ihnen ging eine wundersame Wärme aus. Diese Wärme verteilte sich im ganzen Körper, schenkte ihr die Kraft, ihre Augen zu öffnen. Was sie jedoch sah, schockierte sie. Entsetzt schlug sie Johns Arm fort.

„Du musst mein Blut trinken, sonst wirst du sterben“, murrte er.

Sie wusste, dass er recht hatte. Die Metallstange lag auf dem Boden neben ihr. Das Badezimmer war voller Blut. Sie lag mit dem Kopf auf Johns Schoß und nahm ihre schwindende Lebensenergie wahr.

„Ohne mein Blut wärst du nicht einmal mehr in diese Welt zurückgekehrt." Zärtlich streichelte John ihre Schläfen und hielt wieder sein Handgelenk mit der selbst zugefügten Wunde über ihren Mund. Diesmal trank sie freiwillig. Sie weinte leise. Warum tat er das? Weshalb rettete er ihr Leben? Als folgsamer Vampir hätte er sofort die Sniffer rufen müssen. Stattdessen kümmerte er sich rührend um sie ...

Krämpfe unterbrachen ihre Gedanken. Ihr Körper wurde durchgeschüttelt, als stünde er unter Strom. Sie spürte neue Kraft, aber auch, dass sich etwas veränderte, ja, sogar in ihr aufbrach. Furchtsam ergriff sie Johns Hand. Was geschah mit ihr? Ein Schmerz jagte durch ihren Kopf. Sie bekam eine starke Migräne. Kummervoll schloss sie die Augen und schmiegte sich Hilfe suchend an John.

Mit einem Mal sah sie vor ihrem inneren Auge ein Gesicht. Es war eine weinende Frau mit braunen Locken. Erschreckt krallte Penny die Finger in Johns Overall. Diese Frau, sie glich Penny wie ein Ei dem anderen. Aber es war nicht sie, nicht Penny – sondern Charlene Lawrence, die Menschenfrau, von der Penny abstammte. Diese Erkenntnis versetzte sie in einen tranceartigen Zustand. Erinnerungen erwachten. Entrückt glitt Penny in eine andere Zeit, eine andere Welt, in ein anderes Leben ...

„Charlene Lawrence – du bist eine dumme Kuh!", warf ich mir an den Kopf und wischte mir die Tränen mit einem Taschentuch aus dem Gesicht. Ich eilte aus dem Hotel zu meinem knallroten Rover 200, geriet ins Stolpern und brach mir den Absatz meines Schuhs ab. Keuchend und vor Wut schnaubend rappelte ich mich auf, durchsuchte meine Bauchtasche nach dem Schlüssel und ließ ihn prompt, zusammen mit Lippenstift, Hustenbonbons und dem restlichen Inhalt meiner Tasche, in eine kleine Regenpfütze fallen, die sich auf dem Bürgersteig gebildet hatte.

„Verdammt", heulte ich, bückte mich, stopfte alles in meine Tasche zurück, nahm den Schlüssel und humpelte zu meinem Auto, um zitternd die Wagentür aufzuschließen, bevor meine Kleidung völlig durchnässt war und wie eine zweite Haut an mir klebte. Ich streifte die Regenjacke ab und zog mir die Ersatzturnschuhe an, die ich immer im Auto dabei hatte. Heute war einer dieser Tage, an denen alles schief ging, was schief gehen konnte. Und wer trug die Schuld an meinem Unglück? Ich allein! Wie naiv und dumm war ich gewesen? Richard hatte mich an der Nase herumgeführt, und ich hatte es nicht einmal gemerkt. Die häufigen Geschäftsreisen, die angeblichen Überstunden im Büro – alles Lüge! Er war nicht im Hotel Excelsior in Liverpool abgestiegen, wie er gestern dreist behauptet hatte! Ich wusste es, weil er sich nicht an der Rezeption eingetragen hatte, und niemand im Hotel seinen Namen kannte: Richard Ignatius. Ein Name, den man nicht so schnell vergaß. Der sich einprägte, wenn man ihn hörte.

Meine schlimmsten Befürchtungen schienen zur bitteren Wahrheit geworden zu sein. Richard hatte eine Geliebte! Die SMS, die ich auf seinem Handy gefunden hatte, hatte mich stutzig gemacht. Zugegeben, es war nicht die feine englische Art, dem eigenen Freund nachzuschnüffeln und sein Mobiltelefon zu kontrollieren, aber was hätte ich in meiner Verzweiflung tun sollen? Eine gewisse Tanya

Osmond hatte ihm geschrieben und um ein Treffen in Liverpool gebeten. Richard hatte nichts Eiligeres zu tun gehabt, als seine Tasche zu packen und ihrem Ruf zu folgen. Mir hatte er gesagt, dass er ein wichtiges Fortbildungsseminar für Versicherungskaufleute besuchen musste.

Tief atmete ich durch und drehte den Zündschlüssel um. Langsam fuhr ich durch die regennassen Straßen Liverpools. Ich hätte im Hotel bleiben können, doch ich zog es vor, diesen rabenschwarzen Tag in meinen eigenen vier Wänden in Chester ausklingen zu lassen, wollte mich in mein Bett kuscheln und alles um mich herum vergessen.

Aber das Vergessen war kein leichtes Unterfangen. Schon jetzt plagten mich die ersten Selbstzweifel. Was war schiefgelaufen? Hatte ich seine Bedürfnisse nicht mehr befriedigen können? Fand er mich nicht mehr sexy genug? Eigentlich war ich mit meiner Erscheinung zufrieden. Ich gehörte zu den wenigen Frauen, die nicht über ihre Figur klagten. Um genau zu sein, mochte ich meine weiblichen Rundungen, den schönen Busen und den knackigen Po. Aber das allein reichte eben nicht aus. Ich dachte an unser Sexleben. Hätte mich jemand vor einem Jahr gebeten, es mit einem Wort zu beschreiben, hätte ich es „erfüllend" genannt. Heute sah es anders aus. Die Leidenschaft war langsam erloschen. Früher hatte es ihn erregt, mich stundenlang zu streicheln, meine Scham mit seiner Zunge zu liebkosen und mit dem Finger auf die Penetration vorzubereiten. Nun war es nur noch ein rein, raus – fertig. Der Sex war nicht nur schlechter, sondern auch seltener geworden. Das letzte Mal hatte er vor drei Wochen mit mir geschlafen. Ich erinnerte mich genau, wie er mich auf den Küchentisch gedrückt und mir den Slip heruntergerissen hatte. Seine Aggression hatte mich erregt. Noch aufregender war das Gefühl seines harten Schwengels gewesen, der sich zwischen meinen Beinen an meiner Scham gerieben hatte und schließlich kraftvoll in mich eingedrungen war. Seine heftigen Stöße hatten meinen Körper so stark durchgeschüttelt und mich immer wieder so hart gegen den Tisch prallen lassen, dass ich noch Tage später mit blauen Flecken herumgelaufen war.

„Ich werde es dir richtig besorgen, Babe", hallten seine Worte in meinen Ohren wider. Es war ein leeres Versprechen gewesen. Richard war schon nach wenigen Minuten gekommen. Er hatte sich laut stöhnend in mich ergossen, und ich war leer ausgegangen. Zurückgeblieben war eine unstillbare Sehnsucht, die selbst jetzt noch in mir brannte. Verdammt noch mal, ich wollte, dass er mich wie früher nahm und stundenlang liebte! Mein Körper verzehrte sich nach seinen kräftigen Händen, die wussten, wie sie eine Frau packen mussten! Ich ertappte mich dabei, wie ich abermals in Erinnerungen versank und stellte mir vor, dass Richard und ich im lauwarmen Wasser der Badewanne saßen. Blütenblätter schwammen auf der Oberfläche. In seinen Augen sah ich das Leuchten eines Verliebten. Er hockte vor mir im Wasser, saugte an meinen harten Brustwarzen und ließ seine Lippen tiefer wandern, bis er gezwungen war, mit dem Gesicht ins feuchte Nass zu tauchen, damit seine Zunge meine Klitoris erreichte. Das Wasser bewegte sich im gleichen, ruckartigen Rhythmus wie sein Kopf, der immer nur kurz auftauchte, damit Richard einen tiefen Atemzug nehmen konnte. Dabei stieß er gleichzeitig seinen Finger in mich – fordernd, unnachgiebig. Und ich? Ich genoss es, verwöhnt zu werden, schloss die Augen und spürte die Kontraktion meiner Scheidenmuskeln und das Nahen eines fulminanten Orgasmus, der sich unaufhaltsam näherte. *Ja, Richard, tiefer, tie…*

Ein schrilles Hupkonzert katapultierte mich in die Realität zurück. Ich hatte die Vorfahrt des Cabrios übersehen und wäre ihm um ein Haar in die Seite gefahren, hätte der Fahrer nicht blitzschnell reagiert und rechtzeitig auf die Bremse getreten. Erschrocken schnappte ich nach Luft. Im Rückspiegel tauchten ärgerliche Gesichter auf, die schnell auf die Größe von Punkten schrumpften. Um mich von dem Schrecken zu erholen, bog ich in eine Gasse ein und fuhr den Wagen an den Straßenrand. Ich brauchte dringend Bewegung, zog meine Regenjacke über, stieg aus und vertrat mir die Füße. Der Regen hatte nachgelassen, doch die Abendluft war immer noch sehr kühl. Ab und an traf mich ein einzelner Tropfen, während ich in Gedanken versunken zu der Brücke lief, die über den Leeds Liverpool Canal führte. Richard ging mir nicht aus dem Kopf. Ich war verwirrt – wusste nicht mehr, was ich für ihn empfand.

Die schwarzen Wolken hatten längst einem Meer aus Sternen Platz gemacht, das über mir aufragte und mich anfunkelte, als wollte es mir meine Hoffnung zurückgeben. Am anderen Ende der Brücke sah ich eine dunkle Gestalt. *Eine weitere, einsame Seele, die heute Nacht keine Ruhe findet*, dachte ich und fühlte mich mit dem Fremden auf merkwürdige Weise verbunden. Er lehnte sich mit dem Oberkörper über die Brüstung und blickte auf das schillernde Wasser, in dem sich der aufgehende Mond spiegelte.

Um diese Uhrzeit war nicht allzu viel los auf dem Eldonian Way. Nur ab und an rauschte ein Auto an uns vorbei.

Wie würde Richard reagieren, wenn er erfuhr, dass ich in Liverpool war? Wäre er wütend, weil ich ihm klammheimlich gefolgt war? Würde er mich verstehen? Täte es ihm womöglich leid, dass er mich betrogen hatte? Und die wichtigste Frage von allen: Würde er zu mir zurückkehren? Oder würde er sich für Tanya entscheiden? Allein bei der Vorstellung, er könnte sie mir vorziehen, krampfte sich mein Magen schmerzhaft zusammen. Ich kramte in meiner Jackentasche nach einem Taschentuch und schnäuzte mich. Vielleicht sollte ich diesen Mistkerl einfach zur Hölle fahren lassen? Ein Mann, der seine Frau einmal betrog, würde es immer wieder tun. Richard war ein Egomane und manchmal unerträglich eitel. Er sah aus wie eines dieser oberkörperfreien Werbemodels aus dem Fernsehen, bei deren Anblick einem das Wasser im Mund zusammenlief! Realistisch betrachtet konnte er jede Frau haben, ohne sich großartig anstrengen zu müssen. Wieso war er überhaupt mit mir zusammen? *Mitleid*, schoss mir die Antwort durch den Kopf. Er hatte mich zu einer Zeit kennengelernt, in der es mir sehr schlecht gegangen war. Ich hatte gerade eine Entziehungskur begonnen und kämpfte gegen die Sucht an, die mein Leben zu zerstören drohte. Gott weiß, ich hatte alles genommen, was ich in die Finger bekam. Speed, Hasch, LSD. Hauptsache, es lenkte mich von meinen Problemen ab. Nach dem Tod meines Vaters war es mit mir bergab gegangen. Mit meiner Mutter kam ich in der Pubertät nicht zurecht, und ich hatte niemanden sonst, der für mich da war. Erst als ich Richard nach einigen Pleiten kennengelernt hatte, veränderte sich mein Leben zum Guten. Er hatte mich aus dem Tief geholt, mich aufgebaut und mir die Kraft gegeben, mein Leben zu ändern. Ihm hatte ich es zu verdanken, dass ich wieder auf die Beine gekommen war und sogar ein Psychologiestudium an der University of Chester begonnen hatte. Alles hätte so schön sein können, wenn es da nicht diese Tanya gäbe! Ich hasste Richard für seinen Vertrauensbruch, wollte Rache! Ihm das Gleiche antun. Er sollte leiden, wie ich litt.

Ich hob den Kopf und sah zu der dunkeln Gestalt am Ende der Brücke, für die ich Dankbarkeit empfand, weil sie hier geblieben war und mich nicht allein gelassen hatte. Ob der arme Kerl auch an Liebeskummer litt, so wie ich? Er machte einen traurigen Eindruck. Vielleicht brauchte er Trost? Wie oft war es mir so ergangen? Wie oft hatte ich in meiner wilden Zeit einsam auf einer Brücke gestanden und um einen meiner zahlreichen Exfreunde getrauert. Ich wusste nur zu gut, wie aussichts- und hoffnungslos das Leben in solchen Momenten erscheinen konnte. Mehr als einmal hatte ich mit dem Gedanken gespielt, mich von der Brücke zu stürzen. Nun ging es einem anderen schlecht. Vielleicht konnte ich ihm helfen? Ich machte einen Schritt auf ihn zu, in der festen Absicht ihn anzusprechen, als er plötzlich auf die schmale Brüstung der Brücke kletterte. Mein Herz begann vor Schreck wild zu pochen, weil ich meine schlimmste Befürchtung bestätigt sah und glaubte, er würde eine Dummheit begehen! So schnell ich nur konnte, rannte ich auf ihn zu. „Nein! Springen Sie nicht!“, brüllte ich aus Leibeskräften und streckte die Hände nach ihm aus, um ihn zu packen und auf sicheren Grund zu ziehen. In dem Moment, in dem ich ihn erreichte, drehte er sich zu mir um. „Was soll denn das?“

Ich hatte zu viel Schwung, rutschte auf der nassen Straße aus und versuchte mich an seiner Jacke festzuhalten. Doch dabei brachte ich ihn versehentlich aus dem Gleichgewicht. Er krallte sich seinerseits an meiner Regenjacke fest, stürzte rücklings in die Tiefe und riss mich mit sich. Ich schrie. Wasser spritzte meterhoch in die Luft und schwappte über uns zusammen. Prustend kehrten wir nacheinander an die Oberfläche zurück.

„Habt Ihr den Verstand verloren?“, keuchte er und schwamm zum Ufer.

Ich folgte ihm.

„Nicht im Geringsten. Ganz im Gegensatz zu Ihnen! Wieso wollten Sie sich umbringen?“

„Mich umbringen? Aus dieser Höhe? Was für ein ausgemachter Unsinn!“

Wir kämpften uns durch das Schilf, in dem er seinen Vorsprung ausbaute, vor mir das Ufer erreichte und mir hilfsbereit die Hand entgegenstreckte, um mich aus dem Wasser zu ziehen. Ich nahm sie dankbar an und betrat sicheren Boden. Das Licht des Mondes fiel günstig, sodass ich sein Gesicht erkennen konnte. Es war hübsch und von langen blonden Strähnen umrahmt.

„Wieso sind Sie dann auf das Geländer geklettert?“

„Weil ich nachdenken und dabei die Aussicht genießen wollte!“, knurrte er und schüttelte den nassen Schopf. „So etwas habe ich wirklich noch nie erlebt. Ich bin klatschnass!“

„Jetzt seien Sie mir doch nicht böse, ich wollte Ihnen nur helfen!“

Er sah mich skeptisch an, nickte dann aber versöhnlich.

„Hey!!!", hörte ich eine Stimme aus der Ferne. Ein Mann im roten Regenmantel, der wie ein Gespenst aus dem Nichts aufgetaucht war, stand auf der Brücke und winkte mir hektisch zu. „Brauchen Sie Hilfe?"

„Nein, es ist alles in Ordnung!", brüllte ich, so laut ich nur konnte, doch meine Stimme klang wie ein altes Reibeisen. Er trat vom Geländer zurück und verschwand in der Straße auf der anderen Seite der Brücke. Ich hoffte, dass er mich verstanden hatte und blickte erneut zu dem Fremden. Seine Haut war auffallend blass, doch von makelloser Schönheit. Und was für seltsame Kleidung er trug. Sie erinnerte mich an die pompösen Gewänder aus Kostümfilmen wie „Gefährliche Liebschaften".

„Es ehrt Euch sehr, dass Ihr mich retten wolltet. Aber glaubt mir, es besteht kein Grund zur Sorge. Ich fange gerade erst an, wieder zu leben."

Euch? Ihr? Erst jetzt fiel mir auf, dass er nicht nur aussah, als käme er aus einer anderen Zeit, sondern, dass er sich auch so artikulierte.

„Sie wissen, dass wir uns im 21. Jahrhundert befinden, nicht wahr?", fragte ich sicherheitshalber. Vielleicht hatte er durch den Schock des Aufpralls das Zeitgefühl verloren und hielt sich nun für einen Prinzen aus dem 18. Jahrhundert.

„Natürlich weiß ich das", entgegnete er mit einem Seufzen. „Und ich kann nicht gerade behaupten, dass ich dieses Jahrhundert mag."

Sirenen heulten auf. Ich sah zur Brücke und entdeckte zwei Mannschaftswagen, die mit quietschenden Reifen hielten. Männer in schwarzen Anzügen rissen die Schiebetüren auf und sprangen heraus. Es mussten um die zwei Dutzend sein. Unter ihnen befand sich auch der Mann im roten Regenmantel.

„Was hat das denn zu bedeuten?", stieß ich verwundert aus.

Der Fremde fuhr herum und sah zur Straße. Am Übergang zwischen der Brücke und der Fahrbahn sammelte sich der Trupp, der offenbar einer Spezialeinheit angehörte. Panik spiegelte sich in seinen Augen.

„Verflucht, wie haben sie mich nur gefunden ..." Zähneknirschend presste er sich mit dem Rücken an die Uferböschung. „Sie dürfen mich nicht noch einmal in ihre Fänge bekommen."

„Ich verstehe gar nichts mehr."

„Wenn Sie es vorhin ernst meinten …", sagte er und sah mich eindringlich an. „Wenn Sie mir wirklich helfen wollen, dann bringen Sie mich von hier weg. Ich kenne mich in dieser Gegend nicht aus."

„Ich bin auch nicht aus Liverpool!"

„Hier ist der Special Air Service. Kommen Sie mit erhobenen Händen herauf", brüllte eine befehlshaberische Stimme durch ein Megafon.

„Was, um Himmelswillen, haben Sie nur angestellt?", fuhr ich ihn an und suchte ebenfalls Schutz am Hang. Hatte ich es mit einem Schwerverbrecher, einem feindlichen Agenten oder einem Terroristen zu tun, dass ein solcher Aufmarsch notwendig wurde? Der Special Air Service war eine Spezialeinheit des Militärs, die jedoch auch im Inland operierte.

„Ich schwöre Ihnen, diese Männer sind nicht das, was sie vorgeben zu sein."

„Wollen Sie mich veralbern?"

„Sehen Sie genauer hin. Fällt Ihnen etwas auf? Sie tragen Armbrüste."

Ich hob vorsichtig den Kopf und spähte die Straße hinauf. Mit Entsetzen stellte ich fest, dass sich der Trupp in Bewegung gesetzt hatte. Das Licht der Straßenlaternen offenbarte, dass mein unbekannter Freund die Wahrheit gesprochen hatte. Jeder Anzugträger war mit einer Armbrust ausgestattet und trug zudem einen Schutzhelm. Die Männer sahen äußerst bedrohlich aus.

„Sie haben recht. Was hat das alles zu bedeuten?"

„Ich erkläre es Ihnen später. Jetzt müssen wir fliehen! Wenn sie uns in die Finger bekommen, sind wir beide dran. Glauben Sie mir."

Die besorgte Miene des jungen Mannes ließ keinen Zweifel daran, dass wir tatsächlich in großer Gefahr schwebten.

„Mein Rover steht auf der anderen Seite der Brücke, wir werden ihn nicht ungesehen erreichen", flüsterte ich und blickte nachdenklich zum Kanal. „Dann bleibt nur eine Möglichkeit. Wir müssen schwimmen."

So lautlos wie nur irgend möglich schlich ich ins Wasser. Das Adrenalin rauschte durch meine Adern, ließ mich meinen wilden Herzschlag spüren und schützte mich gleichzeitig vor der Kälte. Nach zwei Schritten fiel der Grund steil ab, sodass ich mich nur durch Ruderbewegungen der Arme an der Oberfläche halten konnte. Als der Fremde hinter mir auftauchte, deutete ich zur Brücke. „Wir werden tauchen. Schaffen Sie das?"

„Sicher."

Aus dem Augenwinkel nahm ich den herannahenden Trupp wahr.

„Sie sind im Kanal! Beeilung!", brüllte einer der Männer und feuerte seine Armbrust ab. Knapp neben mir schlug ein Bolzen ins Wasser.

„Mein Gott, die meinen es wirklich ernst!", schrie ich in Panik auf.

„Bist du verrückt? Wir wollen ihn lebend!"

„Mir sind die Nerven durchgegangen!", klangen die Stimmen der Männer zu uns herüber.

Ich holte tief Luft und glitt in die Tiefe, doch ich verlor in den schwarzen Wassermassen die Orientierung. Da ergriff jemand meine Hand und führte mich durch die Dunkelheit. Kurz bevor mir die Luft knapp wurde, kehrten wir unter der Brücke an die Oberfläche zurück. In der Ferne sah ich unsere Verfolger, die am Kanal entlangliefen und das Wasser mit ihren Taschenlampen ausleuchteten. Wir hatten einen ordentlichen Vorsprung herausgeholt. Das war beruhigend. Aber es war zu früh, sich in Sicherheit zu wiegen.

„Wo ist diese Kreatur?", vernahm ich plötzlich die Stimme eines Mannes über uns, der offensichtlich bei den Mannschaftswagen geblieben war.

„Ich habe einen Verdacht, folg mir", erwiderte ein anderer. Sie eilten über die Brücke und kletterten den Hang hinab. Gerade, als ihre Gestalten in meinem Blickfeld auftauchten, zog mich der Fremde erneut unter Wasser. Einer der Männer nahm fluchend die Verfolgung auf, verlor jedoch unsere Spur in der Dunkelheit. Unbeirrt setzten wir unsere Flucht fort. Nur ab und an gönnten wir unseren Lungen einen kurzen Atemzug. Wir tauchten bis zu einem kleinen Steg und versteckten uns zwischen den angeleinten Booten. Mein Kreislauf versagte, mir wurde übel, und die Kälte ergriff allmählich Besitz von mir. Ich klammerte mich erschöpft an die feuchte Brust des Fremden und zuckte zusammen, als er schützend einen Arm um mich legte und mich sanft anlächelte. Es war ein wunderschönes Lächeln, bei dem ich unter anderen Umständen dahingeschmolzen wäre. Aus nicht allzu weiter Ferne hörte ich das Geräusch herannahender Motorräder. Auch ein Motorboot rauschte an uns vorbei. Die Mannschaft leuchtete den Kanal mit Scheinwerfern aus.

„Sie sind immer noch hinter uns her", flüsterte er in mein Ohr und zog mich fester an sich. Ich konnte seinen Herzschlag durch den Stoff hindurch spüren. Es schlug viel zu schnell. Beruhigend legte ich die Hand auf seine Brust und blickte zu ihm auf. Erneut lächelte er mich ermutigend und gleichzeitig verführerisch an.

Dann wurde es mit einem Mal ruhig. Wir warteten ... und warteten. Es schien eine halbe Ewigkeit zu vergehen, in der nichts geschah. Das Boot kehrte nicht zurück. Von den Motorrädern war nichts mehr zu hören. Lediglich die Kälte war geblieben und lähmte meine Glieder. Ich hoffte inständig, wir würden unser Versteck endlich verlassen können.

„Ist es überstanden?", fragte ich vorsichtig.

„Das finde ich heraus, bleib hier."

Er zog sich auf den Steg und sah sich um. Meine Zähne begannen zu klappern. Frische Abendluft strich über meinen nassen Schopf und mein feuchtes Gesicht. In diesem schmutzigen Kanal holte ich mir noch den Tod! Erneut harrte ich wartend aus und atmete erleichtert auf, als er zurückkehrte und mir die Hand reichte, um mich aus dem Wasser zu ziehen.

„Sie scheinen die Suche abgebrochen zu haben. Wir sollten einen Unterschlupf zum Aufwärmen suchen."

„Wir?"

„Ich würde mich über deine Gesellschaft freuen. Um ehrlich zu sein, fand ich es sehr rührend, dass du mich retten wolltest, obwohl du mich gar nicht kanntest."

Ich zögerte. Es war gewiss keine gute Idee zum Eldonian Way zurückzukehren. Und bevor wir uns eine Lungenentzündung zuzogen, war es sinnvoller, eine Unterkunft aufzusuchen. Ärgerlicherweise hatte ich mein Portemonnaie im Rover vergessen. Genauso wie mein Handy.

„Haben Sie Geld für ein Hotelzimmer?"

„Ich besitze keins. Aber es wird sich etwas finden, vertraue mir." Erneut legte er den Arm um mich und lief mit mir durch die Gassen. Ich widersprach nicht, ließ mich führen und hoffte, mich an ihm wärmen zu können. Doch er fühlte sich eiskalt an.

Es war ungewohnt, mich an den Körper eines Mannes anzulehnen, der nicht Richard war! Wir hielten vor einem alten, zerfallenen Haus in der Bangor Street inne. Die Wände waren mit Graffiti beschmiert, Transparente und eine Regenbogenflagge hingen aus den Fenstern. Eine Gruppe Punks lief grölend an uns vorbei und schleppte eine Kiste Bier ins Innere. Durch die offen stehenden Fenster und Türen drang laute Musik.

„Ein besetztes Haus. Wollen Sie wirklich hier unterkommen?", fragte ich ihn verwirrt, da ich ihm mehr Niveau zugetraut hätte.

„Wäre das denn möglich?"

„Keine Ahnung. Zumindest wird es nichts kosten."

„Dann sollten wir es versuchen. Sprechen wir mit den Verantwortlichen."

Ich war nicht sonderlich begeistert von der Idee und wollte auf der Stelle kehrt machen, doch er zog mich unbeirrt zum Hauseingang, wo uns eine junge Frau mit pechschwarzen Haaren auf dem Flur entgegenkam.

„Kann ich euch helfen?", fragte sie freundlich. Sie trug ein lila Kleid mit dunkler Spitze, welches ihre zierliche Figur betonte.

„Wir brauchen dringend ein Dach über dem Kopf."

Zuerst musterte sie aufmerksam meinen durchnässten Begleiter, dann sah sie prüfend an mir hinunter.

„Das glaube ich gern. Ihr zwei seht wirklich schräg aus." Dass wir in Schwierigkeiten steckten, war nicht zu übersehen.

„Meinetwegen. Ihr könnt in den dritten Stock gehen." Mit diesen Worten steckte sie sich eine Zigarette in den Mund und schritt durch eine kaputte Tür in ein ehemaliges Wohnzimmer.

Neugierig lugte ich durch die Öffnung in den lang geschnittenen Raum. Die jungen Leute – Gruftis – störten sich nicht an unserer Gegenwart. Einige grüßten sogar freundlich und boten uns Plätze an einer großen Metalltonne, in der ein Feuer brannte, an. Ich überlegte – trotz aller Abneigung – ihre Einladung anzunehmen. Mein Körper sehnte sich nach Wärme!

„Warte. Das solltest du besser nicht tun. Gehen wir in den dritten Stock, so wie man es uns gesagt hat."

„Ich würde mich gern etwas aufwärmen, wenn Sie nichts dagegen haben. Und seit wann duzen wir uns?"

„Schon ein ganzes Weilchen. Aber das hast du in der Aufregung nicht mitbekommen, wie mir scheint." Er grinste und zwinkerte mir zu. „Du bist völlig durchnässt. Willst du dich etwa vor allen ausziehen?"

Ich sah ihn entsetzt an. Was für ein absurder Gedanke!

„Dachte ich mir, dass dir das nicht gefällt. Wir machen oben ein Feuer, in Ordnung?"

Ich nickte langsam. Vielleicht war das tatsächlich die bessere Alternative. Wir liefen die knarrenden Treppen nach oben. Auf den Stufen saßen die Punks mit ihrer Bierkiste und rauchten etwas, das verdächtig nach Marihuana roch.

„Hier sieht es gut aus, was meinst du?", fragte der blonde Engel, schaltete eine Stehlampe an und machte eine einladende Handbewegung zu einem Raum mit alten Möbeln, die mit Laken abgedeckt waren. Ich konnte mich zu meinem eigenen Erstaunen trotz der lauten Musik, die durch das ganze Haus hallte, schnell mit der Umgebung anfreunden und trat ein.

„Gemütlich", gab ich zu, während mein Begleiter die Vorhänge aus dickem, schwarzem Stoff begutachtete.

„Das dürfte genügen", sagte er und setzte sich auf die Couch, wo er sich seiner nassen Jacke entledigte und auch das Rüschenhemd auszog. Ich ertappte mich dabei, wie mein Blick auf seinem geschmeidigen Männerkörper haften blieb. Erst als er mich schelmisch angrinste, wurde mir bewusst, dass ich ihn unerhört lange anstarrte. Peinlich berührt wandte ich den Kopf ab und entdeckte einen alten Ofen, neben dem sich ein kleiner Holzstapel türmte.

„Hast du Feuer?"
„Leider nein."
„Dann frage ich die ... Jungs unten im Flur."
Kurz nachdem ich mir von den Punks eine Packung Streichhölzer ausgeliehen hatte, brannten Holz und Papier im Ofen und füllten den Raum mit einer angenehmen Wärme. Er rückte die Couch vor den Ofen. Ich setzte mich neben ihn und zog die Beine näher an mich heran.
„Möchtest du dein Hemd nicht ausziehen?"
Nichts wollte ich lieber, als meine Kleidung auszuziehen, die wie eine zweite Haut an mir klebte! Doch plötzlich hatte ich Hemmungen. Konnte ich mich wirklich vor ihm entblößen?
„Du kannst mir die Augen verbinden, wenn du möchtest", sagte er und lachte. Ich war mir nicht sicher, ob er es ernst meinte. „Komm schon, ich würde mich schuldig fühlen, wenn du dich wegen mir erkältest oder sogar eine Lungenentzündung bekommst. Ich verspreche hoch und heilig, dich nicht zu bedrängen." Er hob die Hand und setzte zum Schwur an.
Eigentlich wäre das sogar ein bisschen schade, überlegte ich. Schließlich war das die Gelegenheit, sich an Richard zu rächen! Es ihm gleich zu tun, und ihn spüren zu lassen, wie es sich anfühlte, die Hörner aufgesetzt zu bekommen.
„Na, fein, warum nicht." Ich streifte das Hemd ab, ließ jedoch meinen BH an. Auch die Hose zog ich aus, sodass ich nur noch in meiner Unterwäsche neben ihm saß. Vorsichtig griff ich nach einem Stapel Papier, zerknüllte die Blätter und warf sie ins Feuer.
„Ich heiße übrigens Charlene Lawrence. Meine Freunde nennen mich Charlie."
„Charlie", wiederholte er sinnlich. „Ein schöner Name."
„Danke. Und du bist …?"
„Jeremy Wellingham."
„Gesucht wegen Raubes, Mordes, oder welches Verbrechen wird dir zur Last gelegt?"
Jeremy kratzte sich verlegen am Hinterkopf. „Wenn ich dir sage, dass ich kein Verbrechen begangen habe, glaubst du mir vermutlich nicht?"
„Wahrscheinlich nicht. Es sei denn, du verrätst mir endlich, warum diese Männer hinter dir her waren."
Er atmete tief durch und warf den Kopf in den Nacken, sodass ich seine weiße Kehle sehen konnte. Auf ihr befand sich eine Narbe, die mich an eine Bisswunde erinnerte.
„Hör zu, Charlie, ich bin dir unendlich dankbar für das, was du für mich getan hast. Aber ich möchte dich nicht in Schwierigkeiten bringen."
„Ich glaube, dafür ist es zu spät. Ich stecke bis zum Hals in Schwierigkeiten, falls es dir noch nicht aufgefallen ist."
„Und das tut mir auch sehr leid ... hey, dir ist ja noch immer kalt!"
„Du lenkst vom Thema ab!"
„Tu ich das? Ich will doch nur, dass dir ein bisschen wärmer wird."

Er zog mich von der Couch herunter, näher an den Ofen heran und umkreiste mich auf allen vieren wie ein gefährliches Raubtier. „Ich habe auch schon eine Idee, wie ich das anstellen kann."

„Das ist nicht nötig, ich …"

Er setzte sich hinter mich. Seine Hände streichelten zärtlich meine Schultern. Es fühlte sich wundervoll an. Aber auch sehr kalt.

„So wirst du mich nicht wärmen können, du bist viel kälter als ich."

„Das kann nicht sein. Ich fühle die Wärme, die mein Herz umgibt."

„Oh, bitte, auf derart abgedroschene Sprüche falle ich nicht herein."

Seine Hand glitt über meinen Rücken. Sie berührte mich nur mit den Fingerspitzen.

„Das war kein Spruch. Unsere Begegnung hat etwas in mir geweckt, das ich längst tot geglaubt hatte."

Weiche Lippen liebkosten meinen Hals. Verspielt saugte er an der pochenden Schlagader. Ich hob abwehrend die Hand, drehte mich und stieß ihn zurück. „Das geht mir zu weit. Ich habe einen Freund, den ich sehr liebe!"

Jeremy sah mich lange und eindringlich an. Seine eisblauen Augen faszinierten mich. Ich hatte Mühe, mich seinem eindringlichen Blick zu entziehen.

„Und warum siehst du dann so unglücklich aus?"

„Weil du mich bedrängst, obwohl du mir eben noch versprochen hast, es nicht zu tun."

„Tut mir leid, Charlie. Es fällt mir schwer, mich zurückzuhalten. Du bist eine wunderschöne Frau."

Blut schoss mir ins Gesicht. Peinlich berührt wandte ich den Kopf zur Seite und rieb mir über die glühenden Wangen. Er nahm meine Hand, spreizte meine Finger und führte jeden einzeln zu seinem Mund, um die Kuppen mit sanften Küssen zu bedecken.

„Wenn es dein inniger Wunsch ist, werde ich dich in Ruhe lassen. Auch wenn es mein Herz zerreißt."

Seine Worte klangen ehrlich. Trotz all der Geheimnisse, die ihn umgaben, hatte ich das Gefühl, ihm vertrauen zu können. Vorsichtig umschlossen seine Lippen meinen Zeigefinger und glitten an ihm auf und ab. Ich schluckte. Der Anblick erregte mich sehr. Ich hätte dem Spiel seiner süßen Lippen gern länger zugesehen, doch unvermittelt gab er ihn wieder frei und näherte sich meinem Gesicht. Mein Atem wurde schneller. Ich war nicht sicher, ob ich die Kraft aufbringen würde, ihm zu widerstehen. Nach allem, was wir erlebt hatten, fühlte ich mich zu ihm hingezogen und kämpfte verzweifelt gegen die Gefühle an, die ich nicht haben durfte. Sollte ich meine Beziehung zu Richard wegen einer kurzen Schwäche aufs Spiel setzen?

Aufs Spiel setzen, wiederholte ich verächtlich in Gedanken. Es gab längst nichts mehr zu verlieren. Richard hatte mich betrogen! Unsere Liebe war dabei zu erlöschen. Nun war ich an der Reihe, mir das zu nehmen, wonach ich mich verzehrte.

„Küss mich", hauchte Jeremy. Begierde. Sie sprach aus jedem seiner Worte, lag in seinem Blick. Wie lange hatte ich mich danach gesehnt, begehrt zu werden? Ich schloss die Augen und gab mich seiner Leidenschaft hin. Gierig füllte seine Zunge meinen Mund aus, drang immer wieder in mich ein. Seine kalten Hände wanderten über meinen Körper, zogen meinen BH herunter und streichelten meine Brüste, bis sich ihre Spitzen regten. Sie strichen über meine Seiten, meine Oberschenkel hinab und wieder hinauf, bis sie zu den Innenseiten meiner Schenkel gelangten und immer wieder verdächtig nahe meinem geblümten Slip kamen. Ich erschrak, als sein Zeigefinger plötzlich unter den Stoff schlüpfte und meine Schamlippen neckte. Unter seinen Berührungen schwollen sie an, wurden heiß und prall.

„Als du dir die Streichhölzer von den Punkern ausgeliehen hast, habe ich etwas in einer Schublade entdeckt, dass dir gefallen wird. Sie sind sogar noch unbenutzt. Jungfräulich, könnte man sagen."

Ich sah ihn neugierig an. Hinter seinem Rücken zog er eine Schachtel mit einem Paar silberner Liebeskugeln hervor und hielt sie mir direkt vor die Nase. Einem Pendel gleich schwangen sie an einer Schnur hin und her. Ich spürte, wie sich ein aufregendes Kribbeln in meinem Unterleib ausbreitete.

„Die würde ich nur allzu gern in mir spüren!" Eilig zog ich den Slip aus und spreizte die Beine. Aber Jeremy ließ sich Zeit. Langsam glitten die Kugeln über meinen bebenden Körper. Das kühle Metall rollte über meine Brüste und reizte meine Knospen. Ich rekelte mich vor Wollust, hielt es kaum aus, als er die Kleinere der beiden Kugeln in meinen Bauchnabel legte und dort kreisen ließ. Ungeduldig suchten meine Hände den Weg nach unten und rieben an meiner heißen Scham. Ein schmatzendes Geräusch erklang. Die Fäden süßer Lust wickelten sich um meine Finger. Ich spürte, dass ich bereit war. Zeige- und Mittelfinger tauchten in mich, um meine Enge zu weiten, und den Weg für die kühlen Metallkugeln zu ebnen. Ich konnte es gar nicht erwarten, sie in mir zu spüren.

Jeremy streichelte beruhigend meinen Venushügel und lächelte mich verheißungsvoll an. Dann nahm er die kleine Kugel und platzierte sie vor meiner Scheide. Ich biss mir vor Erregung auf die Lippen. Sie so nah am fleischigen Rand meines Eingangs zu spüren, war fast noch aufregender, als sie in mir zu wissen. Ich stöhnte leise, als er sie schließlich in mich schob. Erst langsam, dann schneller und tiefer. Ich fühlte, wie das runde Metall mich ausfüllte. Und schließlich folgte ihm die zweite Kugel, die größer und fordernder war. Jeremy zog seinen Finger aus mir heraus, während die Kugeln in mir zurückblieben und bei jeder noch so kleinen Bewegung meinen Unterleib vibrieren ließen. Nun kümmerte er sich um meine Klitoris, die sich aus ihrem Mantel wagte. Ich schloss die Augen und genoss, wie sich die Muskeln meines Körpers anspannten. Jeremy streichelte mich sanft, ausdauernd und quälend langsam. Gierig schob ich ihm meinen Unterleib entgegen, weil ich hoffte, er würde mich endlich nehmen. Erneut bewegten sich die Kugeln in mir. Ein süßer Schauer jagte durch meinen bebenden Körper. Flehend sah ich Jeremy an. Aber er schüttelte nur den Kopf und ließ seinen Finger hartnäckig über die Klitoris gleiten. Ich verkrampfte mich, warf den Kopf hin und her und zuckte am ganzen Leib. Als ich den Lustgipfel erklomm, zog Jeremy ganz langsam die Liebeskugeln an der Schnur aus meiner Scheide. Erst die Große! Ich glaubte, von innen heraus zu explodieren. Dann die Kleine! Ich bäumte mich lustvoll auf und zuckte überall, als hätte er mich unter Strom gesetzt. Schließlich sank ich erschöpft, doch glücklich, auf den Boden und genoss die Entspannung, die sich nach und nach in mir ausbreitete.

Jeremy nickte mir zufrieden zu und betrachtete die beiden Kugeln. Meine Nässe hatte sich wie ein durchsichtiger Mantel um das Metall gelegt. Er öffnete den Mund und ließ die Kugeln in ihm verschwinden. Als er die Lippen schloss, hing nur die Schnur heraus. Genussvoll schob er die Kugeln von einer Seite zur anderen. Nachdem er sie gereinigt und meinen Liebessaft gekostet hatte, gab er sie wieder frei und legte sich neben mich, um meine Brüste zu streicheln.

„Das hat mir sehr gefallen. Wir sollten es unbedingt wiederholen", sagte er.

Wiederholen? Ich fühlte mich nicht wohl bei dem Gedanken, drehte mich zur Seite und wandte ihm den Rücken zu. Ich hatte einen One-Night-Stand gewollt, mehr nicht. Etwas, das mein Selbstbewusstsein polierte und mir das Gefühl gab, Richard eins ausgewischt zu haben. Aber Jeremy wollte offenbar mehr.

„Was hast du denn auf einmal? Habe ich etwas Falsches gesagt?"

„Nein."

„Dann möchtest du mich also auch wiedersehen?"

„Ich sagte dir doch, dass ich einen Freund habe."

„Der dich unglücklich macht."

„Wer behauptet das?"

„Habe ich nicht recht damit? So wie du aussiehst, so sieht keine glückliche Frau aus."

Ich schwieg.

Natürlich hatte er recht! Und ja, der Sex mit Jeremy war großartig gewesen! Sein Angebot, es zu wiederholen, klang mehr als verführerisch. Warum auf diese Freuden verzichten? Wenn ich es geschickt anstellte, würde Richard vielleicht sogar merken, was er an mir hatte und darum kämpfen, dass ich ihn nicht wegen Jeremy verließ!

„Du hast doch unser Zusammentreffen genossen, nicht wahr?"

„Schon ..."

„Mir geht es genauso. Ich glaube, es war Schicksal. Durch dich hat alles wieder einen Sinn bekommen. Das meine ich ernst. Du bist das Beste, das mir seit langem passiert ist", schmeichelte er mir.

Ich errötete, weil er mich auf einen Sockel hob, mich auf Händen trug und es augenscheinlich liebte, mich zu verwöhnen. Dieser Mann tat mir und meinem angekratzten Selbstbewusstsein so verdammt gut.

„Ich will dir Zeit lassen, über meinen Vorschlag nachzudenken. Doch gib mir irgendetwas von dir, damit ich dich finden kann. Bitte." Er sah mich auf so unwiderstehliche Weise an, dass es mir schwerfiel, ihm zu widersprechen.

„Also, schön, ich schreibe dir meine Handynummer auf", sagte ich und löste mich von ihm, um zum Schreibtisch zu gehen und dort auf einem Zettel die Nummer zu notieren. Warum sollte ich mir nicht das gleiche Recht wie Richard herausnehmen und mir einen Liebhaber halten?

„Handys – du sprichst von diesen kleinen Geräten, die jeder bei sich trägt und die Stimmen übertragen?"

Verwirrt runzelte ich die Stirn. „Natürlich! Tragbare Telefone."
„Gut, dann weiß ich Bescheid."
Ich grinste und reichte ihm das Stück Papier. Täuschte ich mich, oder war das der Blick eines Verliebten? Jeremy griff nach meinen Schultern und zog mich näher zu sich heran. Ohne Vorwarnung presste er die Lippen auf meinen Mund. Ich konnte mich nicht wehren. Wusste nicht einmal, ob ich das überhaupt wollte. Ich spürte nur, dass meine Knie so weich wie Butter wurden, und das Kribbeln in meinem Bauch zunahm.
„Ich werde dich anrufen, sobald ich herausgefunden habe, wie diese Telefonzellen funktionieren", versprach er.
„Ich wünsche dir viel Erfolg dabei, du verrückter Kauz. Ist auch wirklich eine schwierige Angelegenheit. Aber einen Tipp gebe ich dir, du musst den Hörer abnehmen, bevor du wählst. Und man braucht Geld."
„Danke, das ist sehr hilfreich."
Ich schüttelte den Kopf. Wollte er mich veralbern, oder war er tatsächlich so weltfremd und unbeholfen, wie er sich gab?
„Geht es dir gut?", fragte ich besorgt, weil er sich plötzlich auf meiner Schulter abstützte und die Hand an die Stirn presste.
„Ja ... mir ist nur ein wenig schwindelig."
„Das kommt sicher von der Aufregung. Willst du dich hinlegen?"
„Nein, es geht schon." Er winkte ab und atmete tief durch. Ein merkwürdiges Funkeln lag in seinen Augen, als er mich ansah. Dann glitt sein Blick hinab und blieb an meiner Kehle haften. Er öffnete den Mund und leckte sich über die Lippen.
„Warum starrst du so? Habe ich einen Knutschfleck am Hals?"
„Nein, du bist einfach nur wunderschön."
„Hör doch endlich auf, mich ständig mit Komplimenten zu überschütten. Du machst mich ganz verlegen."
„Ich sage nur die Wahrheit." Er strich eine Strähne aus meinem Gesicht und legte seine Lippen auf meinen Mund. Sie zitterten vor Erregung. Oder vor Gier? Langsam glitten sie tiefer, berührten meinen Hals und saugten an ihm. Mir wurde heiß, weil die Lust erneut in mir überschäumte. Wohlige Schauer jagten durch meinen Körper, und Feuchtigkeit bildete sich zwischen meinen Beinen. Aus dem Saugen wurde ein schmerzhaftes Zwicken. Fest hielt er mich in den Armen, verstärkte seinen Griff um mich und raubte mir die Luft zum Atmen. Er löste Beklemmungsgefühle in mir aus.
„Übertreib nicht", mahnte ich, doch Jeremy ließ nicht von mir ab. Sein Stöhnen wurde immer lauter und animalischer. Ich hatte das Gefühl, er würde mir jeden Augenblick ein Stück Fleisch aus dem Hals reißen.
„Hör auf!", zischte ich und versuchte ihn wegzustoßen. „Du tust mir weh!"
Weil er meinen Protest ignorierte, begann ich mit der Faust gegen seine Schulter zu schlagen. Endlich ließ er mich los. Keuchend und stöhnend. Ich wich vor ihm zurück. Seine Gestalt wirkte erschreckend dürr und ausgemergelt. Durch seine totenbleiche Haut schimmerten zahlreiche Adern. Innerhalb weniger Augenblicke

hatte er sich von einem schönen Engel in eine Gestalt verwandelt, die die personifizierte Krankheit hätte sein können.

„Du siehst ... sehr schlecht aus", stammelte ich aufgelöst und spielte mit dem Gedanken, einen Krankenwagen zu rufen, bevor er umkippte.

„Was ... was habe ich nur getan. Verzeih mir ..." Panik lag in seinem Blick. „Es kam ... einfach über mich. Das durfte nicht passieren! Ich sollte ... verschwinden."

„Halt, bleib stehen. Was ist denn nur los mit dir?" Ich hielt ihn am Arm zurück. Sein Körper bebte. Mit der Hand fuhr er über seinen eingefallenen Bauch. „Ich habe Hunger. Die Erregung hat ihn gesteigert."

„Deine letzte Mahlzeit liegt länger zurück?"

„Wenn ich nicht bald etwas zu mir nehme, verliere ich den Verstand. Ich muss gehen."

„Wo willst du denn in deinem Zustand hin?"

Rasch zog er sich Hose, Rüschenhemd und Justaucorps über. Seine Hände zitterten, als er den Gürtel um die Hose schlang. Er wirkte aufgelöst und erinnerte mich an mein früheres Ich, das ähnlich nervös reagiert hatte, wenn es unter Entzugserscheinungen litt. Nachdenklich beobachtete ich ihn. Wollte er sich wirklich nur einen Imbiss von der Tankstelle holen oder den nächsten Schuss verpassen? Ich hätte ihm beides zugetraut.

„Ich bin gleich zurück", verabschiedete er sich.

Ich setzte mich auf die Couch und schlang die Arme um die angewinkelten Beine. Wie merkwürdig er sich plötzlich verhalten hatte. Irgendetwas stimmte nicht mit diesem Mann. Ich hätte mich wohler gefühlt, wenn er zur Notaufnahme gegangen wäre.

Aus dem „Gleich" wurden Stunden. Irgendwann hatte ich genug von der Warterei. In mir wuchs die Ahnung, dass er ohnehin nicht zurückkehren würde. Vielleicht hatte ich mich in ihm getäuscht, und er hatte doch nur ein schnelles Abenteuer gesucht? Desillusioniert zog ich meine feuchte Kleidung an und machte mich auf den Weg nach draußen. Auf der Treppe stieß ich mit der Gothiclady zusammen, die uns Unterschlupf gewährt hatte.

„Willst du schon wieder gehen?", fragte sie freundlich.

Ich nickte nur.

„Schade, ich wollte dir gerade ein paar trockene Sachen bringen."

Sehnsüchtig blickte ich auf das ordentlich zusammengefaltete schwarze Spitzenkleid in ihren Händen.

„Du kannst es trotzdem gern anziehen, wenn du magst."

Ein dankbares Lächeln huschte über meine Lippen. „Aber ich weiß nicht, wann ich wieder in der Gegend bin, um es dir zurückzugeben."

Sie winkte ab. „Es ist uralt. Behalte es ruhig."

„Das ist wirklich sehr nett. Vielen Dank." Ich nahm das Kleid, verschwand in einem der leeren Zimmer und streifte es über. Es passte perfekt und betonte meinen wohlgeformten Busen und die runden Hüften. Mit dem neuen Outfit fühlte ich mich sicher. Sollten unsere Verfolger noch immer die Brücke observieren, würden sie mich nicht so schnell wieder erkennen und hoffentlich für eine normale Passantin halten. Ich verabschiedete mich von der freundlichen

Gothiclady und kehrte zur Brücke am Eldonian Way zurück. Misstrauisch sah ich mich um, doch weit und breit war keine Spur von den Männern in den schwarzen Anzügen zu sehen. Womöglich suchten sie noch immer den Leeds Liverpool Canal ab. Erleichtert setzte ich mich hinter das Steuer meines Rovers 200, als mein Handy klingelte, das neben mir auf dem Beifahrersitz lag. „Neue Nachricht" stand auf dem Display. Ich klickte auf „Lesen" und hielt vor Schreck den Atem an, als ich sah, dass die SMS von Richard war!

Willkommen in Liverpool, Babe. Triff mich um 9 Uhr im Cafe Larocco in der Richmond Row. Richard.

Meine Nackenhaare stellten sich auf. Woher wusste Richard, dass ich in der Stadt war? Ich versuchte ihn anzurufen, aber es schaltete sich nur sein Anrufbeantworter an. Mittlerweile war es 3 Uhr nachts. Vermutlich lag er längst in den Federn – mit Tanya. Ich entschied, den Heimweg nach Chester anzutreten und noch ein wenig zu schlafen, bevor ich mich mit Richard traf. Zur Bestätigung schickte ich ihm eine SMS, dann fuhr ich los.

Um Punkt 9 Uhr betrat ich das Larocco Cafe, setzte mich an einen Tisch am großen Fenster und bestellte ein Frühstück mit Rührei und Speck. Das Cafe war für diese Uhrzeit überraschend leer. Nur an einem Tisch auf der gegenüberliegenden Seite saßen zwei Männer in schwarzen Anzügen, die ab und an zu mir herübersahen.

Ungeduldig zupfte ich an den Ärmeln meiner Bluse und blickte immer wieder auf meine Armbanduhr.

Wie hatte Richard nur herausbekommen, dass ich ihm nach Liverpool gefolgt war? Hatte er einen Detektiv auf mich angesetzt? Das war unwahrscheinlich. Er hatte keinen Grund, mich beschatten zu lassen. Von Jeremy konnte er unmöglich etwas wissen.

Der Kellner stellte einen Korb mit Weißbrot und ein Kännchen Kaffee auf den Tisch. Ich bedankte mich, schenkte mir ein und nahm einen kleinen Schluck aus der Tasse. Der Kaffee schmeckte merkwürdig. Für meinen Geschmack eine Spur zu bitter.

Richard war nicht gerade die Pünktlichkeit in Person, und es überraschte mich nicht im Geringsten, dass er sich auch heute verspätete. Zehn Minuten waren bereits vergangen, wie ich nach einem weiteren Blick auf meine Armbanduhr feststellen musste. Das Zifferblatt verschwamm vor meinen Augen. Benommen schüttelte ich den Kopf. Ich hatte heute Nacht nicht genug geschlafen. Die Müdigkeit machte sich bemerkbar. Um ihr entgegenzuwirken trank ich einen großen Schluck Kaffee und biss in die Scheibe Weißbrot. Während ich kaute, wurde mir erneut schummerig. Die Kanne, der Brotkorb, alles schien sich vor meinen Augen zu verdoppeln. Hatte mir der Kellner versehentlich Alkohol in die Kaffeekanne getan?

„Was ist nur los mit mir?"

Meine Stimme klang verzerrt, viel langsamer und tiefer als es sonst der Fall war. Zu spät merkte ich, dass man mir tatsächlich etwas in den Kaffee gemischt hatte. Etwas, das meine Sinne benebelte. Panisch sprang ich von meinem Stuhl auf.

Doch mein Gleichgewichtssinn reagierte verzögert. Ich knallte auf den Boden, robbte zur Theke und rief verzweifelt um Hilfe. Der Kellner und die beiden Manager kamen auf mich zu. Sie sahen auf mich herab, machten jedoch keine Anstalten, irgendetwas zu unternehmen. Wenige Augenblicke später verlor ich das Bewusstsein.

Als ich wieder zu mir kam, umgab mich noch immer Dunkelheit. Meine Peiniger hatten mir eine Augenbinde umgebunden und mich an einen Stuhl gefesselt. Die Stricke schnitten schmerzhaft in mein Fleisch. In meinem rechten Arm steckte eine Kanüle.

„Wo bin ich?“, hauchte ich verstört. Mir war so heiß, dass ich glaubte, innerlich zu verbrennen.

„Wir haben dir ein Gegengift gespritzt, damit du wieder zu dir kommst“, vernahm ich eine dunkle Stimme in meiner Nähe. „Du hast Informationen, die sehr wichtig für uns sind.“

„Ich habe keine Ahnung wovon Sie sprechen!“ War dieser Kerl von allen guten Geistern verlassen? Welche Informationen meinte er?

„Du weigerst dich also mit uns zusammenzuarbeiten?“

„Wer sind SIE?“

„Beantworte meine Frage!“

„Herrgott, ich habe keine Informationen!“

„Meine Kollegin Tanya wird dir gern dabei behilflich sein, dich zu erinnern. Ein Wort von mir, und sie verabreicht dir eine Wunderdroge, die dich sprechen lassen wird.“

Drogen? Meine Alarmglocken schrillten! Jemand machte sich an der Kanüle in meinem Arm zu schaffen. Ich geriet in Panik. Rauschgift hatte schon einmal mein Leben zerstört. Es hatte mich so viel Mühe und Kraft gekostet, von diesem Teufelszeug loszukommen!

„Nein! Keine Drogen, bitte! Sie ahnen nicht, was das für mich bedeutet.“

„Dessen bin ich mir bewusst. Ich weiß alles über dich und vielleicht sogar noch etwas mehr als du selbst.“ Er schnipste mit dem Finger, und Tanya hielt inne.

„Wenn du vernünftig bist, können wir gern darauf verzichten. Überleg es dir gut. Zeigst du dich kooperativ, ist alles ganz schnell vorbei. Weigerst du dich, wird dich deine Vergangenheit schneller einholen, als dir lieb ist.“

Dieser Verrückte, wer immer er auch war, meinte es ernst! Ich musste nicht lange überlegen und ging auf den Deal ein. Man nahm mir die Binde ab. Das grelle Licht schmerzte in meinen Augen. Nachdem ich mich an die Helligkeit gewöhnt hatte, sah ich mich in dem kalten, steril wirkenden Raum um. Mir gegenüber saß ein Typ mit blonder Gelfrisur in einem schwarzen Anzug. Hinter ihm entdeckte ich die beiden Manager, die ich im Café gesehen hatte. Nun erinnerten sie mich an Bodyguards.

Die schwarzhaarige Tanya stand neben mir und hielt drohend eine Spritze vor mein Gesicht. „Versuch nicht, uns zu verarschen, Kleine. Das würde dir schlecht bekommen.“

Ich nickte eingeschüchtert und sah flehend zu dem blonden Schönling, dessen Miene völlig starr blieb. Langsam beugte er sich vor und faltete die Hände.

„Ich hoffe, du machst uns keine Schwierigkeiten?“
„Wenn ich Ihre Fragen beantworten kann, werde ich es tun. Ich fürchte nur, dass ich nicht viel zu sagen habe. Es muss eine Verwechslung vorliegen.“
„Wir haben deinen Wagen gestern Abend am Eldonian Way gesehen. Was hattest du dort zu suchen?“
Woher, um alles in der Welt, wusste er, dass der Rover 200 mir gehörte?
„Sprich!“, zischte Tanya, weil ich nicht wie aus der Pistole geschossen antwortete, und krallte ihre Finger in mein Haar, um meinen Kopf ein Stück nach hinten zu reißen. Ich stieß einen Schrei aus. Meine Kopfhaut schmerzte höllisch.
„Schon gut. Lass sie.“ Der Mann im Anzug hob beschwichtigend die Hände. Dann starrte er mich unverwandt an, und es war offensichtlich, dass er eine schnelle, ihn zufrieden stellende Antwort erwartete.
„Ich sah einen Mann auf dem Geländer und glaubte, er würde sich umbringen wollen!“
„Und du kamst rein zufällig vorbei, als das geschah? Was machst du überhaupt in Liverpool?“
Ich schluckte. Die Antwort auf diese Frage war mir ungeheuer peinlich. Als ich zögerte, begann Tanya mit ihrer Spritze zu spielen, um mich unter Druck zu setzen.
„Ich … ich …bin meinem Freund nachgefahren. Ich hatte eine verdächtige SMS auf seinem Handy gefunden und wollte herausbekommen, ob er eine Affäre hat! Wenn ich gewusst hätte, dass ich deswegen in Schwierigkeiten gerate, wäre ich zu Hause geblieben!“
Tanya kicherte.
„Unsere Informanten haben dich in Begleitung eines Mannes namens Jeremy Wellingham gesehen“, sagte mein gelacktes Gegenüber mit gefährlicher Betonung. Allmählich fügten sich die Puzzelteile zu einem Bild zusammen. Konnte es sein, dass dieser blonde Schnösel für den Special Air Service arbeitete, genauso wie die Männer, die uns gestern Nacht verfolgt hatten?
„Ich sehe, dass dir sein Name ein Begriff ist“, sagte er triumphierend. Er erhob sich und beugte sich über mich. Dabei kam er meinem Gesicht so nah, dass ich seinen Atem auf meiner Haut spüren konnte.
„Wo ist er?“
„Warum wollen Sie das wissen?“
„Wir stellen die Fragen“, mischte sich Tanya ein, doch der Schönling funkelte sie an und brachte sie zum Schweigen.
„Du weißt nicht, wer er ist, habe ich recht?“
„Er hat mir nicht viel über sich erzählt.“
„Sie blufft doch nur, James. Sie kennt Condannato. Sie steckt mit dieser Brut unter einer Decke.“
„Das lässt sich schnell herausfinden. Verabreiche ihr das Serum.“
„Mit dem größten Vergnügen.“
„Nein!!!“, schrie ich voller Panik. „Sie sagen, Sie kennen meine Vergangenheit! Bitte lassen Sie das nicht zu. Ich sage die Wahrheit, glauben Sie mir! Ich habe keine Ahnung, was Sie von mir wollen oder was Condannato bedeutet. Ich weiß auch

nicht, wer er ist, oder welches Verbrechen er begangen hat, warum Sie ihn jagen noch sonst irgendetwas."

„Dieses Gejammer ist unerträglich", knurrte Tanya, die nicht ahnte, dass ich in meiner Jugend arg über die Stränge geschlagen und alle nur erdenklichen Drogen ausprobiert hatte, um den Schmerz in meiner Seele zu betäuben.

„Ich wäre damals fast draufgegangen, weil ich eine Überdosis Speed genommen hatte. Unter den psychischen Folgen litt ich noch Jahre später. Ich will nicht noch einmal durch diese Hölle gehen." In Sturzbächen flossen die Tränen über meine Wangen.

„Sag mir, wo er sich versteckt hält."

Ich biss mir auf die Unterlippe. Durch die psychische Folter war ich bereits an meine Grenzen gelangt. Tanya schob die Nadel in die Kanüle, injizierte mir die Droge aber noch nicht.

„Was wollen Sie nur von ihm?", schluchzte ich und warf den Kopf gequält von einer Seite zur anderen.

„Der Mann ist eine Gefahr für die Allgemeinheit. Er muss aufgehalten werden", entgegnete James kühl.

Wäre die Situation nicht so absurd gewesen, wäre ich in schallendes Gelächter ausgebrochen. Jeremy sollte eine Gefahr für die Allgemeinheit sein? In meinen Augen waren es diese zwielichtigen Anzugträger, die eine Bedrohung darstellten!

„Das kann ich nicht glauben."

„Glaub, was du willst. Fakt ist, Jeremy Wellingham ist ein Mörder."

Mein Herz setzte vor Schreck einige Takte aus. Jeremy – ein Mörder? Nein, das konnte nicht sein! Das durfte nicht sein! Diese zärtlichen Hände konnten niemanden umgebracht haben!

„Wenn wir ihn nicht aufhalten, wird er wieder töten. Du musst mir sagen, wo wir ihn finden können, Charlene."

Meine Kehle fühlte sich trocken an. Ich hatte Probleme zu schlucken.

„Oder möchtest du, dass Unschuldige sterben?"

„Nein … nein … das will ich nicht … natürlich nicht …"

„Dann sag mir, was ich wissen will. Wo ist Jeremy? Wo?"

„In ..."

„Sprich es schon aus, du rettest Menschenleben", hörte ich Tanya sagen. Ungeduldig wippte sie mit dem Fuß.

„Zuletzt war er ... in einem besetzten Haus in der Bangor Street."

„Na bitte, war doch gar nicht so schwer, Schätzchen." Tanya zog die Nadel samt der Kanüle aus meinem Arm.

„Vielen Dank, Miss Lawrence. Bringt sie in unser Gästezimmer", sagte James und winkte den beiden Bodyguards im Managerkostüm zu. Sie lösten meine Fesseln, griffen mich bei den Armen und zerrten mich durch einen langen Flur. Am Ende des Ganges öffneten sie eine Tür mit einem Gitterfenster und sperrten mich in einen kleinen Raum, der mich an eine Gefängniszelle erinnerte.

„Hey! Ihr könnt mich hier nicht festhalten! Ihr habt kein Recht dazu!", rief ich ihnen nach und trommelte wild gegen das Holz. Meine Rufe blieben ungehört. Zu allem Überfluss hatten mir diese Bastarde auch noch mein Handy abgenommen, sodass ich nicht einmal die Polizei rufen konnte. Ich war gefangen. Meine Nerven waren zum Zerreißen angespannt, und doch konnte ich nichts weiter tun, als mich auf die Pritsche zu legen und abzuwarten. Meine Hilflosigkeit machte mich fast wahnsinnig, und die Zeit schien im Schneckentempo zu vergehen.

Nach einigen Stunden öffnete sich meine Gefängnistür, und ein Mann im schwarzen Anzug kam herein. Als ich ihm ins Gesicht sah, glaubte ich einen Herzschlag zu erleiden. „Richard!", stieß ich fassungslos aus und rannte auf ihn zu. Ich berührte seine Wangen, weil ich nicht glauben konnte, dass er es tatsächlich war. Doch er fühlte sich echt an. Hoffnung keimte auf, dass er hier war, um mich zu retten.

„Setz dich bitte, Charlene. Ich muss mit dir reden", sagte er freundlich, doch bestimmt und deutete mit der Linken zu meiner Pritsche.

Ich schüttelte den Kopf, weil mir langsam ein Licht aufging. „Du gehörst zu ihnen, nicht wahr?"

„Charlene, bitte."

Verstört wich ich vor ihm zurück. Er sah genauso aus wie diese Manager aus dem Café oder wie der blonde Schönling im Verhörzimmer. Es war eine Brut.

„Hab keine Angst. Ich tue dir nichts", versicherte er, aber konnte ich ihm trauen? War er es nicht gewesen, der mich in das Cafe Larocco gelockt hatte? Wer sonst, wenn nicht er, sollte James von meinen Drogenproblemen erzählt haben? Er wusste, wie mein Wagen aussah und welches Nummernschild er besaß. Das konnte nur eines bedeuten: Richard steckte mit meinen Entführern unter einer Decke.

„Warum sollte ich dir glauben?"

„Ich verstehe deine Sorge. Bitte, lass dir alles erklären." Er kam einen Schritt auf mich zu und streckte die Hand nach mir aus.

Gehetzt blickte ich mich um. Die Tür meiner Zelle war zugezogen, doch nicht zugeschlossen. Wenn es mir gelang, an Richard vorbeizukommen … nein, der Gedanke war aussichtslos. Er brauchte nur einen Schritt zur Seite machen, um sich mir in den Weg zu stellen.

„Also gut, ich gebe dir zwei Minuten." Rückwärtsgehend vergrößerte ich den Abstand zwischen uns, bis ich mit dem Rücken gegen die Wand stieß.

„Das klingt fair. Atme erst einmal tief durch und versuche dich zu beruhigen."

„Ich will mich nicht beruhigen. Ich will endlich wissen, was hier los ist."

„Na schön, ich will dir die Wahrheit sagen. Ich arbeite nicht für den Special Air Service, sondern für eine Organisation, die viel länger existiert, und die es sich zur Aufgabe gemacht hat, das Leben unschuldiger Menschen zu schützen. Mehr darf ich dir nicht sagen. Nur so viel, dass wir deine Hilfe brauchen." Er hockte sich in einiger Entfernung vor mich und hielt mein Handy hoch. „Ich habe gehört, was passiert ist, und es tut mir aufrichtig leid, dass James dir Leid zufügte. Ich habe dafür gesorgt, dass er versetzt wird. Seine Methoden sind verabscheuungswürdig. Aber nun wird er dir keine Schwierigkeiten mehr machen. Bedauerlicherweise haben uns deine Informationen nicht weiterhelfen können. Jeremy ist gestern Nacht, nachdem er das Haus verließ, nicht mehr zurückgekehrt und hat einen anderen Unterschlupf gefunden."

„Vermutlich ist er längst über alle Berge. Ich kann euch jetzt nicht mehr helfen."
„Nicht so schnell, Babe."
Ich glitt an der Wand hinunter und setzte mich auf den Boden.
„Darf ich?", fragte Richard und deutete auf den Platz neben mich.
Ich nickte zögerlich.
„Es freut mich, dass du langsam wieder Vertrauen zu mir fasst." Er lächelte sanft, aber ich erwiderte nichts. „Wir haben Grund zur Annahme, dass sich Jeremy noch immer in Liverpool aufhält."
Zu meiner Überraschung legte er die Hand auf meinen Oberschenkel und streichelte ihn beruhigend. Es war ein schönes Gefühl, seine Wärme zu spüren. Doch konnte ich dem Frieden trauen?
„Was wollt ihr denn dann noch von mir?"
„Du hast einen Anruf bekommen. Von ihm!"
Er rief meine Mailbox an und schaltete den Lautsprecher ein.
„Charlie, bist du dran? Hier ist Jeremy. Verzeih, dass ich dich allein ließ. Hallo? Sag doch etwas!" Es war zweifellos Jeremys Stimme.
„Ich könnte mir vorstellen, dass er dich noch einmal kontaktieren wird. Das ist unser Trumpf. Wir könnten ein Treffen zwischen euch arrangieren." Mit diesen Worten drückte er mir das Mobiltelefon in die Hand.
Ich schüttelte vehement den Kopf. „Das kannst du nicht von mir verlangen! James hat gesagt, er wäre ein gefährlicher Mörder."
„Ich verlange gar nichts. Ich bitte dich um deine Hilfe. Selbstverständlich würden wir während des Treffens in deiner Nähe sein. Ich würde dich doch niemals in Gefahr bringen."
Er griff nach meinem Kinn. Vorsichtig drehte er meinen Kopf in seine Richtung und zwang mich, ihn anzusehen. „Du vertraust mir doch, oder, Babe?"
„Vertrauen", schnaubte ich. Nichts war mehr so wie früher! Ich hatte das Gefühl, ihn nicht mehr zu kennen. Er war mir fremd geworden, ließ er es doch zu, dass ich stundenlang gefangen gehalten wurde.
„Es tut mir leid, dass dir meine Männer Angst gemacht haben. Sie mussten sicher gehen, dass du keine Verräterin bist. Zu viel hängt von unserer Mission ab."
„Das mag ja alles sein, aber versteh' doch, dass es ein riesiger Schock für mich war. Bis vor wenigen Minuten wusste ich nicht einmal, dass du für diese Organisation arbeitest. Ich dachte, du hättest ein Verhältnis mit …"
„Tanya." Richard schüttelte amüsiert den Kopf. „Wie sollte ich sie dir jemals vorziehen können? Du hast sie doch vorhin gesehen. Sie ist kratzbürstig und ganz und gar nicht mein Typ."
„Das war Tanya Osmond?"
Richard nickte. „Verstehst du nun, dass deine Sorge unbegründet war? Ich liebe nur dich, nach wie vor."
Es fiel mir schwer, ihm zu glauben, auch wenn ich mir nichts sehnlicher wünschte.
„Es stimmt, in letzter Zeit habe ich dich vernachlässigt. Aber nur, weil wir diesem Wellingham auf die Schliche gekommen sind, und meine Organisation mich brauchte."

„Das nehme ich dir nicht einmal übel, Richard. Aber du hast zugelassen, dass man mich auf grausame Weise verhörte."

„Ich kam zu spät, um James aufzuhalten. Ich bedauere es sehr."

Ich seufzte lange und gedehnt. Offenbar waren meine Gefangennahme und das anschließende Verhör unglücklich gelaufen, weil man mich für die Komplizin eines gefährlichen Killers gehalten und deshalb unter starken Druck gesetzt hatte. Erschöpft lehnte ich meinen Kopf an seine Schulter. Ich weinte leise, weil die Anspannung von mir abfiel. Richard legte seine Hand an meine Wange und streichelte sie sanft.

„Ist schon gut, Babe. Ich bring dich besser ins Bett."

„Ins Bett?" Ich sah ihn verwundert an. Er konnte unmöglich die Pritsche meinen. Plötzlich hob er mich hoch und trug mich auf den Armen hinaus aus der Zelle. Erst, als wir im Fahrstuhl waren, setzte er mich ab.

„Wo bringst du mich hin?"

„In meine Mansarde, damit du dich ein wenig ausruhen und über meinen Vorschlag nachdenken kannst."

„Du hast hier eine eigene Wohnung?"

„Ich bin der Operationsleiter dieser Region."

Der Fahrstuhl hielt. Wir stiegen aus und gingen durch einen schmalen Gang. Ich erhaschte einen Blick durch das Fenster am Ende des Flurs und konnte von hier aus die Liverpool Metropolitan Cathedral sehen, bevor wir in seiner Dachwohnung verschwanden.

„In welchem Gebäude befinden wir uns?"

„Das wirst du zu gegebener Zeit erfahren. Sieh dich erst einmal um. Hier ist der Kühlschrank, dort drüben das Bad. Es ist alles etwas kleiner als bei uns zu Hause."

„Ich komme klar."

„Gut." Er zog mich näher zu sich heran und hauchte mir einen Kuss auf die Stirn. „Ich muss dich nun leider verlassen."

„Ausgerechnet jetzt?" Ich wollte nicht allein sein. Nicht nach allem, was heute passiert war.

„Ja. Tut mir leid. Ich komme später wieder, dann besprechen wir alles Weitere."

Er löste sich von mir und schritt zur Tür. Verzweifelt streckte ich die Hand nach ihm aus. „Richard ..."

„Ach, Babe. Ich muss. Es ist mein Job." Noch einmal kam er zu mir und küsste mich vorsichtig. Weil ich ihn nicht zurückwies, schlossen sich seine Lippen energischer und leidenschaftlicher um meine. Ich schloss die Augen und genoss jede Sekunde, die mir jetzt noch mit ihm blieb.

„Ich freue mich auf später", sagte er und warf mir eine Kusshand zu, bevor er sich von mir verabschiedete.

Ich lag in Richards Bett und öffnete schlaftrunken die Augen, als jemand meine Bluse aufknöpfte. Aufgeschreckt fuhr ich hoch und sah in Richards Gesicht.

„Entschuldige, Babe. Ich wollte dich nicht wecken. Du hast so süß ausgesehen."

„Was hast du vor?"

„Meinen Hunger stillen und deinen Appetit wecken."

Vorsichtig streifte er den weißen Blusenstoff von meinen Schultern und entblößte zwei schöne Äpfel, die im Rhythmus meines Atems auf und ab wippten.

„Das ist mir etwas zu plötzlich."

„Sei nicht unfair. Du hast mich vorhin richtig scharf gemacht."

„Nur weil ich dich küsste?"

Seine Hände glitten zu meinen Brüsten und kneteten sie. Bevor ich Protest erheben konnte, erstickte er meine Worte mit einem leidenschaftlichen Kuss. Dann glitten seine Lippen über meinen Hals, tasteten ihn ab und saugten sich an meiner Kehle fest. Ein süßer Schmerz brandete durch meinen Körper, stöhnend kniff ich die Augen zusammen. Seine Zähne zwickten verspielt in meine Haut.

„Du bist … ein Vampir", keuchte ich.

„Mit Vampiren sollten sich kleine Mädchen nicht einlassen. Das könnte böse enden." Er half mir nun aus den Blusenärmeln und ließ die Bluse auf die Matratze fallen.

„Bitte, Richard, ich ..." Nun machte er sich daran, mir die Hose auszuziehen. Quälend langsam zog er den Reißverschluss herunter.

„Du trägst meine Lieblingsunterwäsche, ein Zufall?", fragte er und zwinkerte mir zu.

„Nicht ganz, nachdem ich deine SMS gelesen hatte hoffte ich, dass wir uns heute näher kommen würden."

Richard befreite mich von meiner Cordhose, richtete sich auf und nahm meine Bluse in die Hände.

„Also willst du es genauso wie ich und zierst dich nur ein wenig. Aber ich weiß eine Möglichkeit, wie ich dich gefügig machen kann. Steh auf, Babe."

„Was hast du denn vor?"

Seine Stimme hatte diesen unterschwelligen Befehlston, den ich so an ihm liebte, und der meine eigene Lust weckte. Ich erhob mich und stand, bis auf meinen Slip, splitterfasernackt vor ihm.

„Ich weiß doch, was mein Häschen antörnt." Mit diesen Worten führte er mich zur Mitte des Zimmers und stellte mich unter einen Holzbalken, der quer durch den niedrigen Raum verlief. Richard hatte keine Mühe, den Balken mit der Hand zu erreichen. Mit einem erwartungsvollen Grinsen zog er meine Bluse durch die Lücke zwischen dem Holz und der Decke hindurch. „Jetzt streck die Arme in die Höhe."

Ich tat, was er verlangte. Die Aufregung ließ meinen Körper wohlig erbeben. Wie ich es erwartet hatte, knotete er die beiden Enden der Bluse um meine Handgelenke.

„So gefällst du mir schon viel besser."

Richard ging vor mir auf die Knie und streichelte meinen Bauch.

„Keine Angst, Babe. Ich werde dir nicht wehtun. Ich will dich glücklich machen." Sacht zog er meinen Slip hinunter und strich andächtig über den verbliebenen Haarstreifen meiner rasierten Scham.

„Du bist wie immer wunderschön", hauchte er und küsste meinen Venushügel. Mit den Händen schob er meine Beine auseinander, wodurch ich gezwungen war, meinen Oberkörper zu strecken, um nicht den Halt zu verlieren. Seine Hand glitt zwischen meine Beine und streichelte meine geschwollenen Schamlippen.

„Du bist sehr heiß."

Eilig knöpfte er sein Hemd auf, streifte es ab und öffnete seinen Gürtel. Binnen weniger Sekunden saß er nackt vor mir. Sein durchtrainierter Oberkörper weckte meinen Appetit, und ich wünschte, ich hätte ihn berühren können.

„Ich will mir das hier …", er tippte neckisch mit dem Zeigefinger meine Scheide an, „… einmal genauer ansehen."

Richard legte sich unter mich und platzierte seinen Kopf zwischen meinen Beinen.

„Was für ein Anblick", schwärmte er und hob beide Hände, um mich auf unerträglich sanfte Weise zu verwöhnen. Seine Rechte stimulierte meinen Kitzler, indem sie wieder und wieder darüberglitt. Mit dem Zeigefinger seiner Linken verschwand er in meiner Enge.

„Und wie feucht du bist! Sieh nur, was ich hier habe." Er hielt die linke Hand in die Höhe, damit ich sie besser sehen konnte. Sie sah aus, als wäre sie mit einer Glasur meines Liebessafts überzogen. Äußerst erregend! Noch mehr erregte mich jedoch sein stetig wachsendes Glied. Ich versuchte es mit einem Fuß zu erreichen, um es zu streicheln und meine Zehen an seinen Hoden zu reiben. Doch ich verlor den Halt und gab mein Vorhaben mit einem enttäuschten Seufzen auf.

Richards Blick war der Bewegung meines Fußes gefolgt. „Du willst ihn also spüren?"

Rasch stand er auf und stellte sich hinter mich. „Ich glaube, er hat ebenfalls Sehnsucht nach dir."

Ich sah über meiner Schulter, wie er seine Hand an seinem Penis auf und ab gleiten ließ. Seine rote Eichel lag direkt vor meinem Eingang. Ich spürte sie, wann immer er ein Stückchen in meine Richtung wippte.

„Dann lass mich nicht länger warten", keuchte ich. Vor Erregung begannen meine Beine zu zittern. Ich wusste nicht, wie lange ich mich noch auf ihnen würde halten können.

Sehnsüchtig streckte ich ihm meinen Unterleib entgegen. Seine Hände krallten sich in meinen Hintern.

„Du kannst es wohl gar nicht mehr erwarten?"

„Ist das nicht offensichtlich?"

„Nun gut, meine Schöne, dann sollst du deine Belohnung bekommen."

„Belohnung für was?"

Ich bekam keine Antwort. Ohne länger zu zögern drang er wuchtig in mich ein. Ich erschrak über seine enorme Kraft, fing jedoch schnell an, den harten Rhythmus zu genießen. Schwungvoll lehnte er sich gegen mich, und ich war gezwungen, mich vornüber zu beugen. Was alles andere als leicht war, da mich die improvisierten Fesseln in einer relativ aufrechten Position hielten. Mein Körper wurde unter den heftigen Stößen derart durchgerüttelt, dass ich schon bald nicht mehr wusste, wo oben und unten war.

Richard trieb seinen Phallus gnadenlos in mich. Seine Hoden schlugen gegen meinen Po, wann immer er mich enterte. Sein rasanter Rhythmus trieb mich innerhalb kürzester Zeit zum Höhepunkt. Mit einem lauten Aufschrei kam ich, keinen Wimpernschlag später ergoss er sich in mich. Erschöpft ließ er sich auf meinen Rücken sinken, befreite dabei meine Hände und drehte mich schließlich zu sich herum. Keuchend und schnaufend fielen wir uns in die Arme. Seine Hände legten sich zärtlich auf meinen Rücken und pressten mich näher an ihn.

„Ich liebe dich, Babe“, flüsterte er in mein Ohr.

Gerührt schmiegte ich meinen Kopf an seine Brust. Wie lange hatte ich darauf gewartet, diese Worte endlich wieder aus seinem Mund zu hören. Mit einem Schlag hatte er mir all die Aufmerksamkeit geschenkt, die ich in den letzten Wochen so sehr vermisst hatte.

„Und weil ich dich liebe, fällt es mir schwer, dich um deine Hilfe zu bitten, Charlie. Aber ich brauche sie. Dringend. Ohne dich werden wir diesen Verbrecher nicht fassen können. Wenn ich dir versichere, dass für dich keine Gefahr besteht, dass wir dich überwachen, würdest du dann …“

Enttäuschung breitete sich in mir aus. „Hast du etwa nur deswegen mit mir geschlafen? Um mich rumzukriegen?“

„Das verstehst du falsch. Ich meinte, was ich sagte.“

Ich schwieg.

„Bitte, Babe. Denk an die unschuldigen Menschen, die diesem Scheusal zum Opfer fielen und fallen werden! Wir können ihn schnappen, wenn du uns hilfst.“

„Was macht dich so sicher, dass er sich noch einmal bei mir melden wird? Was sollte er an mir finden, dass ich ...“

„Du unterschätzt dich selbst. Du bist eine wunderschöne Frau. Er ist dir verfallen, genauso wie ich.“ Langsam drückte er seine Stirn gegen meine.

„Meinst du das ernst?“

„Jedes Wort.“

„Und es besteht wirklich keine Gefahr für mich?“

„Nein.“

Ich seufzte. Herrgott, ich wollte Richard nicht enttäuschen. Fürchtete sogar, dass er mir die Zuwendung wieder entzog, wenn ich nein sagte ...

„Also, gut. Dir zu liebe mache ich es“, sagte ich, obwohl ich ahnte, dass ich mich erneut in große Schwierigkeiten brachte.

Richard lächelte sichtlich erleichtert, senkte den Kopf und küsste mich. „Nun weißt du, wofür die Belohnung war“, sagte er in einer kurzen Atempause, bevor er meinen Mund ein weiteres Mal mit seinen Lippen verschloss.

War Jeremy Wellingham ein Mörder? Ich konnte es mir nicht vorstellen. Wieso wurde er von dieser merkwürdigen Organisation verfolgt und nicht von der Kriminalpolizei? Richard war meinen drängenden Fragen über die Organisation, die er nie beim Namen nannte, immer wieder ausgewichen. Mittlerweile wusste ich jedoch, dass ich mich in einem Gewerbegebäude befand, in dem sich zahlreiche Firmen befanden, deren Mitarbeiter nichts von der Existenz der Organisation wussten. Die Organisation unterhielt eine Reihe von Unternehmen auf verschiedenen Sektoren, darunter auch mehrere Namhafte der freien Wirtschaft. Richard leitete offiziell die Great Britain Life Insurances, die

Lebensversicherungen verkaufte und dadurch Kapital einbrachte, sowie das Pharmaunternehmen Liverpool Pharmaceutical Company, das sich nicht nur der Erforschung neuer Medikamente widmete, sondern auch an geheimen Experimenten arbeitete. Durch die Existenz des pharmazeutischen Tarnunternehmens war es leicht, die Lieferung ungewöhnlicher Chemikalien zu erklären. Ob die Organisation ihre Dienste im Auftrag der Regierung verrichtete, blieb unklar. Nachdem ich meine Zustimmung erteilt hatte, den Lockvogel zu spielen, ging alles sehr schnell. Richard hatte mich durch das fünfstöckige Gebäude in den Ostflügel geführt, um mich Doktor Kuklow vorzustellen, der einige Routineuntersuchungen vornehmen und mir einen Mikrosender unter die Haut pflanzen sollte. Wohl war mir bei dem Gedanken nicht, aber ich fügte mich.

„Hier ist es", sagte Richard und schob mich durch eine Tür, an der ein Schild mit der Aufschrift DR. VENTICO KUKLOW angebracht war.

Ein Mann im weißen Kittel und mit braunen wirren Locken nahm uns in Empfang. Er war, so schätzte ich, nicht älter als 40 Jahre und machte einen zerstreuten Eindruck.

„Guten Tag, Mister Ignatius. Eine Freude, Sie zu sehen."

Nachdem er Richard die Hand geschüttelt hatte, wandte er sich mit einer schwungvollen Drehung mir zu. „Guten Tag, Miss …?"

„Lawrence", antwortete Richard für mich.

„Ah, Miss Lawrence! Dann weiß ich Bescheid. Folgen Sie mir bitte in den Untersuchungsraum."

„Geh nur, Charlie. Ich werde hier auf dich warten", sagte Richard und gab mir einen Klaps auf den Po, bevor er sich im Wartezimmer auf eine Bank setzte.

Doktor Kuklow führte mich in einen langen schmalen Raum, der Sprech- und Behandlungszimmer vereinte. Am Fenster stand ein großer Schreibtisch, hinter dem Kuklow Platz nahm und mir einen Drehhocker anbot.

„Haben Sie Allergien?"

„Nicht, dass ich wüsste."

„Gut. Mister Ignatius hat Ihnen erklärt, worum es geht?"

„Sie wollen mir einen Mikrochip unter die Haut setzen."

„Richtig. Der Sender ist zwar ohnehin aus Stoffen gefertigt, die normalerweise keine allergischen Reaktionen hervorrufen, doch es gibt – wie überall – auch hier Ausnahmen. Ich werde den Chip einige Millimeter unter Ihre Haut injizieren. Mit Schmerzen oder Folgeschäden ist nicht zu rechnen. Später lässt er sich genauso leicht wieder entfernen. Der hochentwickelte Sender ist innerhalb einer Reichweite von 20 Kilometern problemlos zu orten."

„Und wenn ich mich außerhalb dieses Bereichs bewege?"

„… werden wir alles daran setzen, Sie systematisch zu suchen, bis wir Ihr Signal wieder empfangen können. Und nun machen Sie sich bitte frei."

Er öffnete eine Schublade und zog eine kleine Schatulle hervor, auf die er schützend seine Hände legte, als befände sich darin ein wertvoller Schatz.

„Wir können gleich mit der Behandlung beginnen, zuvor werde ich Sie durchchecken." Mit diesen Worten griff er nach seinem Stethoskop und horchte mein Herz ab. „Kraftvoll und gleichmäßig", kommentierte er zufrieden und legte mir die Druckmanschette an, um meinen Blutdruck zu messen. In diesem Moment klopfte es an der Tür. Ohne Kuklows Antwort abzuwarten, trat Richard mit sorgenvoller Miene und einem Handy in der Hand ein.

„Es gibt einen Zwischenfall im Kellergewölbe, wir brauchen Ihre Hilfe, Doktor." Die beiden Männer tauschten besorgte Blicke aus.

„Ich verstehe. Komme sofort."

Verwirrt sah ich zwischen Richard und Kuklow hin und her.

Als der Doktor die Tür erreichte, drehte er sich noch einmal zu mir um. „Wir sind gleich wieder bei Ihnen. Gehen Sie schon einmal in die Kabine!", sagte er und eilte mit Richard hinaus.

Ein Zwischenfall. Mit Jeremy konnte das nichts zu tun haben, überlegte ich und ging zu den beiden Kabinen am Ende des Raumes. Die gelben Vorhänge waren zugezogen. Also schob ich den Stoff der nächstgelegenen Kabine zur Seite und erschrak fast zu Tode, als ich an der Wand Fesseln aus Eisen erspähte, die aussahen, als stammten sie aus einem mittelalterlichen Gefängnis.

Nachdem der erste Schreck überwunden war, stellte ich mich neugierig mit dem Rücken an die Wand. Die Fußschellen waren an der richtigen Stelle, die Handeisen und auch die Halsfessel waren jedoch für meine Körpergröße viel zu hoch angebracht. Eine Gänsehaut überzog meinen Rücken, als ich eingetrocknete Blutflecken auf dem Boden entdeckte. Wen oder was, um alles in der Welt, hatte Kuklow hier gefangen gehalten?

Ich schaute zu dem kleinen Tisch, der auf der rechten Seite der Kabine stand, und entdeckte einen Aktenstapel. Als ich genauer hinsah, konnte ich die Aufschrift JEREMY WELLINGHAM auf dem obersten Pappdeckel lesen. Ein dicker Kloß bildete sich in meinem Hals. Unsicher lugte ich aus der Kabine zur Tür, weil ich fürchtete, dass Kuklow und Richard jeden Augenblick erscheinen könnten. Aber das taten sie nicht. Es war ruhig im Flur. Mutig griff ich nach der Akte und blätterte in ihr. Ich hoffte, Hinweise auf seine Verbrechen zu finden, um endlich Bescheid zu wissen, mit wem ich es zu tun hatte, und wie groß die Gefahr war, in die ich mich aus Liebe zu Richard begab. Ich überflog seitenlange Protokolle, ehe mir einige Fotos in die Hände fielen. Ich musste zweimal hinsehen, um das vertrocknete, lederartige Gebilde zu erkennen. Es war ein menschliches Gesicht! Die Leiche sah derart grauenhaft aus, dass ich mich nur mit Mühe und Not beherrschen konnte, mich nicht auf der Stelle zu übergeben. War der Tote eines von Jeremys Opfern? Ich stieß auf weitere Bilder der Leiche. Es handelte sich offenbar um eine chronologische Dokumentation. Aber warum hatten sie eine ganze Serie des Toten angelegt? Die Bilder zeigten Männer in Kitteln, welche die Mumie auf einen Tisch schnallten und ihr durch einen Tropf rote Flüssigkeit injizierten. Das Datum verriet, dass die Fotos erst zwei Wochen alt waren! Genau zu dem Zeitpunkt hatte Richard, den ich auf einigen Bildern wieder erkannte, erzählt, er müsse auf eine Geschäftsreise nach Newcastle gehen. So schloss sich der Kreis.

Die nächsten Fotografien waren in Abständen von wenigen Minuten aufgenommen worden, wie ich der Einblendung der Zeit am unteren Rand der Bilder entnehmen konnte. Ungläubig starrte ich auf das Gesicht, das von Bild zu

Bild vertrautere Züge annahm. „Nein, das kann nicht sein. Das kann einfach nicht sein!"

Das letzte Foto der Reihe offenbarte mir eine unglaubliche Wahrheit. Der Tote war Jeremy. Fassungslos starrte ich sein makelloses Gesicht an. Er sah aus, als würde er lediglich schlafen.

Plötzlich hörte ich nahende Schritte. Kuklow und Richard kamen zurück! Rasch ordnete ich die Fotos, steckte sie in die Akte und setzte mich auf die Liege, bemüht, mir die aufkeimende Nervosität nicht allzu sehr anmerken zu lassen.

„Entschuldigen Sie bitte nochmals die Verzögerung", sagte Kuklow, als er das Sprechzimmer betrat, und fügte dann ein verwundertes: „Wo sind Sie denn?", hinzu.

„In der Kabine! Sie baten mich, schon einmal hineinzugehen."

Er lief zu mir und schlug sich gegen die Stirn. „Herrje, diese Kabine meinte ich nicht. Sie ist für *besondere* Patienten vorgesehen. Folgen Sie mir bitte nach nebenan."

„Wo ist Richard?", fragte ich nervös, als der Doktor den Vorhang der zweiten Kabine zurückzog und mich hereinwinkte.

„Mister Ignatius wird Sie abholen, sobald er mit seiner Arbeit fertig ist."

„Was muss er denn machen?"

„Das fragen Sie ihn am besten selbst. Wo waren wir stehen geblieben? Ach ja, der Chip." Kuklow holte die Metallbox, öffnete sie vor meinen Augen und zog ein Gerät heraus, das an eine kleine Pistole erinnerte. Nachdem er meine Haut desinfiziert hatte, richtete er den Lauf auf meinen Oberarm und drückte ab. Ich zuckte vor Schreck zusammen, merkte aber schnell, dass es nicht schlimmer als das Durchstechen von Ohrlöchern war. Die Wunde war so winzig, dass sie kaum blutete. Als ich mit den Fingern über die Stelle fuhr, spürte ich nicht die geringste Erhöhung. Kuklow klebte mir ein Pflaster auf.

In diesem Moment kam Richard mit einem entschuldigenden Blick in das Sprechzimmer. „Ist alles gut gegangen?", fragte er besorgt.

„Miss Lawrence war sehr tapfer", bestätigte Kuklow und zwinkerte mir zu.

„Gut, dann kann ich sie also gleich mitnehmen."

„Es spricht nichts dagegen."

Fürsorglich stütze er mich, als hätte ich soeben eine komplizierte Operation hinter mir.

„Wo warst du denn?", fragte ich, als wir in den Flur hinaustraten.

„Ein Problem entsorgen. Keine Sorge, es hat nichts mit unserem Fall zu tun."

„Du sagst mir nicht die ganze Wahrheit." Ich hielt inne und sah ihn ernst an.

„Wie kommst du denn darauf?"

„Irgendetwas stimmt nicht mit Jeremy. Bitte sag mir, warum ihr ihn jagt. Ich muss es wissen."

„Er ist ein Mörder."

„Ich habe Fotos von ihm in Kuklows Akten gefunden, die ihn als lebenden Toten zeigen. Fein säuberlich dokumentiert. Macht ihr Experimente mit Verstorbenen?" Meine Stimme überschlug sich fast vor Aufregung.

Richard hob beschwichtigend die Hände und versuchte mich zu beruhigen. „Nicht so laut, Charlene. Die Mitarbeiter eines kleinen Musiklabels haben ihre Büros in der Nähe."

Ich straffte meine Schultern. Was sollte ich nur von Richard und seiner Organisation halten? Wem konnte ich überhaupt noch vertrauen? „Wenn du mich nicht aufklärst, werde ich definitiv nicht den Lockvogel für euch spielen", sagte ich in einem leisen, doch bestimmten Ton.

Richard sah mich lange an. Er schien abzuwägen, wie ernst es mir war. Da er mich gut kannte, war ihm sehr bald klar, dass ich einen Rückzieher machen würde, wenn er nicht mit offenen Karten spielte.

„Versuch mich doch zu verstehen, Richard. Ich habe Angst. Wenn dieser Jeremy ein Toter ist, den ihr zum Leben erweckt habt, das wäre so …" Ich schluckte und setzte den Satz in Gedanken fort: *Ekelhaft!* Hatte ich etwa mit einer Leiche geschlafen? Bei der Vorstellung drehte sich mir der Magen um.

„Er ist kein Toter. Aber auch kein Mensch. Komm mit, ich werde dir alles erklären."

Ich folgte Richard in sein Büro, welches sich im dritten Stock befand und mit Talismane und Runen ausgeschmückt war. Am Boden entdeckte ich ein merkwürdiges Symbol. Es handelte sich um ein Kreuz, über dem ein kleines Auge schwebte. Seufzend ließ sich Richard an seinem Computer nieder, schaltete ihn ein und lud eine Videodatei.

„Was ich dir nun zeige, Charlene, muss unter uns bleiben. Niemand darf jemals erfahren, was du hier gesehen hast. Ich weihe dich ein, weil ich dich lange kenne und dir vertraue. Und weil ich weiß, dass du auf der richtigen Seite stehst."

Ich nickte nur.

„Ich arbeite nicht für die Regierung, sondern für eine Jahrhunderte alte Organisation, die sich der Orden des heilbringenden Lichts nennt. Schon meine Vorfahren waren Mitglieder des Ordens. Sie haben ihr Leben riskiert, um die Menschheit zu retten", erklärte er mit einigem Stolz. „Berühmt wurde der Name Ignatius durch meinen Ahnen Samuel, der sich stets unerschrocken den Mächten der Dunkelheit entgegenstellte. Ihm ist es zu verdanken, dass uns wertvolle Schriftrollen über eine Prophezeiung in die Hände fielen, die sich in nicht allzu ferner Zukunft erfüllen soll. Sie spricht von einem dunklen Schatten, der sich erheben und die Welt der Menschen mit Leid und Vernichtung überziehen wird. Doch es wird ein Individuum geben, dessen Blut stark genug ist, das Unheil abzuwenden. Wir glauben, dass Jeremy dieser gewisse Jemand ist."

„Ich verstehe den Zusammenhang nicht. Was hat Jeremy mit der Prophezeiung zu tun?"

„Genau das will ich dir nun vorführen, damit du verstehst, wie wichtig er für uns ist."

Er klickte auf „Play".

„Hier ist die Leiche! Sieht ganz schön übel aus. Ein Bergsteiger hat ihn in einer Höhle in den schottischen Highlands gefunden. Wir wissen nicht, wie lange er dort in Starre lag", erklärte ein junger Mann im weißen Kittel, der Jeremys eingefallenen, auf den Tisch geschnallten Körper untersuchte.

„Das Objekt ist stark ausgetrocknet, einige Wochen später, und es wäre nicht mehr brauchbar für uns gewesen", berichtete Doktor Kuklow. „Wir müssen ihm Bluttransfusionen verabreichen, um es zu wecken. Der Kleidung nach zu urteilen, stammt unser Freund aus dem 18. Jahrhundert. Das könnte bedeuten, dass er sehr alt und mächtig ist."

18. Jahrhundert?, wiederholte ich gedankenvoll und erinnerte mich an Jeremys merkwürdige Ausdrucksweise und sein unbeholfenes Verhalten. Er hatte nicht einmal gewusst, wie ein Telefon zu bedienen war.

Eine Nahaufnahme zeigte, wie er an ein EKG und EEG Gerät angeschlossen wurde und das Einführen einer Kanüle in seine ausgedorrten Arme. Die Haut knirschte, als sich die Nadel in die Vene schob. Es waren die gleichen Szenen, die ich auf den Fotos gesehen hatte.

„Ich werde an dieser Stelle vorspulen", sagte Richard und übersprang einige Einstellungen, um mir Jeremys Verwandlung von einem mumienartigen Wesen in einen strahlenden Jüngling vorzuführen. Ich konnte sehen, wie Jeremys Haut innerhalb weniger Minuten geradezu aufblühte, und sein Gesicht die mir vertrauten Züge annahm. Als er die Augen aufschlug, blendete ihn das grelle Licht. Er schrie vor Schmerz und versuchte die Fesseln zu zerreißen. Sofort standen die Männer in den Kitteln um ihn und drückten ihn fest auf die Tischplatte.

„Schnell, Doktor! Wir brauchen ein Betäubungsmittel!"

„Er rastet aus! Beeilung!"

Durch eine Kanüle wurde ihm ein neues Mittel injiziert, das ihn kurz darauf einschlafen ließ. In der nächsten Einstellung war er wieder hellwach und randalierte in einer kleinen Zelle, lief die Wände hoch und zertrümmerte die wenigen Möbel, die sich in dem engen Raum befanden. Mir lief es eiskalt den Rücken hinunter. Ich konnte keinerlei Ähnlichkeit zu dem Mann feststellen, den ich gestern Nacht kennengelernt hatte. Das Bild wackelte, als er die Kamera entdeckte und auf sie losging. Dann setzte er erneut zu einem ohrenbetäubenden Schrei an und zwei lange, spitze Eckzähne wurden sichtbar, die wie gefährliche Waffen aus seinem Mund ragten.

Entsetzt taumelte ich einen Schritt zurück und schlug die Hände vor das Gesicht. „Mein Gott!"

Richard hielt das Video an. „Ich wollte dich vor der Wahrheit schützen, Babe. Aber du hast darauf bestanden, sie zu erfahren. Er ist ein Vampir."

„Das ... kann nicht sein. Es gibt ... keine Vampire!"

Und doch deutete alles darauf hin, dass es stimmte. Aus einer stark mumifizierten Leiche war ein lebendiger Mensch geworden. Welche Beweise brauchte ich noch?

„Ich fürchte, du bist im Irrtum. Jeremy ist ein Blutsauger – wie das Video eindrucksvoll zeigt – und er ist der Schlüssel, um Santagos, den gefährlichsten aller Vampire, zu besiegen. Bedauerlicherweise konnte er entkommen, bevor wir unsere Testreihe beendet hatten. Nach den Jahren der Starre hat sein Blut an Kraft verloren, aber wir konnten die richtige Signatur in ihm erkennen. Es ist dabei, sich zu regenerieren. Wenn unsere Vermutung stimmt, ist das Blut bald machtvoll genug, um daraus ein tödliches Nervengift zu gewinnen. Experimente dieses Kalibers wurden schon oft durchgeführt, aber nie erbrachten sie ein brauchbares Ergebnis. Es wurden viele, für Vampire gefährliche, sogar tödliche Gifte hergestellt, doch keines davon hatte eine Auswirkung auf Santagos. Nun liegt unsere Hoffnung bei Jeremy. Doch damit sich sein Blut und somit auch sein Körper regenerieren kann, braucht er menschliches Blut! Das heißt, er wird weiter töten."

„Wenn es stimmt, was du sagst ... dann hätte er mich beißen können."

„Wir hatten großes Glück, dass er es nicht tat. Wahrscheinlich war er gesättigt, als er auf dich traf."

Ich erinnerte mich an seinen großen Hunger und an das schmerzhafte Saugen an meinem Hals. Ich wäre ein leichtes Opfer gewesen. Warum hatte er mich verschont?

„Zu mir war er so ... freundlich."

„Lass dich von diesen Kreaturen nicht täuschen. Sie sind schlau – haben aber kein Herz. Über die Jahrhunderte hinweg gelang es ihnen immer wieder, sich neu gegen uns zu rüsten. Deswegen wird der Krieg nicht enden, ehe wir den letzten Vampir ausgelöscht haben. Sie organisieren sich in Logen, führen ein Leben im Verborgenen und üben doch Einfluss auf uns und unsere Welt aus. Nachts bewegen sie sich unter uns, um uns zu töten oder in Kreaturen der Finsternis zu verwandeln. Ich würde es verstehen, wenn du einen Rückzieher machen wolltest. Was du eben erfahren hast, muss dein Weltbild zerrüttet haben. Ich bitte dich aber trotzdem, uns zu helfen. Wir brauchen dich, Charlene."

Mein Herz pochte heftig. Am liebsten wäre ich weggelaufen. Richard hatte mir eine schwere Verantwortung aufgebürdet, der ich mich jedoch nicht entziehen durfte. Ich war hin- und hergerissen zwischen Zweifel und Vernunft. In diesem Moment spürte ich den Vibrationsalarm meines Handys, kurz darauf erklang der Klingelton. Mit zitternden Fingern zog ich mein Mobiltelefon aus der Bauchtasche und blickte auf das Display. Die Nummer wurde nicht angezeigt. Ich sah Richard in die Augen. Sein kühler Blick erschreckte mich. Auffordernd nickte er mir zu. Seine Geste glich einem Befehl, den ich ohne Einwände zu befolgen hatte.

Seufzend nahm ich den Anruf an, in dem Wissen, dass mein Schicksal längst entschieden war.

„Charlene? Hier ist Jeremy. Können wir uns heute Nacht treffen? Bitte, ich … ich muss dich wieder sehen."

Als Penny langsam ins Jahr 2123 zurückkehrte, fühlte sie sich gerädert. Mühsam hob sie den Arm und massierte ihre Schläfe. Die Migräne schwoll zu erträglichen Kopfschmerzen ab. Noch immer hielt Penny die Augen geschlossen. Sie wusste nicht, wie lange sie weggetreten war. Vielleicht mochte der Tag schon angebrochen sein. Wo war John? Arbeiten? Dann musste es immer noch Nacht sein. Sie spürte ihn nicht mehr. Warum vermisste sie seine Berührung? Er war doch ein Audax Vampir, ihr Sharer. Ihr Feind?

Falls er ihr Gegner war, hätte er ihr bestimmt nicht sein Blut zu trinken ... Ihre Gedanken wurden jäh von einem schmerzhaften Stich hinter der Stirn unterbrochen. Nun erinnerte sie sich wieder. Mit den Rebellen hatte Penny die Kolonie in Southend-on-Sea filmen wollen, um zu beweisen, dass alte und kranke Reprodukte dort nicht ihren Lebensabend unter paradiesischen Umständen verbrachten, sondern getötet wurden. Doch die Klone und Condannato-Vampire waren nicht einmal bis Southend-on-Sea mit ihren Benzin-Autos gekommen. Noch am Stadtrand High Londons hatte man ihren Sabotageakt auf ironische Weise sabotiert.

Penny fragte sich, wer die Autos in die Luft gejagt hatte. Was war mit Guy geschehen? Lebte er noch?

Sie fühlte sich matt John hatte ihr das Leben gerettet. Eine unbegreifliche Geste! Wenn Santagos wüsste, dass einer seiner Gefolgsleute einem Klon sein Blut zu trinken gegeben hatte, würde er ihn auf der Stelle töten lassen. Der Prime Lord wollte die Kontrolle über alles und jeden haben. John hatte auch mehrmals gegen das Gesetz der sexuellen Abstinenz verstoßen.

Endlich öffnete Penny die Augen und schaute sich um. Die Jalousien waren geschlossen, doch durch die Ritzen konnte sie erkennen, dass es draußen noch finster war. Sie lag auf dem Bett, nackt unter einem Laken. Nachdem sie das Tuch angehoben hatte, untersuchte sie ihren blutverschmierten Bauch. Sie fuhr erstaunt mit der Handfläche über die Narbe. Die Wunde war noch frisch, blutete jedoch nicht mehr. Die Verletzung war geschlossen. Nichts ließ vermuteten, dass noch vor Kurzem eine Metallstange im Bauch gesteckt hatte.

Verwirrt legte sich Penny wieder hin und zog die Decke bis unters Kinn. Sie hatte noch nie davon gehört, dass Vampirblut Heilungsprozesse derart schnell beschleunigen konnte. Wenn das Ausland davon Wind bekäme, würde es Großbritannien überrennen oder zumindest großen Druck auf Santagos ausüben.

„Du bist wach?" John stand in der Tür. Er schwenkte ein Glas mit Blut und nahm einen Schluck.

Wach, hallte es in ihr wieder. Hatte sie geschlummert? Sie fühlte sich nicht erholt, sondern eher so, als hätte sie einen Marathon mitgelaufen. „Wie lange habe ich ... geschlafen?"

„Eine Stunde. Du bist in einen komatösen Schlaf gefallen. Ich habe mir Sorgen gemacht, dachte aber, dass du die Erholung brauchst."

Penny horchte auf. Er hatte sich um sie gesorgt. Wärme breitete sich in ihr aus.

„Und einen Arzt hätte ich wohl kaum rufen können." Er kniff misstrauisch die Augen zusammen.

Sie lief rot an. Er ahnte etwas. Was sollte sie erwidern? Nichts! – das war das Beste. Jedes Wort zu viel könnte sie den Kopf kosten.

Also versuchte sie abzulenken. „Was machen Sie zu Hause, Sir? Müssen Sie nicht arbeiten?" Sie verkniff sich ein Grinsen, denn sie konnte sich schwerlich vorstellen, dass John in der BLOODY BISQUIT COMPANY den Schrubber schwang oder die Maschinen reinigte.

„Oh, bitte", sprach er vorwurfsvoll und schnalzte.

Penny befürchtete, einen Fehler begangen zu haben.

Aber John schlenderte zum Bett und setzte sich auf die Kante. „Mein kostbares Blut rauscht nun durch deine Adern. Es klingt wie ein Hohn, wenn du mich ‚Sir' nennst. Also lassen wir das Geplänkel. Ich erlaube dir, mich zu duzen."

Ihr blieb die Spucke weg. John schien wie verwandelt. Natürlich durfte sie sich nicht zu früh freuen und musste weiterhin auf der Hut sein – doch was war mit dem John Doe, der mit ihr geschimpft hatte, weil sie anfänglich die korrekte Anrede vergessen hatte?

Er nahm einen Schluck Blut und schmunzelte sie lüstern über den Glasrand an. „Das bedeutet aber auch, dass du an mich gebunden bist."

Ha!, schrie ihre innere Stimme, *hab ich's doch geahnt.*

Neckisch blinzelte er sie an und zog am Laken. Penny hielt es krampfhaft fest.

„Ich bin sehr erschöpft."

„Du wirst mir sicher nicht sagen wollen, wie die Stange in deinen Bauch gekommen ist, oder?", fragte er und ließ von der Decke ab.

Penny begann zu schwitzen. Eine Lüge musste her und zwar schnell – eine plausible Ausrede, die seinen Argwohn besänftigte. Nur fiel ihr partout nichts ein. Ihr Kopf tat immer noch weh. Johns Blick verwirrte sie, sie konnte sich kaum konzentrieren.

„Es war ein Unfall."

„Geplant war es bestimmt nicht", entgegnete er und hob die Augenbrauen.

Sie wagte kaum zu atmen. „Auch nicht … nun, niemand hat mich überfallen."

„Gut zu wissen", sagte er spöttisch. „Du hast dir die Verletzung nicht in der Wohneinheit zugezogen, habe ich recht?"

Sie schüttelte den Kopf und schwieg.

„Nachts das Apartment zu verlassen ist verboten. Du hättest schlafen sollen, nachdem ich gegangen war. Das war unartig von dir, mein süßes Reprodukt."

Ihre Augen blitzten wütend. Sie war kein Ding und wollte auch von anderen nicht als Objekt angesehen werden. Würde sich die Akzeptanz der Klone in Großbritannien jemals ändern? Nun kämpften die Rebellen schon bittere Jahre und konnten bisher das System doch nicht stürzen.

John winkelte ein Bein an. „Schau nicht so verbissen. Wiegt die Bezeichnung ‚süß' nicht mehr als ‚Reprodukt', wenn sie aus dem Mund eines Vampirs kommt?"

Sie wünschte, er würde weniger verführerisch klingen. Er benötigte mittlerweile nicht einmal mehr seine übernatürliche Macht, um sie zu beeinflussen. Es kribbelte in ihrem Magen, weil er sie ansah – wie er sie ansah, ein wenig anmaßend und doch mitfühlend, so widersprüchlich in sich und deshalb gefährlich erregend.

„Ich habe gehört, dass es eine Explosion am Stadtrand gab", sagte er, schwenkte das Glas und beobachtete die rote Flüssigkeit.

Ihr Herz pochte schneller. Die Kopfschmerzen wurden wieder stärker. „Ach, ja?"

Er sah zu ihr, und sein Blick war finsterer als zuvor. „Alle Sniffer sind dorthin gerast. Sag bloß, du hast die Sirenen und Helikopter nicht gehört?"

„Mir ging es nicht gut", schoss es aus ihr heraus.

Mit dem Glas deutete er auf ihren Bauch. „Durch die Wunde."

Stumm nickte sie. Was für eine blöde Aussage! Sie schalt sich einen Narren. Aber es gab keine logische Erklärung für das, was geschehen war. Er hatte sie mit einem Stück Metall im Bauch halb tot im Badezimmer gefunden zu einer Zeit, in der sie hätte schlafen oder sich zumindest um die Wohnung kümmern müssen.

„Meinst du, die Rebellen haben am Stadtrand eine Aktion durchgeführt?", fragte John geradeheraus und starrte ihr in die Augen.

Penny schluckte schwer. Sie suchte nach den richtigen Worten, aber ihre Gedanken waren blockiert, und die Zunge klebte am Gaumen. „Weiß nicht."

„Du musst doch eine eigene Meinung dazu haben", beharrte er. „Was könnten diese Verbrecher jetzt wieder angestellt haben?"

Verbrecher, pah! Sie rümpfte die Nase, und an seinem triumphierenden Lächeln erkannte sie, dass er ihren Missmut wahrgenommen hatte. Es war schwer, seine Sticheleien zu ignorieren. Sollte sie sich abfällig über die Rebellen äußern, damit er keinen Verdacht hegte? Verdächtigte er sie nicht eh schon? Nein, unmöglich konnte sie ihre Freunde in den Schmutz ziehen, um ihre eigene Haut zu retten, auch wenn ihre Kameraden zurzeit nicht sonderlich gut auf sie zu sprechen waren.

Schweren Herzens log sie: „Ich habe mir darüber nie Gedanken gemacht. Warum auch? Dafür sind die Sniffer zuständig."

„Du hast nie die neue Ordnung in Frage gestellt?"

„Nein", antwortete sie zaghaft.

„Wie kann das sein, da Klone nicht als Menschen respektiert werden?"

„Wir sind eine neue Rasse."

„Ihr seid Abbilder von Toten", sagte er scharf. „Wenn du das jedoch so siehst, weshalb würdest du mir dann gerne die Augen auskratzen, sobald ich dich als ‚Reprodukt' bezeichne?"

Bevor sie etwas erwidern konnte, trank er das Blut aus und stellte das Glas geräuschvoll auf die Nachtkommode. „Es wird Zeit."

„Wozu?" Sie drückte sich tiefer in die Kissen und zog das Laken bis zum Kinn. Jetzt würde John sie also doch an die Sniffer ausliefern. Dass er die Wahrheit sprach, konnte er leicht nachweisen. Die Narbe an ihrem Bauch war noch gut sichtbar.

Schwungvoll erhob er sich und zog sie am Arm aus dem Bett. Als sie stand, riss er ihr grob die Decke aus den Händen. „Sieh deinen Körper an. Er ist voll von getrocknetem Blut. Wir sollten es abwaschen, denn wir bekommen gewiss bald Besuch."

„Du hast dem Verwalter Bescheid gesagt?", fragte sie atemlos und vergaß, dass sie entblößt vor John stand. Er hatte sie verraten. Sie wollte es nicht wahrhaben.

„Ich habe den Trubel um die Explosion außerhalb High Londons ausgenutzt und der Schichtaufsicht bei BLOODY BISQUIT klar gemacht, dass ich mehr Zeit brauche, um meinen neuen Klon einzuarbeiten", erklärte er und zuckte grinsend mit den Schultern. „Du warst ziemlich aufmüpfig heute Morgen."

Ungläubig fragte sie: „Der Maulwurf hat dich gehen lassen?" Sie erinnerte sich an die Male, in der sie seine Beeinflussung gespürt hatte und fand es plötzlich nicht mehr so abwegig.

John nickte. „Aber bestimmt hat er mich ausgetragen. Nach den Unruhen am Stadtrand werden die Sniffer in Windeseile die Listen prüfen."

Die Schnüffler würden seinetwegen kommen und nicht ihretwegen. Welch eine Ironie! Und das nur, weil John ihre körperlichen Dienste weiter genießen wollte, dachte sie. Die Frivolität in seinem Blick war eindeutig.

Sie räusperte sich. „Dann werde ich schnell duschen."

„Wir", verbesserte er.

„Das kann ich alleine. Wirklich! Vielen Dank."
Er schritt um sie herum und tippte mit der Fingerspitze eine Stelle in der Mitte ihres Rückens an. „Wie willst du diesen Blutfleck entfernen?"
„Das schaffe ich schon irgendwie."
Liebevoll streichelte er ihren Nacken. Er fuhr ihre Wirbelsäule entlang und wollte gerade in die Spalte zwischen ihren beiden Gesäßhälften eintauchen, als sie herumflog. Durch die hastige Bewegung wurde ihr schummrig vor Augen. Halt suchend streckte sie die Arme aus. John fing sie auf.
„Du kannst ja nicht einmal auf den Füßen stehen", sagte er belehrend. Er hob Penny auf seine Arme und trug sie ins Badezimmer.
Tatsächlich war ihr schwindelig, aber sie versuchte, es sich nicht anmerken zu lassen. Sie empfand fast ein wenig Vorfreude auf eine gemeinsame Dusche mit John, aber so durfte sie nicht fühlen. Offensichtlich geriet sie vom Regen in die Traufe. George Slay war ein angenehmer Sharer gewesen, weil er sie weitestgehend ignoriert hatte, bis zu dem Zeitpunkt, als er Pennys Doppelleben entdeckte. John jedoch war Feuer und Eis zugleich. Er besaß etwas Kaltes, Berechnendes. Penny begriff ihn noch nicht gänzlich, vermutete jedoch, dass er ein wacher Geist war, der die Lücken von Santagos' System gut kannte und ausnutzte. Entgegen der meisten Vampire, die die neue Ordnung abgestumpft hatte, waren seine übernatürlichen Fähigkeiten geschult. Wie weit seine Macht reichte, konnte sie nicht einschätzen. Setzte er sie nur dosiert ein oder war das, was er ihr gezeigt hatte, bereits das Ende der Fahnenstange?
Das Zusammenleben mit ihm würde die Wahrheit ans Licht bringen.
John setzte Penny im Bad ab. Während er die Dusche aufdrehte und zwei Handtücher aus dem Schrank nahm, betrachtete sie im Spiegel ihren vernarbten Bauch. Behutsam streichelte sie die Wulst. Ihr Blick glitt höher. Ihre Brüste waren klein und fest. Die Brustwarzen hatten sich steil aufgereckt. Aus Ungeduld auf die bevorstehende Dusche? Sie lachte sich selbst neckisch im Spiegel an – und erschrak.
Ein starker Schmerz quälte plötzlich ihren Kopf, als hätte jemand mit einem Dolch durch ihr Auge in ihr Gehirn gestochen. Sie schloss hastig die Augen, hockte sich auf den Boden und hielt sich die Schläfen.
„Was ist los?", fragte John besorgt und hielt sie fest.
Schmerztrunken murmelte sie: „Es tut weh, so schrecklich weh."
„Was ist passiert?"
Als sie sich im Spiegel angeschaut hatte, sah sie ein Gesicht – aber es war nicht ihr Gesicht gewesen. Die Frau hatte zwar ausgesehen wie sie, doch sie war es nicht. Nicht einmal ein Repro, sondern eine Menschenfrau. Die Fremde hatte die gleichen braunen Locken und ebenso bernsteinfarbene Augen. Ihr Name war Charlene. Charlene Lawrence. Dessen war sich Penny sicher. Sie hatte das Gefühl, ihr nah zu stehen, obwohl sie die Doppelgängerin nicht kannte. Warum? Ja, warum? Weil sie von dieser Fremden abstammte! Die Erkenntnis war auf einmal da. Penny war der Klon von Charlene – CH-4-2119.
Leise schluchzte sie, woraufhin John sie an sich zog. Kaum hatte sie sich beruhigt, holte er einen Waschlappen, tauchte ihn in kaltes Wasser und legte ihn an

Pennys Stirn. Die Kühle tat ihr gut. Sie entspannte sich etwas. Immer klarer kehrte die Vision zurück, die sie während ihrer Bewusstlosigkeit gehabt hatte. War es überhaupt eine Ohnmacht gewesen? Nein, es waren Erinnerungen. Aber nicht die ihren, sondern die von Charlene.

In Pennys Kopf tobte ein Orkan. Schmerz und Verwirrung wirbelten ihre Gedanken umher. Die Gehirne der Reprodukte wurden mit Strom vorbehandelt, damit sie nach der „Erweckung" keine Erinnerung an das Leben ihres DNS-Spenders hatten. Es durfte keine Verbindung zur Vergangenheit bestehen. Einer Vergangenheit, in der die Menschen herrschten, und die Vampire Kreaturen der Nacht waren. Was hatte das alles zu bedeuten?

Tränen liefen über Pennys Wangen. Noch immer hielt sie die Augen geschlossen. Hatte Johns Blut die Blockade in ihrem Gehirn niedergerissen? So musste es sein. Aber er hatte dies nicht beabsichtigt. Er wusste nicht, dass sein Blut mehr als den Heilungsprozess der Wunde in ihrem Bauch beschleunigte. Möglicherweise war er sich seiner Macht nicht bewusst.

Penny drückte die Handflächen auf die Ohren, doch die Fragen verstummten nicht. Sie blieben in ihrem Kopf.

Charlene Lawrence hatte Kontakte zum Orden des heilbringenden Lichts. Diese Organisation agierte schon damals im Untergrund und war nun, im 22. Jahrhundert, vom Erdboden verschwunden. Die Mitglieder, allesamt Menschen, waren längst verstorben. Ab diesem Moment vermutete Penny, dass sie die Letzte ihrer Art war. Wenn Charlie, wie sie von ihren Freunden genannt wurde, dem Orden geholfen hatte, und sie, Penny, aus ihrer DNA geklont wurde, war sie im weitesten Sinn die letzte Verbindung zum Orden. Zudem bekämpfte Penny, wie Charlene damals, die Vampire. Der einzige Unterschied war, dass die verbliebenen Mitglieder Vita Eternas sich mit den Repros verbündet und die Rebellion gegründet hatten, während im 20. Jahrhundert offensichtlich alle Vampire als gleich übel angesehen wurden. Dennoch schien etwas zwischen Charlie und Jeremy zu sein, ein zaghaftes Knistern, ein Interesse, das nicht vorhanden sein durfte – auch das eine Parallele zu Pennys Leben.

Sie sah John an und schob seine Hand, die den Waschlappen hielt, fort. „Geht schon wieder."

„Was geschieht hier?", fragte er und legte den Lappen auf die Ablage.

„Die Wunde tut doch noch weh", log sie. „Ich dachte, mir ginge es schon besser. Aber mir ist noch schwindelig, und die Narbe schmerzt."

Er nahm ihr Kinn mit Daumen und Zeigefinger und zwang sie, ihm in die Augen zu schauen. „Sehr seltsam! Wenn du diese Schmerzattacken hast, hältst du dir den Kopf und nicht den Bauch."

Natürlich hatte er recht. Und schon wieder suchte sie vergeblich nach Ausflüchten. Es war besser, wenn er nichts von Charlenes Erinnerungen erfuhr. Vielleicht würde er befürchten, dass sie Informationen bekam, die sie gegen die Vampire verwenden konnte. Oder er würde sie als „abnorm" abstempeln, die Sniffer rufen und diese würden sie geradewegs in eine der Kolonien zu den anderen ausgedienten Klonen bringen. Anders zu sein war in Großbritannien ein Todesurteil.

John half ihr auf. „Noch dulde ich deine Zurückhaltung. Aber der Tag wird kommen, an dem ich alle Antworten einfordere. Ich vergesse nicht. Niemals!“

Dessen war sich Penny sicher. Auf der einen Seite war sie John dankbar, dass er sie nicht verriet und sich um sie kümmerte – ohne ihn wäre sie längst tot oder halbtot entdeckt und zum Verhör gebracht worden – auf der anderen Seite war er für sie im Moment die größte Gefahr.

„Danke“, wisperte sie.

Nachdem er das Wasser der Dusche aufgedreht hatte, trat sie in die Kabine und stellte sich unter den Strahl. Lauwarmes Wasser ergoss sich über sie. Sie wusch das Gesicht. Plötzlich sah sie Jeremy Wellingham vor ihrem geistigen Auge. Was wohl mit ihm geschehen war? Hatte sich die Prophezeiung bewahrheitet und wurde die wertvolle Signatur in seinem Blut entdeckt? Möglicherweise hatte der Orden den Vampir nicht fangen können, oder die Voraussagung war nur heiße Luft gewesen. Penny war hin- und hergerissen. Sie wünschte, dass Jeremy entkommen war, weil er der Loge Condannato angehörte, und sie die Condannato-Vampire sehr schätzte. Doch wenn er wirklich Hoffnung für ein gutes Ende des Blutkriegs bedeutete, musste man einen Menschen oder Vampir opfern, um viele zu retten. Sie würde ab sofort die Augen nach einem Jeremy Wellingham aufhalten. Vielleicht konnte die Rebellion heute nachholen, was damals versäumt wurde. Die Chance war gering, das war Penny klar, doch sie war bereit, nach jedem Strohhalm zu greifen.

Sie seufzte.

„Du denkst hoffentlich nicht an einen anderen Mann“, warnte John.

Penny riss die Augen auf.

„Oh, habe ich dich ertappt?“ Mit einem Ruck drehte er sie um. Nun stand sie mit dem Rücken zu ihm. Das machte sie nervös. Er riss ihre Handgelenke hoch und deutete ihr an, sich an der Duschkabinenwand abzustützen.

„Ist es einer aus der BLOODY BISQUIT COMPANY? Kenne ich ihn?“ Mit beiden Händen begann er ihren Nacken zu massieren, erst sanft, doch als sie nicht antwortete, griff er beherzter zu.

„Ich habe keinen Freund.“ Sie biss sich auf die Unterlippe.

„Natürlich nicht. Beziehungen sind nicht gestattet“, sagte er scharf und umschlang ihre Hüfte. Sein Griff war wie ein Eisenring. Er schmiegte seine Lenden an ihren unteren Rücken. „Partnerschaften sind nicht erforderlich. Menschen und Klone werden nur gebissen und zu Vampiren gemacht, wenn der Prime Lord einen Antrag unterschreibt. Reprodukte werden erweckt, wenn Arbeiter gebraucht werden.“

„Eine kühle Art, Nachwuchs zu zeugen“, brach es aus Penny heraus.

Anstatt sie zu belehren, legte John seine Hand auf ihren Unterbauch. „Spürst du ein Verlangen, Kinder zu gebären? Oder haben sie deinen Fortpflanzungstrieb dadurch unterdrückt, dass sie dein Gehirn vor der Erweckung behandelt haben?“

Froh, sich nicht an die Stromschläge erinnern zu können, antwortete sie: „Leben zu schenken ist ein Wunder, wenn es auf natürlichem Weg geschieht.“

„Ich verstehe.“

Seine Stimme klang traurig, fast so, als würde er dieselbe Sehnsucht empfinden. Für einen Augenblick breitete sich Melancholie in der Duschkabine aus. Penny und John standen in Gedanken versunken da und trauerten um die Unmöglichkeit, Kinder in die Welt zu setzen. Welch herausragendes Erlebnis musste es sein, sich fortzupflanzen! Doch Vampire wurden durch die Wandlung in Kreaturen der Nacht dieser Chance beraubt, und Klone sterilisierte man. Penny versuchte sich damit zu trösten, dass es auch weitaus schlimmer hätte kommen können. Santagos traute sie es zu, dass er fruchtbare Klone produzierte, eine Paarung erzwang und ihnen die Kinder stahl, um sie unterwürfig zu erziehen, damit seine Vision eines Vampirstaates gesichert war. Das jedoch wäre unmöglich vor dem Ausland zu rechtfertigen.

Penny sprach als Erste: „Wie alt bist du?"

„Ich habe schon viel gesehen und viel erlebt, mehr als mir lieb ist", entgegnete er und betätigte den Seifenspender. Ein langer Strang Duschlotion füllte seine Hand. „Trotzdem komme ich mir manchmal grün hinter den Ohren vor."

Penny horchte auf. Sie war neugierig und wollte mehr über John Doe erfahren, der so anders als alle Vampire war, die sie bisher kennengelernt hatte. „Grün?"

Bedächtig begann er die Seife auf ihrem Rücken zu verteilen. „Ich habe zum Beispiel noch nie eine Frau wie dich getroffen."

Hatte er „Frau" gesagt? Sie konnte es kaum glauben. Bisher hatte er sie immer als „Reprodukt" bezeichnet, was neutral war, für Penny jedoch abwertend klang.

„Ich bin nichts Besonderes."

„Du bist leichtsinnig und spielst mit dem Feuer. Hast du denn keine Angst, in den Flammen umzukommen?"

In diesem Moment seifte er ihren Hintern ein. Sie spannte ihre Muskulatur an, was er mit einem leisen Lachen kommentierte, stieß mit dem Zeigefinger zwischen ihre Pobacken und glitt mit dem Finger vor und zurück.

„Außerdem", fuhr er fort, „hast du dich schon mal einem Mann hingegeben. War er ein Vampir oder ein Klon?"

Mit hochrotem Gesicht stand sie da, steif wie ein Brett, stützte sich artig mit den Händen an der Kabine ab und war froh, dass sie ihm den Rücken zuwandte. „Ich, nein, nie! So etwas würde ich nie tun ... ich meine, es ist verboten."

Er nutzte ihre Empörung und drang mit dem Zeigefinger in ihren Anus ein, bevor sie sich wieder versteifte. „Lügen ist nicht deine Stärke. Wie hast du nur das Verhör nach dem Tod deines Sharers Slay überstanden? Entweder waren die Sniffer kreuzdumm, oder du hast tatsächlich Kontakte, die ein Repro nicht haben darf. Hast du mit einem dieser rückgratlosen Schnüffler geschlafen? Hat er dich deshalb gedeckt?"

„Um Himmels Willen, nein", blaffte sie. Aufbrausend flog sie zu ihm herum und sah ihm aufmüpfig in die Augen. „Ich würde nie mit jemandem aus dem Grund schlafen, weil ich mir etwas davon verspreche."

Noch immer steckte sein Finger in ihr. Dadurch, dass er nun um sie herumgreifen musste, war er gezwungen, näher an sie heranzutreten. Sein Glied stand von seinen Lenden ab und stieß gegen ihre frische Bauchnarbe. Seine

Erregung sprang auf sie über. Die Lust war elektrisierend. Sie floss über ihren Venushügel und sammelte sich in ihrem Schoß.

John neigte den Kopf und küsste sie. Sie war zu erstaunt, um sich zu wehren, und eigentlich wollte sie das auch gar nicht. Seine Lippen drückten sich sanft auf die ihren. Ihre Münder verschmolzen. Als sie seine Zungenspitze spürte, öffnete sie willig den Mund. Er drang in ihre Mundhöhle ein, und sein köstlicher Geschmack erregte sie. Er schmeckte nach grenzenloser Lust. Das Spiel seiner Zunge zeugte von Stärke. Er drängte ihre Zunge an den Gaumen, sodass er freie Bahn hatte. Züngelnd erforschte er ihre Zähne, leckte über die Eckzähne.

Als er sich von ihren Lippen löste, flüsterte er: „Du versprichst dir sehr wohl etwas davon, wenn du jetzt mit mir schläfst, nämlich Leidenschaft und Erlösung aufgestauter Begierde."

„Jetzt?" Ihr blieb die Spucke weg. „Mit dir?"

„Du machst mir nichts vor. Ich sehe doch, dass du Erfahrungen in sexuellen Dingen hast, wenn auch nicht viele. Sag mir nur eins", er hob ihr Kinn an, rieb seine Nase an die ihre, „war es ein Repro oder ein Vampir, der dich in die Liebe einführte?"

Zuerst schwieg sie. Warum war diese Information wichtig für John? Sollte sie ihm dieses Puzzleteil ihres Lebens schenken? Schließlich hauchte sie: „Ein Klon."

Er nickte. „Wenn es so ist, dann werde ich dich nicht nehmen, wie ich es gerne würde. Mein Phallus wird dich erst ausfüllen, wenn du mich darum bittest."

Darum bitten – erwartete er das von ihr? Sie konnte sich nicht vorstellen, einen Vampir anzuflehen, sie zu beglücken. Nun gut, John war ihr schon zweimal anzüglich nah gekommen und verdammt, es war schön gewesen, gestand sie sich ein. Aber weiter durfte die Intimität nicht gehen. Er hatte ihr bewiesen, dass er alles mit ihr machen konnte. Sie würde sich seinen Anweisungen beugen, alleine schon deswegen, weil er einen guten Spürsinn besaß und sie bei der Exekutive verraten konnte. Es war das Vernünftigste, sich zu fügen. Rational – ja, aber sie spürte auch ein frivoles Prickeln in ihrer Scham, das ihr verdeutlichte, endlich die Beine zu öffnen, damit geschehen konnte, was sie sich heimlich wünschte. Es ist nur Lust, redete sie sich ein, Leidenschaft, die John geweckt hatte, und zwar absichtlich, um sie mit ihren eigenen Gefühlen weichzukochen.

Plötzlich zog er den Finger aus ihrem After und drückte seinen Oberkörper an den ihren. Sein steifes Glied rutschte in die Spalte zwischen ihren Schamlippen. Es drückte auf ihre Klitoris. Ein Schauer der Erregung ergriff Penny. Sie hielt sich an Johns Schultern fest und legte die Stirn auf seinen Brustkorb, damit er das Verlangen nicht in ihren Augen las.

Eventuell war sie undankbar. Er hätte sie einfach nehmen können, denn immerhin war er nicht nur ein starker Mann, sondern auch ein Vampir mit wachen Fähigkeiten. Aber er würde warten, bis sie so weit war und ihn auch in sich spüren wollte. Das verlangte eine gehörige Portion an Disziplin. Seine Erregung war offensichtlich. Disziplin, hallte es in ihr wider, die besaß er in der Tat. Er hatte Penny ohnmächtig in einer Blutlache vorgefunden und war nicht über sie hergefallen, um seinen Blutdurst zu stillen. Mit all seinen Fähigkeiten und der Disziplin hatte er die besten Voraussetzungen, um in Santagos' Armee zu dienen.

Stattdessen putzte er bei BLOODY BISQUIT und tauchte in der Masse der Arbeiter unter.

Das war seltsam.

John schmiegte sich enger an Penny und wusch das Blut von ihrem Rücken. Wie ein Liebespaar standen sie eng aneinandergekuschelt in der Kabine unter dem Duschstrahl. John legte ihr braunes langes Haar über die Schulter nach vorne. Seine Fingerspitzen kreisten über ihren Nacken. Er verteilte das Duschgel mit den Handflächen auf ihren Schulterblättern, glitt tiefer, wusch das Blut von ihren Hüften und fasste ihre kleinen festen Pobacken. Sanft massierte er das zarte Fleisch.

Penny seufzte wohlig. Nach den Strapazen der vergangenen Tage – dem nervenaufreibenden Verhör der Sniffer, das Kennenlernen ihres neuen, ungewöhnlichen Sharers und dem missglückten Sabotageakt der Rebellen – war diese sinnliche Dusche wie ein Stück Himmel. Sie öffnete die Lippen und schloss sie um Johns Brustwarze. Es geschah wie von selbst, als hätte sie sich nicht mehr unter Kontrolle – sicherlich manipulierte John sie erneut. Doch sie spürte keine Macht, die auf sie einwirkte. In ihr brannte nur das Verlangen, John zu kosten.

Er atmete lauter, nun, da Penny seine Brustwarze leckte. Ihre Zungenspitze umspielte den Nippel, der sich ihr entgegenreckte. Zärtlich knabberte sie daran, küsste ihn sogleich tröstend und widmete sich dann der anderen Brustwarze. Johns Hände hielten ihren Hintern fest. Die Finger zuckten, wenn Penny ihn ihre Zähne spüren ließ.

„Genug“, hauchte er in ihr Ohr und drückte sie fort.

Er legte ihr Haar wieder über die Schulter nach hinten, füllte seine Handflächen mit Seife und verteilte diese auf Pennys Dekolleté. Das Gel lief ihre Brüste herab und erregte sie auf sehr sanfte Weise. Ihr Brustkorb hob und senkte sich, fast so, als wollte er sich der Berührung, die mehr ein Hauch war, entgegenstrecken, um sie intensiver wahrzunehmen.

John betrachtete dies als Aufforderung. Flink glitten seine Hände über Pennys Brüste. Während er das Duschgel verrieb, auch dort, wo keine Blutkrusten auf Pennys Haut zu sehen waren, drückte er ihren Busen nach oben, indem er die Hand unter die Brust führte. Er nahm die Hände weg. Die Brüste wippten leicht zurück. Dies zauberte ein lüsternes Lächeln auf sein Gesicht.

Wie Schalen legte er seine Handflächen unter ihren Busen. Er wog ihn, imitierte einen Büstenhalter, den Penny nicht benötigte, weil ihre Brüste klein und fest waren. Konzentriert tröpfelte er Gel auf die Brustwarzen. Seine Miene zeigte Wohlgefallen, als er die Handflächen wieder unter den Busen legte, ihn anhob, soweit es möglich war, und mit den Daumen die Seife über die Nippel und Vorhöfe verteilte.

Nun konnte Penny ein Aufstöhnen nicht länger unterdrücken. John hatte sie fest im Griff, sie und ihre Brüste. Lächelnd legte sie den Hinterkopf gegen die Kabine. Die Lust war so gewaltig, atemberaubend, staute sich im Busen, lief über, als sie kaum noch erträglich war, und rann hinab in Pennys Schoß. Doch eine Erlösung war unmöglich, weil John nicht ihre Scham berührte. Er rieb weiterhin das Gel in die Brustspitzen. Geflissentlich heizte er Pennys Leidenschaft an. Er gab ihren

Busen nicht frei, auch nicht, als das Feuer in ihr bereits lichterloh brannte, und sie sich an seinen Oberarmen festhalten musste, um nicht den Halt zu verlieren. Sah er denn nicht, dass er sie quälte? Der fleischige Büstenhalter ließ sie Johns Stärke spüren. Seine Hände umschlossen ihre Brüste, als wollte er vermitteln: Dein Busen gehört mir, deine Begierde ist die meine.

John nahm Penny in die Arme. Er küsste sie auf das Haar, hielt sie fest, bis sie ruhiger atmete und nahm dann den Duschkopf. Zuerst wusch er den Schaum von ihrem Rücken. Der Wasserstrahl glitt kreisend tiefer, rotierte über ihrem Hintern und drang in ihre Pospalte. Sie gab einen kurzen Überraschungslaut von sich und spannte das Gesäß an, denn der Strahl war von hinten bis zu ihren Schamlippen vorgedrungen.

Lachend schob John sie fort, duschte ihre Schultern und als nächstes ihr Dekolleté ab. Schaum floss ihren Busen herab. Tropfen lösten sich von den Brustwarzen. Penny ließ alles geschehen. Es war sinnlos sich zu wehren, denn sie wollte die Leidenschaft mit John erleben, sie brauchte genau das, eine Art Medizin, eine Balance zum Stress der letzten Tage.

Berauscht sah sie an sich herab und beobachtete den Duschkopf. Das Wasser streichelte ihre Brüste. Die einzelnen dünnen Strahlen neckten ihre Nippel. Es war, als würden unzählige Fingerspitzen ihren Busen liebkosen.

Enttäuscht blickte sie dem Duschkopf nach, der tiefer wanderte und nun ihren Bauch von Blutkrusten und Schaum befreite. Bald jedoch berührten die ersten Wasserstrahlen ihren Venushügel, und sie erschrak.

Manchmal bist du zu naiv, schimpfte sie gedanklich. Obwohl sie im Körper einer Zwanzigjährigen steckte, lebte sie erst vier Jahre. War es da ein Wunder, wenn sie unbedarft an manche Dinge heranging?

Penny krallte sich an Johns Oberarmen fest. Noch lief das warme Wasser nur ihren Schamhügel hinab, aber alleine diese sachte Berührung erregte sie. In ihrem Schoß loderte ein Feuer, das das Wasser nicht löschte, sondern anheizte. Ihre Klitoris war durch Johns Busenmassage empfindlich und leicht reizbar. Es reichte schon der Schaum, der weggespült wurde. Wasserstrahlen auf ihrer Klitoris würden kaum noch erträglich sein.

John hob ihr linkes Bein an und stellte ihren Fuß auf den Duschwannenrand. Schmunzelnd betrachtete er abwechselnd ihren blanken Schoß und ihr schamrotes Gesicht. Den Duschkopf hielt er seitlich. Er nahm eine Handvoll Gel und verteilte es auf ihrer Vulva. Samtig weich fühlte sich das Fleisch an, entspannt, nass und bereit. Er verteilte die Seife auf den großen Schamlippen. Bedächtig tauchte er mit dem Daumen zwischen die Falten, nahm jede einzeln zwischen Daumen und den restlichen Fingern und glitt vor und zurück. Penny konnte sich zu keiner Entscheidung durchringen, ob sie der intensiven Lust entfliehen oder ihr Becken an Johns Hand drücken sollte.

Die empfindsamste Stelle sparte er aus, aber nicht lange. Kaum hatte er von den Schamlippen abgelassen, drückte er einen großen Tropfen Duschgel auf seinen Daumen. Den Finger legte er sanft auf Pennys Klitoris. Sein Blick bohrte sich in ihre Augen. Er genoss ihre Angst, die Unsicherheit, die Wollust, all die Emotionen, die sich auf ihrem Gesicht widerspiegelten und ihm gehörten.

Erst als Penny zu zappeln begann, verrieb er das Gel auf ihrem Kitzler. Sofort stöhnte sie auf. Sie verdrehte berauscht die Augen und schloss sie. Immer fester krallte sie sich in Johns Oberarme. Anfänglich waren seine kreisenden Bewegungen sanft. Er berührte ihre Klitoris kaum. Aber je mehr Penny stöhnte, desto fester massierte er. Er machte sie wahnsinnig. Schnell kam sie einem Orgasmus nah. Sie hielt die Luft an, bereit abzuheben ... in diesem Moment hörte er auf.

Penny schaute ihn an. John hatte die Augenbrauen hochgezogen und schmunzelte wissend. Er genoss seine Macht über sie, die diesmal nicht übernatürlich, aber dennoch himmlisch war.

„Schuft", entfuhr es ihr.

„Wie undankbar!" Kaum hatte er das ausgesprochen, richtete er den Wasserstrahl auf ihren Schoß.

Sie schrie auf. Im ersten Moment versuchte sie den Duschkopf wegzustoßen, aber John wehrte sie ab. Kapitulierend gab sie sich der Lust hin. Die vielen sanften Wasserstrahlen erregten ihre Vulva. John nahm sich alle Zeit der Welt, um ihre Schamlippen Stück für Stück zu reizen. Er richtete die Handdusche auf die vordere linke Hälfte, widmete sich anschließend der Mitte und hielt dann den Strahl auf den hinteren Teil, nur um sich an der rechten Seite wieder nach vorne zu arbeiten bis zu dem faltigen Mantel, der die Klitoris umgab. Das Wasser kreiste um ihren Kitzler. Hin und wieder hielt John neckend den Strahl direkt auf ihre empfindsamste Körperstelle. Diese pochte immer stärker. Penny sehnte sich nach Erlösung. Mit verklärtem Blick sah sie zu John auf.

Er nickte. Liebevoll zog er Pennys Oberkörper heran, damit sie sich an seinen Schultern festhalten konnte und richtete den nun stärkeren Wasserstrahl direkt auf ihre Klitoris. Das Wasser drängte den fleischigen Mantel zurück. Der Druck war intensiv. Pennys Lust schoss in die Höhe. Sie biss in Johns Oberarm, um einen Aufschrei zu unterdrücken. Schon schüttelte der Höhepunkt sie durch. Ihr Becken zuckte, doch Penny entkam nicht dem Strahl. Weiterhin reizte das Wasser ihren pochenden Kitzler. Tränen rannen ihre Wangen hinab. Sie stöhnte entrückt in Johns Fleisch und vergrub schließlich das Gesicht unter seiner Achselhöhle.

Beruhigend streichelte er ihren Rücken, hängte den Duschkopf in die Halterung, hob Pennys Kopf an und küsste ihr die Tränen von den Wangen. Sie konnte noch nicht klar sehen, geschweige denn denken.

Alles, was sie herausbrachte, war ein kaum hörbares „Danke."

„Danke mir auf eine andere Art", flüsterte er und rieb sein steifes Glied an ihrem Schamhügel.

Verschämt blinzelnd ging sie auf die Knie. Sein Penis reckte sich ihr gierig entgegen, und sie wollte John nicht länger schmoren lassen. Neugierig – wie er schmecken würde – nahm sie ihn in den Mund. John stützte sich an der Duschkabine ab. Er hielt sich nicht zurück, sondern stöhnte augenblicklich laut und kehlig.

Penny schloss die Lippen um den Phallus. Sie begann vorsichtig zu saugen. Erst als John seine Hand in ihrem Haar vergrub und ihren Kopf näher an seine Lenden drückte, saugte sie stärker. Nach seinen Seufzern zu schließen, genoss er, was sie tat. Daher brachte Penny auch ihre Zunge ins Spiel. Ohne die Lippen von der Eichel zu nehmen, leckte sie darüber.

„Aaah", machte John und kraulte ihr Haar.

Ein salziger Tropfen löste sich aus der Öffnung der Eichel. Penny ließ ihn auf der Zunge zergehen, wohl wissend, dass Johns Erregung weit vorangeschritten war. Sie legte Daumen und Zeigefinger um seinen Schaft und drückte zu. Das Blut staute sich im Penis. Er wurde noch härter. Die Vorhaut zog sich weiter zurück und gab das Glied immer mehr frei. Genüsslich nuckelte sie am Phallus. Mit der Breitseite ihrer Zunge leckte sie darüber und schob ihre Zungenspitze unter die Vorhaut.

John zitterte leicht vor Erregung. Das motivierte Penny und so nahm sie die Hoden, drückte sie gegen den Penis und presste ihre Finger wie einen Stahlring darum. Sie führte das Glied soweit in ihren Mund ein, bis sie einen leichten Würgereiz spürte. Erst dann legte sie die Lippen darum und glitt vor und zurück. Sie imitierte ihre Vagina, umspülte den Phallus mit ihrem Speichel, als wäre es ihr cremiger Saft.

So sehr sie es auch genoss, John zu verwöhnen, nun tat es ihr leid, dass er ihre Scheide nicht mit seinem Stab ausfüllte und sie nahm, wie ein Mann eine Frau nehmen sollte. Sie brauchte nur darum zu bitten, und er würde ihr aufhelfen, ihr Bein um seine Hüfte legen und ungeduldig in sie hineinstoßen. Aber so weit war sie noch nicht. Würde er es von sich aus initiieren, hätte sie keine Gegenwehr gezeigt. Doch um die treibende Kraft zu sein, war es für Penny zu früh.

Sie massierte seine Hoden mit den Lippen. Dann legte sie das Glied zwischen Kopf und Ohrmuschel, und während sie sich vorneigte und wieder aufrichtete, um eine Reibung zu erzeugen, stieß sie die Säckchen mit der Zungenspitze an. Manchmal hob sie auch einen Hoden mit der Zunge an und ließ ihn, damit er wippte, ruckartig los. Sie spürte Feuchtigkeit in ihrem Nacken und nahm seinen Penis von ihrer Ohrmuschel. Erneut hatten sich einige Tropfen gelöst, diesmal mehr als vorhin. Sie leckte das Sperma ab und spürte ein Zucken in Johns Lenden. Er stand kurz vor einem Orgasmus. Sollte sie ihn ebenso kurz vor dem Höhepunkt kalt stellen, damit er am eigenen Leib erfuhr, wie quälend es war, nicht erlöst zu werden?

Penny brachte es nicht übers Herz. Anstatt Rache zu üben, führte sie seinen Phallus tief in den Mund ein. Und während sie an ihm saugte und lutschte, knetete sie gleichzeitig seine Hoden.

John benutzte ihren Mund. Er schaukelte seine Lenden vor und zurück und stöhnte rhythmisch. Plötzlich riss er ihren Kopf an den Haaren nach hinten.

Unsicher schaute sie ihn von unten an. Aber dann verstand sie. Er spritzte sein Sperma zwischen ihre Beine, um ihren Mund zu verschonen. Ein wenig tropfte auf ihren Oberschenkel. Noch immer schwer atmend zog er Penny auf die Füße. Sein Blick klärte sich nur langsam. Mit der Hand wischte er die Samenflüssigkeit von ihrem Schenkel und verteilte sie auf ihrem Schoß. Schließlich ließ er die Hand auf ihrer Scham ruhen.

Er schaute ihr in die Augen. „Ich wünschte, ich könnte dir deinen Wunsch erfüllen."

Ihr Herz machte einen Sprung. „Du wärst bestimmt ein guter Vater", antwortete sie, „ein Vater mit aufrichtigen Prinzipien und weichem Herz."

„Nein, das wäre ich nicht! Wer weiß, wozu es gut ist, dass ich keine Kinder zeugen kann." Seine Laune änderte sich schlagartig. Er wusch seinen Unterleib und trat aus der Kabine.

Penny blieb alleine zurück, verdutzt und unsicher, wie sie reagieren sollte. Es war möglich, dass sie sich zu weit aus dem Fenster gelehnt hatte. Sie kannte John doch gar nicht. Wie konnte sie sich ein Urteil über ihn erlauben? Sicherlich lag es an der Stimmung. Die innigen, ja, sogar liebevollen Berührungen hatten sie Glauben lassen, dass sie sich nähergekommen waren.

Während sie ihre Locken wusch, spähte sie durch das Kabinenglas. John föhnte sich die schulterlangen schwarzen Haare. Seine Miene war starr. Dachte er an seinen Vater? Zu gerne hätte sie ihn nach seiner Abstammung gefragt. Vermisste er seine Eltern? Hatte er sie gar zu Vampiren gemacht, um Mutter und Vater nicht zu verlieren, weil sie gealtert wären und er nicht? Penny vermutete, dass er sich mit seinem Vater zerstritten hatte. Sie überlegte, ob es überhaupt möglich war, über Jahrhunderte eine Beziehung – ob nun Familienbande, Freundschaft oder Liebe – aufrecht zu erhalten.

Erst nachdem John das Badezimmer verlassen hatte, trat sie aus der Duschkabine. Sie trocknete sich ab, ging aus dem Bad und hörte Geräusche in der Küche. Vorsichtig lugte sie um die Ecke. John stand nackt vor der Küchen-Bar. Sein Oberkörper war vorgeneigt. Penny vermutete, dass er die Augen geschlossen hatte. Er stützte sich mit den Händen an der Arbeitsplatte ab und sah aus wie ein Mann, der eine große Last auf seinen Schultern trug. Vor ihm stand ein halb geleertes Glas Blut. Abgelenkt von seinem knackigen Hintern bemerkte Penny erst jetzt, dass eine Schranktür offen stand. Hinter den Putzmitteln und den Trockentüchern erspähte sie eine Zwischenwand, die halb zur Seite geschoben war. Dahinter kam eine Nische zum Vorschein, in der ein kleiner, blutverschmierter Kanister stand. Penny versuchte genauer hinzusehen, konnte aber keine Beschriftung erkennen.

Auf einmal drehte sich John um. Gerade noch rechtzeitig konnte sie den Kopf einziehen und zurück ins Bad huschen, spritzte betont laut die Dusche aus und zog geräuschvoll die Kabinentür zu. Mit pochendem Herzen lauschte sie. John war noch immer in der Küche. Glücklicherweise hatte er sie nicht entdeckt.

Penny atmete mehrmals kräftig durch. Was sollte sie von dem halten, was sie gesehen hatte? Sie war schon einmal heimlich Zeugin gewesen, wie John ein ganzes Glas synthetisches Blut aus der Leitung abgezapft und in den Ausguss gekippt hatte. Offensichtlich trank er lieber das Blut, das er selbst „besorgt" hatte. Das war jedoch verboten, damit die Vampire nicht wahllos über die Klone herfielen. Denn es hatte mal eine Zeit gegeben – in der Anfangsphase der Reproduzierung von Menschen – in der Überfälle auf Repros an der Tagesordnung waren. Es hatte viele Tote gegeben – dadurch blieben Arbeitsplätze unbesetzt und die Produktivität Großbritanniens litt darunter. Aber auch einige ungewollte Vampire gingen daraus hervor.

Um nicht in den Spiegel schauen zu müssen und Gefahr zu laufen, wieder einen Migräneanfall zu bekommen, ging sie aus dem Bad ins Schlafzimmer, um sich anzukleiden. John schien noch immer in der Küche zu sein. Da nahm sie einen Schatten unter dem Bett wahr. Sie blinzelte. Sah sie schon Gespenster? Nein, da lag tatsächlich etwas unter dem Bett.

Langsam ging Penny näher und neigte den Oberkörper. Etwas Schwarzes war zu erkennen, klein, rund und vermutlich aus Baumwolle – mehr konnte sie nicht ausmachen. Auf dem grauen Teppich und bei dem diffusen Licht der Deckenlampe fiel es kaum auf.

Penny schaute über die Schulter, um sich zu vergewissern, dass John sie nicht beobachtete. Schnell kniete sie sich hin, langte unters Bett und zog das schwarze Etwas heraus. Es war eine Mütze, aber keine gewöhnliche, sondern vielmehr eine Maske. Lediglich zwei Löcher für die Augen und einen Schlitz für den Mund waren vorhanden. Der Rest des Kopfes würde unter dunkler Baumwolle verschwinden, wenn man sie anzog.

Ungläubig guckte Penny auf die Mütze in ihrer Hand. Die Kopfbedeckung musste John gehören. Es gab keine andere Möglichkeit. Nur konnte Penny sich beim besten Willen nicht vorstellen, was er damit anfing. Er war kein Mitglied der Rebellen. Sie grübelte, ob er ein Agent des Prime Lords war. Hatte er ihr vermummt nachspioniert und war ihr bis an den Stadtrand gefolgt, um die Benzinautos in die Luft zu jagen? Vielleicht tauchte er als Spion in der Anonymität der Arbeiter unter, um Aufrührer zu überführen. Möglicherweise hatte man ihn auch konkret dazu abgestellt, die Wahrheit aus ihr herauszukitzeln, die Wahrheit über die Todesursache ihres erst kürzlich verstorbenen Sharers.

Sie erschrak. Falls John ein Spitzel war, ließ er ihr deswegen so viel durchgehen, redete abfällig über die Sniffer und ging früher von der Arbeit nach Hause? Wollte er, dass sie sich mit ihm solidarisierte? Versuchte er, sie glauben zu machen, sie stünden auf derselben Seite – bis sie ihn mit zu den Rebellen nahm?

Penny glaubte auf einem Pulverfass zu sitzen. Sie hielt die Maske vor die Augen und betete, dass der Fund eine ganz andere Bewandtnis hätte. Das waren hoffentlich alles nur Mutmaßungen. Sie wusste nichts von John, rein gar nichts!

Erst jetzt bemerkte sie den Geruch von Rauch. Penny schnupperte an dem Baumwollstoff. Tatsächlich! Die Mütze roch nach Rauch. Jemand hatte sie nahe an einer Feuerquelle benutzt. Benzin. Feuer. Rauch.

Penny hörte Johns nackte Füße auf den Küchenfliesen. Eilig warf sie die Maske unter das Bett, damit er nicht bemerkte, dass sie die Kopfbedeckung gefunden hatte, stand auf und lief zur Kommode. Sie zählte bis drei und bemühte sich, ihren Atem zu beruhigen. Mit zittrigen Händen zog sie die Schublade auf und nahm einen weißen Overall heraus.

Schon stand John in der Tür. Er war angezogen. „Du bist blass."

„Meine Wunde", stammelte Penny, „sie tut weh." Sie vermutete, dass er nicht nur Fallen in der Wohnung hatte, sondern auch Verstecke, in denen Blutkonserven und Anzüge deponiert waren. Die Maske hatte er wahrscheinlich unters Bett geworfen, weil er in Eile und Bedrängnis war.

„Erschrocken siehst du aus, nicht, als ob du Schmerzen hättest." Er verschränkte die Arme vor dem Oberkörper und lehnte sich mit der Schulter gegen den Türrahmen.

Sein bohrender Blick verunsicherte sie. Ihre Kehle war wie zugeschnürt, und sie musste sich zweimal räuspern, bevor sie sagen konnte: „Mir ist nur gerade eingefallen, dass ich zwei neue Overalls beim Verwalter beantragen muss. Den einen hast du mir mit einem Messer vom Körper geschält, als ich ...", sie sah verlegen zu seinem Schrank, der mit Fallen gesichert war, und ermahnte sich, John dringend nach der Tin Whistle zu fragen, „und der andere hat ein Loch von der Metallstange und ist voller Blut, das beim Waschen wohl kaum herausgeht."

„Du fällst den Sniffern immer wieder unangenehm auf."

Es klingelte an der Tür.

„Und da sind sie auch schon." Er zwinkerte ihr zu. „Ich an deiner Stelle würde mich schnell anziehen, sonst lieferst du ihnen wieder einen Grund, misstrauisch zu werden. Kein Repro sollte sich vor seinem Vampirsharer entblößt zeigen, um ihn nicht in Versuchung zu führen."

Ohne zu zögern drehte er sich um, ging zur Tür und öffnete sie.

Dieser Mistkerl, dachte Penny und stieg so hastig in den Anzug, dass sie beinahe die Balance verloren hätte. Sie hörte John mit den Sniffern reden und konnte gerade noch den Reißverschluss hochziehen, da standen die drei Vampire auch schon im Schlafzimmer.

Hugh Fridgson zog die Augenbrauen hoch. „Sie haben nasse Haare, CH-4-2119."

Es war mehr eine Frage als eine Feststellung. „Ich habe gerade geduscht und wollte als nächstes das Badezimmer gründlich reinigen, damit mein Sharer es sauber vorfindet." Sie war froh, dass Johns Haare bereits trockengeföhnt waren, sonst hätten die Sniffer leicht eins und eins zusammenzählen können.

Während sein Kollege, ein gedrungener, kahlköpfiger Vampir in die Küche schlenderte, schaute Fridgson sich prüfend im Schlafzimmer um. „Wie macht sich Ihr neues Reprodukt?", fragte er an John gewandt.

John kraulte sich das Kinn und schaute Penny provozierend an. Sie biss sich auf die Unterlippe. Egal, ob er sie nur necken oder tatsächlich in die Pfanne hauen würde, dieses Spielchen war aufreibend. Es war unnötig, das Unvermeidbare hinauszuzögern. Am liebsten hätte Penny laut geschrien, dass er endlich sagen soll, was er zu sagen hatte.

Zeig dein wahres Gesicht, kreischte die Wut in ihr.

Sie überlegte, ob sie den Sniffern die Nische in der Küche zeigen sollte, in der John einen Kanister mit Blut versteckte. Sicherlich interessierte Fridgson auch die Maske unter dem Bett. Sollte John jedoch ein Spion sein, würde ihr Verhalten auf sie zurückfallen, und sie hatte doch die Anweisung von den Rebellen erhalten, sich unauffällig zu benehmen.

„Sie benötigt noch mehr Zeit, um eingearbeitet zu werden. Deswegen bin ich früher aus der BLOODY BISQUIT COMPANY nach Hause gekommen. Mein mündlicher Antrag wurde vom Wächter Curd akzeptiert", antwortete John mit ruhiger Stimme. „Ich verlange, dass meine Wünsche hundertprozentig und sofort von meinem Klon umgesetzt werden. Meine Ansprüche mögen hoch, aber gerechtfertigt sein."

„Was rechtfertigt das frühzeitige Verlassen Ihrer Arbeitsstelle?"

John stellte sich vor Fridgson. Er war einen Kopf größer und schaute auf ihn herunter. Seine Zehen berührten Hughs Stiefelspitze. John blickte ihm tief in die Augen. „Das Lehren von Disziplin."

Der Sniffer starrte ihn stumm an. Wie erstarrt stand er dort, bis er schließlich sagte: „Wenn die Klone den Sharern nicht einmal zufriedenstellend dienen, wie sollen sie dann ihre Arbeit in den Fabriken verrichten? Mister Doe, Sie tun gut daran, Ihr Reprodukt nach Ihren Ansprüchen zu erziehen", er nickte zustimmend und fügte hinzu, „und denen des Prime Lords."

Penny fragte sich, ob John diese Worte dem Vampir Fridgson in den Mund gelegt hatte. Dass er manipulieren konnte, wusste sie ja bereits. Aber es wäre riskant, auf einen Sniffer mit vampirischen Kräften einzuwirken, denn dies wäre wie eine stumme Herausforderung. Außerdem würde er auf Johns Fähigkeiten aufmerksam, die der Arbeiter im Alltag doch so gut versteckte.

„Disziplin ist für alle gut, Vampir und Klon, denn ohne sie würde in Großbritannien genauso Sodom und Gomorrha herrschen wie im Ausland." Fridgson wartete auf Johns Reaktion.

Dieser rümpfte die Nase. „Alle Vampire sind gleich, aber manche sind gleicher."

Sein Gegenüber runzelte die Stirn. Er schien nicht zu verstehen. Penny verstand sehr wohl. Sie erinnerte sich an einen Roman, den Guy ihr einmal zu lesen gegeben hatte, und den Guy sonst in der Kanalisation versteckt hielt. Sie hingegen musste ihr Kleinod, die Tin Whistle, immer in ihrer Nähe wissen. Ihr Freund war umsichtiger, und das Buch bedeutete ihm genauso viel wie ihr die Schnabelflöte. Es war sein persönliches Symbol der Freiheit. Der Roman hieß „DIE FARM DER TIERE" und wurde von dem Autor George Orwell zu einer Zeit geschrieben, als die Vampire noch unentdeckt in der Nacht lebten. Nur wenige Menschen wussten 1945 von deren Existenz. Das Klonen war damals noch nicht möglich. Der Blutkrieg zwischen dem Logenverband Vita Eterna und dem abtrünnigen nordirischen Audax Zirkel fand nur im Untergrund statt. Vita Eterna hatte Jahrhunderte lang die Oberhand, wobei besonders die Londoner Loge Condannato eine wichtige Rolle spielte, da sie die mächtigste und stärkste Loge war. Damals beschrieb Orwells Fabel das Scheitern der russischen Revolution durch den Verrat des Stalinismus an den sozialistischen Idealen. Im Jahr 2123 war sie wieder – oder noch immer – aktuell, nur dass die Macht nicht bei den „Schweinen", sondern den Audax Vampiren lag. Santagos ließ die Arbeiter glauben, dass sie ein wertvolles Rädchen in der Maschinerie Großbritanniens wären, doch sie waren nur Kanonenfutter für ihn, genauso wie die Klone.

„Was lächeln Sie, CH-4-2119?", riss Fridgson Penny aus ihren Gedanken und trat auf sie zu.

Hoffnung keimte in ihr auf, dass John kein Spion und Attentäter war. Immerhin sagte er einem Sniffer ins Gesicht, dass das System – die hoch gelobte neue Ordnung des Prime Lords – Scheiße war. Hätte Fridgson den Wink mit der „FARM DER TIERE" verstanden, wäre John abgeführt, verhört und „belehrt" worden, bis er gebrochen wäre. Seine Offensive war mutig und leichtsinnig zugleich. Noch immer war Penny nicht imstande, Johns wahre Gesinnung zu erkennen. Dachte sie in einem Moment noch, er wäre ein Spitzel, so fühlte sie sich im nächsten Moment mit ihm verbunden, da er ebenso die Regierung verurteilte wie die Rebellen. Sie würde weiterhin auf der Hut sein müssen. Es konnte durchaus sein, dass er eine Rolle spielte. Nach allem, was zwischen ihnen geschehen war und besonders nach der liebevollen Dusche – er wünschte sogar, er könnte ihr helfen, schwanger zu werden – wollte sie von ganzem Herzen, dass er auf ihrer Seite stand.

„Mir war nicht bewusst, dass ich lächele“, antwortete sie leise. „Es gibt keinen Grund …“

Fridgson unterbrach sie. „Wollen Sie sich lustig über mich machen, CH-4-2119?“

„Auf keinen Fall. Das würde ich mir nicht erlauben.“

Wieder fiel er ihr ins Wort: „Weshalb haben Sie dann gegrinst?“

Plötzlich stellte John sich zwischen ihn und Penny. Sein Rücken verdeckte ihr die Sicht auf den Sniffer. Wie eine Wand stand er da. „Sie haben doch gehört, was das Reprodukt gesagt hat. Sie hat nicht bewusst gelächelt.“ Seine Stimme klang hart.

Penny hielt die Luft an. John nahm sie in Schutz. Er trat für seinen Klon ein. Unfassbar! Sie rang nach Atem. Noch schwieg Fridgson. Sicherlich brodelte es in ihm. John hätte das nicht tun sollen, nicht tun dürfen. Vampire solidarisierten sich nicht öffentlich mit Repros.

Der zweite Sniffer rief aus der Küche: „Mister Doe, wären Sie so freundlich und würden mir dies hier erklären?“

Zuerst zögerte John, doch dann ging er schnellen Schrittes aus dem Schlafzimmer. Hatte man eines seiner Verstecke entdeckt oder eine seiner Fallen?

Nun waren Penny und Fridgson alleine. Er musterte sie von unten bis oben. Dann kraulte er seinen Bart und murmelte: „Du siehst aus, als wärst du nicht verletzt worden.“

Nervös blinzelte sie zur Tür und legte dann ihre Hand auf den Bauch. „Doch, aber es ist nicht so schlimm.“ Jetzt war nicht die Zeit, um Hugh darüber aufzuklären, was nach dem missglückten Sabotageakt passiert war.

„Warum warst du überhaupt dabei?“

Sie kam näher, damit sie noch leiser sprechen konnte. „Ich musste einfach. Es war auch meine Mission. Ich stehe hinter der Rebellion und wollte meinen Teil dazu beitragen.“

„Du hattest das Bedürfnis, dich zu beweisen“, stellte er fest.

„Die Rebellen zweifeln an mir. Ich habe einen Fehler gemacht, aber es wird nie wieder vorkommen. Ich bin immer noch im Team.“ Resignierend ließ sie den Kopf hängen.

Hugh legte die Hand unter ihr Kinn und hob es an, um ihr ins Gesicht zu schauen. Er streichelte ihre Wange. „Natürlich gehörst du noch zu uns.“

„Danke.“ Es war Penny jedes Mal unheimlich, wenn sie Hugh begegnete, und er vorgab ein Sniffer zu sein. In dieser Rolle war er perfekt. Seine Mimik war starr, seine Gestik signalisierte Gefahr, und er beherrschte das Gefecht mit Worten und Taten. Im Verborgenen jedoch, bei den Treffen im Untergrund, las er Geschichten aus alten Büchern vor. Manchmal organisierte er ausländische Magazine. So erfuhren die Rebellen wenigstens etwas über das Geschehen außerhalb Großbritanniens; News, die keine gefilterten Informationen enthielten. Hugh lebte gefährlich. Er gab vor, ein Überläufer Vita Eternas zu sein, der Santagos nun treu ergeben war. Obwohl er nicht den gleichen Status wie andere Sniffer genoss, hatte er sich Freiheiten erarbeitet und setzte jeden Tag aufs Neue an der Front sein Leben aufs Spiel.

Er nahm die Hand weg. „Hat Doe etwas gemerkt?"

„Nein", log sie und fühlte sich schlecht dabei. Hugh, oder Lord Barnaby, wie er vor der Wende hieß, war schließlich nicht irgendein Mitglied der Rebellen, sondern ihr Anführer.

„Aber er ist frühzeitig von der Arbeit nach Hause gegangen. Er müsste das Apartment leer vorgefunden haben."

Sie schüttelte den Kopf. „Dadurch, dass die Autos in die Luft geflogen sind, bin ich schnell nach Hause geeilt. Deshalb war ich hier, bevor er eintraf." Es hörte sich an, wie „Glück im Unglück". Ohne Johns Blutspende wäre sie längst tot. Das brachte sie aber nicht über die Lippen, weil Hugh ihr danach nicht nur einen Vortrag über die Sicherheit der Rebellen halten, sondern auch jedes Detail aus ihr herausquetschen würde. Dafür war keine Zeit. John und der zweite Sniffer würden bestimmt jeden Moment wieder ins Zimmer kommen.

„Was ist mit Guy?", fragte sie. Ihre Zunge klebte am Gaumen. Der Mund war auf einmal trocken.

Hugh schaute zur Tür, aber es war niemand zu sehen. „Die Explosion hat ihn gegen einen Baum geschleudert. Er wurde ohnmächtig. Kenneth hat ihn in seine Wohneinheit gebracht. Guy geht es gut. Er hat nur eine Riesenbeule am Hinterkopf."

Guy lebt! Er war nicht verletzt und bei Kräften. Penny atmete auf. Sie konnte Ken nicht sonderlich leiden, weil er sie wegen ihrer Unzulänglichkeit Slay betreffend angegriffen hatte, aber auf Condannato-Vampire war eben Verlass.

Hugh legte die Hand auf ihre Schulter. Er schaute ihr tief in die Augen. „Penny, du musst dich vor Doe in Acht nehmen."

„Vor John?"

Argwöhnisch hob er eine Augenbraue und betonte: „Mister Doe!"

„Natürlich", entgegnete sie hastig. Vermutlich ahnte Hugh, dass sie, Penny und John, sich duzten, ein Umstand, der außergewöhnlich und unerwünscht war. Vampire waren nur Freunde, wenn sie zum Kreis der Rebellen gehörten. Neue Mitglieder wurden nicht rekrutiert, sondern kamen durch Empfehlung hinzu.

Penny sah ihre Chance, mehr über ihren Sharer zu erfahren. „Was weißt du über ihn? Du scheinst Hintergrundinformationen zu besitzen."

„Wieso willst du das wissen? Deine Frage hört sich fast so an, als wäre etwas geschehen. Penny, sag mir ehrlich, ist etwas vorgefallen?"

Hastig schüttelte sie den Kopf.

„Hat er dir wehgetan? Ist er dir zu nahe getreten?" Als sie nicht antwortete, fuhr er fort: „Pass auf dich auf. Überlege gut, was du tust und welche Entscheidungen du fällst. Sollten wir dich aus dieser Wohneinheit rausholen müssen, wirst du offiziell eine Abtrünnige sein und dich in der Kanalisation und dem stillgelegten U-Bahnnetz verstecken müssen, denn noch einen Sharer verschwinden zu lassen, ist unmöglich. Du müsstest untertauchen und wärst nicht mehr so eine große Hilfe für die Rebellion, wie du es jetzt bist.“

Die Rebellen durften John nichts antun! Sie mochte ihn. Es war schwer, sich das einzugestehen, aber es war so. Sie spürte ein Prickeln im Bauch, wenn sie nur an ihn dachte. „Ich schaffe das schon. Aber er verhält sich manchmal seltsam. Den Spruch, den er eben aufgesagt hat ...“

„Alle Vampire sind gleich, nur manche sind gleicher“, wiederholte Hugh und nickte. „Ich kenne ihn sehr wohl. Er stammt aus ‚DIE FARM DER TIERE’. Guy gibt jedem, der neu zu den Rebellen hinzustößt, den Roman zu lesen. Mir hat er ihn auch schon ausgeliehen.“

„Aber du hast doch so getan, als wüsstest du nicht, wovon John spricht“, entrüstete sie sich.

Er drückte liebevoll ihre Schulter und nahm den Arm herunter. „Hätte ich zugegeben, dass ich bemerkt habe, dass er die Audax Vampire mit den Schweinen aus Orwells Geschichte vergleicht, hätte ich ihn auf der Stelle verhaften müssen. Dann hättest du wieder ohne Sharer dagestanden. Zu auffällig!“

„Die Verhaftung wäre auf mich zurückgefallen. Man hätte vermutet, ich wäre eine Rebellin und hätte ihn gegen die Regierung aufgehetzt.“

„In diesem Fall hätte ich dich nicht retten können.“

Sie fuhr sich mit den Händen über das Gesicht, als könnte sie ihre Sorgenfalten glatt streichen. „John Doe weiß nicht, dass ich ein Mitglied der Rebellen bin.“ Er mochte es vermuten, aber gesagt hatte sie es ihm nicht.

„Ich habe seine Macht gespürt, als er mir vorhin in die Augen schaute“, berichtete Hugh. „Sie ist vordergründig kaum ersichtlich, aber ich lebe schon zu lange und habe viele Dinge gesehen und erlebt, als dass sie für mich unbemerkt geblieben wäre. Seine vampirischen Kräfte lauern hinter einer Mauer aus Eis.“

Penny bekam eine Gänsehaut, verschränkte die Arme vor dem Körper und rieb ihre Oberarme. „Ich passe auf. Versprochen.“

„Etwas stimmt nicht mit ihm. Alleine sein Name ist rätselhaft.“

„Was meinst du?“

„Früher nannte man Personen, auch Leichen, mit unbekannter oder geheimer Identität ‚John Doe’. Das weibliche Pendant dazu ist ‚Jane Doe’.“

Bestürzt riss sie die Augen auf. „Du denkst, dass das nicht sein richtiger Name ist?“

„Er ist nicht, was er vorgibt zu sein, soviel ist sicher.“

Das untermauerte ihre These, dass er ein Spion war. Aber das wollte sie nicht glauben. Er äußerte sich zu oft abfällig über die neue Ordnung, und es klang ehrlich, wenn er dies tat.

„Hast du die Datenbänke durchforscht?“

„Soweit das möglich war“, bestätigte er. „Ich habe immer noch nicht die gleichen Rechte wie andere Sniffer. Auf mir liegt ein besonderer Fokus.“

„Und?“, wollte sie aufgebracht wissen.

„Nichts. Es finden sich lediglich Informationen über seinen Wohnort und seine Arbeitsstelle. Kein Eintrag über seine Herkunft, seine Eltern, sein Geburtsdatum oder frühere Aufgaben. Es ist und bleibt ein Rätsel.“

Sie überlegte, ob er ein Vampir sein konnte, der ohne Genehmigung entstanden war, ein Missgeschick, der Unfall eines Audax, der sich nicht hatte beherrschen können und über einen Menschen hergefallen war – oder einen Klon. War es möglich, dass John mal ein Repro gewesen war? Um die Gesetzlosigkeit zu vertuschen, hatte der Audax sein Opfer vielleicht in das System eingeschleust und ihm einen Decknamen gegeben. Aber er hätte John genauso gut blutleer saugen und somit töten können. Hatte eine Geliebte ihn gewandelt, um ihn für ewig an sich zu binden?

Penny schrak zusammen, als die Fernseher in der Wohneinheit angingen. Ein Zeitmechanismus schaltete sie automatisch während der Zero-Phasen an und aus. Es musste 6 Uhr morgens sein. Penny fühlte sich durcheinander, jedoch nicht müde, obwohl sie in der vergangenen Nacht kaum geschlafen hatte. Johns Blut hatte allem Anschein nach positive Auswirkungen auf ihren Allgemeinzustand.

Während Hugh mit ihr in die Küche ging, und er sich dort mit dem zweiten Sniffer austauschte – der mittlerweile auch die anderen Räume inspiziert und John befragt hatte – wich Penny Johns prüfendem Blick aus und schaute sich die Nachrichten auf dem in die Wand eingelassenen Flachbildschirm an. Der Sprecher berichtete von einem Feuerteufel, dem die Sniffer auf den Fersen waren. Angeblich standen sie kurz davor, den Maskierten zu entlarven und zu überführen. Was folgte, waren Lobeshymnen auf das Sicherheitssystem, das nicht überlistet werden könnte, obgleich es manchmal den Anschein hätte. Der Verbrecher sei ganzkörperlich von den Überwachungskameras aufgezeichnet worden. Anhand modernster Technik sei es möglich, alleine durch die Auswertung der Silhouette und Form und Farbe der Augen und Lippen den Täter zu überführen. Auch seine Bewegungen würden ausgewertet werden. Es wurde behauptet, man hätte Spuren gefunden, aber Penny vermutete, sie wollten den Aufrührer nur lächerlich machen in der Öffentlichkeit, in dem sie vermittelten, wie dumm er war. Der Sprecher schloss den Bericht mit der Information, dass es Hinweise aus der Bevölkerung gab.

Entsetzt starrte Penny John an. Die Maske unter dem Bett! Sie hatte nach Rauch gerochen, ebenso wie er selbst, als sie sich kennengelernt hatten.

Er linste zum Fernseher, aber der Nachrichtensprecher war längst zum nächsten Thema übergegangen und kündigte eine Wohltätigkeitsveranstaltung an, die Santagos persönlich initiiert hatte. Johns Miene verfinsterte sich. Durchdringend und fragend schaute er Penny an.

Beide schwiegen. Sie blieben auch noch stumm, nachdem die Sniffer gegangen waren. Erst nach einer Portion Mash und reichlich Wasser rang Penny sich zu der Frage durch: „Wo ist meine Pocket Whistle?“

„An einem sicheren Ort“, antwortete er. Er lehnte an der Küchentür und leerte ein Glas mit Blut.

„Darf ich die Schnabelflöte haben, bitte?“

„Du kannst ja nicht darauf aufpassen.“ Er schmunzelte verklärt. „Bei mir ist sie besser aufgehoben.“

Penny seufzte sehnsüchtig. „Aber sie bedeutet dir nichts. Mir schon.“

„Das ist falsch. Die Tin Whistle wird mich ewig daran erinnern, wie du dich vor meinen Augen gestreichelt hast, damit ich sie nicht den Sniffern übergebe und dich nicht denunziere, weil du verbotenerweise Eigentum hast.“

Sie errötete und stand eilig vom Tisch auf. Im Becken spülte sie Schüssel und Löffel. Da schmiegte sich John von hinten an sie, stellte aber vorher noch sein schmutziges Glas in die Spüle. Lüstern hauchte er ihren Nacken an und legte den Arm um ihre Hüfte.

„Ich hätte dich und deine Flöte eben auch verraten können.“

„Und ich dich“, schoss es aus ihr heraus, bevor sie darüber nachdenken konnte.

Schwungvoll drehte John sie um und sah ihr in die Augen. „Was genau meinst du damit?“, fragte er mit einem drohenden Unterton.

Penny wagte nicht, ihn auf die Maske, den Feuerteufel oder die Explosion der Autos am Stadtrand anzusprechen, und so zeigte sie auf den Küchenschrank. „Ich habe den Kanister gesehen“, begann sie zaghaft. „Er steht hinter den Putzmitteln – ein wenig versteckt, nun, eigentlich richtig versteckt, nicht nur ein wenig – in einer Nische mit einer Schiebetür davor. Blut, da war Blut, außen, glaube ich zumindest.“ Oh je, was redete sie bloß für einen Blödsinn!

„Sonst noch etwas?“

Seine Stimme vibrierte seltsam. Die sanften Schwingungen waberten zu Penny, drangen in sie ein und entspannten sie. Mit einem Mal fühlte sie sich leicht und beflügelt. In ihrem Kopf herrschte Frühling. Sie lachte beschwipst. Erheitert neigte sie sich vor und küsste John auf die Wange. Sein Erstaunen schmeichelte ihr. Sie kicherte.

Er wiederholte: „Hast du sonst noch etwas gesehen, von dem du meinst, es könnte mich in irgendeiner Weise verraten?“

„Du hast synthetisches Blut abgezapft und weggeschüttet – hast es nicht getrunken.“ Lächelnd tippte sie mit dem Zeigefinger auf seine Nasenspitze und küsste ihn ein zweites Mal.

Dann fiel der Zauber von ihr ab. Sie schwankte und hielt sich an John fest. Es brauchte einige Zeit, bis ihre Gedanken wieder klar waren. „Das war unfair.“

„Unfair ist es, dass du mich heimlich beobachtest.“

„Das habe ich nicht“, entrüstete sie sich. „Ich habe es durch Zufall gesehen.“

„Unfair sind auch deine Küsse, denn sie besänftigen mich.“ Er zog sie heran und presste die harte Wölbung an seinen Lenden gegen ihren Unterbauch. „Wagst du mich auch zu küssen, wenn du nicht unter meinem Bann stehst?“

Penny spürte das Kribbeln, das von den Haaren bis zu den Zehenspitzen durch sie hindurchfloss. Obwohl er nicht mit seinen vampirischen Fähigkeiten auf sie einwirkte, fühlte sie sich berauscht. Wie von selbst fanden ihre Lippen die seinen. Sie öffnete den Mund und züngelte über seine Zähne. Er schmeckte himmlisch gut. Seine Küsse waren sanft und gleichzeitig fordernd. Seine Umarmung gab ihr Halt. Sie fühlte sich geborgen. Das alles war so falsch. Es passte nicht zusammen – auf der einen Seite der mysteriöse John Doe, ein Eigenbrötler, der ebenso viel zu verstecken hatte wie sie, auf der anderen Seite der Liebhaber, der ein Verlangen in ihr weckte, das sie nicht für möglich gehalten hätte. Sie wollte ihn nicht verlieren, ebenso wenig durch ihn untergehen.

Als er den Kuss beendete, knabberte er an ihrem Ohrläppchen und flüsterte: „Ich trinke nur Blut aus den Spendern, wenn es zwingend notwendig ist. Der Prime Lord lässt ein geschmacksneutrales Medikament hinzufügen, das die übernatürlichen Fähigkeiten der Vampire schwinden lässt. Die Arbeiter sollen stupide und folgsam sein, aber ich bin keine Marionette."

Ihr Herz schlug schneller. Diese Information war neu für die Rebellen. „Und der Kanister in der Nische?"

„Du denkst, dass das Menschenblut ist, frisch, echt und mit Gerinnungshemmer versetzt?" Er schob ihre Locken beiseite und leckte über die feinen Härchen in ihrem Nacken. „Wenn ich so wild auf Menschenblut wäre, hätte ich dich längst zur Ader gelassen. Du bist mein Klon. Ich habe ein Recht dazu."

„Was ist es dann?", wollte sie wissen und schmolz unter seinen Liebkosungen dahin.

Mit den Zähnen zog er neckisch an ihren Härchen. Sie schrie auf, und er lachte leise in ihr Ohr. „Neugier ist eine gefährliche Charaktereigenschaft. Aber ich befriedige sie, wie ich gleich deine Lust befriedigen werde."

In Pennys Scham pochte es verlangend.

„Es ist synthetisches Blut, jedoch ohne manipulierenden Zusatz. Ich stehle es regelmäßig von SYNTHETICS – bevor sie das Medikament beimengen – aus den Lagerhäusern, den Transportern und Küchen-Bars der Exekutive, weil die reines Blut erhalten, damit sie mächtiger als die Arbeiter sind."

Sie traute ihren Ohren kaum. John machte Einbrüche, er war ein Dieb und gab dies freimütig ihr gegenüber zu. Bevor sie weitere Fragen stellen konnte, verschloss er ihre Lippen mit einem Kuss, trug sie ins Schlafzimmer und legte sie auf das Bett.

Erstaunt beobachtete sie, dass er zu seinem Schrank ging. Ein schabendes Geräusch war zu hören, als würde etwas zur Seite geschoben. *War es eine Schiebetür?,* fragte sich Penny. Er schloss den Schrank und kehrte zu ihr zurück. Was er in der Hand trug, konnte sie erst erkennen, als er vor ihr stand.

Entsetzt wehrte sie ihn ab, doch er hielt ihre Arme mit seinen kräftigen Händen über ihren Kopf und fesselte Penny mit einem Strick an den Bettpfosten.

„Was tust du?", schrie sie panisch.

John stellte seinen Fuß auf das Bett, stützte seinen Ellbogen auf dem Knie ab und betrachtete sie eingehend. „Ich werde dir austreiben, dass du mir hinterherspionierst und dir die Sinne rauben."

„Es war Zufall, dass ich den Kanister entdeckt habe."

Verzweifelt zog sie an ihren Fesseln. Sie versuchte, das Ende mit den Zähnen zu lösen, aber John ergriff ihre Fußgelenke und zog daran, bis Penny flach auf dem Rücken lag.

„Ich muss gleich zur Arbeit fahren. Wenn ich nicht rechtzeitig den SKY TRAIN erreiche …"

Er wiegelte ab. „Bis zur Abfahrt sind es noch knapp zwei Stunden. Viel Zeit für deinen Sharer, dir Manieren beizubringen."

Wie ein Raubtier kroch er über das Laken zu ihr hoch. Er langte neben das Bett und hob eine schwarze Augenbinde auf. „Die hattest du gar nicht gesehen, nicht wahr? Ich habe sie aus dem Schrank geholt und fallen lassen, aber du hattest nur Augen für das Seil. Erinnert es dich an die Falle, in die du getappt warst? Ich habe mich deines Körpers bedient, ohne dich zu befriedigen. Vielleicht habe ich Lust, das Spiel erneut zu spielen."

„Nein", sagte sie, aber es war mehr ein Keuchen. Wenn er spielen mochte, wollte sie auch ihren Spaß haben.

„Nein, was?" Bevor sie antworten konnte, verband er ihr die Augen. „Du bist zu neugierig. In Zukunft schau lieber weg, anstatt genauer hinzusehen. Unwissenheit ist ein Segen."

„Wohin gehst du?" Penny spürte, dass er vom Bett stieg.

„Bin ja schon wieder da", sprach er und setzte sich neben sie. Langsam zog er den Reißverschluss ihres Overalls auf. Er legte etwas langes Kaltes auf ihrem Bauch ab. „Ich dachte, du möchtest, dass ich gehe. Vielleicht erregt es dich aber auch gefesselt zu sein und möchtest von mir genommen werden."

Kaum hatte er dies ausgesprochen, tauchte seine Hand zwischen ihren Schenkeln ab. Mit sanftem Druck rieb er den Handballen gegen ihre Klitoris. Penny konnte gerade noch einen Seufzer unterdrücken, indem sie die Lippen fest aufeinanderpresste. Die Lust, die in ihr erwachte, schwoll jedoch schnell an, und John schien nicht von ihr ablassen zu wollen. Schließlich war sie nicht mehr in der Lage, ihre Erregung zu verbergen und stöhnte. Sie streckte ihm ihr Becken entgegen.

Da ließ er von ihr ab. „Du solltest nicht so laut sein, sonst hören die Nachbarn noch, dass wir gegen das Gesetz der sexuellen Abstinenz verstoßen."

Penny öffnete den Mund, um etwas zu erwidern, doch John knebelte sie. War es ein Socken oder ein Slip? Sie versuchte es herauszudrücken. John band allerdings einen Schal um Kiefer und Hinterkopf, sodass der Knebel an seinem Platz fest saß. Der Knebel spreizte Unter- und Oberkiefer. Es war ein bedrückendes Gefühl, weil sie nun weder sehen konnte, was John tat, noch um Gnade betteln oder um Hilfe schreien.

„Ich verlange blindes Vertrauen von dir", wisperte er in ihr Ohr. „Du brauchst dich nicht zu fürchten. Das beweise ich dir hiermit. Ich werde dir nichts tun. Doch ich fordere auch, dass du ab sofort aufhörst, mich zu bespitzeln. Hast du verstanden?"

Ängstlich nickte sie.

„Du wirst Augen und Ohren schließen, die Finger bei dir behalten und niemandem etwas darüber erzählen, was in diesen vier Wänden geschieht. Hab ich mich klar ausgedrückt?"

Wieder nickte sie.

„Blind und gefesselt bist du schon. Auch den Mund habe ich dir gestopft. Nun nehme ich dir auch dein Gehör, damit du merkst, wie das ist und dich daran erinnerst, solltest du wieder in Versuchung geraten, einem auffälligen Geräusch nachzugehen."

Penny zappelte mit den Beinen und zog am Strick, aber alles, was sie erreichte war, dass John sich beeilte. Das hörte sie – noch. Erst als er etwas über ihren Kopf zog, blieb sie erstarrt liegen. Baumwolle schloss ihren Kopf ein. Alle Geräusche klangen dumpf. Sie fühlte sich wie in einem Kokon. Als die Panik vorüber war, merkte sie, dass sie doch noch etwas wahrnehmen konnte, denn sie roch Rauch. Er kam von der Baumwolle. Nun begriff Penny. John hatte ihr die Maske, die sie unter dem Bett gefunden hatte, angezogen. Sie ahnte, dass er gesehen hatte, wie sie die Mütze entdeckt – und um keinen Verdacht zu erwecken – wieder zurückgelegt hatte. Und sie hatte geglaubt, sich gut verstellt zu haben! John hatte ihr etwas vorgemacht. Er spielte seine Rolle perfekt. Somit konnte es sogar sein, dass er Penny zu den Rebellen in den Untergrund gefolgt war, um nach Southend-on-Sea zu fahren. Sie dachte darüber nach, was er alles wissen konnte und kam zu dem Ergebnis, dass es auf jeden Fall zu viel war.

John nahm das kühle Ding von ihrem Bauch und begann ihren Overall aufzuschneiden. Penny schüttelte entsetzt den Kopf. Ein Messer! Nicht schon wieder ein Anzug, der im Müll landen würde. Wie sollte sie eine Anforderung von gleich drei neuen Overalls gegenüber dem Verwalter rechtfertigen? Momentan schlidderte sie von einem Desaster ins nächste. Sie fiel immer wieder negativ auf. Das würde nicht mehr lange gut gehen.

Als sie nackt vor ihm lag, streichelte John mit den Handflächen über ihren Körper. Er ließ keine Stelle aus, liebkoste ihre Fußsohlen genauso wie ihre Achseln. Genießerisch kitzelte er sie mit den Fingerspitzen, zwirbelte ihre Brustwarzen und kraulte ihren Venushügel. Dann und wann neckte er sie, indem er für wenige Sekunden den Kitzler massierte, nur um wieder von ihr abzulassen und sie weiter zu streicheln.

Penny sank immer mehr in eine Art Trance. John webte ein übersinnliches Netz um sie. Er wickelte sie mit seinen Zärtlichkeiten ein wie eine Spinne ihr Opfer, um es danach auszusaugen. Sie fürchtete sich seltsamerweise nicht mehr, sondern sehnte das Unvermeidliche herbei. Es kam Penny so vor, als würde eine warme Brise um ihren Körper wehen. Ihre Haut kribbelte wohlig. Sie fröstelte manchmal, wenn John seine kühlen Handflächen um ihren Busen legte. Die Empfindungen wurden verstärkt, weil sie nicht sehen, hören, sprechen und die Arme kaum bewegen konnte. Die Lust war in ihrem Körper gefangen, und Penny ihrer Leidenschaft, aber auch ihren Gedanken ausgeliefert.

Sie spürte, wie John ihre Brüste behutsam zusammendrückte. Seinen Phallus steckte er zwischen die fleischigen Hügel. Er rieb sich an ihrem Busen. Seine Hoden glitten über Pennys Oberbauch. Dann kroch John tiefer. Penny stöhnte in den Knebel hinein, als er die Penisspitze auf ihre Klitoris drückte. Er ließ seine Eichel kreisen. Die Lust loderte auf. Penny drückte ihren Rücken durch, zerrte an ihren Fesseln und spannte ihre Muskeln an. Schon zog er sich zurück.

Aber er gab ihr keine Zeit, sich zu erholen. Mit der Breitseite seiner Zunge leckte er über ihre großen Schamlippen. Er blies gegen die feuchte Stelle und saugte an der Innenwand ihres Oberschenkels. John legte Pennys Unterschenkel auf seine

Schultern und bohrte seine Nasenspitze in ihre Scheide. Dann zuckte seine Zunge durch ihre feuchten Falten. Sie fand Pennys Klitoris, schälte sie aus ihrem fleischigen Mantel und züngelte um sie herum. Als er an ihr zu saugen begann, streckte sie ihm ihr Becken entgegen. Die Erregung war so intensiv, dass sie es kaum aushielt. Sie konnte nicht stillhalten und zappelte.

Vor ihrem geistigen Auge zog ein Gewitter auf. Blitze zuckten in ihrem Gehirn. Sekundenlang tauchte immer wieder das Bild einer Frau auf. Charlie. Penny raunte ihren Namen in den Knebel hinein.

Die Lust war plötzlich schwül wie nach einem Sommerregen. Die eben noch laue Brise schwoll zu einem Orkan an. Es rauschte in ihren Ohren, pochte hinter ihrer Stirn. Ihre Scham brannte vor Leidenschaft, sodass sie kaum noch denken konnte. John schob die Hände unter ihren Hintern und hob ihn ein Stück an, ohne die Klitoris loszulassen. Eifrig nuckelte er am Kitzler. Manchmal zuckte seine Zunge vor und leckte darüber.

Und während Penny den Höhepunkt erreichte und von einem Orgasmus durchgeschüttelt wurde, wie sie ihn noch nie erlebt hatte, brach ein Sturm in ihr los. *Charlene Lawrence. Penny Whistle. Charlie. CH-4-2119. Ich bin ich. Wer bin ich? Ich war mal du – nein, bin dein Klon.*

Als John von ihr abließ, um sie während des Nachglühens in den Armen zu halten, durchlebte Penny die Erinnerungen von Charlene Lawrence ...

„Bist du immer noch nervös?" Richard reichte mir ein Glas Rotwein und setzte sich zu mir auf das Bett. Ich nahm einen kräftigen Schluck und blickte mich in der kleinen gemütlichen Dachwohnung um, die sich im obersten Stock des Gewerbekomplexes befand.

Natürlich war ich nervös. Wer hätte es mir verdenken können? In wenigen Stunden würde ich mich mit einem echten Vampir im Cavern Pub treffen! Einem Vampir, der bereits im 18. Jahrhundert gelebt hatte, und dessen Macht über Jahre hinweg gereift war. Sein Blut war der Schlüssel zur Bekämpfung des bösartigsten Vampirs, der die Menschheit bedrohte und vernichten wollte.

„Nicht so hastig, Babe", sagte Richard und zog mir das Glas von den Lippen, um mich sanft zu küssen. „Ich habe dir doch bereits erklärt, dass du dich nicht fürchten musst. Wir können dich über den Sender jederzeit orten, solange du dich in einem Umfeld von 20 Kilometern aufhältst. Und da sich unsere Männer stets an deine Fersen heften werden, wirst du immer in der Reichweite unserer Empfangsgeräte sein."

„Aber was soll ich machen, wenn er mich zu beißen versucht?"

„Das wird er in der Öffentlichkeit nicht wagen. Es war klug von dir, den Pub als Treffpunkt vorzuschlagen."

„Mir fiel spontan nichts anderes ein."

„Rede mit ihm und wiege ihn in Sicherheit, danach lotse ihn in die Button Street, wo die Falle zuschnappt. Halte dich an den Plan, den wir besprochen haben."

Er stellte das Glas auf dem kleinen Nachtschrank ab und legte sich neben sie. Es war schön, seine Nähe zu spüren.

„Entspann dich, Babe. Es wird alles gut gehen." Zärtliche Küsse wanderten meinen Hals hinab. Dennoch verkrampfte sich mein Körper, weil ich immerzu an Jeremy dachte und Angst vor unserer Begegnung hatte.

„Ich versuche wirklich, mich zu entspannen, Richard. Diese scharfen Zähne aus dem Video gehen mir nicht mehr aus dem Kopf. Im Pub fühle ich mich sicher. Aber sobald wir ihn verlassen, bin ich Freiwild. Er müsste mich nur in eine dunkle Gasse ziehen und zubeißen. Ihr wärt nicht rechtzeitig dort, um mich zu retten. Gibt es denn keine Möglichkeit, dass ich mich selbst schützen kann?"

„Natürlich gibt es die. Sogar mehr als eine."

Richard streckte den Arm aus und öffnete die Schublade seines Nachtschränkchens. Verwirrt betrachtete ich den Holzpflock von der Größe eines Lineals, den er herauszog und mir offenbarte.

„Dies hier ist ein Klassiker, der schon vor sehr langer Zeit Anwendung fand, jedoch nur bei Vampiren, die schlafen."

Meine Finger strichen zaghaft an dem harten Holz entlang. „Ich weiß nicht, ob ich es über mich brächte, jemanden im Schlaf zu pfählen."

„Pack fester zu. Das ist kein Liebesknüppel, sondern eine Waffe." Er drückte meine Finger um den Stab und führte meine Hand. Die Spitze des Pflocks richtete er auf seine Brust, genau auf die Stelle, unter der sein Herz verborgen lag. Ich zitterte. Die Vorstellung, das Holz könne sich in sein Fleisch und durch seine Knochen rammen, bereitete mir Übelkeit.

„Nein, ich ... kann damit nicht umgehen."

Ohne meine Hand loszulassen, vollführte er stoßartige Bewegungen. Das Blut rauschte durch meinen Körper und begann sich in tieferen Regionen zu sammeln. Der Rhythmus erinnerte mich an ganz andere, viel angenehmere Dinge.

„Außerdem würde ich enorme Kraft brauchen", flüsterte ich. Es schien mir unmöglich, den Pflock in Jeremys Herz zu befördern.

„Natürlich gehört zu dem Equipment auch ein Hammer, meine kleine, hübsche Vampirjägerin", sagte er teils ernst, teils scherzhaft und ließ meine Hand los. Ich legte den Pflock zur Seite.

„Ich nehme an, mit einer Armbrust kannst du nicht schießen, oder?"

„Nein. Zumindest habe ich das noch nie versucht. Aber Knoblauchzehen oder ein Kreuz könnte ich mitnehmen."

„Eine hübsche Idee, Babe, nur leider völlig nutzlos im Kampf gegen diese Blutsauger. Bleibt nur noch eine Möglichkeit." Erneut griff er in die Schublade und holte ein Pfefferspray hervor.

Ungläubig nahm ich es in die Hände. „Ist das ein schlechter Scherz?"

„Nein, das ist mein voller Ernst. Sprühe es ihm in die Augen, wenn er dir gefährlich wird."

„So einfach ist das?"

„So einfach ist das!", bestätigte er mit einem wohlwollenden Grinsen. Dann legte er sich auf mich und begann mich zu küssen. Ich hatte gerade noch genügend Zeit, das Spray auf dem Nachtschrank auf meiner Seite des Bettes abzustellen. Er war so wild wie ein Raubtier. Aber genau das war es, was mich von meinen Sorgen ablenkte, was mich erregte.

„Warte, meinst du wirklich, wir sollten jetzt ..."

Richard ließ mich nicht aussprechen und verschloss meinen Mund, sodass meine Gegenwehr erlahmte. Seine Hand umschloss meine Vagina und rieb sie in einem unwiderstehlichen Rhythmus. Ich war längst feucht, glaubte sogar überzuquellen.

„Wie hättest du es gern, Babe? Willst du mich reiten, oder soll ich es dir von hinten besorgen?" Mit dem Zeigefinger drang er in meine Höhle ein, um mich schon einmal auf seinen harten Schwengel vorzubereiten.

„Mach es mir mit dem Mund – so wie früher in der Wanne", stöhnte ich wohlig und erinnerte mich an die aufregenden Badewannenspiele.

Er hob den Kopf, und ich sah die Erregung in seinen Augen. Ohne länger zu zögern stand er auf und lief zum Bad. An der Tür drehte er sich noch einmal zu mir um. „Warte, ich bereite alles vor."

Ich rekelte mich. Das Plätschern, welches ich aus dem Bad vernahm, steigerte meine Vorfreude. Bilder aus alten Tagen traten vor mein geistiges Auge, und ich konnte nicht widerstehen, mich selber zu streicheln. Das Liebesleben mit Richard war immer aufregend gewesen. Zumindest bis zu dem Zeitpunkt, an dem er scheinbar das Interesse an mir verloren hatte. Nun kannte ich die Wahrheit. Nicht Tanya war der Grund gewesen, sondern seine anstrengende Arbeit.

Das Klingeln von Richards Handy schreckte mich aus meinen süßen Erinnerungen. Weil Richard es nicht hörte, schnappte ich mir das Mobiltelefon vom Nachtschrank und stutzte, als ich Tanyas Namen auf dem Display las. *Vielleicht gibt es wichtige Neuigkeiten*, überlegte ich und ging kurz entschlossen ran. „Hallo, hier ist Charlene", sagte ich und spürte, wie Tanya am anderen Ende der Leitung erschrak.

„Charlene? Was machst du denn an Richards Handy?"

„Er ist gerade nicht abkömmlich. Ist irgendetwas passiert? Soll ich ihm etwas ausrichten?"

„Nein. Alles bestens, ich wollte nur … sag ihm nicht, dass ich angerufen habe, ja?" Sie legte auf.

Verblüfft starrte ich das Handy an, als könnte es mir eine Erklärung für Tanyas sonderbares Verhalten geben. Ihr Anruf weckte mein Misstrauen. Richard hatte mir versichert, dass seine Beziehung zu ihr ausschließlich beruflicher Natur war. Warum rief sie also um diese Uhrzeit an? Noch dazu scheinbar völlig grundlos?

Aus dem Augenwinkel bemerkte ich Richard, der aus der Tür lugte und mich zu sich winkte. Nachdenklich legte ich das Handy ab, folgte seiner Einladung und betrat das gekachelte Badezimmer.

„Bedauerlicherweise werden wir auf die Blütenblätter vom letzten Mal verzichten müssen", sagte Richard und führte mich zu der Wanne. Langsam stieg ich hinein. Das Wasser war herrlich warm, so wie ich es liebte. Ich tauchte bis zu den Schultern ab und schloss die Augen, in der Hoffnung, all die schrecklichen Gedanken fortscheuchen und mich endlich entspannen zu können.

„Heb deinen Oberkörper ein wenig", forderte mich Richard auf und ließ Duschgel mit Mandelmilcharoma auf meine Brüste fließen, um sie dann liebevoll einzuschäumen. Ein angenehmer Duft stieg mir in die Nase.

„Das tut so gut …"

Seine Hände glitten sanft über meine sensible Haut. Jede Stelle, die er berührte, prickelte heftig.

„Und jetzt heb dein Becken."

Auch diesen Wunsch erfüllte ich ihm ohne zu zögern. Richard strich über meinen Bauch, verteilte das Gel auf meinen Hüften und rieb meine Scham ein. Verspielt steckte er den Finger zwischen meine Beine, um meine Labien ein wenig zu reizen. Mit Erfolg. Ich stöhnte.

„Nicht so ungeduldig, Babe. Ich werde mich noch ausgiebig um dein Kätzchen kümmern, versprochen!"

Als nächstes verteilte er die flüssige Seife auf meinen Beinen. Genau wie früher folgte ein schmeichelnder Kommentar über ihre angebliche Endlosigkeit, den ich mit einem verschämten Kichern quittierte. Anschließend musste ich mich auf den Bauch drehen, damit er meinen Rücken und meinen Po einreiben konnte. Ich fühlte mich wie im Himmel auf Erden und genoss jede Sekunde seiner Aufmerksamkeit. Schließlich war der Augenblick gekommen, auf den ich sehnsüchtig gewartet hatte.

„Dreh dich wieder um", sagte Richard und stieg zu mir in die Wanne, um meine angewinkelten Beine zu spreizen. Mit der Hand wischte er den Schaum, der an der Wasseroberfläche schwamm, fort, um meine Scheide sehen zu können. Weil wir wenig Platz hatten, musste Richard sich auf Hände und Knie begeben. Die Position, die er nun gezwungen war einzunehmen, hatte etwas Absonderliches an sich, denn sein knackiger Po ragte weit in die Höhe. Ich grinste in mich hinein und wartete darauf, dass er es mir mit der Zunge machte. Das Wasser schwappte in mein Gesicht, als er ruckartig mit dem Kopf untertauchte und gierig mit seinen Lippen meine Scham abtastete. Seine Zungenspitze stieß gegen meine Lustperle, und ein Schauer der Erregung jagte durch meinen Körper. Er leckte mich, kam kurz an die Oberfläche zurück, um tief Luft zu holen, und verschwand erneut zwischen meinen Schenkeln. Ich schloss die Augen und gab mich ganz diesem wundervollen Rhythmus hin, der ein Feuer in mir entfachte. Bereitwillig hob ich ihm mein Becken entgegen. Er nahm meine Hüften mit beiden Händen und hielt meinen Unterleib gerade so weit über dem Wasserspiegel, dass er nur noch mit seinem Kinn eintauchte, wenn er mit seinem Mund zwischen meinen Schamlippen versank. Niemand konnte so gut lecken wie Richard! Ich hatte schon einige Freunde gehabt in meiner wilden Zeit, aber niemand reichte ihm das Wasser! Ich quoll über vor Lust, und mein Liebessaft rann ohne Unterbrechung in seinen Mund. Mein Körper zuckte wild, als schlügen Peitschen auf mich ein. Erschöpft rang ich nach Atem, aber Richard gönnte mir keine Pause. Unermüdlich leckte er weiter. Als er spürte, dass ich mich dem Höhepunkt näherte, ließ er mein Becken ins Wasser zurückgleiten, tauchte unter und saugte so lange an meinem Kitzler, bis es mir kam.

„Das war … der helle Wahnsinn!", stieß ich aus. Richard tauchte auf und küsste mich atemlos. „Für dich tue ich alles, Babe."

Zwei Stunden später saß ich im Cavern Pub. Aus den Boxen tönte „Let it be" von den Beatles. In Gedanken sang ich den Text mit, in der Hoffnung, mich ein wenig ablenken zu können. Vergeblich. Wann immer sich die Tür öffnete, schaute ich nervös zum Eingang. Jeremy schien sich zu verspäten. Ahnte er, dass der Orden ihm eine Falle stellte? Besaß er die Macht, Gedanken zu lesen oder kannte er die Zukunft? Ich fühlte mich hilflos. Was wusste ich schon über Vampire und ihre Fähigkeiten? Zugegeben, den einen oder anderen Vampirfilm hatte ich schon gesehen. Aber dies hier war die Realität. Und die verhielt sich meist nicht wie in einem Hollywoodstreifen.

In meiner Jackentasche lag griffbereit das Pfefferspray, das Richard mir zur Verteidigung mitgegeben hatte. „Meine tapfere Vampirjägerin" hatte er mich liebevoll genannt. Ich zweifelte nach wie vor daran, dass ich überhaupt den Mut aufbringen würde, es einzusetzen. Nachdenklich spielte ich mit einem Bierdeckel, da drang eine sanfte Stimme an mein Ohr.

„Guten Abend, Charlie."

Erschrocken fuhr ich hoch und blickte in die strahlendblauen Augen Jeremys. Ich hatte gar nicht bemerkt, dass er hereingekommen war. Er verhielt sich unauffällig wie ein Schatten. Ein scheues Lächeln umspielte seine sanften Züge, die nicht die geringste Ähnlichkeit mit dem Scheusal aus dem Video aufwiesen.

„Darf ich mich setzen?", fragte er.

„Natürlich." Ich deutete auf den Stuhl gegenüber.

Elegant ging er um den Tisch herum und nahm Platz. Da saß er also – der Vampir. Er hatte sich verändert. Die blonden Haare waren zu einem Zopf gebunden. Statt des Justaucorps trug er einen schwarzen Mantel, der seine schlanke Figur betonte.

„Hübsche Garderobe", bemerkte ich und bestellte das zweite alkoholfreie Bier für diesen Abend.

„Danke. Ein paar Freunde haben mir ausgeholfen. Ich war nicht mehr ganz auf dem neuesten Stand."

Freunde? Womöglich meinte er andere Vampire. Richard hatte behauptet, dass es in Großbritannien Orte gab, an denen es vor Blutsaugern wimmelte. Bisher waren es nur Vermutungen, wo sich diese befanden, doch der Orden arbeitete fieberhaft daran, ihre bevorzugten Reviere zu entlarven. Vielleicht war Liverpool eine jener Zonen, in denen eine Loge existierte? Es sollte ein ganzes Netzwerk geben, das im Verborgenen agierte und für menschliche Augen unsichtbar war.

„Bist du nervös?"

Ich zuckte zusammen und schüttelte den Kopf. „Wie kommst du darauf?"

Er deutete auf meine Finger, die ohne Unterlass gegen den Bierdeckel trommelten.

„Na ja, vielleicht ein wenig. Ist doch normal bei einem Date, oder? Möchtest du auch etwas bestellen?"

„Nein, danke."

Mit einer anderen Antwort hatte ich nicht gerechnet. Vampire ernährten sich ausschließlich von Blut. Allein der Gedanke ließ mich erschaudern. Ich stellte mir vor, dass er sich plötzlich vorbeugte und an meinem Hals saugte, wie er es schon einmal getan hatte. Wie mochte es sich anfühlen, wenn er zubiss? Unruhig rutschte ich auf meinem Stuhl hin und her, lächelte verschmitzt und atmete so schwer, dass ich mich selbst an eine Asthmapatientin erinnerte.

„Du bist heute anders."

Ich lachte verlegen. „Ich bin doch nicht anders. Ich habe mich lediglich gefragt, warum du mich treffen wolltest."

„Ist das nicht allzu offensichtlich?"

„Eigentlich nicht. Ich sagte dir, dass ich einen Freund habe. Aber das scheinst du gern zu überhören."

„Ich überhöre nichts. Im Gegenteil, seit unserer gemeinsamen Nacht weiß ich mehr von dir, als du ahnst." Jeremy stützte die Ellbogen auf den Tisch und faltete die Hände vor seinem Gesicht. Intensiv sah er mich an, forschend und ein wenig neugierig.

Ich wich seinem Blick aus.

„Du errötest."

„Nein, das tue ich nicht!", knurrte ich. „Außerdem würde ich gern wissen, wieso du mich letzte Nacht in dem besetzten Haus sitzen gelassen hast, wenn ich dir angeblich so wichtig bin?"

„Ich kann verstehen, dass du deswegen wütend auf mich bist. Aber ich hatte großen Hunger, der gestillt werden wollte. Nichtsdestotrotz meine ich es ernst mit dir. Du bist der Grund, warum ich noch in Liverpool bin. Ohne Unterlass schwirrst du in meinem Kopf herum, erwärmst mein Herz und lässt mich die Kälte vergessen."

Ich seufzte innerlich. Jeremy war sensibel, attraktiv, einfach umwerfend. Er wusste, wie er einer Frau schmeicheln konnte, und seine Worte klangen ehrlich. Er meinte, was er sagte. Spielte keine Spiele wie die anderen Männer, die um meine Gunst gebuhlt hatten. Die Nacht mit ihm war wundervoll gewesen. Genau das machte ihn gefährlich! Ich konnte nicht anders, als ihn zu mögen. Aber lieben? Er klammerte sich an einen Strohhalm. Mein Herz gehörte Richard.

„Jetzt bist du wieder du selbst", sagte er plötzlich und lächelte.

Die Anspannung war von mir abgefallen. Selbst das hatte er bemerkt. Er schien mich genauestens zu beobachten. Jede noch so kleine Veränderung fiel ihm auf.

Er verhielt sich anders, als Richard die Vampire beschrieben hatte. Zugegeben, er war sehr direkt und brachte mich offenbar mit größtem Vergnügen in Verlegenheit. Aber er meinte es ehrlich. Mir wurde klar, dass ich ein fühlendes Wesen vor mir hatte. Kein Monstrum! Keinen Dracula aus einem Horrorfilm. Dieser Vampir war sehr menschlich.

Konnte ich ihn wirklich hintergehen? Ich dachte an die Jäger des Ordens, die bereits Stellung bezogen hatten und nur darauf warteten, dass ich ihr Opfer in die Button Street führte.

Jeremys Blut war die wichtigste Waffe im Kampf gegen Santagos. Das hatte mir Richard eingebläut. Es ging um weit mehr als um das Leben eines einzelnen Vampirs. Wenn Santagos seine Macht ausweitete, würde es den Untergang Großbritanniens bedeuten. Das durfte ich nicht zulassen!

Die Kellnerin stellte das alkoholfreie Bier auf den Pappdeckel, und ich nahm einen großen Schluck.

„Möchten Sie nichts bestellen?", fragte sie Jeremy, der lediglich abwinkte.

„Bringen Sie mir bitte die Rechnung", hörte ich mich selbst sagen. Die Kellnerin nickte und lief zur Kasse. Jeremy sah mich überrascht an. „Möchtest du schon gehen?"

„Lass uns einen Spaziergang machen. Die Nacht ist noch jung, und ich brauche ein bisschen frische Luft." Mein Magen drehte sich bei diesen Worten um, weil ich wusste, wohin dieser Spaziergang führte.

Nachdem ich mein Bier ausgetrunken hatte, verließen wir gemeinsam den Cavern Pub und gingen die Straße hinunter. In der Nähe hatte ich meinen Wagen geparkt. Ich spielte ernsthaft mit dem Gedanken, Jeremy einfach zu packen und mit ihm davonzufahren. Ihn irgendwo in Sicherheit zu bringen, wo ihm der Orden nichts antun konnte.

„Darf ich dich etwas fragen, Jeremy?"

„Gern."

„Warum akzeptierst du nicht, dass ich mit Richard zusammen bin? Was findest du an mir?"

Schweigend lief er neben mir her. Ich fürchtete schon, die falsche Frage gestellt zu haben, doch da blieb er abrupt stehen und sah mich ernst an. „Du bist der erste Mensch seit langer Zeit, der sich um mich gesorgt hat."

Der erste Mensch seit langer Zeit? Hatte er denn sonst niemanden? Vorhin hatte er doch Freunde erwähnt. Oder waren es nur Artgenossen gewesen, die ihm aus Pflichtgefühl geholfen hatten? Ich war verwirrt.

„Und du hast etwas in mir geweckt, von dem ich glaubte, es nie wieder empfinden zu können."

Seine Worte klangen bedeutungsvoll. Langsam lief er die Mathew Street hinunter. Ich folgte ihm nachdenklich. Wenn er tatsächlich aus dem 18. Jahrhundert stammte und viele Jahre in den Highlands verbracht hatte, musste er unter großer Einsamkeit gelitten haben. Vielleicht sehnte er sich nach Nähe und Freundschaft? Und nach Liebe? Ich holte ihn ein und sah zu ihm auf. Seine Augen wirkten starr, doch ein stiller Schmerz lag in ihnen. Ich wollte etwas sagen, fand aber nicht die rechten Worte. Wir bogen in die Button Street ein. Offensichtlich wurden Teile der Straße ausgebessert. Die Absperrungen der Baustelle ließen nur einen schmalen Durchgang für Fußgänger frei. Vielleicht hatte aber auch der Orden die Sperren aufgestellt, um Autoverkehr zu verhindern.

Plötzlich richtete sich ein grelles Licht auf Jeremys Augen und blendete ihn derart stark, dass er schützend die Arme vor das Gesicht riss und einige Schritte zurücktaumelte. Vom Dach eines Bauwagens feuerte ein Jäger ein Netz aus seiner Netgun ab. Doch Jeremys vampirische Reflexe katapultierten ihn mit einer Luftrolle zur Seite, und er landete dann wie eine Katze auf den Füßen, während das Netz knapp an ihm vorbeizischte und über die Straße schlitterte. Erneut richtete sich das Licht des Scheinwerfers auf sein Gesicht, welches sich zu einer schrecklichen Grimasse verformte. Er fauchte wie ein gefährliches Tier und schlug mit klauenartigen Händen wild um sich, als könnte er die bedrohlichen Lichtstrahlen in der Luft zerreißen.

„Denkt daran, wir brauchen ihn lebend", erklang eine Stimme vom Vordach aus Richtung des Scheinwerfers. Ein dritter Mann kam mit gespannter Armbrust näher.

„Bleib stehen!", rief dieser, während Jeremy verzweifelt versuchte, dem grellen Licht auszuweichen. Doch es folgte ihm überall hin. Der Jäger – mit der nun ungeladenen Netgun – sprang vom Bauwagen und stellte sich neben den Mann mit der Armbrust. Beide näherten sich bedrohlich. Ich konnte sie schemenhaft erkennen, weil ich außerhalb des Scheinwerferlichts stand, aber der geblendete Jeremy musste sich auf seine übrigen Sinne verlassen. Er ging in Angriffshaltung, schien es sich im letzten Moment jedoch anders zu überlegen, machte einen Satz zu mir nach hinten und packte mich am Arm.

Sofort brach Panik unter den Jägern aus. „Lass die Frau los, du Scheusal!"

Eine spitze Kralle legte sich unter meine Kehle und hinderte mich am Schlucken. Vor Schreck versteifte ich mich am ganzen Körper.

„Verschwindet, oder ich werde meine Zähne in ihren Hals stoßen!", drohte Jeremy mit einer bösartigen Stimme, die mir durch Mark und Bein ging. Ich hatte Angst, weil ich nicht wusste, ob er bluffte, oder ob es tödlicher Ernst war!

„Wenn du ihr auch nur ein Haar krümmst, bist du Geschichte!", hallte es aus der Gasse zurück.

„Das glaube ich kaum. Ihr wollt mein Blut! Versucht es zu nehmen – und ich werde das ihre vergießen."

Die Jäger hatten keine andere Wahl. Sie mussten aufgeben, um mich zu schützen. Langsam zogen sie sich zurück. Der Abstand zu ihnen vergrößerte sich auf beängstigende Weise, weil Jeremy mich hastig zur Mathew Street zerrte.

„Bitte, tu mir nichts", keuchte ich und umklammerte das Pfefferspray in meiner Jackentasche. Er ignorierte mein Flehen. Ich zögerte, ob ich es einsetzen sollte, doch fürchtete ich, er würde mir die Kehle aufschlitzen, sobald ich eine falsche Bewegung machte. Erst als wir die Kreuzung erreichten, lockerte sich sein Griff.

„Es tut mir leid", hauchte er in mein Ohr. „Ich hatte keine andere Wahl. Ich musste es so darstellen, als wäre ich eine Gefahr für dich, um sie in Schach zu halten. Für den Moment sind wir sie los. Aber sie werden nicht aufgeben. Wir müssen weg von hier."

Ich atmete auf, weil Jeremy mir nur etwas vorgespielt hatte und sah mich nach den Jägern um, konnte sie jedoch im Dunkeln kaum erkennen. Wahrscheinlich war es das Beste, vorerst mit ihm zu gehen. Es wäre unmöglich gewesen, ihn in dieser Nacht noch in eine zweite und dann hoffentlich besser vorbereitete Falle zu locken, doch vielleicht ergab sich eine Möglichkeit, die Operation zu einem späteren Zeitpunkt zu wiederholen. Ich konnte nicht zulassen, dass sich unsere Wege trennten. Aller Wahrscheinlichkeit nach würde ich ihn dann nie wieder sehen. Ich musste bei ihm bleiben und ihn für den Orden im Auge behalten, bis sich erneut eine Gelegenheit bot.

„Mein Wagen steht gleich dort drüben." Ich deutete mit dem Kopf in die Richtung. „Folg mir."

So schnell wir nur konnten, rannten wir zum Rover. Ich öffnete die Tür und setzte mich hinter das Steuer, während Jeremy auf den Beifahrersitz sprang.

„Halt dich fest! Das wird rasant!“ Ich trat aufs Gas und brauste durch die nächtliche Stadt.

Jeremy krallte sich erschrocken in den Ledersitz. Geschwindigkeiten wie diese waren im 18. Jahrhundert unbekannt.

„Schnall dich an, ich will keinen Ärger mit der Polizei bekommen.“

„Anschnallen?“

Ich deutete zum Sicherheitsgurt. Jeremy verstand. Nach einigem Probieren gelang es ihm, das Ende des Gurtes ins Schloss einrasten zu lassen. Auch wenn er in diesem Augenblick an einen liebenswerten Tollpatsch erinnerte, so war er in Wahrheit ein gefährlicher Vampir. Das durfte ich niemals vergessen! Ich spielte mit dem Gedanken, einfach direkt zum Quartier des Ordens zu fahren, doch sah dann ein, dass ich ihm allein kaum gewachsen war und ihn auch unmöglich täuschen konnte.

„Es ist ein merkwürdiger Zufall, findest du nicht?“, sagte er plötzlich, ohne mich anzusehen. Durch die regennasse Autoscheibe beobachtete er die vorbeirauschenden Häuser und Straßenlaternen.

„Was meinst du?“

„Der Überfall. Fast kommt es mir vor, als wäre ich in eine Falle gelockt worden. Woher wussten sie, dass wir in die Button Street gehen würden? Als dich die Jäger in Gefahr glaubten, gaben sie sehr schnell auf. Zu schnell! Und du schienst mir nicht überrascht zu sein, als ich meine Klauen zeigte. Selbst jetzt kommt es dir nicht absonderlich vor. Vampire sind dir offenbar vertraut.“ Er wandte den Kopf.

Ich spürte seinen durchdringenden Blick, versuchte aber, mich auf die Fahrbahn zu konzentrieren. Er wartete auf meine Antwort. Und ich wusste, dass sie wohlüberlegt sein musste, wenn ich ihn von meiner Unschuld überzeugen wollte.

„Du hast mir Angst gemacht. Natürlich. Und du tust es auch jetzt noch. Ich weiß nicht, was ich von dir halten – oder besser noch, wie ich mich dir gegenüber verhalten soll. Aber eins musst du mir glauben, ich habe dich nicht hintergangen. Und ich wusste auch nicht, dass uns die Jäger, wie du sie nennst, auflauerten. Wäre ich eine von ihnen, hätte ich dir nicht zur Flucht verholfen.“ Der Schweiß rann von meiner Stirn. Ich konnte nur hoffen, dass Jeremy mir glaubte.

Nach schier endloslangem Schweigen stöhnte er gequält. „Dieser Angriff wirkte organisiert. Ich kann nur hoffen, dass du die Wahrheit sagst. Entweder bist du tatsächlich die wundervolle Person, für die ich dich halte, oder du bist eine eiskalte Jägerin des Ordens, die es versteht, meine Sinne zu täuschen. Fest steht, dass meine Gefühle für dich nach wie vor sehr stark sind. Allein deswegen brauchst du mich nicht zu fürchten, ich würde weder dir, noch irgendeinem Menschen jemals etwas antun.“

Seine Worte versetzten mir einen heißen Stich ins Herz. Ich fühlte mich miserabel, weil ich zum Judas geworden war.

„Ja, ich trinke Blut. Doch nur das von Tieren. Ja, ich bin ein Vampir. Aber das war ich nicht immer. Ich wurde vor über 200 Jahren als Mensch geboren. Mein Vater gehörte dem Orden des heilbringenden Lichts an.“

Meine Augen weiteten sich vor Erstaunen, doch ich sagte nichts und ließ ihn erzählen.

„Ich sollte in seine Fußstapfen treten und trug bereits das Zeichen eines Jägers. Eine Tätowierung, die vor bösen Einflüssen schützen sollte.“ Er deutete auf die Narbe an seinem Hals. „Viel ist davon nicht mehr zu sehen.“

„Es sieht aus wie eine Bisswunde.“

„Der Vampir Dorian Everheard fügte sie mir zu. Er löschte meine Zugehörigkeit zum Orden nicht nur symbolisch aus, indem er mich zu einem Vampir machte, sondern riss mir auch das Stück Fleisch heraus, das mich als Jäger brandmarkte. Ich wurde zu jenem Wesen, das ich am meisten hasste und bis aufs Blut bekämpfen wollte, weil ich an die Ideologie des Ordens glaubte. Doch ich musste erkennen, dass sich Vampire und Menschen sehr ähnlich sind. Es gibt Gute wie Schlechte. Bis heute hat der Orden nicht verstanden, dass der Logenverband Vita Eterna ein starker Verbündeter im Kampf gegen die Audax Vampire sein könnte.“

„Aber wenn du eigentlich dem Orden angehörst, wieso stellst du dich nicht freiwillig? Sie scheinen nur dein Blut zu wollen.“

„Die Frage ist, wie viel sie davon brauchen, und was sie damit anstellen werden. Ich kenne die Methoden des Ordens von früher und heute. In der Zeit meiner Gefangenschaft haben sie mich wie ein Tier behandelt. Sie ketteten mich an, schlugen und verhöhnten mich, führten mich vor. Es war entwürdigend. Wenn ich daran zurückdenke, empfinde ich nur Hass und Zorn.“

Seine Augen nahmen einen glasigen Schimmer an. Ich wusste nicht recht, was ich sagen sollte, spürte jedoch, dass ihn die Erinnerungen daran quälten. Schweigend fuhren wir weiter, ohne ein Ziel vor Augen zu haben.

„Ich möchte jetzt aussteigen, meine Gedanken neu ordnen“, sagte er plötzlich mit heiserer Stimme. Ich merkte, dass es ihm nicht gut ging und fuhr an den Straßenrand, damit er aussteigen konnte.

„Wie geht es jetzt weiter?“

Er zuckte die Schultern. „Was schlägst du vor?“

„Ich … ich würde dich gern wiedersehen.“ Ich hasste mich für diese Worte, die Hoffnung in ihm wecken mussten, doch die eigentlich nur bezweckten, ihn erneut in einen Hinterhalt zu locken.

Ein Lächeln umspielte seine aristokratischen Züge. „Obwohl du nun weißt, dass ich ein Vampir bin?“

„Es stört mich nicht. Ich spüre, dass wir uns näher gekommen sind. Es war gut, über alles zu reden.“

„Du überraschst mich. Ich hatte geglaubt, du würdest mich verachten. Umso mehr freut es mich, dass wir dasselbe fühlen“, hauchte er und näherte sich meinem Gesicht. „Ich werde dich morgen anrufen, um ein Treffen auszumachen.“

Sein Mund bebte, weil ich mich seinem Kuss nicht verweigerte. Ich konnte seine Leidenschaft spüren. Immer wieder berührten sich unsere Lippen, als zögen sie sich magnetisch an. Es fiel ihm schwer, sich von mir zu lösen. Schließlich war ich es, die ihn sanft von mir drückte. Bevor er ausstieg und in den Regen trat, hauchte er mir ein letztes Küsschen auf die Stirn. Ich sah ihm nach, bis er in einer dunklen Seitengasse verschwunden war, änderte die Fahrtrichtung und fuhr die Straße zurück. Herrje, ich hatte ernsthafte Zweifel daran, ob ich das Richtige tat. Jeremy war so freundlich und liebevoll. Ich hingegen verhielt mich wie ein Miststück. Ich spielte mit seinen Gefühlen und machte mir eiskalt seine Zuneigung zunutze. Aber was sollte ich tun? Egal, wie charmant er sich gab, er war und blieb ein Vampir, eine Gefahr für die Allgemeinheit! Ich hielt mit dem Rover an der Ampel und sah im Rückspiegel ein Auto mit dunklen Scheiben. Gerade, als das Licht umsprang und ich aufs Gas treten wollte, klopfte plötzlich jemand an die Fensterscheibe auf der Beifahrerseite. Ich zuckte zusammen, kurbelte die Scheibe herunter und traute meinen Augen nicht, als ich Richards Gesicht vor mir sah. Eilig öffnete ich ihm die Tür, damit er nicht länger im Regen stehen musste. Er setzte sich auf den Beifahrersitz und gab dem Fahrer hinter mir ein Zeichen, woraufhin er uns überholte.

„Fahr los, wir wollen kein Verkehrschaos anrichten“, sagte er freundlich zu mir.

„Was machst du denn hier?“

„Hast du geglaubt, wir würden dich aus den Augen lassen? Unsere Männer haben deinen Chip geortet und sind dir und Jeremy gefolgt. Sie sind ihm auf den Fersen, um sein Versteck ausfindig zu machen. Beten wir dafür, dass es ihnen gelingt. In der Button Street hat er bewiesen, wie beeindruckend seine Fähigkeiten sind. Das bestärkt mich in meinem Glauben, dass sein Blut sehr machtvoll sein muss. Warum ist er so plötzlich ausgestiegen?“

„Er schien äußerst nervös, doch er versprach, mich morgen anzurufen. Er möchte mich noch einmal treffen.“

„Demnach ahnt er nicht, dass du für uns arbeitest?“

„Nein.“

„Das sind zur Abwechslung gute Nachrichten. Alles ist noch offen und unsere Chancen stehen mit dir als unsere Trumpfkarte gut. Fahren wir zur Zentrale zurück.“

Endlich hatten wir das Hauptquartier des Ordens erreicht. Ich parkte den Wagen im Innenhof des Gewerbegeländes. Der Komplex war sehr groß und beherbergte neben den Great Britain Life Insurances und der Liverpool Pharmaceutical Company ein Musiklabel, eine Immobilienfirma und eine große Anwaltskanzlei, in der mehrere Rechtsanwälte tätig waren. Dass das Gebäude in Wirklichkeit der Sitz des Ordens des heilbringenden Lichts war, ahnte niemand. Doch es gab Bereiche, die nur für bestimmte Personen zugänglich waren, denn der Orden hatte mehrere Stockwerke für sich beansprucht. Auch der Keller zählte dazu. Wir fuhren mit dem Fahrstuhl zu den öffentlich zugänglichen Büros des Versicherungsunternehmens und wurden von einer grimmigen Tanya empfangen.

„Das wurde aber Zeit“, knurrte sie. „Ich dachte schon, ihr würdet gar nicht mehr zurückkommen.“

„Gibt es Neuigkeiten?“, fragte Richard beiläufig.

„Allerdings, die gibt es. Sie haben Jeremy verloren. Schon wieder.“

„Das ist ärgerlich, wenn auch kein Weltuntergang.“

„Wie soll ich das jetzt verstehen? Ich rechnete fest damit, du würdest unseren Männern die Köpfe abreißen, weil sie den Vampir erneut entkommen ließen.“

„Das ist nicht nötig, denn ich habe die Situation gerettet“, brüstete ich mich.

„Hört, hört!“ Tanya verschränkte spöttisch die Arme vor der Brust.

„Sie sagt die Wahrheit. Und ich bin sehr stolz auf Charlie. Sie hat einen klaren Kopf behalten. Aber für heute ist es genug der Aufregung, wir werden morgen weiterplanen. Lass dich trotzdem sicherheitshalber von Kuklow durchchecken. Nur eine kurze Blutuntersuchung. Okay?"

„Wenn es sein muss." Der Gedanke behagte mir nicht, doch ich ergab mich meinem Schicksal.

Eine Stunde später saß ich erschöpft und mit einem dicken Pflaster am Arm auf dem herrlich weichen Bett in Richards Mansarde. Er hockte splitternackt hinter mir und massierte meinen Nacken, um die vermeintliche Anspannung zu lösen.

„Ich bin froh, dass du diesem Untier entkommen bist, Babe", sagte er und küsste meinen Hals.

„Der Begriff ‚Untier' klingt ein wenig hart, findest du nicht?" In meinem Kopf reifte eine Idee heran, von der ich hoffte, dass sie alle Probleme mit einem Schlag lösen würde. Es musste mir nur gelingen, Jeremy zu überreden, eine freiwillige Blutspende abzugeben. „Dein sogenanntes Untier gehörte einst dem Orden an. Wusstest du das?"

„Hat er dir das erzählt?"

„Ja. Und er hat mir seine Tätowierung gezeigt. Das heißt, das, was von ihr übriggeblieben ist. Du hast kein Tatoo, oder?"

„Wir sind schon vor langer Zeit davon abgekommen, uns selbst zu brandmarken. Das Zeichen ist viel zu offensichtlich und macht Feinde auf uns aufmerksam."

„Das verstehe ich. Damals hat man geglaubt, es würde schützen."

„Gegen Vampire helfen vor allem Sonnenlicht, Feuer und spitze Gegenstände, die man ihnen ins Herz stoßen kann."

„Jeremy ist nicht nur irgendein Vampir. Er war einst ein Jäger wie du. Meinst du nicht, ihr könntet zusammenarbeiten?"

Richard verschluckte sich an seinem eigenen Speichel und begann wild zu husten. Abrupt ließ er mich los, klopfte sich gegen die Brust und sah mich an, als hätte ich nicht mehr alle Tassen im Schrank.

„Vampire sind Ausgeburten der Hölle! Völlig egal, was sie in ihrem Leben davor gemacht haben. Ob sie Könige oder Bettler waren."

„Nicht alle von ihnen sind bösartig. Jeremy ist anders."

Richard versuchte zu lachen, doch schnell verwandelte sich das schrille Gelächter in ein Husten. „Du dummes, naives Ding. Hat er dir diesen Floh ins Ohr gesetzt? Ich hatte dich gewarnt! Vampire können Menschen gefügig machen und ihnen die abstrusesten Dinge einreden. Hast du schon das Video vergessen, welches ich dir zeigte?"

Wütend ballte ich die Hände zu Fäusten. Mit einer solchen Reaktion hatte ich nicht gerechnet. Richard lachte mich aus, und das tat weh! Er gab meiner Idee nicht einmal den Hauch einer Chance und zog sie stattdessen ins Lächerliche.

„Er hat mir überhaupt nichts ins Ohr gesetzt. Aber wir haben einen gemeinsamen Feind. Verbünden wir uns mit den Vampiren von Vita Eterna, um Santagos zu besiegen."

Richard sah mich mitleidig an. Das Gefühl, das sein Blick in mir auslöste, gefiel mir ganz und gar nicht. Besorgt nahm er mich in den Arm und streichelte meine nackten Brüste. „Darling, ich weiß nicht, was er mit dir angestellt hat. Doch es ist offensichtlich, dass du unter seinem Einfluss stehst."

„Nein, das tue ich nicht!" Ich war mir ganz sicher!

„Du würdest es nicht merken, das ist der Trick. Der Orden des heilbringenden Lichts existiert seit Jahrhunderten. Wenn eine Freundschaft zwischen Vampiren und Menschen möglich wäre, meinst du nicht, wir wären die Ersten gewesen, die es erkannt hätten? Das Wissen, das wir in unseren Archiven speichern, die alten Überlieferungen von Jägern wie Samuel Ignatius und Dango Perres – alles beruht auf Irrtümern? Denk nach, Babe. Das ist unmöglich."

Ich seufzte innerlich, weil ich vermutete, dass Richard aller Wahrscheinlichkeit nach recht hatte.

„Sei nicht traurig, Babe. Versuch dich zu entspannen." Seine Hände glitten über meinen Körper.

„Wie soll mir das gelingen, wenn alles so aussichtslos erscheint?"

„Nichts ist aussichtslos." Er bettete mich auf den Kissen und ließ seinen Zeigefinger eine Linie meinen Hals abwärts zeichnen. „Mit Jeremys Blut wird sich eine alte Prophezeiung bewahrheiten. Vertrau mir, Babe. Wir werden nicht zulassen, dass Santagos gewinnt. Seit Jahrhunderten schützen wir das Leben der Unschuldigen. Daran hat sich bis heute nichts geändert, und dafür kämpfen wir. Ein edles Ziel, findest du nicht?"

„Ja … natürlich …" Aus Richards Mund klang alles so einfach – und so schrecklich schwarzweiß.

„Ich habe eine Idee, wie du dich entspannen kannst."

Ich hob überrascht den Kopf und beobachtete, wie er ein Glas mit Schokocreme vom Nachtschrank nahm, es aufschraubte und einen Löffel eintunkte.

„Hast du etwa geplant, mich heute noch zu verführen?"

Er grinste mich an. „Natürlich. Deswegen habe ich alles vorbereitet."

Die warme, dickflüssige Creme ließ er auf meine Brustwarzen tropfen, die sich gierig aufstellten, als verzehrten sie sich nach dem süßen Geschmack. Richard verteilte weitere Schokokleckse auf meinem Bauch, meinen Oberschenkeln und bestrich sogar meine großen Schamlippen mit der dunklen Paste.

„Du siehst appetitlich aus", sagte er und legte Glas und Löffel beiseite. „Ich wette, du möchtest auch gern von dieser süßen Verführung kosten?"

Ohne meine Antwort abzuwarten, tunkte er seine Fingerkuppe in einen der Kleckse und lutschte sie vor meinen Augen ab. Dabei stöhnte er genussvoll. Mir lief das Wasser im Mund zusammen. Ich liebte Schokolade! Und natürlich Schokocreme. Langsam schlug Richard die Augen auf und grinste mich schelmisch an.

„Wenn das nicht Begierde ist, die ich da in deinen hübschen Augen sehe."

Ein weiteres Mal tauchte er seinen Finger in den dunklen Klecks. Diesmal führte er ihn zu meinen Lippen, die er sanft nachzeichnete und eine Spur aus Schokolade über sie strich.

„Zeig mir, wie du dir die Lippen leckst, meine Schöne."

Ich tat, was er verlangte. Der Geschmack himmlischster Süße breitete sich in meinem Mund aus. Ich lechzte nach mehr.

„Du hast wohl noch nicht genug?"

Richard streckte den Arm aus, beugte sich vor und ließ seinen Zeigefinger komplett im Glas verschwinden, das er auf dem Nachtschrank zurückgestellt hatte. Als er ihn wieder herauszog, war er vollständig mit herrlichster Schokocreme überzogen. „Mach den Mund auf."

Ich tat es und spürte seinen Finger, der gewitzt über meine Zunge rieb. Fest schlossen sich meine Lippen um seinen Zeigefinger, glitten an ihm auf und ab, damit ihnen kein Tropfen entging.

„Nun möchte ich aber meinen Hunger stillen", sagte Richard und leckte die flüssige Schokolade von meinen Brustwarzen. Ich spürte seine Zähne, die mich neckisch zwickten. Der leichte Schmerz steigerte meine Lust. Als seine Zunge über meinen bebenden Körper glitt, von einem Schokofleck zum nächsten, jagten wahre Schauer durch mich hindurch, und ein aufregendes Kribbeln breitete sich in meinem Schoß aus. Schließlich hatte er mich äußerst gründlich gereinigt. Nur an meiner Scham klebte noch immer warmer, brauner Brei, der sich mit meiner Feuchtigkeit vermischte. Richard setzte sich zwischen meine Beine, legte die Hände unter meinen Po und hob mein Becken sanft an. Dann begann er mich mit großer Hingabe ausgiebig zu lecken. Ich stöhnte, wann immer seine Zungenspitze über meine Klitoris strich. Es törnte mich an! Mein Unterleib vibrierte. Ich sehnte mich nach Erlösung und spürte sie bereits nahen.

„Bitte, hör nicht auf."

„Ich bin aber schon fertig, Babe", sagte er grinsend und legte mich wieder ab.

„Aber ich bin noch nicht fertig!", schnaubte ich. Wie konnte er nur so grausam sein und mich an den Rand eines Orgasmus lecken und danach so tun, als wäre nicht das Geringste passiert?

„Jetzt bist du an der Reihe." Richard schnappte sich erneut das Glas und bestrich sein stark angeschwollenes Glied mit einer dünnen Linie aus herrlichster Schokolade. Ich stützte mich auf Hände und Knie und kroch zu ihm. Der steife Penis und seine rot schimmernde Eichel sahen äußerst verführerisch aus. Ich konnte mich nicht entscheiden, was ich mehr begehrte. Den harten Schwengel oder die süße Schokolade, die auf ihm klebte?

Du wirst beides haben, sagte ich mir und leckte über seinen pochenden Schaft. Meine Zunge glitt über ihn, als wäre er eine Lutschstange. Doch ich tat nicht mehr, als lediglich die Schokolade aufzuschlecken.

„Nimm ihn ganz in den Mund. Bitte, Babe."

„Das hättest du wohl gern, aber das ist meine Revanche!"

„Revanche? Wofür? Sei nicht so grausam, Babe!"

Ungerührt leckte ich weiter, ein Mal, zwei Mal, drei Mal ... Es steigerte seine Erregung und sein Verlangen. Sein Penis begann zu pulsieren, weil er die Zärtlichkeit kaum noch aushielt und sich danach sehnte, in mir zu versinken. Aber den Gefallen würde ich ihm nicht tun. Zumindest jetzt noch nicht. Er sollte genauso leiden wie ich. *Selber Schuld*, dachte ich. *Wieso musste er mich auch am ausgestreckten Arm verhungern lassen?* Schon bald hatte ich seinen Penis von der Schokolade befreit, ohne dass er einen Orgasmus bekommen hatte. Befriedigt wischte ich mit dem Handrücken über meinen Mund und betrachtete mein Werk – ein nach Befriedigung verlangendes, von dicken Adern durchzogenes Glied.

„War das jetzt alles?", keuchte Richard heiser. „Verdammt, ich bin so scharf auf dich!"

Ich nahm sein Glied in die Hand und rieb verspielt an ihm. „Was können wir da nur machen? Mir fällt etwas ein …"

„Was schwebt dir vor?"

Ich ließ mich auf den Rücken zurückfallen und hob mein Becken an. „Was schon, du Dummerchen? Besorg es mir!"

Richard kletterte über mich und schob vorsichtig seine heiße Eichel in meine Enge. Nach und nach füllte er mich aus, und ich spürte das Zucken seines kräftigen, heißen Stabes in mir, welches mich derart wild machte, dass ich schon bald glaubte, Sterne zu sehen.

„Das wird ein harter Ritt für dich werden", sagte er und stieß zu. Alles in mir schien zu explodieren! Eine ungeahnte Hitze breitete sich in meinem Körperinneren aus.

Seine fordernden Stöße kamen nun schneller – beinahe im Sekundentakt – und heizten mich zur Höchstleistung an. Ich konnte nicht anders, als in den Rhythmus einzusteigen. Im Takt bewegte ich mein Becken vor und zurück, bis mir vor Anstrengung der Schweiß über den Körper rann. Jedes Mal, wenn er mit Schwung in mir verschwand, schien er ein Stückchen tiefer in mich einzudringen. Millimeter um Millimeter. Das Bett wackelte, und ich warf ekstatisch den Kopf von einer Seite zur anderen. Wellen der Lust schlugen über mir zusammen. Völlig außer Atem rang ich nach Luft. Da spürte ich ihn nahen. Und ich wusste, er würde gewaltig werden! Die Muskeln meiner Vagina zogen sich zusammen und schlossen sich eng um seinen Phallus, als wollten sie ihn festhalten und nie mehr freigeben! Mein Körper bebte und zuckte, als stünde er unter Strom. Ein Schwall der Erregung rauschte durch meinen Unterleib und spülte mich auf den Gipfel der Lust. Einen wundervollen Moment lang blieb ich oben, doch dann ging es mit einem Mal steil bergab. Richard fiel keuchend auf mich und ergoss sich in mich. Sein Glied zuckte ohne Unterlass, und ich war erstaunt, wie viel er hergab. Glücklich lag ich in seinen Armen. Genoss seine Nähe und schloss die Augen. Ich hätte auf der Stelle einschlafen können, da klingelte plötzlich mein Handy. Ich tastete mit der Hand nach dem Mobiltelefon, welches ich auf dem Nachtschrank abgelegt hatte.

„Charlene Lawrence hier."

Am anderen Ende der Leitung erklang Jeremys Stimme. Sofort richtete ich mich auf, um voll konzentrationsfähig zu sein.

„Wie geht es dir?"

„Besser. Ich weiß nicht, wie sie es geschafft haben, doch die Jäger holten mich ein."

„Aber du konntest sie abhängen?"

„Ja. Glücklicherweise. Ich würde dich gern morgen Abend treffen. Hast du Zeit?"

„Natürlich!"

„Wunderbar. Dann sei bitte um 22 Uhr an der Angelican Cathedral. Ich habe dort einen alten Audaxtempel unter dem Friedhof entdeckt, der mir als Unterschlupf dient."

„Morgen, um 22 Uhr an der Angelikanischen Kirche – alles klar!"

Richard grinste triumphierend und küsste meine Schulter.

„Ich freue mich. Bis morgen", verabschiedete sich Jeremy.

„Ich habe noch Kraft für eine zweite Runde", flüsterte Richard gierig in mein Ohr.

„Gern. Aber was wird aus Jeremy?"

„Lass das meine Sorge sein. Konzentriere dich auf die wirklich wichtigen Dinge, Babe." Er beugte sich über mich und gab mir einen aufregenden Zungenkuss.

„Ich verstehe. Ja, wir sind gleich da", sagte Richard in sein Handy und schaltete es mit einem Knopfdruck aus.

„Gibt es Neuigkeiten?" Ich griff nach einem Schokocroissant und biss herzhaft hinein. Seit gestern Abend hatte ich einen unglaublichen Appetit auf Schokolade, der unbedingt befriedigt werden wollte.

„Darf ich dir nach dem Frühstück eine Überraschung zeigen?"

„Ich liebe Überraschungen, das weißt du doch." Nachdem ich die Nacht in Richards Dachwohnung verbracht hatte und gemeinsam mit ihm aufgewacht war, fühlte ich mich in alte Zeiten zurückversetzt. Er kümmerte sich liebevoll um mich. Wir frühstückten sogar gemeinsam, was ich sehr romantisch fand, da wir das seit einer halben Ewigkeit nicht mehr gemacht hatten. Die Firmenangestellten, die wie fleißige Ameisen durch die Mensa des Gewerbegebäudes huschten, blendete ich aus. Es gab nur noch Richard und mich.

Ich stopfte den letzten Bissen des Croissants in den Mund, erhob mich von der Bank und folgte Richard durch die endlosen Gänge des Gebäudes.

„Was ist es denn für eine Überraschung?", fragte ich neugierig, da ich die Spannung kaum aushielt.

„Du wirst staunen, das verspreche ich dir."

Richard gab einen Code ein, daraufhin öffnete sich eine Automatiktür. Wir schritten hindurch und gelangten in einen Raum, den ich bisher noch nicht betreten hatte. An der gegenüberliegenden Wand hing ein auffälliges Kreuz, das mit Ornamenten versehen war. Den Boden zierte das seltsame Zeichen, das ich bereits in Richards Büro gesehen hatte. Ein Kreuz, über dem ein kleines Auge schwebte. Rechts und links von mir entdeckte ich alte Gemälde, die Portraits von Ordensmitgliedern zeigten. Unter einem stand in dicken Lettern der Name „Samuel Ignatius". Es musste sich folglich um Richards Vorfahre handeln. In der Mitte des Raumes stand eine schlanke Frau mit langen braunen Locken. Als sie sich zu mir umdrehte, erschrak ich fast zu Tode!

„Was hat das zu bedeuten?", fragte ich fassungslos.

Tanya kam mit einem bösartigen Grinsen auf mich zu. „Ich könnte mit dieser Perücke glatt als deine Zwillingsschwester durchgehen, findest du nicht?"

Die Ähnlichkeit war nicht abzustreiten. Obgleich Tanyas Gesicht hagerer und etwas spitzer war, was ein Visagist jedoch durch Schminktechniken ausgeglichen hatte.

„Ich werde dich nicht noch einmal in Gefahr bringen“, sagte Richard. „Deswegen haben wir einstimmig beschlossen, dass Tanya zur Angelican Cathedral fährt. Ich hoffe, dir gefällt meine kleine Überraschung.“

„Nein! Das war meine Aufgabe!“

„Die Betonung liegt auf ‚war’, Kleine“, zischte Tanya.

„Ich kann nicht glauben, was hier geschieht! Haltet ihr Jeremy tatsächlich für so bescheuert, dass er den Unterschied nicht merkt?“

„Aus der Entfernung nicht. Und sobald ihm ein Licht aufgeht, haben wir ihn längst umzingelt.“

Ich wusste nicht recht, was ich von dieser Vorgehensweise halten sollte. Mir blieb zwar erspart, ihm nach meinem Verrat noch einmal in die Augen zu sehen, dafür wurde mir aber jede Möglichkeit genommen, Einfluss auf seine Ergreifung zu nehmen. Wie immer war ich machtlos. Der Orden hatte entschieden. Ich würde nicht fahren und hatte mich gefälligst damit abzufinden.

Um 21.45 Uhr parkte Tanya den Wagen in der St. James Road, öffnete ihren Sitzgurt und drückte die Tür auf. Die Jäger taten es ihr gleich und verteilten sich in der Umgebung. Jeder von ihnen trug eine Miniaturkamera am Helm.

„Geht auf Position, Männer“, erklang Tanyas Stimme über Funk in ihrem gewohnt kalten, ein wenig überheblichen Befehlston. Sie schritt zur Angelican Cathedral, deren Turm imposant über ihr aufragte.

Die Miniaturkameras – Tanyas war an ihrem Rucksackgurt angebracht – verfolgten jeden Schritt und bannten ihn auf einen der fünf Bildschirme, vor denen ich mit Richard und dem IT-Experten Corven saß, der ein Headset über den Kopf gestreift hatte und mit den Jägern in ständiger Verbindung stand. Die Kameras fingen die eindrucksvolle Grablandschaft ein, die sich direkt hinter dem gotischen Gebäude erstreckte.

Ich erblickte meterhohe Sockel, auf denen steinerne Engel thronten, ganze Reihen umzäunter Ruhestätten und ihre prachtvollen, teils kreuzförmigen, teils abgerundeten Grabsteine.

Bei den Schwenks der Kameras sah ich alte Monumente, Gräber, auf denen ein wahres Blumenmeer blühte, und einen Brunnen, in dem das Wasser plätscherte. Die Aussicht war atemberaubend, wenn auch – durch die herabgesetzte Bildqualität – sehr düster. Dennoch hatte ich das Gefühl, selbst dort zu sein und durch die Grabreihen zu streifen.

„Wir haben etwas entdeckt“, hörte ich die unheilvoll klingende Stimme eines Jägers. Mein Magen krampfte sich vor Anspannung zusammen, weil ich wusste, dass es nur Jeremy sein konnte.

„Was ist es? Sprechen Sie schon“, knurrte Tanya gereizt.

„Ich bin nicht sicher, ich sah nur einen Schatten, der sich schnell bewegte.“

„Sehen Sie es sich genauer an. Aber seien sie um Himmelswillen vorsichtig. Ich bleibe vorerst in Position. Jeremy soll glauben, dass seine geliebte Charlene sehnsüchtig auf ihn wartet.“

Erneut quälten mich Gewissensbisse. Jeremy schwebte nur wegen mir in großer Gefahr! Ich ertappte mich dabei, zu hoffen, dass er den Hinterhalt erkennen und rechtzeitig die Flucht ergreifen würde.

„Es ist ein Vampir!", erklang die Stimme des Mannes erneut aus dem Lautsprecher. „Aber der ist verdammt schnell!"

„Bleiben Sie ruhig, ich bin auf dem Weg. Der Bastard hat wahrscheinlich Verdacht geschöpft", sagte Tanya und setzte ihren Rucksack ab, um sich ihren Schutzhelm und die entsprechende Schutzjacke überzuziehen und barschen Schrittes durch die Grabreihen zu eilen.

„Nehmt die Taschenlampen! Ausschwärmen!" Tanyas Stimme klang fordernd und hysterisch zugleich. Die Männer führten ihren Befehl ohne jegliches Zögern aus.

„Mach dir keine Sorgen, Babe, das Spiel hat bald ein Ende", versicherte mir Richard und beugte sich vor, um mich auf die Stirn zu küssen. Ich hielt die Fassade aufrecht und nickte zuversichtlich. In meinem Inneren sah es anders aus.

„Hier ist jemand!"

„Ist es Jeremy?", fragte Tanya und eilte auf den jungen Mann zu, der seine Armbrust ins Dunkel richtete.

„Keine Ahnung. Ich konnte die Person nicht erkennen."

„Endlich haben wir ihn da, wo wir ihn haben wollen. Fangt ihn!"

Die Kamera wackelte, weil Tanya zum Sprint ansetzte. Einige Meter vor ihr huschte jemand durch das Grabsteinlabyrinth, schlug einen Haken und verschwand im Dunkeln.

„Corven, zeig mir die Szene noch einmal vergrößert und in Zeitlupe", bat Richard.

„Gern, Sir!"

Die Qualität litt unter den schlechten Lichtverhältnissen. Dennoch war zu erkennen, dass der Verfolgte kein Mann, sondern eine Frau mit langen roten Haaren war. Nachdenklich tippte Richard mit dem Zeigefinger gegen sein Kinn.

„Können wir das Bild noch näher heranholen?"

„Ich versuche es, Sir!"

Die Aufnahme war verschwommen, doch Corven war nicht umsonst der IT-Fachmann des Ordens. Es gelang ihm, die Schärfe nachträglich mit einem Bearbeitungsprogramm einzustellen.

„Wenn mich nicht alles täuscht ist das Abelaine Torn."

„Abelaine Torn?" Ich sah Richard fragend an. Diesen Namen hatte ich bisher nicht gehört.

„Geben Sie die Information an Tanya weiter."

„Wer ist diese Abelaine?"

„Eine Vampirin der Loge Condannato. Jeremy hat offenbar Kontakt mit ihr aufgenommen. Das heißt, wir müssen uns beeilen!"

„Ich verstehe überhaupt nichts mehr."

„Vermutlich haben sie vor, ihn von hier fortzuschaffen", knurrte Richard und ballte die Hände zu Fäusten.

Erneut tauchte die Vampirin auf dem Bildschirm auf. „Lasst mich in Ruhe, ich muss meine Schwester vor der Bestie von Belfast retten!“, schrie sie und verschwand hinter einer Engelsstatue.

„Gleich haben wir das kleine Miststück“, sagte Tanya siegessicher und sprang hinter die Statue. Doch da war nichts. Verwirrt blickte sich die Vampirjägerin um. In weiter Ferne konnte sie einen Schatten entdecken, der schließlich mit der Dunkelheit verschmolz. So schnell Tanya nur konnte, rannte sie los und versuchte Abelaine einzuholen. Vergebens. „Verdammt, wir haben ihre Spur verloren!“

„Sucht weiter! So kurz vor dem Ziel dürfen wir nicht aufgeben!“

„In Ordnung, Richard. Wir geben unser Bestes!“

Die Suche ging weiter. Eine halbe Ewigkeit lang schien gar nichts zu passieren. Richard lief nervös auf und ab, schlug immer wieder die Faust in die offene Hand und hielt nur ab und zu inne, um auf die Bildschirme zu blicken. Enttäuschung machte sich breit, dass weder Jeremy noch Abelaine gefasst worden waren.

„Es ist zum verrückt werden!“ Richard stützte die Hände auf den Tisch und ließ den Kopf hängen. „Wieder einmal ist uns Condannato einen Schritt voraus!“

Er tat mir leid. Es schmerzte mich, ihn so leiden zu sehen. All seine Hoffnung lag bei Jeremy, der unbedingt gefasst werden musste!

„Vielleicht verstecken sie sich in dem alten Audaxtempel“, sagte ich zögerlich.

„Audaxtempel? Wovon sprichst du?“

„Jeremy erwähnte ihn. Er hat dort Unterschlupf gefunden.“

„Das ist es!“, schoss es plötzlich aus Richard heraus. „Ein geheimer Bau. Dorthin hat sich der Fuchs verkrochen.“ Mit unerwarteter Wucht riss er Corven das Headset vom Kopf und setzte es selbst auf. „Tanya, kannst du mich hören?“

„Klar und deutlich, Boss.“

„Ich weiß, wo sich diese Ratten befinden. Es gibt eine unterirdische Audaxstätte, findet den Eingang.“

„Die Audax? Klingt gefährlich!“

„Die Audax haben ihn verlassen. Ich spüre, dass unsere Freunde dort sind.“

Tanya drehte sich um ihre eigene Achse. Ihre Kamera lieferte ein Panorama der Umgebung. „Unmöglich, den Eingang zu finden. Wir werden morgen noch hier sitzen und suchen. Bis dahin ist Jeremy längst über alle Berge.“

„Wenn ihr nicht sofort mit der Suche beginnt ist das auch kein Wunder!“

„Verstanden, wir fangen an.“

Richard ließ sich auf seinen Stuhl zurücksinken und sah mich nachdenklich an. „Hat er noch etwas gesagt? Denk nach, alles könnte wichtig sein!“

Ich schüttelte den Kopf. Jeremy war am Telefon kurz angebunden gewesen. Mein Gott, was tat ich ihm bloß an? Ich war die einzige Person, der er vertraute. Mein Blick glitt zu Richard, der nun wie verwandelt war und gebannt auf den Monitor starrte. Seine Augen funkelten voller Hass. Er machte mir Angst, weil er sich nicht von den Vampiren unterschied, die er so verteufelte. Der einzige Grund, der mich an die Richtigkeit dieser Aktion glauben ließ, war die Prophezeiung, von der Richard gesprochen hatte. Es gab einen Vampir, dessen Blut die Macht besaß, Santagos zu besiegen. Und dieser Vampir war allem Anschein nach Jeremy. Also musste er gefangen genommen werden. Es gab keinen anderen Ausweg.

Ein ohrenbetäubender Schrei riss mich in die Wirklichkeit zurück.

„Verdammt! Alle Mann zu Tanya!", dirigierte Richard durch sein Kopfmikrofon. Auf dem Bildschirm tauchte eine dunkle Gestalt auf, die sich Tanya gefahrvoll näherte und ihr mit einem Prankenschlag die Armbrust aus der Hand schlug.

„Wo ist Charlie?" Jeremy baute sich bedrohlich vor ihr auf. Ein weiterer Stoß brachte sie ins Wanken. Tanya kämpfte vergeblich um ihr Gleichgewicht. Sie fiel, und die wackelnde Kamera fing den nächtlichen Sternenhimmel und einen prallen Vollmond ein.

Richard rieb sich die Hände. „Er ist es. Kreist ihn ein, aber gebt Obacht! Vampirische Sinne sind geschärft."

„Lass mich los!", kreischte Tanya, als Jeremy sie packte, hochhob und heftig durchschüttelte.

„Wo ist sie?", brüllte er derart laut, dass die Lautsprecher des Monitors dröhnten.

„Sie ist nicht hier! Deine Charlie hat dich verraten, du Missgeburt!"

„Nein, das ist nicht wahr! Du lügst, elendes Weibsbild!"

„Mach dir nichts vor. Wir sind hier, weil sie uns geschickt hat. Sie arbeitet für den Orden!"

Jeremy stieß einen unmenschlichen, schmerzerfüllten Schrei aus, der mir durch Mark und Bein ging. Einem wilden Tier gleich packte er Tanya und schleuderte sie durch die Luft. Auch Tanya schrie und landete mit einem lauten Klatsch im Blumenbeet.

„Beeilt euch, er will mich umbringen!", stöhnte sie unter Schmerzen.

Als sie sich mühsam umdrehte, rückte Jeremy erneut ins Bild. Niemand wusste, wie er so schnell zu ihr gelangt war. Plötzlich stand er über ihr, hob die Klaue und schlug zu. Der Monitor wurde schwarz.

„Mein Gott", stammelte Richard. „Was habe ich nur angerichtet? Alarmstufe ROT! Sie brauchen Verstärkung!"

Richard hatte mich gebeten, in seiner Wohnung zu warten, weil ich seiner Ansicht nach im Weg stand und die Arbeit seiner Männer behinderte. Da er sich Sorgen um mich machte, hatte er mir einen jungen Jäger namens Bill O'Malley an die Seite gestellt, der auf mich Acht geben sollte. Innerhalb weniger Minuten hatten sich kleine Einsatzgruppen gebildet, die sich nun auf den Weg zur Angelican Cathedral machten, in der Hoffnung, Tanya und ihren Gefährten helfen zu können. Ich war völlig aufgelöst, weil ich mit diesem Ausgang nicht gerechnet hatte. Hatte Jeremy, den ich als sanften Liebhaber kennengelernt hatte, Tanya getötet? Bei dem Gedanken wurden meine Knie weich. Ich musste mich am Schreibtisch festhalten, um nicht der Länge nach hinzufallen.

„Möchten Sie sich hinlegen?", fragte Bill schüchtern.

Ich lächelte ihm dankbar zu und wankte zum Bett.

„Sie sehen blass aus, fast wie ein Vampir." Er lachte, als hätte er einen unglaublich lustigen Scherz gemacht. Ich verzog keine Miene.

„Tut mir leid."

„Schon gut, Bill. Sie können übrigens gehen, ich komme schon allein zurecht."

Enttäuschung spiegelte sich in seinem jungen Gesicht. Der Kerl war sicher erst 18 oder 19 Jahre alt. Zugegeben, der Altersunterschied hätte größer sein können, denn ich zählte 20 Lenze. Doch bekanntlich hinken Männer in jungen Jahren dem Entwicklungsstand von gleichaltrigen Frauen hinterher. Zwischen Bill und mir schien dieser Abstand besonders groß zu sein. Das zeigte sich daran, dass er die meiste Zeit, wenn ich ihn sah, mehr mit seinen Handyspielen beschäftigt war, als mit allem anderen. Er hatte etwas unglaublich Naives an sich und schien oft zu vergessen, dass wir uns nicht in einem spannenden Videospiel befanden. Ich ertappte ihn dabei, wie er unentwegt auf meinen Ausschnitt starrte, der nicht einmal besonders viel sehen ließ, doch seine Hormone spielten trotzdem verrückt.

„Ich würde gern bleiben und Ihnen noch etwas Gesellschaft leisten. Soll ich Sie massieren?"

Ich lachte herzlich und winkte ab. „Das ist wirklich lieb, Bill. Aber ich muss ablehnen. Stellen Sie sich vor, Richard käme herein – was würde er wohl denken? Und welche Folgen hätte das für Sie?"

Das musste Bill einsehen. Gehen wollte er trotzdem nicht. Er erklärte mir, dass er seine Aufgabe unbedingt zu Richards vollster Zufriedenheit erfüllen wollte. Und dass das nicht ginge, wenn ich ihn wegschickte. So entschieden wir uns fernzusehen, um uns die Zeit zu vertreiben und auf andere Gedanken zu kommen.

Um 1 Uhr nachts kehrte Richard mit einem triumphierenden Lächeln zurück und entließ Bill aus seinen Diensten. Er setzte sich zu mir auf die Bettkante und nahm meine Hand. „Wir haben ihn, Babe. Ist das zu glauben? Wir haben Jeremy Wellingham! Tanya geht es gut. Er hat ihr nichts getan, nur einen Teil ihrer Ausrüstung zerrissen. Einzig Abelaine Torn konnte entkommen."

„Das sind ... tolle Neuigkeiten." Ich war nicht sicher, ob ich lachen oder weinen sollte.

„Wo ist Jeremy jetzt?"

„Im Kellergewölbe. Kuklow wird morgen die Testreihe fortsetzen. Bevor du mir die Frage stellst, und ich bin sicher, dass du das früher oder später tun wirst, ich möchte nicht, dass du zu ihm gehst. Ich denke, er wird aggressiv auf dich reagieren."

Ich nickte, denn ich konnte mir das ebenfalls gut vorstellen. Richard schien erleichtert über meine schnelle Einsicht. Wahrscheinlich hatte er damit gerechnet, dass ich meinen Willen durchboxen würde. Dabei wusste ich selbst nicht, was ich wollte. Es kostete einiges an Überwindung, Jeremy jetzt noch unter die Augen zu treten.

„Sag, Babe, hast du Lust auf ein Bad?" Er zwinkerte mir zu, doch ich schüttelte nur den Kopf.

„Wie du meinst." Er zog sich vor meinen Augen aus. Bei dem Anblick seines muskulösen Oberkörpers und seiner strammen Schenkel wäre mir normalerweise das Wasser im Mund zusammengelaufen. Dieses Mal hatte ich nicht einmal ein Lächeln für ihn übrig. Ich schloss die Augen und hörte, wie er im Bad verschwand und den Wasserhahn aufdrehte.

Meine Gedanken drifteten wie von selbst zu Jeremy. *Ich fragte mich, wie es ihm wohl erging. Hatte er Angst? Musste er Schmerzen aushalten? Hasste er mich oder sehnte er sich nach mir?* Ich ahnte, es würde eine lange Nacht werden, denn die quälenden Fragen würden mich noch bis zum Morgengrauen wach halten. Ich kletterte aus dem Bett und ging ins Bad, um mir eine Schlaftablette aus dem Medizinschrank zu holen.

Richard hockte in der Wanne und grinste mich an, als er mich sah. „Hast du es dir anders überlegt? Lass uns den Sieg feiern."

Seine Hand rieb an seinem prallen Phallus, der wie ein Periskop aus dem Wasser ragte. Ich schluckte die Tablette hinunter und verließ das Bad ohne ein Wort.

„Hey, Babe! Was hast du denn?"

Mich widerte seine gute Laune an. Ich zog einen von Richards Schlafanzügen über, legte mich ins Bett und warf die Decke über meinen Kopf. Das Schlafmittel tat schon bald seine Wirkung, und ich spürte, wie ich trotz aller Aufregung ruhiger und schließlich von der Müdigkeit übermannt wurde.

Ich wachte erst am späten Abend des nächsten Tages auf, denn ich hatte wie eine Tote geschlafen und brauchte eine Weile, ehe ich mich orientiert hatte. Nachdem die Erinnerung zurückgekehrt war, schleppte ich mich ins Badezimmer, um ein heißes Bad zu nehmen. Ich war sehr auf die Testergebnisse gespannt, die Kuklow zweifelsohne bereits vorliegen mussten, trocknete mich schnell ab und zog mich an, um meine Neugierde zu stillen. Im zweiten Stock traf ich Bill O'Malley, der durch die Büroräume der Versicherung lief und sich auf den Weg ins Kellerlabor machte.

„Darf ich Sie begleiten, Bill? Ich bin so schrecklich neugierig!"

„Klar, ich freue mich immer über eine bezaubernde Dame an meiner Seite."

Wir stiegen in den Fahrstuhl. Bisher war es mir nicht erlaubt gewesen, zum Keller hinunterzufahren. Genau genommen war das auch nicht ohne Weiteres möglich. Die Taste für das Kellergeschoss war mit einem Schloss gesichert, welches man nur mit einem bestimmten Schlüssel öffnen konnte. Dieser war in Bills Besitz!

Wir stiegen aus und liefen durch einen mit Leuchtstofffröhren erhellten Gang, vorbei an unzähligen, kleinen Zellen, aus denen ich ein unheimliches und äußerst beängstigendes Knurren vernahm. Ich erschrak fast zu Tode, als aus dem Dunkeln eine furchterregende Kreatur auf mich zusprang und ihre Klauen nach mir ausstreckte. Einzig die Gitterstäbe hielten sie davon ab, mich zu zerfleischen. Ich taumelte zurück, doch Bill hielt mich an den Schultern fest und versuchte mich zu beruhigen.

„Keine Angst, Miss Lawrence. Das sind nur die Vampire."

„Vampire? Jeremy ist nicht der Einzige, der hier unten gefangen gehalten wird?"

„Es handelt sich um ehemalige Anhänger vom Audax Zirkel und von Vita Eterna, die wir im Kampf gefangen nahmen. Die meisten von ihnen sind mittlerweile dem Wahn verfallen. Das heißt, sie gleichen wilden Bestien, die nur eines im Sinn haben: Blut! Doch durch die Gitterstäbe sind wir vor ihnen geschützt."

Bill deutete zur Stahltür an der Abzweigung des Ganges, neben der eine rote Lampe leuchtete.

„Kuklow ist noch nicht fertig mit den Experimenten. Wir sollten ihn besser nicht stören."

„Ich dachte, die Ergebnisse lägen schon vor?"

„Nein, es gab Schwierigkeiten. Das Nervengift wird gerade an einem unserer Vampire getestet."

„Und was machen Sie hier unten, Bill?"

„Ich bin die Wachablösung für Oliver Marlowe. Er hat noch einen wichtigen Termin, deshalb springe ich für ihn ein." Mit diesen Worten bog er in den Seitengang ein und winkte einen älteren Mann zu sich, der den Zugang zu einem Raum bewachte.

„Endlich, das wurde aber auch Zeit, Bill", knurrte Oliver Marlowe, schaute hektisch auf seine Armbanduhr und verabschiedete sich. „Ich habe schließlich noch ein Leben außerhalb des Ordens."

„Sorry, kommt nicht wieder vor."

„Das will ich hoffen, du Grünschnabel."

Manchmal fragte ich mich, warum sich ein Mann wie Bill für den Weg des Ordens entschieden hatte. Trat er in die Fußstapfen seines Vaters? War es seine familiäre Pflicht, um die Jahrhunderte alte Tradition aufrecht zu erhalten? Der Junge wirkte schlichtweg deplaziert.

„Das nenne ich Dankbarkeit", sagte Bill ironisch. „Ich habe selbst gleich Feierabend, aber springe trotzdem für ihn ein. Und er weist mich wie einen dummen Schuljungen zurecht."

Nachdem Marlowe verschwunden war, setzte ich mein freundlichstes Lächeln auf und klimperte mit den Wimpern. „Sag mal, Bill, was bewachst du denn eigentlich?"

„Diesen Wellingham. Frag mich nicht, warum das nötig ist. Ich hab ihn heute Morgen schon mal gesehen. Und so wie der angebunden ist, kommt der niemals allein frei."

Mein Herz begann heftig zu pochen. Ich hatte längst geahnt, dass es Jeremy war, den man in diesem Raum gefangen hielt. Aber nun die Gewissheit zu haben, änderte einiges. Ich erinnerte mich an Richards Warnung. Wahrscheinlich würde er aggressiv reagieren, wenn er mich sah. Wer hätte ihm das auch verdenken können? Schließlich trug ich die Schuld an seinem Unglück. Ich blickte zu Bill, der sogleich verlegen kicherte, und wusste, dass ich nur meinen Charme spielen lassen musste, um hineinzugelangen. Es war womöglich die einzige Gelegenheit, Jeremy zu sehen, mit ihm zu reden und ihm zu erklären, warum ich nicht anders hatte handeln können.

„Ob ich ihn mir wohl ansehen dürfte?"

„Eigentlich darf niemand ohne Richards Erlaubnis hinein."

„Aber ich bin Richards Freundin, für mich wirst du doch bestimmt eine Ausnahme machen. Was soll ich auch anstellen?"

„Nicht viel, nehme ich an. Aber was willst du denn von dem Vampir?"

Nun musste eine schnelle Antwort her, die Bill überzeugte. „Ich … habe noch eine Rechnung mit ihm offen! Er hat mich bedrängt und … angegrabscht! Es ist eine Genugtuung für mich, ihn nun so hilflos zu sehen, wie ich es vorher war."

Bill musterte mich abschätzend von oben bis unten und nickte langsam. „Verstehen kann man ihn, du siehst wirklich sehr hübsch aus." Als er merkte, dass er sich auf dünnem Eis bewegte, verbesserte er sich schnell. „Obwohl ein echter

Gentleman natürlich niemals einer Dame zu nahe treten würde. Also, wenn du unbedingt willst, lass ich dich rein. Aber fass nichts an!"

„Versprochen, du bist ein Schatz, Billy." Ich hauchte ihm ein Küsschen auf die Nasenspitze. Bill errötete und öffnete mir galant die Tür.

„Ich gebe dir 15 Minuten."

„Die reichen vollkommen." Ich trat in den sterilen Raum und atmete tief durch, als ich rechts an der Wand einen Metalltisch entdeckte, auf dem Jeremy völlig entblößt lag – Arme, Beine und Hals waren mit Lederbändern fixiert. Der Ärmste konnte sich keinen Millimeter bewegen. Außerdem hing er an einem Tropf mit einer weißen Flüssigkeit, die, wie ich vermutete, ein Beruhigungsmittel beinhaltete. Sein Anblick schmerzte tief in meiner Seele, noch mehr entsetzte mich jedoch der Maulkorb, den sie ihm umgebunden hatten. Aus Sicht der Jäger war es eine sinnvolle Maßnahme, denn die gefährlichste Waffe eines Vampirs war das Gebiss mit den spitzen Eckzähnen.

Zögernd kam ich näher. Als er abrupt die Augen aufschlug, zuckte ich zusammen, als hätte mich ein Blitz getroffen. Seine Augenbrauen bogen sich nach unten und jeder Muskel seines Körpers spannte sich an.

„Du freust dich sicherlich nicht besonders, mich zu sehen", stammelte ich und hob zitternd die Hand zum Gruß. Langsam kam ich näher. Sein Körper wirkte ausgemergelt. Wer wusste schon, wie viel Blut sie ihm mittlerweile abgezapft hatten? Die Versuchung war groß, ihn zu berühren, doch seine Augen funkelten voller Zorn und Verachtung, sodass ich es nicht über mich brachte. Ein Schauer lief mir den Rücken hinunter, weil ich nun Gewissheit hatte, dass er mich hasste. Doch er sollte zumindest meine Beweggründe verstehen.

„Sie wollen ein Nervengift aus deinem Blut herstellen, um Santagos zu besiegen. Ich hatte keine andere Wahl. Ich musste Richard helfen."

Er schloss gequält die Augen. Meine Worte waren kein Trost für ihn.

„Ich werde Richard bitten, dich frei zu lassen, sobald ..."

„Es ist eine Katastrophe!" Plötzlich waren aufgebrachte Stimmen und wütende Schritte von draußen zu hören, die sich verdammt schnell näherten. Ehe ich mich versah, ging die Tür auf. Ich hatte gerade noch genügend Zeit, mich hinter dem weißen Schrank zu verstecken.

„Alles umsonst!"

„Beruhigen Sie sich, Mister Ignatius."

„Wie soll ich mich beruhigen, Kuklow? Er ist nicht der Vampir, von dem die Prophezeiung spricht. Sein Blut ist zu schwach, völlig wertlos! Genauso wie diese abartige Kreatur, der es gehört!"

„Ziehen Sie keine voreiligen Schlüsse, nur weil die Wirkung des Gifts schnell nachließ."

„Wir testeten es an einem wahnsinnigen, stark geschwächten Audax, der sich trotz der Zufuhr des Giftes innerhalb kurzer Zeit regenerierte! Santagos würde nicht einmal eine kleine Übelkeit spüren, wenn wir es ihm verabreichen!"

Ich hielt den Atem an. Ganz in meiner Nähe hörte ich das Klacken von Absatzschuhen.

„Das bedeutet, es muss einen anderen Vampir geben, der älter und mächtiger ist als Wellingham. Wir sind noch nicht am Ende unserer Suche angelangt. Aber was fangen wir jetzt mit ihm an?“, hörte ich Tanya fragen.

„Mister Ignatius, wenn ich mich einmischen darf? Der Vampir könnte eine Bereicherung für die Konservierungsexperimente in unserer Hauptzentrale in London sein. Es wäre Verschwendung, einen solch starken Organismus zu vernichten.“

„Sie haben recht, Kuklow. Leiten Sie alles Nötige in die Wege und sprechen Sie mit Doktor Vladislav.“

„Und was wird aus Charlie? Sie weiß zu viel.“

„Kuklow wird sich anschließend um sie kümmern. Sie ist eine ehemalige Drogenabhängige. LSD sollte das alte Trauma zurückkehren lassen. Mit etwas Glück landet sie dann in der geschlossenen Anstalt, wo die Leute viel reden, aber niemand ihnen glaubt.“

Tanya lachte gehässig. „Diese Lösung ist eines Ignatius würdig.“

„Ich weiß, sei also immer schön lieb zu mir, wenn du keinen Ärger willst, Babe.“

Sie küsste ihn.

Ich verspürte Übelkeit, die meinen Magen hinaufkroch und sich in meinem gesamten Körper ausbreitete. Richard hatte mich nach Strich und Faden belogen! Schlimmer noch, er war gefährlich! Dieser Kerl ging über Leichen. Er wollte mich außer Gefecht setzen, damit ich niemanden von den Machenschaften des Ordens erzählen konnte.

„Gehen wir“, knurrte Richard und verließ in Tanyas und Kuklows Begleitung den Raum. Es war unfassbar! Richard hatte mich benutzt. Und ich dumme Kuh war auf seine Liebesschwüre hereingefallen. Ich hätte mich ohrfeigen können! Langsam wankte ich zu Jeremys Tisch. So leicht würde ich es diesem Bastard nicht machen. Richard glaubte, er hätte schon gewonnen. Aber da täuschte er sich!

„Hör mir zu, Jeremy, ich werde dich jetzt befreien. Mach mir bitte keine Schwierigkeiten. Wir müssen hier raus! Du hast selbst gehört, was sie mit uns vorhaben.“

Ich wollte mich gerade an seiner Halsfessel zu schaffen machen, als erneut die Tür aufging. Entsetzt fuhr ich herum und blickte in Bills grüne Augen.

„Mein Gott, hast du mich erschreckt!“, stieß ich hervor.

„Und du mich! Haben sie dich nicht entdeckt?“ Die Verwunderung stand ihm ins Gesicht geschrieben.

„Nein, ich konnte mich hinter dem Schrank verstecken. Ich wollte dich nicht in Schwierigkeiten bringen, weil du Richards strikte Anweisungen missachtet hast.“

„Das ist wirklich nett von dir.“ Er lächelte verlegen. „Aber jetzt muss ich dich bitten zu gehen, bevor Kuklow zurückkommt. Er führt gerade ein wichtiges Telefonat mit London.“

Neckisch griff ich nach dem Kragen von Bills schwarzem Anzug und sah ihn verführerisch an. „Das heißt, wir haben nicht mehr genügend Zeit für uns?“

„Genüg … genügend Zeit …. na ja ... er sagte, er würde eine halbe Stunde brauchen. Wenn das ausreicht?“ Bill schluckte und lockerte seine Krawatte.

„Doch, das reicht völlig.“

„Was ... hast du denn vor?“
„Hast du es denn nicht gemerkt, Billychen? Ich bin scharf auf dich.“
„Oh …“ Bill stolperte zurück und ließ sich auf einen Stuhl fallen. „So etwas ist mir ja noch nie passiert!“
„Mach dich frei.“
„Was? Hier?“
„Ja!“
„Das wird Mister Ignatius gar nicht gefallen. Lass uns zu mir nach Hause fahren, ich habe in einer halben Stunde Feierabend.“
„Ich will dich aber jetzt, Billylein. Mit Haut und Haaren. Grrrrr!“ Ich setzte mich zwischen seine Beine und legte meinen Kopf in seinen Schoß, wo ich eine deutliche Ausbeulung spürte.
„Oh, man, oh, man!!!“ Billy öffnete seine Hose, zog sie ein Stück weit hinunter und befreite seinen Penis aus der Unterhose.
„Mein Gott!“, stieß ich gespielt theatralisch hervor. „Solch einen Großen habe ich noch nie gesehen!“
„Ehrlich?“
„Oh ja, Billy. Wenn du wüsstest, wie unglaublich feucht ich jetzt bin!“
Er starrte mich mit geöffnetem Mund an.
„Sag mir, Billy, du hast wohl noch nicht viel Erfahrung mit Frauen, mh?“
„Ehrlich gesagt, nicht. Ich hoffe, das ist nicht schlimm?“
„Aber nein, dann werde ich die Erste sein, die dich in die Geheimnisse der Liebe einführt. Regel Nr. 1: Kleidung beim Sex ist mega out. Zieh dich aus, Darling, damit ich es dir richtig besorgen kann. Ich würde so gern an deiner Eichel lutschen.“
„Oh … na schön, da sag ich nicht nein.“
Ich beobachtete ihn dabei, wie er sich nach und nach entblätterte und blickte mich derweil nach einem Gegenstand um, den ich ihm über den Kopf ziehen konnte. In einem Bücherregal entdeckte ich eine Buchstütze in Form einer Weltkugel, die mir dienlich sein konnte. Bedauerlicherweise befand sich das Regal am anderen Ende des Raumes. Ich wollte gerade vorschlagen, dorthin zu gehen, als Billy sich auf den Stuhl zurücksetzte, die Hand auf meinen Kopf legte und ihn in seinen Schoß drückte.
„Wir können anfangen“, sagte er freudig.
Ich wollte protestieren, doch kaum hatte ich den Mund geöffnet, drang sein Schwengel in freudiger Erwartung in mich ein.
„Oh, das machst du wirklich gut, Charlie“, lobte er mich und bewegte meinen Kopf vor und zurück. Seine Begeisterung schien keine Grenzen zu kennen. Ich krallte mich in seine Oberschenkel und ließ es geschehen. Früher oder später würde er kommen, und ich war erlöst. Zu meinem Glück geriet er überraschend schnell in Ekstase.
„Schluckst du auch?“, fragte er, aber es drang nur ein Stöhnen aus meiner Kehle. „Ich deute das als ja. Dann mach schön weit den Mund auf, jetzt gibt’s Happi Happi.“

Ich würgte sein Sperma hinunter und knurrte, dass er mich endlich loslassen möge.

„Jetzt bin ich keine Jungfrau mehr“, freute er sich und sprang auf, um sich wieder anzukleiden.

„Warte! Hast du nicht etwas vergessen?“

Nachdenklich kratzte er sich an seinen Hoden. „Nein?“

„Doch, hast du. Was ist mit mir?“

„Oh, hat dir das nicht gereicht?“

Ich verzog das Gesicht zu einer Grimasse. „Ich sehe schon, du musst noch viel über uns Frauen lernen. Also komm mit dort rüber, ich will, dass du mich vor dem Bücherregal leckst.“

Ich dirigierte ihn zu der Stelle, an der ich ihn haben wollte, lehnte mich mit dem Rücken gegen das Regal und zog meine Hose samt Slip hinunter. Mein Anblick schien ihn zu faszinieren.

„Auf die Knie!“, befahl ich.

„Darauf steh ich“, gab er aufgeregt zurück und hockte sich zwischen meine Schenkel.

„Schließ die Augen und lass deine Zunge agieren.“

„Ich weiß nicht wie …“

„Sei zärtlich. Ich werde dich führen. Alles klar?“

„Klar …“

Vorsichtig berührte seine Zungenspitze meine Schamlippe. „Ist das gut so?“

„Es ist perfekt“, zischte ich, griff mit einer Hand in seinen Haarschopf, presste sein Gesicht fest an meine Scham, schnappte mit der anderen Hand die Weltkugel und schlug sie mit Wucht gegen seinen Schädel. Bill verdrehte die Augen und kippte um. Als er reglos vor mir lag, bekam ich Panik. Hatte ich ihn etwa umgebracht? Ich ließ die Kugel auf den Boden fallen und bückte mich, um nach seinem Puls zu suchen. Ich fand ihn an seinem Hals und stellte erleichtert fest, dass sein Herz nach wie vor kräftig schlug. „Tut mir wirklich leid, Bill. Ich glaube, du bist eigentlich ein netter Kerl. Aber ich musste dich ausschalten.“ Ich griff nach meiner Kleidung und zog mich blitzschnell an, schnappte mir Billys Sachen und eilte zu Jeremy, um ihn zu befreien.

„Entschuldige, hat etwas länger gedauert.“

Ich öffnete die Lederbänder, nahm ihm den Maulkorb ab und zog vorsichtig den Schlauch aus seinem Körper. Zitternd richtete er sich auf. Ich versuchte ihn, so gut es ging, zu stützen – doch der starke Blutverlust hatte ihn sehr geschwächt. Hinzu kam, dass das Beruhigungsmittel noch immer nachwirkte.

„Bist du okay?“, fragte ich besorgt, als seine Hand plötzlich vorschnellte und meine Kehle umschloss.

„Nein!“, stöhnte ich. „Bitte nicht. Ich wollte doch nur …“

„Was wolltest du?“, knurrte er und sah mich an wie ein tollwütiges Tier.

„Dir … helfen …“

Seine Augen wurden zu kleinen Schlitzen! „Das ich nicht lache“, spuckte er aus.

„Es ist … die … Wahrheit …“

„Ich sollte dich auf der Stelle aussaugen …“

„Nein!“

„… aber ich habe immer noch zu viel Respekt vor dem Leben. Verschwinde und komm mir nie mehr unter die Augen.“ Er stieß mich zurück.

Fassungslos starrte ich ihn an. „Ich habe dich befreit!“

„Du hast mich hintergangen!“ Er setzte die Beine auf den Boden und kam mit einem bedrohlichen Funkeln in den Augen auf mich zu. Doch schon nach den ersten Schritten sank er stöhnend in die Knie, weil er sein eigenes Gewicht nicht tragen konnte.

„Jeremy! Ist alles in Ordnung?“ Ich hockte mich zu ihm und streichelte ihm über den schweißnassen Rücken.

„Ich brauche Blut ...“

„Dann nimm meines!“

„Das geht nicht. Ein Biss von mir … würde dich in eine … Vampirin verwandeln.“

Ich blickte mich um und entdeckte ein Skalpell in einer Instrumentenschale. Hastig griff ich nach dem Messer und setzte es an meinen Unterarm.

„Wer hat gesagt, dass du mich beißen musst?“ Ich biss die Zähne zusammen und schnitt mir tief ins eigene Fleisch. Dann setzte ich mich zu ihm und hielt ihm meinen blutenden Unterarm hin. „Trink!“

Jeremy schüttelte den Kopf und wies mich mit einer abwehrenden Handbewegung zurück.

„Bitte, sei nicht so verdammt stur! Wir haben nicht mehr viel Zeit. Kuklow wird jeden Moment hier sein!“

„Es hat alles keinen Sinn mehr.“

Ich griff nach seinem Kinn und führte es zu meinen Wunden, in der Hoffnung, dass ihn der Geruch des Blutes schwach machte. Aber er widerstand der Versuchung.

„Jeremy, trink! Bitte, trink.“

„Lass mich ...“ Er riss sich von mir los und kippte geschwächt zur anderen Seite. Wütend rieb ich meine Finger über die frischen Verletzungen, den Schmerz ignorierend, bis sie voller Blut waren. Dann beugte ich mich über ihn und steckte sie ihm einen nach dem anderen in den Mund, damit er das Blut schmeckte und seine vampirische Gier erwachte. Zuerst nur zögerlich, doch dann begann er immer fester an meinen Fingern zu saugen. Seine Lippen wanderten über meine Hand hin zu meinem Unterarm, den er wie ein ausgehungertes Tier ableckte. Endlich siegte der animalische Instinkt über seinen Verstand. Seine Haut, die vorher in einem zarten Grau geschimmert hatte, nahm eine rosige Farbe an, und das Leben kehrte in seinen eingefallenen Körper zurück.

Mir war einen Moment lang schummerig vor den Augen, weil er zu viel Blut getrunken hatte. Doch die Übelkeit schwand schnell. Erschöpft und gesättigt wischte er sich über den Mund und sah mich mit einer Mischung aus Zorn und Dankbarkeit an.

„Was immer du mir zu sagen hast, jetzt ist nicht der rechte Zeitpunkt. Ich werde nun gehen. Du kannst mit mir kommen, wenn du willst“, sagte ich ernst und richtete mich auf, um mir ein Tuch zu suchen, mit dem ich mir die blutigen Stellen verbinden konnte.

„Und was willst du?“

Ich lächelte, als ich sah, dass sich seine harten Züge aufhellten. „Ich will, dass du mit mir kommst.“

Er schüttelte ungläubig den Kopf.

„Zweifle nicht an meinen Worten. Es ist mir ernst, Jeremy.“

Abschätzend sah er mich an. Ich fürchtete, er würde die falsche Entscheidung treffen, weil er mir noch immer misstraute, doch dann sagte er zu meiner Überraschung: „Alles ist besser, als hier auf den Tod zu warten.“

„Ein wahres Wort, mein Freund.“

Ich durchwühlte Bills Hosentasche nach dem Schlüssel für den Fahrstuhl und reichte dann Jeremy die Kleidung des jungen Mannes, die ihm glücklicherweise recht gut passte. Ungesehen gelangten wir zum Lift und fuhren ins Erdgeschoss hinauf. Mein Wagen stand noch immer im Innenhof des Gewerbekomplexes. Es waren nur wenige Schritte, die uns von der Freiheit trennten. Eilig hechteten wir durch die Eingangshalle. Durch die großen Fenster sahen wir meinen Rover und legten noch einen Schritt zu, da erklang eine tiefe Stimme hinter uns.

„Miss Lawrence, so spät noch unterwegs?“

Ich blieb vor Schreck auf der Stelle stehen und drehte mich langsam zu den beiden Jägern um, die uns fast eingeholt hatten.

„Mister Ignatius hat angeordnet, dass Sie das Gebäude nicht verlassen dürfen“, fügte er scharf hinzu.

„Davon weiß ich nichts!“

„Bitte begeben Sie sich in den dritten Stock in Mister Ignatius Büro zurück.“

„Ich wollte nur kurz zu meinem Auto, um … den Stadtplan zu holen. Weil … ich mir … Liverpool ansehen möchte, die Sehenswürdigkeiten, Sie verstehen? Natürlich erst morgen bei Tageslicht. Wie Sie sehen, bin ich auch in Begleitung eines Jägers unterwegs. Die wenigen Schritte werden Sie mir doch bestimmt gestatten, oder?“

Der erste Jäger hob den Kopf und blickte zu Jeremy. „Ich kenne Sie nicht. Drehen Sie sich bitte um.“

Ich seufzte innerlich. Wenn er Jeremy an seiner hellen Haut und den silberblonden Haaren erkannte, war alles aus, und unsere Flucht endete kurz vor dem Ziel in einem Desaster.

„Umdrehen, habe ich gesagt!“, knurrte der Jäger und ging einen Schritt auf Jeremy zu. Dieser ignorierte den barschen Befehl.

„Sind Sie taub?“ Nun standen sich die beiden Männer Aug in Aug gegenüber, und die starre Miene des Jägers verzog sich zu einer Maske des Entsetzens.

„Es ist der Vampir!“, stieß er atemlos hervor. In diesem Moment traf ihn Jeremys Faust, er taumelte zurück und stürzte zu Boden. Der dickleibige Kollege zog sein Mobiltelefon aus der Hosentasche, um Alarm zu schlagen. Ich zögerte nicht länger, stürzte mich auf ihn und riss ihm das Handy aus der Hand. Schwungvoll warf ich es in eine Ecke, wo es zerschellte.

„Na warte, du kleines Miststück!", knurrte der Dicke, streckte die Arme nach mir aus und warf sich auf mich. Seine Masse riss mich zu Boden und raubte mir die Luft zum Atmen. „Jetzt bist du dran, Kleine!"

Er wollte gerade ausholen, um mir mit voller Wucht ins Gesicht zu schlagen, als ihn jemand von hinten packte und von mir herunterzog. Es war Jeremy. Er wirbelte seinen Gegner herum und prügelte ohne Unterlass auf ihn ein, bis er sich kaum noch auf den Beinen halten konnte und zu torkeln begann. Ein eleganter Kick in die Magengrube setzte den Dicken endgültig außer Gefecht. Er sank neben seinem Kollegen auf den Boden und blieb reglos liegen.

Ich schnappte mir den Schlüssel aus seiner Hosentasche, schloss die Tür auf und stürmte mit Jeremy ins Freie. Von hier aus war es nur noch ein Katzensprung bis zu meinem Wagen. So schnell wir nur konnten, rannten wir zum Rover und stiegen erleichtert ein. Ich manövrierte uns aus der Gefahrenzone und fuhr über mehrere Umwege zum Stadtrand, in der Hoffnung, eventuelle Verfolger abgehängt zu haben. Wir wussten, dass unsere Flucht nicht lange unbemerkt bleiben würde. Doch wir konnten zumindest unseren Vorsprung ausbauen und untertauchen.

„Fahr mich bitte nach London. Die Loge Condannato muss von diesem Wahnsinn erfahren."

Ich nickte.

Während wir durch die Straßen rasten, wurde Jeremy sehr schweigsam. Auch ich zog mich in meine Gedankenwelt zurück. Ich dachte über den schönen Engel nach, der neben mir saß und gleichzeitig stark und verletzlich wirkte. Was mochte in ihm vorgehen?

„Verzeih mir", sagte er plötzlich. Ich sah ihn fragend an. „Wegen vorhin. Vielleicht habe ich dich falsch eingeschätzt."

„Das kann ich dir nicht verübeln. Schließlich wusste ich selbst nicht, auf welcher Seite ich stehe."

„Ich habe deine Zweifel gespürt. Aber nun bist du dir sicher, wohin du gehörst?"

„Ich denke schon."

Erneut herrschte Schweigen. Ja, ich war mir jetzt sicher. Richard war nicht der Mann, dem mein Herz gehörte. Vielleicht war es falsch, meine wachsende Zuneigung für Jeremy Liebe zu nennen. Aber wie sollte ich die Aufregung, das Pochen in meiner Brust, wenn er in meiner Nähe war, sonst beschreiben?

„Es ist alles sehr unglücklich gelaufen." Er strich eine silberne Strähne aus seinem Gesicht, blickte mich aber nicht an. „Als ich dich traf, geschah etwas mit mir, das mich veränderte. Ich konnte wieder fühlen. Meine Empfindungen für dich waren so stark und richtig, dass ich anfing, an Wunder zu glauben. Nach dem Tod meiner geliebten Sophie hatte ich verlernt zu lieben. Ich zog mich in die Highlands zurück und lebte für lange Zeit einsam und zurückgezogen in einer Höhle, wo ich jeglichen Lebensmut verlor, die Aufnahme von Tierblut verweigerte und schließlich in eine Jahrzehnte lange Starre fiel. In diesem Zustand fanden mich die Menschen. Sie belebten mich wieder und hielten mich gefangen, benutzten Waffen und Geräte, die mir fremd waren, um mich zu quälen. Die Welt hatte sich verändert, sie machte mir Angst. Ich fühlte mich einsamer denn je, denn jeder schien mir feindlich gesonnen. Aber dann änderte sich meine Einstellung. Ich sah, dass das Leben nicht nur schlecht war und beschloss, mich ihm wieder zuzuwenden. Ich ging auf die Brücke, um über meine Zukunft nachzudenken, denn ich spielte mit dem Gedanken zur Loge Condannato zurückzukehren und mich mit Dorian Everheard zu versöhnen. Als du mich, einem dir völlig Fremden, von einem vermeintlichen Selbstmord abhalten wolltest, war ich zutiefst gerührt. Nach so langer Zeit sorgte sich wieder jemand um mich und verscheuchte die Kälte, die sich in meinem Herzen ausgebreitet hatte. Du warst so wunderschön und wecktest Liebe in mir. Ich konnte dich nicht vergessen und musste dich unter allen Umständen wiedersehen."

Eine Träne der Rührung tropfte über meine Wange. Ich hatte nicht gewusst, wie stark seine Gefühle für mich waren, wie viel Leid er hatte ertragen müssen und wie traurig seine Lebensgeschichte war. Doch schon seine nächsten Worte sollten mir das Herz brechen.

„Was soll ich von dir halten, Charlie? Du hast mir den Himmel gezeigt, um mich anschließend in die Hölle zu führen. Ich weiß nicht mehr, was ich für dich empfinden soll."

Als Charlenes Erinnerungen Pennys Geist freigaben, zitterte die Klonfrau. Sie öffnete die Augen und fand sich in Johns Armen wieder. Er saß auf dem Bett mit dem Rücken gegen die Wand. Erschöpft lehnte sie den Kopf gegen seinen Brustkorb und genoss seine Nähe. Er strahlte eine unglaubliche Stärke aus, genau das, was sie in diesem Moment brauchte. Nach allem, was sie durch die Erinnerungen erfahren hatte, war sie durcheinander. Ihre Stirn fühlte sich heiß an. Ob sie Fieber hatte?

John hielt ihr ein Glas an den Mund. Gierig trank Penny. Der Strick, mit dem sie ans Bett gefesselt gewesen war, lag auf dem Nachttisch, ebenso Maske, Schal und Knebel. Glücklich, wieder sehen und hören zu können und auch ihre Bewegungsfreiheit wieder erlangt zu haben, versuchte sie zu sprechen, aber John legte den Zeigefinger an ihre Lippen.

„Scht, komme erst zu dir. Nimm dir Zeit."

Zeit war etwas, was sie nicht hatte. „Wie spät ist es? Ich muss arbeiten. Der SKY TRAIN ..."

„... kommt erst in einer Stunde", brachte er ihren Satz zu Ende und legte den Arm um ihre Hüfte, damit sie nicht aufstehen konnte. „Zuerst dachte ich, der Orgasmus hätte dich so aus den Socken gehauen, dass du postwendend eingeschlafen bist. Doch dann hast du schwer geatmet, selbst noch, als ich den Knebel entfernt hatte. Deine Pupillen zuckten unter den geschlossenen Lidern. Ich befürchtete, du würdest einen epileptischen Anfall bekommen." Zärtlich strich er eine braune Locke aus ihrem Gesicht.

„Es geht schon. Danke." Wie weise wäre es, ihm zu erzählen, dass die Erinnerungen einer Vampirjägerin in ihr erwacht waren? Auch wenn er dem System nicht positiv gegenüber stehen würde, würde es ihn sicher nicht erfreuen zu hören, dass sein Klon von einem Menschen abstammte, der einen Vampir abscheulichen Experimenten zugeführt hatte. Ein Mensch und ein Vampir, damals wie heute kein alltägliches Bild. Mutig hatte Charlie sich zu Jeremy bekannt, ihn gerettet und war gemeinsam mit ihm geflohen.

Wenn John wenigstens ein Vampir der Loge Condannato wäre, wie Jeremy es war, dachte Penny und rieb sich mit der Handfläche über die Stirn.

John zog sie sanft ein Stück höher und sah ihr tief in die Augen. „Was ist mit dir geschehen? Was ist los?" Als sie seinem Blick auswich, nahm er ihr Kinn und zwang sie, ihn anzuschauen. „Ich will es wissen und zwar sofort!"

„Mir geht es gut. Ich bin nicht krank."

„Was ist es dann?", fragte er scharf. „Als du das erste Mal weggetreten bist, nach dem ...", er hob spöttisch die Augenbrauen, „... Unfall, dachte ich, du wärst ohnmächtig geworden aufgrund der Strapazen. Nun, da du schon wieder das Bewusstsein verloren hast, weiß ich, es steckt mehr dahinter."

„Der Höhepunkt war so gewaltig." Das klang zu fadenscheinig. Penny konnte sich selbst ein Schmunzeln nicht verkneifen.

„Offensichtlich geht es dir besser. Immerhin hast du schon wieder den Schalk im Nacken." Er ließ ihr Kinn los und tippte ihr mit dem Zeigefinger auf die Nasenspitze. „Nichtsdestotrotz verlange ich eine Antwort. Oder soll ich nachhelfen und deine Zunge lockern?"

Seine Macht griff nach ihr. Sie spürte es wie einen Schatten, der sich über die Sonne legt, und sie frösteln ließ. Alles, was sie hervorbrachte, war ein Stöhnen. Schon gab John sie wieder frei. Es war nur eine Demonstration, was er mit ihr machen könnte, wenn sie weiterhin bockig wäre.

Sie schien keine andere Wahl zu haben. Zögerlich sprach sie: „Es begann, nachdem du mir dein Blut zu trinken gegeben hast."

„Deine Ohnmacht hat etwas mit meinem Blut zu tun?"

Penny nickte. „Ich denke – also, ich bin der Meinung, ich weiß es nicht genau, es sind nur Vermutungen", stammelte sie.

Auf einmal legte er seine Hand auf ihren Mund. „Atme durch, tief und fest, süßes Reprodukt, und dann sag mir endlich die Wahrheit. Ich bin ungeduldig. Lass mich länger warten, zögere weiter und meine Geduld ist am Ende. Du bekommst keine zweite Chance. Hast du verstanden?"

Als sie blinzelte, nahm er die Hand fort. „Es klingt so unwahrscheinlich", begann sie zaghaft. „Dein Blut, es hat etwas mit mir gemacht."

„Es hat dein Leben gerettet." Ungeduldig wickelte er eine ihrer Haarsträhnen um seinen Zeigefinger.

„Dafür bin ich dir ewig dankbar."

„Und an mich gebunden."

Unbeirrt des lüsternen Funkelns in seinen Augen fuhr sie fort: „Etwas ist in mir aufgebrochen. Anders kann ich es nicht sagen. Es schlummerte in mir, und nun offenbart es sich mir bruchstückhaft."

Er betonte jedes Wort, als er wissen wollte: „Was ist ‚es'?"

„Zuerst vermutete ich, es wären Visionen oder Tagträume, hervorgerufen durch die Verletzung. Es ist eine Art Trance, in die ich falle."

Seine Finger vergruben sich in ihrem Haar. Er zog ihren Kopf so nah an sein Gesicht heran, dass sie schon dachte, er wollte sie küssen. Stattdessen knurrte er:

„Versuche mich nicht hinzuhalten. Ich habe dir schon genug Geheimnisse zugestanden. Jetzt ist Schluss!“

„Es sind Erinnerungen“, beeilte sich Penny zu sagen.

Verdutzt ließ er ihr Haar los. „Aber du erinnerst dich doch an alles, was vor dem Unfall war!“

„Nicht meine Erinnerungen, sondern die von Charlene Lawrence“, erklärte sie. „Ich wurde aus ihrer DNA geklont.“

„Unglaublich! Wie kann es sein, dass du dich an ihr Leben erinnerst, wo dein Gehirn doch vor der Erweckung elektrisch vorbehandelt wurde?“

„Es ist etwas in deinem Blut, nehme ich an, das dies möglich gemacht hat. Dein Blut ist etwas Besonderes.“

„Unsinn!“, fuhr er sie plötzlich an. Seine Miene war finster, fast bedrohlich.

Vorsichtig korrigierte sie sich: „Es ist besonders stark, weil du schon lange lebst.“

„Viele Jahrhunderte.“ John winkelte das rechte Bein an und legte den Arm auf das Knie. „Vielleicht zu viele.“

„Sag das nicht!“ Mit einmal Mal wurde ihr bewusst, dass der Gedanke, er könnte nicht mehr bei ihr sein, schmerzte. Sie kannte ihn doch erst wenige Tage. Zudem schickte er sie durch ein Bad der Gefühle. Was fand sie nur an ihm? Möglicherweise mochte sie genau die Unverschämtheit an ihm, die sie aber auch ebenso entsetzte. „Wer hat dich zum Vampir gemacht?“

„Wie bitte?“

„Wer hat dich gebissen?“, wiederholte sie mit anderen Worten. „Es kann doch sein ...“

„Nein, kann es nicht!“ Schwungvoll stand er auf und ging zum Fenster. Er zog die Jalousien ein Stück hoch. Schweigend schaute er in die Dämmerung hinaus.

Dachte er darüber nach, wie es war, als er noch im Freien sitzen und den Sonnenaufgang beobachten konnte? Penny ging zu ihm. Sie hatte nicht den Mut, die Arme um ihn zu legen, aber sie stellte sich so nah an seinen Rücken, dass sie ihn berührte.

„Tut mir leid. Gedanken an die Vergangenheit tun immer weh, selbst mir, obwohl ich erst vier Jahre lebe.“ Da er stumm blieb, fuhr sie fort: „Ich finde es schlimm, weil ich keine Eltern habe. Es gibt niemanden, der mich geboren hat, der mich die Dinge gelehrt hat, die man für den Alltag braucht, und der immer für mich da ist aufgrund der starken Familienbande.“

Er flog herum. „Hör auf!“

„Habe ich etwas Falsches gesagt?“

Mit gerümpfter Nase sprach er: „Was weißt denn du von diesen Dingen? Wie du schon richtig meintest, du hast keine Familie und somit auch keine Ahnung.“

Tränen schossen in ihre Augen. Sie erwiderte aufbrausend: „Nein, habe ich nicht, aber ich würde alles dafür tun, eine zu haben.“

„Eine Mutter kann dich verstoßen, ein Vater dich schlagen. Wie würde dir das gefallen? Hast du schon jemals daran gedacht, dass Familie wehtun kann? Du malst dir in rosaroten Tagträumen aus, wie es wäre, dich in die Arme deiner Mutti zu kuscheln, deinen Paps um Hilfe zu bitten, wenn jemand böse zu dir war. Aber das sind Illusionen, Hirngespinste. Die Wahrheit sieht anders aus." Er redete sich in Rage.

„Wie sieht sie denn aus?", keifte sie herausfordernd.

„Das willst du gar nicht hören. Du möchtest weiter in deinen Fantasien leben."

„Ich kann die Wahrheit vertragen. Wie sieht das richtige Leben aus?"

„Beschissen!"

„Wie beschissen?"

„Brutal und einsam."

Plötzlich fragte sie behutsam: „Wer hat dir wehgetan?"

Einen Moment lang starrte John sie fassungslos an. Seine Augen glänzten. Er hatte die Hände zu Fäusten geballt. Dann schritt er zum Bett, setzte sich und vergrub das Gesicht in den Händen.

Penny kam zu ihm. Sie nahm neben ihm Platz und streichelte seinen Rücken. Zuerst wollte sie weiter fragen, aber sie entschied, ihm Zeit zu geben. So saßen sie schweigend zusammen, und jetzt war es das erste Mal, dass John die Zuwendung nötig hatte – und vielleicht sogar ihre Hilfe und ein offenes Ohr brauchte.

Als er aufsah, war er wieder der alte John Doe, gefasst und hart. Da war nur diese Traurigkeit in seinen Augen, die Penny nicht verborgen blieb.

„Du hattest nach meinem Blut gefragt", fing er an. „Ja, da ist etwas drin. Es liegt an demjenigen, der mir zweimal das Leben schenkte – als Mensch und als Vampir."

Penny hielt mit ihren Streicheleinheiten inne. „Du meinst ..."

„Es ist ein und derselbe Mann." Angewidert schnaubte er. „Ich wünschte, er hätte es nicht getan. Aber ich werde mich rächen."

„An deinem Vater? Kannst du dich nicht mit ihm versöhnen?"

„Ausgeschlossen! Er hat meine Mutter im Blutrausch getötet. Er war ihrer überdrüssig, und so löschte er ihr Leben aus, um sich an ihr satt zu trinken. Ich habe es gesehen."

„Du warst dabei?" Penny war fassungslos.

„Ich war 10 Jahre alt – zu jung, um einzugreifen, und zu alt, um das zu vergessen, was ich gesehen habe. Damals hieß ich noch Bartholomew. Schockiert und verängstigt saß ich in der Ecke. Mein Vater lächelte mich an und gab mir ein Versprechen."

Pennys zitternde Hand ergriff die von John. „Welches?"

„Mich zu holen, wenn ich alt genug wäre. Er würde mich nicht alleine lassen, hätte Pläne mit mir. Ab dem achtzehnten Lebensjahr rechnete ich damit, dass mein Vater auftauchen würde. Ich trainierte hart für diesen Moment, lernte Kampfsport und meditierte, um den übernatürlichen Fähigkeiten zu widerstehen, die mein Vater bei mir anwenden würde. Wie könnte ich ihm jemals verzeihen, dass er meine Mutter tötete? Doch er kam erst, als ich schon 30 war."

„... und hat dich gebissen ..."

Er nickte.

„Dein Vater ist ein besonderer Vampir", mutmaßte sie. „Kenne ich ihn?"

„Sein Name lautet ...", er zögerte, „... Santagos."

Penny erstarrte. Sie glaubte nicht, was sie hörte. John hielt sie zum Narren! Er konnte unmöglich der Sohn des Prime Lords sein. Gerüchte gab es, dass Santagos einen Nachkommen besaß, aber das war nur Gerede. Es gab keine Beweise. Jeder ging davon aus, dass Santagos' Sohn seine rechte Hand wäre, würde er tatsächlich existieren. Doch hier saß er neben Penny, mit hasserfüllter Miene und Gram in den Augen.

Verächtlich sah er auf. „Sehnst du dich immer noch nach Eltern?"

Sie traute sich nicht zu antworten. Verwirrt wirbelten ihre Gedanken durcheinander. Konnte sie glauben, was John ihr erzählte? Er war nicht der Typ, der sich aufspielte, indem er eine Geschichte erfand. Aber das war alles so bizarr!

Die Maske kam ihr in den Sinn. Sie dachte an den Rauch, den sie an der Mütze und an John gerochen hatte, erinnerte sich des Berichts über den Feuerteufel und daran, dass John zugab, in Fabriken und Wohnhäuser einzubrechen.

Sie fasste sich ein Herz und äußerste eine Vermutung: „Warum führst du im Alleingang maskiert Sabotageakte durch?"

„Weshalb bist du Mitglied bei den Rebellen?", entgegnete er und schmunzelte verbissen. „Halte mich nicht für dumm."

„Das tue ich nicht", erwiderte sie eilig. Bei allem, was vorgefallen war, hatte er leicht eins und eins zusammenzählen können. „Du hast mich nicht bei den Sniffern verraten."

„Wieso sollte ich? Wir wollen beide den Tod von Santagos." Unerwartet bog er ihren Körper zurück und neigte sich über sie. „Aber denke nicht, dass wir am selben Strang ziehen! Die Rebellen interessieren mich nicht. Haben wir uns verstanden?"

Sie nickte, schmiedete aber insgeheim Pläne, wie sie John davon überzeugen konnte, der Rebellion beizutreten. Es würde nicht einfach werden. Dass er ein Einzelgänger war, war offensichtlich. Seit Jahrhunderten verfolgte er einsam seine Rachepläne. Man würde ihn nicht von heute auf morgen zu einem Teamplayer machen können. Aber es war Pennys größter Wunsch, dass er auch ein Rebell werden würde. Der Grund lag auf der Hand – sie hatte sich in ihn verliebt.

„Hör auf damit!"

„Womit?" Sie hatte keine Ahnung, wovon er sprach.

„So einvernehmend zu lächeln." Seine Stimme klang gefährlich. Dennoch lag ein Hauch von Laszivität darin. „Denk nicht einmal darüber nach, mich umzustimmen. Ich habe nicht vor, die Regierung zu stürzen. Nur Santagos interessiert mich. Er ist meine Zielscheibe. Ich lauere, bis ich die Chance erhalte, mich zu rächen. Bis dahin gebe ich ihm unmissverständliche Zeichen, dass sein Sohn noch lebt und Jagd auf ihn macht, indem ich seine neue Ordnung sabotiere und den Namen ‚Bartholomew' hinterlasse."

Letzteres wurde in den Nachrichtensendungen nicht erwähnt. Das war zu persönlich. Penny dachte an die Erinnerung von Charlene Lawrence. Der Orden des heilbringenden Lichts hatte versucht, aus Jeremys Blut ein Nervengift herzustellen, doch sein Blut war nicht kräftig genug gewesen. Eventuell hatte Santagos einen großen Fehler begangen, indem er Bartholomew vor Jahrhunderten zum Vampir machte, denn nun floss ein Teil von seinem Blut in Johns Adern. Das musste etwas zu bedeuten haben. Zumindest war es eine Chance.

Penny wollte unbedingt mit den Rebellen reden. Vielleicht gab es eine Möglichkeit, aus Johns Blut ein Mittel zu entwickeln. Damals hatte Santagos den Audax Vampiren sein Blut zu trinken gegeben, damit sie stärker wurden und Vita Eterna überrennen konnten. Man müsste das wiederholen, oder diese Information auf eine andere Weise nutzen. Die Laboranten, die einige Waffen bauten, die die Rebellen nutzten, wussten gewiss Rat.

Ein Gong ertönte. Murrend gab John Penny frei, damit sie sich ankleiden und zur Haltestelle des SKY TRAINS auf dem Dach gehen konnte. Gedankenversunken stieß sie mit anderen Klonen zusammen, die ebenfalls in den oberen Etagen wohnten und das Treppenhaus benutzten, anstatt den Aufzug. Penny hörte nicht ihr Gezeter, dass sie besser aufpassen sollte. Sie ignorierte alles um sich herum, weil sie nur an das Neurotoxin dachte. Wäre sie doch nur eine Ärztin! Aber angesehene Berufe durften nur Vampire erlernen, oder sie waren bereits vor ihrer Wandlung unterwiesen worden. Klone dagegen verrichteten nur niedere Arbeiten. Alles, was die Rebellen sich an Wissen angeeignet hatten, war autodidaktisch erlernt – oder die verbliebenen Mitglieder Vita Eternas hatten die Kenntnisse vermittelt.

Penny kam sich so dumm vor. Sie blickte sich im Abteil der Magnetschwebebahn um, betrachtete die anderen in Weiß gekleideten Reprodukte und kam sich wie ein Teil einer Horde Schafe vor, die zum Scheren antreten mussten. Welche Fähigkeiten besaß sie denn schon? Sie machte nur Ärger. Mehr nicht.

Hoffentlich vergessen die Rebellen die Nachlässigkeit bei George Slay, wenn ich ihnen Santagos' Sohn liefere, dachte sie. Sofort meldete sich ihr Gewissen. John hatte ihr Leben gerettet. Er hatte sie mit einer Leidenschaft bekannt gemacht, die sie bis ins Mark erregte, und ja, auch ihr Herz erobert. Doch es durfte nicht sein, was nicht sein durfte. Selbst unter den Rebellen gab es selten Beziehungen zwischen Vampiren und Menschen. Somit war die Hoffnung, dass aus ihr und John ein Paar werden könnte, gering – auch dann, wenn er gegen seine Überzeugung der Rebellion beitreten sollte.

Aber die Hoffnung stirbt zuletzt, sagte sie zu ihrem Spiegelbild im Fenster des Zugabteils. Sie dachte an Charlene Lawrence – Charlie, das klang persönlicher, immerhin stammte Penny in gewisser Weise von ihr ab. Als könnte sie Charlie berühren, legte Penny die Handfläche gegen die Scheibe. Wie gerne hätte sie mit der jungen Frau aus dem 21. Jahrhundert gesprochen, ihr Fragen über das Nervengift gestellt – aber auch über intimere Dinge! Charlie war unter normalen Umständen aufgewachsen. Sie war ein Kind gewesen, hatte Eltern besessen, und ihre ersten sexuellen Erfahrungen als Teenager gemacht. Penny dagegen besaß keine leiblichen Verwandten. Sexualität lernte sie im Zeitraffer und in Selbstversuchen. Anfänglich hatte sie gedacht, Guy wäre ihre erste große Liebe. Doch nun, da sie John kannte, der mit Pauken und Trompeten in ihr Leben getreten war, begriff sie, dass es damals nur eine Verliebtheit war. Wahrscheinlich hatte sie Guy sogar missbraucht. Um ihre eigene Lust zu stillen, hatte sie sich ihrem besten Freund hingegeben, neugierig und unbeholfen wie ein Kätzchen, genauso wie er. Während er noch immer an ihrer „Beziehung“ festhielt, sehnte sie sich nach John. Sie grübelte, ob es nicht besser wäre, bei Guy zu bleiben. Er kannte sie gut. Sie waren Freunde und standen auf der gleichen Seite. Vielleicht war John zu sehr Einzelgänger, um sich an eine Frau zu binden, zudem an eine Klonfrau. Gerne hätte Penny mit Charlie darüber geredet. Charlene stand im Grunde genauso zwischen zwei Männern wie Penny, von denen ebenfalls der eine ein Vampir, und der andere ein Mensch war.

Der SKY TRAIN fuhr in die Haltestation auf dem Gebäude der BLOODY BISQUIT COMPANY ein und hielt an. Die Repros eilten in das Gebäude. Penny ging in den Putzraum, bestückte ihren Reinigungswagen und steuerte geradewegs Guy an. Das Lager war an diesem Morgen recht leer. Die Lieferungen kamen erst in einer Stunde. Neben Guy waren nur zwei weitere Klone und ein Wachmann anwesend.

Aufgeregt zog Penny Guy hinter einen Stapel mit Mehlsäcken.

„Bist du verrückt!“, blaffte er. „Die Säcke werden gleich abgeholt. Man wird uns entdecken.“

Sie verdrehte die Augen. „Es ist schön zu sehen, dass es dir gut geht.“

Auf einmal umfasste er ihre Hüften und zog sie heran. „Dir kann ich einfach nicht böse sein. Bist du in Ordnung? Ich habe mir solche Sorgen um dich gemacht. Nachdem die Autos explodiert waren ...“

„Hugh hat mir erzählt, was passiert ist.“ Die Nähe zu ihm war irritierend. Als Freundin wollte sie sich in seine Arme schmiegen. Als Geliebte jedoch hatte sie den Drang, ihn wegzustoßen. „Ich bin okay.“

„Bist du verletzt worden?“ Zärtlich strich er die Locken aus ihrer Stirn, als könnte er in ihrem Gesicht lesen, was vorgefallen war.

„Das ist jetzt nicht wichtig“, raunte sie. Eigentlich wollte sie unter keinen Umständen erzählen, dass John sie gerettet hatte, weil Guy das nicht gutheißen würde. Aber es war Zeit, die Wahrheit zu sagen. Sie kam nicht umhin, den Rebellen von der wundersamen Heilung zu berichten, denn Johns Blut könnte eine Wendung im Kampf gegen die Audax bringen.

Einlenkend sagte sie: „Mir geht es gut, sehr gut, besser, als es mir gehen sollte.“

„Was meinst du damit?“ Er legte die Handflächen an ihre Wangen.

Diese Geste erweckte in Penny das Gefühl, als würde er sie nicht ernst nehmen, als wäre sie ein Kind, das nicht alleine über die Straße gehen konnte. Sie schüttelte ihn ab und trat einen Schritt zurück. „Ich bin bei der Aktion verwundet worden.“

„Was?“, entfuhr es ihm. Guy griff ihre Arme und hielt sie fest.

„Nun lass mich doch erzählen!“, zischte sie. „Nach der Explosion schaffte ich es gerade noch, mich zurück zur Wohneinheit zu schleppen. Da war eine Wunde in meinem Bauch.“

„Hört sich an, als wäre die Verletzung schlimm gewesen. Warum hast du dir nicht helfen lassen?“

„Alle waren mit sich selbst beschäftigt. Lass mich endlich los! Ich kann alleine stehen.“

Wenn er wüsste, was ich in letzter Zeit alles alleine gemeistert habe, würde es ihn aus den Socken hauen, dachte sie kämpferisch und ein wenig stolz.

Sie sprach erst weiter, nachdem Guy von ihr abließ. „Im Apartment wurde ich ohnmächtig. Wer weiß, ob ich jemals wieder aufgewacht wäre! John ... mein Sharer, John Doe, meine ich, er hat mir sein Blut zu trinken gegeben und meine Lebensgeister geweckt.“

Empört verschränkte er die Arme vor dem Körper. „Er hat was?“

„Sein Blut ...“

„Wieso hat er das getan?“, unterbrach er sie. „Er hatte keinen Grund dazu. Vielmehr hätte er dich den Sniffern ausliefern sollen. Seltsam, sehr auffällig.“

„Was willst du damit sagen?“ Sie kannte diesen verbohrten Blick zu gut. Guy war verstimmt. Das war wenig hilfreich. Wenn sie ihn schon nicht von ihrer Idee überzeugen konnte, mit Johns Blut zu experimentieren, brauchte sie bei den anderen Rebellen erst gar nicht vorsprechen.

„Du duzt ihn. Habe ich recht?“ Er knirschte mit den Zähnen.

„Das spielt keine Rolle, na ja, vielleicht doch. Er ist nicht so, wie andere Audax Vampire. Eigentlich ist er gar kein Audax.“ Penny kaute auf der Innenseite ihrer Wange, denn es wollte einfach nicht über ihre Lippen kommen, dass John Santagos’ Sohn war. Das machte ihn für die Rebellen nicht sympathischer, egal welcher Gesinnung er folgte.

Fassungslos starrte Guy sie an. Er fuhr sich durch die Haare und schüttelte den Kopf. „Ist er dir zu nah getreten?“

Penny errötete. Um ihr Schamgefühl zu überspielen, sagte sie entrüstet: „Guy!“ Als nächste Taktik versuchte sie abzulenken. „Johns Blut hat etwas in mir bewirkt.“

„Oh, nein, du bist krank!“

Erneut wollte er sie umarmen, aber sie hielt abwehrend die Hände hoch. „Im Gegenteil! Die Wunde hat sich geschlossen. Da ist nur noch eine Narbe auf meinem Bauch, aber die ist nicht der Rede wert. Die Genesung schritt so schnell voran, als hätte ich nur einen Kratzer gehabt.“

Misstrauisch beäugte er sie. „Aber das ist nicht alles, oder?“

„Das Blut hat mich verändert. Mein Gehirn, es ist ...“, Penny ballte hinter dem Rücken die Hände zu Fäusten, „... befreit. Schon zweimal habe ich Erinnerungen an die Frau durchlebt, aus deren DNA ich geklont wurde. Charlene Lawrence, sie war eine Vampirjägerin und arbeitete mit dem Orden des heilbringenden Lichts zusammen.“

„Unglaublich!“ Guy hatte die Augen weit aufgerissen. „Und du glaubst, dass das Vampirblut der Auslöser war?“

„Ich weiß es“, antwortete sie selbstbewusst.

„Es könnte auch der Schock der Verletzung gewesen sein. Bist du mit dem Kopf aufgeschlagen?“

„Nein, nein“, wiegelte sie ab. Sie spähte um die Mehlsäcke herum. Niemand war in der Nähe. Trotzdem flüsterte sie: „Lord Barnaby hat Johns vampirische Fähigkeiten gespürt, als er zur Überprüfung in der Wohneinheit war.“

„Hugh meint, John wäre etwas Besonderes?“

Penny nickte. „Das ist er tatsächlich. Vielleicht solltest du dich setzen, Guy. John hat mir nämlich etwas gebeichtet, und ich glaube ihm – nach allem, was vorgefallen ist.“

„Mach’s nicht so spannend.“

So leise wie möglich wisperte sie: „Wie Hugh vermutet hat, ist John Doe nicht der richtige Name. Sein Geburtsname lautet Bartholomew. Er ist der Sohn von ...“, sie machte eine Pause und lächelte triumphierend, „Santagos.“

„Dem Prime Lord?“ Guy rollte mit seinen asiatischen Augen. „Das kann nicht sein.“

Aufmüpfig reckte sie ihr Kinn in die Luft. „Hugh wird mir glauben. Damals, im 21. Jahrhundert, als Charlene Lawrence lebte, hat man versucht, aus Vampirblut ein Neurotoxin herzustellen. Doch das Blut war nicht stark genug. Wahrscheinlich benötigt man einen mächtigen Vampir, um ...“

Belustigt schüttelte er den Kopf. „Kein Blut ist so stark wie das des Prime Lords. Selbst, wenn wir alle von Johns Blut trinken würden, wären wir nicht so kräftig wie die Audax, die Santagos’ Blut getrunken haben.“

Mit Schrecken stellte Penny fest, dass sie John vielleicht zur Schlachtbank führte. „Wir brauchen ihn nicht töten, um an sein Blut zu kommen. Ich könnte ihn fragen, ob er uns etwas gibt. Wir stellen ein Nervengift her, das Santagos’ Soldaten schwächt.“

„Freiwillig wird dein Sharer wohl kaum zustimmen.“

„Ich werde das Blut besorgen.“

„Wie, um alles in der Welt?“

„Ich werde ihn fragen.“ Penny errötete. Sie dachte daran, dass es sicher nicht bei einer bloßen Frage bleiben würde. Der Einsatz von Verführungskünsten, die bisher nur bei Guy zum Einsatz gekommen waren, war wahrscheinlicher. Der Gedanke schüchterte sie ein. Bisher hatte John immer die Initiative ergriffen.

„Es ist lächerlich zu denken, er würde sich darauf einlassen. Wieso wohnt John nicht bei Santagos?“ Guy nahm einen Eimer von ihrem Putzwagen, stellte ihn mit der Öffnung auf den Boden und nahm darauf Platz. Wie ein Häufchen Elend saß er zu Pennys Füßen und schaute sie erschöpft an, fast ein wenig verzweifelnd, als würde er denken: Mädchen, was hast du jetzt wieder für einen Unsinn angestellt?

„John hasst seinen Vater und würde alles tun, um ihn in die Finger zu kriegen.“

„Du hast ihm erzählt, dass du zu den Rebellen gehörst, richtig?“

Unruhig verlagerte sie ihr Gewicht von einem Fuß auf den anderen.

Er rieb sich das Gesicht und stöhnte. „Ist dir jemals in den Sinn gekommen, dass es Johns Plan war, sich bei dir einzuschmeicheln, damit du ihm das Versteck der Rebellen verrätst?“

„Dann würde ich jetzt nicht hier stehen“, antwortete sie kühl. „Er hätte mich postwendend zu den Sniffern gebracht. Die hätten mich gefoltert.“ Sie sprach nicht weiter. Ihre Kehle fühlte sich eng an – wie zugeschnürt.

„Mag sein, dass es eine neue Audax-Taktik ist.“

„Audax benutzen keine sanften Methoden!“, warf sie ein. „Glaub mir, wenn John wollte, hätte er längst alle Informationen aus mir herauskitzeln können, denn er hat unglaubliche Kräfte.“

„Er hat sie bei dir angewandt?"
Es lag ein Unterton in Guys Stimme, die sie hellhörig werden ließ. Ahnte er, dass sie John näher kannte, als es ihm lieb war?
Er stand auf und gab ihr den Eimer. „Nun gut, ich werde ein Treffen arrangieren. Exakt 30 Minuten nach Schichtende im Tunnel an der alten Paddington Station. Dort treffen wir einige Rebellen. Sag deinem Sharer, wir werden ihn anhören und auch dich. Danach treffen wir eine Entscheidung." Mit diesen Worten ging er fort.
John anhören? Er wusste ja bisher nicht einmal von ihrem Plan und wollte mit den Rebellen eigentlich nichts zu schaffen haben.
„Das wird noch ein schweres Stück Arbeit", sagte Penny zu sich selbst.
„Wovon sprechen Sie, CH-4-2119?"
Erschreckt flog sie herum. Ein Maulwurf stand unmittelbar vor ihr. Sie hielt ihm unschuldig den Eimer hin und deutete dann auf den verschmutzten Lagerboden. „Ich meinte den Boden und danach die Regale. Es wartet viel Arbeit auf mich. Ich werde sofort beginnen."
Die Stunden wollten einfach nicht vergehen. Penny putzte und wienerte, sie wusch und rieb trocken, holte ab und lieferte an die einzelnen Arbeitsstationen aus, bis ihr schneeweißer Overall fleckig und staubig war. Sie schwitzte, aber nicht vom Arbeiten, sondern vor Nervosität. Ihr Vorhaben konnte nicht gut gehen! Weder die Rebellen, noch John waren überzeugt. Penny hatte keinen Rückhalt. Sie kämpfte auf verlorenem Posten. Dennoch musste sie es probieren. Bisher waren alle Sabotageakte nur ein Strohfeuer gewesen. Nichts hatte sich geändert.
Wir müssen nach jedem Strohhalm greifen, feuerte sie sich innerlich an und schaute zum hundertsten Mal auf die riesige Uhr mit Stahleinfassung, die über dem Eingang zum Treppenhaus hing. Noch eine halbe Stunde. Die würde sie auch noch überstehen. Doch in der Wohneinheit wartete eine viel schwierigere Aufgabe auf sie.
Plötzlich schrillten die Alarmglocken los. Die Wächter griffen nach ihren Schusswaffen. Eilig liefen sie in eine Richtung.
Penny spähte ihnen nach, konnte aber nicht erkennen, was geschehen war.
Da trat Guy von hinten an sie heran. „Ein Vampir lag bewusstlos auf dem Förderband. Die Stanzmaschine hat ihn zermalmt."
„Woher weißt du das?"
„Pete, einer der Lagerarbeiter hat es gesehen und ist schnell zurückgekommen, damit man ihn nicht am Tatort sieht", flüsterte er. „Er hat eine Heidenangst vor dem Verhör."
„War er es?", fragte sie über die Schulter hinweg.
„Ein Trittbrettfahrer." Guy nickte. „Da wollte wohl jemand seinen Sharer loswerden und hat den Slay-Unfall als Vorbild genommen. So was hat uns gerade noch gefehlt."
„Bleibt es bei dem Treffen?"
Kaum hatte sie die Frage gestellt, kam über Lautsprecher die blecherne Durchsage: „Klone, begebt euch zu den Wohneinheiten. Die Nachtschicht wird aufgrund von Ermittlungen ausfallen. Eure Sharer werden euch verhören, bis die Sniffer kommen. Ungehorsam wird nicht geduldet!"

Der letzte Satz bezog sich auf die „Unfälle“, die sich auffällig häuften, das wusste Penny. Sabotageakte kamen immer wieder vor. Die Regierung war nicht in der Lage, das auszuschalten, aber nur, weil es keine Regelmäßigkeiten gab. Gleich zwei Vampirtötungen in der BLOODY BISQUIT COMPANY waren zu viel und zogen die Aufmerksamkeit auf sich. Das war nicht gut, gar nicht gut!

„Nur, weil du es bist“, hauchte Guy ihr ins Ohr und zwackte sie sanft in den Po.

Penny hoffte, dass er solche Anzüglichkeiten in Johns Gegenwart lassen würde. Nachdenklich reihte sie sich in die Schlange der Klone ein, fuhr mit dem Aufzug auf das Dach und bestieg die Schwebebahn. Sie fand keinen Sitzplatz und stellte sich ans Fenster, die Hände um den Seitengriff gelegt, um Halt zu haben, und den Blick auf den Betondschungel gerichtet. Es faszinierte sie, in die Straßen und Höfe hinunterzuschauen, weil die Fahrzeuge wie Spielzeugautos aussahen und sie sich dadurch erhaben fühlte. So musste es den Vampiren gehen. Mit ihren übernatürlichen Fähigkeiten sahen sie auf die Menschen herab, verachteten sie wahrscheinlich sogar, weil sie minderwertig waren. Doch das war ein Trugschluss! Die Wagen waren keine Spielzeugautos, die Penny problemlos zertreten konnte, und die Klone keine hirnlosen Maschinen, die sich den Vampiren für immer unterordneten. Auch wenn es den Anschein machte und einige Jahre, ja, sogar Jahrhunderte dauern mochte, so würden die Repros zurückschlagen. Ihre Verbündeten waren die Sonne und die Wahrheit. Würde das Ausland erfahren, dass die Klone wie Tiere gehalten und abgerichtet werden, wäre Santagos' Traum vorüber.

Die Audax hätten besser Roboter gebaut als Klone zu züchten, dachte Penny, *aber Reprodukte sind preiswerter in der Herstellung.*

Sie legte die Handfläche an die Fensterscheibe, als könnte sie einen Tropfen auffangen, der von außen die Scheibe hinunterlief. Es hatte zu regnen begonnen.

An der nächsten Haltestelle stiegen Söldner zu. Der Zug wurde sowieso immer von einem Söldner pro Zugabteil begleitet, doch nun fanden sich zwei weitere für jedes Abteil ein. Bis auf die Zähne bewaffnet, mit Mienen wie Bulldoggen zielten sie mit ihren Schnellfeuerwaffen auf einzelne Klone.

Einschüchterung! Sie wollten jedem Repro vor Augen führen, dass er ohne Zögern getötet würde, machte er eine falsche Bewegung. Penny fühlte Zorn in sich aufsteigen. Die Klone saßen eingeschüchtert auf ihren Plätzen und wagten kaum zu atmen. Diejenigen, die in den Gängen standen, drückten ängstlich ihre Körper zur Seite, damit die Söldner Schaulaufen konnten. Würde die Unterdrückung jemals enden? Durch Johns mächtiges Blut kam neue Hoffnung auf. Penny würde alles tun, um ihn und die Rebellen davon zu überzeugen. Es war eine Spur, der sie nachgehen mussten – auch wenn sie sich später als Sackgasse herausstellen würde.

Fahrig verließ sie den SKY TRAIN auf dem Dach des Blocks 8 in Old Westminster. Sie stieg eine Treppe hinunter und öffnete mit der Schlüsselkarte die Wohnungseinheit. Während sie vorsichtig in die Küche schaute und danach ins Badezimmer, knetete sie ihren Oberschenkel. Sie zog am Stoff, rollte ihn ein und strich ihn wieder glatt. Ihre Finger zitterten, als sie den Kragen richtete und ins

Schlafzimmer ging. John lag auf dem Bett, den Rücken gegen die Wand gelehnt, und die Hände hinter dem Kopf verschränkt.

Schmunzelnd sprach er: „Ich habe dich erwartet, CH-4-2119." Mit einem Wink deutete er auf den Flachbildschirm. Obwohl es erst kurz vor 6 Uhr war, lief bereits eine Sendung.

Der Nachrichtensprecher verkündete: „Es wird keine weiteren ermordeten Vampire geben. Wir werden noch heute Nacht die Rebellen exekutieren. Verhören Sie Ihr Reprodukt, schreiben Sie einen Bericht und geben Sie ihn dem Verwalter Ihres Wohnblocks. Halten Sie sich bereit für einen Kontrollbesuch der Sniffer. Schärfere Kontrollen sind notwendig. Unterstützen Sie die Sniffer, denn Sie könnten das nächste Opfer der Rebellen sein!"

„Das ist eine Lüge! Wir waren das nicht. Wir sind keine Mörder!", zischte Penny.

John nahm die Arme herunter und richtete sich weiter auf. „Und was war mit George Slay?"

„Das war … leider war das ... „, stammelte sie. „Wir mussten es tun, sonst wären wir aufgeflogen. Aber diesmal hatten wir nicht die Finger im Spiel! Andere Klone eifern uns nach, weil sie ebenso unzufrieden mit dem System sind, und bringen uns damit in Schwierigkeiten."

„Als ob ihr das nicht selbst hinkriegt." Abfällig lachte er. „Die Schnüffler werden kommen und dich in die Mangel nehmen, weil dein ehemaliger Sharer ebenfalls bei BLOODY BISQUIT umkam."

Daran hatte sie noch gar nicht gedacht. „Mist", entfuhr es ihr. „Bis dahin müssen wir zurück sein. Vorerst werden sie die Fabrik gründlich inspizieren. Erst nachdem die Untersuchungen dort abgeschlossen sind, werden sie die Arbeiter aufsuchen. Sie laufen ihnen ja nicht weg …"

„Und bis dahin übernehmen die Sharer den Job", fiel er ihr ins Wort. Dynamisch stand er auf und kam näher. Sie wich rückwärts aus. Seine Hand schnellte nach vorne. Er griff ihren Arm und zog sie an sich. „Ich werde dich als erstes filzen. Vielleicht trägst du noch Waffen bei dir, oder Kampfspuren, die dich mit dem Mord in Verbindung bringen."

„Jetzt nicht." Sie erschrak über ihre eigenen Worte. Unter anderen Umständen hätte sie sich tatsächlich gerne diesem Rollenspiel hingegeben.

Er hob ihr Kinn an, damit sie ihm ins Gesicht sah. „Was meintest du, als du sagtest, dass wir bis dahin zurück sein müssen?"

„Durch die Visionen, die Erinnerungen von Charlene Lawrence, habe ich von Experimenten erfahren. Damals entnahm der Orden des heilbringenden Lichts dem Vampir Jeremy Wellingham Blut, weil sie hofften, es wäre stark genug, um ein Nervengift herzustellen."

„Nun möchtest du die Versuche mit meinem Blut wiederholen?", fragte er drohend.

„Du besitzt ausgeprägte vampirische Fähigkeiten", begann sie zaghaft. „Es wäre möglich ..."

Ungehalten unterbrach er sie und hob seine Stimme an. „Willst du mir sagen, dass ihr vorhabt, mit mir Experimente durchzuführen?"

„Es ist meine Idee. Meine Kameraden wissen noch nichts davon, bis auf einen." Sie legte beschwichtigend die Handflächen auf seinen Brustkorb. „Wir wollen dich nicht foltern, John. Alles, was wir benötigen, ist ein wenig Blut von dir, um erste Tests zu machen. Möglicherweise erübrigt sich dann schon alles, weil meine Idee sich als Hirngespinst erwiesen hat."

„Nein!"

Das klang hart. Sie fühlte einen Stich im Herzen. Selbstverständlich hatte sie es sich nicht einfach vorgestellt, John zu überzeugen, dennoch hatte sie es für möglich gehalten. Seine versteinerte Miene allerdings ließ sie zweifeln. „Du möchtest Santagos doch auch stürzen."

„Ich will Rache. Das ist etwas anderes. Du weißt, dass ich mein Ding alleine durchziehe, und hättest deinem Freund keine falschen Hoffnungen machen sollen."

Penny raufte sich die Haare. Bestürzt drehte sie sich von ihm fort, damit sie ihm nicht ins Gesicht schlug, um ihn wachzurütteln. Wie verbohrt konnte jemand sein? So verschieden waren ihre Ziele nicht.

Da sah sie drei weiße Overalls auf der Kommode liegen, sauber gefaltet nebeneinander. „Oh", machte sie. „Woher hast du die Anzüge? Bestimmt nicht beim Verwalter angefordert."

Er schwieg.

Sie fand es rührend, dass er sich darum gekümmert hatte. Drei neue Overalls hätte sie nicht bestellen können. Das wäre zu auffällig gewesen. Welchen Grund hätte sie angeben können? Wieder wäre sie ins Visier der Sniffer geraten. John musste die Anzüge gestohlen haben. Er war ein Risiko eingegangen, um Penny zu decken.

„Danke", brachte sie atemlos hervor. Sie massierte ihre Schläfen, weil sie einen leichten Kopfschmerz spürte. Migräne konnte sie jetzt beim besten Willen nicht brauchen. Sie benötigte einen klaren Kopf, um John zu überreden.

Sie wandte sich ihm zu und sah ihm direkt in die Augen. „Ich habe einen schlechten Stand bei den Rebellen. Durch meine Nachlässigkeit bei Slay habe ich alle in Gefahr gebracht. Ich stehe auf der Abschussliste."

„Oh, bitte", wiegelte er ab und schnaubte. „Das sind deine Freunde. Erzähl mir nicht, sie würden nur auf den richtigen Moment warten – einen weiteren Fehltritt – um dich auszuschalten."

Tränen füllten ihre Augen. Sie blinzelte, um nicht zu weinen. „Sicherlich habe ich einige gute Freunde unter ihnen, aber den meisten bin ich derzeit ein Dorn im Auge. Glaube mir oder nicht – genau wie Slay ausgeschaltet wurde, weil er ein Risiko war, könnte mich das gleiche Schicksal ereilen."

Offensichtlich bemerkte er, wie sehr sie litt, denn er antwortete: „Ich bin aber nicht dein Ticket, um wieder bei ihnen mitzuspielen."

„Mag sein, dass ich zu voreilig war, als ich Guy ..."

„Guy?"

„Mein Freund, ich meine, ein Freund." Verschämt blickte sie im Zimmer umher. „Ich habe ihm von Charlies Erinnerungen berichtet und ihm den Vorschlag unterbreitet, Versuche mit deinem Blut zu machen. Es ist nur ein lächerliches

Bauchgefühl, aber ich könnte mir vorstellen, dass es klappt, damit ein Neurotoxin herzustellen."

„Du versteifst dich in etwas. Das sind nur Wunschträume."

„Ein einziger Test tut niemandem weh", beharrte sie. „Bitte, John. Du bist Santagos' Sohn! Seine Stärke ist auf dich übergegangen, als er dich in einen Vampir verwandelte. Guy trommelt die Rebellen zusammen und wartet auf uns in 15 Minuten. Falls wir nicht auftauchen, oder ich alleine mich ihnen stelle, bin ich bei ihnen unten durch. Wer weiß, was dann die Konsequenzen sind? Ich möchte nicht darüber nachdenken. Das ist vielleicht meine letzte Chance, mich zu rehabilitieren. Wenn das Experiment klappt, wären wir endlich einen Schritt vorangekommen."

Er brachte sie zum Schweigen, indem er die Hand auf ihren Mund legte. „Welch enthusiastische Ansprache! Hoffentlich sind die Rebellen genauso beeindruckt von deiner Willenskraft wie ich."

Penny nahm seine Hand und legte sie an ihre Hüfte. Mit großen Augen schaute sie zu John auf. „Dann kommst du mit?"

„Ja, aber mehr nicht." Er steckte ihr eine Haarsträhne hinter das Ohr. „Nur, weil ich dem Treffen beiwohnen werde, heißt das nicht, dass ich mein Blut gebe oder den Rebellen beitrete."

Lächelnd küsste sie ihn auf die Wange. Sie war überglücklich. Obwohl er nicht überzeugt war, würde er ihr folgen. Weshalb? Aus Zuneigung?

Sein Blick wurde düster verklärt. Er streichelte ihre Wange und sprach sanft: „Verlieb dich nicht in mich. Es wäre nicht gut." Dann nahm er ihre Hand und zog sie mit zur Tür. „15 Minuten – schaffen wir es überhaupt noch rechtzeitig?"

Sie brachte kein Wort über die Lippen. Stumm trottete sie hinter John her. Hatte sie eben noch gedacht, sie wären sich näher gekommen – emotional, nicht immer nur körperlich – so sah sie nun eine Kluft zwischen ihnen. John war kein Mann, in den man sich verliebt. Hatte er das damit ausdrücken wollen? Oder hatte er Angst, sie in Gefahr zu bringen, weil die Schergen seines Vaters ihm ständig auf den Fersen waren? Sie kam zu dem Entschluss, dass es wahrscheinlich besser wäre, wenn Liebe keine Rolle spielte. Liebe würde alles komplizierter machen, als es eh schon war. Erleichtert fühlte sie sich durch diese Einsicht nicht.

Penny und John betraten den Lift. Sie stiegen in der ersten Etage aus und gingen durchs Treppenhaus bis ins Erdgeschoss. Zielsicher steuerte John die Hintertür an. Er lugte kurz zum Verwalter, der am Vordereingang in einem Glaskasten döste, und führte Penny in den Hinterhof.

„Du schaust so skeptisch", sagte er erheitert. „Mir scheint, du kennst diesen Weg nicht."

Mit dem Rücken zur Wand schlichen sie über den Hof. Sie drangen in einen Schuppen ein, dessen Eingang zwar mit Brettern zugenagelt war, aber zwei davon hatten sich gelöst, und so konnten Penny und John hindurchschlüpfen. Als sie im Verschlag standen, drückte John die Bretter wieder zusammen. Es war finster. Penny konnte kaum ihre Hand vor Augen sehen und spürte Johns Übermacht. Für einen Vampir war die Dunkelheit nicht mehr als Zwielicht. Sie konnten tagsüber genauso gut sehen wie nachts.

„Dort drüben ist eine Luke", erklärte John. „Sie wurde früher dazu benutzt, um heimlich Fässer durch die Kanalisation aus London herauszuschmuggeln. Hier war eine kleine, illegale Schnapsbrennerei, der Nebenverdienst eines Privatmanns."

„Das muss arg lange her sein." Die Vergangenheit übte eine Faszination auf Penny aus. Sie vermochte sich kaum vorzustellen, wie die Menschen früher gelebt hatten, als die Mitglieder der Königsfamilie noch keine Vampire waren.

John lachte leise. „Ich lebe auch schon verdammt lange."

Sie stiegen in den Kanal. John führte Penny, bis sie zu einem U-Bahnschacht kamen. „Ab hier übernimmst du."

„Zur Paddington Station. Wir treffen uns sonst nie dort", sagte sie vorsichtshalber.

Zuerst hob er fragend eine Augenbraue und schmunzelte dann. „Natürlich nicht."

Sie kam sich schrecklich lächerlich vor, als sie voranging. Zum einen, da John ihre romantischen Gefühle ahnte, zum anderen, weil weder er, noch die Rebellen hinter ihr standen. Wie hatte sie nur auf die Idee kommen können, zwei Parteien zusammenzuführen, die von ihrem Plan nicht begeistert waren? Sie würde beide überzeugen müssen, hatte keine Unterstützung und würde nur weiter in ihrem Ansehen sinken. Nun war es zu spät, um umzukehren. Vergeblich suchte sie die Entschlossenheit, die John gelobt hatte.

Je näher der Treffpunkt kam, desto mehr zitterte Penny. Als sie in der Station ankamen, war sie ein Nervenwrack. John legte die Hand auf ihre Schulter, um sie zu beruhigen – aber es half wenig, immerhin war er Teil ihres Problems. Sie kannte seine Einstellung und seine Verbohrtheit.

Plötzlich traten Rebellen aus den Kanälen. Sie kreisten die Neuankömmlinge ein. Es waren alles Condannato-Vampire, die im Untergrund lebten, darunter auch Kenneth. Somit machte es keinen Unterschied, dass John ihre Gesichter sah. Klone hätte er unter Umständen verraten können. Als jedoch Hugh und Guy aus der Finsternis eines Schachts heraustraten, blieb Penny fast das Herz stehen. Sie gingen ein großes Wagnis ein, indem sie ihr beistanden.

„Wir werden deinen Ausführungen lauschen, Penny", begann Hugh.

John unterbrach ihn jäh. „Penny?"

Flehend blickte sie ihn an und flüsterte: „So nenne ich mich im Untergrund – Penny Whistle."

„Wie passend!"

„Wir hören, was du vorzuschlagen hast, garantieren aber keine Zusage", fuhr Hugh fort, nachdem er John mit einem Blick bedacht hatte, der Misstrauen und Warnung zugleich war. „Dieses kleine Komitee wird sich danach beraten und eine Entscheidung fällen."

John wollte auf ihn zugehen, aber Penny hielt ihn am Arm zurück. In seiner ganzen Größe baute er sich vor den Rebellen auf, straffte die breiten Schultern und hob das Kinn. „Ich bin gekommen, ja, aber ich mache keine Versprechungen. Noch habe ich meine Zustimmung nicht gegeben. Es hängt also nicht nur von eurer Wertung ab, sondern auch von meinem Urteil. Ohne mein Blut kommt ihr nicht weit."

„Soll das bedeuten, alles steht und fällt mir dir?“, fragte Guy scharf.

John rümpfte die Nase. „Du bist Pennys Freund, richtig?“

Entsetzt kniff sie ihn, damit er schwieg. Doch alles, was sie erreichte war, dass sein Kopf zu ihr herumflog, und die Augen aller Anwesenden auf sie gerichtet waren. Da sie schon mal die Aufmerksamkeit hatte, fing sie an zu erzählen, wie sie bei dem missglückten Sabotageakt verletzt wurde und John ihr Leben rettete, indem er ihr sein Blut zu trinken gab. Dort fand alles seinen Anfang. Sie berichtete von Charlies Erinnerungen und ihrem eigenen Einfall, mit Johns Blut zu experimentieren.

Das Kopfschütteln der Rebellen ignorierend, endete sie: „Ein Nervengift wäre eine wertvolle Waffe im Kampf gegen den Prime Lord und sein Regime, vielleicht sogar die wertvollste, die wir je besessen haben.“

Kenneth stellte ein Bein auf einen Haufen Steine und stützte sich auf dem Knie ab. „Beweise, dass du Santagos Sohn bist.“

„Glaub es oder glaub es nicht. Ich werde gar nichts beweisen“, murrte John.

Hugh räusperte sich. „Es könnte durchaus wahr sein. Ich spüre seine Macht. Leider ist er gewohnt, sie zu verstecken. Ob er sie einzusetzen vermag, weiß ich nicht.“

Wieder musste Penny John zurückhalten, denn er gebärdete sich wie ein Bullterrier, der auf seinen Artgenossen losgehen wollte. Glücklicherweise blieb Hugh gelassen, zumindest äußerlich. Er wich Johns vernichtenden Blicken nicht aus, zeigte aber auch keine Aggressivität.

Lord Barnaby hat recht, dachte Penny. Möglicherweise konnte John Großes vollbringen, aber er zog lieber maskiert los und legte unbedeutende Feuer. Er mochte nicht mächtig genug sein, um es mit Santagos und dessen Exekutive alleine aufzunehmen, aber diese Brände waren eine Beleidigung für die Stärke, die in ihm schlummerte.

„Woher wissen wir, dass du nicht sein Spion bist? Blut ist dicker als Wasser.“ Guy zuckte mit den Achseln.

„Wäre ich dann ohne Verstärkung hier?“, spie John ihm entgegen. Er riss sich von Penny los und kam Guy so nah, dass sich ihre Schuhspitzen berührten. „Ich bin es doch, der sich in die Höhle des Löwen gewagt hat. Ist der Untergrund nicht euer Revier? Ihr könntet über mich herfallen und mein Blut rauben.“

Guy schnaubte. „Nicht, falls du so überaus mächtig bist, wie du vorgibst zu sein.“

„Ich habe nie mit meinen Fähigkeiten geprotzt!“, fauchte John und schaute auf seinen Kontrahenten herunter, der einen Kopf kleiner war.

Gewaltsam trat Hugh zwischen die beiden Streithähne. Er stand mit dem Gesicht zu John, sprach aber mit Penny. „Vielleicht ist es unmöglich, ein Neurotoxin herzustellen. Jeremy Wellingham war bestimmt nicht der einzige Vampir, mit dessen Blut man experimentierte.“

„Dann ist es eben ein weiterer unbedeutender Versuch.“ Ihre Stimme klang dünn. Sie fühlte sich klein und armselig zwischen den Vampiren.

Kenneth riss mit seinen messerscharfen Schneidezähnen die Haut an seinem Handgelenk auf und streckte den Arm aus. „Nehmt mein Blut. Wir brauchen ihn nicht." Ohne John anzusehen, nickte er in seine Richtung.

„Dann ist ja alles geklärt", sagte John und ging. Mit schnellen Schritten entfernte er sich von den Rebellen und wurde schon bald von der nächsten Kurve verschluckt.

Entsetzt schrie Penny: „Er ist nicht das Monster, das ihr in ihm seht. Er ist nicht Santagos!" Sie sah alle Felle davonschwimmen und rannte John hinterher. Ohne ihn machten die Experimente keinen Sinn. Sein Blut war ausschlaggebend, nicht ein x-beliebiges.

Während Ken keifte: „Aber es fließt das gleiche Blut in ihm. John hat seine Gene.", rief Guy: „Penny, lass ihn ziehen. Er ist keiner von uns. Du aber sehr wohl. Komm zurück, verflixt! Du gehörst zu uns und nicht zu ihm."

Verschluck dich doch an deiner Eifersucht, dachte Penny und lief in die Finsternis des Tunnels, ahnend, dass er eigentlich hatte sagen wollen: „Du gehörst zu mir und nicht zu ihm." Aber darum ging es im Moment gar nicht. Oberste Priorität war, Santagos zu stürzen. Seit Jahrhunderten kämpften die Rebellen vergeblich. Nun zeigte sich Hoffnung am Horizont, und sie waren zu stolz, um den Triumph zu teilen. Die Rebellen wollten Santagos zu Fall bringen und das Lob ernten, somit konnten sie John nicht als den Erlöser anerkennen. Das größte Problem jedoch war, dass John gar kein Erlöser sein wollte. Er forderte Rache an seinem Vater, ein persönliches Anliegen. Er scherte sich einen Dreck um Großbritannien.

Wut stieg in ihr auf, und sie blieb stehen. Sie fand sich inmitten von Dunkelheit wieder. In welche Richtung sie auch spähte, sie nahm kaum mehr als Schemen war. Zittrig tastete sie sich an der Wand entlang.

Da legte sich eine Hand auf ihren Mund und erstickte ihren Aufschrei.

„Penny Whistle, so, so", sagte eine raue Stimme, die Penny erschauern ließ. „Wenn sich alle nach ihrem Lieblingsspielzeug nennen, müsste ich wohl CH-4-2119 heißen."

Er nahm die Hand weg, und sie stieß ein atemloses „John" aus.

„Du hättest dir denken können, dass ein Treffen mit mir und den Rebellen nicht gut geht", raunte er.

Sie hielt ihren Zorn nicht zurück. „Ihr Vampire seid Egomanen!"

„Sei vorsichtig, was du sagst!", zischte er und legte den Arm um ihren Hals. Drohend drückte er auf ihre Kehle, dass sie zwar noch problemlos Luft holen konnte, aber Panik bekam.

Penny klammerte sich an den Arm, aber ihre Bemühungen den Griff zu lockern, scheiterten. „Du hättest dich im Zaum halten können. Für mich hatte es den Anschein, als hättest du nur darauf gewartet, von ihnen provoziert zu werden."

„Sie haben mich angegriffen, obwohl ich entgegen meiner Einstellung zu ihnen gekommen bin." Er hob mit dem Arm ihr Kinn an und streckte somit ihren Hals.

Penny war zu wütend, um sich einschüchtern zu lassen. Sie mutmaßte, dass er ihr nichts antun würde, rang nach Atem und stichelte weiter. „Hugh und Guy sind auch ein großes Risiko eingegangen, denn nun kennst du ihre Gesichter und könntest sie ausliefern. Du magst keine Beweise haben, aber in der heutigen Zeit reicht ein Gerücht, um jemanden den Wölfen zum Fraße vorzuwerfen."

„Ich kenne nicht jeden einzelnen von euch, aber glaube mir, ich weiß mehr, als du dir vorstellen kannst", flüsterte er bedrohlich. „Eure Zusammenkunft im U-Bahnschacht unter dem ehemaligen Oxford Circus – ich war dabei. In einem engen Abwasserkanal hockte ich, lauschte euren heroischen Plänen, einen von euch in die Kolonie in Southend-on-Sea einzuschleusen. Euren Klonfreund Pat habt ihr wohl nie wieder gesehen?"

„Nein." Das durfte nicht wahr sein! John hatte sie belauscht, und es war sicher nicht das einzige Mal. „Pat war alt und spielte den Sniffern vor, immer kraftloser zu werden und vergesslich dazu. Man hat ihn in die Kolonie gebracht. Dort verschwand er spurlos. Weder konnte er fliehen, noch uns Hinweise heimlich zukommen lassen. Die Aktion, ihn zu befreien und gleichzeitig einen Film über die Vernichtungslager zu drehen, schlug fehl, weil unsere Autos in Flammen aufgingen. Warst du das?"

„Unsinn." Schnaubend senkte er den Arm, und sie atmete kräftig durch. „Nur weil wir nicht an einem Strang ziehen, heißt das nicht, dass ich euch im Weg stehe. Um dir zu beweisen, wie viel ich von euch weiß, zeige ich dir etwas. Komm!"

John führte sie durch die Dunkelheit durch einige Kanäle in einen Raum, zumindest meinte sie es, denn die Schritte klangen auf einmal dumpfer. Ihre Vermutung bestätigte sich, als er einige Kerzen entzündete. Diese standen auf Vorsprüngen der Wände und warfen romantische Schatten. Durch das warme Licht sah der Raum nicht ganz so ramponiert aus, wie er tatsächlich war. Der Putz bröckelte an vielen Stellen ab und gab einen Blick auf das Mauerwerk darunter frei. Spinnweben mit Staubflocken hingen von der mit Rissen durchzogenen Decke herab, während der Boden von Wollmäusen bevölkert wurde.

„Früher war das eine Abstellkammer, in dem die U-Bahnarbeiter ihr Werkzeug deponierten", berichtete John, breitete präsentierend die Hände aus und verneigte sich leicht wie ein Zirkusdirektor bei der Ankündigung der Vorstellung. „Heute ist es das Spielzimmer der Condannato-Vampire."

„Wie bitte?" Verdattert trat Penny weiter in den Raum hinein. Sie verstand erst, was er meinte, als sie genauer hinsah, was vor ihr auf Kommoden lag, aus Truhen herauslugte und in Schränken hing. Die Regale an den Wänden waren voll damit. Erotikspielzeuge. Guy hatte ihr mal einiges in Katalogen gezeigt. An den Ecken des Tisches hingen Gummischlaufen herab. Hinter Schaufensterpuppen mit Rüschenkleidern, die mehr preisgaben als verdeckten, stand ein seltsames Kreuz, das mit Leder bezogen war. In einer Ecke hing ein Gebilde aus Riemen.

Penny öffnete eine Kiste und kramte darin herum. Erschrocken ließ sie einen Penis fallen, zumindest sah dieser Dildo sehr lebensecht aus. Seine Hülle war fleischfarben. Eine dicke Ader zog sich auf der Unterseite von der Mitte bis zum Schaft durch.

„Du tust so, als hättest du noch nie ein Glied in der Hand gehabt", spöttelte John.

Gereizt blinzelte sie ihn an. „Ich dachte, man hätte einem Mann sein ... Teil abgeschnitten, weil er so echt aussieht."

„Hast du Lust auf ein Spiel?“, fragte er lasziv. Er umfasste ihre Hüften, zog sie an seine Lenden und schaute ihr tief in die Augen. „Du musst mich besänftigen, weil ich noch immer wegen der Anschuldigungen deiner Freunde sehr erregt bin.“

Sie hob eine Augenbraue. „Ach, ja? Es ist wohl eine andere Erregung als Zorn, um die ich mich kümmern ...“

Mit sanfter Gewalt griff er in ihren Nacken und küsste sie unnachgiebig. Sein Mund presste sich auf den ihren, raubte ihr den Atem und schaffte es, dass sich seine Lust auf sie übertrug. Sie neckte ihn, indem sie mit der Zungenspitze an seine Lippen klopfte und blitzschnell zurückwich, sobald er ihr seine Zunge entgegenstreckte. Dies schaffte sie jedoch nur einmal, denn beim nächsten Versuch hielt er ihre Zunge mit den Zähnen fest und umschlängelte sie, bis Penny stöhnte und ihm endlich Einlass in ihren Mund gewährte.

Als er sich von ihr löste, wollte er wissen: „Magst du Tiere?“

Ohne ihre Antwort abzuwarten, holte er ein Schaukelpferd unter einem schwarzen Plaid mit tellergroßen roten Rosen hervor. Es war augenscheinlich nicht für Kinder konzipiert, denn es reichte Penny bis zum Busen und hatte an Stelle des Fells einen weißen Silikonüberzug. Offensichtlich gehörte es in die Kategorie „Spielzeug für Erwachsene“, über die man stets mit einem Augenzwinkern sprach.

„Zieh dich aus und nimm Platz.“

„Hier?“, keuchte sie ungläubig.

Mit einem Ruck hatte er den Reißverschluss ihres Overalls geöffnet. „Hier, jetzt und sofort.“ Er drückte den Stoff beiseite und hob die Brüste so aus ihrem Büstenhalter, dass sie auf dem Bügel lagen und sich ihm schamlos darboten.

„Köstlich, wie pralle Äpfel in einer Obstschale“, murmelte John. „Und Kirschen liegen gleich daneben.“ Er nahm die Brustwarzen zwischen Daumen und Zeigefinger und zog daran, als wollte er reife Kirschen von einem Baum pflücken.

Penny seufzte wohlig. Ihre Wut war längst verraucht, da John sie auf prickelnde Art abzulenken wusste. Langsam fiel jegliche Anspannung von ihr ab. Sollten doch alle weiterhin verbohrt bleiben! Die Vampire waren zu stolz, um nachzugeben. Das würde sich rächen. Penny hatte gekämpft. Das hatte viel Kraft gekostet. Jetzt war es Zeit, sich fallen zu lassen. Ja, sie wollte sich gehen lassen und nicht daran denken, dass die Sniffer sie bald zum Verhör abholen würden, weil ihr Sharer erst kürzlich bei einem noch nicht aufgeklärten Unfall verstarb. Penny brauchte Liebkosungen. Sie sehnte sich nach Berührungen, aber nicht irgendwelchen, sondern die von John Doe oder Bartholomew, wie er eigentlich hieß.

Er zwirbelte ihre Brustwarzen, streichelte sie im nächsten Moment und kniff dann behutsam hinein. Berauscht durch seine Fingerfertigkeiten legte Penny den Kopf in den Nacken. Mit geschlossenen Augen reckte sie ihren Oberkörper John entgegen, damit er ihren Busen massieren konnte. Er griff beherzt in das zarte Fleisch, klemmte die Brustwarzen zwischen Zeige- und Mittelfinger und knetete die Brüste durch, ohne die Nippel loszulassen. Für Penny war es ein intensives, durchdringendes Gefühl, weil die Berührung nicht sachte, sondern kraftvoll war, genau das, was sie momentan brauchte. Sie wollte loslassen, wollte vergessen, wenn auch nur für den Augenblick. Doch nun sehnte sie sich danach, ganz Frau zu sein, von John wie eine richtige Menschenfrau behandelt zu werden und die Freiheit auszuleben, die sie im Alltag nicht besaß.

Penny öffnete die Augen. Sie umschloss Johns Handgelenke, damit er aufhörte und sie anschaute. „Nimm mich“, bat sie. „Ich möchte, dass du mich nimmst, als wäre ich nicht das Abbild einer Verstorbenen, sondern ein Individuum.“

„Nie habe ich dich als Schatten einer Toten gesehen“, entgegnete er vorwurfsvoll.

Sie schmiegte sich an ihn und wünschte, ihm noch näher zu sein. „Bitte, ich möchte dich spüren, ganz, in mir drin.“

Einige Sekunden lang befürchtete sie, er würde sie fortdrücken, weil er die Nähe nicht wollte aufgrund der Emotionen, die er in ihren Augen entdeckte und nicht erwidern konnte oder wollte.

Doch dann blickte er gelöst auf sie herunter, strich über ihre Wange und deutete auf das Schaukelpferd. „Besteig zuerst den Hengst.“

„Ich soll was?“, fragte sie skeptisch.

Lächelnd streifte er ihr den Overall von den Schultern. Während sie sich entkleidete, verschränkte er die Arme vor dem Körper und lehnte sich gegen den Tisch, um sie genüsslich zu beobachten.

Argwöhnisch schaute Penny John an, der erneut auf das Pferd zeigte.

Ach, was soll’s, dachte sie, *tue ich ihm eben den Gefallen.* Sie ahnte zwar, dass das Offensichtliche nicht alles war, nahm aber trotzdem auf dem Tier Platz. Die Silikonhaut fühlte sich im ersten Moment kalt an ihrer Scham an. Auf jeden Fall war sie weich. Es gab keine Steigbügel. Da ihre Beine zu kurz waren, reichten ihre Füße nicht bis auf den Boden und hingen an den Seiten locker herab.

John trat auf den Rundbügel, auf dem das Pferd stand, löste dadurch einen Mechanismus aus, der das Schaukelpferd vor und zurück wippen ließ.

„Das ist zu lächerlich“, nörgelte Penny. Bald schon merkte sie, dass das Schaukeln ihren Schoß reizte. Der Überzug streichelte ihre Schamlippen und verursachte ein Prickeln, das stärker wurde, wann immer es auf den Kitzler drückte. Als sie auf einmal auf dem Sitz zu rutschen begann, errötete sie und war froh, dass John noch hinter ihr stand. Cremiger Saft rann aus ihrer Vagina. Aufgrund des Schaukelns verteilte er sich auf der Silikonschicht. Pennys Scheide und ihre Lust schwollen durch das Schaukeln an. Vor und zurück. Vor und zurück.

Lächerlich, dachte sie verschämt und hielt sich an den Ohren des bizarren Pferdes fest. Wie konnte sie solch ein Kinderspielzeug erregen? Aber das tat es nun mal. Das Schaukelpferd war entworfen worden, um Erwachsene zu entflammen, und es verfehlte seine Aufgabe nicht. Eine simple Bewegung – vor und zurück – machte Pennys Schoß bereit für alles, was John sich für sie ausdenken würde.

„Erschrecke nicht“, hauchte er in ihr Ohr.

Über ihre Schulter hinweg sah sie, wie er den Schwanz des Pferds nach rechts bog. Plötzlich vibrierte das Ding unter ihr. Penny stieß einen Schrei aus und wollte absteigen, aber John legte die Hand auf ihre Schulter und drückte sie sanft in den Sitz zurück.

„Genieße!“, forderte er sie auf. „Genieße den Ritt für mich.“

Noch immer wippte das Pferd vor und zurück, während es gleichzeitig vibrierte. Das ganze Tier bebte, zitterte und zuckte, und die Quelle lag direkt unter dem Rücken des VIBROHORSEs, wodurch Pennys Schamlippen intensiv massiert wurden. Durch die fehlenden Steigbügel und die Höhe des Pferdes drückte ihr Eigengewicht ihren Schoß fest auf das Silikon. Durch die stete Bewegung verteilte sich ihr cremiger Saft auf dem Reitsitz. Er glitzerte im Schein des Kerzenlichts. Der Pferderücken wurde immer rutschiger, was das Lusterlebnis noch schöner machte. Denn durch die glitschige Oberfläche glitt Penny in einem Moment bis zur Mähne nach vorne und im nächsten Augenblick wieder bis zum Schwanz zurück. Es war ein Gefühl, als würden ihre Schamlippen in Flammen stehen. Ein Feuer begann in ihrer Vulva zu lodern, das schnell anwuchs und sich über den Unterleib ausbreitete. Die Klitoris zuckte durch das kurze neckende Berühren, wann immer das Schaukelpferd sich aufbäumte, und die Klitoris auf den Überzug gedrückt wurde. Penny seufzte.

„Wenn es am Schönsten ist, soll man aufhören."

Die Vibrationen stoppten. John musste den Schalter am Pferdeschwanz betätigt haben. Bevor sie protestieren konnte, reichte er ihr die Hand. Er half ihr beim Absteigen und kommentierte den feuchten Sitz mit einem Lächeln. Galant führte er sie in eine Ecke und deutete auf einige Ledergurte, die miteinander verbunden waren, für Penny aber ohne ersichtlichen Grund. Erst als John eine Kiste unter die Gurte schob und die Bänder mit den Händen spreizte, erkannte sie es.

„Ein Sitzplatz?", fragte sie ungläubig.

„Wie wir gesehen haben, schaukelst du gerne", erklärte er, „da dachte ich, die Liebesschaukel ist genau das Richtige für dich."

Sie schüttelte den Kopf. „Das sieht nicht sehr stabil aus. Mir wird bestimmt schwindelig vom Schwingen."

„Nicht schwindelig! Es wird dich erregen. Und nun steig in die Gurte – mit den Beinen zuerst und vertraue mir, wie ich dir vertraut habe, als ich mit dir zu den Rebellen ging."

Das war ein Totschlagargument. Unsicher stieg Penny auf die Kiste, setzte sich auf zwei Gurte, die ihren Hintern einrahmten und sicherlich prall erscheinen ließen, und schlüpfte mit den Beinen in zwei Schlaufen. Dies hatte zur Folge, dass ihre Schenkel gespreizt wurden. Der Konstrukteur dieser speziellen Schaukel hatte die Ledergurte gut durchdacht platziert. Penny lag mehr in den Gurten, als dass sie saß. Sie hielt sich mit den Händen an den Tragegurten fest, die in der Raumdecke verankert waren. Die Füße streckte sie automatisch John entgegen, der die Kiste wegschob und den Reißverschluss seines Overalls öffnete.

„Bist du sicher, dass du das wirklich möchtest?", fragte er. „Ich bin ein Vampir, nicht einmal einer von deinen Rebellenfreunden."

Sie nickte.

„Was ist mit Guy?" Herablassend hob er eine Augenbraue.

„Er ist nur ein Freund." Zumindest empfand sie mittlerweile so. Selbst, wenn es keine gemeinsame Zukunft mit John für sie gab, konnte sie sich nicht vorstellen, mit Guy noch einmal intim zu werden. Sie verband keine Leidenschaft mehr, nur noch Freundschaft.

„Hoffentlich sieht er das genauso, denn ich teile nicht. Du weißt ja, ich bin ein Egoist."

Er zwinkerte, hob den Deckel einer Schatulle an und entnahm einen kleinen Karton. COCKVIBE stand in Großbuchstaben und signalroter Schrift darauf. John riss die Box auf. Hervor kam ein Gummiring, an dem drei batteriegroße Metallrollen hingen. Konzentriert holte er sein Glied aus dem Slip, das bereits steif von seinen Lenden abstand, streifte den Ring bis zum Schaft über und zog ihn fest. Dann drückte er auf einen Punkt an den Rollen. Penny hörte ein leises Summen. Kurz darauf zuckte Johns Penis und schwoll weiter an. Der Gummiring band die Blutzufuhr an der Peniswurzel leicht ab und steigerte offensichtlich seine Lust, zusätzlich noch unterstützt durch das Vibrieren des Metalls.

John stellte sich zwischen ihre gespreizten Schenkel. Anstatt in sie einzudringen, legte er sein Glied auf ihren Schamhügel. Das Vibrieren der Metallrollen floss sanft in sie über und wurde erst etwas stärker, als er seine Eichel an ihren Kitzler legte. Mit der Hand strich er zärtlich über ihre verheilende Bauchwunde. Es war nur noch eine Wulst, die sich rötlich von ihrer blassen Haut abhob. Sein Blick war verklärt. Der Penis-Vibrator schien einen fabelhaften Dienst zu leisten. Wie fabelhaft, bekam Penny zu spüren, als John mit den Fingern ihre Schamlippen spreizte und sein Glied an ihren Damm schmiegte, denn nun lag das Metall auf ihrer Klitoris. Augenblicklich bäumte sie sich auf – soweit dies ging, denn die Beinschlaufen hielten sie fixiert. Stöhnend schloss sie die Augen. Intensive Lust bemächtigte sich ihres Körpers. Sie schlang die Beine um Johns Hüften und lehnte sich zurück. Schwer atmend begann sie zu zittern. Ihre Arme wurden müde. Penny wollte sich hinlegen, um sich ganz der Leidenschaft hinzugeben, war jedoch gezwungen, sich weiterhin festzuhalten. Die zwei Gurte am Gesäß drückten in ihr Fleisch und erweckten in Penny das Gefühl, als wäre ihr Hintern doppelt so groß. Dieser Gedanke gefiel ihr. Sie wünschte sich, weiblichere Rundungen zu haben, pralle Pobacken, ein Blickfang für jeden Mann. Jeden? Nein, sie wollte nur noch John!

Er löste sich von Penny und drang ohne Umschweife in sie ein. Ihre Scheide umschlang sein Glied, als wollte sie es nie wieder freigeben. Der COCKVIBE reizte Pennys Schamlippen. Dadurch, dass John sich aus ihr zurückzog und wieder kraftvoll in ihre Vagina glitt, schaukelte Penny vor und zurück. John ergriff die Gurte und wirkte dem entgegen. Er zog an der Liebesschaukel, wenn er in Penny hineinstieß, sodass seine Hoden prall gegen ihre Pobacken schlugen, und der Penis-Vibrator ihren Scheideneingang ebenfalls stimulierte. Ihre Vulva war hochrot und geschwollen, ihr cremiger Saft tropfte auf den Boden. In diesem Raum fanden die Condannato-Vampire, die sich dem Regime nicht gebeugt hatten und ein Leben im Untergrund vorzogen, also ihre Zerstreuung und lenkten sich vom Blutkrieg ab. Eine attraktive Art der Ablenkung, fand Penny, und hielt sekundenlang den Atem an, weil der Orgasmus ihr die Luft raubte. Und als wäre dies nicht schon quälend schön genug, kam auch John in ihr und presste sogleich den Vibrator gegen ihren hoch empfindlichen Kitzler. Sie schrie ihre Lust heraus. Zuckend und zappelnd hing sie fast waagerecht in den Ledergurten und war zu berauscht, um auch nur einen klaren Gedanken zu fassen. Sie war entrückt. Es war fast so, als würde sie schweben. Ein nicht enden wollender Höhepunkt ließ sie kehlige Laute ausstoßen, die sie bisher selbst noch nie gehört hatte.

John löste den COCKVIBE, schob die Kiste unter die Liebesschaukel und half Penny beim Absteigen. Erschöpft fiel sie in seine Arme und kuschelte sich an ihn. Bei Guy hatte sie sich wie ein pubertierender Teenager gefühlt – John dagegen machte sie zur Frau.

„Wir müssen los", flüsterte John. „Nicht auszudenken, was geschieht, sollten die Sniffer vor uns zu Hause sein und die Wohnung leer vorfinden."

Glücklich ermattet zogen sich Penny und John an. Sie löschten das Kerzenlicht, und während John sie durch die finsteren Kanäle zurück zu Block 8 leitete, füllten zwei Wörter, die er gesagt hatte, ihre Gedankenwelt aus: Zu Hause! Konnte es wirklich sein, dass dieses schäbige, sterile Apartment in einem der zahlreichen Hochhäuser – das genauso unbedeutend schien wie alle anderen identischen Wohnungen – auf einmal an Bedeutung gewonnen hatte, weil eine gewisse Penny Whistle mit einem gewissen John Doe darin lebte – weil sie gemeinsam darin lebten? Penny hatte sich noch nie irgendwo daheim gefühlt. Jede Wohnung war lediglich ein zugewiesener Ort – kein Heim, nur vorübergehend ein Schlafplatz; und jeder Sharer war ein Fremder, ein Störfaktor, kein Mitbewohner.

Als Penny jedoch aus der Finsternis in die sternenhelle Nacht auftauchte, erschien alles wie ein Traum. Es war, als hätte sie die Illusionen im Untergrund zurückgelassen, in dem auch die Wünsche der Rebellen nach einer fairen Regierung begraben waren. Nichtsdestotrotz fühlte sie sich sicher, nachdem John die Haustür der Wohnung Nr. 13/a von innen verschloss und ihr andeutete, ins Bett zu gehen.

„Du hast in den letzten Tagen wenig geschlafen", ermahnte er sie.

Unsicher entkleidete sie sich und blieb vor dem Bett stehen.

„Worauf wartest du?", wollte er wissen und gab ihr einen Klaps auf den Hintern, bevor er sich ebenfalls auszog und unter die Decke glitt.

Sie konnte nicht glauben, dass ihr Sharer sie aufforderte im gleichen Bett zu nächtigen, wechselten sich Klon und Vampir doch normalerweise schichtweise mit dem Schlafen genauso ab wie mit den Arbeitszeiten. So wollte es die neue Ordnung. Nicht einmal John traute sie das zu, besonders nachdem er ihr gesagt hatte, sie solle sich nicht in ihn verlieben. Bisher hatten sie sich nur gemeinsam auf das Bett gelegt, um erotischen Spielen nachzugehen. Doch dazu hatte sie in dieser Nacht keine Kraft mehr. Sie war zum Umfallen müde.

Also fragte sie zaghaft: „Wo soll ich mich hinlegen?"

Er schlug die Decke zurück. „Dort, wo du hingehörst."

Wollte er durch die Blume sagen: „Neben mich, du Dummerchen?" Pennys Herz klopfte aufgeregt, als sie sich neben John legte. Er drehte sie auf die Seite, zog sie an seinen Körper heran, schmiegte sich an ihren Rücken und legte eine Hand auf ihre Hüfte. Anfänglich versteifte sie sich, denn sie konnte es nicht fassen, dass sie in seine Arme gekuschelt im selben Bett ruhte, hatte sie doch damit gerechnet, dass er sie aufgrund ihrer Verliebtheit auf Distanz halten würde.

Langsam entspannte sie sich und schlummerte bald darauf ein, weil sie sich so wohl fühlte wie nie zuvor. Irgendwann meinte sie Stimmen zu hören, war sich jedoch unsicher, ob es nicht nur ein Traum war ...

„CH-4-2119 arbeitet und hat keine Zeit für Ihre Fragen. Ich habe sie verhört und herausgefunden, dass sie nichts mit dem Unfall zu tun hat. Stellen Sie meine Kompetenz in Frage?“ – „Das würde ich an Ihrer Stelle nicht wagen! Sie werden jetzt zum nächsten Verhör gehen und uns in Ruhe lassen!“ – „Artig, artig!“

... denn als sie hinter sich griff, lag John immer noch neben ihr und schien tief und fest zu schlummern.

Durch den Fernseher, der sich pünktlich um 6 Uhr anstellte und die neusten Lügengeschichten verbreitete, schreckte Penny aus dem Schlaf. Sie stieg vorsichtig aus dem Bett, um John nicht zu wecken und schlich ins Badezimmer. Nach einer eiskalten Dusche war sie schon etwas wacher. In Ruhe aß sie ihr Mash, trank einige Gläser Wasser und zog sich an, um zum SKY TRAIN zu gehen und zur Arbeit zu fahren.

Sie hatte Angst, Guy in der BLOODY BISQUIT COMPANY zu treffen. Aber als sie sich dann gegenüberstanden, begegnete ihr Besorgnis und keine Abneigung.

„Ich kann verstehen, dass ein Vampirliebhaber aufregender ist als ein Klon“, sprach er verbittert und begann einige Eimer mit Flüssigei und Trockenmilch-Päckchen von einem Aluminiumregal zu räumen, damit Penny es putzen konnte, „aber er ist auch weitaus gefährlicher. Er wird deinem Blut auf die Dauer nicht widerstehen können.“

Penny ging zu einem Wasserhahn, füllte ihren Putzeimer mit Wasser und kehrte zurück. „Bisher hat er mich noch kein einziges Mal zur Ader gelassen. Findest du das nicht ungewöhnlich?“ Einen Augenblick lang überlegte sie, ob sie ihm von dem gestohlenen SYNTHETICS Kanister erzählen sollte, schwieg jedoch, da sie John nicht verraten wollte.

„Du hältst ihn für einen tollen Hengst, doch er ist Santagos' Sohn und wird dir wehtun. Ich weiß es!“

„Und ich weiß, dass ich nichts mehr über John hören möchte.“ Ärgerlich spritzte sie mehr Putzmittel in das Wasser als nötig. „Ihr wollt aufgrund von Vorurteilen nichts mit ihm zu tun haben und habt meinen Vorschlag mit den Experimenten abgelehnt. Punkt.“

Guy umschlang ihr Handgelenk, um sie von der Arbeit abzuhalten und ihre Aufmerksamkeit zu erlangen. „Wir haben darüber nachgedacht und mit unseren Laboranten diskutiert.“

„Habt ihr?“ Verdutzt riss sie die Augen auf.

„Es ist unwahrscheinlich, aber dennoch möglich, dass die Versuche ein Nervengift hervorbringen. Wir müssen etwas tun. Dringend!“ Er ließ ihre Hand los und nahm den letzten Eimer vom Regal.

„Was ist geschehen?“ Penny sah ihrem Freund an, dass er Informationen verschwieg.

„Hugh ist der Meinung, wir sollten es probieren, falls John noch bereit ist, uns etwas von seinem hochwohlgeborenen Blut zu spenden.“ Mit dem Ärmel wischte er sich den Schweiß von der Stirn. „Wir haben die ganze Nacht diskutiert. Verdammt, ich bin alle!“

Diesmal war es an ihr, ihn festzuhalten, damit er ihr ins Gesicht schaute. „Ich sehe es dir an! Es ist etwas passiert, etwas, dass uns zum sofortigen Handeln zwingt.“

Guy nickte. „Der Prime Lord ist dabei, seine Macht auf andere Länder auszubreiten, und ich meine damit nicht, dass er ihren Zuspruch durch Blut versetzte Kekse gewinnt.“

Was Penny dann erfuhr, machte sie nervös. Den ganzen Tag trippelte sie durch die Hallen, wusch kopflos saubere Schüsseln und war so zerstreut, dass sie beinahe einen Wächter mit ihrem Putzwagen angefahren hätte. Krampfhaft überlegte sie, wie sie John doch noch davon überzeugen konnte, etwas von seinem Blut für Tests zu spenden. Er interessierte sich augenscheinlich nur für seine Rache. Das restliche Großbritannien kratzte ihn nicht.

Selbst abends in der Magnetschwebebahn grübelte sie noch. Sie verwarf die Idee, ihm eine Lüge aufzutischen, denn sie wollte ihn nicht hintergehen. Ebenfalls verspürte sie nicht den Drang, ihn durch erotische Spiele um den Finger zu wickeln. Lust empfand sie schon, aber die Lage war zu ernst, um ein Spiel daraus zu machen.

Ratlos stieg sie aus dem SKY TRAIN, betrat das Treppenhaus und schlenderte die Stufen hinab. Als sie vor der Apartmenttür stand, seufzte sie. Penny öffnete den Eingang mit der Schlüsselkarte und ging hinein. Im Flur begegnete ihr John, der nur mit einem Handtuch um die Lenden aus dem Badezimmer kam und sich mit einem zweiten Handtuch die nassen Haare trocken rieb.

„Du siehst blass aus, fast so bleich wie ein Vampir.“ John rollte das Handtuch zusammen, legte es um ihre Hüften und zog sie heran. „Der elfenbeinfarbene Teint steht dir gut, sehr gut sogar.“

Penny bekam eine Gänsehaut, und als John sein Gesicht zu ihrem Hals neigte, reagierte sie panisch und schob ihn fort. Grimmig schaute er sie an, und so beeilte sie sich zu sagen: „Ich weiß, dass für dich das Thema durch ist, aber wir müssen noch einmal darüber reden. Bitte, hör mir wenigstens zu.“

Er winkte ab und ging ins Wohnzimmer, in dem ein schwarzer Overall auf dem Bett bereit lag. Als John beide Handtücher fallen ließ, war Penny einen Moment abgelenkt durch den Anblick seines knackigen Hinterns. Doch anstatt herauszuschreien: „Ich will dich!“, bemühte sie sich, sich auf ihr Anliegen zu konzentrieren.

„Wir brauchen dein Blut, nur wenige Tropfen, bitte, John. Es tut dir nicht weh. Es gibt keinen Grund, es uns nicht zu geben.“

Nachdem er den Overall genommen hatte, drehte er sich um. Er präsentierte ihr sein prächtiges Glied, beobachtete, wie ihre Augen zu glänzen begannen und schlüpfte dann in den Anzug. „Sollte das Experiment erfolgreich sein, werdet ihr alles tun, um mehr von meinem Blut zu bekommen.“

„Wir gehen nicht über Leichen“, schoss es aus ihr heraus.

„Was war mit George Slay?“

Verzweifelt rieb sie mit den Handballen über die geschlossenen Augenlider. John hatte recht. Dies war genauso dringlich und ein Notfall, wie damals Slay zu töten, um die Existenz der Rebellen zu schützen.

Sie sah ihn an und versuchte so aufrichtig wie möglich zu klingen: „Santagos hat dich bisher nicht ermorden können, dann schaffen wir das auch nicht. Bitte, John, er wird größenwahnsinnig!"

„War er das nicht schon immer?" Er rümpfte die Nase.

„Wir müssen ihn aufhalten", insistierte sie. „Wir tragen eine Verantwortung, denn wir haben das Böse mächtig werden lassen. Großbritannien ist die Quelle des Übels. Wir sind Großbritannien. Wenn wir nichts unternehmen, wer dann? Bisher schlugen all unsere Versuche fehl. Nun haben wir einen Joker ..." Sie stockte.

Er kam zu ihr, fasste ihre Oberarme und hielt sie fest. „Ich bin nicht das Ass in eurem Ärmel."

„Ob du willst oder nicht, das Spiel ist *unser* Spiel", antwortete sie scharf, ohne sich einschüchtern zu lassen. „Alle in Großbritannien sind daran beteiligt und haben Einfluss darauf. Es ist nicht nur Sache der Rebellen, sondern eines jeden Bürgers."

John schnaubte, ließ von ihr ab und schritt zur Kommode. Er stützte sich darauf ab und schloss für Sekunden die Augen. „Wie ich es hasse, von Santagos abzustammen!"

„Und ich mag es nicht, ein Klon zu sein. Wie du wünsche ich mir jemand anderes zu sein – ein Mensch, ein Individuum." Von hinten umarmte sie ihn. „Aber wir können es nicht ändern und sollten das Beste daraus machen."

Schweigend richtete er sich auf und streichelte ihre Arme.

„In den Nachrichten haben sie doch letztens vom russischen Präsidenten Spajev berichtet. Erinnerst du dich?", fragte sie und fuhr fort, ohne eine Antwort abzuwarten. „Er ist schwer krank und hat sich zurückgezogen. Niemand hat ihn seit Monaten gesehen, doch er weigert sich, sein Amt niederzulegen."

„Hat der Prime Lord ihn aus dem Verkehr gezogen, weil Spajev vor den Vampiren gewarnt hat?"

„Schlimmer! Santagos hat ihn zu einem Vampir gemacht."

Entsetzt drehte sich John zu ihr um. „Santagos greift nach Russland?"

Penny nickte. „Egal, wie sehr Spajev die Audax Vampire verachtet, er wird seinesgleichen suchen. Die Zugehörigkeit wird ihn über kurz oder lang mürbe machen ..."

„... und er wird sich dem Prime Lord unterwerfen."

„Und mit ihm Russland", fügte sie hinzu. „Wirtschaftliche Beziehungen mit dem Ausland hat Santagos schon lange, aber dies ist der erste konkrete Schritt, der zeigt, dass er sein Reich vergrößern will. *Es* hat begonnen."

John raufte sich die Haare. Seine Miene versteinerte. Er deutete auf die Küche. „Du wirst mich zur Ader lassen, aber ich gebe euch nur eine einzige Ampulle. Mehr nicht! Solltest ihr keinen Erfolg haben, werde ich euch kein weiteres Blut zur Verfügung stellen, denn ich bin keine Kuh, die man melken kann, bis sie blutleer tot umfällt. Ist das klar?"

„Danke." Sie lächelte erlöst.

Bevor sie in die Küche gehen konnte, hielt er sie zurück. „Noch etwas."
Ihr Lächeln gefror, denn sie ahnte, dass er eine Gegenleistung fordern würde.
„Ich verlange als Austausch deinen Lebenssaft", sprach er. „Ich werde dir die Ader aufritzen und es frisch aus deinen Venen trinken, ohne dich zu beißen. Das bist du mir schuldig. Danach schließe ich die Wunde sofort wieder, so wie ich deine Bauchverletzung geheilt habe."
Sie war verführt vorzuschlagen: „Wäre dir mein Lustsaft nicht lieber?", schluckte die Frage jedoch runter.
Als sie John in der Küche zur Ader ließ, war sie nervös. Er wirkte unruhig, grimmig, wie ein Tier, das in die Ecke gedrängt wurde und jeden Augenblick ausrasten würde. Aber er hielt seinen Unmut im Zaum und fiel wider Erwarten nicht über sie her. Während er jedoch ihr Blut trank, war er auf einmal erregt. Seine Augen waren glasig, und sein Overall wölbte sich an seinen Lenden. Trotzdem beherrschte er sich und verließ sofort danach die Wohneinheit, obwohl der SKY TRAIN noch lange nicht in die Haltestelle auf dem Dach von Block 8 einfahren würde.
Er braucht Zeit, dachte Penny, wartete zwei Stunden, bis der Schichtwechsel vollzogen war und brachte das Blut den Rebellen, die sich in Labordingen auskannten und die Versuche durchführen würden. Sie bemühte sich, ihnen Hinweise zu den Experimenten mit Jeremy Wellingshams Blut zu geben, die sie durch Charlene Lawrence' Erinnerungen erfahren hatte.
Wochenlang passierte rein gar nichts. Für Penny war es zermürbend. Das Warten zerrte an ihren Nerven. John zog sich zurück. Sie sahen sich selten und liebten sich kaum. Ganz konnte er die Finger nicht von ihr lassen. Doch wenn er sie berührte, war es zögerlich. Auch er schien unruhig zu warten. Viel Zeit hatten sie ohnehin nicht, denn die BLOODY BISQUIT COMPANY wurde Tag und Nacht wie ein Hochsicherheitsgefängnis bewacht. Es gab keine weiteren Vorfälle. Penny hatte selten die Chance mit Guy zu sprechen. Sie vereinsamte immer mehr, denn die Rebellen hatten beschlossen, vorerst keine heimlichen Treffen durchzuführen. Erst nachdem die Ergebnisse der Tests vorlagen, würden sie zusammenkommen. Für alle Beteiligten war es eine Qual. Sie fand ein Ende, als plötzlich Hugh vor der Wohneinheit stand. Seine ernste Miene verhieß nichts Gutes.
Penny sah John erschüttert an. „Es hat nicht funktioniert." Sie hatte vermutet, er würde erleichtert sein, weil ihn nun nichts mehr mit den Rebellen verband. Aber auf seinem Gesicht spiegelte sich die Enttäuschung.
„Wir mussten viele Fehlschläge hinnehmen", berichtete Hugh endlich.
„Das ist ... das ...", stammelte sie.
John nahm ihr die Worte aus dem Mund. „Das ist eine Katastrophe!"
Plötzlich lächelte Hugh. „Aber am Ende schafften wir es doch, ein Nervengift herzustellen, das auch bei Vampiren wirkt."
„Kaum zu glauben", murrte John skeptisch.
Hugh verschränkte die Arme vor dem Körper. „Wir haben unter anderem das Gift der heimischen Kreuzotter deinem außergewöhnlich starken Blut beigemischt. Die verschiedenen Wirkstoffe sind miteinander eine Symbiose eingegangen und unsere Tests bewiesen, dass die Lösung – wir haben sie

Vampirox genannt – Atemnot, Lähmung und Sinnestäuschungen hervorrufen und bei einer hohen Dosis tödlich ist."

„Aber wirken sie auch bei Santagos' Bodyguards, die er durch sein eigenes Blut stärkt?", wollte John wissen.

„Wir werden sehen", antwortete Hugh.

Das stellte John nicht zufrieden. „Unkenntnis ist ein großes Risiko. Wirkt das Gift auch bei Santagos?"

„Wir werden sehen", wiederholte Hugh und wandte sich an Penny. „Wir brauchen jeden Mann und jede Frau. Übermorgen Nacht greifen wir Hampton Court Palace an. Der Prime Lord wird zu Hause sein. Das Vampirox verteilt Kenneth kurz vorher."

„Wir werden pünktlich sein", sagte John und erntete verwirrte Blicke. „Ich werde auf jeden Fall dabei sein. Diese Chance auf Rache lasse ich mir nicht entgehen. Ich warne euch! Solltet ihr mich austricksen, lasse ich eure Aktion auffliegen." Mit dieser Drohung verschwand er im Bad.

„Halte John davon ab, mitzukommen", brummte Hugh.

Penny seufzte. „Das kann ich nicht!" Nichts und niemand wird den finsteren Racheengel dazu bewegen, tatenlos zuzusehen.

„Doe wird versuchen, im Alleingang Santagos auszuschalten. Dadurch ziehen wir die Aufmerksamkeit frühzeitig auf uns alle, sodass wir scheitern werden", schimpfte er und verabschiedete sich schlecht gelaunt.

Penny räumte ein, dass ein Ausrasten von John durchaus möglich wäre, sobald er in Reichweite von Santagos kam, aber er würde bei dem Angriff dabei sein. Da konnten sich alle Rebellen gleichzeitig auf den Kopf stellen.

Vorsichtig lugte sie ins Badezimmer. „Du musst nachts arbeiten. Wie willst du deine Schicht umgehen?"

John wusch sich das Gesicht mit kaltem Wasser. „Ich haue einfach ab. Die Reinigungskräfte fallen doch am wenigsten auf, weil sie keinen festen Arbeitsplatz haben. Sie arbeiten mal hier und mal dort und werden am wenigsten kontrolliert. Bevor die Aufseher mein Verschwinden bemerken, ist in Hampton Court Palace bereits das Inferno ausgebrochen."

Als Penny die Badezimmertür schloss, zitterte sie. Dieses Zittern sollte sie den nächsten Tag begleiten und auch den Tag darauf, bis es endlich so weit war, und die Rebellen von allen Seiten zum Treffpunkt am Stadtrand von High London zusammenströmten.

„Wir haben alles auf eine Karte gesetzt und Elektroautos gestohlen", verkündete Guy und deutete allen an, einzusteigen.

Sie fuhren eilig nach Old Richmond upon Thames südwestlich von High London und waren erst sicher, dass sie nicht entdeckt worden waren, als die Bäume des Bushy Parks sie abschirmten. Das Wasser der Themse plätscherte friedlich, als die Rebellen eine Lagebesprechung durchführten. Die Vita Eterna-Vampire und die Repros befürchteten, dass John sich als Audax Spion outete und beobachteten jede Bewegung von ihm. In seinem schwarzen Kampfanzug und mit seinen dunklen Haaren, die ihm wirr über die Schulter hingen, sah er aus wie ein bedrohlicher Schatten. Penny war erstaunt, dass er unter der Last der Waffen, die er bei sich trug, nicht zusammenbrach: Ein mit einer Glas-Ader durchzogenes Silberschwert, das eine phosphoreszierende Flüssigkeit enthielt, Leuchtgranaten, ein Flammenwerfer, eine Armbrust mit Holzpfeilen, Pistolen, Messer und Wurfsterne.

Guy wich nicht von Pennys Seite, was Johns Laune sichtbar verschlechterte, denn seine Miene wurde immer grimmiger, bis er schließlich Pennys Arm ergriff, um sie in seiner Nähe zu halten. Diese versuchte sich unauffällig loszureißen, denn sie kam sich vor wie an die Leine gelegt. Er hatte ihr in letzter Zeit nicht gerade viel Interesse geschenkt. Jetzt brauchte er das nicht nachholen. Gleichwohl schmeichelte es ihr. Er sah einfach zu attraktiv in seiner schwarzen Kluft aus, die er zweifelsohne bei seinen Sabotageakten getragen hatte. Wo hatte er die Montur nur die ganze Zeit im Apartment versteckt gehabt? Im Geheimfach in seinem Kleiderschrank vielleicht? Lediglich die Maske trug er nicht.

Das Gelände des Hampton Court Palace war sehr weitläufig und besaß große Gärten. Es bot Penny einen krassen Gegensatz zu High London, wo Funktionalität wichtiger war als Schönheit. Die Natur, die in der Innenstadt fehlte, gab es hier im Überfluss. Während einige Späher die Audax Posten ausspionierten, verteilte Kenneth das Vampirox, das teilweise in Patronen gefüllt worden war. Man tauchte Speerspitzen in das Gift und füllte Granaten mit der Flüssigkeit. Letzte Vorbereitungen wurden getroffen. Als alle versorgt waren, ging jeder auf seine Position. Man würde den Palast von allen Seiten gleichzeitig angreifen – zuerst die Wachen ausschalten und sich dann durch die Parkanlagen zum Hauptgebäude schleichen.

„Du kommst mit mir", raunte Guy und wollte Penny hinter sich herzerren.

Doch John hielt sie fest. „Das ist zu gefährlich. Du bildest mit Hugh, Kenneth und einigen Condannato Vampiren die Vorhut. Ihr seid das Todeskommando und habt es einzig auf Santagos abgesehen."

Guy knurrte widerwillig wie ein bissiger Köter und lief zu seiner Einheit, während John frech grinste. Hätte er gewusst, dass Hugh Penny auf ihn angesetzt hatte, wäre ihm das Lachen vergangen. Auch wenn sie harmlos aussah, so würde sie doch ein Auge auf John werfen, denn nur sie vermochte ihn zu zügeln.

Nachdem der Stoßtrupp die Schutzmänner der ersten Reihe – Santagos ordnete seine Wachen gerne im Ringprinzip an, damit Angreifer dachten, sie hätten es geschafft – ausgeschaltet hatten, rannten Penny und John in den Hecken-Irrgarten. Penny wusste, dass Hugh ihnen diesen Weg zugeteilt hatte, um John auszubremsen, aber dessen Instinkte waren zu ausgeprägt, als dass ein Irrgarten ihn hätte behindern können. Er eilte so schnell durch die Gänge, dass Penny ihm kaum folgen konnte. Irgendwann bog sie um die Ecke – und stand in einer Sackgasse. Vor ihr war nur eine weiße Parkbank. Kein John weit und breit. Wie hatte er das nun wieder angestellt?

Plötzlich hörte sie hinter sich Schritte. Sie fuhr herum – und hob abwehrend die Hände. Doch der Wachmann hatte längst seine Schnellschusswaffe gehoben. Er holte aus und hieb sie mit dem Griff gegen ihren Kopf. Mit der Schläfe schlug sie beim Fallen gegen die Parkbank. Ein starker Schmerz zuckte durch ihr Gehirn. *Ich werde auch zu einem Hampton-Court-Palace-Geist,* waren ihre letzten Gedanken. Sie hatte einmal gelesen, dass Sibell Penn, das Kindermädchen Edwards VI., Jane

Seymour, die dritte Ehefrau Heinrichs VIII., und Katharina Howard, seine fünfte Ehefrau, angeblich hier spukten. Doch stattdessen fiel sie erneut in ein Wachkoma und durchlebte die Erinnerungen von Charlene Lawrence ...

Jeremy und ich waren erschöpft. Wir mussten dringend Kraft tanken und mieteten uns in einem Hotel in Birmingham ein, um dort die Nacht und den darauffolgenden Tag zu verbringen. Wir wiegten uns in Sicherheit, weil uns die Jäger des Ordens des heilbringenden Lichts nicht gefolgt waren.

Zu meinem Bedauern war mein vampirischer Freund sehr schweigsam geworden, seit wir das „Emerald" betreten hatten. Ich war mir nicht sicher, ob er noch immer wütend auf mich war. Seine Worte hatten mich schwer getroffen. Er wusste nicht mehr, was er für mich empfinden sollte. Dabei war ich mir sicherer denn je. Ich wollte ihn und wartete sehnsüchtig auf seine Entscheidung, hoffte, dass er mir noch einmal eine Chance gab.

„Gab es im 18. Jahrhundert eigentlich Whirlpools?" Fragend blickte ich zu Jeremy, der es sich auf dem Bett unseres Doppelzimmers gemütlich machte.

Er hob den Kopf. „Mmh?"

Ich merkte, dass er mir nicht richtig zugehört hatte und war fest entschlossen, ihn auf andere Gedanken zu bringen.

„Dachte ich mir. Dann wird es Zeit, dass Sie, werter Edelmann, einen Ausflug mit mir ins 21. Jahrhundert machen. Wenn ich bitten darf?"

Ich reichte ihm galant die Hand in der Hoffnung, ihn ein wenig ablenken zu können. Irritiert nahm er sie und folgte mir durch das Emerald. Mit voller Absicht hatte ich ein Hotel ausgewählt, in dem ich mir eine Übernachtung unter normalen Umständen nicht leisten konnte. Um unser Zimmer zu bezahlen, hatte ich tief ins Portemonnaie greifen müssen. Doch die Investition lohnte sich. Ich war überzeugt, Richard würde uns niemals an einem Ort wie diesem vermuten. Außerdem konnten sowohl Jeremy als auch ich ein wenig Erholung vertragen.

„Was ist denn hier los?", wunderte ich mich, als wir plötzlich in einem dunklen Raum standen.

Vor uns lagen ein Becken und zwei kleine Whirlpools. Die Halle wirkte ausgestorben. Meine innere Uhr war völlig durcheinandergeraten. Ich hatte vergessen, wie spät es mittlerweile war, und dass das Schwimmbad um diese Uhrzeit längst geschlossen war. Irgendwer musste vergessen haben, die Tür abzuschließen.

„Zu schade, wir sind wohl zu spät", seufzte ich. „Lass uns morgen nach dem Frühstück schwimmen gehen."

„Das geht nicht." Jeremy deutete zu den großen Fenstern, durch die der Mond hereinschien. „Das Sonnenlicht würde mir nicht gut bekommen."

„Ach, verdammt. Ich wäre so gern ein paar Runden mit dir geschwommen."

„Was hindert dich daran, es zu tun?"

„Wenn wir das Licht anschalten, werden sie uns entdecken. Und im Dunkeln kann ich kaum etwas sehen."

„Dafür sehe ich umso besser. Ein Vorteil, den ein Vampir hat."

Ich zögerte. Ja, warum eigentlich nicht? Es war ein kleines Abenteuer, ein Spaß, der uns von unseren Sorgen ablenken würde. „Also gut, ich sehe mal nach, ob ich einen Whirlpool anbekomme.“

„Ich dachte, du möchtest schwimmen?“

„Eins nach dem anderen. Ich habe dir einen Whirlpool versprochen, du sollst einen Whirlpool bekommen!“

Ich lief zu den beiden leeren Pools und tastete die Knöpfe am Rand des ersten Bassins ab. Sie funktionierten nicht. „Verflixt!“, knurrte ich und probierte auch die Schalter des zweiten Pools aus. Vergebens. Irgendwo musste es einen Sicherungskasten geben oder sogar mehrere. Suchend blickte ich mich um, aber es war zu dunkel. Großflächige Dinge konnte ich gut erkennen, doch feine Einzelheiten blieben mir trotz des hereinscheinenden Mondlichts verborgen. Am Rand des Schwimmbeckens entdeckte ich Jeremy, der sich nicht regte und genauso da stand, wie ich ihn zurückgelassen hatte. Etwas stimmte nicht mit ihm.

Eilig ging ich auf ihn zu und legte ihm die Hand auf die Schulter. „Alles in Ordnung? Ich dachte, du würdest dich frei machen.“

Jeremy zuckte zusammen, als hätte ich ihm mit einer Peitsche auf den Rücken geschlagen. Erschrocken fuhr er herum und starrte mich aus glühenden Augen an, die ihn wie einen Dämon aussehen ließen. Sein Anblick machte mir richtig Angst.

Ich wich zurück. „Was hast du auf einmal?“

Sein Atem ging schnell, doch allmählich schien er sich zu normalisieren. Das Feuer in seinen Augen erlosch und seine Gestalt sank in sich zusammen.

„Du hast ... mich erschreckt“, stammelte er und rieb sich über die Stirn, als hätte er starke Kopfschmerzen.

„Tut mir leid. Das wollte ich nicht. Aber es geht dir gut, ja?“

„Sicher. Alles ist bestens.“ Er verharrte in seiner Denkerpose.

Ich glaubte nicht, dass er die Wahrheit sagte. Er war viel zu aufgelöst, auch wenn er krampfhaft versuchte, es vor mir zu verbergen.

„Denkst du an das Labor?“, fragte ich und hätte mir im nächsten Augenblick am liebsten die Zunge abgebissen, weil ich mit der Tür ins Haus gefallen war.

Sein gedehntes Seufzen verriet, dass ich recht hatte. Ich wusste keine Einzelheiten, wusste nicht, was ihm Kuklow angetan hatte, doch die Gedanken daran schienen ihn sehr zu quälen.

„Natürlich denke ich daran. Vor wenigen Stunden war ich noch in ihrer Gewalt. Ich kann nicht so schnell vergessen, was geschehen ist.“

„Ich weiß. Ach, Jeremy. Ich wünschte wirklich, wir wären uns unter anderen Umständen begegnet. Ohne mich wärst du nicht in diese Situation geraten.“ Der arme Kerl musste ein Trauma erlitten haben. Ich fühlte mich schuldig.

„Du hast recht. Ohne dich wäre mir eine Menge erspart geblieben. Die Ungewissheit, die Zweifel, die Qual.“ Verbitterung sprach aus seinen Worten. „Kein Wesen hat mir je etwas Grausameres angetan, nie wurde ich derart verraten und betrogen.“

Seine Worte waren wie heiße Stiche in mein Herz, weil alles, was er sagte, stimmte! Er hatte so verdammt recht. Verzweifelt heulte ich auf: „Du hasst mich also immer noch? Dabei versuche ich alles, wirklich alles, um meinen Fehler wieder gutzumachen. Merkst du das nicht?“

Einen schrecklichen Augenblick lang starrten wir uns an, dann zog er mich näher zu sich und nahm mein Gesicht in seine zarten Hände. „Ich fühle deine Qual, und ich will alles tun, um sie dir zu nehmen. Es gibt jedoch noch mehr, was ich dir zu sagen habe. Lass mich also bitte ausreden, Charlene.“

Ich nickte zaghaft.

„Ohne dich wäre ich nicht in den Hinterhalt der Jäger geraten. Aber ohne dich hätte ich nicht gelernt, wieder zu fühlen. Seit Jahrhunderten hatte sich niemand um mich gekümmert, doch du bist mit mir durch den Leeds Liverpool Canal geschwommen, hast dein altes Leben aufgegeben und deine Vergangenheit zurückgelassen. Ich erkenne nun, dass wir beide Opfer bringen mussten, um zueinander zu finden.“

Ich war erstaunt und gerührt, weil er in mir nicht nur die Verräterin, sondern auch eine Verbündete und Vertraute sah. Tränen stiegen mir in die Augen.

„Ich habe dir verziehen, Charlie. Weil ich dich liebe. Und weil meine Gefühle für dich trotz aller Zweifel nie aufhörten zu existieren. Dennoch werde ich einige Zeit brauchen, um alles zu verarbeiten. Bringst du die Geduld auf, bis dahin an meiner Seite zu bleiben?“

„Natürlich.“

Er hob mich ein Stück in die Höhe, spitzte die Lippen und küsste mich. Ich seufzte glücklich. Sein Kuss schmeckte ehrlich und rein nach aufrichtiger Liebe. Wenn er mir verzieh, dann konnte ich auch mir selbst verzeihen. Die Gewissensbisse hatten an meiner Seele genagt. Doch nun drängte sich mir ein anderes Gefühl viel stärker auf. Das Gefühl der Leidenschaft und des Verlangens.

Jeremy ließ mich los, streifte Bills Kleidung ab und legte sie auf eine der Bänke, um dann mit einem eleganten Hechtsprung in den großen Pool zu springen. Eine Fontäne schoss hinauf und prasselte auf mich herab. „Komm zu mir! Ich kann ein wenig Ablenkung vertragen. Das Wasser ist sehr angenehm.“

„So fühlt es sich aber nicht an.“ Ich schüttelte mich wie ein begossener Pudel, zog meine Kleidung aus und wagte mich an den Rand des Beckens. Endlich hatten sich meine Augen einigermaßen an die Dunkelheit gewöhnt. Vorsichtig tauchte ich meine Zehen in das Wasser und zuckte zusammen. „Ich finde es eiskalt.“

„Du gewöhnst dich daran. Zur Not helfe ich dir, warm zu werden.“

Unter mir tauchte plötzlich eine feuchte Hand auf, die sich auf meine Scham legte und sie zärtlich im Rhythmus rieb.

„Jeremy!“, stieß ich überrascht hervor und begann sogleich das aufregende Gefühl, das sich in meinem Unterleib ausbreitete, zu genießen.

„Ja?“

„Mach … doch bitte weiter.“

Er musste sich etwas strecken, um mich zu erreichen, und stützte sich dabei mit der anderen Hand am Beckenrand ab. „Komm näher.“

Ich ging in die Hocke und präsentierte ihm meine Scham. Jeremy neigte den Kopf, presste seine Lippen auf meine Labien und sog meinen Duft ein.

„Du riechst sehr weiblich.“

Ich kraulte seinen nassen Schopf und war versucht, seinen süßen Mund stärker an mich zu pressen, hielt meine Sehnsucht jedoch zurück, weil ich ihn nicht bedrängen wollte. Nach allem, was geschehen war, war ich noch immer verunsichert, wie weit ich gehen durfte, ohne dass er sich eingeengt oder gar ausgeliefert fühlte.

„Setz dich auf den Rand."

Ich tat, was er verlangte und spürte, wie die Kälte meinen Körper hinaufjagte, als meine Schenkel ins Wasser glitten. Er streichelte mich zärtlich und tauchte mit dem Kopf zwischen meine Beine, wo er sanft an meiner Klitoris saugte.

„Wenn uns jemand sieht?"

„Die Gefahr ist erregend, findest du nicht?"

Ja, das war sie. Die Lust wurde größer, machte aber auch leichtsinnig.

„Komm ins Wasser", drängte er und leckte ein letztes Mal über meine Schamlippen.

Ich ließ mich vorsichtig ins kühle Nass gleiten, bis ich auf einer Stufe stand und mir das Wasser bis zu den Hüften reichte. Meine Zähne klapperten. „Die heizen das Wasser nicht in der Nacht."

Seine Hand glitt zu meinem Venushügel. Vorwitzig drang sein Zeigefinger zwischen meine Beine und verschwand in meiner feuchten Grotte. Ich verdrehte vor Wonne die Augen und vergaß die Kälte schnell, weil das Blut heiß durch meine Adern rauschte und meinen Körper aufheizte.

„Wenn du mehr davon willst, musst du es dir holen."

Jeremy ließ von mir ab und warf sich ins rücklings ins Wasser. Erneut schwappte mir ein ganzer Schwall entgegen, und ich fluchte leise, denn das Chlorwasser brannte in meinen Augen. Nachdem der Schmerz nachließ, und ich wieder sehen konnte, blickte ich zur Mitte des Beckens, wo Jeremy auf mich wartete. Es kostete Überwindung, mich der Kälte auszuliefern, doch die Sehnsucht nach ihm trieb mich voran. So tauchte ich langsam unter, gab meinem Körper die Zeit, die er brauchte, um sich an die Temperatur zu gewöhnen und schwamm schließlich zur Mitte des Beckens, wo ich meine Arme um seinen Hals legte, um meine Belohnung in Form eines Kusses einzufordern.

Eine Weile ließen wir uns vom Wasser an den Rand zurücktreiben. Seine nassen Hände glitten über meinen Körper, streichelten und verwöhnten ihn, schienen überall zu sein, und doch konnte ich nicht genug von ihnen bekommen.

„Es gibt da etwas, wonach ich mich sehne", hauchte Jeremy.

„So? Was könnte das sein?"

Sein Zeigefinger tippte gegen meine Scham. „Das hier."

Ich grinste ihn an. „Wenn du mehr davon willst, musst du es dir holen", sagte ich mit einem Zwinkern. Er verstand die Anspielung und lachte. „Du bist mir eine."

„Eine, die genau weiß, was sie will."

„Und ich lese dir gern jeden Wunsch von den Augen ab."

Mit diesen Worten tauchte er, griff nach meiner Hüfte und platzierte meine Beine so auf seinen Schultern, dass meine Scham direkt vor seinem Gesicht schwebte. Schon spürte ich seine wundervolle Zunge, die über meinen Kitzler glitt und ihn reizte. Ich lehnte mich ein Stück zurück und hielt mich mit beiden Händen am

Beckenrand fest. Immer wieder schwappten mir winzige Wellen ins Gesicht, während er mir unter Wasser die süßesten Gefühle bereitete. Ich spürte die Luftblasen, die meine Scham kitzelten, genauso wie seine flinke Zunge, die wieder und wieder über meinen Kitzler strich. *Hör jetzt bitte nicht auf,* dachte ich, wusste aber, dass er früher oder später eine Pause einlegen und auftauchen musste. Das Kribbeln in meinem Unterleib brachte mich fast um den Verstand. Seufzend schloss ich die Augen und genoss seine Hingabe. Jeremy hielt erstaunlich lange unter Wasser aus. Noch ein wenig länger und ich würde kommen. Kurz vor meinem Höhepunkt kam er prustend an die Wasseroberfläche zurück.

„Hat es dir gefallen?“, fragte er völlig außer Atem.

„Sehr.“

„Dann wirst du das hier hoffentlich genauso lieben.“ Er drehte mich so um, dass ich mit dem Oberkörper über dem Beckenrand hing.

Ich spürte etwas Hartes an meinem Po und zuckte zusammen. „Du wirst doch hoffentlich nicht …?“ Ich wagte es nicht auszusprechen. Auf Analsex stand ich ganz und gar nicht.

Aber er verfolgte andere Absichten. Vorsichtig glitt sein Penis in meine Scheide, in der er sich rhythmisch vor und zurück bewegte, sanft und doch so leidenschaftlich in mich stieß. Meine Hände rieben an meiner Klitoris, während er es mir von hinten besorgte. Ich atmete stoßweise.

„Ja … so ist es gut“, stöhnte ich, als sich die Ekstase in mir ausbreitete. Es war ein berauschendes und sinnliches Gefühl, sich mit ihm zu vereinen, ihn so tief in sich zu spüren. Nichts war aufregender, als den nahen Orgasmus des Mannes zu spüren, den man liebte. Sein Schwengel zuckte in mir, als hätte Jeremy sämtliche Selbstkontrolle verloren, als wäre sein fleischiger Stab lebendig geworden! Wir verschmolzen zu einem Wesen und erlangten gemeinsam unseren Höhepunkt. Erleichtert und erschöpft zugleich atmete ich auf und sank gegen seine haarlose Brust. Sein Körper fühlte sich plötzlich warm und lebendig an, als hätte ihn die Leidenschaft zu neuem Leben erweckt.

Jeremy beugte sich vor und küsste die stark pulsierende Ader an meinem Hals. Versessen begann er an meiner Haut zu knabbern, sie immer wieder zu zwicken.

„Nicht“, hauchte ich, weil ich fürchtete, er würde mich beißen.

„Warum lässt du mich nicht?“

„Ich fühle mich verunsichert. Immerhin bist du ein Vampir ...“

„... der dir das ewige Leben schenken könnte.“

Ich drehte mich zu ihm um und sah in seine traurigen Augen. „Fragst du nicht danach, ob ich das überhaupt will?“

„Willst du es?“

„Ich kann es nicht sagen, ich möchte nichts überstürzen.“

„Aber du möchtest doch den Rest deines Lebens mit mir verbringen. Nicht wahr?“

Ich lächelte sanft. „Natürlich will ich das. Ich liebe dich.“

„Dann nimm mein Geschenk an.“

„Dräng mich bitte nicht. Ich weiß nicht, ob ich auf ein Leben am Tag und auf das Licht der Sonne verzichten kann.“

„Ich verstehe. Du ziehst die Sonne also mir vor."
„Nein, das habe ich nicht gesagt. Ich brauche einfach etwas Bedenkzeit."
„Es ist das gleiche Spiel wie immer."
„Das gleiche Spiel wie immer? Was meinst du denn jetzt schon wieder damit?"
„Wenn ich dir wirklich wichtig wäre, würdest du keine Sekunde zögern und mein Angebot annehmen."
„Das ist ungerecht."
Jeremy löste sich von mir und schwamm zum gegenüberliegenden Beckenrand. Ich hatte Mühe mit ihm mitzuhalten. „Warte doch mal!"
„Es ist nicht ungerecht, es ist die Wahrheit", knurrte er und zog sich am Rand hoch.
Ich benutzte die Treppe. „Hör auf mit den Unterstellungen. Du bist mir wichtig, verdammt noch mal."
Er schnappte sich seine Kleidung, zog sie im Gehen provisorisch über und rauschte durch die Glastür in den Gang, vorbei an den Duschkabinen und eine Spur aus Wasser nach sich ziehend. So schnell ich nur konnte folgte ich ihm und verlor beinahe das Gleichgewicht auf den rutschigen Fliesen. Es gelang mir nicht, ihn einzuholen. Er baute seinen Vorsprung weiter aus, erreichte den Fahrstuhl vor mir und fuhr ins dritte Stockwerk, wo sich unser Zimmer befand. Erst zehn Minuten später traf ich in einem äußerst desolaten Zustand ein. Ich konnte von Glück sagen, dass mich kein Hotelgast gesehen hatte, denn ich war splitternackt und von Kopf bis Fuß klitschnass, weil ich versäumt hatte, Handtücher mitzunehmen. Jeremy lag in seinem nassen Anzug auf dem großen Doppelbett und starrte mich missmutig an.
„Was ist denn los? Warum bist du so plötzlich fortgelaufen?" Das Verhalten passte gar nicht zu ihm. Ich setzte mich auf die Bettkante und sah ihn forschend an.
„Ich bin nicht fortgelaufen, du warst nur zu langsam."
„Willst du mich veralbern?"
Er antwortete nicht.
„Jetzt spielst du auch noch die beleidigte Leberwurst, oder was? Hallo? Ich spreche mit dir!"
Keine Antwort.
„Na fein, ich sag dir was, ich werde jetzt duschen. Und wenn ich damit fertig bin, möchte ich endlich wissen, was los ist."
Ich war erstaunt über meine eigene Wut und bereute im nächsten Moment, ihn angefahren zu haben. Vielleicht war es die enorme Anspannung, unter der wir die letzten Tage und Nächte ununterbrochen gestanden hatten und welche die Gemüter nun aufheizte. In der Duschkabine ließ ich das herrlich warme Wasser auf meine kältegequälte Haut prasseln. Was für eine Wohltat! Endlich konnte ich mich aufwärmen. Ich verteilte das Duschgel auf meinem Körper, rieb gründlich meinen Po und meine Brüste ein und wusch mir anschließend die Haare. Kurze Zeit später betrat ich in Handtücher eingewickelt den Wohnraum. Das Bild hatte sich noch immer nicht verändert. Jeremy lag nach wie vor in seinen nassen Sachen auf dem Bett und stellte sich schlafend.

„Willst du mir jetzt vielleicht sagen, was dich quält? Oder wie lange möchtest du das Spiel noch weiter spielen?"

Ein Seufzen drang aus seiner Kehle. Langsam öffnete er die glasig schimmernden Augen und sah mich betrübt an. „Ich weiß, dass ich in deinen Augen überreagiert habe."

„Da muss ich dir leider zustimmen."

„Es ist nur so, dass ich Angst habe vor … ach, es ist nicht so wichtig."

„Alles, was dich bedrückt, ist für mich wichtig. Sprich mit mir. Ich will dir helfen."

Er schloss die Augen und schüttelte den Kopf.

„Komm schon, Jeremy. Ich dachte, wir könnten über alles reden. Wovor fürchtest du dich?"

Ich nahm seine Hand und drückte sie sanft. „Was, in der Welt, könnte es geben, dass einem Vampir solche Angst macht, dass er nicht einmal mit seiner Geliebten darüber sprechen möchte?"

„Eine Wiederholung", kam es langsam über seine Lippen.

„Wiederholung?"

„In meinem Leben scheint sich alles zu wiederholen. Und jedes Mal endet es tragisch."

„Ich verstehe nicht, worauf du anspielst."

„Ich machte Sophie das gleiche Angebot wie dir." Sein Atem wurde schwer, wie immer, wenn er von ihr sprach. Die Erinnerungen schienen ihn zu bedrücken. „Sie bat mit der gleichen Begründung wie du um Bedenkzeit. Und als sie sich entschieden hatte, war es zu spät. Sie starb, bevor ich ihr die Ewigkeit zum Geschenk machen konnte."

„Ich bin nicht Sophie." Sanft streichelte ich seine eiskalte Wange.

„Das weiß ich. Aber es mildert meine Sorge nicht."

Ich schmiegte mich an ihn, griff nach seinem Kinn und drehte es in meine Richtung, damit er mich ansehen musste. „Hör zu. Ich werde nicht sterben und dich allein lassen. Das verspreche ich dir. Gib mir ein wenig Zeit, um mich zu entscheiden. Dein Angebot klingt sehr verführerisch, aber es will wohlüberlegt sein. Kannst du das verstehen?"

„Natürlich kann ich das. Zunächst war ich zornig, doch jetzt tut es mir leid, dass ich dich drängte. Nach all den Jahrzehnten der Einsamkeit hat mich die Sehnsucht nach einer Gefährtin egoistisch gemacht."

„Der Wunsch nach Liebe ist nicht egoistisch, sondern menschlich." Ich legte die Arme um seinen Hals und küsste ihn. Unsere nassen Körper schmiegten sich aneinander, suchten Nähe und Geborgenheit. In seiner Hose formte sich eine Beule, die gegen meinen Unterleib drückte.

„Du bist wirklich ein Nimmersatt", neckte ich ihn und ließ meine Hand nach unten wandern. Plötzlich wurde die Tür mit einem Ruck aufgestoßen und Männer in Schutzanzügen stürmten ins Zimmer. Ich schrie auf und rollte mich von Jeremy hinunter, um meinen fast nackten Körper unter der Decke zu verbergen. Die Eindringlinge umstellten uns innerhalb weniger Sekunden und richteten bedrohlich ihre gespannten Armbrüste auf uns.

Jeremy knurrte wie ein wildes Tier, richtete sich auf und versuchte den Mann zu seiner Rechten niederzuschlagen. Dieser trat ihm derart brutal und mit solcher Treffsicherheit ins Gesicht, dass Jeremy nicht ausweichen konnte, und der Stiefel ihn mit voller Wucht traf. Benommen sank er in sein Kissen zurück. Blut rann aus seiner Nase, das jedoch schnell trocknete.

Der Angreifer zögerte keine Sekunde und richtete die Armbrust auf seine Brust. „Keine falsche Bewegung, Vampir. Oder du bist nur noch ein Haufen Fäulnis."

Meine Augen weiteten sich vor Entsetzen, als ein Mann im schwarzen Trenchcoat seelenruhig den Raum betrat, seine Sonnenbrille schwungvoll abnahm und mich diabolisch angrinste. „Sieh an, sieh an. Verräter in den eigenen Reihen", sagte Richard hochmütig in meine Richtung. „Zu dumm, dass unsere Charlene eine wichtige Kleinigkeit übersehen hat."

Er zog ein kleines Empfangsgerät mit Display aus seiner Manteltasche, tippte mit dem Zeigefinger gegen seinen linken Oberarm und lachte spöttisch. Die Galle kam mir hoch, weil mir bewusst wurde, was diese Geste bedeutete. Er spielte auf den Sender an, den Kuklow mir in den Oberarm implantiert, und der die Jäger zu unserem Versteck geführt hatte.

„Legt dem Vampir Fesseln an und bringt ihn in den Wagen. Wir haben eine lange Fahrt vor uns", sagte Tanya und dirigierte zwei muskulöse Kerle, die mit schweren Eisenketten beladen waren, zu dem benommenen Jeremy.

„Nehmt auch Charlene gefangen. Doktor Vladislav braucht neue Versuchskaninchen."

„Aber Richard! Sie ist ein Mensch!" In Tanyas Stimme schwang Entsetzen und Sorge mit.

„Na und? Es wird Zeit, dass wir unsere Kyrotechnik am menschlichen Körper testen."

Richards bösartiges Lachen hallte noch in meinen Ohren, als sie uns zu einem kleinen Lieferwagen brachten, der auf dem Hinterhof des Hotels geparkt hatte. Um kein Aufsehen zu erregen, hatten sie uns Mäntel umgelegt, welche unsere Fesseln verbargen. Achtlos warfen sie mich in den Laderaum, als wäre ich nur ein Stück Dreck. Der harte Aufprall schmerzte. Ich konnte den Sturz nicht abfangen, weil sie mir die Hände auf dem Rücken zusammengebunden hatten, und schlug mit dem Kopf auf. Für einen kurzen Moment wurde mir schwarz vor Augen. Dann stießen die Jäger Jeremy ins Innere des Lieferwagens und verriegelten die Türen. Ich hörte sein Stöhnen und das Rasseln seiner Ketten, als er zu mir robbte und seinen Kopf an meine Brust lehnte.

„Diese elenden Mistkerle", keuchte er. „Ich kann mich kaum bewegen."

Ich versuchte die Tränen zurückzuhalten, doch die Angst übermannte mich. Was hatten diese Wahnsinnigen bloß mit uns vor? Es musste etwas unvorstellbar Grausames sein, wenn sich sogar Tanya um mich sorgte. Und wer, um alles in der Welt, war Doktor Vladislav?

„Aber deinen Hals kann ich erreichen. Wenn du möchtest, gebe ich dir jetzt mein Geschenk. Ich habe gehört, was Richard sagte. Sie wollen einen Menschen einfrieren, Charlie. Dich!"

„Was bedeutet das?"

„Dass du die Prozedur wahrscheinlich nicht überleben wirst."

Ich schluckte. „Woher weißt du so viel über den Stand der heutigen Technik? Du bist doch erst vor einigen Wochen wiederbelebt worden."

„Während meiner Gefangenschaft hat Kuklow von den Experimenten in Hampton Court Palace erzählt. Was ich aufschnappen konnte klang äußerst beunruhigend. Durch meinen Biss erhöhen wir die Chance auf dein Überleben."

Ich hielt den Atem an. Sollte ich wirklich so früh sterben? Mit gerade mal 20 Jahren? Oder als Vampir in ewigen Eisschlaf versinken?

„Nein. Ich … ich kann das nicht … zulassen."

„Warum weist du mich erneut zurück?"

„Weil ich nicht daran glaube, dass mich Vampirblut in meinen Adern retten wird. Und wenn ich schon sterben muss, dann als das, was ich bin – ein Mensch", sagte ich resignierend.

Sie brachten uns zum Hampton Court Palace, einem prachtvollen Anwesen im Stadtbezirk Richmond upon Thames. Ein altehrwürdiger Adelsmann hatte einige Räume des Schlosses gemietet und stellte sie dem Orden zur Verfügung, denn Sir Rushlane unterstützte die grausamen Experimente an Vampiren und Menschen. Man zerrte uns vom Innenhof zu einer Seitentür und schleppte uns eine steile Treppe hinunter in den Keller, in dem sich ein kleines Labor befand und reger Betrieb herrschte. Ich wurde von meinen Fesseln befreit und auf einen heranrollenden Tisch geschnallt. Die Männer sprachen kein Wort mit mir und behandelten mich wie ein Objekt, eine Ware. Jeremy war in ihren Augen noch weniger wert. Er wurde wüst beschimpft und herumgestoßen, behielt seine schweren Ketten an und wurde von zwei Jägern mit zusätzlichen Gurten an etwas gefesselt, das entfernt an eine Zahnarztliege erinnerte.

„Wie gefällt dir das, Vampir?", verhöhnten sie ihn. „Was für ein Stück Scheiße."

„Am liebsten würde ich ihm einen Pflock ins Herz stoßen. Diese Pest hat kein Recht zu leben."

Jeremy ignorierte tapfer ihren Spott, was die Jäger noch mehr anstachelte und zur Höchstform auflaufen ließ. „Es heißt, Vampire empfinden keinen Schmerz. Ist das wahr? Dann stört es dich sicher nicht, wenn ich dir ganz langsam die Kehle aufschlitze, oder?"

Erneut brachen die Jäger in Gelächter aus. Einer von ihnen zückte ein Messer. Ich befürchtete schon das Schlimmste. In diesem Moment öffnete sich eine Luke im gekachelten Boden, und ein Mann in einer dicken Winterjacke stapfte die Treppen herauf. Sein Atem hinterließ Spuren in der Luft, denn durch die Luke stiegen kalte Dunstschwaden auf.

„Beruhigen Sie sich, meine Herren. Wir haben viel zu tun, packen wir es an!" Mit diesen Worten schritt er auf mich zu und leuchtete mit einer kleinen Lampe in meine Augen.

„Sehr schön, sehr schön. Willkommen in unserem Labor, junge Dame. Sie und Ihr vampirischer Freund haben die Ehre, an einem der wichtigsten Experimente der Menschheitsgeschichte teilzunehmen. Ich bin Doktor Vladislav."

Er strahlte gute Laune aus. Es widerte mich an.

Als mir sein Assistent Nadeln in die Arme einführen wollte, bäumte ich mich verzweifelt auf. Der Gehilfe, ein junger, glatzköpfiger Mann mit kleinen Schweineaugen blickte verunsichert zu Vladislav.

„Bei einem Vampir weiß ich, was zu tun ist – aber sie ist ein Mensch!"

„Hauen Sie ihr auf die Gosche, das wirkt bei manchen Frauen Wunder."

„Gut, Doktor, ganz wie Sie meinen!"

Schon verpasste er mir eine saftige Ohrfeige, die meinen Kopf zur Seite fliegen ließ. Ein schmerzhaftes Dröhnen breitete sich in meinem Schädel aus. Benommen schloss ich die Augen, während mich Vladislav mit einem EKG-Gerät verkabelte. Ich hörte das Ansteigen meiner Herzfrequenz.

„Elender Feigling! Frauenschläger!", knurrte Jeremy.

„Maulkorb für den Vampir!" Vladislav gab seinem Assistenten ein Handzeichen und wandte sich erneut mir zu.

„Öffnen Sie die Augen, Mädchen, ich will Ihnen etwas erklären, damit Sie die Vorgänge um sich herum besser verstehen. Wir werden Ihr Blut gegen unsere Ersatzflüssigkeit austauschen, die unter niedrigen Temperaturen keine Eiskristalle ausbildet, welche Ihre Gefäße zerreißen würden. Geraten Sie nicht in Panik, wenn Sie nach und nach das Bewusstsein verlieren. Das ist völlig normal und richtig. Wenn Sie Glück haben, tauen wir Sie in einigen Jahren oder gar Jahrzehnten wieder auf. Dann werden Sie genauso jung sein wie jetzt. Ist das nicht phantastisch?"

Phantastisch? Ich konnte bei diesem Experiment drauf gehen! Und dieser Wahnsinnige bezeichnete es als phantastisch! War ich nur von Verrückten umgeben? Kannte niemand Mitleid oder Erbarmen? Tränen rannen über meine Wangen. Ich wollte nicht sterben, verdammt noch mal!

„Aber deswegen weint man doch nicht."

„Bitte, lassen Sie mich gehen, Doktor! Ich will nicht an Ihrem Experiment teilnehmen. Bitte!"

„Na, na. Sie wissen nicht, was Sie da sagen. Sie müssen mir dankbar sein! Sie sind der erste Mensch, der in flüssigen Stickstoff konserviert wird."

„Flüssiger Stickstoff? Oh Gott, was haben Sie mit mir vor?"

„Das erklärte ich Ihnen doch gerade. Sie müssen schon achtsam zuhören."

„Ich will nicht! Hören Sie auf damit! Auf der Stelle! Hört mich denn niemand? Warum stehen alle nur rum und starren mich an?"

„Weil alle diesem historischen Moment beiwohnen möchten, Miss. Und jetzt beruhigen Sie sich, sonst werde ich böse." Es hatte einfach keinen Sinn mit diesem Vladislav zu reden.

Er ignorierte meine Angst und mein Flehen. Ich schloss gequält die Augen und ergab mich meinem Schicksal. In meinen linken Arm injizierten sie mir die kryogenische Schutzlösung. Nach und nach breitete sich eine unangenehme Kälte in meinem Inneren aus. Ich konnte beobachten, wie die metallfarbene Flüssigkeit durch den Schlauch in meinen Körper floss und verspürte einen unangenehmen Druck in der Magengegend. Durch einen Schlauch auf der anderen Seite zapften sie mir gleichzeitig mein Blut ab. Verzweifelt bäumte ich mich auf, aber die Fesseln waren zu fest. Ich konnte mich nicht befreien. Völlig gleich, wie stark ich an ihnen zog. Ich verlor an Kraft. Meine Konzentration ließ stark nach. Schon bald konnte ich kaum noch klar denken.

„Was geschieht mit meinem Blut?“, fragte ich erschöpft.

„Es wird natürlich konserviert. Unsere Genetiker werden sich sehr dafür interessieren. Sie, werte Miss, leisten unserer Organisation wahrlich große Dienste!“

„Die Herzfrequenz sinkt“, hörte ich die Stimme des Assistenten aus weiter Ferne, obgleich er direkt neben mir stand. Alles um mich herum schien auf einmal surrealistisch. Meine Sinne schwanden.

„Wunderbar! Es ist gleich soweit“, freute sich Vladislav und beugte sich über mich. „Süße Träume!“

Meine Augen flackerten. Ich kämpfte gegen die Bewusstlosigkeit an. Aber die Dunkelheit breitete sich unaufhaltsam aus und verschlang mich. Bilder aus alten Tagen rasten blitzschnell an meinem geistigen Auge vorbei, alles entglitt mir so unfassbar schnell. Vladislavs Stimme war das letzte, was ich hörte. „Sie hat es gleich überstanden. Wenn der Prozess abgeschlossen ist, bringt sie nach unten in die Höhle zu unserer Kyrobank.“

Bunte Farben tanzten vor meinen Augen. Aus der Ferne glaubte ich eine Stimme zu hören, die mich rief.

„Wach auf, Charlene!“

Ich fühlte mich in alte Zeiten zurückversetzt, lag in meinem Kinderbett und lauschte dem Gesang der Vögel, die den neuen Tag begrüßten. Sanfte Lichtstrahlen drangen durch den dünnen Stoffvorhang in mein Zimmer.

„Wach auf, Charlene!“

Im Zeitraffer sah ich mein Leben vorbeigleiten. Meine Mutter kam herein und brachte mir das Frühstück ans Bett. Es war mein großer Tag, meine Einschulung! Ich erblickte vertraute Gesichter in der Schulklasse, und meine Lehrerin verteilte Süßigkeiten. Jahre später, doch für mich verging nur ein kurzer Augenblick, starb mein Vater bei einem Autounfall. Der Regen wischte meine Tränen fort, als der Sarg in das Grab hinabgelassen wurde, und die Worte des Priesters seine letzte Reise begleiteten. Einen Atemzug später war ich 18 Jahre alt und kämpfte gegen die Sucht, die fast mein Leben zerstört hatte. Ich sah erbärmlich aus. Abgemagert. Glanzlose Augen. Und dann erblickte ich ihn, Jeremy. Sein bleicher, nackter Körper tauchte verschwommen in meinem Blickfeld auf. Er erinnerte mich an einen Schutzengel. Ich folgte ihm ins Wasser, welches sich angenehm warm und sanft an meinen nackten Körper schmiegte. Wir vereinten uns im Spiel der Wellen. Ich spürte ihn in mir, spürte seinen Herzschlag und sein Verlangen. Es war berauschend.

„Wach auf, Charlene!“

Etwas Hartes traf meine Wange. Es war ein Schlag, der mich in die Wirklichkeit zurückholte. Ich stöhnte leise.

„Du bist zurück.“

Zurück? War ich nicht tot? Woher kam diese Stimme, die so unmenschlich kalt und rau klang? Ich öffnete die Lider. Das grelle Licht, das mir ins Gesicht leuchtete, schmerzte derart stark, dass ich erschrocken aufschrie. Mein Körper zitterte vor Anspannung.

„Keine Angst, Charlene. Deine Augen haben seit mehr als zwei Jahrzehnten kein Licht mehr gesehen. Halte sie geschlossen."

„Wo bin ich?"

„Du bist im Labor von Hampton Court Palace."

Der Palace? Experimente. Kryotechnik. Der Orden des heilbringenden Lichts. Meine Gedanken überschlugen sich. Mehr als zwei Jahrzehnte waren vergangen, seit man mich in der Höhle unter dem Hampton Court Palace in flüssigen Stickstoff konserviert hatte.

„Was haben Sie mit mir vor?"

„Santagos will dich sehen."

Santagos? Diesen Namen hatte ich früher gehört, und er bereitete mir starkes Unbehagen. Es dauerte eine Weile, ehe ich ihn zuordnen konnte. Er war der Gefährlichste aller Vampire, der Vater des gefürchteten Audax Zirkels. Aber was machte er in der Zentrale des Ordens? Hatten sie ihn gefangen genommen? Nein, das war ausgeschlossen. Viel mehr klang es so, als bewegte er sich frei unter ihnen. Er wollte nach mir sehen … Hatten sich der Orden und der Audax Zirkel verbündet? Ich wusste nichts von den Ereignissen der letzten Jahrzehnte. Die Welt hatte sich gewandelt. Mein Wissensstand war im Jahr 2005 stehen geblieben.

„Ruh dich aus, er wird später zu dir kommen." Der Fremde entfernte sich mit schlurfenden Schritten.

Ich versuchte mich aufzurichten, spürte aber Stricke an meinen Händen und Füßen. Sie hatten mich auf einen Tisch gebunden, unzählige Schläuche steckten in mir und verbanden mich mit Apparaturen, die unentwegt surrten.

„Jeremy, bist du hier?", rief ich leise, doch niemand antwortete mir. Ich war allein. Gefangen in einem Körper, der zu schwach war, um an eine Flucht zu denken. Obwohl ich eben erst aus einem langen Schlaf erwacht war, fühlte ich mich unendlich müde. Immer wieder döste ich ein oder verfing mich in sinnlosen Gedankenschlaufen.

„Charlene Lawrence!", drang plötzlich eine tiefe Stimme an mein Ohr und schreckte mich aus meinem Halbschlaf.

Langsam öffnete ich die Augen. Noch immer tat das Licht weh. Ich konnte nur dunkle und helle Flecken unterscheiden, jedoch keine Farben erkennen. Vor mir stand eine finstere Gestalt, deren machtvolle Aura ich trotz meiner Schwäche deutlich wahrnahm. Ich wusste, wer dieser Mann war, der auf mich herabstarrte, und dessen bloße Gegenwart mir eine Gänsehaut über den Körper jagte. Nur er konnte es sein, der, den alle fürchteten.

„Santagos?"

„Ich sehe, du bist ein aufgewecktes Kind. Deine Gehirnströme funktionieren, dein Herz schlägt kraftvoll und gleichmäßig. Dir geht es bestens, habe ich recht?"

„Was wollen Sie von mir?"

„Ich bin gekommen, um mein kleines Wunder mit eigenen Augen zu sehen."

„Wunder? Wovon reden Sie?"

„Du hast die Konservierung überlebt, Charlene.“ Seine Stimme klang unerwartet gütig, fast väterlich. Er schien in mir einen kostbaren Schatz zu sehen.

„Wo sind Richard, Tanya, Vladislav und die anderen?“

„Du sprichst vermutlich von deinen Jägerfreunden. Sie sind meinem Heer zum Opfer gefallen, als wir Hampton Court Palace einnahmen.“

Das EKG-Gerät blinkte auf, weil mein Herz außer Rand und Band geriet. Sie waren tot? Der Orden war vernichtet? Wie konnte das nur geschehen?

„Ruhig, Menschlein. Ich brauche dich lebend. Mit dir habe ich etwas ganz Besonderes vor, Charlene. Wir werden aus deinem Blut ein Duplikat von dir herstellen.“

„Was?“ Er hatte vor, mich zu klonen? „Warum ein Duplikat? Was geschieht mit mir?“

Seine kalte Hand streichelte meine Wange. Ich verzog keine Miene. Die Angst vor diesem machtvollen Wesen, das mich jederzeit wie eine Made zerquetschen konnte, ließ mich so sehr erstarren, dass ich nicht einmal meine Zehenspitzen bewegen konnte.

„Du wirst für weitere Jahrzehnte schlummern wie Dornröschen.“

Ich schnappte entsetzt nach Luft. „Aber … aber warum haben Sie mich zurückgeholt, wenn Sie mich erneut in Kälteschlaf versetzen wollen?“

„Ich musste sicher gehen, dass die Technik des Ordens funktioniert. Mein Kompliment an diese Bastarde. Wenn sie auch sonst zu nichts nütze waren, so ebneten sie uns den Weg in ein neues Zeitalter. Wenn wir dich das nächste Mal wecken, um deine Körperfunktionen zu überprüfen, werde ich ein Großbritannien erschaffen haben, das es in der Form noch nie gegeben hat. Und du wirst mir dabei helfen!“, sagte er in einem ruhigen, doch bedeutungsvollen Ton.

Der Schatten schwand aus meinem Blickfeld. Wieder war ich allein. Ich schluchzte, denn ich wusste, uns allen stand eine düstere Zukunft bevor. Die Prophezeiung hatte sich nicht erfüllt. Es gab keinen Vampir, dessen Blut mächtig genug war, den Vater der Audax Vampire zu vernichten! Im Gegenteil. Santagos hatte auf ganzer Linie gesiegt. Und es sah nicht danach aus, als könnte sich ihm irgendwer entgegenstellen. Vampire betraten das Labor und bereiteten mich für meinen Kälteschlaf vor. Ich wehrte mich nicht. Ich war es leid, einen aussichtslosen Kampf zu führen.

Kaum ließen Charlies Erinnerungen Pennys Bewusstsein los, zerrten andere an ihr, doch diesmal war es ein körperliches Ziehen. Grob war der Griff für die junge Klonfrau. Sie wusste nicht, was vor sich ging. Noch war sie zu benommen. Ihr Kopf schmerzte – von dem Aufbrechen des Erinnerungsvermögens, von den Informationen, die sie über die Experimente mit Jeremy erhalten hatte, der unglaublichen Neuigkeit, dass Charlene Lawrence, aus deren DNA sie geklont wurde, womöglich noch auf dieser Erde weilen konnte und den Fragen, die sich aus all dem für die Rebellen ergaben. Aber auch ihre Schultern taten weh. Jemand zog an den Armen, riss sie rückwärts und drängte sie gegen eine raue Wand. Die Mauer war kalt, ebenso wie die Hände, die ihre Handgelenke packten. Vampire!

Penny öffnete die Augen. Hatte sie für einen kurzen Moment gehofft, dass die Condannato Vampire sie bewusstlos im Heckenlabyrinth gefunden hatten, so erstarrte sie nun unter den Blicken zweier Audax, um aus ihrer Lethargie zu erwachen und gegen sie anzukämpfen. Die Blutsauger waren dabei, sie an die Wand zu fesseln. Ihr rechtes Handgelenk steckte bereits in einer Stahlschlaufe, die in der Mauer verankert war. Der Schlankere der beiden Wächter schloss gerade die Handschelle. Mit einem Klack hakte der Mechanismus ein.

„Bastard", schrie Penny zornig, nicht ohne sich zu wundern, welch eine Stärke in dem dürren Vampir wohnte. Ob er Santagos' Blut getrunken hatte? Sein Kopf sah aus wie ein Totenschädel. Die blasse Haut spannte sich über die Knochen. Dürre Ärmchen ragten aus der Lederweste, Arme, die viel mehr Kraft besaßen, als sich vermuten ließ.

Schlagartig wurde Penny bewusst, wo sie sich befand. Hampton Court Palace. Im Keller. Zelle reihte sich an Zelle in einem finsteren, modrigen Gewölbe. Die Audax mussten sie vom Labyrinth in dieses Privatgefängnis gebracht haben.

Nur – wohin war John verschwunden?

Er war vorausgehastet, so eilig, dass Penny nicht Schritt halten konnte. Dachte sie noch, der Rachedurst würde ihn vorantreiben, legte sich nun eine böse Ahnung um ihr Herz. Der Gedanke raubte ihr die Luft zum Atmen.

Hatte John sie in eine Falle gelockt?

Er saß nicht in der Nachbarzelle, daher vermutete sie, man hatte ihn nicht gefangen bei dem Versuch, sie zu retten. Folglich hatte er gar nicht versucht zu verhindern, dass man sie verschleppte. Wieso nicht? Er war bis auf die Zähne bewaffnet gewesen und besaß eine weitaus effektivere Waffe – seine vampirische Macht. Es musste doch ein Leichtes für ihn sein, einen einzigen Wachmann außer Gefecht zu setzen – vorausgesetzt, er wollte das überhaupt.

Verzweifelt zerrte und zappelte Penny in ihren Fesseln, doch auch der zweite Vampir schaffte es mühelos, ihre linke Hand mit Handschellen an die Wand zu binden. Er war so klein, dass sie auf ihn hinunterschauen musste. Am liebsten hätte sie ihm auf die Glatze gespuckt. Anstatt ihren Gefühlen freien Lauf zu lassen, biss sie die Zähne zusammen. Doch als er begann, mit seinen speckigen Fingern ihre Hüften abzutasten, trat sie aus.

„Lass deine schmierigen Klauen bei dir!", schrie sie und lachte hysterisch, weil sie unter anderen Umständen ihn gesiezt und vor ihm unterwürfig gebuckelt hätte. Aber diese Nacht würde alles verändern, zum Guten oder Schlechten. Die Zeit war gekommen, alles auf eine Karte zu setzen. Entweder würde Penny mit den Rebellen untergehen oder triumphieren.

Für einen Sieg gegen Santagos müssen Opfer gebracht werden, dachte sie und schmeckte Bitterkeit auf der Zunge, denn momentan sah es so aus, als wäre sie selbst dieses Opfer.

Der dürre Audax schlug ihr ins Gesicht. Penny schwieg tapfer, obwohl ihre Wange wie Feuer brannte. Wie viel Kraft in diesen abscheulichen Kreaturen steckte! Würde das Vampirox sie tatsächlich lähmen können? Würde es überhaupt eine Wirkung auf sie haben?

Wieder befingerte der Glatzkopf ihre Hüften. Seine Handflächen glitten tiefer. Er war offensichtlich auf der Suche nach versteckten Waffen. Allerdings lenkte die erwachende Lust ihn ab, denn seine Augen bekamen einen widerlichen Glanz, je näher er Pennys Scham kam.

Penny hielt es nicht länger aus. Wütend trat sie ihm zwischen die Beine. Er ging zu Boden und krümmte sich, dabei seine Hände auf den Schritt pressend. Offensichtlich gab es doch eine verwundbare Stelle an den Audax Vampiren.

Der Dürre stellte sich vor Penny und gab ihr eine Ohrfeige, dann noch eine und fand Gefallen daran, denn er lachte lüstern und schlug ein weiteres Mal zu, genau auf ihr Ohr, sodass der Schlag nachhallte. Penny konnte den Schlägen nicht ausweichen und schloss die Augen. Dieses Ausgeliefertsein war so demütigend! Sie hatte Mühe, ihre Tränen zurückzuhalten.

Plötzlich hörten die Schläge auf. Penny öffnete die Augen und sah, dass jemand das Handgelenk des dürren Vampirs festhielt. Hinter ihm stand ein groß gewachsener Mann mit breiten Schultern, gekleidet in einen schwarzen Kampfanzug. Er trug eine Skimaske, die nur seine Augen und seinen Mund großzügig frei ließ, damit man die Mimik erkennen konnte. Er sah finster aus, bedrohlich und sein Blick war durchdringend. Unter anderen Umständen hätte seine gefährliche Ausstrahlung Penny erregt, doch in diesem Moment war sie nur fassungslos und zornig.

John Doe legte die freie Hand dem Glatzkopf auf die Schulter, ohne das Handgelenk des anderen Audax freizugeben. Lange Zeit sah er die Vampire nur intensiv an. Dann sprach er mit leiser unheilschwangerer Stimme: „Geht aus der Zelle. Ich kümmere mich um die Gefangene."

Die Blicke der beiden waren mit einem Mal seltsam leer. Sie gingen stumm aus der Zelle. Weit entfernten sie sich jedoch nicht, sondern stellten sich von außen an die Gitter und schauten in die Zelle, als wäre diese ein Käfig und Penny die Wildkatze.

„Du bist offensichtlich kein Unbekannter für sie", spie Penny John entgegen.

Er schmiegte sich an sie und schmunzelte. Deutlich spürte sie die Wölbung in seiner Hose. Das durfte nicht sein Ernst sein! Aber natürlich! Das Opfer war in die Falle getappt und ihm war danach, den Sieg zu feiern. Wahrscheinlich würde er sie ein letztes Mal zwingen, sich ihm hinzugeben. Und dann? Würde er sie tatsächlich töten können? Ihr Herz konnte das nicht glauben. Es blutete.

„Hast du uns verraten?", fragte sie maßlos enttäuscht, „oder gehörte alles zu einem großen Plan, Barth ..."

Bevor sie seinen wahren Namen aussprechen konnte, verschloss er ihren Mund mit seiner Handfläche. Sie schaute ihn an, und ihr Blick sprach mehr als Tausend Worte.

„Du redest zu viel, Reprodukt." Er gab ihren Mund frei, küsste sie leidenschaftlich und knabberte an ihrem Ohrläppchen.

„Du hast mich benutzt, hast mit mir gespielt und dein Vergnügen gehabt. Blut ist dicker als Wasser."

Auf einmal biss er in ihren Hals, nur oberflächlich, ohne ihre Haut zu verletzen.

Penny atmete schwer. Wollte er sie beißen? Aussaugen? Umwandeln? „Was willst du von mir?", brachte sie mühsam heraus. „Quäle mich nicht länger. Bring es endlich zu Ende."

„Oh, du willst, dass ich fortfahre", er machte eine Pause und hob eine Augenbraue, „mit meinem Plan." Das letzte Wort betonte er so, dass es aufgesetzt klang.

„Jetzt mach dich nicht auch noch lustig über mich", blaffte sie.

Zärtlich streiften seine Lippen ihre Wange. Er küsste ihre Nasenspitze und leckte über ihren Mund. Er säuselte lieblich: „Du würdest dich tatsächlich für die Rebellion opfern, habe ich recht?", doch es schwang Gefahr in seiner Stimme mit.

Hatte er „würdest" und nicht „wirst" gesagt? Das war nur eine unbedeutende Feinheit in der Wortwahl, aber selbst das ließ Penny hoffen. „Natürlich! Ich glaube an unsere Ziele. Alle, die in Großbritannien leben, ob Mann oder Frau, Schwarz oder Weiß, Vampir oder Klon, haben das Recht auf ein anständiges Leben, ein Leben, wie es im Ausland normal ist."

„Auch dort ist der Alltag kein Zuckerschlecken", wandte er ein und öffnete langsam den Reißverschluss ihres Overalls bis zum Bauchnabel.

„Hör auf damit", zischte sie. „Du kannst unmöglich jetzt und hier in der Stimmung sein."

„Weshalb nicht? Ich möchte mir nehmen, was mein ist. Angeblich habe ich alle, dich eingeschlossen, erfolgreich an der Nase herumgeführt."

„Schuft!"

„Nenn mich Scheusal oder Monster, aber du kannst nichts unternehmen, um mich von dem abzuhalten, was ich gleich tun werde." Süffisant grinsend glitt seine Hand in ihren Overall. Sein Zeigefinger schob sich unter ihren Slip und drückte sanft auf die Klitoris, als wäre diese der Knopf für ihre Lust, den er nur zu drücken brauchte, um Penny gefügig zu machen.

Eigentlich war Penny zornig, weil Johns Liebesspiel sie wider Willen anmachte, aber sie wollte ihre Wut an ihm auslassen und so versuchte sie, ihr Bein hochzuheben, um ihm zwischen die Beine zu treten.

„Ho, ho, Wildfang", rief er, als wäre sie eine Stute, die mit ihm durchging, und legte die Hand warnend an ihre Kehle. „Vampire sind bei weitem nicht so schmerzempfindlich wie Klone. Aber solltest du noch einmal probieren, mir in den Unterleib zu treten, werde ich dich durch meine vampirische Beeinflussungsgabe drei Tage lang in ständiger Erregung halten, bis du nur noch ein Häufchen Elend bist und mir treu und auf allen vieren folgst wie ein Schoßhündchen."

Der Gedanke war nicht uninteressant – aber nur in der Fantasie. Tränen schossen in Pennys Augen, weil sie an die Zuneigung und zarte Liebe dachte, die sich zwischen ihnen entwickelt hatte. John hatte sie vor den Sniffern in Schutz genommen, ihre Tin Whistle versteckt, anstatt sie abzuliefern und mit ihr geschlafen, als würde er etwas für sie empfinden. Für wenige Wochen hatte er ihr das Gefühl gegeben, eine Frau zu sein – menschlich, attraktiv und wertvoll. Doch es war Betrug. Alles nur Fassade.

Er schob den weißen Stoff zur Seite, worauf ihre Brüste frei lagen. Zufrieden betrachtete er lange die aufreizenden Rundungen und lachte amüsiert auf, als Penny an den Fesseln riss. Dann bemerkte er ihre feuchten Augen und wurde ernst.

Gefühlvoll streichelte er ihre Wange und strich mit dem Daumen eine imaginäre Träne weg. „Weine nicht. Das würde mir das Herz brechen."

Penny schnaubte. „Du schickst mich durch ein Bad der Empfindungen."

„Und du kitzelst den bad boy aus mir heraus."

„Was soll das schon wieder heißen?", fragte sie barsch.

„Du liebst die Gefahr."

„Welch ein Unsinn! Frauen wollen auf Händen getragen werden."

„Nicht du", hauchte er und begann beide Brustwarzen parallel zu zwirbeln.

Penny presste die Lippen aufeinander, um nicht zu stöhnen. Blut schoss in ihre Wangen. Sie kämpfte gegen die aufkeimende Lust an und verlor einmal mehr, weil sie John immer noch sehr mochte. Ein Teil von ihr wollte sich einfach nicht damit abfinden, dass er in Wahrheit ein Audax Vampir war.

„Du bist eine schlechte Schauspielerin, tust kühl und spröde, aber dein Körper verrät dich", sagte er amüsiert.

„Im Gegensatz zu dir. Du bist ein guter Schauspieler." Sie versuchte, ihren Oberkörper von seinen Händen wegzubewegen, aber die Fesseln und seine Beine hinderten sie daran.

„Es ist traurig, dass du blind vor Hass bist", sprach er. „Aber ich bin selbst schuld, treibe es auch gerne auf die Spitze. Du reizt mich. Ich kann nicht anders, als dich zu necken." Behutsam kniff er in ihre Brustwarze.

Sie zuckte zusammen. Meinte er nun das unverschämte Erobern ihres Körpers oder spielte er in diesem Augenblick auch nur eine Rolle? Wenn ja, für wen – für die Wächter oder für Penny? Sie schaute zu den Audax, die geifernd hinter den Gittern standen und die Show, die John ihnen lieferte, genossen.

„Macht es dich an, dass wir Zuschauer haben?", fragte er lüstern.

Sie schüttelte den Kopf ein wenig zu heftig.

John lachte schallend. „Zeit ist kostbar. Lass uns keine mehr verschwenden." Er legte die Hand auf ihren Schritt, bewegungslos, und doch bewirkte er durch den Stoff hindurch mehr als Penny recht war.

Sie spürte ein Feuer in ihrem Schoß. Zuerst war es nur eine bescheidene Glut, doch schon bald loderte es wie kleine Flammen in ihren Schamlippen, die zu ihrem Scheideneingang züngelten und hineinstießen. Die Hitze kroch über die Scheidenwände und förderte den cremigen Saft hervor. Es knisterte in jeder Pore. Die Zellen dehnten sich, bis die Schamlippen hochrot und angeschwollen hervorstanden. Lust prasselte. Eine Feuerwand walzte jede Gegenwehr nieder. Schwüle Luft toste über den Damm und entbrannte eine Begierde, die ungezügelt und glühend war.

Pennys „Nicht" ging im Feuersturm unter. Sie wusste, es war nur Einbildung, Johns Vampirkräfte, die wie Gift ihren Verstand betäubten. Er lenkte Penny. Er lenkte ihre Lust. Atemlos vor Fieberglut und Siedehitze lehnte sie den Hinterkopf gegen die Wand. Sie lag in den Fesseln, kaum fähig, sich auf den Beinen zu halten und spreizte die Schenkel wie von selbst. Doch der Gluthauch entschwand nicht, sondern bekam neuen Aufwind, als John sie küsste. Sie öffnete erschöpft und willig den Mund, drang mit der Zunge in seinen Mund und umschlängelte seine Zungenspitze, gierig nach seinem männlichen Geschmack, so erfrischend und feucht. Ein Abschiedskuss?

„Mir ist so heiß“, hauchte sie berauscht. Es erregte sie, dass John eine Maske trug und sie gefesselt war – das gestand sie sich nun ein. Er war finster, Angst einflößend, und doch ging er sanft vor. Entgegen ihrer Erwartungen riss er ihr nicht den Overall vom Leib, sondern verführte sie.

„Warte, ich verschaffe dir Erleichterung.“

Sein diabolisches Grinsen entging ihr nicht. Er schob den Overall über ihre Schultern, legte ihren Oberkörper frei, soweit es die Fesseln zuließen, und öffnete den Reißverschluss bis unten, betrachtete ihre Scham, spuckte auf seine Fingerspitzen und verrieb den Speichel auf ihrer Klitoris.

Stöhnend schloss Penny die Augen, riss sie wieder auf und zerrte an den Handschellen. Der Speichel verteilte sich auf wundersame Weise auf ihren Schamlippen oder zumindest fühlte es sich so an, denn so viel Spucke hatte er gar nicht genommen. Das musste wieder ein unnatürlicher Eingriff Johns sein! Aber sie konnte nicht anders, als alles über sich ergehen zu lassen – und so übel war diese bittersüße Folter gar nicht.

Der Speichel kühlte ihren Schoß. Er löschte das Feuer und gleichzeitig floss er in ihre Vagina, um sich mit ihrem cremigen Saft zu vereinen. Der Lustsaft, eben noch ein Rinnsal, schwoll bald an und umspülte immer heftiger ihre Falten. Wellen der Wollust schlugen über Penny zusammen, während Johns Finger immer noch auf ihrem Unterleib vor und zurück schwamm, als wäre er Treibgut. Dann und wann strandete er am Kitzler. Die Fingerspitze umkreiste die Klitoris und glitt auf dem cremigen Damm zurück zur Scheide, um dort einzutauchen.

Pennys Abwehr wurde weggespült. Ihr Höschen war nass. Johns Speichel hatte die Hitze zwar gelöscht, aber nicht die Begierde. Das Tosen der Lustwellen schaukelte Penny immer höher. Sie war bis in die Haarspitzen erregt durch Johns vampirische Einflussnahme, obwohl sie es lieber gehabt hätte, wenn er sie durch reine Berührung heiß gemacht und dann genommen hätte wie ein normaler Mann eine normale Frau. Aber er war ein Vampir und sie ein Klon. Die Zeiten waren grausam, und sie standen nicht auf derselben Seite. Von Normalität keine Spur. Sie musste aufhören, sich in romantische Gedanken zu flüchten und musste lernen, die Realität zu sehen.

John jedoch machte es Penny im Moment nicht leicht. Er tauchte sie in ein Meer der Triebhaftigkeit. Die Erregung drang in jede Pore ihres Körpers. Wie Wasser, das in ihre Lungen lief, so raubte ihr die Lust den Atem. Sie konnte nicht mit den Armen rudern, um über Wasser zu bleiben, da sie gefesselt war, also resignierte sie und ließ sich treiben. Penny übergab John die Kontrolle, denn eine Gegenwehr war unmöglich. Er war zu stark, zu attraktiv, zu mächtig.

Und als sie gerade wieder von einer Lustwelle in die Höhe gehoben wurde, entzog er sich ihr plötzlich – körperlich und auch seine Einflussnahme. Doch er ließ sie nicht in den kalten Tiefen der Ernüchterung zurück, sondern legte sie in das seichte Uferwasser der Hoffnung, um eine Taschenlampe aus seiner Beintasche zu holen. Umspült von Wärme beobachtete sie ihn, zu erschöpft und aufgewühlt, als dass sie hätte Fragen stellen können. Sie schaute nur sprachlos zu den zwei Audax Vampiren, die alles aus der Nähe beobachteten – was John ihr antat, und wie die Lust sie verschlang.

John hielt die Taschenlampe an der breiten Seite fest und führte sie unter den Overall zwischen Pennys Schenkel. Sie spürte die Kälte des Metalls, als er den schlanken Griff auf ihre Falten drückte. Während er die Lampe auf Pennys cremigen Saft vor und zurück gleiten ließ, massierte er sanft ihren Busen. Nun war es John, der schwer atmete. Sein Blick verklärte sich. Er schaute mal nach unten in den Overall und mal in Pennys Gesicht. Ihr Becken bewegte sich zum Takt der Lampe. Verzückt verdrehte sie die Augen, schluckte schwer und fuhr sich mit der Zungenspitze über die Lippen, weil sie schrecklichen Durst hatte. Je kräftiger der Griff über ihre Scham rieb, desto heftiger hob und senkte sich ihr Brustkorb. Sie hechelte fast.

Doch da John bemerkte, wie nah sie einem Orgasmus war, stoppte er und zwirbelte lediglich, mal sachte, mal fest, die Brustwarzen. Er hielt ihre Erregung fest, die weder abflachen, noch anschwellen konnte. Die Taschenlampe drückte auf ihren Kitzler, Johns Finger auf ihre Nippel. Er beobachtete ihren Kampf, der sich auf ihrem Gesicht widerspiegelte und konnte sich selbst kaum zurückhalten. Die Wölbung in seiner Hose war groß.

Kaum dass Penny ruhiger atmete, führte er den Griff in ihre Scheide ein. Mit sanftem Druck zwang John ihn in sie hinein, und obwohl er schlank war, war er trotzdem noch so breit, dass er ihre Vagina dehnte. Das Metall war mittlerweile warm durch die Reibung an ihren Schamlippen, aber unnachgiebig, härter als ein Phallus jemals hätte sein können. Penny schloss die Augen und verkrampfte sich, aber der Schmerz blieb aus. Der Griff weitete nur ihre Scheide ein Stück, und der Druck war sehr erregend. Sie liebte es, derart ausgefüllt zu werden, auch den Gedanken, etwas Verruchtes zu tun. Welche Frau hatte schon jemals eine Taschenlampe in ihrer Scheide gespürt? John und seine verrückten Ideen. Penny liebte sie! Sie liebte ihn.

Er zog den Griff fast ganz heraus – sodass die Lampe im Hosenbein war, weil der Overall wenig Platz bot – und presste ihn wieder kraftvoll hinein. Ihre Scheidenmuskulatur kontrahierte. Tiefer und tiefer führte John ihn ein, bis der Griff gänzlich in der Vagina verschwunden war und nur noch das breite Ende herauslugte.

Penny wagte einen Blick. Es sah verboten aus. Lasziv lächelte sie.

Das nahm John als Zeichen, denn er kniete sich vor sie und begann erneut, sie mit dem Griff zu nehmen. Gleichzeitig zog er mit der freien Hand den Overall im Schritt herunter. Er senkte den Kopf auf ihren Venushügel und küsste ihn. Genüsslich leckte er über den haarlosen Schamhügel, bedeckte die Oberschenkel mit Küssen, soweit es ihm durch den Overall möglich war und stieß immer wieder die Taschenlampe in ihre Scheide.

Es machte sie wahnsinnig! Sie wollte endlich, dass er ihre Klitoris küsste, doch John dachte nicht daran, sondern leckte durch das Tal zwischen Schenkel und äußeren Schamlippen, ohne die Vulva wirklich zu berühren. Zärtlich saugte er am Venushügel, biss neckisch und vorsichtig hinein, um dann seine Wange daran zu reiben. Sie war sehr erregt, aber sie würde nicht zum Höhepunkt kommen, wenn er sie nicht an der Klitoris stimulierte. Mochte es auch Frauen geben, die keinen klitoralen Orgasmus bekamen, sie gehörte nicht dazu.

Endlich züngelte John über die großen Schamlippen. Er kostete ihren cremigen Saft, verteilte ihn und nahm die kleinen Schamlippen zwischen die Lippen. Sachte saugte er daran, aber dann wurde das Saugen stärker, bis Penny schließlich jammerte, und er von ihr abließ.

Als sie schon glaubte, er würde sie nie kommen lassen, nahm er sie immer heftiger mit der Taschenlampe. Kaum hatte er den Griff herausgezogen, stieß er ihn auch schon wieder kräftig und schnell in sie hinein. Er wurde immer hektischer und nahm sie hart und ungestüm. Dann umschloss er mit den Lippen ihren Kitzler und saugte daran. Augenblicklich türmten die Lustwellen sich in Penny auf. Sie riss an ihren Fesseln, ihr Körper verkrampfte sich. Atemlos schloss sie die Augen und wurde in höhere Sphären gerissen. Als die Wellen über ihr zusammenbrachen zuckte sie ekstatisch, zitterte und stöhnte unkontrolliert. Der Orgasmus riss sie fast von den Füßen. Nur die Fesseln hielten sie.

Da sprang John auf die Füße, gab ihr Halt und legte die Hand auf die Klitoris, um die Erregung zu halten. Das Blut rauschte durch Pennys Schamlippen. Der Kitzler pochte. Berauscht legte sie den Kopf an Johns Schulter und japste nach Luft. Der harte Lampengriff steckte immer noch in ihrer Scheide. Es war ein herrliches Gefühl. Ihr Höschen war triefnass. Sie hätte sich schämen sollen, doch sie war zu erschöpft und glücklich.

So standen sie eine Weile, dann drang Kampfgeschrei zu ihnen. Erschreckt schaute Penny zur Decke, als könnte sie durch das Mauerwerk schauen und sehen, was vor sich ging. Sie waren nicht in den Hampton Court Palace gekommen, um Spielchen zu treiben.

„Wirst du mich jetzt töten?", fragte sie herausfordernd und bemerkte den feuchten Fleck auf Johns Hose in Höhe seines Schritts. Die Wölbung war verschwunden. „Falls nicht, dann binde mich los."

„Ich könnte dich hier zurücklassen." Arrogant hob er eine Augenbraue.

Penny deutete mit dem Kopf auf die Audax Vampire. „Denen würdest du mich nicht überlassen!"

„Bist du dir so sicher?", fragte er. „Ich hatte bereits meinen Spaß mit dir."

Das hatte gesessen. Sie schluckte den Kloß im Hals herunter und sagte mit zittriger Stimme: „Du brichst mir das Herz."

Sein Gesichtsausdruck änderte sich. Die Arroganz verschwand. Zurück blieb Erstaunen. „Ich hatte dir ja gesagt: Verlieb dich nicht in mich."

„Zu spät", gab sie ehrlich zu und wusste nicht, warum sie ihm nicht die Kämpferin vorspielte. Vielleicht, weil es die letzte Chance war, ihm ihre Liebe zu gestehen? Weil sie noch Hoffnung sah oder ihre Gefühle einfach ausgesprochen werden mussten?

„Du bist ganz Frau", wisperte er ernst und strich ihr eine Haarsträhne hinter das Ohr. „Penny Whistle, du bist mehr Frau als manche Menschenfrau jemals sein könnte, so hingebungsvoll."

Sie war sprachlos. Da stand Santagos Sohn vor ihr, der sie betrogen und belogen hatte, und schenkte ihr das schönste Kompliment, das man ihr hätte machen können. „Wieso tust du das? Warum sagst du mir das, obwohl du mich gleich den Wölfen zum Fraße vorwerfen wirst?"

„Aus dem gleichen Grund, weshalb du dich mir hingegeben hast, obgleich du ein Scheusal in mir siehst." Unendlich sanft fügte er hinzu: „Aus Liebe."

„Ich verstehe nicht", sprach sie so leise, dass es kaum zu hören war.

„Ich bin ein Einzelgänger. Ich tue, was ich will, und bin nicht gut im Umgang mit anderen. Als dich die Audax überwältigten, bin ich ihnen gefolgt und konnte der Versuchung einfach nicht widerstehen. Du hast so hübsch ausgesehen, wie du gegen sie gekämpft hast, trotz Fesseln. Du hast nicht klein beigegeben, nicht geheult und die Ohrfeigen tapfer ertragen. Ich musste dich einfach besitzen! Hier und jetzt."

„Dann bist du kein Spion? Kein Verräter?"

„Nur verrückt nach dir, mein hübscher Sharer."

Kräftig trat sie ihm an den Unterschenkel. „Du hast mich reingelegt! Hast mich glauben gemacht …"

Er hielt ihr den Mund zu. „Anscheinend habe ich dich noch nicht genug geliebt, denn du hast noch viel Energie übrig. Aber nun wird es Zeit, das zu erledigen, weshalb wir hierher gekommen sind. Sind wir Partner?"

Sie nickte.

Er nahm die Hand von ihrem Mund, küsste sie und band sie los. Lächelnd zog er die Taschenlampe aus ihrer Scheide und wischte sie am Ärmel ab, ehe er sie in die Beintasche gleiten ließ. Bevor die Wächter Alarm schlagen konnten, befahl er ihnen durch einen tiefen Blick in die Augen, in die Zelle zu gehen. Dann verriegelte Penny die Tür und folgte John den Gang entlang.

„Du kannst deine Maske jetzt ausziehen", stichelte sie. „Sie hat ihren Dienst getan."

Er lugte um die nächste Ecke. Da niemand zu sehen war, schritt er voran. „So, so, sie hat dich angemacht. Das muss ich mir für die Zukunft merken."

„Zukunft?" Sie strahlte bis über beide Ohren.

„Wenn ich die Maske ausziehe, bricht die Hölle los. Keiner darf zum jetzigen Zeitpunkt wissen, dass der verlorene Sohn zurückgekehrt ist."

Er wollte die Treppe zum Erdgeschoss hochsteigen. Da fielen Penny wieder ihre Erinnerungen ein.

„Halt!" Sie hielt ihn am Ärmel fest. „Wir müssen Charlie und Jeremy finden."

„Wen?"

„Charlene Lawrence, die Menschenfrau, deren Abbild ich bin."

„Ich erinnere mich. Aber wer ist Jeremy?", fragte er lauernd.

Hörte sie Eifersucht heraus? Schmunzelnd riss sie John mit sich, ging ein Stück des Weges zurück und bog in einen finsteren Gang ein, der nur von einer mickrigen Funzel erhellt wurde.

„Er ist Charlies Liebster und wurde mit ihr zusammen in flüssigem Stickstoff eingefroren. Sie liegen beide im Kälteschlaf, und womöglich könnten wir sie reanimieren."

Anstatt sich über diese Botschaft zu freuen, griff er grob nach ihrem Arm. Lüstern flüsterte er: „Du hast die beiden nicht zufällig beim Beischlaf beobachtet, während Charlies Erinnerungen deinen Geist gefangen hielten?"

Wieder diese süße Eifersucht. Sie errötete.

„Spar dir eine Antwort. Ich sehe es dir an", knurrte er. „In diesem Trancezustand warst du in Charlies Körper, oder? Immerhin waren es Charlenes Erinnerungen. Du hast in ihr gesteckt und ..." Er führte den Satz nicht zu Ende.

Penny drückte John einen leidenschaftlichen Kuss auf, der all seine Sorgen ausmerzen sollte. Doch sie hatte keine Lust, Süßholz zu raspeln und ihn mehr als nötig von seiner Eifersucht zu erlösen. Immerhin hatte er ihr vorgespielt, ihr Feind zu sein.

Sie löste sich von ihm und zerrte ihn weiter. Hier unten sahen alle Türen gleich aus. Eine nach der anderen versuchte sie zu öffnen, aber die meisten waren verschlossen oder sie dienten als Lager, in denen Kartons und ramponierte Möbel chaotisch herumlagen. Mäuse huschten durch die dunklen Räume. War dort nicht eine Tür an der Außenwand, halb verdeckt durch gestapelte Holzboxen? Sie betätigte den Lichtschalter. Er war defekt.

„Gib mir bitte die Taschenlampe", bat sie.

„Nimmersatt."

„Nicht dafür." Sie verdrehte die Augen, nahm die Lampe entgegen und spähte in den Gang. Nichts. Daraufhin schaltete Penny das Licht an und bahnte sich einen Weg durch die Boxen. „Tatsächlich. Eine Tür."

„Ich sehe sie. Tritt beiseite." John fischte ein großes Jagdmesser aus seinem Stiefel, bohrte die Spitze so lange in den Schlitz, bis die Tür sich ein wenig zu ihm bog und fasste blitzschnell nach. Selbst er mit seiner außergewöhnlichen Kraft mühte sich ab, aber irgendwann knackte es. Die Tür ging auf, schabte über den Boden und wirbelte eine kleine Staubwolke auf. „Diesen Raum hat schon lange niemand mehr betreten."

Neugierig leuchtete Penny hinein. „Ein Labor", stellte sie zu ihrer Freude fest. Sie zwängte sich durch den Spalt und schaute sich um. Es war nur ein kleines Laboratorium. Zerbrochene Reagenzgläser lagen auf dem gekachelten Tisch in der Mitte. Getrocknetes Blut klebte auf dem Boden.

Mittlerweile stand John neben ihr. „Hier ist niemand begraben."

„Nicht begraben", fuhr sie ihn an, „sondern im Kälteschlaf." Aber er hatte recht. Sie konnte weder Gräber, Aquarien, noch Glasbehälter sehen, keine Leichen, keine schlafenden Menschen und Vampire. Nichts. Nur Staub. Enttäuscht ließ sie die Schultern hängen.

„Ich hatte gehofft, dass wir das Laboratorium finden würden, in dem der Orden früher die Konservierungsexperimente durchgeführt hat. Sie haben Charlie und Jeremy eingefroren, doch dann überrannte Santagos den Orden und übernahm nicht nur das Labor, sondern auch das Genmaterial."

„Genmaterial?" Er hob die Augenbrauen.

Penny nickte. Da fiel ihr Blick auf einen Riss im Mosaikboden. Er war kaum zu erkennen, denn er verlief entlang einer Fuge. Sie leuchtete auf den Riss.

„Er verläuft quadratisch!“ Sie jauchzte. „Wir brauchen noch einmal dein barbarisches Messer.“

Zuerst begriff John nicht, aber dann sah er den Umriss der Luke, der sich kaum vom restlichen Boden abhob und begann die Luke an einer Seite aufzuhebeln. Eine Treppe mit Metallsprossen kam zum Vorschein. „Nicht so eilig. Du weißt nicht, was dort unten ist.“

Seine Warnungen verhallten ungehört, denn schon kletterte Penny hinab. Die Luft im Raum unter dem Labor war stickig. Es roch muffig und feucht. Hier gab es kein Fenster und keine Klimaanlage. Mit zittrigen Händen leuchtete sie umher – und erstarrte. Das Zimmer war kein Zimmer, sondern ein riesiger Saal, eine Höhle, die sich unter dem Hampton Court Palace ausbreitete. Und da waren sie endlich, die Boxen. An den Wänden und mitten im Raum waren unzählige durchsichtige Kästen auf Podesten aufgebahrt. Menschen und Vampire lagen darin, die vollkommen von Flüssigkeiten bedeckt waren. Penny erkannte es daran, weil jede Box entweder mit einem schwarzen ‚M’ oder einem ‚V’ gekennzeichnet war. Auch standen Namen und Jahreszahlen darauf, die es Penny erleichterten, das zu finden, wonach sie suchte.

„Charlie“, hauchte sie sehnsüchtig und legte die Handflächen auf einen Deckel. Unter dem Deckel schlummerte Charlene Lawrence in flüssigem Stickstoff. Der Anblick riss Penny innerlich entzwei. „Ob sie wirklich noch lebt? Wir müssen sie befreien! Und dort, dort drüben, das ist Jeremy Wellingham. Ich erkenne ihn. John, komm schnell, wie müssen die beiden da rausholen.“

„Bist du verrückt?“ Er kam zu ihr, legte ihr die Hände auf die Schultern und zog sie ein Stück fort. Vielleicht befürchtete er, sie könnte einfach den Deckel anheben.

„Wir müssen etwas unternehmen!“

Er nickte. „Wir werden den Labortechnikern der Rebellen Bescheid geben, damit sie sich um Charlie und Jeremy und all die anderen kümmern. Sie wissen, was zu machen ist. Wir würden nur Unheil anrichten. Das siehst du ein, oder?“

„Du hast ja recht.“ Sie hatte keine Ahnung, wie man jemandem aus dem Kälteschlaf aufweckte. Charlie könnte sterben, nicht wieder zu geistiger Kraft kommen und zu einem Zombie werden. Das Risiko durfte sie nicht eingehen.

Penny straffte zornig die Schultern. „Lass uns Santagos zur Strecke bringen!“

Ohne auf Johns Reaktion zu warten, lief sie zur Treppe, kletterte die Metallsprossen herauf und schritt forsch zwischen den Holzboxen hindurch zum Korridor. Zuerst folgte er ihr, doch als sie wieder zum Aufgang gelangten, der zum Erdgeschoss führte, stellte er sich schützend vor sie und übernahm die Führung.

Ihr Herz pochte aufgeregt, als sie hinter ihm durch die Gänge huschte, immer im Schutz von Vorhängen, Truhen oder Kommoden. Sie betrachtete Johns Rücken und hätte sich am liebsten an ihn geschmiegt. Er war so groß, breitschultrig und stark. Nun wusste sie durch die letzten Erinnerungen von Charlie, dass Jeremy nicht der Erlöser war, wie man damals gehofft hatte, sondern John. In seinen Adern floss das mächtige Blut Santagos’, durch das das Vampirox hergestellt werden konnte. Obwohl er freiwillig genügend Blut abgegeben hatte, zweifelten einige Rebellen an ihm. Es würde nicht leicht werden, diese Zweifel zu beseitigen. Selbst, wenn John Santagos eigenhändig töten würde, würden einige Rebellen denken, er wollte lediglich den Platz seines Vaters einnehmen und über Großbritannien herrschen. Aber sie mussten sich zusammenreißen – alle! Auch John, der nicht gewohnt war, im Team zu arbeiten. Früher hatte der Kampf zwischen Vita Eterna und dem Orden des heilbringenden Lichts beide geschwächt und dem Audax Zirkel den Weg geebnet. Dies durfte sich nicht wiederholen. Sie würden zusammenhalten müssen, komme, was wolle.

„Da ist Roger", flüsterte sie nervös und zeigte auf den schmächtigen Condannato Vampir, der hinter einer riesigen Blumenvase mit einem großen Bund langstieliger roter Rosen hockte.

„Nicht, Penny! Dort drüben stehen Wachen."

Doch sie war längst hinter einer Gardine verschwunden, die leider etwas durchsichtig war, wie sie jetzt erst feststellte. Zudem sahen ihre Schuhe heraus. Als sie sich hinter dem Vorhang in Richtung des Laboranten, der unbeholfen sein Blasrohr mit den Vampirox getränkten Pfeilen schulterte, als wäre es ein Gewehr, bewegte, bauschte sich die Gardine auf. Die Audax Wachen blickten irritiert in die Richtung, da alle Fenster geschlossen waren. Eine Brise konnte daher nicht die Ursache sein.

Sie machten einen Schritt auf Penny zu, als John sich auf sie stürzte. Penny wurde angst und bange. Sie durfte ihn nicht verlieren, nun, da er ihr seine Liebe gestanden hatte. Da er einer der mächtigsten Vampire und zudem gut gebaut war, würde er die beiden Audax Vampire umhauen können. Aber er übertraf noch ihre Vermutungen.

Blitzschnell drehte er sich einmal um die eigene Achse, streckte das Bein hoch in die Luft und trat schwungvoll gegen den Adamsapfel eines Wachmannes, der prompt zu Boden fiel und röchelte. Der zweite zückte derweil eine bereits gespannte kleine Armbrust. Er hob sie vor die Augen und visierte über den Pfeil hinweg John an. Doch bevor er schießen konnte, duckte sich John, machte einen Ausfallschritt zur Seite und schlug ihm mit der Handkante gegen das Handgelenk. Die Armbrust flog in hohem Bogen fort. John fing sie geschickt auf und feuerte direkt auf das Herz des Audax, der tot zu Boden fiel. Sein Körper schrumpfte zu einem Skelett zusammen – die Zeit forderte ihren Tribut.

Penny atmete erleichtert auf. Sie wollte gerade hinter dem Vorhang hervortreten, als weitere Wächter in den Korridor strömten. Die Gardine wehte gefährlich. Garantiert würde einer der Wachmänner ihre Schuhspitzen entdecken, weil der Vorhang nicht lang genug war. Bis in ihre Schläfen fühlte sie ihren Herzschlag pochen. Sie wagte nicht zu atmen und sah sich schon in Ketten liegend vor Santagos, der sie durch seine Audax foltern ließ. Und John? Was würde aus ihm werden?

Er kämpfte aus Leibeskräften gegen die Wachen an, kickte und hieb, schlug Haken und sprang in die Höhe. Wie ein Ninja sah er aus. Doch als er beobachtete, wie einer der Vampire zu der Gardine ging, hinter der Penny steif wie ein Brett stand, riss er sich plötzlich die Maske runter.

„Nein“, hauchte sie erschüttert.

Als die Vampire sein Gesicht wiedererkannten, hielten sie inne. Sie waren erstaunt, murmelten, bis einer rief: „Bartholomew!“ Das war wie ein Siegesgeschrei. Alle stürzten sich auf John, auch der Wachmann, der sich Penny genähert hatte. John konnte sich nicht gegen so viele Vampire wehren oder versuchte es nicht mehr, um Penny die Flucht zu ermöglichen. Man riss ihm schmerzvoll die Hände auf den Rücken. Einer kniete sich auf seine Wirbelsäule und legte ihm Handschellen an. Triumphierend führten sie ihn ab. John schaute kein einziges Mal zu Penny, um sie nicht zu verraten.

Als sie fort waren, schlich sie zu Roger. „Er hat sich für mich geopfert“, sagte sie atemlos.

„Er ist doch kein Verräter.“

Sie blinzelte ihn angesäuert an. „Gib mir dein Blasrohr, bitte. Mir haben die Audax alle Waffen abgenommen.“

„Du warst in ihrer Gewalt?“, fragte er ungläubig und musterte sie von oben bis unten, als wollte er prüfen, ob sie unverletzt war.

Sarkastisch zischte sie: „John, der Verräter, hat mich gerettet.“ Sie riss ihm das Blasrohr förmlich aus den Händen. „Zweimal schon, seit wir Hampton Court Palace betreten haben. Ich muss den Audax hinterhergehen und sehen, wo sie ihn hinbringen und was sie mit ihm machen.“

Roger schüttelte den Kopf. „Wir können ihn nicht alleine befreien.“

„Wir sowieso nicht“, antwortete sie eigensinnig. „Weißt du, wie man jemanden aus dem Kälteschlaf weckt?“

Ungläubig riss er die Augen auf. „Noch nie gemacht.“

Penny seufzte ungeduldig. „Traust du es dir zu?“

Er nickte, eher eingeschüchtert durch ihr selbstbewusstes Auftreten als aus Überzeugung.

„Gut, dann wirst du jetzt in den Keller gehen und Charlene Lawrence und Jeremy Wellingham aus dem flüssigen Stickstoffbad herausholen. Erst wenn sie bei Bewusstsein und in Sicherheit sind, kannst du die anderen Eingefrorenen erlösen.“

„Die anderen?“

„Such weitere Laboranten. Denk dir was aus.“ Langsam war Penny wirklich genervt, aber sie versuchte ihm mit ruhiger Stimme zu erklären, wo genau sich das Laboratorium mit dem unterirdischen Lagerraum befand. Sie hatte kein Recht, Roger schlecht zu behandeln, hatte sie ihm doch gerade eine große Verantwortung aufgebürdet, die nicht einfach zu bewältigen sein würde. Doch sie musste John hinterher, bevor sie ihn verlor.

Und so klopfte sie Roger aufmunternd auf die Schultern und sprach: „Du schaffst das schon. Ich weiß das. Du bist doch schließlich ein Rebell und Condannato-Vampir.“

Nun lächelte er stolz.

Zufrieden pirschte Penny auf leisen Sohlen und mit dem Blasrohr im Anschlag hinter den Audax Vampiren her, immer im Schutz von Möbeln und Gardinen. Hatte sie im Keller noch dann und wann ein Poltern oder Kampfgeschrei gehört, so war es jetzt unheimlich still. Bis auf die jubelnden Audax war nichts zu hören. Wo waren die Rebellen?

Aus der Ferne sah Penny, dass sich die Vampire in einem Saal versammelt hatten. Mittlerweile kniete John mit nacktem Oberkörper vor dem Thron, noch immer mit auf dem Rücken gefesselten Händen. Er schaute zornig zu dem bulligen Mann, der auf dem reich verzierten Thron saß und abfällig auf ihn hinunterschaute.

Da Penny nicht hören konnte, was gesagt wurde, schlich sie näher. Sie wollte zu John laufen, ihn retten, als große Heldin den Saal leerfegen, aber das waren nur Wunschträume. Wenn doch nur die anderen Rebellen anwesend wären! Sollte sie Hugh, Guy, Kenneth und die anderen suchen? Dann müsste sie John alleine lassen. Bis sie zurückkehrte – falls sie ihre Mitstreiter überhaupt fand – war John vielleicht schon tot.

Sie bemerkte einen Paravent gleich hinter der Tür links. Allen Mut zusammennehmend kroch sie auf allen vieren in den Thronsaal und hinter die Trennwand, die vermutlich mehr als 100 Jahre älter war als Penny. Es war ein kostbares Stück aus glänzendem Mahagoni und mit bordeauxrotem Stoff bespannt. Die Vampire bemerkten sie nicht, waren sie doch zu enthusiastisch, endlich den abtrünnigen Bartholomew gefangen zu haben.

„Er ist zu uns gekommen“, berichtete ein Audax mit Spitzbart, „hat gedacht, er könnte einfach so reinspazieren, der Narr …“

Santagos fiel ihm ins Wort. „Er ist kein Narr, sondern weiß immer ganz genau, was er tut. Dass er sich hat fangen lassen, war Absicht.“

„Ja? Warum sollte er das tun? Er weiß doch, dass wir ihn in Stücke reißen.“

„Er will uns von etwas anderem ablenken“, sagte der Prime Lord und kratzte sich nachdenklich am Kinn. „Wo sind die Rebellen?“

Der Audax salutierte. „Eine Handvoll dieser Schmeißfliegen befindet sich in den Zellen, einige sind bei Gefechten gefallen und den Rest kriegen wir auch noch.“

„Tötet sie!“, befahl Santagos kalt.

„Alle?“

„Der Audax Zirkel macht keine Gefangenen.“ Dann wandte er sich an die Umherstehenden: „Steht nicht rum! Es gibt hier nichts zu feiern. Ihr seid Soldaten und gehört an die Front. Also, los jetzt! Es gibt mehr Kakerlaken in Hampton Court Palace, als ihr denkt. Zertretet sie!“

Murrend gingen die Vampire hinaus, um weiter Jagd auf die Rebellen zu machen. Nun war Santagos nur noch von seinen Vertrauten umgeben, wie Penny vermutete, und sie betrachtete den mächtigen Vampir, der vor dem Blutkrieg Mitglied beim Logenverband Morte Santa gewesen war und sich dann mit den Ratsmitgliedern und seinem Eleven Sir Sur Tempelton zerstritten hatte, weil diese ein friedliches Leben mit den Menschen anstrebten. Aber Santagos' Hass auf die Menschheit – Menschen folterten ihn als jungen Vampir – war größer als Freundschaft, und so gründete er im Jahr 1653 den Audax Zirkel, der Jahrhunderte später Großbritannien regierte mit ihm als Prime Lord. Man vermutete, dass Sur tot war, aber Penny schloss die Möglichkeit nicht aus, dass Santagos ihn irgendwo gefangen am Leben hielt, um ihn zu quälen. Wie vital der Prime Lord aussah! Seine blassen Wangen besaßen einen rötlichen Schimmer, als hätte er gerade frisches Blut getrunken. Er hatte sein langes schwarzes Haar im Nacken mit einem roten Lederband zusammengebunden. Die Haut spannte sich straff um Hals und Gesicht, und seine Zähne strahlten in reinem Weiß. Nur seine Augen ließen sein Alter vermuten. Sie sahen tot aus, wie dunkle Löcher, emotionslos.

Penny schreckte zusammen, als Santagos aufstand und zu John ging. Er umkreiste ihn, und in seinem Lächeln lag Bedrohung.

„Mein Sohn, bist du endlich gekommen, um …"

John fiel ihm ins Wort. „Du bist nicht mein Vater."

„Genetisch schon, auch dein Vampirvater."

„Du hast mich gezeugt und mich zum Vampir gemacht. Aber wenn das, was einen Vater auszeichnet, die Liebe seines Sohnes ist, so gibt es keinerlei Verbindung zwischen uns."

Santagos riss seinen Arm hoch. Er blickte kurz auf den Dolch, den einer seiner Leibwächter am Gürtel in einer Lederscheide trug. Eine winzige Handbewegung und schon flog das Messer durch die Luft, geradewegs in seine Hand. Blitzschnell zog er die Klinge über Johns Oberkörper, wodurch eine Wunde von der Brust bis zum Bauchnabel entstand. Blut sickerte heraus, aber John gab keinen Laut von sich. Er verzog nicht einmal das Gesicht.

Dafür ballte Penny hinter dem Paravent die Hand zur Faust und biss darauf. Sie kam sich so hilflos vor, weil sie nicht wusste, wie sie ihrem Liebsten helfen konnte. Ihn in Santagos' Hand zu sehen, quälte sie.

Die Wunde schloss sich und verschwand, als hätte es sie nie gegeben. Nur das getrocknete Blut zeugte von der Folter.

Der Prime Lord legte die Klinge unter Johns Kinn und hob es an, damit er ihm in die Augen sehen konnte. „Diesmal habe ich nur die Haut aufgeritzt. Beim nächsten Mal werde ich den Dolch tief in deine Eingeweide stoßen, um dich büßen zu lassen, weil du dich mir nicht unterwirfst."

„Du meinst wohl, weil ich deine ‚Vaterliebe' mit Füßen trete", spie John ihm entgegen.

Santagos grollte laut durch den Saal. Er fuhr mit der Klinge über Johns Kehle, als wollte er sie aufschlitzen, aber wieder verletzte er nur die Haut. Unbeeindruckt schaute John zu seinem Peiniger auf. Er rümpfte lediglich die Nase.

Penny litt Höllenqualen. Einerseits hoffte sie, dass er sich ruhig verhalten würde, um seinen Vater nicht noch mehr zu erzürnen. Andererseits machte es sie stolz, dass er nicht klein beigab und seinen Prinzipien treu blieb. Aber war jetzt der richtige Zeitpunkt, um stur zu sein? Er konnte Santagos doch den heimgekehrten Sohn vorspielen und später fliehen oder ihn umbringen.

Aber John dachte nicht daran, sich auch nur zum Schein zu unterwerfen. Die Wunde am Hals war längst nicht mehr sichtbar, als er verbal nachsetzte: „Den großen Santagos, den Prime Lord Großbritanniens, den nichts und niemand besiegen kann und der den Blutkrieg bisher gewann, frisst es innerlich auf, dass sein eigener Sohn, das einzige verbliebene Familienmitglied, sich gegen ihn gewandt hat. Er leidet darunter. Es quält ihn. Es macht ihn wahnsinnig und verzweifelt." Er schnaubte. „Ich bin der Einzige, der dich zum Heulen bringt, Dad."

Wütend schlug Santagos ihm mit der Hand ins Gesicht. Es geschah mit der Hand, die den Dolch hielt, und die Klinge riss Johns Wange auf, die durch die Ohrfeige leicht gerötet war. Blut lief herab.

„Jeder, der sich mir nicht unterwirft ist zum Tode verurteilt. Jeder!" Er zeigte mit der Messerspitze auf ihn. „Du bist nicht mehr mein Sohn."

„Hattest du nach all den Jahren immer noch gehofft, ich würde meine Meinung ändern?", fragte John provozierend. „Offiziell hattest du mich zum Abschuss freigegeben, aber der Vater in dir gab die Hoffnung nie auf. Du bist verweichlicht, und genau das macht dich verletzbar."

Kaum hatte er das ausgesprochen, rammte Santagos ihm den Dolch in den Bauch. John krümmte sich. Sein Gesicht war schmerzverzerrt. Er stöhnte, zog an den Handschellen, aber sie gaben nicht nach.

Mit zitternden Händen nahm Penny das Blasrohr hoch. Sie hatte schon damit trainiert, aber dies war eine ganz andere Situation. Sie war mit den Nerven am Ende, weil John so viel erdulden musste und sich in den Fängen des Feindes befand. Würde sie Santagos tatsächlich treffen? Er trug eine Robe aus dickem rotem Samt. Möglicherweise würde die Pfeilspitze nicht durch den Stoff dringen, sollte sie kein freies Hautstück treffen. Und was würde danach geschehen? Egal, ob der Pfeil sein Ziel traf oder nicht, die Audax würden Penny entdecken und ebenfalls foltern, nur konnte sie als Mensch weitaus weniger ertragen als ein Vampir. Sie schluckte schwer und visierte Santagos' Hals an.

John biss die Zähne zusammen, schloss für Sekunden die Augen, um danach den Oberkörper aufzurichten und Santagos anzuschauen. Zuerst rümpfte er die Nase, grinste dann abfällig und spuckte dem Prime Lord vor die Füße.

Nicht, bat sie tonlos. Aber tat er nicht das gleiche wie sie? Er stand für seine Prinzipien ein, verleugnete seine Einstellung auch nicht, wenn es arg kam, und würde dafür sterben, genauso wie Penny sich für die Rebellion opfern würde.

Santagos' Hand umschloss den Messergriff stärker. „Du hast es so gewollt", zischte er und wollte gerade den Dolch hochziehen, um John aufzuschlitzen, als Geschrei zu hören war.

Einige Rebellen kamen mit Kriegsgeschrei in den Saal gerannt. Sie stürzten sich auf die Audax Vampire, traktierten die Augen der Gegner mit Vampiroxspray und stießen Holzpflöcke in sie hinein. Einer wurde mit einem Schwert enthauptet. Sein Körper fiel leblos zu Boden, schrumpfte innerhalb weniger Sekunden zusammen, und die Haut wurde lederartig braun. Dann und wann versuchte ein Rebell Santagos mit einer Membrankugel, deren Kern aus Vampirox bestand, zu erreichen, doch dieser wehrte die Angriffe mit einer einzigen Kopfbewegung ab.

Penny sah Hugh, der einen Flammenwerfer auf dem Rücken trug und einen der Audax mit seinem Flammenschwert angriff. In diesem Moment hob Santagos die Hand und deutete auf Hugh, der plötzlich gegen die Wand geschleudert wurde, ohne dass jemand ihn berührt hatte. Die Vampire rissen ihm die Waffe vom Leib. Sie zielten mit ihr auf seinen Kopf, als der Prime Lord ihnen Einhalt gebot.

„Bringt ihn her. Er gehört mir."

Penny nahm das Blasrohr herunter und beobachtete entsetzt, wie Hugh vorgeführt wurde. Durch Santagos' außergewöhnliche vampirische Fähigkeiten, die über Jahre gereift waren, hatten die Rebellen keine Chance. Sie waren zahlenmäßig unterlegen. Wo steckte nur der Rest, fragte sich Penny.

Auch Hugh zwang man gleich neben John auf die Knie. Er schenkte ihm einen kurzen Blick, und John nickte dankbar, auch wenn die Befreiungsaktion fehlgeschlagen war. Das Messer steckte immer noch in seinem Bauch.

„Lord Barnaby Tarken", sagte Santagos großkotzig. „Du warst schon immer der Esel in meinem Stall. Es war amüsant, aber nun wird es Zeit, dich auszumustern."

„Ihr seid die Made im Speck, das Ungeziefer, das sich wie eine Krankheit ausbreitet und alles Gute zerstört", brauste Hugh auf, hob die Faust, aber es war nur eine Drohgebärde.

Amüsiert lachte der Prime Lord. „Ich habe das ausgerottet in Großbritannien, was ich am meisten hasse – Menschen! Es gibt nur noch Reprodukte, und die sind mehr Erzeugnis als lebendig. Ich lenke sie wie Marionetten. Eifrig arbeiten meine Laboranten daran, ihre Gehirne noch weiter zu beeinflussen, damit sie Zombies werden, die ausschließlich arbeiten und kaum noch eigenständig denken. Noch sind sie aufmüpfig, doch bald schon werden sie nur noch mein Wohl im Sinn haben."

Pennys Magen krampfte sich zusammen.

„Es gibt immer noch Vampire, die sich deiner Macht nicht beugen!", donnerte Hughs Stimme durch den Saal.

„Die haben mir bisher nicht schaden können. Nun sieh dich an, du Rebell." Santagos zeigte auf ihn mit einem überheblichen Grinsen. „Du kniest vor mir, hast den Tod vor Augen, du Verlierer. Viele deiner Freunde fielen heute Nacht im Kampf. Der Rest wartet in unseren Zellen auf die Hinrichtung. Sag mir, wer soll kommen und dich retten? Die Rebellion ist am Ende, egal, wie sehr du das leugnest."

John schaltete sich ein. „Du wirst nicht alle Menschen ausmerzen können! Die Welt ist groß ..."

„Die Herzen der Menschen sind leicht zu verführen." Santagos zwinkerte selbstgefällig. „Ich habe sie mein ganzes Leben lang studiert und kenne ihre Schwachstellen nur zu gut. Die Zeit ist auf unserer Seite. Langsam werden wir die Welt umkrempeln und formen. Dafür muss man sich von alten Gewohnheiten trennen, zum Beispiel, dass Familienbande heilig sind."

Liebevoll streichelte er Johns Haar, doch dieser entzog sich der Berührung. „Keine Sorge, ich werde dich leiden lassen, dir erst deine Eingeweide herausholen und im Saal zerstreuen. Dann lasse ich dich in die Katakomben bringen, wo dein Martyrium weitergeht, Tag für Tag, Woche um Woche, Monat um Monat und Jahr um Jahr, Bartholomew."

„Mein Name ist John Doe", fauchte er.

Santagos' hochmütiger Gesichtsausdruck verschwand. Er presste die Lippen aufeinander, rümpfte die Nase und stieß Luft aus den Lungen. Dann umfasste er den Griff des Dolches, bereit, Johns Bauch aufzuschlitzen und Rache zu üben dafür, dass sein Sohn sich gegen ihn gewandt hatte.

Penny fuhr der Schrecken in die Glieder. Sie schaute zum Eingang, aber dort stand nur ein Wachmann. Keine Rebellen. Keine Hilfe. Vor den Fenstern blieb alles ruhig. Es wartete kein Überfallkommando, das sich mit Seilen vom Dach heruntergelassen hatte. Die Gefangenen im Saal waren ihrer Waffen beraubt worden und knieten alle auf dem Boden. Penny sah keinen Ausweg. Es war niemand da, der John retten konnte – es kam nur sie in Frage.

Sie verbot sich nachzudenken, um nicht zu zweifeln, und riss hektisch das Blasrohr hoch. Kurz schaute sie nach, ob auch wirklich ein Pfeil darin steckte. Dann zielte sie auf Santagos Hals, mit Wut im Bauch und flammender Liebe für John, und blies so fest sie konnte. Der Pfeil schoss lautlos hinter dem Paravent hervor in den Saal hinein und traf sein Ziel.

Verdutzt fasste sich der Prime Lord an die Stelle. Als er den Pfeil aus seinem Hals zog, klebte Blut daran. Er schaute sich gereizt um und entdeckte Penny. „Schnappt sie euch!"

Penny sprang auf ihre Füße und lief zum Ausgang, doch da legte sich ein Arm um ihre Hüften. Einer der Audax Vampire hob sie hoch. So sehr sie auch trat und schlug, es nutzte nichts. Bald schon fand sie sich kniend hinter John wieder. Er schaute entsetzt über die Schulter zu ihr. Sie zuckte nur mit den Achseln. Es war einen Versuch wert. Das Vampirox schien keine Wirkung auf Santagos zu haben. Alle Hoffnungen schwanden. Sie würden den Audax Zirkel nicht schwächen oder gar zerschlagen können, ohne vorher Santagos auszuschalten.

„Oh, sehe ich da schmachtende Blicke?", säuselte der Prime Lord. „Sag deiner Liebsten Lebewohl, John."

Schmunzelnd neigte er sich nach vorne, um wieder den Dolch zu ergreifen, als ihm schwindelig wurde, und er beinahe zwischen Hugh und John hingefallen wäre. Seine Leibwache fing ihn gerade noch auf. Sie schleppten ihn zum Thron, wo er erschöpft Platz nahm. Santagos fing sich wieder. Aufgebracht schüttelte er die Wachen ab und stützte sich auf den Lehnen ab, als er die Augen verdrehte und zurücksackte. Er wischte sich mit der Handfläche über die geschlossenen Augen, als könnte er so Dämonen verscheuchen, die sich in ihm eingenistet hatten. Tatsächlich fand er noch die Kraft, den Oberkörper aufzurichten, aber diesmal blieb er sitzen.

Zornig zeigte er auf Penny. „Was ist das für ein Teufelszeug, das du mir mit dem Pfeil injiziert hast, Reprodukt?"

„Ich bin eine Frau!", keifte Penny.

„Nicht mehr als ein Ding, im Labor gereift und nicht im Mutterleib, erzeugt durch DNA, nicht auf natürlichem Weg und somit ein Produkt", brachte er mühsam hervor und fasste sich an die Kehle, als würde er keine Luft bekommen. „Ich habe dir das Leben geschenkt, und ich werde es dir nun nehmen. Tötet sie!"

„Nein!", rief John laut. „Ich gebe dir die Informationen, denn sie werden dir nichts mehr nützen. Das, was gerade dabei ist, deinen Körper zu vergiften, heißt Vampirox. Das Nervengift wurde unter Zuhilfenahme meines Blutes gewonnen. Am Ende stirbst du doch durch mich."

„Aber du wirst vor mir ins Gras beißen", schrie Santagos, erhob sich mit letzter Kraft, trat auf ihn zu und hob die Hand. Schon schnellte ein Wurfstern durch die

Luft, der vorher bei den anderen Rebellen-Waffen gelegen hatte. Am Ende eines jeden Zackens befand sich eine Kammer, die mit Vampirox gefüllt war. Penny wollte aufstehen, aber ein Vampir drückte sie auf die Knie. Hilflos beobachtete sie, wie der Wurfstern zwischen den Audax hindurch auf John zuschoss.

Da sprang Hugh auf die Füße und warf sich vor John. Der Wurfstern bohrte sich in seine Brust, die Kammern platzten auf, und das Vampirox drang in ihn ein. Der Blutkreislauf verteilte das Nervengift im ganzen Körper. Kraftlos brach er zusammen.

Entsetzt schrie Penny auf!

Als Hugh starb, lachte Santagos laut und gehässig. Sein Gelächter schallte durch den Thronsaal, boshaft und widerwärtig. Er schlug sich auf den Oberschenkel, deutete abfällig auf den innerhalb von Sekunden verwesenden Körper Barnabys und spuckte ihn an. Er lachte weiter triumphierend, bis er ins Husten kam und die Hand auf den Mund drückte. Er hustete sich die Seele aus dem Leib und hielt sich den Bauch. Als er die Hand fortnahm, waren seine Lippen voller Blut. Er betrachtete entsetzt seine Handfläche und wischte sie angewidert an der Samtrobe ab. Dann konnte er sich nicht mehr auf den Beinen halten. Er fiel auf die Knie. Seine Leibwächter waren so durcheinander, dass sie tatenlos zusahen. Krämpfe schüttelten seinen Körper. Er würgte. Blut rann an seinen Mundwinkeln herab. Er zitterte und verdrehte die Augen. Santagos krampfte ein letztes Mal, fiel zur Seite und blies seinen letzten Atem aus. Seine leblose Hülle fiel in sich zusammen, bis nur das mit lederartiger Haut versehene Skelett übrig war, das von einer viel zu großen Robe bedeckt wurde.

Penny war wie gelähmt. Tränen füllten ihre Augen. Ihre Gefühle schwankten wie ein Fähnchen im Wind. Sie war hin- und hergerissen zwischen tiefer Trauer um ihren Ziehvater und dem Sieg über Santagos.

Wie in Trance starrte sie auf Hugh und bekam nur am Rande mit, dass die Rebellen den Kampf erneut aufnahmen. Die Bestürzung über den Tod des Prime Lords schwächte die Audax. Sie wurden von dem Angriff der eben noch vor ihnen knienden Rebellen überrascht und kämpften halbherzig. Ihr Anführer war tot. Es hatte nicht den Anschein, als gäbe es einen Vertreter. Wahrscheinlich hatte Santagos niemanden neben sich geduldet. Das rächte sich nun. Aber er wollte ja kein Imperium aufbauen, um den Audax Zirkel an die Macht zu bringen, sondern aus persönlicher Rache an der Menschheit.

Während jemand Johns Handschellen aufschloss, kam Guy hinter einem Vorhang hervor. Ungläubig sah Penny, wie er eine Handkamera vor sich hertrug. Er zoomte auf den entseelten Santagos, kam näher und hielt das Kameraauge nah an dessen Totenschädel.

Sie erhob sich mühsam, denn sie fühlte sich erschöpft vor Trauer, und ging zu ihm. „Hast du die ganze Zeit gefilmt?“

„Alles!“ Zufrieden grinste er. „Wir müssen in den obersten Stock. Dort gibt es eine Fernsehstation, die nur eingerichtet wurde, um die Ansprachen des Prime Lords zu übertragen. Das, was ich aufgenommen habe, müssen wir sofort über alle Kanäle senden.“

„Wie soll das funktionieren?“, fragte sie ungläubig.

„Er kann sich in alle britischen Sender, die eh unter seinem Kommando standen, einklinken, falls etwas wirklich Wichtiges geschieht, und das ist zweifelsohne der Fall."

„Lasst uns den Untergang Santagos' verkünden", sagte John, der zu ihnen gekommen war und den blutigen Dolch in der Hand hielt. Die Wunde schloss sich langsam.

Penny schmiegte sich an ihn und legte die Handfläche auf seinen Brustkorb. „Bist du in Ordnung?"

Lächelnd nickte er.

Sie war versucht zu fragen, warum er nicht Hampton Court Palace verließ, da er erreicht hatte, was er wollte und an der Rebellion an sich kein Interesse hatte. Doch sie schluckte die Frage herunter. Sie kannte die Antwort bereits. Durch die Liebe zu ihr war er vom Einzelgänger zum Teamspieler geworden.

Zärtlich küsste sie ihn.

„Romantik ist jetzt fehl am Platz", sagte Guy spitz, reichte John ein Schwert und Penny eine Glock, die mit Vampiroxkugeln gefüllt war.

Penny schaute ihren Freund prüfend an, aber er wich ihrem Blick aus. War er immer noch eifersüchtig auf John? Sie war der Meinung, dass die Fronten geklärt wären. Er musste sich nun mal damit abfinden, dass ihre Affäre vorüber war. Penny kam es vor, als wäre sie erwachsener geworden, obwohl sie weder jemals ein Kind noch ein Teenager gewesen war. Sowohl durch Guy, aber noch mehr durch John hatte sie wertvolle Erfahrungen sammeln können.

Gemeinsam kämpften sich die drei die Treppen hoch. Überall fanden Gefechte statt. Die Rebellen, die vor Kurzem noch wie Schatten durch den Hampton Court Palace geschlichen waren, kamen nun aus ihren Verstecken und griffen die Audax Vampire an. Es sprach sich herum, dass Santagos tot war. Einige Audax flüchteten sogar vom Anwesen.

Das Rückgrat des Zirkels war weggebrochen. Nun fiel die Körperschaft auseinander.

Im obersten Geschoss suchten sie die Räume ab. Als sie an eine verschlossene Tür kamen, brach John sie auf.

„Das ist der Übertragungsraum", rief Guy erfreut und stürmte hinein. Er schaltete das Licht an. Überall standen Monitore. In einer Ecke hing ein blaues Tuch, das auch den Boden bedeckte.

„Die blue box", sprach Guy und ging im Slalom um einige Kameras herum bis zum massiven Tisch in der Mitte. Er deutete auf den verzierten Mahagonistuhl dahinter. „Dort hat der Prime Lord gesessen und Lügen verbreitet. Das ist ein einfaches Studio, primitiv, vielleicht um es jederzeit abzubauen und wegzutransportieren."

„Mach endlich", drängte John, der den Eingang bewachte.

Guy schenkte ihm einen bitterbösen Blick, schaute kurz zu Penny, als wollte er sagen: *An den hast du dein Herz verloren! Ist das dein Ernst? Oh, bitte!* Dann machte er sich daran, sich einen Überblick über die Technik zu verschaffen. Nachdem er alle Apparaturen am Laufen hatte, holte er den Chip aus der Handkamera und führte ihn in das Computerlaufwerk ein. Ein paar Klicks weiter hatte er schon ein

Standbild auf einem der Monitore. Er hatte genügend Erfahrung während der Rebellion sammeln können, und somit fiel es ihm nicht schwer, die Sicherungssperren zu umgehen und sich in das Fernsehnetz Großbritanniens zu hacken.

„Seid ihr bereit?“, fragte er feierlich.

Stumm nickten die zwei Mitstreiter. Als die erste Szene, in denen Hugh einige Worte an die Zuschauer richtete – was offensichtlich vor dem Angriff aufgezeichnet wurde – über die Bildschirme flimmerte, war Penny gerührt. Sie nahm Johns Hand, ohne den Blick vom Monitor zu nehmen und dachte an all die Haushalte, die Firmen und öffentlichen Plätze, an denen Bildschirme hingen. Sie zeigten in der heutigen Nacht einen Bericht, der Großbritannien verändern würde. Nein, nicht nur Großbritannien, sondern die ganze Welt! Alles veränderte sich ab diesem Moment. Ohne Santagos zerbröckelte das Audax Reich, und die Geschäftsbeziehungen mit dem Ausland waren hinfällig. Auch das System des Sharens einer Wohneinheit zur Erhöhung der Produktivität war hinfällig.

Wehmütig schaute Penny John an.

„Was ist?“, fragte er leise, als wollte er den Moment nicht zerstören.

Sie kam sich lächerlich vor, aber sie sprach es dennoch aus: „Wirst du weiterhin mein Sharer sein?“

„Natürlich nicht.“ John schmunzelte. Dann bemerkte er, dass Penny nicht zum Spaßen zumute war und wurde ernst. „Ich bin dein Freund, dein Partner, dein Liebster und du meine Frau.“ Er küsste sie lange und innig und ließ sie erst frei, als sie nach Luft rang.

Penny wusste, dass er mit Frau „Menschenfrau“ meinte. Sie wusste, dass Veränderungen manchmal über Nacht kamen, aber was folgen würde, war eine lange Zeit der Umstrukturierung. Würden die Klone als Menschen anerkannt werden? Nachkommen konnten sie nicht zeugen, da sie alle sterilisiert waren. Sie waren vielleicht keine voll funktionstüchtigen Frauen und Männer, aber Menschen sind auch nicht perfekt.

Auf den Bildschirmen war Hampton Court Palace zu sehen. Guy hatte die Vorbereitungen der Rebellen gefilmt, dann bewegte sich die Kamera auf den Palast zu. Das alles schien eine Ewigkeit her, aber in der Wirklichkeit waren es nur wenige Stunden. Was würde die Zukunft bringen?

Alle, selbst die Audax Arbeiter würden nach Individualität streben. Santagos hatte sie genauso unterdrückt wie die Repros. Es würde schwer werden, eine neue Ordnung herzustellen, dessen war sich Penny sicher. Nun fehlte ihnen auch noch der Anführer. Hugh Fridgson, Lord Barnaby Tarken, war tot. John besaß die mentale und körperliche Stärke, um seine Position einzunehmen, aber sie bezweifelte, dass die Rebellen ihm folgen würden, weil sie wussten, dass in ihm das gleiche Blut floss wie in Santagos – auch wenn er sich gegen seinen Vater gewandt hatte. Seine Abstammung war ein Makel, der ihn nie loslassen würde. Ohne Führung würde aber Chaos entstehen.

Auf dem Monitor waren Kämpfe zu sehen, als nächstes der Thronsaal. Noch einmal musste Penny mit ansehen, wie Santagos John folterte und Hugh sich opferte, um John zu retten. Sie war stolz, dass sie Santagos’ Hals mit dem Pfeil getroffen hatte, der auf dem Monitor langsam durch das Vampirox ein zweites Mal starb. Sein Tod würde noch oft über die Bildschirme flimmern.

Von draußen waren Motorengeräusche zu hören. Penny ging zum Fenster. „Da kommt jemand." Zahlreiche Wagen hielten vor dem Palace.

„Verstärkung", sagte Guy, der in die Nacht spähte. „Einige Condannato Vampire kehren nach London zurück, um ihre Stadt wieder in Besitz zu nehmen. Wir hatten immer Kontakt zu ihnen. Sie kämpften an anderen Fronten, aber heute scheint es sie alle zum Amtssitz des Prime Lords zu ziehen."

„Es gibt keinen Prime Lord mehr", wandte John ein.

Guy murrte, sagte aber nichts.

„Seht!", rief Penny. In der Ferne waren Brände zu sehen. Es gab Explosionen in London.

John stellte sich hinter sie und legte die Hand auf ihre Schulter. „Der Wandel hat begonnen."

„Hoffentlich wird er nicht blutig." Auf einmal befürchtete Penny, dass die Sharer aufeinander losgehen würden.

„Es wird Opfer geben, dessen waren wir uns immer sicher", sprach Guy. „Wir müssen so schnell wie möglich einen Anführer wählen. Denn wenn schon keine Struktur im Kern herrscht, wie soll dann eine neue Ordnung in Großbritannien entstehen?"

Penny nickte.

„Lasst uns zurückgehen", schlug Guy vor. „Die Rebellen brauchen jeden Mann und jede Frau, um Hampton Court Palace zu reinigen. Die Übertragung stelle ich auf nonstop Wiederholung ein."

Er zwinkerte, nahm seine Handkamera und fütterte sie mit einem neuen Chip, den er aus seiner Gesäßtasche fischte. Dann schritt er zur Tür. Vorsichtig lugte er in den Gang hinaus. Es war niemand zu sehen, daher lief er den Korridor entlang, dicht gefolgt von Penny und John, die ihre Waffen im Anschlag hielten. Sie gingen die Treppe hinunter. Alles war leer. Manchmal hörten sie Kampfgeräusche, sahen aber nichts. Als sie oberhalb der feudalen Marmortreppe standen, die in die Eingangshalle führte, blieben sie erstaunt stehen. Die Rebellen hatten sich versammelt. Mit offenen Mündern und strahlenden Gesichtern, einige weinten sogar, schauten sie zu einem Mann auf, der in der Mitte der Treppe stand.

Kenneth stand neben ihm. „Wir haben die Situation im Griff. Der Palast ist in unserer Hand. Es gibt noch einige Kämpfe, aber die meisten Audax Vampire befinden sich bereits in den Kerkerzellen." Er bemerkte die drei Neuankömmlinge und lächelte ihnen zu. „Dort hat Penny Whistle auch ein Laboratorium entdeckt, in dem Vampire und Menschen im Kälteschlaf liegen. Sie werden zurzeit erweckt. Das Labor gehörte dem Orden des heilbringenden Lichts, bevor Santagos es gewaltsam übernahm." Er nickte Guy zu. „Guy Chang hat den Tod Santagos' mitgefilmt und bereits über alle Kanäle verbreitet. Der Aufstand ist in vollem Gange. Nun übergebe ich das Wort an Sir Sur Tempelton."

Sur verneigte sich. Er schaute über die Gesichter der Anwesenden und straffte dann die Schultern. Er sprach in einem schweren Bariton: „Ich bin stolz auf euch. Leider war ich gezwungen unterzutauchen, um die Rebellion nicht zu gefährden.

Als Staatsfeind Nummer eins hätte Santagos alles daran gesetzt, mich zu fassen. Irgendwann hätte ihn der Weg zu den Rebellen geführt und alles wäre verloren gewesen. Verzeiht, meine Freunde, dass ich auch euch im Glauben gelassen habe, ich wäre tot. Die Gefahr eines Spions war zu groß. Kenneth hatte die ganze Zeit Kontakt zu mir. Ich war immer bei euch. Nun bat er mich zurückzukommen. Ich kann verstehen, wenn ihr einen Anführer aus euren eigenen Reihen wünscht, aber es wird schwer werden, die Rebellen in ganz Großbritannien unter einer Führung zu vereinen. Daher stelle ich mich zur Wahl. Sollte sich die Mehrheit für mich aussprechen, werde ich gerne die Neuordnung leiten."

Die letzten Worte gingen im Jubel unter. Es wurde applaudiert und gejohlt. Es war offensichtlich, dass die Rebellen keinen anderen Führer als Sur haben wollten. Sie würden ihm folgen, weil er einer der ältesten Vampire war, seit Gründung von Vita Eterna dabei und sich immer loyal und fair verhalten hatte.

Penny dachte wehmütig an Hugh. So schnell würden die Vampire und Repros ihn nicht vergessen, aber Sur gab ihnen Hoffnung auf ein neues, schönes Great Britain.

Plötzlich erstarrte sie. Sie konnte kaum glauben, was sie sah, denn sie sah – sich selbst! Am Kellerabgang stand eine Frau mit braunen Locken. Ihre Haare klebten am Kopf. Sie hatte dunkle Ringe unter den Augen, die selbst durch die Schutzbrille zu erkennen waren. Ihre Augen mussten sehr lichtempfindlich sein nach all den Jahren Schlaf. Man sah ihr die Erschöpfung an. Sie konnte sich kaum auf den Beinen halten, wollte aber unbedingt bei der spontanen Versammlung dabei sein. Wie in Trance ging Penny die Treppe hinunter. Sie stieß Kenneth an, der sie böse anblinzelte. Immer schneller schritt sie vorwärts.

„Was ist los?", rief John ihr hinterher. Als sie nicht antwortete, folgte er ihr.

Sie hastete quer durch die Eingangshalle, zwängte sich zwischen den jubelnden Rebellen hindurch und atmete schwer. Ihr Herz pochte aufgeregt. Ihre Hände waren schweißnass. Erst als sie bei ihrem Ebenbild ankam, blieb sie stehen.

Zaghaft fragte sie: „Charlene Lawrence?"

„Du … du bist mein …"

„Klon." Penny nickte. Sie hatte mit einem Mal Angst, dass Charlie abweisend reagieren konnte. „Man hat mich aus deiner DNA erzeugt." Hastig fügte sie hinzu: „Das ist normal im 22. Jahrhundert. Ach, du weißt ja nicht einmal, welches Jahr wir haben. 2123. So viel hat sich geändert seit 2005, ich meine, seit dem du gelebt hast. Keine Sorge, ich bin dein einziges Abbild. Es gibt immer nur einen Klon zur gleichen Zeit. Santagos wollte verhindern, dass man die Audax Vampire absichtlich verwirrt. Aber Santagos ist jetzt tot. Wahrscheinlich wird es keine neuen Klone geben. Und das ist Jeremy Wellingham, nicht wahr?" Ein großer schlanker Vampir hatte seinen Arm von hinten um Charlies Hüften gelegt.

„Penny", sagte John und drückte sanft ihren Arm. „Lass sie erst einmal zu Kräften kommen, dann kannst du ihr alles erzählen."

Er hatte recht. Aufgewühlt plapperte sie wie ein Wasserfall, dabei musste sie Charlie behutsam beibringen, dass sie manche ihrer Erinnerungen kannte, auch die frivolen, die Jeremy betrafen. Alleine bei dem Gedanken errötete Penny. Sie hoffte sehr, dass Charlene nicht sauer sein würde. Aber Penny konnte ja nicht einmal etwas dazu, und immerhin war Charlie maßgeblich am Fall Santagos' beteiligt. Durch die Erinnerungen hatte erst das Vampirox hergestellt werden können, und Jeremys Leiden während der Experimente des Ordens war auch nicht umsonst gewesen.

„Es gibt so viel, das ich dir erzählen möchte, nein, erzählen muss", sagte sie gedämpft.

Charlie lächelte sie an. „Wahrscheinlich werden wir im Palast bleiben, bis wir uns erholt haben. Komm doch vorbei. Ich würde mich sehr freuen", und fügte nach einer Pause hinzu: „Schwester."

Hatte sie richtig gehört? Tränen schossen in Pennys Augen. Sie konnte nicht anders als Charlie vorsichtig zu umarmen. Zärtlich küsste Penny ihre Haare und gab sie dann zurück in Jeremys Arme. Stumm verabschiedete sie sich mit einem Nicken, weil sie keinen Ton mehr herausbrachte. Schnell drehte sie sich um, denn nun liefen die Tränen ihre Wangen herunter.

John holte sie ein und drückte sie fest an sich. „Scht", sagte er und streichelte ihren Nacken. „Das ist ein sehr emotionaler Moment, für dich mehr denn für uns andere. Und ich weiß, meine Frage kommt völlig zur falschen Zeit, denn du bist durcheinander."

„Nein, ich bin überwältigt vor Glück", fiel sie ihm ins Wort.

Er gab ihr einen Kuss und flüsterte: „Möchtest du eine Vampirin werden?" Er legte ihr den Zeigefinger an die Lippen. „Überleg es dir. Es würde diese Nacht krönen."

„Ich würde es machen", mischte sich eine athletisch wirkende blonde Frau ein. „Tamara Malt. Es tut mir leid. Es geht mich ja nichts an, aber mich hatte Vita Eterna im 21. Jahrhundert zur Vampirin verurteilt, und es ist das Beste, was mir jemals hätte passieren können, denn ich wurde von der Liebe meines Lebens gebissen, Dorian Everheart." Sie strich über die Wange des Vampirs, der neben ihr stand. Sein ebenholzfarbenes Haar besaß graue Schläfen, aber seine Augen waren jung und strahlend.

„Wir hätten einander längst verloren", sprach er mit warmer Stimme, „der Tod hätte uns getrennt."

„Diese Aussicht hätte uns beiden schon Jahre vorher das Herz gebrochen. Wir hätten unser gemeinsames Glück nicht genießen können." Tamara sah ihren Mann stolz an. „Alle Ratsmitglieder mussten untertauchen. Nun sind wir nach London zurückgekehrt, damit Dorian sein Amt im Rat wieder aufnehmen kann."

„Bei mir, Abelaine Torn, war es anders." Eine in Lack und Leder gekleidete Rothaarige trat näher, gefolgt von einem durchtrainierten Mann, dessen Muskeln sich unter einem schwarzen Netz-Shirt abzeichneten. „Ich war vorher schon eine Vampirin und habe mich zum Glück in einen Vampir, Kyle Hamillton, verknallt. Aber meine Zwillingsschwester Alyce musste sich damals auch entscheiden …"

„… entweder für ein kurzes Leben mit meinem geliebten Logan, das ständig überschattet worden wäre vom nahenden Tod, oder für eine Existenz in der Dunkelheit, ein Zugeständnis an die Liebe, das stärker nicht sein könnte." Neben der Rothaarigen stand nun das exakte Ebenbild, nur dass sie Jeans und eine weiße Bluse trug und ihre rote Mähne zu einem Pferdeschwanz gebunden hatte.

Hinter ihr baute sich schützend ein Vampir mit aristokratischen Gesichtszügen auf, die so gar nicht zu seiner zerrissenen Jeans, der nietenbesetzten Lederjacke und dem wilden, dunklen Haarschopf passten. „Ich konnte nicht zurück in mein menschliches Leben. Die Verwandlung funktioniert nur in eine Richtung. Daher hat sie mir den größten Liebesbeweis geschenkt, den es für einen Vampir gibt."

„Wirst du die Leitung der Loge Condannato übernehmen?", fragte Alyce ihre Schwester. „Ich habe so ein Gerücht gehört."

Abby schmunzelte. „Nur wenn Logan endlich Vita Eterna beitritt und mein Security Chef wird."

„Die Zeit für mich ist reif, Stellung zu beziehen", nickte er, um auf diese Weise eine Zusage zu erteilen und wandte sich an Penny, „und für dich auch."

John legte die Hand unter ihr Kinn und hob es an. „Fühl dich bitte nicht gezwungen. Es ist eine schwerwiegende Entscheidung, denn sie kann nicht rückgängig gemacht werden."

Penny war sprachlos. Die beiden Rothaarigen sahen sich genauso ähnlich wie Charlie und sie, fast identisch – und doch gab es winzige Unterschiede, wie zum Beispiel das Auftreten. *Schwester,* dieses Wort hallte in ihr wider. Nie hatte sich ein Wort so gut angehört. Sie schaute sich nach Charlie um, aber sie schien sich mit Jeremy zurückgezogen zu haben.

Auch sie wollte weg. „Lass uns bitte einen Ort aufsuchen, an dem wir Ruhe haben. Ich kann nicht klar denken, wenn alle um mich herum feiern."

Sie gingen in ein Büro im ersten Stock. Offensichtlich hatten hier Kämpfe stattgefunden, denn das Bücherregal war umgekippt worden. Zwischen den Büchern, die nun verstreut auf dem Boden lagen, sah Penny einen Computer, der wohl früher auf dem massiven Schreibtisch gestanden hatte. Die Couch war mit einem Messer aufgeschlitzt worden, Fenster waren eingeschlagen, und die Tür zum büroeigenen WC war angelehnt.

„Ein chaotischer Ort, um seine Gedanken zu ordnen", sagte Penny lächelnd.

John setzte sich auf die Kante des Schreibtischs und zog sie in seine Arme „Nur weil andere beschlossen haben, ein Leben als Vampir zu führen, um für immer mit jemandem zusammen zu sein, musst du das nicht auch."

„Das weiß ich", antwortete sie selbstbewusst.

„Ist es einmal geschehen, kannst du es nicht ändern, selbst wenn die Liebe zerbrechen sollte …"

„Ich werde meine Entscheidung nicht bereuen!"

„Dann weißt du schon, wie dein Weg aussehen wird?", fragte er und es klang unsicher, als würde er die Antwort fürchten.

„Ich habe die Vampire immer gehasst …"

„Ich akzeptiere, dass du ein Mensch bleiben möchtest."

Sie nahm sein Gesicht in ihre Hände und schaute ihn rügend an. „Unterbrich mich nicht!"

Er lächelte. „Entschuldigung."

„Ich habe die Audax gehasst, aber die Vampire von Vita Eterna sind meine Freunde. Es war nicht immer einfach, diese Freundschaft aufrecht zu erhalten, da sie der gleichen Art angehören. Aber am Ende kommt es auf den Charakter eines jeden an. Die menschlichen Söldner habe ich genauso verabscheut wie die Audax."

„Und das bedeutet?", fragte er ungeduldig.

„Für mich ist es kein Sprung in den Abgrund, sollte ich deinem Wunsch nachkommen."

„Ho, ho, tu es nicht mir zuliebe. Du würdest es bereuen."

Sie streichelte seine Wangen und ließ sein Gesicht los. Stattdessen nahm sie seine Hände. „Früher habe ich gedacht, eine Beziehung zwischen Mensch und Vampir wäre nicht möglich, doch die Zeit mir dir hat mich eines Besseren belehrt. Trotzdem gibt es Probleme. Zum Beispiel habe ich keine Lust mehr darauf, tagsüber zu leben und du nachts. Natürlich könnte ich meinen Lebensrhythmus deinem anpassen. Dennoch brauche ich das Sonnenlicht."

„Willst du mich verlassen?" Er hob die Augenbrauen.

Penny küsste seine Handflächen. „Ich rede nur so viel, um herauszufinden, was ich will."

„Wir können warten. Lass uns herausfinden, was die Jahre bringen, und vielleicht kommt die Zeit, dass du auf einmal weißt, dass es jetzt geschehen soll."

„Wenn ich siebzig bin? Wirst du mich noch lieben, wenn ich faltig und grau bin?"

Er öffnete die Beine, zog sie so nah heran wie möglich, und schlang die Arme um ihre Hüften. „Natürlich."

„Solltest du mich mit siebzig beißen, werde ich ewig in diesem reifen Körper stecken." Vehement schüttelte sie den Kopf. „Das ist es nicht, was ich möchte."

„Was ist es genau, was du willst?"

„Den Moment festhalten", schoss es aus ihr heraus.

Lange Zeit war die Beziehung zwischen ihr und John unklar gewesen. John gab sich mindestens so mysteriös wie Penny selbst. Beide hatten ihre Geheimnisse gehabt. Nun gab es keine Geheimnisse mehr. Sie liebten sich. Ihre Liebe war jung und stark. Die Begierde groß.

Die Fronten waren geklärt, die Liebe frisch und die Luft rein.

„Ich weiß, ich kann den Augenblick nicht konservieren, aber es wäre falsch, auf schlechte Zeiten zu warten. Der Biss wäre dann wie ein Hilferuf, der unsere Probleme nicht lösen würde. Ist es da nicht besser, jetzt diesen weitreichenden Schritt zu machen, um unsere Liebe zu krönen?", fragte sie rhetorisch. „Wir können uns immer an diesen einzigartigen Moment zurückerinnern, und das wird uns Kraft geben, an uns zu glauben."

„Du bist wundervoll", hauchte er und küsste sie.

Als er sich gefährlich ihrem Hals näherte, schob sie ihn fort. Mit großen, treuen Augen sah sie ihn an. „Ich möchte den Biss in einem Augenblick vollkommener Ekstase erleben. Wäre das wohl möglich?"

John warf den Kopf in den Nacken und lachte schallend.

„Lach mich nicht aus!"

„Das tue ich nicht."

„Ich habe nur ein wenig Angst", gab sie kleinlaut zu.

„Und das Mittel dagegen, wächst gerade zwischen meinen Beinen."

Er drehte sich um und wischte mit einer Handbewegung alles vom Schreibtisch. Dann vergrub er seine Hand in Pennys Locken, zog ihr Gesicht heran und küsste sie leidenschaftlich. Ohne von ihr abzulassen öffnete er den Reißverschluss ihres Overalls. Er schob den Stoff von ihren Schultern, während er seine Zunge in ihren Mund stieß. Penny stöhnte, gleichsam vor Lust und vor Furcht, wobei es sie mehr vor dem Biss bangte als vor der Wandlung, denn die würde sie eng mit John zusammenschweißen. Sie war wie eine Hürde, über die sie springen musste, eine Grenze, die es zu bezwingen galt, eine Herausforderung für Penny, doch der Lohn war es wert.

Sie ließ die Arme hängen, damit das Oberteil heruntergleiten konnte und schob Hose und Slip mit den Händen von ihren Hüften. Genüsslich züngelte sie mit John und streifte beiläufig die Schuhe ab. Nun stand sie nackt vor ihm. Das erregte sie noch immer genauso sehr, wie bei ihrem ersten Liebesspiel, als er sie dazu gebracht hatte, vor ihm zu masturbieren.

John saugte an ihrer Lippe, er streifte die Innenseiten ihrer Wangen mit der Zunge und erforschte ihre Zahnreihen, als Penny seinen Brustkorb streichelte. Noch immer war er nur oben herum nackt. Sie zwirbelte seine Brustwarzen, drückte ihren Busen an ihn, ohne den Kuss zu lösen. Sie nahm ihre Brüste in die Hand und ließ ihre erigierten Nippel um seine Brustwarzen kreisen. Dann rieb sie die Warzen aneinander. Ihre Bewegungen wurden durch die Erregung immer schneller. Daher stieß sie mit der Zungenspitze immer wieder in Johns Mund hinein und griff zwischen seine Beine, um seinen steifen Penis fest mit der Hand zu umschließen.

Er löste den Kuss. „Das könnte dir so passen! Ich gebe den Rhythmus vor." Schmunzelnd drückte er sie mit dem Hintern gegen den Schreibtisch. „Du beeilst dich, um die Zeremonie schnell hinter dich zu bringen."

„Das ist nicht wahr", sagte sie. Er mochte recht haben, aber die Lust war ein viel stärkerer Motor.

„Aber schnell ist nicht gut. Du wolltest die vollkommene Ekstase, und du bekommst sie auch. Also, husch, husch, baby."

Er hob sie auf den Tisch und drückte ihren Oberkörper nach hinten, sodass sie alsbald mit dem Rücken auf der Tischplatte lag. Eine Weile streichelte er beruhigend ihren Bauch. Seine Hand glitt tiefer. Er umkreiste ihren Bauchnabel, drang mit dem Mittelfinger ein, und setzte seinen Weg zu ihrer Scham fort. Zärtlich streichelte er den Venushügel. Er liebkoste die Innenseiten ihrer Oberschenkel und fuhr in das Tal zwischen Schamlippen und Schenkel. Ihren Schoß berührte er jedoch nicht.

Penny lag einfach nur da und ließ alles geschehen. Sie vertraute John. Nur allzu gerne gab sie sich ihm hin. Sie konnte nicht genug von ihm bekommen. Er wusste immer, was er tat, liebte sie auf eine erwachsenere Art als Guy es jemals getan hatte. Das war wenig verwunderlich, denn es trennten die beiden Männer schließlich mehrere Jahrhunderte Erfahrung.

John winkelte ihre Beine an. Mit einem Ruck zog er ihre Pobacken bis an die Tischkante und spreizte ihre Schenkel noch ein wenig weiter. Nun lag sie weit geöffnet vor ihm. Wie ein Fächer breiteten sich ihre Falten vor ihm aus. Er konnte ihre Erregung deutlich erkennen, denn ihre Schamlippen leuchteten schon rötlich.

Lächelnd führte er den Mittelfinger in ihre Scheide ein. Immer wieder zog er sich zurück und stieß erneut in sie hinein, bis Penny ihn gar nicht mehr spürte. Verdutzt sah sie John an. Dieser schmunzelte und verteilte ihren cremigen Saft auf ihrem Anus. Behutsam drang er kurz mit der Fingerspitze ein. Er tauchte ihn ein weiteres Mal in die Vagina, fingerte in ihr herum und entfloh der Feuchtigkeit, um wieder in ihren After einzudringen. Er glitt tiefer als zuvor in ihn hinein und beobachtete Pennys Miene. Wann immer sie das Gesicht verzog, weil er sie zu stark dehnte, gab er ihr Zeit, um sich an den Widerstand zu gewöhnen. Bald schon nahm er zwei Finger, stieß zuerst in ihre Scheide und dann gut geölt in ihren faltigen Ring. Dies wiederholte er mehrere Male, bis Penny sich unter den sanften Stößen wand, weil sie nach mehr gierte. Nach drei Fingern hörte er auf. Doch nur kurz.

Er heizte ihre Lust an, indem er die Finger der rechten Hand spreizte und mit dem Mittelfinger in ihre Vagina und mit dem Daumen in ihren After drang. Mit dem Zeigefinger rieb er ihren Damm, während er Penny in beiden Öffnungen fingerte.

Es war ein überwältigendes Gefühl, von beiden Seiten gleichzeitig ausgefüllt zu werden. Sie griff nach der Tischkante, hielt sich daran fest und bäumte sich auf, um sich wieder flach auf den Tisch zu legen und die Augen zu schließen. Nur für Sekunden, dann suchte sie wieder Johns Blick, der so warm war, schaurig-schön verklärt und um ihre Lust wissend.

Sie redeten nicht. Nur ihre Körper sprachen miteinander.

Als John mit der linken Hand ihren Venushügel zu kraulen begann, schob sie das Becken in seine Richtung. Sie wollte, dass er sie endlich am Kitzler berührte. Er heizte ihre Erregung an, ohne sie zu erlösen, und sie ahnte, dass er noch lange nicht mit seiner bittersüßen Folter am Ende war.

„Ts, ts“, machte er tadelnd und zog seine Finger aus ihr zurück. Er öffnete seine Hose und kam zur Rückseite des Tisches. Schweigend zog er Penny so weit zurück, dass ihr Kopf in den Nacken fiel und nach unten hing. Er stützte sich auf der Tischplatte ab und wartete. Sein steifes Glied ragte wie ein Speer von seinen Lenden in ihre Richtung. Die Penisspitze stieß gegen ihre Lippen. Willig nahm sie die Eichel mit ihrem Mund auf. Sie leckte über das Glied, nahm es tiefer auf und betrachtete die prallen Säckchen, die direkt vor ihren Augen waren, weil sie Johns Genitalien das erste Mal auf dem Kopf sah. Mit der Nase stieß sie die Hoden an, während sie den Penis mit den Lippen massierte. Immer wieder sammelte sie Speichel in den Wangen und ölte ihn gut ein. Sie züngelte um den Schaft, drückte die Vorhaut mit dem Mund zurück und leckte die Eichel. Ein salziger Tropfen löste sich aus dem Loch und sie lutschte ihn ab, ein wenig schwermütig, weil sein Sperma genauso wenig lebendig im eigentlichen Sinne war, wie er selbst. Vielleicht passten sie deshalb so gut zueinander. Auch sie konnte keine Kinder gebären, eine Parallelität, die verband, wie sie fand. Bald schon würde es eine weitere Verbundenheit geben, denn sie würden beide Vampire sein.

Die Furcht wich der Vorfreude. Penny wünschte John so nah zu sein wie nur möglich. Sie reckte ihm das Gesicht entgegen, bis die Eichel an ihren Rachen stieß. Dann zog sie sich zurück und streckte sich wieder, immer die Lippen auf seinen Penis gepresst, um das Kontrahieren ihrer Scheide zu imitieren. Es war ein seltsames Gefühl, ihn auf dem Rücken liegend, mit herunterhängendem Kopf zu stimulieren. Sie fühlte sich ihm unterlegen und dennoch war sie es, die die Kontrolle über seine Lust hatte.

Mittlerweile massierte er ihre Brüste. Er streifte ihre Brustwarzen mit feuchten Fingern und drückte sie behutsam in den Busen hinein, um sie mit dem Daumen fest zu reiben.

Penny fiel es schwer, ihn weiter oral zu befriedigen, wenn ihre eigene Lust wieder anschwoll. Sie stöhnte. Sein Penis lag in ihrem Mund. Nur ihre Zunge bewegte sich über die Spitze, als Antwort auf das Reiben ihrer Brüste.

John zog sich von ihr zurück. Er ging um den Schreibtisch herum, hob Penny herunter und drehte sie um. Nun drückte er sanft ihren Oberkörper nach vorne, bis sie mit dem Bauch auf der Tischplatte lag. Mit seinem Bein spreizte er ihre Schenkel und drang mit einem kräftigen Stoß in ihre Scheide ein. Schmatzend nahm sie ihn auf. Penny stöhnte laut. John begann sie rhythmisch zu nehmen, zuerst langsam und vorsichtig, dann immer schneller. Seine Hoden schlugen gegen ihre angeschwollenen Schamlippen. Ihr cremiger Saft verteilte sich auf beide Unterkörper. Wiegten sie anfänglich noch gemeinsam vor und zurück, so lag Penny bald schon auf dem Tisch und überließ John die Zügel. Sie stöhnte mittlerweile laut. Bald würde sie kommen. Er hatte sie zu gut angeheizt. Ein Stöhnen bei jedem Stoß.

„Wir haben die Tür abzuschließen vergessen", brachte er mühsam hervor und presste von hinten die Hand auf ihren Mund, ohne auch nur einen Moment inne zu halten. „Du lockst womöglich noch alle an."

Wie recht er hatte! Denn plötzlich sah sie jemanden im Badezimmer. Sie kannte ihn nur zu gut. Er lugte durch den Türspalt. Eigentlich waren es sogar drei Augen, die von Guy und die der Handkamera in seiner Hand. Er filmte ihren Ritt!

Augenblicklich rebellierte Penny. Sie schlug um sich, schimpfte in Johns knebelnde Hand und wehrte sich gegen die intimen Stöße. Aber John packte ihr Handgelenk und drückte es auf die Tischplatte. Er lehnte sich noch mehr über sie, um sie in ihrer Gegenwehr einzuschränken und schließlich niederzukämpfen. Der kleine Kampf machte ihn offensichtlich an, denn er nahm sie härter und ritt sie wie ein tollwütiger Hengst. Sein animalisches Verhalten machte Penny heiß, auch das, dass sie gefilmt wurden. Aber nicht von Guy! Nicht kurz vor dem Biss!

Aber was sollte sie machen? Je mehr sie sich gegen die Stöße wehrte, desto heftiger nahm John sie, und je stärker er sie ritt, desto näher kam sie dem Orgasmus. Wahrscheinlich dachte er, sie hätte doch Angst bekommen, weil die Wandlung bevorstand.

Das werde ich dir heimzahlen, Guy, dachte Penny und ergab sich in ihr Schicksal. Sie hielt sich an der Tischkante fest. Die Begierde zerrte an ihr. Sie zerriss sie innerlich. John stieß sie hart von hinten. Er knebelte sie mit der Hand und gab nun, da sie nicht mehr gegen ihn ankämpfte, ihr Handgelenk frei, schob die andere Hand unter ihren Oberkörper, fasste eine Brustwarze und zwirbelte sie.

Pennys Lust explodierte. Ihre Muskeln spannten sich an. Ihr Körper schmerzte vor Erregung. Der Höhepunkt wischte alle Bedenken fort. Sie war nur noch Lust. Sie flog über alle Bedenken hinweg und landete in Johns Armen, der auch seine Erlösung gefunden hatte. Zuckend lag sie unter ihm. Sie zitterte und stöhnte selbst jetzt noch in seine Handfläche hinein. Inmitten der Ekstase spürte sie, wie seine spitzen Eckzähne sich in ihren Hals bohrten. Es tat nicht weh. Sie bemerkte nur den Druck. Das Saugen hörte sich an, als käme es von weit entfernt her. Dann war es vorbei. John ritzte mit den Zähnen sein Handgelenk auf und gab ihr von seinem Blut zu trinken. Dieser letzte Schritt rührte Penny zu Tränen. Sie liefen ihr über die Wangen, während sie vollkommen berauscht trank, weil sie wusste, dass die Zeremonie sie nicht nur in eine Vampirin wandeln, sondern auch für immer an John binden würde.

Doch plötzlich regte sich etwas in ihr. Johns Blut floss ihre Kehle hinab. Sie schluckte. Es strömte durch ihren Körper, drang in die Zellen ein und benebelte sie unerwartet. Sie bekam Angst und versteifte sich. Während John sie im Nacken beruhigend küsste, sah sie Bilder vor ihrem inneren Auge aufflackern – sie, mit einem anderen Mann. Sie kannte ihn, aber nur flüchtig. Nein, diese Frau war sie nicht. Es war Charlie. Sie war mit Jeremy zusammen. Penny dachte, es könnte nie wieder geschehen, doch nun flossen junge, frische Erinnerungen zu ihr …

Endlich konnte ich wieder sehen. Die dunklen und hellen Flecken ergaben Formen und Muster. Auch Farben erkannte ich, wenn auch nur schwach. Jeremy setzte sich auf das edle Sofa und breitete die Wolldecke über sich aus, die man uns gegeben hatte, damit wir uns aufwärmen konnten. Wir hatten uns in eines der alten Gemächer im Westflügel des Schlosses zurückgezogen, um Ruhe zu finden und den Schock der Wiederbelebung zu verarbeiten. Die Schlacht hatten die Rebellen bereits gewonnen, die Unruhen hielten noch an. Seufzend setzte ich mich neben Jeremy, schlüpfte unter die Decke und legte die Arme um seinen Hals. Er lächelte und strich mir eine Strähne aus dem Gesicht. Ich war froh, endlich mit ihm allein zu sein. Dieser Raum gehörte nur uns. Ich versuchte alles, was sich außerhalb der vier Wände abspielte, zu verdrängen.

„Wie geht es dir?“, fragte Jeremy sanft.

„Besser. Meine Augen haben sich an die Helligkeit gewöhnt. Ich bin froh, dass man uns befreit hat. Aber ich habe Angst vor dem, was uns dort draußen erwartet.“

Er nickte und sah mich ernst an. „Nun weißt du, wie es mir im 21. Jahrhundert erging. Mach dir keine Sorgen, wir werden es gemeinsam erkunden.“

Ich nickte. Sicherlich würde es nicht einfach werden, sich umzugewöhnen. Aber ich hatte gute Freunde, die mir helfen würden, nahm Jeremys Hand, streichelte sie sanft und führte sie zu meinem Gesicht, um ihm einen zarten Kuss auf seinen Handrücken zu hauchen.

„Als uns die Jäger für den flüssigen Stickstoff präparierten, glaubte ich dich für immer verloren zu haben. Der Schmerz, den ich dabei empfand, war unerträglich.

Ich möchte diese Angst nicht noch einmal ausstehen", fuhr er fort und sah mir tief in die Augen.

„Mir ging es genauso."

Langsam, fast andächtig strich sein feingliedriger Zeigefinger über meinen Hals, als berührte er etwas Heiliges. „Ich könnte uns auf ewig aneinander binden und die Angst für immer bannen, wenn du es möchtest. Ein kurzer Biss und du wärst meine unsterbliche Gefährtin, Charlie."

„Du willst mich hier beißen? In diesem Moment, in dem das Chaos um uns herum tobt und alles vernichtet ist, was wir kannten?"

„Warum länger warten und erneut riskieren, dass man uns trennt?"

„Was sollte uns jetzt noch gefährlich werden? Santagos ist besiegt, der Orden vernichtet."

„Es wird immer Feinde geben. Durch ein Blutsband wären wir niemals mehr einsam. Selbst wenn du dich am anderen Ende der Welt befändest, würde ich deine Nähe spüren und du die meine."

Die Ewigkeit. Es war ein verlockender Gedanke, der auch gleichzeitig ängstigte. Die Sonne, die mich jeden Morgen sanft geweckt hatte, würde zu meinem Feind werden. Dafür würde ich ewig jung bleiben und Jeremy nie verlieren. Und ich würde nach Blut dürsten. Die Vorstellung gefiel mir nicht. Genauso wenig wie der Gedanke, dass ich eines Tages eine alte Frau wie Sophie sein würde und Jeremy immer ein Jüngling blieb. Wie konnte er mich im Körper einer Greisin begehrenswert finden?

„Lass mich dich beißen", flüsterte er und fuhr meine Schlagader mit der Zunge nach. „Nur ein kurzer Biss, es wird nicht weh tun. Oder vertraust du mir nicht?"

„Natürlich vertraue ich dir. Es ist nur ..."

„Die Angst vor dem Unbekannten. Sie wird schnell schwinden."

„Ich weiß nicht, ob ich das Richtige tue. Stell dir vor, ich bereue meine Entscheidung eines Tages."

„Also hast du Zweifel an unserer Liebe?"

„Nein, daran zweifle ich nicht."

„Woran dann? Sag es mir, ich will dir helfen, die Zweifel zu verscheuchen."

Ich wandte den Kopf ab, aber Jeremy drehte ihn wieder zu sich, und so war ich gezwungen, ihm wieder in die Augen zu sehen.

„Löscht das deine Zweifel aus?" Ehe ich etwas sagen konnte, verschloss er meinen Mund mit seinen Lippen. Wild und leidenschaftlich küsste er mich. Ich spürte seine Begierde, sein Verlangen und die tiefe, unerschütterliche Liebe, die seit unserer ersten Begegnung gewachsen und seitdem immer stärker geworden war. Seine weichen Lippen wanderten über mein Gesicht, bedeckten jeden Millimeter mit süßen, elektrisierenden Küssen und glitten hinab zu meinem Hals, an dem meine Halsschlagader wild pochte.

„Werde wie ich, und ich werde dich immer lieben." Erneut glitt sein Mund über meine Haut und hinterließ eine feuchte Spur.

Ich kniff die Augen zusammen, atmete tief durch und legte meine Hand auf seinen Hinterkopf. Meine Finger krallten sich in seinen blonden Schopf und drückten sein Gesicht an meinen bebenden Hals, in dem sich ein unerträgliches

Kribbeln ausbreitete, das mich fast um den Verstand brachte. Für immer vereint. Unsterblich. War es das, was ich wollte?

„Tu es – bevor ich es mir anders überlege“, stöhnte ich wollüstig.

Schon spürte ich seine Zunge, die sanft über die Stelle leckte, an der er mich beißen wollte. Das Gefühl entfachte ein Feuer in meinem Schoß. Keinen Wimpernschlag später stieß er seine Reißzähne in mein Fleisch und sog das Blut aus meiner Ader. Pumpend spritzte es in seinen Mund. Ich geriet in Ekstase. Der Biss schmerzte leicht, aber das merkte ich kaum, denn ich fühlte mich berauscht von seiner schier unstillbaren Gier. Sein Saugen erregte mich – weil ich ihm schmeckte. Weil er nicht genug von mir bekommen konnte.

„Köstlich“, seufzte er und nahm einen letzten, großen Schluck, bevor er sich sanft von mir löste. Ich sank in seine kraftvollen Arme und blickte blinzelnd zu ihm auf.

Mein Herz schlug schneller, Schweiß rann über meine Stirn. Das Licht des kleinen Kronleuchters, der anmutig über unseren Köpfen schwebte, wirkte schmerzhaft grell, und die Dunkelheit um mich herum wich. Ein übersinnlicher Glanz umgab alles Lebende. Jede Motte, jedes Insekt, das durch den Raum flog, schien von innen heraus zu strahlen. Ich blickte Jeremy an und traute meinen Augen kaum, als ich den Fluss seines Blutes durch seine Haut hindurch sehen und sogar fühlen konnte!

„Was geschieht mit mir?“ Ich wusste die Antwort längst. In mir wuchs eine Kraft heran, die verführerisch und aufregend war. Und noch etwas erwachte in mir. Ein unvorstellbarer Durst nach Blut und nach Macht.

„Willst du von mir trinken?“, fragte Jeremy, als hätte er meine Gedanken gelesen. „Nimm mein Blut, koste von mir.“

Er legte sich hin, hob den Kopf und bot mir seine Kehle dar. Ein Schwall süßer Erregung rauschte durch meinen kälter gewordenen Körper. Langsam beugte ich mich zu seinem Hals hinab und schnupperte an ihm. Meine Sinne waren derart geschärft, das ich glaubte, das Blut zu riechen, welches so verführerisch durch seine Adern pumpte.

Erwartungsvoll blickte er mich an. In seinen wunderschönen blauen Augen sah ich die pure Lust, die nicht nur von ihm, sondern auch von mir Besitz ergriff. Meine Hand legte sich auf seinen Hinterkopf und kraulte seine noch leicht feuchten, hellblonden Haare.

„Trink von mir“, forderte er mich erneut auf.

Mit der anderen Hand zeichnete ich seine Schlagader nach, wie er es zuvor bei mir getan hatte. Seine Kehle und der zarte Adamsapfel faszinierten mich.

„Trink …“

Meine Finger begannen zu zittern. Etwas Gefährliches gewann nach und nach die Oberhand über mich. Selbst wenn ich es gewollt hätte, ich konnte das Tier in mir nicht bändigen. Ich riss mit aller Kraft seinen Kopf nach hinten, sodass sich sein Hals verbog, und rammte meine nun spitzen Zähne in sein Fleisch. Jeremy griff nach meinen Schultern und versuchte mich wegzustoßen, weil ich zu stark an ihm saugte. Aber die Gier nach seinem Blut war unersättlich. Ich klebte wie ein Blutegel an seiner Kehle. Ein Schwall süßen Lebenssaftes schoss in meinen Mund.

Ich trank, und es schmeckte göttlich, konnte nicht genug von dieser Köstlichkeit bekommen, legte mich auf ihn und kämpfte seine Gegenwehr nieder. Schon bald erschlafften seine Bewegungen und ich spürte, dass er sich entspannte. Seine Hand legte sich liebevoll auf meine Brust, streichelte sie, bis sich die Knospe öffnete. Erst dann wanderten seine Finger tiefer, hin zu meiner Scham. Meine Klitoris pochte in freudiger Erwartung, weil ich hoffte, er würde jeden Augenblick seinen Zeigefinger in meine Enge treiben, doch nichts geschah. Er kraulte meinen Venushügel, reizte meine Sinne, aber verschaffte mir keine Erlösung. Wütend biss ich kräftiger zu. Jeremy stöhnte. Ich war nicht sicher, ob es Ausdruck zunehmender Lust oder Qual war. Dann spürte ich eine unvorstellbare Kälte, die sich rasch in jeder Faser meines Körpers ausbreitete. Die Verwandlung schritt rasant voran. Ich musste trinken! Nur Blut konnte mich wärmen, am Leben erhalten!

„Charlene ...“, keuchte Jeremy unter großer Anstrengung. „Hör auf ... es ist ... genug.“

Erneut stemmte er seine Hände gegen meine Schultern. Diesmal gelang es ihm, sich zu befreien. Er drückte mich ein Stück nach hinten und brachte so einen Sicherheitsabstand zwischen uns. Das schimmernde Blut, das nun seinen Hals hinunterfloss, weckte meinen Appetit. Ich wollte mehr!

„Lass mich trinken!“

„Du bist so wild.“ Seine Stimme zitterte vor Erschöpfung. Langsam bildete sich eine makellose, weiße Hautschicht über der Wunde und verschloss sie gänzlich.

„Weil ich Blut brauche.“

„Du musst lernen … die Sucht zu beherrschen. Atme ... tief durch ...“

Ich schnaufte genervt und versuchte mich zu beruhigen.

„So ist es brav, mein Mädchen. Jetzt entspann dich. Schließ die Augen, damit ich dich verwöhnen kann.“

Seine Hände glitten über meinen Oberkörper, streichelten meine apfelförmigen Brüste, die sanft unter seinen Bewegungen wippten. Ich empfand die Zärtlichkeit als unerträglich. Mein Aggressionspegel war viel zu hoch, daher konnte ich seine liebevolle Berührung nicht genießen. Blut – der Gedanke an den roten Lebensquell beherrschte erneut meinen Geist.

„Es gibt eine Möglichkeit, den Durst zu verdrängen, ihn vergessen zu machen.“

Ich öffnete die Augen und hob eine Braue. „Ach, ja?“

Er lächelte wissend und spielte erneut mit dem Finger an meiner Scham.

„Glaubst du wirklich, ich hätte dafür noch Nerven? Der Durst bringt mich fast um den Verstand“, herrschte ich ihn an. Konnte er immerzu nur an „das Eine“ denken?

„Ich spüre deine Aggression, du solltest sie schnell herauslassen, Charlie, bevor sie dich zerfrisst.“

Wütend packte ich seine Handgelenke und drückte ihn rücklings auf das Sofa. Zu meiner Überraschung wehrte er sich nicht. Im Gegenteil. Wieder war es Lust, die in seinen Augen aufflammte. „Spar dir deine Ratschläge!“

„Spürst du denn nicht, dass sie helfen?“

Tatsächlich bemerkte ich eine sanfte Wärme, die sich in meinem Unterleib und von dort in jede Region meines Körpers ausbreitete.

„Gib dich deiner Lust hin, sie lässt dich spüren, dass du am Leben bist. Doch bedenke, junge Vampire sind oft wild und verlieren schnell die Beherrschung. Man sollte Sicherheitsvorkehrungen treffen, damit sie im Rausch nicht versehentlich zubeißen."

„Was sollte dir schon passieren? Du bist doch bereits ein Vampir. Außerdem möchte ich mich nicht fesseln lassen. Es gefällt mir, wenn du unter mir liegst."

„Du könntest mich aussaugen. Und das wäre äußerst unangenehm."

„Dann habe ich also etwas Macht über dich?"

Ich grinste ihn diabolisch an. Während sein Penis in meine feuchte Scheide glitt, ließ ich meine Lippen bedrohlich über seinen Hals wandern und genoss es, die Schauer zu spüren, die durch seinen Körper jagten. Langsam bewegte ich mich auf und ab.

„Willst du mich nicht lieber küssen?", fragte er.

„Schon Angst bekommen?"

„Nein, aber ich sehne mich nach Zärtlichkeit."

„Wenn das so ist ... richte dich ein wenig auf."

Er brachte sich in die sitzende Position zurück, und ich küsste ihn erst sanft, dann immer wilder Meine Zähne schlugen gegeneinander und rissen kleine Wunden in das Fleisch. Sie heilten schnell, trotzdem glaubte ich den Geschmack seines Blutes auf meiner Zunge zu spüren. Meine Hände glitten seinen Rücken hinunter, während ich ihn gleichmäßig ritt. Das leise, männliche Stöhnen erregte mich. Meine Nägel bohrten sich in sein erwärmtes Fleisch und zogen Kratzspuren über seinen Körper. Jeremys Stöhnen wurde lauter.

„Du willst einen Kampf? Den kannst du haben", sagte er, wälzte sich zur Seite und rollte mit mir vom Sofa auf den Boden. Als er die Oberhand gewann und meine Arme mit nur einer Hand über meinem Kopf festhielt, begann ich zu fauchen und mich aufzubäumen.

„Ruhig, meine Schöne", flüsterte er sanft und streichelte meinen Bauch mit der anderen Hand.

„Ich will dich in mir spüren!", knurrte ich verärgert darüber, dass er meinen aufregenden Ritt unterbrochen hatte.

„Hab ein wenig Geduld. Zuvor möchte ich dich um etwas bitten."

„Um was denn?"

„Du hast mein vampirisches Blut getrunken und bist somit an mich gebunden. Nun möchte ich das gleiche für dich tun."

„Du hast doch bereits von mir getrunken."

„Zu dem Zeitpunkt warst du noch ein Mensch. Dein Blut hat nun eine neue Konsistenz, ihm ist eine Macht inne, die vorher nicht da war."

Weil ich mich nicht wehrte, nahm er meinen linken Arm und bedeckte ihn mit sinnlichen Küssen. Dann bohrte er vorsichtig seine Zähne in mein Handgelenk und trank. Er war viel beherrschter, als ich es war. Die Jahrhunderte hatten ihn geduldig gemacht. Es hatte nicht den Anschein, als brannte in ihm das gleiche Verlangen nach Macht wie in mir.

„Ich war einmal wie du“, sagte er, als hätte er meine Gedanken gelesen. „Voller Gier. Und ich kenne viele, denen es ebenso ging. In uns schlummert ein gefährliches Raubtier, das aber nie die völlige Kontrolle über uns ergreifen darf, weil wir sonst wie die Audax werden.“

„Warum erzählst du mir das?“

„Damit du nicht verlernst zu genießen. Deine Sinne sind nun schärfer. Du nimmst alles um dich herum intensiver wahr. Jede Berührung ist ein Feuerwerk. Lass dich darauf ein.“

Seine Hand wanderte tiefer. Ich schloss die Augen und versuchte mich auf die Gefühle zu konzentrieren. Oh ja, er hatte recht, jede noch so kurze Berührung wirkte elektrisierend. Je näher er meiner Scham kam, desto größer wurde meine Begierde. Endlich hatte er meine Schamlippen erreicht und streichelte sie zärtlich. Wie mochte es sich wohl anfühlen, nicht seinen Finger, sondern seine flinke Zunge dort zu spüren. Ich legte meine Hände auf seinen Kopf und drückte ihn sanft, doch bestimmt, tiefer. Jeremy verstand. Auf seinem Weg hinab schenkte er mir unzählige Küsse, die er auf jeden nur erreichbaren Fleck meines Körpers verteilte. Schließlich hatte ich ihn da, wo ich ihn haben wollte – zwischen meinen Beinen, bereit, mir die schönsten Gefühle zu verschaffen.

Seine Zunge tauchte in meine feuchte Grotte. Wieder und wieder, und jedes Mal ein Stückchen tiefer. Schon bald war sein Gesicht mit einer Glasur meiner Feuchtigkeit überzogen und schimmerte.

„Mach weiter“, stöhnte ich.

„Du hast deine Lektion noch nicht gelernt. Geduld, meine Schöne.“ Er grinste mich frech an.

„Mein lieber Jeremy, du bist nicht in der Position, mir irgendwelche Anweisungen zu geben.“

„Ach nein? Das sehe ich aber ganz anders.“

Er reizte meine Klitoris mit einem dünnen Atemstrahl, den er gezielt auf meine Perle richtete. Mein Unterleib vibrierte!

„Siehst du, was ich meine?“ Erneut sah er zu mir auf und zwinkerte mir zu.

Langsam richtete ich mich auf und legte meine Hände erneut auf seinen Kopf. „Verärgere mich nicht, Liebling. Du weißt, dass das Raubtier in mir noch lange nicht gebändigt ist, und mein Durst immer größer wird.“

„Ach, Charlie, du musst ...“ Ich ließ ihn nicht aussprechen, presste ihn mit dem Gesicht voran an meine Scham und kontrollierte die Bewegungen seines Kopfes, indem ich ihn auf und nieder drückte. Als ich merkte, dass er sich befreien wollte, fixierte ich ihn mit meinen Schenkeln in dieser Position. Seine Finger krallten sich in mein Fleisch, doch ich ließ nicht locker und streichelte spöttisch sein Haupt.

„Gibst du jetzt auf, Herr Oberlehrer? Ich will mich endlich fallen lassen, meine neu gewonnene Freiheit genießen.“

Zur Antwort ließ er seine Zunge über meine Liebesperle gleiten. Ich wickelte eine blonde Haarsträhne um meine Hand und zog daran, wenn er mich zu schnell leckte oder die Geschwindigkeit verfrüht drosselte. Mein neues Ich gefiel mir. Es war energischer. Endlich hatte ich den Mut zu sagen, was ich wollte, und zu tun, was mir beliebte. Ich wusste, dass Jeremy es ebenso genoss wie ich. Er schenkte mir Gefühle süßester Wonne. Als ich den Orgasmus nahen spürte, schlossen sich meine Oberschenkel wie ein Schraubstock um seinen Kopf und hielten ihn so lange fest, bis ich mit einem lauten Aufschrei kam. Danach kroch er auf allen vieren über mich und schmiegte sich an meine Brust. Liebevoll streichelte ich sein Gesicht.

„Vielen Dank", flüsterte ich und hauchte ihm einen Kuss auf die Stirn.

Diesmal war es für Penny leichter, in die Wirklichkeit zurückzukehren. Sie erwachte, als Charlies Erinnerungen sie losließen, und fühlte sich vital und bis in die Zehen entspannt. War es die Gewissheit, dass Charlie und Jeremy sich genauso intensiv liebten wie John und sie? Oder lag es an Johns Biss und seinem Blut, das sie durchströmte wie ein Jugend-Elixier? Penny hatte den ersten Schritt gemacht. Die Wandlung zur Vampirin war in Gang gesetzt. Sie fühlte sich erleichtert und beschwingt. Jegliche Furcht war verschwunden.

„Was ist passiert?", fragte John besorgt.

„Ich habe immer noch eine Verbindung zu Charlie, obwohl ich dachte, es wäre alles vorbei, nun, da sie nicht mehr eingefroren ist. Es waren frische Erinnerungen, die ich in meinen Wachträumen sah. Charlie hat mit Jeremy geschlafen."

John schmunzelte. „Hoffentlich kommt das jetzt nicht jedes Mal vor, wenn Charlene sich vergnügt."

„Wieso nicht?" Penny zwinkerte.

„Das würde dir so gefallen", zischelte John und zog sie in seine Arme. „Dein eigenes Kopfkino."

„Du bist ja nur neidisch."

„Das mag sein. Aber sollte es noch einmal vorkommen, werde ich dich zwingen, mir haargenau zu zeigen, was die beiden gemacht haben."

„Zeigen?"

„Erzählungen reichen mir nicht. Ich bin ein Mann der Tat."

„Gerne, mein Sharer", antwortete Penny keck und küsste ihn leidenschaftlich.

Sie wollte gerade von Neuem das Liebesspiel beginnen, als ihr Guy einfiel. Unauffällig blinzelte sie zur Badezimmertür, aber er war nicht zu sehen.

„Entschuldige mich. Ich muss zur Toilette", log sie, weil sie John unter keinen Umständen erzählen wollte, dass Guy sie gefilmt hatte. Das würde die beiden nur wieder gegeneinander aufbringen. Guy bekam sie schon noch alleine gebändigt.

Vorsichtig öffnete sie die Tür, aber es war niemand da. Das Fenster stand auf. Penny trat ins Bad, schloss die Tür hinter sich und schritt zum Fenster. Guy war fort. Dieser Feigling war getürmt.

„Schuft!", zischte sie.

Als sie die WC-Spülung drücken wollte, um so zu tun, als hätte sie sich erleichtert, bemerkte sie den Chip, der auf dem Klodeckel lag. Erstaunt hob sie ihn auf. Sie ahnte, was darauf gespeichert war – ihre Verwandlung in eine Vampirin, während sie animalischen Sex mit John hatte. *Danke,* rief sie stumm in die Nacht. Guy hatte ihr ein Geschenk gemacht, das sie ewig in Ehren halten würde. Wie mochte es wohl sein, als Vampirin zu leben? Noch spürte sie bis auf die Vitalität kaum einen Unterschied. Da war nur etwas in ihr, das sich langsam ausbreitete.

Ein Funke, der schon bald zur Flamme werden könnte, ein Hauch von Macht und Magie. Von nun an musste sie Blut trinken, um zu überleben. Sie würde ein Leben in der Nacht führen. Sie war keine Rebellin mehr, sondern eine Bewohnerin des neuen Großbritanniens, eine Vampirfrau, die endlich ein Zuhause gefunden hatte – an der Seite von John Doe. Mit strahlendem Gesicht ging sie aus dem Bad, ließ den Chip heimlich in die Tasche ihres Overalls gleiten und schmiegte sich an John, der auf der Couch saß. Sie würde einen geeigneten Moment abwarten, um ihm von Guys Aufnahmen zu erzählen. Nun konnten sie nicht nur in Erinnerungen schwelgen, sondern sich diese auch immer wieder vor Augen führen.

„Ich liebe dich", sprach sie sanft.

Er lächelte. „Und ich dich erst, Penny Doe."

Sie riss die Augen auf.

„Nun", er legte die Arme um sie und zog sie zu sich, „du wolltest immer eine Menschenfrau sein und Menschen heiraten."

„Aber ich bin jetzt eine Vampirin", stichelte sie.

„In manchen Dingen sind Mensch und Vampir gar nicht mal so unterschiedlich. Und jetzt hör auf, mich zu provozieren, sonst lege ich dich übers Knie und versohle dir den Hintern, Frau."

„Wenn ich nachher die Belohnung kriege ..." Sie führte den Satz nicht zu Ende, sondern legte sich mit dem Bauch auf seine Oberschenkel. Sein Glied war schon wieder erigiert.

Anstatt sie zu schlagen, biss er vorsichtig in ihren knackigen Po. Er öffnete ihre Schenkel, knabberte von hinten an ihren Schamlippen und leckte durch ihre Spalte.

„Ja"; sagte Penny selbstbewusst über die Schulter hinweg.

„Wie bitte?"

„Ja, ich nehme deinen Heiratsantrag an."

Bevor er reagieren konnte, setzte sie sich mit gespreizten Beinen auf seinen Schoß. Sie nahm seinen Penis, führte ihn ein und begann John zu reiten. Sein verdutztes Gesicht amüsierte sie, und so ritt sie ihn schneller, denn eins hatte sie durch Charlies Erinnerungen gelernt, etwas sehr Persönliches, das nichts mit der Rebellion gemein hatte: Dass es verdammt erregend war, als Frau beim Liebesakt auch mal die Führung zu übernehmen!

ENDE TEIL III

Weitere übersinnlich-erotische Titel im Plaisir d'Amour Verlag:

Astrid Martini - ENGEL DER SCHATTEN
Hörbuch
Gelesen von Jaron Löwenberg
2 CDs, 15,00 Euro (D), ISBN 9783940318015
MP3-Download: 9,95 Euro (www.soforthoeren.de)

Als Cecile den attraktiven Nicolas kennen lernt, ist nicht mehr so, wie es war. Sie lässt sich von ihm verführen und gerät vollkommen in den Bann dieses mysteriösen Mannes. Doch sie weiß nicht, dass er ein gefallener Engel ist, der versucht sie in sein Schattenreich zu ziehen!

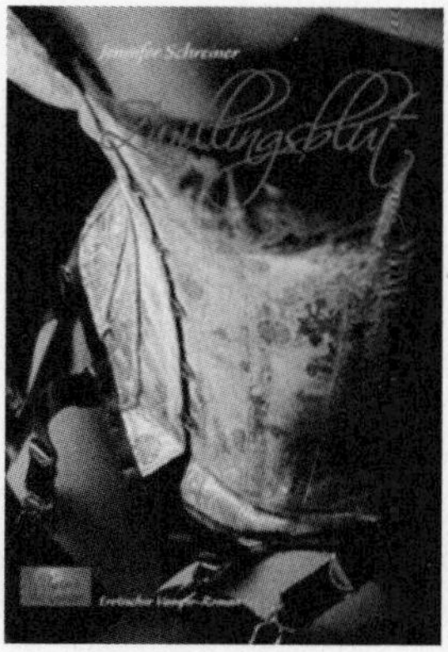

Jennifer Schreiner- ZWILLINGSBLUT
15,90 Euro (D)
ISBN 9783938281291

In einem Jahrhunderte währenden Kampf um Legenden und Leidenschaften setzt er seinen letzten Trumpf ... Als Sofia eines Nachts als Vampir in einem verschlossenen Sarg erwacht, wird ihr schnell klar, dass sie Mittelpunkt eines makaberen Spieles ist, das ein Vampir für die attraktive junge Frau inszeniert hat. Umgeben von einer Vampirgesellschaft, in der die übermächtige Vampirkönigin andere weibliche Vampire verbietet, und in der Männer unbegrenzte Macht über Frauen haben, wird Sofia rasch als Bedrohung empfunden. Während Sofia von den "Schatten" der Königin durch die ganze Welt gehetzt wird, buhlen der gefährliche Callboy Xylos, der undurchsichtige Joel und der sinnliche Edward um Sofias Gunst ...
Der Auftakt zu Jennifer Schreiners Vampirsaga.

Weitere übersinnlich-erotische Titel im Plaisir d'Amour Verlag:

Emilia Jones, Lilly Grünberg, Kira Maeda, Jennifer Schreiner, Astrid Martini – WENN ES DUNKEL WIRD IM MÄRCHENWALD …
14,90 Euro (D)
ISBN 978-3938281581

Lilly Grünberg – Schneewittchen: Die böse Königin will Schneewittchen als Beute wilden Dämonenkriegern überlassen. Hilfe naht in Gestalt des mächtigen Vampirs Armand …
Astrid Martini – Der Schneekönig: Nur wenn es Amelie gelingt, des Schneekönigs gefrorenes Herz zum Schmelzen zu bringen, kann sie sich und ihren Bruder vor einem Tod im ewigen Eis bewahren …
Kira Maeda – Rotkäppchen und der böse Wolf: Rotkäppchen wird vom Pfad der Tugend gelockt - direkt in die Arme des SM-Club-Besitzer Lucius …
Emilia Jones – Die Schöne und das Biest: Tagsüber bringt der geheimnisvolle Philippe Belles Blut in Wallung – in der Nacht leistet sie dem unheimlichen Biest Gesellschaft …
Jennifer Schreiner – Der Froschkönig: Prinzessin Niobes einziger Freund ist ein verzauberter Frosch. Doch wie kann sie das hässlichste aller Lebewesen von seinem Fluch erlösen, wenn es nicht an Niobes Liebe glaubt?

Kim Landers - SCHATTENFÜRST
14,90 Euro (D)
ISBN 9783938281604

Prag, im frühen 19. Jahrhundert: Mit Einbruch der Dunkelheit kehrt die Angst in Prag ein, denn die Nächte der Stadt werden von blutgierigen Vampiren beherrscht - allen voran Graf Jiri, Anführer der Vampire. Auf seinen pompösen Bällen wählt er schöne junge Frauen als Beute für die Orgien der Vampire aus. Ein Objekt seiner Begierde ist auch Karolina, eine junge Adelige. Auf der Flucht vor Graf Jiri wird sie von einem geheimnisvollen Mann gerettet: Fürst Dominik Karolyi. Vom ersten Moment an ist Karolina von dem düsteren Dominik fasziniert, nicht ahnend, dass auch er zu den Vampiren gehört!
Einem Hilferuf ihrer Freundin Adela folgend, reist Karolina zum unheimlichen Schloss von Graf Jiris Mätresse, in dem Vampire ihr Unwesen treiben. Der Fluchtplan der Freundinnen scheitert, und Adela wird im Schloss gefangen gehalten. In ihrer Angst sieht Karolina keinen anderen Ausweg, als Dominik um Hilfe zu bitten. Der Fürst verspricht ihr zu helfen - aber er verlangt eine Gegenleistung von Karolina …
Ein erotischer Vampirroman.